Frank Rehfeld

Zwergenbann

Roman

blanvalet

MIX
Papier aus verantwortungsvollen Quellen
FSC® C014496

Verlagsgruppe Random House FSC-DEU-0100
Das FSC®-zertifizierte Papier *Holmen Book Cream*
für dieses Buch liefert Holmen Paper, Hallstavik, Schweden

1. Auflage
Mai 2013 bei Blanvalet, einem Unternehmen der
Verlagsgruppe Random House GmbH, München.

Umschlaggestaltung und Illustration: Max Meinzold, München
Redaktion: Simone Heller
HK · Herstellung: sam
Druck und Einband: GGP Media GmbH, Pößneck
Printed in Germany
ISBN: 978-3-442-26929-7

www.blanvalet.de

PROLOG

WILLENLOS

Das Scharren des Riegels an der Tür der Wohnhöhle riss Lian aus dem Schlaf. Er fuhr hoch, und augenblicklich loderte die Angst – sein unsichtbarer Begleiter, so lange er sich zurückerinnern konnte – in ihm hoch und ergriff Besitz von ihm.

Sie kamen, um ihn zu holen.

Die Angst war stets gegenwärtig, war das beherrschende Gefühl in seinem Leben. Es war, als wäre er bereits mit einem unsichtbaren Reif um seine Brust geboren, der sich von Zeit zu Zeit ein wenig lockerte, nur um sich anschließend wieder umso fester zusammenzuziehen. Früher hatte er gedacht, er würde sich irgendwann daran gewöhnen und sein Schicksal hinnehmen, aber dem war nicht so. Im Gegenteil. Je älter er wurde, desto mehr näherte er sich dem unausweichlichen Zeitpunkt, an dem es ihm wie schon so vielen anderen vor ihm ergehen würde.

Jetzt schien dieser Tag gekommen. Die Thir-Ailith würden ihn holen, er wusste es einfach; er spürte es tief in sich mit einer Bestimmtheit, die weder einen Grund erforderte noch einen Zweifel zuließ. Es gab nur zwei Anlässe, zu denen die Tür geöffnet wurde. Entweder brachte man ihnen ein paar Flechten oder etwas Moos zum Essen, doch das war bereits vor ein paar Stunden geschehen.

Oder die Thir-Ailith kamen, um eine Auswahl zu treffen, wer weiterleben durfte und wer sterben musste. Diesmal würde er zur zweiten Gruppe gehören.

Schon seit Wochen sprossen auf seinem Kinn, seinem Hals und vereinzelt auch auf seinen Wangen Härchen und bildeten mittlerweile einen weichen Flaum; ein sicheres Zeichen, dass er alt wurde und sein Leben sich dem Ende näherte. Die Thir-Ailith wählten zumindest ihre männlichen Opfer immer nach dem Bartwuchs aus.

Der Reif um Lians Brust schien sich mit einem Ruck enger zusammenzuziehen und ihm die Luft abzuschnüren. Er wollte aufspringen, sich irgendwo verstecken, obwohl es in der Höhle keine Verstecke gab, er wollte *irgendetwas* tun, aber die Angst hatte bereits die Grenze zu lähmender Panik überschritten. Er war unfähig, sich zu rühren, schien jegliche Kontrolle über seinen Körper verloren zu haben. Nur sein Herz hämmerte so rasend schnell, als wolle es explodieren. Und vermutlich wäre das eine Gnade gegenüber dem gewesen, was ihn stattdessen erwartete.

Er war nicht der Einzige, dem es so ging. Alle Gespräche waren schlagartig verstummt, niemand bewegte sich mehr. In der plötzlichen Stille klang das Knarren der aufschwingenden Tür überlaut.

Wie stets kamen die Thir-Ailith zu dritt, der dreifach Gestalt gewordene Tod. Hochgewachsen und schlank, mit hageren Gesichtern von der Farbe ausgebleichter Knochen. Glattes, ebenso bleiches Haar rahmte ihre Gesichter ein und fiel weit über ihre Schultern. Ihre Augen besaßen die Farbe von Rubinen, die in einem inneren Feuer zu glühen schienen. Schwarze Kleidung schmiegte sich wie eine zweite Haut um ihre Körper, darüber trugen sie ebenfalls schwarze, fast bis auf den Boden reichende Umhänge, die sich bei jeder Bewegung bauschten.

Alle Thir-Ailith, die er bislang gesehen hatte, waren einander so ähnlich wie Zwillinge, sodass es Lian noch nie gelungen war, sie auseinanderzuhalten. Er vermochte nicht einmal zu sagen, ob sie männlichen oder weiblichen Geschlechts waren oder überhaupt verschiedene Geschlechter besaßen. Für ihn sah einer von ihnen aus wie der andere, und jeder einzelne stellte eine Inkarnation des Todes dar.

Es war die gleiche Prozedur wie jedes Mal. Einer der Thir-

Ailith blieb an der Tür stehen, die anderen beiden gingen im schwachen Lichtschein des an der Höhlendecke wuchernden Glühmoses mit langsamen, gemessenen Schritten zwischen den auf dem Boden kauernden Zwergen hindurch, begutachteten sie, als handele es sich um Vieh. Aber etwas anderes sahen sie ja vermutlich ohnehin nicht in ihnen. Nicht der Funke eines Gefühls war in ihren rot glühenden Augen zu erkennen.

Einer von ihnen deutete auf einen der Zwerge. Nacktes Entsetzen zeigte sich auf dessen Gesicht, doch mit ungelenken, steifen Bewegungen stand er auf.

Die Thir-Ailith zeigten auf weitere Zwerge, Männer wie Frauen, die nur eines gemein hatten: Sie waren alle ungefähr in Lians Alter, gerade voll ausgewachsen. Zumindest die Männer. Die Frauen waren älter, und jede von denen, die ausgewählt wurden, hatte bereits mehrfach Kinder geboren.

Unaufhaltsam näherten sich die beiden Todesboten Lian. Alles in ihm schrie danach, aufzuspringen und davonzustürmen, sich in der entlegensten Ecke zu verkriechen, aber sein Körper war noch immer wie gelähmt. Allerdings hätte es ihm ohnehin nichts genutzt, wenn es anders wäre. Er befand sich schon jetzt im hinteren Teil der Höhle, nicht einmal ein Dutzend Schritte von der Wand entfernt, und einen zweiten Ausgang gab es nicht. Abgesehen von einer kleinen Quelle, aus der sie ihren Durst stillen konnten und die durch dasselbe Loch im Boden versickerte, durch das sie ihre Notdurft verrichteten, war die Höhle völlig kahl.

Auch hätte es nichts genutzt, wenn er versuchte, seinen Flaum zu verbergen. Selbst mit beiden Händen könnte er Hals, Kinn, Wangen und Oberlippe nicht vollständig verdecken, sondern würde dadurch erst recht die Aufmerksamkeit auf sich lenken.

Lians einzige Hoffnung bestand darin, dass die Thir-Ailith ihn zwischen all den anderen übersahen, aber er wusste, dass das nicht passieren würde. Er wünschte, er könnte sich unsichtbar machen oder im Boden versinken, nur ein paar Sekunden, mehr Zeit brauchte er nicht.

Zwei Schritte trennten die Todesboten noch von ihm, noch einer, dann befanden sie sich auf gleicher Höhe mit ihm, kaum einen Meter entfernt. Der Blick eines von ihnen traf ihn, schien sich für einen entsetzlichen, zeitlosen Moment in seine Augen und geradewegs in seinen Kopf zu bohren und alles in ihm zu Eis erstarren zu lassen – und glitt dann von ihm ab und erfasste die Zwerge neben ihm, während die beiden Thir-Ailith weitergingen.

Lian war wie betäubt. Es war unmöglich… Er war sich so sicher gewesen, dass sie ihn holen würden, dass er noch nicht einmal Erleichterung empfinden konnte. Der Tod war keine zwei Schritte von ihm entfernt vorbeigeschritten und hatte ihn verschont.

Wenigstens für dieses Mal.

Lian verfolgte die Thir-Ailith verstohlen aus den Augenwinkeln und wagte kaum zu atmen. Als sie aus seinem Blickfeld zu verschwinden begannen, schaffte er es irgendwie, den Kopf um eine Winzigkeit zu drehen.

Er sollte nie erfahren, ob es diese Bewegung oder eine andere Kleinigkeit war, die die Aufmerksamkeit eines von ihnen erregte. Der Thir-Ailith wandte sich um. Erneut traf ein Blick aus seinen glühenden Augen Lian, und wieder schien er sich geradewegs in sein Innerstes zu bohren. Eine dürre, bleiche Hand wurde ausgestreckt und deutete auf ihn.

Sein Herz setzte einen Schlag lang aus, um dann noch wilder als zuvor weiterzuhämmern. Ein gellender Schrei hallte in Lians Kopf, aber kein Laut kam über seine Lippen. Alles in ihm schien zu Eis zu erstarren. Ohne bewusstes Zutun erhob er sich mit abgehackten Bewegungen, als wäre sein Körper losgelöst von seinem Verstand, und er hätte keine Kontrolle mehr darüber.

Ungerührt setzten die beiden Thir-Ailith ihren Weg fort, wählten noch zwei weitere Zwerge aus und kamen schließlich wieder an der Tür an. Genau wie die anderen, auf die ihre Wahl gefallen war, setzte sich Lian mit steifen Schritten in Richtung Ausgang in Bewegung. Er wollte es nicht, versuchte dagegen anzukämpfen, aber es war unmöglich. Mit neuerlichem Entsetzen erkannte er, dass er *tatsächlich* keine Kontrolle mehr über seinen Körper besaß, sondern wie eine Puppe von einer fremden Macht gelenkt wurde – und es bestand kein Zweifel, um welche Macht es sich handelte.

Mit ihm waren neun Zwerge ausgewählt worden, neun von über dreihundert, die in der Höhle eingepfercht waren. Die Blicke der anderen folgten ihnen, gleichermaßen mitfühlend wie auch erleichtert, dass es nicht sie getroffen hatte.

Schon oft, wenn er zuvor Zeuge einer solchen Auswahl geworden war, hatte Lian sich gefragt, warum es nie Widerstand gab, warum nie einer der zum Tode Verurteilten einen – wenn auch aussichtslosen – Fluchtversuch unternahm, sondern alle den Thir-Ailith scheinbar bereitwillig folgten. Nun kannte er auch die Antwort auf diese Frage. Er war wie ein unbeteiligter Gast in seinem eigenen Körper, der den lautlosen Befehlen anderer gehorchte und einen Fuß vor den anderen setzte, ohne dass er es verhindern konnte, so sehr er auch dagegen ankämpfte. Unerbittlich näherte er sich dem Ausgang, trat schließlich durch die Tür.

Einer der Thir-Ailith wartete, bis auch der Letzte von ihnen sie passiert hatte, dann schloss und verriegelte er sie wieder und bildete den Abschluss der kleinen Gruppe.

Seit seiner Geburt hatte Lian die Höhle noch nie verlassen. Abgesehen von ein paar flüchtigen Blicken durch die Tür, wenn diese geöffnet wurde, besaß er nicht die geringste Vorstellung, wie die Welt außerhalb aussah. Selbst durch den Panzer aus Panik, der seinen Geist umfangen hielt, drang ein Funke von Neugier. Nicht einmal dies jedoch vermochte ihm Trost zu spenden oder wenigstens seine Gedanken von dem abzulenken, was ihn erwartete – dafür war das, was er zu sehen bekam, zu trostlos.

Vor der Höhle erstreckte sich in beide Richtungen ein langer, vollkommen kahler Stollen, der von in Wandhaltern steckenden

Fackeln schwach erleuchtet wurde. Mehrere ebenso massive und durch dicke Riegel gesicherte Türen zweigten davon ab. Lian fragte sich, ob dahinter ebenfalls Wohnhöhlen lagen, in denen Zwerge eingepfercht waren. Er befürchtete, dass es so war, auch wenn er keine Möglichkeit hatte, es zu überprüfen.

Wie um alles in der Welt hatte es dazu kommen können? Bestand der gesamte Daseinszweck seines Volkes wirklich darin, Sklaven der Thir-Ailith zu sein? War es immer schon so gewesen, war sein Volk in Sklaverei geboren, oder hatten die Thir-Ailith es irgendwann in grauer Vorzeit erst dazu gemacht? Und wenn ja, was war davor gewesen?

Fragen wie diese beschäftigten Lian schon, seit er denken konnte, obwohl er wusste, dass er niemals Antworten darauf erhalten würde. Die Thir-Ailith bewachten sie, gaben ihnen zu essen und wählten aus, wer von ihnen sterben musste, aber es war unmöglich, mit ihnen irgendeine darüber hinausreichende Form von Kontakt herzustellen. Jeder Versuch, sie auch nur anzusprechen, wurde mit dem Tod bestraft.

Lian hatte es nur ein einziges Mal erlebt, dass ein Zwerg es gewagt hatte, sich direkt an einen der bleichen Herrscher zu wenden. Der Zwerg, dessen Namen er längst vergessen hatte, wenn er ihn überhaupt jemals gekannt hatte, war krank gewesen und hatte wegen seiner schrecklichen Schmerzen den Thir-Ailith angefleht, ihm zu helfen. Dieser hatte ihn einen Moment lang ausdruckslos angesehen, dann einen Dolch gezogen und ihm die Kehle durchgeschnitten. Aber das war noch nicht alles gewesen. Etwas war geschehen, was Lian bis zum heutigen Tag entsetzte. Während der Zwerg verblutete, hatte sich sein Körper zu verändern begonnen, war in rasender Geschwindigkeit gealtert und in sich zusammengesackt. Nach seinem Tod war nicht mehr als eine ausgedörrte, irgendwie *leer* wirkende Hülle von ihm zurückgeblieben; lederartige Haut, die sich über den Knochen spannte. Lian hatte diesen Anblick niemals vergessen, und schon die bloße Erinnerung ließ ihn schaudern.

War es das, was nun auch ihn und die anderen erwartete? Aber warum tötete man sie nicht direkt an Ort und Stelle, wenn dies das ihnen zugedachte Schicksal war? Oder verhielt es sich tatsächlich so, wie einige der anderen, mit denen er gesprochen hatte, in einer durch nichts Konkretes gestützten Hoffnung mutmaßten, dass diejenigen, die von den Thir-Ailith ausgewählt wurden, nicht der Tod erwartete, sondern sie lediglich an einen anderen Ort gebracht wurden, um dort Sklavendienste für sie zu verrichten?

Lian glaubte nicht daran, dennoch spürte er, wie sich etwas tief in ihm an diese Hoffnung zu klammern begann, so gering sie auch sein mochte, während er weiterhin monoton einen Fuß vor den anderen setzte. Er wollte nicht sterben!

Innerhalb der Wohnhöhle hatte es keinerlei Möglichkeit gegeben, das Verstreichen der Zeit zu messen, weshalb Begriffe wie Monate oder Jahre für ihn keinerlei Bedeutung besaßen. Auch wusste er nicht, wie alt ein Zwerg werden konnte, wenn ihn die Thir-Ailith nicht vorher töteten, aber sicherlich älter, als er jetzt war. Er war gerade erst körperlich ausgewachsen und fühlte sich noch jung und auf der Höhe seiner Stärke und Leistungskraft. Was war das für ein grausames Schicksal, das ihn schon jetzt zum Tode verurteilte, ohne dass er jemals mehr als die Wohnhöhle zu sehen bekommen hatte oder etwas anderes hatte tun können als zu schlafen, essen, trinken, warten und – zumindest in letzter Zeit – sich mit einigen der Zwerginnen zu vereinen?

Zum wiederholten Male kämpfte er gegen den fremden Zwang an, der ihn zum Weitergehen trieb, doch abermals erfolglos. Die Magie der Thir-Ailith, die die Kontrolle über seinen Körper übernommen hatten, war einfach zu stark. Unaufhaltsam näherten sie sich dem Ende des Ganges.

Eine Halle, gigantischer als Lian sie sich in seinen kühnsten Träumen hätte vorstellen können, schloss sich daran an. Sie war um ein Vielfaches größer als die Wohnhöhle, die bislang seine gesamte Welt dargestellt hatte – und unvergleichlich prachtvoller. Für einige Sekunden ließ der Anblick ihn sogar seine missliche Lage und die tödliche Gefahr, in der er schwebte, vergessen.

Hätte ihn nicht der Wille der Thir-Ailith unerbittlich vorangetrieben, wäre er sicherlich unfähig gewesen, auch nur einen weiteren Schritt zu machen, sondern wäre stehen geblieben und hätte sich mit vor ungläubigem Staunen weit aufgerissenen Augen umgeschaut. Aber auch so konnte er wenigstens seinen Blick umherschweifen lassen, da die Augen der einzige Teil seines Körpers waren, den er aus eigenem Antrieb bewegen konnte.

Säulen mit einem so großen Durchmesser, dass mindestens fünf oder sechs Zwerge nötig gewesen wären, um eine von ihnen zu umfassen, zogen sich in vier Reihen durch die Halle und stützten die Decke, die sich irgendwo so hoch über ihnen wölbte, dass Lian die Augen nicht weit genug verdrehen konnte, um sie zu sehen. Sie bestanden aus einem schwarz und weiß gemaserten Gestein, das so glatt war, dass es glänzte, und sogar leicht zu spiegeln schien.

Zahlreiche Fackeln steckten in Haltern an den Säulen. Sie erfüllten die Halle mit flackerndem Licht, in dessen Schein Lian erst jetzt die Scharen von Thir-Ailith entdeckte, die sich in dem Gewölbe aufhielten. Der Anblick zerriss den Nebel aus Staunen und Ehrfurcht, der sich kurzfristig um seinen Geist gelegt hatte, und ernüchterte ihn. Es mussten Dutzende der bleichen Gestalten sein, möglicherweise sogar mehr als hundert. Keiner von ihnen nahm Notiz von dem kleinen Zwergentrupp. Allein oder in kleinen Gruppen durchquerten sie die Halle in verschiedene Richtungen. Entlang der Wände gab es zahlreiche Ausgänge, durch die sie verschwanden und andere hereinkamen.

Genau wie die übrigen Zwerge wandte sich Lian nach rechts, wo sich der Trupp einem der Ausgänge näherte. Der Stein war an diesem Durchgang kunstvoll bearbeitet worden, und als er bis auf knapp ein Dutzend Schritte heran war, entdeckte Lian etwas, das ihn so verblüffte, dass er für einen Moment alles andere vergaß. Genau über dem Durchgang prangte ein etwa kopfgroßer

Stein, und wie er jetzt erkennen konnte, handelte es sich tatsächlich um die Nachbildung eines Kopfes. Der Stein war verwittert und das Antlitz deshalb nur noch undeutlich zu erkennen, aber es stellte keineswegs das Gesicht eines Thir-Ailith dar.

Was er sah, war ohne jeden Zweifel ein in Stein verewigtes Zwergengesicht.

Lian kam nicht dazu, länger darüber nachzudenken. Der Boden unter ihm begann sich zu bewegen. Zunächst war es nur ein sanftes Vibrieren, das jedoch rasend schnell stärker wurde. Kleine Steinchen lösten sich von der Decke. Eines traf Lian an der Schulter. Der Schmerz war nicht allzu schlimm, aber er wurde trotzdem fast unerträglich, da er weder einen Laut von sich geben noch die Stelle massieren konnte.

Was geschah hier?

Alles um ihn herum schien in Bewegung geraten zu sein. Weitere Steine lösten sich aus Decke und Wänden und polterten zu Boden. Um ihn herum war das Knistern und Knacken von überlastetem Fels zu hören, und immer noch wurde das Schütteln und Rütteln stärker. Der gesamte Boden schien zu schwanken.

Genau wie die anderen Zwerge war Lian stehen geblieben. Furchtsam, mit offenkundigem Entsetzen, blickten sich die Thir-Ailith um. Es war das erste Mal, dass Lian einen solchen Ausdruck von Angst auf ihren Gesichtern sah.

Ein weiterer Erdstoß riss Lian von den Beinen. Instinktiv versuchte er seinen Sturz abzufangen, aber noch immer gehorchte sein Körper ihm nicht. Hart schlug er auf dem Boden auf. Mehreren der anderen Zwerge erging es ebenso.

Ein gewaltiges Donnern und Bersten ertönte. Nicht weit entfernt musste sich ein großer Gesteinbrocken aus der Decke gelöst haben und herabgestürzt sein, doch sehen konnte Lian von seiner Position aus nichts.

Noch immer bebte die Erde unter ihm stärker, schien sich wie ein aus dem Schlaf erwachtes Tier zu schütteln. Nachdem er von den Thir-Ailith ausgewählt worden war, hatte er sich in das Unvermeidliche zu fügen begonnen und mit seinem Leben abgeschlossen. Eine Art Betäubung war an die Stelle der Angst getreten, aber jetzt loderte erneut Panik in ihm hoch. Etwas Vergleichbares hatte er noch nie erlebt, und er konnte sich keinerlei Reim darauf machen, was das alles zu bedeuten hatte. Wie konnte toter Fels zum Leben erwachen? Oder war es gar nicht der Fels selbst, und die Erschütterungen rührten vom Rumoren irgendwelcher unsagbaren Ungeheuer oder Dämonen im Leib der Erde her? Nur eines stand fest: Dies war nicht das Schicksal, das man ihm und den anderen Zwergen zugedacht hatte. Die Thir-Ailith waren über das Geschehen ebenso erschrocken wie er selbst.

Weitere Gesteinsbrocken stürzten donnernd in die Tiefe, mittlerweile in nahezu ununterbrochener Folge. Einer der anderen Ausgänge brach polternd vollständig in sich zusammen, und auch der, den ihr Trupp angesteuert hatte, blieb nicht unversehrt. Knirschend löste sich der steinerne Zwergenschädel aus seiner Verankerung über dem Durchgang. Das Geräusch alarmierte die beiden Thir-Ailith, die direkt darunter standen, doch es war bereits zu spät zum Ausweichen. Mit einer Mischung aus Schrecken und grimmiger Genugtuung beobachtete Lian, wie der Stein einem von ihnen den Kopf zerschmetterte und auch den zweiten noch so hart traf, dass dieser zur Seite geschleudert wurde und reglos liegen blieb.

Ein weiteres, noch lauteres Bersten erklang in unmittelbarer Nähe. Lian wandte den Kopf und sah, wie nur wenige Meter entfernt der Fuß einer der gigantischen Säulen zerbarst. Das tonnenschwere Gebilde begann sich träge in seine Richtung zu neigen.

Ohne nachzudenken, rollte er sich zur Seite, so schnell er nur konnte, und begriff erst dann, dass er die Kontrolle über seinen Körper zurückgewonnen hatte. Gesteinstrümmer von der Decke und der zusammenbrechenden Säule regneten rings um ihn nieder. Einige verfehlten Lian nur um Haaresbreite. Mit dem Mut der Verzweiflung sprang er auf und hastete auf einen noch unbeschädigten Durchgang in der Wand zu, nicht weit von dem entfernt, der das Ziel ihrer Gruppe gewesen war.

Er kam nur drei Schritte weit, dann verlor er auf dem bockenden Untergrund erneut das Gleichgewicht und wurde zu Boden geschleudert.

Im gleichen Moment erschütterte ein ungeheurer Schlag den Boden, als die gigantische Steinsäule mit Urgetöse ein Stück neben ihm aufschlug und in mehrere Teile zerbarst. Der Lärm war unbeschreiblich, erreichte einen fast schmerzhaften Pegel – und dann herrschte plötzlich eine geradezu unnatürliche Stille. Mit kaum mehr als einem Knistern flogen Steinsplitter durch die Luft, und einige trafen ihn. Lian schrie auf, konnte aber nicht einmal seine eigene Stimme hören. Ein dumpfer Druck war in seinen Ohren zu spüren.

Überall um ihn herum war mit einem Mal Staub, der ihm nicht nur die Sicht nahm, sondern auch das Atmen zur Qual machte und ihn zum Husten brachte. Einen Arm schützend vor Mund und Nase gepresst, rappelte er sich wieder auf. Nahezu blind und mit brennenden, tränenden Augen taumelte er vorwärts.

Weg, nur weg von hier!, war der einzige Gedanke, der ihn beherrschte.

1

SCHATTEN IN DER NACHT

»Was war das?« Alarmiert hob Dulon den Kopf, lauschte und blickte sich nervös um.

Thilus beschäftigte sich seit mehr als zehn Minuten damit, seinen ohnehin schon spiegelblanken Dolch zu polieren. Nun ließ er ihn sinken, hob stattdessen den Kopf und erstarrte einen Moment, um ebenfalls zu lauschen, aber das Geräusch wiederholte sich nicht. Nach wenigen Sekunden zuckte er die Achseln und fuhr fort, den Dolch mit dem Tuch zu bearbeiten. Dabei hielt er die Waffe in der rechten Hand und das Tuch mit den viel zu kleinen und zum Teil steifen Fingern seiner verkrüppelten Linken, die an einem Unterarm saß, der nicht einmal halb so lang war wie bei einem durchschnittlichen Zwerg.

»Nur ein Steinchen, das sich irgendwo gelöst hat«, sagte er gleichmütig.

Seine Erklärung schien den jüngeren Krieger nicht zu beruhigen, eher im Gegenteil. Weiterhin blickte Dulon sich misstrauisch um, obwohl der Lichtkreis der vor ihnen auf dem Boden stehenden Lampe kaum weiter reichte als bis zu den Rändern der kleinen Felsmulde am Berghang, in der sie vor dem schneidenden Wind Schutz gesucht hatten. Alles, was dahinter lag, wurde vom Schattentuch der Nacht verdeckt.

»Steinchen lösen sich nicht von alleine«, sagte er misstrauisch. Obwohl mit gerade einmal knapp siebzig Jahren noch ziemlich jung, war Dulon tapfer und hatte das Herz auf dem rechten Fleck, soweit Thilus ihn einschätzen konnte, aber er war auch ungeduldig und in mancherlei Hinsicht oft übereifrig.

Und – zumindest im Moment – ziemlich nervös.

Thilus seufzte, drehte seinen Dolch hin und her und begutachtete ihn einmal von allen Seiten, dann steckte er ihn mit einem zufriedenen Nicken in die Scheide an seinem Gürtel zurück.

»Nun hör auf, dich selbst verrückt zu machen«, sagte er. »Wahrscheinlich war es nur der Wind oder irgendein kleines Tier. Es gibt hundert harmlose Erklärungen dafür. Wenn du bei jedem Geräusch gleich das Schlimmste annimmst, fängst du noch an durchzudrehen.«

Er verstummte, als irgendwo in der Nähe ein Nachtvogel schrie: ein unheimlicher, furchteinflößender Laut, der selbst Thilus eine Gänsehaut über den Rücken trieb, weil er für ihn etwas völlig Ungewohntes darstellte. In der Tiefenwelt gab es keine Vögel.

»Außerdem würde *sie* es spüren, wenn Feinde in der Nähe wären«, fügte Thilus nach ein paar Sekunden hinzu und deutete dabei auf die Priesterin, die zwei Schritte von ihnen entfernt mit untergeschlagenen Beinen auf dem Felsboden saß und während der gesamten Wache bislang kein Wort mit ihnen gesprochen hatte. Er kannte nicht einmal ihren Namen. Zwar hatte sie die Augen geschlossen, wie er trotz des Schleiers vor ihrem Gesicht sah, aber er wusste, dass sie keineswegs schlief, sondern sich in Trance versetzt hatte. Obwohl sie sonst fast nichts wahrnahm, was um sie herum vorging, waren ihre magischen Sinne in diesem Zustand sogar besonders geschärft. Und allein darauf kam es an.

»Vielleicht hast du recht«, murmelte Dulon. Es klang nicht richtig überzeugt, aber wenigstens entspannte er sich ein wenig und hüllte sich fröstelnd wieder fester in seinen Mantel. »Das alles fängt allmählich wirklich an, mich verrückt zu machen. So was ist doch kein Leben für einen Zwerg, ich hasse die Außenwelt! Woche um Woche vegetieren wir hier nun schon dahin, anders kann man es ja wohl nicht nennen. Soll das etwa ewig so weitergehen? Lieber würde ich bei dem Versuch sterben, Elan-Dhor zurückzuerobern, als auf Dauer so zu leben.«

Thilus lächelte flüchtig, aber es wurde eher eine humorlose Grimasse. Worte wie diese hatte er in den letzten Wochen wieder und wieder gehört. Zu oft und aus zu vielen Mündern, und er nahm sie sehr ernst.

»Warst du bei der Schlacht am Tiefenmeer dabei?«, fragte er.

»Nein.« Dulon schüttelte den Kopf, doch in seine Augen trat plötzlich ein Glanz, der Thilus ganz und gar nicht gefiel. »Dafür aber bei der letzten Verteidigung des Südtores. Wir waren noch längst nicht geschlagen und hätten es noch lange halten können, daran gibt es keinen Zweifel. Aber was geschieht stattdessen?« Er schnaubte verächtlich. »Rückzug! Statt unsere Heimat mit allem, was wir haben, zu verteidigen, geben wir die Stadt diesen Ungeheuern preis und fliehen schmachvoll. Unsere Vorfahren hätten einen König, der einen solchen Befehl erteilt, samt seinen Beratern an die Tore des Palastes genagelt, und was tun wir? Wir folgen diesen Verrätern an unserem eigenen Volk auch noch bereitwillig!«

Thilus seufzte erneut. Er konnte bis zu einem gewissen Punkt verstehen, was in dem jungen Krieger vorging, und er wusste, dass vor allem unter den jüngeren Zwergen viele so dachten wie er. Ruhm und Ehre galten nicht nur innerhalb der Kriegerkaste mehr als alles andere, doch darum ging es nicht allein. Dulon war ein junger, heißblütiger Spund mit einem fast kindlichen Gesicht und einem dünnen, noch nicht einmal fingerlangen Bart von der gleichen hellen Sandfarbe wie sein Haar. Vermutlich hatte er erst vor wenigen Jahren seine Ausbildung in den Kasernen abgeschlossen und noch so gut wie keine praktische Kampferfahrung sammeln können. Selbst die letzten der großen Schlachten stellten für ihn und seine Altersgenossen nur noch Erzählungen aus tiefer Vergangenheit dar. Sie waren in einer Zeit relativen Friedens geboren und im Glauben an die militärische Stärke und Unbesiegbarkeit des Zwergenvolkes aufgewachsen, das diesen Frieden mit Gnomen, Goblins oder anderen ihnen unterlegenen Völkern der Tiefenwelt garantierte.

Aber das war vor der Entdeckung der Dunkelelben gewesen.

Rund drei Monate war es mittlerweile her, dass ein Expeditionstrupp von Elan-Dhor, der letzten großen Zwergenstadt, tiefer als jemals zuvor in den Leib der Erde hinabgestiegen und dabei auf einen bislang gänzlich unbekannten Teil der Tiefenwelt gestoßen war. Wie sich inzwischen herausgestellt hatte, waren vor Äonen Abtrünnige des Elbenvolkes, die nach Macht über die jüngeren Völker strebten, nach einem langen, erbitterten Kampf von den siegreichen Hochelben dorthin verbannt worden. Alle Zugänge waren durch magische Siegel verschlossen worden, und selbst das Wissen um diese Ereignisse war im Laufe der Jahrtausende verloren gegangen. Aber wider alle Wahrscheinlichkeit hatten die Abtrünnigen abgeschnitten von der Außenwelt nicht nur auf noch unbekannte Art und Weise überlebt, sondern waren sogar erneut zu ungeheurer Macht erstarkt.

Unwissentlich hatte der Expeditionstrupp eines der Siegel gebrochen und das Verderben damit ausgelöst. Plötzlich hatte sich das Volk der Zwerge mit einem schrecklicheren Feind als jemals zuvor konfrontiert gesehen; Abkömmlingen des einst mächtigsten Volkes der Welt, die nach ihrer langen Gefangenschaft nur noch von Rachsucht, Mordlust und dem Hass auf jegliches andere Leben beseelt schienen. Diese Dunkelelben, wie sie mittlerweile genannt wurden, waren nicht nur unglaublich starke Krieger, sie verfügten auch über magische Kräfte, die alles bisher Bekannte in den Schatten stellten. Vor allem verlieh diese Magie ihnen die Fähigkeit, sich unsichtbar zu machen, wodurch es fast unmöglich war, sich gegen ihre scheinbar aus dem Nichts erfolgenden Angriffe zu verteidigen. Nur die ebenfalls magisch begabten Priesterinnen der Zwergengöttin Li'thil vermochten diese Unsichtbarkeit wenigstens teilweise aufzuheben.

Am Tiefenmeer hatte sich das Volk der Zwerge den unheimlichen Angreifern zur Entscheidungsschlacht gestellt, aber weder die Unterstützung durch die Priesterinnen noch ausgefeilte Verteidigungsstellungen und -strategien, und auch nicht die unerwartet zu Hilfe eilenden Goblins hatten eine vernichtende Niederlage gegen die nicht nur mächtigeren, sondern auch ungleich zahlreicheren Feinde aus der Tiefe verhindern können. Im Anschluss daran hatte es nur noch Rückzugsgefechte gegeben, um Zeit für eine Evakuierung des Zwergenvolkes an die Oberfläche, die Außenwelt, zu gewinnen. Weder tödliche Fallen noch die Sprengung eines Teils der Minen hatten das weitere Vordringen der Dunkelelben verhindern können, bis sie schließlich auch den Kern Elan-Dhors erreicht und erobert hatten – die Stadt mit den Wohnbereichen.

»Barlok wusste ganz genau, was er tat«, behauptete Thilus. »Jedes weitere Blutvergießen wäre völlig sinnlos gewesen und hätte die Erstürmung der Stadt nicht verhindern können.«

»Barlok, der große Heerführer«, sagte Dulon verächtlich. »Er war einst ein gewaltiger Krieger, das will ich gar nicht bestreiten, vielleicht einer der größten Helden, die unser Volk je hervorgebracht hat. Aber mittlerweile steht offensichtlich auch er unter dem Bann dieser Priesterin, die die Macht an sich gerissen hat. Die Hexe hätte niemals den Thron besteigen dürfen, damit hat doch das ganze Unheil begonnen«, ereiferte er sich und gestikulierte dabei wild mit den Händen.

»Das Unheil begann mit dem Brechen der Siegel, die die Dunkelelben gebannt hatten«, korrigierte Thilus und zwang sich, ruhig zu bleiben. Obwohl die Ereignisse gerade erst drei Monate zurücklagen und die Tatsachen jedem noch gut im Gedächtnis hätten sein sollen, wurden sie schon demagogisch verfälscht und uminterpretiert, was ihn zornig machte. »Und das geschah noch unter König Burian, weil er zu gierig seine Hände nach dem in der Tiefe ruhenden Gold ausstreckte. Das wurde zu unserem Fluch, und dafür wurde er abgesetzt. Tharlia hat nur sein Erbe übernommen, und sie hat es immerhin geschafft, unser Volk erst einmal vor dem drohenden Untergang zu retten.«

»Aber zu welchem Preis! Sie hat den Dunkelelben einen einzigen halbherzigen Kampf geliefert, dann hat sie unsere Heimat diesen Bestien preisgegeben und uns in die Verbannung geführt, ins Exil.« Verachtung mischte sich in Dulons Stimme. »Wenn du mich fragst, dann muss sie den Hohen Rat mit ihren Zauberkräften beeinflusst haben, nur so ist zu erklären, dass man ausgerechnet eine Hexe zur Königin gewählt hat. Elan-Dhor besteht seit Jahrtausenden, aber kaum hat sie den Thron bestiegen, fällt die Stadt. Das kann doch kein Zufall sein! Ich jedenfalls sehe darin ein Zeichen der Götter, vielleicht sogar Li'thils selbst, weil ihre Hohepriesterin sich von ihr abgewandt hat, um die Herrschaft zu übernehmen. Aber da ist noch etwas.« Dulon warf einen raschen Blick zu der meditierenden Priesterin neben sich und senkte seine Stimme, als er hinzufügte: »Wer weiß, vielleicht macht diese Tharlia ja sogar gemeinsame Sache mit den Dunkelelben. Diesen Hexen ist alles zuzutrauen, das habe ich schon immer –«

»Jetzt reicht es aber mit diesem Unsinn!«, zischte Thilus scharf, funkelte ihn an und bemühte sich noch stärker, seinen Zorn nicht allzu sehr hochkochen zu lassen. Wie die meisten Zwerge besaß er ein aufbrausendes Temperament, das bei ihm jedoch besonders ausgeprägt und neben seiner verkrüppelten Hand einer der Gründe war, weshalb er innerhalb der Kriegerkaste nie höher aufgestiegen war. Mit aller Macht kämpfte er jedoch in letzter Zeit dagegen an und bemühte sich, seine Zornausbrüche unter Kontrolle zu halten. Dennoch zuckte Dulon zusammen und verstummte sichtlich erschrocken.

»Du würdest nicht so reden, wenn du am Tiefenmeer dabei gewesen wärst und wüsstest, wovon du sprichst«, fuhr Thilus fort. »Das war kein halbherziger Kampf, auch wenn er nur wenige Stunden dauerte. Die Dunkelelben haben unsere Stellungen durch ihre schiere Masse regelrecht überrannt, begreifst du überhaupt, was das bedeutet? Weder Feuer noch Stahl konnten sie aufhalten! Wir hatten keine Chance gegen sie, absolut keine, und am Südtor wäre es nicht anders gewesen. Jeder Versuch, es länger als unbedingt nötig zu verteidigen, hätte nur zu einem sinnlosen Massaker geführt. Und am Ende wäre es dennoch gefallen.«

»Im Kampf zu fallen wäre auf jeden Fall ehrenhafter gewesen, als einfach so alles aufzugeben, was unser Volk in Jahrtausenden aufgebaut hat«, widersprach Dulon, aber mit weitaus weniger Selbstsicherheit und mehr Trotz in der Stimme. »Wir hätten –«

»Ihr hättet euer Leben ohne jeden Nutzen weggeschmissen und durch weitere Tote das Leiden unseres Volkes nur noch vergrößert«, fiel Thilus ihm abermals ins Wort. Zwar war das Streben nach Ehre eine wichtige Triebfeder gerade für jüngere Krieger, aber er hasste es, wenn es zu einer reinen Phrase verkam, mit der man Dummheit und mangelnden Weitblick zu rechtfertigen versuchte. »Aber was noch schlimmer ist – die Dunkelelben scheinen so zahlreich zu sein, dass sie über nahezu unbegrenzte Reserven verfügen. Jeder Tote auf unserer Seite hingegen wird uns bei einem Gegenschlag fehlen, wenn der Tag kommt, an dem wir Elan-Dhor zurückerobern werden.«

»Zurückerobern, aber sicher doch«, sagte Dulon mit bitterem Spott. »Und daran glaubst du wirklich? Verschanzt hinter jahrhundertealten Toren und Mauern aus meterdickem Stein und Stahl, wo alle Vorteile auf unserer Seite lagen, sind wir geflohen, aber du glaubst das Märchen, dass wir Elan-Dhor zurückerobern werden? Wie denn? Wir müssen ja schon aufpassen, dass die Dunkelelben nicht irgendein Loch entdecken, durch das sie ins Freie gelangen und uns sogar hier angreifen.«

Das war der Grund, warum sie genau wie einige andere Posten diese nächtliche Wache an den Hängen des Tharakol schoben. Das Zarkh-Tahal, das große Tor des Ostens, das Elan-Dhor mit der Außenwelt verband, war ebenso wie alle anderen bekannten Zugänge zur Tiefenwelt durch künstlich ausgelöste Lawinen unter Tonnen von Stein begraben worden. Aber in den vergangenen Wochen war es den Dunkelelben gelungen, einige dieser Zugänge wieder freizulegen oder weitere zu entdecken, die nicht einmal den Zwergen vorher bekannt gewesen waren.

»Du vergisst anscheinend Warlon«, erwiderte Thilus mit mühsam erzwungener Ruhe. Er strich sich über seinen dichten, bis fast zum Gürtel reichenden Bart, der ebenso schwarz wie seine langen, unter dem Helm hervorquellenden Haare war. »Wenn es ihm und seinen Begleitern gelingt, bis zu den Elben zu gelangen und sie um Beistand gegen ihre dunklen Brüder zu bitten, wird es uns mit ihrer Hilfe gelingen.«

»Wenn, wenn, wenn«, echote Dulon. »*Wenn* er bis zu den Elben gelangt, *wenn* er ihnen die Gefahr begreiflich machen kann, und *wenn* sie tatsächlich bereit sein sollten, uns zu helfen … Das sind viel zu viele *Wenns*, als dass wir ernsthafte Hoffnungen darauf setzen sollten. Warlon ist ein großer Krieger, ich habe schon unter seinem Kommando gekämpft. Aber die Hochelben haben sich in die unwirtliche Einöde des Nordens zurückgezogen, die Belange anderer kümmern sie nicht mehr. Ich glaube nicht, dass wir von ihnen Hilfe erwarten können, selbst wenn Warlon das fast Unmögliche schafft und sich bis zu ihnen durchschlagen kann. Unsere Völker sind niemals Freunde gewesen und …«

Er verstummte, als erneut das Kullern eines Steins zu hören war, dann eines weiteren. Einen Moment lang hatte Thilus das Gefühl, der Boden unter ihnen würde leicht zittern.

»Was –«

Erschrocken sprang er auf. Er hatte sich nicht getäuscht, das Gestein unter seinen Füßen *hatte* zu vibrieren begonnen. Es war, als würde der gesamte Boden schwanken, und die Erschütterungen verstärkten sich rasend schnell. Ein heftiger Stoß hätte Thilus um ein Haar von den Beinen gerissen.

»Ein … ein Erdbeben!«, keuchte er entsetzt. »An die Felswand, schnell!«

Während Dulon mit schreckverzerrtem Gesicht ebenfalls aufsprang, packte Thilus die Priesterin an den Schultern und schüttelte sie heftig.

»Wacht auf!«

Durch den Schleier hindurch konnte er erkennen, wie sie die

Augen aufschlug. Ohne darauf zu warten, dass sie vollends zu sich kam und die Situation erfasste, zog er sie hoch und zerrte sie mit sich unter einen kleinen Vorsprung in der Felswand, eine kaum einen halben Meter tiefe Höhlung im Gestein, in der auch Dulon mittlerweile Zuflucht gesucht hatte. Geistesgegenwärtig hatte der junge Krieger sogar die Laterne ergriffen und mitgenommen.

Keine Sekunde zu früh. Außer kleinen Kieseln prasselten inzwischen auch größere Gesteinsstückchen von der Höhe des Berges herab und rissen dabei weitere mit sich. Ein Sturzbach aus Geröll unterschiedlicher Größe ergoss sich nur wenige Meter von ihnen entfernt die Bergflanken herab, und noch immer zitterte und bebte der Boden wie ein bockendes Tier. Es schien, als wäre der gesamte Tharakol aus einem langen Schlaf aufgeschreckt und versuche nun die Reste seiner Müdigkeit abzuschütteln.

»Was … was ist das? Was geschieht hier?«, kreischte die Priesterin mit sich überschlagender Stimme.

»Ein Erdbeben«, presste Thilus noch einmal hervor.

Da Zwerge ihre Städte stets unterirdisch anlegten, wurden Erdbeben bei ihnen mehr gefürchtet als alles andere. Anders als in der Nähe der feuerspeienden Vulkanberge tief im Süden ereigneten sie sich in dieser Gegend glücklicherweise extrem selten. Trotz seiner mehr als zweihundert Jahre hatte Thilus bislang noch keines selbst erlebt, aber er hatte von einigen gehört, die in früheren Zeiten verheerende Verwüstungen in Elan-Dhor angerichtet hatten. Er konnte die Angst der Priesterin gut verstehen, musste selbst gegen eine Panik ankämpfen. Immer wieder warf er furchtsame Blicke zu dem Fels über ihren Köpfen, doch schien dieser äußerst massiv zu sein.

Die Sekunden schienen sich zu nicht enden wollenden Stunden zu dehnen, in denen sie sich zitternd an die Wand pressten, während Felsen mit Urgetöse an ihnen vorbei ins Tal donnerten. Ein Brocken mit gut einem halben Meter Durchmesser stürzte genau in die Mulde, in der sie zuvor gesessen hatten und blieb dicht vor ihnen liegen, dann endlich ließen die Erdstöße, die den Boden erschütterten, nach, und der Fels kam wieder zur Ruhe. Trotzdem löste sich noch vereinzelt Gestein und fiel krachend in die Tiefe, sodass sie noch mehrere Minuten warteten, bis sie es wagten, den Schutz der kleinen Einbuchtung in der Felswand zu verlassen.

Die Dunkelheit breitete einen gnädigen Mantel über die Verwüstungen, das schwache Licht des hinter Wolken verborgenen Mondes und der Lichtschein der Laterne reichten gerade aus, die unmittelbare Umgebung zu erkennen. Von dem Weg, der vom Tal bis hinauf zum Zarkh-Tahal führte, war nichts mehr zu sehen, er war vollständig unter Geröll begraben.

»Das … das war das Schrecklichste, was ich je erlebt habe«, stammelte die Priesterin. Noch nie hatte Thilus ein Mitglied ihres Ordens in einem solchen Zustand erlebt. Gewöhnlich waren gerade die Priesterinnen für ihre Selbstbeherrschung bekannt, mindestens ebenso sehr wie die Krieger. »Li'thil sei Dank, dass wir bislang von solchem Grauen verschont blieben, und die Göttin möge uns auch künftig davor schützen.«

»Wir müssen ins Tal hinunter und nachsehen, wie groß die Verwüstungen dort sind«, stieß Dulon hervor. »Nicht nur in der Garnison, sondern vor allem in der Stadt selbst. Bestimmt hat es Tote und Verletzte gegeben. Wir –«

»Nein!«, fiel Thilus ihm ins Wort. »Wir können noch nicht gehen. Wir müssen unsere Wache fortsetzen und den Berghang absuchen.«

»Aber meine Familie! Meine Frau und Kinder –«

»Nein!«, sagte Thilus noch einmal scharf, obwohl ihn die gleichen Ängste wie den jungen Krieger peinigten. Er besaß weder Frau noch Kinder, aber anders als Dulon gehörte er keinem der großen Häuser an, sondern war allein für die Versorgung zweier jüngerer Schwestern verantwortlich, von denen eine ihren Mann beim Kampf gegen die Dunkelelben verloren hatte, sodass sie und ihr erst zwölfjähriger Sohn dringender denn je auf ihn angewiesen waren.

»Wenn ihnen etwas zugestoßen ist, werden andere sich um sie kümmern«, fuhr Thilus nach einer kurzen Pause fort. »Unsere Aufgabe liegt hier, jetzt mehr denn je. Durch die Erdstöße können sich Risse im Gestein gebildet haben, die bis in die Tiefenwelt reichen. Öffnungen, durch die die Dunkelelben ins Freie gelangen könnten. Dieses Risiko dürfen wir nicht unterschätzen.«

Dulon rang einen Moment lang mit sich, nickte dann aber, als er erkannte, dass diese Gefahr keineswegs an den Haaren herbeigezogen war.

»Du hast recht, wir müssen unsere Pflicht erfüllen«, murmelte er widerstrebend und schauderte, anscheinend weil ihm bewusst wurde, welche schrecklichen Folgen ein ohne Vorwarnung erfolgender Überfall der Dunkelelben auf den nur schwach befestigten Militärstützpunkt am Fuße des Tharakol hätte. Wenn die Garnison fiel, weil sie oder die anderen auf den Berghängen verteilten Wachen ihre Posten verließen und ein Entkommen der Dunkelelben deshalb nicht rechtzeitig bemerkten, dann stand dem Feind der Weg zur Stadt offen, die rund einen Tagesmarsch weiter nördlich im Entstehen begriffen war und dem Zwergenvolk zumindest vorübergehend eine neue Heimstatt bieten sollte.

Er warf einen Blick zu den fernen, winzig kleinen Lichtern unten im Tal, nickte noch einmal und zog sein Schwert, dann ließ er seinen Blick an der Flanke des Berges emporwandern. »Aber wo sollen wir anfangen?«

»Bei den Dämonen der Unterwelt, das bringt doch überhaupt nichts«, murrte Dulon, lehnte sich gegen einen Felsen und stellte die Laterne vor sich auf den Boden. Gut eine Viertelstunde war seit ihrem Aufbruch aus der Mulde verstrichen, in der sie den ersten Teil ihrer Wache verbracht hatten, aber sie hatten sich bislang kaum mehr als zwei Dutzend Schritte davon entfernt. »Hier können wir suchen, bis wir schwarz werden.«

Thilus musste sich widerwillig eingestehen, dass sein Begleiter nicht ganz unrecht hatte. Ihre Suche glich der nach einem

Goldkörnchen in einer riesigen Geröllhalde. Der Felshang war zerklüftet und von unzähligen Rissen und Schründen durchzogen. Selbst wenn die gesamte Kriegerkaste dazu eingeteilt würde, würde es Monate dauern, jeden Spalt zu untersuchen, der groß genug war, dass ein Dunkelelb möglicherweise hindurchschlüpfen könnte.

»Und was schlägst du stattdessen vor?«, fragte er und lehnte sich ebenfalls an einen Felsen. Um ein Haar wäre es seine letzte Bewegung gewesen. Der massive Brocken stand so wackelig, dass das zusätzliche Gewicht ausreichte, ihn über eine Felsnase stürzen zu lassen. Wild begann Thilus mit den Armen zu rudern und konnte mit knapper Not das Gleichgewicht halten. Dulon sprang hinzu und wollte ihn packen, aber da hatte Thilus bereits wieder festen Stand gefunden. Schaudernd blickte er dem in die Tiefe polternden Felsen nach, der auf seinem Weg weiteres Gestein zermalmte und mit sich riss.

»Da hast du es! Wenn wir weiter ziellos hier herumirren, werden wir uns noch alle zu Tode stürzen«, behauptete Dulon. »Das hat doch alles überhaupt keinen Sinn. Unter der Erde dürften die Auswirkungen des Bebens noch viel schlimmer als hier sein. Wahrscheinlich haben diese Elbenmonster zurzeit ganz andere Sorgen, als sich einen Weg an die Oberfläche zu suchen.«

»Wir werden uns trotzdem weiter umsehen«, ergriff erstmals seit ihrem Aufbruch die Priesterin mit fester Stimme das Wort. Von der Panik, die sich ihrer während des Erdbebens bemächtigt hatte, war nichts mehr zu merken, sie sprach mit ruhiger, selbstbewusster Stimme. »Ich werde spüren, wenn sich Dunkelelben in der Nähe befinden oder es einen offenen Durchgang gibt, der bis zu ihnen führt.«

»Aber …« Dulon brach ab, schüttelte den Kopf und warf noch einmal einen fast sehnsüchtigen Blick zu den Lichtern unten im Tal, verzichtete aber auf jeden weiteren Protest.

Auch Thilus war sich nicht sicher, was er von der Behauptung der Priesterin halten sollte. Er hatte selbst erlebt, dass die Hexen, wie man sie im Volksmund abwertend nannte, die Gegenwart der Unsichtbaren spüren und sie sogar zumindest teilweise sichtbar machen konnten, allerdings nur, wenn diese sich in unmittelbarer Nähe befanden. Insofern zweifelte er nicht daran, dass auch ihre Begleiterin über diese Fähigkeit verfügte, schließlich befand sie sich aus genau diesem Grund bei ihnen. Zweifel hegte er lediglich daran, ob sie tatsächlich auch eine bis in die Tiefenwelt hinabreichende Verbindung erkennen könnte, solange sich *keine* Dunkelelben in der Nähe befanden.

Dennoch behielt er seine Skepsis für sich. Ob die Priesterin ihre Fähigkeiten überschätzte oder nicht, sie boten in jedem Fall die größte – vielleicht einzige – Aussicht auf einen Erfolg.

Weiter ging die halsbrecherische Kletterei. Wie gefährlich jede unbedachte Bewegung sein konnte, hatten sie gerade erst erfahren müssen, und entsprechend vorsichtig waren sie nun bei jedem Schritt. Es würde noch Tage, vielleicht Wochen oder gar Monate dauern, bis sich das Gestein wieder so weit beruhigt hatte, dass sie nicht befürchten mussten, bei der leichtesten Berührung neue Geröllawinen auszulösen. Wenigstens verzogen sich nach und nach die Wolken, die bislang den Mond verdeckt hatten, sodass er genug Licht spendete, dass sie nicht mehr allein auf den Schein der Laterne angewiesen waren, um sich zu orientieren.

Mehr als eine Stunde verstrich ereignislos, bis die Priesterin plötzlich so abrupt stehen blieb, dass Thilus fast gegen sie geprallt wäre.

»Was ist los?«, erkundigte er sich alarmiert. Es dauerte mehrere Sekunden, bis er eine Antwort bekam.

»Da ist etwas«, stieß die Priesterin hervor und blickte sich in alle Richtungen um. »Ich … spüre etwas.«

Thilus zuckte erschrocken zusammen. Zwar waren die Kreaturen aus der Tiefe der Grund für ihre Wache und auch für diese Suche, dennoch hatte er freilich mit aller Inbrunst gehofft, dass ihre Vorsicht unnötig sein würde und es zu keinem Kampf mit diesem schrecklichsten aller Feinde käme.

»Dunkelelben?«

»Ich bin … nicht sicher. Die Ausstrahlung ist nur sehr schwach und …« Sie verstummte und zuckte die Schultern, lauschte noch einmal einen Moment in sich hinein und deutete dann nach rechts. »Es kommt von dort.«

Genau wie Dulon zog Thilus sein Schwert, auch wenn die Kletterei dadurch für ihn noch gefährlicher wurde, da es ihm im Notfall kaum gelingen würde, sich allein mit seiner verkrüppelten Linken irgendwo festzuhalten. Glücklicherweise war das Gelände an dieser Stelle jedoch einigermaßen eben, aber wenn der schlimmstmögliche Fall eintrat und sich Dunkelelben in der Nähe befinden sollten, die einen Weg an die Oberfläche gefunden hatten, wäre es völliger Wahnsinn, ihnen unbewaffnet gegenüberzutreten.

Sie überquerten ein von Geröll übersätes, mehrere Dutzend Meter durchmessendes Plateau, dann deutete die Priesterin auf einen der zahllosen Risse in der Felswand, gerade breit genug, dass ein Zwerg sich mit Mühe seitlich hindurchquetschen könnte.

»Was ich spüre, kommt von dort. Eine fremde Aura. Da ist …« Sie stockte einen Moment. »Etwas kommt rasch näher. *Es ist da!*«, fügte sie dann mit sich plötzlich fast überschlagender Stimme hinzu. Gleichzeitig presste sie ihre Fingerspitzen vor der Brust gegeneinander und murmelte dann einige fremdartige, kehlig klingende Wörter.

Inmitten der Dunkelheit der Felsöffnung schienen mit einem Mal Schatten zu wabern, dann löste sich eine nur als undeutlicher, finsterer Schemen erkennbare Gestalt daraus und raste wie ein schwarzer Blitz auf Thilus zu.

Im letzten Moment riss dieser sein Schwert in die Höhe und schaffte es, die Klinge zur Seite zu schlagen, die auf seine Brust zielte. Klirrend traf Stahl auf Stahl, glitt mit einem markdurchdringenden Kreischen aneinander entlang. Funken stoben auf. Die Wucht des Zusammenpralls trieb Thilus einen Schritt zurück, doch sofort fand er wieder festen Stand.

Neben ihm schrie Dulon auf. Zwar riss auch er sein Schwert hoch, ließ aber gleichzeitig vor Schreck die Laterne fallen. Glücklicherweise zerbrach sie beim Aufprall auf dem Boden nicht, sondern brannte weiter. Von der Großspurigkeit, mit der der junge Krieger Elan-Dhor vorhin noch notfalls bis zum Tod hatte verteidigen wollen, war nicht mehr viel übrig geblieben. Es war eben doch etwas anderes, als Teil starker Verteidigungsstreitkräfte auf einer massiven, hohen Mauer zu stehen und Speere und Brandsätze auf die als gesichtslose Masse heranbrandenden Dunkelelben zu schleudern, als im direkten Kampf einer der unheimlichen Kreaturen gegenüberzustehen, die überhaupt nur durch die magischen Kräfte der Priesterin wenigstens schemenhaft sichtbar geworden war.

Offenbar zu spät hatte der Dunkelelb erkannt, dass seine Unsichtbarkeit ihm keine Tarnung mehr bot und sein vermeintlicher Überraschungsangriff deshalb keiner mehr war, doch jetzt bewies er, dass er keineswegs allein auf feige Heimtücke angewiesen war. In einer unglaublich schnellen und präzisen Bewegung riss er sein Schwert herum, ließ es erst gegen Dulons Klinge krachen, dass diesem die Waffe fast aus der Hand geprellt worden wäre und er mehrere Schritte zurücktaumelte, dann führte der Elb aus der gleichen Bewegung heraus einen erneuten Angriff gegen Thilus, den dieser nur mit knapper Not parieren konnte.

Er war ein altgedienter, erfahrener Krieger, der bereits zahlreiche Kämpfe ausgefochten hatte, aber wie schon während der Schlacht am Tiefenmeer bekam er jetzt ein weiteres Mal zu spüren, welche furchtbaren Feinde die Dunkelelben waren; absolute Meister der Schwertkunst und in keinster Weise zu vergleichen mit Gnomen oder Goblins oder den anderen Bedrohungen, die in der Tiefenwelt lauerten.

Wieder zuckte das Schwert vor, eine Bewegung, die Thilus mehr erahnte, als dass er sie wirklich sah, da auch die Klinge nur ein undeutlicher Schemen war; zudem so schnell, dass kein Blick sie einzufangen vermocht hätte.

Aber der Schwertkampf war Thilus' Metier, und er war nicht allein auf die manchmal trügerischen Wahrnehmungen seiner Augen angewiesen. Seine Bewegungen wurden zu einer bizarren Art von Tanz. Von Instinkten geleitet ließ er seine Klinge wie ein Berserker wirbeln, parierte Schläge und Stiche, duckte sich unter Hieben hindurch oder wich zur Seite aus, suchte dabei nach einer Lücke in der Abwehr seines Gegners.

Gleichzeitig musste er aufpassen, dass er auf dem unebenen, mit Geröll bedeckten Boden nicht das Gleichgewicht verlor. Ein einziger Fehltritt würde zweifellos seinen Tod bedeuten.

Der Kampf währte gerade erst zwei, drei Sekunden, doch durch die blitzartigen Bewegungen kam es Thilus viel länger vor. Sein Schwertarm begann bereits zu schmerzen, und obwohl es noch nicht so weit war, dass seine Kraft nachließ, begriff er doch, dass er den Kampf nicht mehr lange durchstehen würde. Seine einzigen Vorteile waren seine Erfahrung und die große Kraft, die seine angeborene Stämmigkeit ihm verlieh, dafür war ihm sein Gegner an Wendigkeit und Geschick überlegen.

Und jeden Moment konnten weitere Dunkelelben aus dem Felsspalt hervorquellen …

Eine Gelegenheit für einen Konter ergab sich endlich, als Dulon erneut hinzusprang. Für einen Sekundenbruchteil war der Elb abgelenkt, als er den Angriff des jüngeren Zwergs parierte, doch diese Zeit reichte Thilus. Er entdeckte die Lücke in der Verteidigung seines Gegenübers, stieß blitzschnell sein Schwert vor und rammte ihm die Klinge tief in die ungeschützte linke Seite.

Die schattenhafte Kreatur krümmte sich. Thilus riss sein Schwert mit aller Kraft hoch, ließ es niedersausen und schlug ihr den Kopf ab, noch bevor sie Zeit fand, auch nur einen Schrei auszustoßen.

Dieser erscholl stattdessen nur Augenblicke später hinter ihm.

»Vorsicht, es ist noch –«, kreischte die Priesterin. Weiter kam sie nicht.

Alles schien plötzlich gleichzeitig zu geschehen. Thilus fuhr herum und sah einen Schatten auf sie zuspringen, dann wurden die weiteren Worte der Priesterin in einem schrecklichen Gurgeln und Blubbern erstickt, als sich ihr Mund mit Blut füllte, das ihr über die Lippen quoll. Noch während sie zusammenbrach, zerfaserte der nur für Sekundenbruchteile hinter ihr sichtbar gewordene Schatten wieder, der sie mit seiner Klinge durchbohrt hatte, denn mit dem Tod der Hexe erlosch auch ihre Magie und der Mantel der Unsichtbarkeit umhüllte den Gegner erneut.

Dulon ließ sein Schwert dort niedersausen, wo sich der Dunkelelb gerade noch befunden hatte, doch seine Klinge traf ins Leere. Gleich darauf wirbelte sein Schwert durch die Luft, zusammen mit dem Arm, der es gehalten hatte, und kaum eine halbe Sekunde später traf etwas mit ungeheurer Wucht seinen Helm, schnitt durch den massiven Stahl und spaltete seinen Kopf bis zum Hals hinab.

Panik wallte in Thilus hoch. Er stand allein gegen mindestens einen Dunkelelb. So tragisch Dulons Tod war, ungleich verhängnisvoller – vor allem für ihn selbst – war der der Priesterin. Sie allein war in der Lage gewesen, die Tarnung der Kreatur aufzuheben.

Wild ließ Thilus sein Schwert nach allen Seiten wirbeln, doch retten würde ihn auch das nicht, dessen war er sich bewusst. Er schloss mit seinem Leben ab. Wie sollte er gegen einen Unsichtbaren kämpfen, gegen ein Wesen, das praktisch überall sein und sich ihm unbemerkt aus jeder Richtung nähern konnte? Es war einfach unmöglich, wie schon die Erfahrungen beim ersten Zusammentreffen mit den Ungeheuern in der Tiefenwelt gelehrt hatten.

Mit der verkrüppelten Hand griff Thilus nach dem an seinem Gürtel befestigten Horn. Vielleicht gelang es ihm wenigstens noch, ein Alarmsignal zu blasen, um die anderen zu warnen, dann wäre sein Tod wenigstens nicht sinnlos.

Von links ertönte ein kaum wahrnehmbares Geräusch. Thilus vergaß das Horn, als er die winzige Chance erkannte, die sich ihm bot. Kraftvoll trat er zu. Sein Stiefel glitt scharrend über den Boden, ließ Staub aufwirbeln und schleuderte einen Hagel aus winzigen Steinchen in die Richtung, aus der das Geräusch ertönt war, das die Position des Dunkelelben zumindest ungefähr erahnen ließ.

Statt sein Horn zu ergreifen, ließ Thilus gleichzeitig seine Hand ein Stückchen weiter am Gürtel entlangwandern, packte den Griff seines Dolches und schleuderte die Waffe seinem Gegner entgegen.

Er traf.

Der Dolch schien mitten in der Luft stecken zu bleiben. Ein schriller, durch Mark und Bein gehender Schrei ertönte. Erneut wurden die Umrisse der Kreatur undeutlich sichtbar, als die Verletzung und der dadurch hervorgerufene Schmerz ihre Konzentration für einen Moment beeinträchtigten und sie ihre Unsichtbarkeit nicht mehr in der bisherigen Perfektion aufrechterhalten konnte.

Dieser Moment genügte Thilus. Entschlossen sprang er vor, führte zwei, drei wuchtige Schwerthiebe gegen die Klinge seines Gegners, duckte sich seinerseits unter einem Streich hindurch und rammte der Kreatur mit aller Kraft den Stahl durch die Kehle.

Helles, nahezu farbloses Blut sprudelte aus der Wunde. Tödlich getroffen brach der Dunkelelb zusammen, starrte ihn noch einige Sekunden lang voller Hass an und versuchte vergeblich, ein letztes Mal sein Schwert zu heben und nach ihm zu schlagen.

Dann starb er, und im Tode verlor seine Magie vollends ihre Wirkung. Das Glühen seiner Augen erlosch, und ebenso wie sein Artgenosse zuvor wurde er zur Gänze sichtbar.

Thilus starrte auf die reglos vor seinen Füßen liegende Gestalt hinab, die deutlich größer war als ein Zwerg, etwas größer sogar noch als die meisten Menschen, und dabei so schlank, dass sie geradezu hager wirkte. Gekleidet war sie von Kopf bis Fuß in eine Art Uniform aus eng anliegendem schwarzen Leder. Die Haut des Elben war ebenso gespenstisch bleich wie sein langes, glatt fallendes Haar, das seinen Kopf im Tode wie ein Strahlenkranz umgab und seine spitz zulaufenden Ohren enthüllte.

Tot verlor die Kreatur viel von ihrem Schrecken, wirkte auf eine bizarre Art sogar beinahe ästhetisch, wie eine Erscheinung aus einer fremden Welt. Und in gewisser Hinsicht war sie das ja auch, doch handelte es sich um eine Welt, die allein vom Grauen beherrscht wurde.

Hasserfüllt versetzte Thilus dem Leichnam einen Fußtritt, dann bückte er sich, zog den Dolch aus seiner Brust und wischte die Klinge ebenso wie die des Schwertes an der Kleidung des Toten sauber.

Erst dann wurde ihm wieder bewusst, dass die Gefahr noch keineswegs gebannt war. Es war durchaus möglich, dass sich noch andere Dunkelelben in der Nähe herumtrieben, und selbst wenn nicht, konnten jeden Moment weitere durch den Riss im Fels an die Oberfläche gelangen. Erschrocken fuhr er zusammen und holte endlich nach, was er zuvor schon hatte tun wollen: Er löste sein Horn vom Gürtel und blies kräftig hinein; dreimal kurz und einmal lang, das vereinbarte Alarmsignal. Laut und klar schallte das Signal durch die Nacht, hallte machtvoll von den Berghängen wider, wurde von ihnen zurückgeworfen und noch verstärkt.

Was immer noch geschehen mochte, wenigstens waren die Zwerge in der Siedlung unten im Tal nun gewarnt und würden keine ahnungslosen Opfer eines aus dem Verborgenen geführten Angriffs werden. Darüber hinaus würden sie Verstärkung heraufschicken, doch Thilus wusste, dass seine Pflicht auch damit noch nicht erfüllt war. Es würde mindestens eine Stunde dauern, bis die Verstärkung eintraf, angesichts der größtenteils durch die Steinschläge verschütteten und unter Tonnen von Geröll begrabenen Wege vermutlich sogar eher zwei Stunden. Mehr als genug Zeit für die Dunkelelben, um eine komplette Streitmacht zu sammeln. Dazu durfte es unter keinen Umständen kommen, solange sich ihm auch nur die geringste Chance bot, es zu verhindern.

Tapfer kämpfte er gegen seine Furcht an und unterdrückte sie, aber es blieb dennoch mehr als nur ein beklommenes Gefühl zurück. Thilus musste all seinen Mut zusammennehmen, um die Laterne aufzuheben und sich langsam dem Riss in der Felswand zu nähern. Sein Unterbewusstsein gaukelte ihm Geräusche und Bewegungen vor, und obwohl er wusste, dass es sich nur um Einbildung handelte, rechnete ein Teil von ihm doch jeden Moment damit, dass ihn aus dem Nichts ein tödlicher Schwertstreich treffen würde. Mit zum Zerreißen gespannten Nerven drang er weiter vor. Bei jedem Schritt scharrte er mit den Füßen über den Boden, um kleine Wolken aus Sand und Staub hochzuwirbeln, aber wenn irgendwo in unmittelbarer Nähe eine Bedrohung lauerte, so konnte er sie zumindest nicht erkennen.

Seine Hoffnung steigerte sich, dass die beiden Dunkelelben vielleicht nur eine Art Vorhut gewesen waren, so etwas wie Späher, die erkunden sollten, wohin der Spalt führte. Oder vielleicht waren sie auch die bislang Einzigen, die ihn durch puren Zufall entdeckt hatten, was Thilus mit Abstand am liebsten gewesen wäre.

Unbeschadet erreichte er den Riss, doch der schlimmste Teil seiner Aufgabe stand ihm nun noch bevor. Thilus stellte die Laterne unmittelbar vor der Öffnung ab, steckte sein Schwert in die Scheide zurück und zog dafür zwei Beutelchen mit Sprengpulver aus einer Tasche seines Lederwamses. Sein Herz hämmerte, als wolle es aus seiner Brust brechen.

»Bei den Dämonen der Unterwelt, warum gerade ich?«, murmelte er. »Li'thil, gib mir Kraft!«

Er atmete ein paar Mal tief durch, führte sich noch einmal vor Augen, wie viel vom Erfolg seines Tuns abhing, und versuchte sich zur Ruhe zu zwingen, dann betrat er beherzt den Riss in der Felswand.

Im Gegensatz zu den geradezu dürren Dunkelelben war Thilus wie die meisten Zwerge stämmig und ein wenig untersetzt. Nur mit Mühe konnte er sich seitlich in den Spalt zwängen und

Stück für Stück weiter vorwärtsschieben. Zugleich war er in dieser Position bei einem Angriff vollkommen hilflos, aber es gab keine andere Möglichkeit, wenn er den Durchgang verschließen wollte. Zündete er das Sprengpulver direkt am Eingang, würde die Wirkung zum größten Teil verpuffen. Die Gefahr wäre zu groß, dass er lediglich einen kleinen Steinschlag verursachte, der leicht wieder aus dem Weg zu räumen wäre und die Dunkelelben kaum aufhalten würde.

Stück für Stück schob er sich mit immer noch hämmerndem Herzen weiter vorwärts. Erst als er gut drei Meter weit in den Spalt vorgedrungen war, entschied er, dass dies weit genug war. Jede Sekunde konnte er entdeckt und sein Vorhaben dadurch vereitelt werden – es wäre töricht gewesen, sein Glück weiter auf die Probe zu stellen. Außerdem war die Stelle ideal, da hier ohnehin bereits zahlreiche feine Risse den Fels durchzogen, sodass eine große Wahrscheinlichkeit bestand, dass bei einer Sprengung alles in sich zusammenbrechen und der Spalt über eine Länge von vielen Metern so komplett verschüttet werden würde, dass es den Dunkelelben nicht gelingen würde, ihn noch einmal freizulegen.

So schnell und geschickt er es mit nur einer Hand vermochte, verstaute er die beiden Beutelchen in einem Loch im Fels, versah sie mit einer Zündschnur und setzte diese mit seinen Feuersteinen in Brand. Knisternd fraß sich die Flamme daran entlang.

Thilus hatte die Zündschnur reichlich bemessen, dennoch blieben ihm nur knapp zwei Minuten, um sich in Sicherheit zu bringen. So schnell er nur konnte, schob er sich wieder seitlich auf den Ausgang zu. In Gedanken zählte er dabei die Sekunden.

Es gab einen grauenvollen Schreckmoment, als er auf halbem Weg plötzlich feststeckte. Sein Lederwams war an einem kleinen Felsvorsprung hängen geblieben. So gut es ihm in der drückenden Enge möglich war, nestelte er daran herum, wich schließlich wieder einen halben Schritt tiefer in den Spalt hinein und konnte sich endlich befreien, aber alles hatte ihn wertvolle Sekunden gekostet; Sekunden, die über Leben oder Tod entscheiden mochten.

Mehr als die Hälfte der knappen Frist war bereits verstrichen, als er den Ausgang erreichte. Hastig raffte er die Laterne vom Boden an sich und begann zu laufen, so schnell seine kurzen Beine ihn trugen. Zwerge besaßen eine enorme Kraft und Ausdauer, deutlich mehr als beispielsweise die meisten Menschen, aber für schnelle Wettläufe waren sie von ihrem Körperbau her nicht unbedingt geschaffen. Zum ersten Mal wünschte er sich, längere Beine zu haben wie die Menschen, oder wenigstens die Flinkheit anderer Bewohner der Tiefenwelt, der Gnome oder Goblins, zu besitzen.

Als er das Ende des Plateaus erreichte, blieben ihm seiner Zählung zufolge noch knapp fünfzehn Sekunden, doch entweder hatte er die Länge der Zündschnur in der Enge und Dunkelheit falsch bemessen, oder er hatte sich verzählt, denn bereits in diesem Moment ertönte ein lauter Donnerschlag hinter ihm, gefolgt von dem Bersten zusammenbrechender Felsmassen. Aus den Augenwinkeln nahm er ein grelles Licht wahr, dann quoll eine Wolke aus Staub aus dem Spalt, durchsetzt mit Steinbrocken, die durch die Wucht der Explosion herausgeschleudert wurden und wie tödliche Geschosse meterweit durch die Luft wirbelten.

Wie schon während des Erdbebens presste sich Thilus dicht an die Felswand, und das keine Sekunde zu früh. Die Erschütterungen pflanzten sich durch den Berghang fort, lösten weitere Gesteinslawinen.

Felsbrocken polterten herab und schlugen krachend auf dem Plateau auf und zerbarsten dabei teilweise. Splitter spritzten in alle Richtungen davon. Instinktiv drehte sich Thilus schützend zur Seite und riss den Arm hoch, um sein Gesicht zu bergen.

Nach nicht einmal einer Minute, die ihm jedoch auch jetzt wieder wie eine Ewigkeit erschien, kam der Tharakol schließlich erneut zur Ruhe. Thilus atmete auf und blickte sich um. Ein Bild der Verwüstung bot sich ihm, als sich der in dichten Schwaden in der Luft hängende Staub zu legen begann. Noch mehr Geröll und Felsbrocken als zuvor hatten das Plateau in ein Trümmerfeld verwandelt, aber das war ihm gleichgültig. Mit grimmiger Zufriedenheit erkannte er, dass seine Verzweiflungstat Erfolg gehabt hatte.

Die Explosion musste den Gang auf viele Meter Länge zum Einsturz gebracht haben, aber damit noch nicht genug. Wo zuvor der Riss in der Felswand geklafft hatte, türmten sich nun hohe, tonnenschwere Gesteinsbrocken. Ein beträchtlicher Teil des Hangs oberhalb des Ganges war ins Rutschen geraten und bildete ein schier unüberwindliches Hindernis vor dem Zugang.

Thilus ließ sich an der Felswand zu Boden sinken. Wo seine Haut ungeschützt war, hatten die scharfkantigen Splitter ihm mehrere blutende Schnitte und Schrammen zugefügt, doch er nahm sie kaum wahr, fühlte nur Erleichterung, dass die Gefahr zumindest für den Augenblick gebannt war.

Erschöpft wartete er auf das Eintreffen der Verstärkung.

2

FINSTERWALD

Das vormals so idyllische Tal hatte sich in einen Friedhof verwandelt.

Schwer und drückend lastete über dem Ort die Stille des Todes, der sich als ungeladener Gast heimlich in der Nacht angeschlichen und seine grausame Ernte eingebracht hatte. Eines Todes, der in schwarzes Leder und einen gleichfalls schwarzen Umhang gekleidet war – mit leichenblasser Haut, bleichen, langen Haaren und rot glühenden Augen. Eines Todes, der Warlon mittlerweile schon beinahe vertraut und so verhasst wie nichts anderes auf der Welt war.

Mit gesenktem Kopf und brennenden Augen starrte der Zwerg auf die drei frischen, lediglich mit einigen Blumen verzierten Grabhügel am Ufer des kleinen Baches. Dabei rief er in Gedanken noch einmal die Erinnerung an Shaali wach, die wunderschöne Shaali mit ihren goldgelockten Haaren und dem ausdrucksvollen, zarten Gesicht. Und an Tora und Torn, ihre beiden Kinder. Trauer und Schmerz bohrten sich tief in ihn, während er Abschied von ihnen nahm. Tränen rannen ihm aus den Augen und versickerten in seinem rötlichen Bart, der ebenso lang und buschig wie sein Haupthaar war. Es geschah selten, dass ein Zwerg weinte, aber er kämpfte nicht dagegen an.

Es war alles seine Schuld!

Dieser Gedanke, der wieder und wieder auf seinen Kopf einhämmerte, war vielleicht das Schlimmste überhaupt. Seit er mit mehreren Begleitern von Elan-Dhor aufgebrochen war, um zu den Elben zu gelangen, die sich schon vor langer Zeit tief in die

Einöde hoch im Norden zurückgezogen hatten, schienen sich Leid und Tod wie ein unsichtbarer Begleiter an seine Fersen geheftet zu haben und jeden zu ereilen, der ihm nahe kam. Allerdings hatte er bis vor wenigen Stunden noch nicht gewusst, in welch wahrstem Sinne des Wortes es sich so verhielt…

Shaali, Tora und Torn waren nicht die einzigen Opfer der vergangenen Nacht, die dieser Fluch ereilt hatte. Auch er hatte an diesem Morgen bereits Gräber ausgehoben.

Zu acht hatten sie Elan-Dhor verlassen, doch von diesen acht waren außer ihm selbst nur noch Ailin am Leben, die Weihepriesterin Li'thils, und Lokin, der Dieb und Schmuggler, der sie bislang geführt hatte, weil er wegen seiner Schmuggelei mit den Menschen einer der wenigen Zwerge war, die sich an der Oberfläche auskannten. Von einem Waldläufer namens Malcorion hatten sie gehofft, wichtige Hinweise für ihre Suche nach der Heimstatt der Elben zu erhalten, doch am vergangenen Abend waren sie in einen Hinterhalt räuberischer Trolle und Tzuul geraten, die es auf ihr Gold abgesehen hatten. Alle fünf Krieger, die ihre Eskorte gebildet hatten, waren niedergemetzelt worden, und das nur wegen einiger wertloser Steine, die nur durch die Ausstrahlung einer Elbenrune das Aussehen von Gold angenommen hatten und ihren Glanz schon bald wieder verlieren würden, wie Malcorion erklärt hatte.

Bereits in aller Frühe hatte sich Warlon zusammen mit Ailin und Lokin auf den Weg zum Waldrand gemacht, um die toten Gefährten zu begraben. Es war seltsam – obwohl sie seinem eigenen Volk angehörten und er sie schon lange kannte, machte ihr Tod ihm weniger zu schaffen als der von Malcorions Frau und seinen Kindern. Vielleicht, weil es sich um Krieger handelte, für die die Begegnung mit dem Tod ebenso wie für ihn selbst ein tägliches Handwerk gewesen war, und die gewusst hatten, auf was für eine gefährliche Mission sie sich einließen.

Shaali und die Kinder jedoch waren Zivilisten gewesen, unschuldige Opfer eines Krieges, mit dem sie rein gar nichts zu tun hatten. Und sie waren auch nicht von räuberischem Gesindel umgebracht worden, sondern von einem Dunkelelben. Das Ungeheuer musste dem Expeditionstrupp schon seit dem Aufbruch aus der Tiefenwelt unbemerkt gefolgt sein, ohne dass sie etwas davon bemerkt hatten. Hier, in diesem verborgenen Tal, in das sich Malcorion abgeschieden vom Rest der Welt zurückgezogen hatte, um sich nur noch seiner Familie zu widmen, hatte es in der Nacht zugeschlagen, war ins Haus eingedrungen und hatte sein blutiges Handwerk verrichtet – und das war es, was Warlon sich nicht verzeihen konnte.

Er und seine Begleiter hatten den Dunkelelb hergeführt. Hätten sie den ehemaligen Waldläufer nicht gesucht, und hätte er sie nicht arglos in dieses abgeschiedene Tal eingeladen, um sie zu bewirten und ihnen zu helfen, wären seine Frau und seine Kinder noch am Leben.

Warlon spürte eine Berührung an seiner Hand, als sich Ailins Finger um seine klammerten. Hoch aufgerichtet stand sie neben ihm, ihr unverschleiertes, von blondem, entgegen der Zwergenart kurzgeschnittenem Haar eingefasstes Gesicht schön wie ein geschliffener Edelstein. Sie ließ sich ihre Trauer nicht anmerken, aber Warlon wusste, dass sie ebenso litt wie er, doch war er unsicher, ob sie ihm mit ihrer Berührung Trost spenden wollte oder selbst welchen bei ihm suchte. Vielleicht beides.

»Es wird Zeit. Wir haben heute noch einen weiten Weg vor uns«, sagte Malcorion unvermittelt und wandte sich abrupt von den Gräbern ab. »Geht schon einmal vor, ich habe noch etwas zu erledigen.«

Warlon nickte stumm.

So zynisch es auch sein mochte, zumindest in einer Hinsicht hatte der Dunkelelb ihnen mit seiner grauenhaften Tat sogar einen Gefallen getan. Schon vor Jahren hatte Malcorion Abschied von seiner Zeit als Waldläufer genommen, während der er – soweit sie wussten als einziger Mensch – auch bei den Elben mehrfach zu Gast gewesen war, sodass er den Weg zu ihnen kannte.

Zwar war er bereit gewesen, eine Karte für sie anzufertigen, doch sie hatten ihn nicht dazu bewegen können, sie selbst hinzuführen.

Nun jedoch war seine Familie, die er nicht hatte verlassen wollen, ausgelöscht, und es gab nichts, was ihn noch hier hielt. Er hatte Rache an der Kreatur geschworen, die ihm dies angetan hatte, und an ihrem Volk, aber der einzige Weg, diese zu vollstrecken, war der, sich ihnen anzuschließen und sie an ihr Ziel zu führen.

Warlon schämte sich zutiefst für diesen Gedanken, konnte ihn aber nicht völlig unterdrücken. Drei unschuldige Menschen waren gestorben, was er aus tiefstem Herzen bedauerte, aber vom Erfolg seiner Mission hing das Überleben des gesamten Zwergenvolkes ab, und ihre Chancen, die Aufgabe zu erfüllen, stiegen gewaltig, wenn Malcorion sie führte. Es war eine grausame Welt, die Gedanken wie diesen überhaupt erst möglich machte.

Immer noch schweigend nahmen Warlon und seine Begleiter ihre Rucksäcke auf und wandten sich dem einzigen Ausgang aus dem ringsum von steilen Felswänden umgebenen Tal zu. Erst dort verharrten sie und blickten zurück.

Malcorion verschwand gerade mit schleppenden Schritten in dem Haus mitten im Tal, in dem er die letzten Jahre mit seiner Familie verbracht hatte. Nach wenigen Minuten kam er wieder heraus. Flammen leckten hinter ihm aus den Fenstern und der Türöffnung und griffen rasend schnell um sich. Als er die Zwerge erreichte, brannte bereits das gesamte Gebäude lichterloh. Turmhoch schlugen die Flammen zum Himmel empor.

Weder Warlon noch einer seiner Begleiter sagte etwas. Schweigend traten sie über den versteckten Pfad zwischen den Felsen in den Wald hinaus, und selbst nach Stunden, als sie sich schon viele Meilen von dem Tal entfernt hatten, sprach keiner von ihnen ein Wort.

Malcorion führte sie tiefer und tiefer in den Wald hinein, und das auf Pfaden, die zumeist nur schmale Wildwechsel waren, teilweise sogar überhaupt nicht zu erkennen. Dabei schlug er ein so scharfes Tempo an, dass die Zwerge größte Mühe hatten, ihm zu folgen. Sosehr sie sich auch bemühten, vorsichtig zu sein, peitschten ihnen dennoch immer wieder Zweige ins Gesicht, sie stolperten über aus der Erde ragende Wurzeln und blieben an irgendwelchen spitzen Astenden oder Dornen hängen oder streiften Nesseln und Disteln, die im Dickicht entlang des Pfades verborgen waren. Schon bald gerieten sie außer Atem, und wo sie ungeschützt war, war ihre Haut zerschunden und mit Kratzern übersät und juckte schier unerträglich.

Lediglich Malcorion schien davon völlig unberührt zu bleiben. Nicht ohne Neid beobachtete Warlon, mit welcher Anmut sich der Waldläufer bewegte. Obwohl er ganz normal ging, schien sich sein Körper zu drehen und zu winden, sodass es den Anschein erweckte, als würde er selbst an noch so engen Stellen geschmeidig wie ein Schatten durch das Unterholz gleiten, ohne es auch nur zu berühren.

Immer wieder musste Warlon ihn bitten, langsamer zu gehen oder gar auf sie zu warten. Zwar kam Malcorion seinen Bitten stillschweigend nach und verlangsamte seinen Schritt, doch meist wurde er bereits nach wenigen Minuten wieder schneller, und alles begann von vorne. Die ganze Zeit über sprach er kein einziges Wort.

Warlon fragte sich, was mit ihm los war. Natürlich hatten die schrecklichen Ereignisse der vergangenen Nacht den Waldläufer schwer mitgenommen, und es war mehr als verständlich, dass er an seiner Trauer litt und nicht gerade vor Lebensfreude übersprühte. Was Warlon jedoch nicht verstand, war die abweisende, fast schon feindselige Haltung, die Malcorion seit ihrem Aufbruch zeigte. Schon in der vergangenen Nacht, unmittelbar nach der Bluttat, war er völlig verzweifelt gewesen, aber da hatte er sich nicht zurückgezogen. Im Gegenteil, ihre Gegenwart schien ihm sogar Trost gespendet zu haben.

Jetzt jedoch …

Gerne hätte Warlon ihn gefragt, warum er sich so verhielt, doch dafür hätte er ihn erst einmal einholen müssen, was sich als praktisch unmöglich erwies. Genau wie Ailin und Lokin war er froh, wenn er nicht allzu weit hinter Malcorion zurückfiel. Zudem war der Marsch so anstrengend, dass er ohnehin keuchend nach Luft rang und sich den Atem lieber sparte.

Meile um Meile quälten sie sich dahin, ohne dass sich die Umgebung veränderte. Das Einzige, was sie zu sehen bekamen, war das Grün und Braun des dicht wuchernden Unterholzes und das gleichfalls dichte, grüne Blätterdach hoch über ihren Köpfen. Und dazwischen natürlich Baumstämme jeglicher Form, Dicke und Beschaffenheit: Manche ragten gerade wie Säulen auf, andere wuchsen krumm und schräg und vielfach verästelt, manche waren schmal und manche gedrungen, manche mit glatter, wie poliert aussehender Rinde, andere knorrig und verwittert.

Obwohl sie nun schon mehrere Tage an der Oberfläche unterwegs waren, war Warlon den Anblick so vieler Bäume nicht gewöhnt, und er glaubte auch nicht, dass er sich jemals daran würde gewöhnen können. Er mochte den Wald nicht; noch weniger als die manchmal geradezu unerträgliche Weite flachen, offenen Landes, die Wetterextreme oder die anderen Unbilden der Oberfläche, mit denen sie seit ihrem Aufbruch konfrontiert worden waren. Ein Blick in die Gesichter seiner Begleiter zeigte ihm, dass es ihnen ebenso erging. Zu ungewohnt und fremdartig, zu *lebendig* war diese Umgebung für Zwerge, die es gewohnt waren, inmitten von totem, kühlem Stein unter der Erde zu leben.

Überall um sie herum ertönten Geräusche: das Rascheln des Windes in den Baumwipfeln, das Fallen vereinzelter Tautropfen, der Gesang unzähliger Vögel, das Huschen kleiner Tiere im Dickicht, die vor ihnen flohen, und unzählige andere Laute, die einzeln kaum wahrnehmbar waren, in ihrer Gesamtheit aber einen niemals verstummenden Geräuschteppich bildeten, der ihn irritierte. Mehr noch, er machte ihn nervös, und immer wieder ließen neue, ungewohnte Laute ihn erschrocken zusammenfahren.

Warlon sehnte sich nach der Stille Elan-Dhors zurück, wo die einzigen Geräusche von Zwergen selbst verursacht wurden. Selbst das unermüdliche Hämmern aus den Schmieden, das ihn in mancher Nacht vom Einschlafen abgehalten hatte, erschien ihm im Vergleich wie ein angenehmes Säuseln.

Zum wiederholten Male fragte er sich, was gegenwärtig wohl in Elan-Dhor vorgehen mochte. Als er mit seinen Begleitern aufgebrochen war, hatte sich die Stadt auf einen Angriff der Kreaturen aus der Tiefe vorbereitet. War dieser mittlerweile erfolgt, und wie war er verlaufen? Hatte das Heer der Zwerge ihn zurückschlagen können, oder – kaum vorstellbar, aber so wenig es ihm gefiel, auch diese Möglichkeit war nicht völlig abwegig – hatten die Dunkelelben gar gesiegt und die Verteidigung durchbrochen? Starben möglicherweise gerade jetzt, während er etwas so Banales wie die Wanderung durch diesen Wald verfluchte, seine Gefährten im erbitterten Kampf gegen die Unsichtbaren?

Der Gedanke weckte sein schlechtes Gewissen, und er musste sich wieder ins Gedächtnis rufen, dass er sich keineswegs auf einem Ausflug zu seinem Vergnügen befand, sondern auch er gewissermaßen an der Front kämpfte, dass dies sein – alles andere als unwichtiger – Beitrag zur Abwehr der Gefahr war. Wie unbedeutend war es da, ob er sich in diesem Wald wohl fühlte oder nicht! Es stand wesentlich Wichtigeres auf dem Spiel.

Irgendwo, nicht weit entfernt im Unterholz, zerbrach knackend ein trockener Ast. Unwillkürlich schrak Warlon erneut zusammen, wandte den Kopf und versuchte – freilich vergebens – mit Blicken das wie eine grün-braun gemusterte Wand beiderseits des Pfades wuchernde Dickicht zu durchdringen. Noch etwas schneller als zuvor hastete er weiter, obwohl beständig schwerer werdende Bleigewichte an seinen Füßen zu hängen schienen, und jeder Atemzug in seiner Lunge brannte.

Auch Lokin schleppte sich nach mittlerweile drei- oder vierstündigem Marsch nur noch mehr schlecht als recht dahin. Einzig Ailin schienen die Strapazen wenig auszumachen, zumindest ließ sie sich kaum etwas davon anmerken. Obwohl er genügend Zeit gehabt hatte, sich daran zu gewöhnen, versetzte sie Warlon immer wieder in Erstaunen. Als er sie kennen gelernt hatte, hatte er befürchtet, ständig auf die schlanke, fast schmächtige Weihepriesterin Rücksicht nehmen zu müssen, weil es ihm unmöglich erschien, dass sie mit auf Kraft und Ausdauer gedrillten Zwergenkriegern mithalten könnte, doch sie hatte ihn rasch eines Besseren belehrt und seine Hochachtung gewonnen. Wie er inzwischen wusste, beschränkte sich die Ausbildung einer Priesterin längst nicht nur auf Gebete, Meditation und die Schulung ihrer magischen Fähigkeiten.

Anders als Lokin und er war Ailin von Anfang an nicht in typischer Zwergenart vorwärtsgestapft, sondern hatte sich ähnlich geschmeidig wie Malcorion bewegt. Auch ihre Bewegungen hatten mittlerweile deutlich an Eleganz verloren, wirkten aber immer noch tänzelnd und wesentlich anmutiger als sein eigenes mühsames Dahintaumeln.

Als der Waldläufer endlich eine Pause verkündete, musste Warlons Empfinden nach der Mittagszeit bereits verstrichen sein, auch wenn die Sonne hinter dem dichten Blätterdach verborgen war. Dadurch waren sie zwar vor ihrem grellen Schein geschützt, aber die Hitze staute sich auch darunter, und die feucht-schwüle Wärme war fast noch schwerer zu ertragen. Die Luft war drückend und stickig, schien wie ein Gewicht auf ihnen zu lasten und erschwerte das Atmen noch zusätzlich.

Sie rasteten auf einer kleinen, mit Gras und einigen Farnen bewachsenen Lichtung. Erschöpft ließen sich die Zwerge auf einem schon vor langer Zeit umgestürzten und zum größten Teil mit Moos überwucherten Baumstamm nieder, während sich Malcorion demonstrativ ein Stück entfernt mit dem Rücken zu ihnen auf den Boden setzte.

Erschöpft rangen die Zwerge nach Luft, sogar Ailins Atem ging schnell und stoßweise, und sie musste sich den Schweiß vom Gesicht wischen. Warlon genoss es, seine verkrampften Muskeln zu entspannen. Er war lange und anstrengende Wanderungen unter der Erde gewöhnt, aber es war etwas ganz anderes, über harten Stein zu laufen oder selbst über ein Geröllfeld zu klettern, als auf dem weichen, unebenen Waldboden zu gehen.

»Kann sich einer von euch erklären, was mit ihm los ist?«, fragte er leise, nachdem er wieder etwas zu Kräften gekommen war, mit einem Blick in Richtung Malcorion.

»Ich glaube, er möchte nur für eine Weile seine Ruhe haben, ohne dauernd angesprochen zu werden und uns abwimmeln zu müssen«, sagte Ailin, aber es klang zögernd, nicht ganz überzeugt. »Er hat seine Familie verloren, hat sein Heim aufgegeben, alles, was sein Leben ausgemacht hat. Das muss man erst einmal bewältigen. Ich kann gut verstehen, dass er allein sein möchte.«

»Natürlich, nur warum versucht er uns dann zu Tode zu hetzen?« Warlon schüttelte den Kopf. »Ich bin sicher, da steckt noch mehr dahinter, aber ich wüsste nicht, wie wir ihn beleidigt oder sonstwie gegen uns aufgebracht haben könnten.«

Ailin zuckte die Achseln.

»Jedenfalls möchte er offensichtlich in Ruhe gelassen werden, und das müssen wir wohl akzeptieren. Wenn er nicht mit uns reden will, können wir ihn schließlich nicht zwingen.«

»Wir sollten froh sein, dass er uns zu den Elben führt«, ergänzte Lokin pragmatisch. »Alles Weitere wird sich schon ergeben. Schließlich werden wir ja noch eine ganze Weile zusammen sein. Stärken wir uns lieber, statt uns den Kopf zu zerbrechen. Ich jedenfalls habe ordentlich Hunger und Durst.«

Nicht nur Lokin ging es nach dem anstrengenden Marsch so. Mit Heißhunger machten sie sich über den Proviant her, mit dem ihre Rucksäcke bis obenhin vollgepackt waren. Alles, was sie irgendwie hatten verstauen können, hatten sie aus Malcorions Vorratskammer mitgenommen, sodass sie zumindest in den nächsten Tagen keinerlei Versorgungsprobleme haben würden und sich nicht einzuschränken brauchten.

Dennoch aß Warlon nicht besonders viel, denn nicht nur das

merkwürdige Verhalten des Waldläufers schlug ihm auf den Magen.

Seit der vergangenen Nacht stand fest, dass sie von mindestens einem der Dunkelelben verfolgt wurden. Irgendwie musste es der Kreatur gelungen sein, Elan-Dhor unbemerkt zusammen mit ihnen zu verlassen, und bereits seit Tagen hielt sie sich im Schutzmantel ihrer Unsichtbarkeit in ihrer unmittelbaren Nähe auf, ohne dass sie etwas davon bemerkt hatten. Nicht einmal Ailin hatte seine Gegenwart mit ihren übersinnlichen Fähigkeiten als Weihepriesterin gespürt. Auch jetzt lauerte die Kreatur vermutlich irgendwo nicht weit entfernt, beobachtete ihn womöglich gerade in diesem Augenblick aus hasserfüllten, glühenden Augen.

Der bloße Gedanke ließ Warlon schaudern und unwillkürlich blickte er sich um, freilich ohne etwas zu entdecken. Die Vorstellung, von einem dieser tödlichen Ungeheuer belauert zu werden, war Furcht einflößend, aber das war es nicht allein.

Ein solches Verhalten widersprach allem, was Warlon bislang über diese Wesen zu wissen geglaubt hatte. Nach Äonen der Gefangenschaft waren sie vom Hass auf alle anderen Lebewesen zerfressen, schienen nur von dem Gedanken an Rache, Tod und Vernichtung erfüllt zu sein. Wie sehr das auch für den Dunkelelb galt, der sie verfolgte, hatte er in der vergangenen Nacht bewiesen, als er sich nicht mehr hatte beherrschen können und Shaali und die beiden Kinder in einer sinnlosen Bluttat geradezu abgeschlachtet hatte.

»Warum hat er uns verschont?«, murmelte er leise vor sich hin.

»Was hast du gesagt?« Fragend blickte Ailin ihn an.

»Ich habe nur laut überlegt. Der Dunkelelb. Warum hat er sich bislang darauf beschränkt, uns zu verfolgen, statt uns anzugreifen? Gelegenheiten dazu hätte er mehr als genug gehabt.«

»Vermutlich fürchtet er sich vor meinen Fähigkeiten. Er weiß, dass ich ihn spüren und seine Unsichtbarkeit zunichte machen kann, wenn er sich zu nahe an uns heranwagt.«

»Nein.« Warlon schüttelte den Kopf. »Denk nur daran, wie es in der Tiefenwelt war. Es war diesen Ungeheuern egal, ob du sie sichtbar machen konntest. Sie haben sich trotzdem ohne Rücksicht auf ihr eigenes Leben sofort auf uns gestürzt, als sie uns bemerkten. Oder denk nur an Gormtal. Lokin und ich waren die halbe Nacht allein unterwegs, weit entfernt von dir. Wir wären hilflose Opfer für die Kreatur gewesen, und in einer Stadt, in der Mord und Totschlag an der Tagesordnung sind, hätten auch ein paar tote Zwerge in einer finsteren Seitenstraße niemanden sonderlich interessiert.«

»Also bleibt nur unsere Theorie von gestern Nacht, dass es sich um eine Art Späher handelt. Der Elb verfolgt uns, um mehr über diese für ihn völlig fremde Welt herauszufinden.«

»Und das bedeutet, dass diese Ungeheuer bei weitem nicht alle gleich sind, wie wir zuerst angenommen haben«, ergänzte Lokin. »Dass sie intelligent sind, wussten wir schon vorher – kein Wunder, wenn es sich um missratene Nachkommen der Hochelben handelt. Aber sie sind nicht nur mordlüsterne Bestien, sondern scheinen über ein gut durchstrukturiertes Gesellschaftssystem zu verfügen, in dem sie unterschiedliche Aufgaben ausführen. Was sie uns ähnlich und nur noch gefährlicher macht.«

Nachdenklich kaute Ailin auf einem Stück Brot herum und spülte mit einem Schluck Wasser nach.

»Aber wenn dieses Wesen uns unbemerkt verfolgen wollte, was sollte dann der Überfall gestern Nacht?«, fragte sie. »Damit hat es seine Tarnung aufgegeben. Warum? Hat es seine Triebe einfach nicht mehr unter Kontrolle halten können?«

»Daran habe ich auch zuerst gedacht, aber …«

Warlon verstummte, als Malcorion den Kopf wandte und sie über die Schulter hinweg ansah.

»Ihr begreift es immer noch nicht, wie?«, sagte er scharf und zeigte damit, dass er jedes Wort verstanden hatte, obwohl er ein gutes Stück entfernt saß und sie sich kaum lauter als flüsternd unterhalten hatten. Er musste über ein extrem scharfes Gehör verfügen. »Diese Kreatur ist nicht von ihren Trieben überwältigt worden. Alles geschah aus grausamer Berechnung, damit wir genau so handeln, wie wir es tun. Damit *ich* mich so entscheide, wie ich mich entschieden habe.«

»Aber … ich verstehe nicht«, murmelte Warlon und blickte ihn verwirrt an.

»Erst in den letzten Stunden ist mir bewusst geworden, dass wir genau das tun, was dieses Ungeheuer beabsichtigt hat, deshalb habe ich darüber nachgedacht, ob ich mich wirklich richtig entschieden habe oder besser umkehren sollte, statt euch zu führen. Und ich bin mir auch jetzt noch nicht sicher.«

»Umkehren? Aber wieso?«, fragte Ailin verständnislos. »Warum tust du, was diese Kreatur will, wenn du uns hilfst, die Elben um Beistand gegen diese Bedrohung zu bitten?«

»Weil sie noch sehr viel intelligenter und bösartiger ist, als ihr bis jetzt begriffen habt.« Malcorion erhob sich, kam zu ihnen herüber und setzte sich neben sie auf den Baumstamm. »Es waren die Hochelben, die ihre Vorfahren vor Jahrtausenden besiegten und in die Tiefe verbannten. Ihnen gilt der ganze Hass dieser Bestien, viel mehr als euch Zwergen oder irgendeinem anderen Volk. Sie brennen darauf, sich an ihnen zu rächen. Aber dafür müssen sie erst einmal herausfinden, wo sie sich aufhalten.«

Warlon riss die Augen weit auf. Zu ungeheuerlich war das, was Malcorion andeutete.

»Du glaubst, dieses Wesen weiß, wohin wir unterwegs sind, und es verfolgt uns in der Hoffnung, dass wir es zu seinen Erzfeinden, den Hochelben, führen? Das ist unmöglich! Die Beratungen fanden in Elan-Dhor hinter verschlossenen Türen und unter dem Schutz der Priesterinnen statt. Sie hätten es bemerkt, wenn dieses Ungeheuer in der Nähe gewesen wäre. Es konnte unmöglich wissen, was wir vorhatten.«

»Vielleicht wusste es das noch nicht, als ihr aufgebrochen seid, sondern wollte nur die Gelegenheit nutzen, mehr über die Oberfläche und eure Absichten herauszufinden. Aber dann hat es durchschaut, was ihr vorhabt, und seine Chance erkannt. Andernfalls hätte es auch euch vielleicht schon längst zu töten versucht. Und gestern Abend muss diese Bestie mitbekommen haben, dass ich euch wegen Shaali und den Kindern nicht führen wollte, was eure Chancen, das Ziel zu erreichen, wesentlich verringert hätte. In seiner unmenschlichen Grausamkeit tötete der Dunkelelb sie deshalb, auch wenn das bedeutete, dass er sich offenbaren musste.«

Bedrücktes Schweigen folgte seinen Worten. Widerwillig musste Warlon eingestehen, dass die Vermutung des Waldläufers Antworten auf zahlreiche offene Fragen bot. So ergab alles einen Sinn, so wenig es ihm auch gefiel, weil es zugleich bedeutete, dass sie ihren Feind erheblich unterschätzt hatten. Nicht nur den Dunkelelb, der ihnen folgte, sondern seine gesamte Spezies. Obwohl außer Frage stand, dass sie intelligent waren – sie benutzten ja auch Kleidung und trugen Waffen –, hatte er bislang dennoch geglaubt, ihr Hass auf alles, was anders war als sie, würde ihr ganzes Denken beherrschen und sie unfähig für klare, nüchterne Überlegungen machen. Ein Gegner, der mit List, Tücke und Verschlagenheit kämpfte, war ein wesentlich schrecklicherer Feind als einer, der sich allein von Trieben wie Rachsucht und Mordlust leiten ließ, wie er es von den Dunkelelben bislang angenommen hatte.

»Ich hoffe, ihr versteht mein Dilemma«, fuhr Malcorion fort. »Wenn ich euch zum goldenen Tal führe, wo die Elben leben, hat die Kreatur nicht nur erreicht, was sie mit den Morden bewirken wollte, sondern ich bringe auch die Bewohner des Tals in Gefahr.«

»Und … was wirst du tun?«, fragte Ailin bangend.

Malcorion zögerte einige Sekunden.

»Ich habe mich entschieden, euch trotzdem zu ihnen zu führen, und das aus zwei Gründen«, sagte er dann. »Zunächst einmal glaube ich nicht, dass ein einzelnes dieser Ungeheuer eine große Gefahr für die Elben darstellt. Wenn irgendjemand damit fertig werden dürfte, dann wohl sie. Ich denke, es läuft in sein eigenes Verderben, wenn es uns bis zu ihnen folgt. Und das ist auch gleich der zweite Grund. Ein sehr viel persönlicherer.«

Wieder zögerte er.

»Rache«, sagte Warlon, als der Waldläufer nicht weitersprach. »Das ist es doch, nicht wahr?«

»Ja. Ich will, dass diese Kreatur für das büßt, was sie mir und meiner Familie angetan hat.« Er trat mit der Spitze seines Stiefels gegen einige Grasbüschel. »Wenn ich jetzt umkehre, wird sie euch weiterhin folgen. Vielleicht bringt sie auch mich vorher noch um – gegen einen unsichtbaren Angreifer kann auch ich mich nicht schützen. Ich habe keine Angst davor, aber ob ich lebe oder sterbe, kann ich sie in diesem Fall nicht mehr für ihre Tat bezahlen lassen. Also bin ich gezwungen, bei euch zu bleiben, und das bedeutet, euch an euer Ziel zu führen. Vielleicht ergibt sich schon auf dem Weg dorthin eine Gelegenheit, das Ungeheuer zu töten, sonst vertraue ich darauf, dass die Hochelben das erledigen werden.« Er räusperte sich und stand auf. So verständlich sein Wunsch nach Rache auch sein mochte, es war ihm sichtlich unangenehm, einzugestehen, dass eine Emotion wie diese, die nach dem Kodex der Zwerge höchst ehrenwert war, bei den Menschen hingegen eher als Unbeherrschtheit angesehen zu werden schien, die Triebfeder für sein Handeln bildete. »Genug geredet. Gehen wir weiter, wir haben noch einen langen Weg vor uns.«

3

CLAIRBORN

»Elf Heller pro Sack. Dafür nehme ich Euch alles Mehl ab, das Ihr habt«, erklärte Tharlia. »Das ist mein letztes Angebot.«

Der Mensch neben ihr, offenbar ein ortsansässiger Bäcker, warf ihr einen zornigen Blick zu, den Thilus mit Besorgnis registrierte. Noch mehr Unbehagen bereitete ihm, dass ihre seit Minuten andauernde Feilscherei bereits Aufsehen zu erregen begann, und die Gesichter der Umstehenden ebenfalls nicht gerade freundlich wirkten. Die Stimmung gegenüber der Zwergengruppe auf dem Clairborner Markt war alles andere als wohlwollend – freundlich ausgedrückt.

Mit verstohlenen Blicken bedeutete Thilus seinen Begleitern, besonders aufmerksam zu sein und sich für eine eventuelle Auseinandersetzung bereit zu halten.

Clairborn war ein beschauliches kleines Dörfchen mit nur wenigen hundert Einwohnern, kaum eine halbe Tagesreise vom Fuße des Tharakol entfernt gelegen und somit näher als jede andere menschliche Siedlung an Elan-Dhor. Gewöhnlich war eine Wirtshausschlägerei so ziemlich das Aufregendste, was dort passierte. Einzig der alle zwei Wochen stattfindende Markt brachte Abwechslung, aber dann waren in Clairborn Drachen und Zwerge los, wie eine alte Redewendung besagte. Eine Redewendung, die noch aus der Zeit stammte, als die Menschen voller Aberglauben davon überzeugt gewesen waren, dass Drachen die unwegsamen Pässe des Schattengebirges bewachten, und es einen regen Austausch von Waren zwischen Clairborn und Elan-Dhor gegeben hatte und Zwerge häufig Gäste der Menschen gewesen waren.

Damals waren regelmäßig Karawanen aus weit entfernten Gegenden nach Elan-Dhor gezogen, um mit der letzten großen Zwergenstadt, die nach dem Fall Zarkhaduls noch existierte, Handel zu treiben. Viele dieser Karawanen hatten in Clairborn Rast gemacht und übernachtet, hatten Geld und die exotischsten Waren in die Stadt gebracht. Der Handel jeglicher Art hatte floriert, und Clairborn war auf dem besten Weg gewesen, sich zu einem bedeutenden Handelszentrum zu entwickeln. Immer mehr Menschen waren dorthin gezogen. Größe und Reichtum des einst kleinen Ortes waren beständig gewachsen, und die Stadt galt als ein Juwel des Königreiches. Zu dieser Zeit waren auch Zwerge häufige und gern gesehene Gäste in Clairborn gewesen.

Eine Tradition, die nun, nachdem das Volk der Zwerge aus der Tiefenwelt an die Oberfläche geflohen war, wieder auflebte. Zumindest, was die Häufigkeit der Besuche betraf, dachte Thilus. Wie gern sie hier gesehen wurden, stand auf einem ganz anderen Blatt …

Die einstige Bedeutung der Stadt war eng, vielleicht allzu eng, mit Elan-Dhor verknüpft gewesen, gründete allein auf der Nähe zum Tharakol. Entsprechend hatte der wirtschaftliche Niedergang Elan-Dhors in den vergangenen Jahrhunderten auch Clairborn mit aller Macht getroffen. Längst schon blieben die einst fast täglich ankommenden Karawanen aus. Die früher so ergiebigen Minen Elan-Dhors waren nahezu erschöpft. Nur noch selten wurden kleinere Vorkommen an Edelsteinen, Gold, Silber oder anderen Edelmetallen entdeckt. Zu selten und mit zu geringer Ausbeute, als dass damit noch lukrativer Handel im großen Stil möglich gewesen wäre und Handelskarawanen aus fernen Gegenden hätten angelockt werden können. Was noch an Kohle, Erzen und sonstigen Rohstoffen gefördert werden konnte, wurde zum größten Teil von den Zwergen selbst benötigt.

Entsprechend war es nicht nur mit Elan-Dhor, sondern auch mit Clairborn seither beständig bergab gegangen, denn um aus eigener Kraft eine bedeutende Metropole zu bleiben, lag es einfach zu weit abseits. Die meisten Leute waren weggezogen, und aus der Stadt war wieder ein unbedeutender kleiner Ort geworden. Viele Einwohner hatten nicht vergessen, wem sie dies zu verdanken hatten. Obwohl es nie zum Ausbruch offener Feindseligkeiten gekommen war, war das Verhältnis zu den Zwergen seither belastet.

Das allein erklärte jedoch längst noch nicht die aufgebrachte Stimmung, die ihnen an diesem Tag auf dem Markt entgegenschlug.

Vor zwei Tagen, gleich am Morgen nach dem Erdbeben, war Thilus von seinem Dienst in der Militärgarnison in die Stadt zurückbeordert worden, wo er von Barlok persönlich belobigt und in den Rang eines Kampfführers erhoben worden war. Völlig überraschend hatte man ihm außerdem heute das Kommando über die fünfköpfige Eskorte übertragen, die die Königin während ihres Aufenthalts in Clairborn beschützen sollte. Auch das war eine Auszeichnung und Belohnung dafür, dass er durch sein entschlossenes und selbstloses Handeln einen Ausbruch der Dunkelelben verhindert hatte, wie er vermutete. Die Zugehörigkeit zur Eskorte war äußerst begehrt, bildete ein Besuch auf dem Markt mit seinen vielen Sehenswürdigkeiten doch eine mehr als angenehme Abwechslung vom Alltag.

Ob es sich auch an diesem Tag wirklich um ein Vergnügen handeln würde, dessen war sich Thilus inzwischen jedoch nicht mehr sicher …

»Ich brauche nur zwei Säcke, aber ich bin bereit, Euch zwölf Heller pro Stück zu bezahlen«, ergriff der Clairborner Bäcker wieder das Wort. Ärger und Ungeduld schwangen in seiner Stimme mit. »Obwohl das Wucher ist. Vor zwei Monaten habt Ihr nur acht verlangt.«

Der Händler, ein selbst für einen Menschen großer und schlaksiger Kerl aus einer der umliegenden Ortschaften, wand sich sichtlich. Unsicher ließ er seinen Blick zwischen Tharlia und dem Bäcker hin und her huschen.

»Er braucht doch nur zwei Säcke und ist bereit, mehr dafür zu zahlen«, wandte er sich an die Zwergin. »Damit blieben immer noch achtundzwanzig Säcke für Euch.«

»Entweder alles oder nichts«, beharrte Tharlia und schenkte ihm ein zuckersüßes Lächeln. Sie war eine außergewöhnlich schöne Frau. Im Gegensatz zu den breitflächigen und dadurch oft grobschlächtig wirkenden Gesichtern der meisten Zwerge war das ihre fein geschnitten, zudem war sie schlanker als die meisten anderen Zwergenfrauen, sodass sie ihre weibliche Wirkung auch auf menschliche Männer nicht verfehlte. »Wir müssen ein ganzes Volk versorgen und brauchen so viel, wie wir nur bekommen können. Verkauf mir deinen gesamten Vorrat und genieße den Rest des Tages, oder sieh zu, ob du auch deine übrigen Säcke an andere verschacherst.«

Thilus musste zugeben, dass sie bei den bisher getätigten Einkäufen großes Verhandlungsgeschick an den Tag gelegt hatte, obwohl er nach wie vor fand, dass es unter der Würde der Königin war, sich persönlich um solch banale Dinge zu kümmern. Selbst wenn es sich um eine Königin ohne Reich handelte, die mit ihrem gesamten Volk ins Exil geflohen war …

»Also gut, ich verkaufe Euch alles, was ich an Mehl habe«, lenkte der Händler ein, wenn auch widerstrebend. Verlockender als die zwei zusätzlichen Heller war für ihn offenbar die Aussicht, seinen gesamten Bestand auf einmal loszuwerden, statt den ganzen restlichen Tag an seinem Stand zu verbringen und möglicherweise trotzdem am Abend noch Restbestände übrig zu haben, die er entweder zu Schleuderpreisen verkaufen oder wieder mit nach Hause nehmen musste.

»Mögen die Dämonen Euch verschlingen«, knurrte der Bäcker voller Zorn und stapfte davon, um an einem anderen Stand sein Glück zu versuchen. Unter den Umstehenden kam unwilliges Gemurmel auf, das allerdings nicht dem ausfallenden Verhalten des Bäckers, sondern der Entscheidung des Händlers galt, wie Thilus erkannte.

»Verdammtes Zwergenpack, wir wollen euch hier nicht!«, rief jemand. »Schert euch in eure Höhlen zurück, aus denen ihr gekrochen seid!«

Thilus machte einen Schritt auf den Krakeeler zu, einen stämmigen, jungen Mann mit rötlichen Haaren und einem aufgedunsenen Gesicht, doch ein scharfer Zuruf Tharlias ließ ihn innehalten.

»Nicht, bleibt zurück!«, befahl sie und reichte dem Händler sein Geld. »Wir sind nicht hier, um Ärger zu verursachen.«

»Den verursacht ihr schon durch eure bloße Anwesenheit«, rief einer der Einwohner. »Seit ihr an die Oberfläche gekommen seid, kauft ihr den halben Markt leer und verderbt sämtliche Preise!«

Späte Ironie des Schicksals, dachte Thilus. Früher hatten die Bewohner Clairborns den hier rastenden Handelskarawanen möglichst viele für Elan-Dhor bestimmte Waren abzuschwatzen versucht und sie damit erheblich verteuert. Jetzt aber fluchten sie darüber, dass das Volk der Zwerge dringend benötigte Lebensmittel einkaufte und damit angeblich die Preise verdarb.

Zwar waren bei der Evakuierung alle gelagerten Lebensmittel mitgenommen worden, doch ohne ständigen Nachschub würden diese nicht lange halten. Obwohl alle hofften, dass ihr Exil nicht von Dauer sein würde, hatte Tharlia in weiser Voraussicht gleich beim Aufbau der neuen Siedlung an der Oberfläche Felder anlegen und bestellen lassen, doch bis zur ersten Ernte würde es noch einige Zeit dauern. Zeit, während der sie zum Überleben auf Zukäufe angewiesen sein würden.

Irgendetwas flog aus der Menge, die sich mittlerweile gebildet hatte, heran.

»Vorsicht, Majestät!«, rief Thilus, aber Tharlia hatte die Gefahr bereits aus den Augenwinkeln bemerkt. Geschickt wich sie dem auf sie gezielten Wurfgeschoss aus, das sich glücklicherweise nur als ein Ei entpuppte. Es zerplatzte an einem Pfosten vom Stand des Mehlhändlers.

»Nichts passiert«, sagte sie rasch und bedeutete Thilus mit einem scharfen Blick, sich auch weiterhin zurückzuhalten.

Er biss in ohnmächtiger Wut die Zähne zusammen, krampfte die gesunde Hand um den Griff seines Schwertes und sog scharf die Luft ein. Die Königin eines fremden Volkes tätlich anzugreifen, wenn auch nur durch den Wurf eines Eis, stellte mehr als nur ein ungebührliches Verhalten dar. Es war eine Beleidigung, die unter anderen Umständen oder bei einem weniger besonnenen Herrscher schreckliche Folgen nach sich ziehen könnte. Verheerende Kriege waren schon aus weit geringeren Anlässen geführt worden.

Das jedoch schien keinem der Anwesenden auch nur im Entferntesten bewusst zu sein. Oder sie waren so dumm und ignorant, dass es ihnen egal war.

»Verschwindet!«, rief jemand.

»Raus aus unserer Stadt!«, keifte ein anderer, und ein weiterer brüllte sogar: »Verjagt das Pack von hier!«

Die Lage wurde mit jedem Moment brenzliger. Sicherlich handelte es sich nur um ein paar Störenfriede, die spontan versuchten, die Menge aufzustacheln, während die Mehrheit nur aus friedlichen Schaulustigen bestand, aber wenn es zu Ausschreitungen kam, würden sich vielleicht auch einige der Gaffer mitreißen lassen. Thilus hoffte, dass sich wenigstens ein oder zwei Menschen gegen die Aufwiegler stellen und sie zurechtweisen würden, doch er hoffte vergebens. Entweder traute sich niemand, oder die Abneigung gegenüber Zwergen schien noch weitaus größer zu sein, als er es sich auch nur im Entferntesten vorgestellt hatte.

Er konnte sich einfach keinen Reim darauf machen.

Sicher, das einst so gute Verhältnis war schon seit langer Zeit abgekühlt und längst nicht mehr so innig wie früher. Es hatte vor allem in den vergangenen Jahrzehnten nur noch wenige Kontakte gegeben, doch waren diese stets freundlich verlaufen. Auch bei den bisherigen Marktbesuchen hatte es keine solchen Feindseligkeiten gegeben. Für diesen extremen Stimmungsumschwung binnen weniger Wochen musste es andere Gründe geben als nur die Einkäufe, die sie tätigten, und mit denen sie die Preise geringfügig nach oben trieben. Zum Ausgleich kamen mittlerweile auch deutlich mehr Händler zum Markt und brachten größere Mengen an Waren mit, seit sich die Nachricht vom großen Bedarf der Zwerge herumgesprochen hatte.

Dabei gehörte schon eine gewaltige Portion Überheblichkeit – um nicht schlichtweg Dummheit zu sagen – dazu, gewalttätige Ausschreitungen zu provozieren. Natürlich war die Zahl der versammelten Menschen ungleich größer als die der Zwerge, doch trugen die Marktbesucher entweder gar keine oder höchstens Messer und ähnliche kleine Waffen bei sich. Gegen eine Eskorte voll gerüsteter und bewaffneter Zwergenkrieger hätten sie im Ernstfall nicht den Hauch einer Chance. Und sollte es zu offenem Krieg kommen – trotz ihrer Flucht aus Elan-Dhor zählte das Heer der Zwerge immer noch nach tausenden Kriegern. In Clairborn hingegen gab es nicht einmal eine Armee, lediglich eine Stadtgarde, die vermutlich gerade einmal in der Lage war, eine Rauferei zu schlichten und sich derzeit wohlweislich nicht einmal blicken ließ.

Was also sollte der ganze Unsinn?

Wieder kam ein Ei geflogen. Diesmal war es nicht auf Tharlia gezielt, sondern traf einen der drei Männer aus der Arbeiterkaste, die sie begleiteten. Sie waren für das Verstauen und den Transport der gekauften Waren zuständig. Wütend ließ der Zwerg den Mehlsack fallen, den er gerade auf einen Karren laden wollte, und fuhr herum.

Thilus trat näher an Tharlia heran.

»Wir sollten den Ort schnellstmöglich verlassen«, raunte er ihr leise zu, während er die Umstehenden keinen Moment aus den Augen ließ.

Weitere Eier flogen heran, trafen jedoch niemanden.

»Aber wir können noch nicht aufbrechen«, gab Tharlia ebenso leise zurück. »Wir haben noch nicht alles, was wir benötigen.«

»Trotzdem. Wir werden schon nicht verhungern. Die Stimmung heizt sich immer mehr auf, und bei den nächsten Wurfgeschossen handelt es sich vielleicht nicht mehr nur um Eier. Wenn sich die Lage weiter verschärft, kann ich für nichts mehr garantieren.«

»Haltet Euch und Eure Leute im Zaum! Egal, was passiert, es darf auf keinen Fall ein Blutvergießen geben. Wir sind auf Clairborn angewiesen. Unser Überleben hängt davon ab.«

Zusammen mit dem Titel eines Kampfführers hatte Thilus auch das Recht auf eine ehrenvolle Anrede erworben, doch galt dies nicht für die Königin. Burian war dafür bekannt gewesen, jeden, der nicht den Rang eines Kriegs-, Schürf- oder Schriftmeisters erlangt hatte (und selbst bei diesen vergaß er es allzu gerne), zu duzen, doch Tharlia war in dieser Hinsicht anders, was er ihr hoch anrechnete.

Es lag ihm auf der Zunge, darauf hinzuweisen, dass es noch andere Städte in der Umgebung gab, wo sie etwas kaufen konnten, auch wenn sie etwas weiter entfernt lagen, aber er verzichtete darauf. Wer war er, sich anzumaßen, die Königin in einer Angelegenheit wie dieser, die außerhalb seiner Kompetenz lag, zu belehren?

Stattdessen warf er einen raschen Blick zu den Arbeitern. Sie hatten den größten Teil der Mehlsäcke inzwischen verladen, würden in spätestens ein oder zwei Minuten fertig sein. Danach konnten sie wenigstens diesen Stand endlich verlassen. Thilus hoffte, dass sich die Menge um sie herum dann zum großen Teil verlaufen würde und …

»Macht Platz!«, riss ihn eine barsche Stimme aus seinen Überlegungen. »Macht Platz für den Bürgermeister!«

Bewegung kam in die Menschenmenge. Sie wich auseinander und bildete eine Gasse für ein halbes Dutzend uniformierter Stadtgardisten. Zwischen ihnen ging ein älterer, grauhaariger Mann. Er trug keine Uniform, sondern dunkle Hosen, ein helles Hemd und darüber ein gleichfalls dunkles Wams. Vor Tharlia blieb er stehen.

»Was ist hier los? Was soll dieser Auflauf?«, fragte er, allerdings nicht an Tharlia, sondern an die umstehende Menschenmenge gewandt. Trotz seines Alters strahlte er Autorität aus, und seine Stimme klang befehlsgewohnt. »Gibt es irgendeinen Grund, unsere Gäste aus Elan-Dhor zu belästigen?«

Niemand antwortete, aber Thilus bemerkte, dass sich eine ganze Reihe von Schaulustigen umdrehte und davonstahl. Ob sie sich schämten oder einfach nur eventuellem Ärger mit der Obrigkeit entgehen wollten, vermochte er nicht zu sagen. Die Menge lichtete sich dadurch zwar, aber es blieben immer noch weit mehr als die Hälfte zurück.

»Ich grüße Euch, ehrwürdige Königin des Zwergenvolkes. Ich hoffe, Ihr hattet keine Unannehmlichkeiten«, richtete der Bürgermeister das Wort an Tharlia und deutete eine Verbeugung an.

Sie schüttelte den Kopf.

»Wir sind nur hergekommen, um in Frieden ein paar Einkäufe zu tätigen, Bürgermeister Lavinion.« Mit einer Kopfbewegung auf die Karren, auf denen die Mehlsäcke inzwischen vollständig verstaut worden waren, fügte sie hinzu: »Wie Ihr seht, waren wir erfolgreich. Ich danke Euch für Eure Sorge um uns.«

Das war streng genommen keine Antwort auf die Frage, registrierte Thilus. Auch der Bürgermeister runzelte die Stirn. Er warf einen bezeichnenden Blick auf den Pfosten des Mehlstandes, an dem zähflüssig das Innere des geschleuderten Eis herabrann, und den beschmutzten Arbeiter.

»Das … freut mich«, sagte er zögernd, aber so laut, dass auch alle Umstehenden ihn hören konnten. »Es wäre mir äußerst unangenehm, wenn Ihr einen schlechten Eindruck von der Gastfreundschaft unserer kleinen Stadt erhalten würdet.«

»Sie kaufen alles auf, was wir ebenfalls dringend benötigen, und unsere Leute haben das Nachsehen«, ertönte ein Ruf aus der Menge. Ohne große Überraschung stellte Thilus fest, dass es sich um den Rothaarigen handelte, der schon von Anfang an versucht hatte, die Stimmung aufzuheizen.

»Satulo, natürlich, ich hätte mir denken können, dass du Nichtsnutz in diese Sache verwickelt bist. Komm her und sag mir ins Gesicht, was du vorzubringen hast«, befahl Lavinion.

Mit trotziger Miene trat der Rothaarige vor, aber auf einmal wirkte er wesentlich kleinlauter als bisher. Ohne den Schutz der Menge schien sein Mut ihn verlassen zu haben. Er hielt den Kopf gesenkt und vermied es, jemanden anzusehen. Es fiel Thilus schwer, das Alter von Menschen zu schätzen, aber es handelte sich auf jeden Fall um einen noch ziemlich jungen Mann, vielleicht trotz seiner Größe noch nicht einmal erwachsen.

»Also?«, fuhr der Bürgermeister ihn an. »Was hast du zu sagen?«

»Diese Zwerge … Sie kaufen den halben Markt leer«, stieß der Rothaarige hervor, noch immer intensiv in das Betrachten seiner eigenen Schuhe vertieft. »Und deshalb wird für uns alles teurer. Wenn sie überhaupt noch etwas übrig lassen, heißt das natürlich.«

»Wir haben das gleiche Recht, hier einzukaufen wie jeder andere auch«, sagte Tharlia.

»Aber nicht, wenn es zu unseren Lasten geht. Ist es da ein Wunder, dass wir sie nicht gerade mit Hochrufen begrüßen? Dies ist unsere Stadt!«

»Und was ist alles teurer geworden, wenn du doch so den Durchblick hast?«, erkundigte sich Lavinion.

»Ich, nun … Dafür gibt es viele Beispiele. Das Mehl hier beispielsweise. Bäcker Lartil erwähnte vorhin erst, dass es vor zwei Monaten nur acht Heller pro Sack gekostet hat, und jetzt hat er nicht mal für zwölf welches bekommen.«

»Dämlicher Bengel! Wenn du dich schon für so klug hältst, hast du dann auch mal daran gedacht, dass vor gerade drei Monaten das Frühgetreide geerntet wurde und es deshalb ein besonders großes Angebot gab, was den Preis nach unten gedrückt hat? Aber nein, du plapperst nur dummen, unausgegorenen Mist nach, den du irgendwo aufgeschnappt hast.«

»Trotzdem, das ist unsere Stadt«, beharrte Satulo nun mit einem Gesicht, das noch röter als seine Haare war, und mit deutlich mehr Trotz in der Stimme. »Wir brauchen keine Fremden hier, und schon gar keine Zwerge! Haben Sie uns etwa nicht schon genug angetan?«

Zustimmendes Gemurmel der Umstehenden wurde laut.

»Früher war Clairborn die größte und reichste Stadt in weitem Umkreis«, fuhr der Rotschopf mit seiner Tirade fort, durch die Zustimmung der Menge wieder etwas selbstsicherer geworden. »Und heute? Heute sind wir nur noch ein vergessenes Provinzkaff, seit diese Zwerge alle Karawanen, die früher in unsere Stadt kamen, vergrault haben.«

Thilus starrte ihn fassungslos an, konnte nicht glauben, was er da hörte. Heißer Zorn wallte in ihm auf, den er nicht zu unterdrücken vermochte.

»Das … das ist ja wohl der größte Blödsinn, den ich je gehört habe«, platzte er heraus und erntete dafür einen mahnenden Blick Tharlias, doch er war so empört, dass er nicht mehr länger an sich halten konnte. »Clairborn wurde doch überhaupt nur wegen seiner Nähe zu Elan-Dhor so reich, weil die Karawanen hier rasteten, die zu *uns* unterwegs waren. Und dass sie heute nicht mehr kommen, liegt sicherlich nicht daran, dass wir sie *vergrault* haben, sondern daran, dass unsere Minen nahezu erschöpft sind. Wir haben bestimmt nicht aus böswilliger Absicht, nur um Clairborn zu schaden, auf unseren eigenen Wohlstand verzichtet. Es kann ja wohl niemand so dumm sein, so etwas Idiotisches zu glauben!«

Bereits während er sprach, ertönten missbilligende Pfiffe und Schmährufe, die sich jetzt noch steigerten und erst wieder verstummten, als auf einen Wink des Bürgermeisters hin die Soldaten der Garde drohend einen Schritt auf die Menge zu machten.

»Ich muss mich ausdrücklich für dieses Verhalten entschuldigen, Majestät«, wandte er sich wieder an Tharlia. »Bitte bekommt keinen falschen Eindruck von unserer schönen Stadt. Längst nicht alle in Clairborn denken so.«

Aber viele. Bedrohlich viele, dachte Thilus.

Ein dunkelhaariger, kräftig gebauter Mann mit Armen wie Dreschflegeln und nur einem Auge drängte durch die Menge nach vorne. Um den Leib trug er eine mit Brandflecken übersäte Lederschürze.

»Biedert Euch nur bei denen an, Bürgermeister Lavinion«, stieß er hervor. »Stellt das Wohl der Zwerge über das Eures eigenen Volkes – bei der nächsten Wahl werdet Ihr schon sehen, was Ihr davon habt.«

»Sindilos, Ihr dürft natürlich nicht fehlen, wenn es irgendwo Stunk gibt.« Aus schmalen Augen musterte Lavinion sein jüngeres und wesentlich kräftigeres Gegenüber. »Solltet Ihr Euch nicht lieber um Eure Schmiede kümmern? Kein Wunder, dass sie nicht gut läuft, wenn Ihr lieber herumwandert und aufwieglerische Reden haltet, statt zu arbeiten.«

»Ja, spottet nur, das wird Euch schon noch vergehen. Über Generationen hinweg lief die Schmiede hervorragend. Erst seit dieses Zwergenpack an die Oberfläche gekommen ist und seine Dienste anbietet, lassen die Leute ihre Schmiedearbeiten lieber von ihnen ausführen, weil die Zwerge auf diesem Gebiet ja ach so geschickt sind. Zu mir kommt man höchstens noch, um ein Pferd beschlagen zu lassen. Das so verdiente Geld nutzen die Zwerge dann, um uns die Waren wegzukaufen. Und was tut Ihr dagegen? Nichts, Ihr buckelt noch vor ihnen wie ein zahnloser, alter Köter. Aber dem werde ich einen Riegel vorschieben, wenn ich erst Bürgermeister bin.«

Lavinion schnaubte.

»Träumt weiter. Die Leute werden niemals so dumm sein, einen von Neid und Hass zerfressenen Dummschwätzer wie Euch in dieses Amt zu wählen.«

Verwirrt ließ Thilus seinen Blick zwischen den beiden ungleichen Männern hin und her wandern und wickelte sich die geflochtenen Enden seines Barts um die Finger. Selbstverständlich gab es auch zwischen Zwergen gelegentlich Streit, doch würde man sich niemals auf solche Weise heruntermachen und sich ohne Rücksicht auf das Ansehen und die Ehre des anderen gegenseitig beschimpfen. Schon gar nicht vor Fremden. Es wäre eine Beleidigung, die nur mit Blut gesühnt werden könnte.

Zwischen den Menschen hingegen schien ein solcher Umgangston nichts Besonderes zu sein, er amüsierte die Schaulustigen sogar. Mancher mochte glauben, dass die Unterschiede zwischen Zwergen und Menschen hauptsächlich in ihrer Größe bestanden. Spätestens jetzt jedoch begriff Thilus, dass es sehr viel gravierendere Differenzen bei so grundlegenden Punkten wie Ehre und dem allgemeinen Umgang miteinander gab.

Auch Tharlia schien das Gezänk der beiden Männer äußerst unangenehm zu sein.

»Bitte hört auf, unseretwegen zu streiten«, verlangte sie. »Es lag niemals in unserer Absicht, Unfrieden zu verbreiten oder jemandem hier zu schaden.«

»Natürlich nicht«, brummte der Schmied, doch sie sprach ungerührt weiter und wurde dabei so laut, dass auch die umstehende Menschenmenge sie deutlich verstehen konnte, die sich inzwischen wieder beträchtlich vergrößert hatte.

»Einst herrschten enge freundschaftliche Bande zwischen uns und den Menschen von Clairborn. Als Elan-Dhor auf dem Höhepunkt seiner Macht und seines Reichtums war, profitierten auch eure Vorfahren davon, und es hat uns nichts ausgemacht, diesen Reichtum mit den Menschen zu teilen. Nun, da wir aus unserer Heimat vertrieben wurden und in Nachbarschaft zu Clairborn als Flüchtlinge an der Oberfläche leben, hatten wir gehofft, an diese freundschaftlichen Bande neu anknüpfen zu können. Weder erbitten wir Almosen noch sonstige Hilfe. Wir arbeiten, um Geld zu verdienen, und bezahlen damit für alles, was wir benötigen. Darüber hinaus tun wir alles, um euch unter Einsatz unseres eigenen Lebens vor dem schrecklichen Feind aus den Tiefen unter dem Schattengebirge zu schützen, der nun in Elan-Dhor haust und danach giert, auch über Clairborn und den Rest des Landes sowie die umliegenden Reiche herzufallen. Einen Feind, dem die Menschen nichts entgegenzusetzen hätten.«

»Und den das Zwergenvolk selbst erst heraufbeschworen hat«, stieß Sindilos hervor. »Denkt Ihr wirklich, wir müssten uns Euch gegenüber erkenntlich zeigen, weil Ihr uns vor einer Gefahr beschützt, die wir allein euch zu verdanken haben?«

»Wir haben die Gefahr durch die Dunkelelben nicht heraufbeschworen«, widersprach Tharlia. »Sie sind das Erbe eines Krieges, der bereits tobte, als es die Menschen noch gar nicht gab und selbst das Volk der Zwerge noch jung war. Aber erst wir haben einen Durchbruch zu ihrem unterirdischen Kerker geschaffen, das lässt sich nicht bestreiten. Allerdings konnten wir nicht im Entferntesten ahnen, welche Folgen unsere Grabungen haben würden. Läge das Reich der Dunkelelben nicht so tief unter der Erde, hättet auch ihr durch das simple Ausheben eines Brunnens unwissentlich darauf stoßen können, und niemand könnte euch deshalb einen Vorwurf machen. Dennoch stellen wir uns unserer Verantwortung und werden alles tun, um zu verhindern, dass die Dunkelelben je an die Oberfläche gelangen.«

»Stellt Ihr Euch auch der Verantwortung für die anderen Folgen Eurer Grabungen?«, warf der junge Rotschopf ein, der während der vergangenen Minuten geschwiegen hatte. Tharlia blickte ihn fragend an.

»Wovon sprichst du?«

»Ich spreche von dem Erdbeben vor drei Nächten. Wollt Ihr vielleicht abstreiten, dass ihr Zwerge dafür verantwortlich seid?«

»Aber wir … Ich begreife nicht, was du meinst.« Hilflos zuckte Tharlia die Schultern.

»Dann will ich es Euch erklären«, ergriff Sindilos wieder das Wort. »Seit Jahrtausenden schon schürfen die Zwerge unter dem Tharakol nach Reichtümern, graben immer größere und tiefere Höhlen und Stollen in den Fels. Das kann ja auf Dauer nicht gut gehen. Es war doch wohl abzusehen, dass diese gigantischen Hohlräume irgendwann einmal in sich zusammenstürzen würden.«

»Ihr … Ihr denkt, wir hätten das Erdbeben verursacht?«, hakte Tharlia ungläubig nach. Auch Thilus war wie vor den Kopf gestoßen. Niemand auf der Welt verstand sich auf den Umgang mit Gestein und die Tragfähigkeit von Fels so gut wie das Volk der Zwerge. Sicherlich schufen sie unterirdische Stollen und Grotten, sicherten diese zugleich aber auch so ab, dass die tektonische Stabilität sogar größer wurde als bei einem Berg im Naturzustand.

Trotzdem begriff Thilus plötzlich besser, was hier vorging. Innerhalb von Clairborn gab es keinen Platz, der auch nur annähernd groß genug gewesen wäre, den gesamten Markt aufzunehmen, weshalb er auf einer großen Festwiese jenseits der nördlichen Stadtmauer stattfand. Der Weg hierher hatte die Zwerge durch den Ort geführt, und Thilus hatte gesehen, dass das Beben auch dort seine Spuren hinterlassen hatte. Eine Menge Häuser waren beschädigt worden, nicht zuletzt, weil die Menschen längst nicht so massiv und geschickt wie Zwerge zu bauen verstanden, einige wenige waren sogar ganz oder teilweise in sich zusammengebrochen.

Wie es die Eigenart solcher Naturkatastrophen war, hatte das Beben die Clairborner wie ein Schicksalsschlag aus dem Nichts getroffen. In ihrer Verzweiflung suchten sie einen Schuldigen, den sie dafür verantwortlich machen konnten, und da fielen Anschuldigungen, wie Sindilos sie verbreitete, auf fruchtbaren Boden. Wer nichts über Zwerge und ihre Baukunst wusste, mochte in einer Situation wie dieser leicht davon zu überzeugen sein, dass sie mit ihren Grabungen ein solches Beben ausgelöst hatten, so unsinnig dieser Vorwurf auch war.

»Eine Menge Leute hier denken das«, ereiferte sich der Schmied und erntete damit zustimmendes Gemurmel. »Es liegt völlig klar auf der Hand – der gesunde Menschenverstand sagt einem, dass es so war. Das Erdbeben hat fünf Todesopfer hier in Clairborn gefordert. Vielleicht solltet Ihr mal die Hinterbliebenen aufsuchen, Majestät, und vor ihnen noch einmal Eure schöne Rede halten, dass Ihr nie vorhattet, jemandem zu schaden. Dort werdet Ihr bestimmt eine passende Antwort –«

»Jetzt reicht es aber«, unterbrach der Bürgermeister ihn barsch. »Ich will kein Wort von diesem Unsinn mehr hören, oder ich lasse Euch wegen Anstiftung zum Aufruhr festnehmen. Das gilt für euch alle hier! Verschwindet! Macht, dass ihr weiterkommt, hier gibt es nichts mehr zu glotzen!«

»Dies ist ein freies Land, und wir haben das Recht, uns aufzuhalten, wo wir wollen«, stieß Sindilos hervor. »Die Wahrheit könnt Ihr auch auf diese Art nicht unterdrücken, *Bürgermeister*.« Das letzte Wort sprach er wie ein Schimpfwort aus.

»Die Wahrheit«, äffte Lavinion ihn nach. »Die Wahrheit ist, dass das Zentrum des Bebens im Norden lag, wie wir mittlerweile zweifelsfrei wissen. Der Tharakol aber liegt im Süden. Das Beben kann also unmöglich dort seinen Ursprung haben. Und jetzt reicht es mir endgültig. Wenn ich in einer Minute noch jemanden sehe, der hier nichts verloren hat, dann kann derjenige eine Nacht lang unseren Kerker von innen bewundern. Das gilt auch für Euch.«

Murrend zerstreute sich die Menschenmenge. Nach einem letzten zornigen Blick aus seinem einen Auge wandte sich auch der Schmied um.

»Das wird Euch noch leidtun! Das letzte Wort darüber ist noch nicht gesprochen«, rief er dem Bürgermeister zu, ehe er mit ausladenden Schritten davoneilte. Kopfschüttelnd blickte Lavinion ihm nach.

»Ich kann mich nur noch einmal für das entschuldigen, was geschehen ist«, wandte er sich wieder an Tharlia. »Sindilos war nie ein guter Schmied, und nun ist er wütend, weil die Leute lieber die Dienste Eurer Schmiede in Anspruch nehmen. Seither schürt er Feindseligkeiten gegen Euer Volk, wo immer sich Gelegenheit bietet. Und bei Dummköpfen wie diesem Satulo fallen seine Hasstiraden auf fruchtbaren Boden.«

»Ihr braucht Euch nicht zu entschuldigen, und ich danke Euch für Eure Hilfe«, entgegnete Tharlia. »Aber mir scheint, dass Sindilos nicht nur von ein paar Nichtsnutzen Zustimmung bekommt, sondern viele seine Ansichten teilen.«

»Das ist… sicherlich nur eine vorübergehende Erscheinung. Das Erdbeben… Viele glauben tatsächlich, dass die Zwerge dafür verantwortlich sind oder zumindest eine Mitschuld daran tragen. Es klingt im ersten Moment so verlockend einleuchtend, obwohl wir inzwischen Nachrichten erhalten haben, dass es weiter im Norden noch viel schlimmere Verwüstungen gegeben hat. In ein paar Tagen werden die Leute bestimmt wieder zur Vernunft kommen, aber im Moment… Ich denke, es wäre besser, wenn Ihr Clairborn verlassen würdet, bis sich die Lage wieder beruhigt hat.«

»Heißt das, Ihr werft uns aus der Stadt?«, fragte Tharlia scharf.

»Aber nein, natürlich nicht, das würde ich mir nicht anmaßen. Ich meine nur…«

»Dann werden wir unsere Einkäufe jetzt wie geplant fortsetzen. Eure internen Machtkämpfe gehen uns nichts an, wir wünschen auch nicht hineingezogen zu werden«, verkündete Tharlia. »Es ist Eure Aufgabe, für Ruhe und Ordnung in Clairborn zu sorgen und Gäste Eurer Stadt zu schützen. Insofern verlasse ich mich darauf, dass es keine weiteren Zwischenfälle mehr geben wird. Wir sind nicht nur beleidigt, sondern sogar mit Eiern beworfen worden. Weitere Angriffe dieser Art werden wir nicht mehr tatenlos hinnehmen.«

»Ich… ich bitte Euch, Majestät, nur das nicht!« Lavinion zog ein Tuch aus seiner Tasche und tupfte sich damit Schweißperlen von der Stirn. »Es darf auf keinen Fall Gewalttätigkeiten geben. Darauf warten diejenigen, die Stimmung gegen das Zwergenvolk schüren wollen, doch nur.«

»Dann tut Eure Arbeit und sorgt dafür, dass es gar nicht erst so weit kommt.«

»Sicher, aber versteht doch…« Es schien zu Lavinions Angewohnheiten zu gehören, mindestens die Hälfte seiner Sätze nicht zu beenden. Erneut wischte er sich mit dem Tuch über die Stirn. »Also gut, ich werde zwei Männer der Stadtgarde zu Eurem Schutz abstellen. Sie werden Euch begleiten und dafür sorgen, dass niemand Euch mehr belästigt.«

Thilus verzog geringschätzig das Gesicht. Im Ernstfall würde er es wahrscheinlich allein und ohne sich sonderlich anzustrengen mit allen sechs Spielzeugsoldaten in ihren hübschen, bunten Uniformen aufnehmen können, die den Bürgermeister begleiteten.

Dennoch erhob er keinen Widerspruch, und zu seiner eigenen Überraschung schien es sogar zu funktionieren. Es war gegen jede Vernunft, dass die beiden Gardisten mehr Abschreckung erzielen sollten als eine Eskorte grimmiger, bis an die Zähne bewaffneter Zwergenkrieger, und doch war es offenbar so. Vielleicht lag es einfach nur daran, dass die Einwohner von Clairborn Zwergenkrieger noch niemals kämpfend erlebt hatten und sie trotz ihrer breiten Statur und offenkundigen Kraft aufgrund ihrer Größe unterschätzten. Vielleicht hatten sie auch nur größere Skrupel, sich mit der eigenen Obrigkeit anzulegen, die durch die Gardisten repräsentiert wurde, als mit einigen wenigen Vertretern eines fremden Volkes.

Auf jeden Fall gab es keine weiteren Zwischenfälle mehr. Weder wagte man es, sie mit Eiern oder anderen Gegenständen zu bewerfen, noch gab es weitere Menschenaufläufe, und wenn sich doch einmal eher durch Zufall ein Grüppchen zusammenfand, um die fremden Besucher zu begaffen, reichten meist einige barsche Befehle der Soldaten, es wieder auseinanderzutreiben. Lediglich einige wenige Schmährufe wurden gelegentlich noch hörbar, doch aus sicherer Entfernung und ohne dass die Störenfriede sich zu erkennen gaben.

Nach einiger Zeit begann auch Thilus, sich ein wenig zu entspannen. Auch weiterhin behielt er die Umgebung scharf im Auge, um jede eventuelle Gefahr frühzeitig zu erkennen, aber darüber hinaus nahm er auch die zahlreichen Attraktionen wahr, die der Markt zu bieten hatte, und die einen Besuch hier so faszinierend machten. Es gab nicht nur ein buntes Durcheinander aus Ständen, offenen Karren und einigen, zumeist mit wenig Geschick zusammengezimmerten Buden, an denen die verschiedensten Lebensmitteln angeboten wurden, von Mehl und Getreide über fertig gebackene Brote, Kuchen und anderes Gebäck bis hin zu Fleisch, Fisch und den unterschiedlichsten Gemüse- und Obstsorten. Auch lebende Tiere wurden von einem Podium aus versteigert.

Darüber hinaus gab es auch zahlreiche Dinge des täglichen Bedarfs wie Werkzeuge, Töpfe, Körbe, exotische und weniger exotische Stoffe und hunderterlei Dinge mehr zu kaufen, manche so ausgefallen, dass Thilus dergleichen noch nie zuvor gesehen hatte und nicht die geringste Ahnung hatte, wozu sie dienen mochten. So manche hätten sich dem Aussehen nach vermutlich hervorragend als Folterinstrumente geeignet.

Aber obwohl die Verkaufsstände weit in der Überzahl waren, bildeten sie längst nicht das einzige Angebot. Auch zahlreiche Gaukler waren nach Clairborn gekommen, um ihre Kunststückchen zu zeigen. Es gab Grimassenschneider und andere Clowns in bunten Kostümen, Feuerspucker, Jongleure, Messerwerfer, Stelzengänger und zahlreiche weitere Artisten. Auf insgesamt zwei Bühnen führten Schausteller irgendwelche Theaterstücke auf, die dem Gelächter der Zuschauer zufolge recht lustig zu sein schienen.

Natürlich durften auch Musikanten nicht fehlen, die an vielen Stellen den verschiedensten Instrumenten Töne entlockten, die wohl Musik sein sollten, sich aber schon in einer Entfernung von nur wenigen Schritten mit den Darbietungen anderer und den übrigen Hintergrundgeräuschen des Marktes zu einem misstönenden Lärm vermischten.

Auch die Kinder kamen nicht zu kurz. Für sie gab es mehrere Puppenspiele, und innerhalb einer Umzäunung konnten sie auf kleinen Ponys reiten. Und noch etwas gab es für sie, das Thilus noch nie gesehen hatte, das ihn jedoch durch seine simple, aber einfallsreiche Konstruktion außerordentlich faszinierte. Es handelte sich um eine große hölzerne Scheibe, auf der holzgeschnitzte Pferde und andere Tiere montiert waren, die den Kindern als Sitzplätze dienten. Auf einer Achse wippten die künstlichen Geschöpfe vor und zurück. Über ein Handrad an einem Gewinde versetzten zwei Männer die Scheibe in Drehung. Es war eine Konstruktion, wie sie ohne Weiteres von Zwergen hätte ersonnen sein können. Den Kindern schien sie jedenfalls großen Spaß zu bereiten.

In einer Ecke des Marktes gab es sogar eine Tiervorführung mit den angeblich exotischsten Bestien aus fernen Ländern, die Thilus sich liebend gerne einmal angesehen hätte. Dabei war ihm völlig egal, ob die Tiere vom anderen Ende der Welt oder aus der unmittelbaren Umgebung stammten, da sie in jedem Fall für ihn absolut fremdartig wären. Aber natürlich kam ein Besuch der Tiervorführung nicht in Frage, schließlich waren sie nicht hier, um sich zu amüsieren, und gerade angesichts der angespannten Situation an diesem Tag wollten sie Clairborn so schnell wie möglich wieder verlassen. Auch ohne den offenen Ausbruch neuer Feindseligkeiten entging ihm nicht, dass auch weiterhin viele Blicke, die ihnen zugeworfen wurden, alles andere als freundlich waren.

Endlich hatte Tharlia sämtliche Einkäufe erledigt, und sie machten sich auf den Rückweg, der sie auch diesmal wieder durch den eigentlichen Ort führte. Hier begegneten ihnen kaum noch Menschen, praktisch die gesamte Einwohnerschaft schien sich auf dem Markt versammelt zu haben. Man konnte das Gefühl bekommen, sich in einer aufgegebenen Geisterstadt zu befinden, ein Eindruck, zu dem auch die durch das Erdbeben verursachten Zerstörungen ihren Teil beitrugen.

Diesmal betrachtete Thilus sie genauer. Kaum ein Haus war ohne Beschädigungen davongekommen, die meisten zum Glück nur leicht, und viele waren bereits ausgebessert worden. Bei etwas soliderer Bauweise, dessen war er sich sicher, hätten viele der Schäden ganz vermieden werden können. Überall waren Schludrigkeiten zu entdecken, wie sie Zwergenarbeitern nicht unterlaufen wären.

Die Menschen waren ein stets hastiges, ungeduldiges Volk mit einem ganz anderen Verhältnis zur Zeit, was wahrscheinlich mit ihrer sehr viel kürzeren Lebenserwartung zusammenhing und sich in nahezu allem äußerte, was sie taten. Wahrscheinlich errichteten sie ihre Häuser in der Hälfte der Zeit, die Zwerge dafür benötigt hätten, aber dafür waren sie auch nur halb so stabil, in den meisten Fällen gar nicht dazu gedacht, ihren Erbauer zu überdauern. Größere Sorgfalt widmeten sie höchstens ihren Tempeln, Burgen oder sonstigen Prachtbauten.

Zwerge hingegen wurden nach menschlichen Maßstäben steinalt – wenn sie nicht durch Krankheit oder einen gewaltsamen Tod starben, wurden sie meist über dreihundert, in seltenen Fällen sogar über vierhundert Jahre alt. Dementsprechend waren Zwergenbauwerke dafür gedacht, auch nach Jahrhunderten, vielleicht sogar Jahrtausenden noch zu stehen und …

Thilus wurde jäh aus seinen Gedanken gerissen, als er aus den Augenwinkeln etwas heransausen sah. Da sie schon fast an den Stadttoren angelangt waren, hatte er gehofft, dass es auch in den letzten Minuten keine weiteren Zwischenfälle mehr geben würde, doch sah er sich getäuscht. Einige durch die Hasstiraden offenbar besonders fanatisierte Einwohner nutzten das Gewirr der von der Hauptstraße abzweigenden Gässchen und dunklen Winkel, um ihrer Feindseligkeit mit einem letzten Abschiedsgruß noch einmal Ausdruck zu verleihen.

Das Ei verfehlte Tharlia nur knapp und zerplatzte auf dem Straßenpflaster, aber es blieb nicht das einzige. Weitere Wurfgeschosse kamen durch die Luft geflogen, neben Eiern auch Obst und verschiedene Gemüse, die dem Geruch zufolge bereits faulig geworden waren.

»Die Schilde hoch! Schützt die Königin!«, brüllte Thilus.

Die Zwergenkrieger reagierten sofort. In Windeseile gruppierten sie sich um Tharlia, lösten die Rundschilde, die sie auf den Rücken geschnallt trugen, und hielten diese so, dass sie nach allen Seiten einen Wall um die Königin bildeten.

Keinen Moment zu früh, denn gleich darauf kündete ein zweifaches Scheppern beim Aufprall auf die Schilde von härteren Wurfgeschossen. Wie Thilus erkannte, handelte es sich glücklicherweise nur um Äpfel und nicht wie befürchtet um Steine. Anderenfalls hätte es sich um den Versuch eines möglicherweise tödlichen Angriffs auf die Königin gehandelt, der trotz ihres Verlangens nach friedlicher Nachbarschaft mit Clairborn nur mit Blut hätte gesühnt werden können.

Auch die beiden Gardisten erwachten endlich aus der Starre, in die der völlig unerwartete Angriff sie versetzt hatte. Offenbar waren auch sie bereits der Meinung gewesen, dass alles überstanden wäre und nun wohl nichts mehr passieren würde. Sie fuhren herum und eilten auf die Gasse zu, aus der die Wurfgeschosse gekommen waren. Die Schritte mehrerer Personen entfernten sich hastig und hallten von den Häusern wider.

»Stehen bleiben!«, rief einer der Gardisten. »Im Namen des Bürgermeisters, bleibt sofort stehen!«

Sein Befehl verhallte unbeachtet, und die Schritte verklangen in der Ferne. Die Einzigen, die nach einigen Sekunden tatsächlich stehen blieben, waren die beiden Gardisten selbst, ehe sie sich mit leisen Flüchen auf den Lippen umwandten und zurückkehrten. Auf einen Wink Thilus' hin senkten die Krieger ihre Schilde.

»Den restlichen Weg werden wir wohl auch ohne euren Schutz bewältigen«, sagte Tharlia mit einem finsteren Blick auf das nahe gelegene Stadttor, ehe einer der Gardisten etwas vorbringen konnte. »Meine Geduld ist endgültig erschöpft. Sagt Bürgermeister Lavinion, dass ich nicht gewillt bin, mich und Angehörige meines Volkes länger tatenlos von seinen Untertanen beschimpfen, beleidigen und sogar tätlich angreifen zu lassen.

Ich erwarte ihn morgen zu einer diesbezüglichen Unterredung in unserer Siedlung, um sicherzustellen, dass sich solche Vorfälle nicht mehr wiederholen.« Sie machte eine kurze Pause und der Blick, mit dem sie die beiden Gardisten musterte, wurde stechend. »Sollte er es aus irgendwelchen Gründen vorziehen, nicht zu dieser Unterredung zu erscheinen, wird das Konsequenzen haben, die ihm mit Sicherheit nicht gefallen dürften. Richtet ihm das von mir aus!«

4
EIN ALTER TRAUM

Sie hatten viel geschafft, das musste Barlok zugeben – mehr als er in der kurzen Zeit für möglich gehalten hätte –, und das war ein Grund, mit Recht stolz auf sein Volk zu sein. Das ursprünglich primitive Zeltlager, das sie vor etwas mehr als zwei Monaten einen halben Tagesmarsch vom Fuß des Tharakol entfernt am Ufer des Cadras aufgeschlagen hatten, hatte sich in eine regelrechte Stadt verwandelt, und als solche hatte sie mittlerweile auch einen Namen erhalten. Am gestrigen Tag hatte sich der Hohe Rat auf *Elan-Tart* geeinigt, was in der alten, mittlerweile nur noch von wenigen beherrschten Zwergensprache ›Juwel der Hoffnung‹ bedeutete, im Gegensatz zu Elan-Dhor, dem ›Juwel der Ewigkeit‹.

Als einer der Ersten hatte Barlok schon vor der unter seinem Kommando geführten Entscheidungsschlacht am Tiefenmeer erkannt, dass sie den Dunkelelben möglicherweise nicht gewachsen sein würden, und hatte das Schreckensszenario einer Evakuierung Elan-Dhors an die Wand gemalt. Da sein Wort Gewicht besaß, hatte man frühzeitig mit entsprechenden Vorbereitungen begonnen, auch wenn niemand geglaubt hatte, dass es wirklich so weit kommen würde. Auch er selbst hatte bis zuletzt gehofft, dass ihnen dies erspart bleiben würde; er war nicht einmal sicher gewesen, ob das Volk der Zwerge an der Oberfläche überhaupt zum Überleben fähig war.

Nun, seine diesbezüglichen Zweifel waren mittlerweile von der Realität widerlegt worden, wenn auch mit Einschränkungen. Ein *Überleben* war zweifelsohne möglich, auch über einen längeren

Zeitraum hinweg. In dieser Hinsicht hatte sein Volk Durchhaltevermögen und eine erstaunliche Anpassungsfähigkeit bewiesen.

Ob man diese Existenz jedoch als *Leben* im eigentlichen Sinne bezeichnen konnte, das stand auf einem ganz anderen Blatt…

Aufmerksam blickte Barlok sich um, während er durch die Straßen Elan-Tarts streifte. Die Abenddämmerung war bereits hereingebrochen, und in spätestens einer halben Stunde würde es dunkel sein. Noch aber gab es genug Licht, dass er seine Umgebung gut erkennen konnte. Er liebte diese abendlichen Spaziergänge und unternahm sie, so oft es seine Zeit zuließ, um die Fortschritte zu betrachten, die es am jeweiligen Tag gegeben hatte.

Am deutlichsten waren diese im Norden der Stadt zu sehen, wo sich die großen Häuser mit zahlreichen Familienangehörigen angesiedelt hatten. Und Häuser war in diesem Fall sogar wörtlich zu verstehen. Im Gegensatz zu den Armen, von denen die meisten entweder gar keinem oder einem nur kleinen, oft erst vor ein oder zwei Generationen gegründeten Haus angehörten, und die in den westlichen Bezirken immer noch hauptsächlich in Zelten oder behelfsmäßigen Holzhütten lebten, hatten die großen und mächtigen Familien längst begonnen, sich Heime aus Stein zu errichten.

Eine richtige Gleichheit gab es nach diesem Neuanfang ebenso wenig, wie sie früher existiert hatte.

Während viele der kleinen und armen Familien nicht mehr von ihrer Habe gerettet hatten, als sie mit ihren Händen tragen konnten, waren die großen Häuser wesentlich besser gefahren. Sie verfügten nicht nur über deutlich mehr Angehörige, die etwas hatten schleppen können, sondern hatten vielfach auch Karren besessen oder zumindest die Möglichkeiten gehabt, sich rasch welche zusammenzimmern zu lassen oder bei den Menschen zu kaufen. Auf diese Art war es ihnen gelungen, einen beträchtlichen Teil ihrer Besitztümer in Sicherheit zu bringen. Besitztümer, die ihnen auch an der Oberfläche Wohlstand und Vorteile anderen gegenüber garantierten.

Natürlich befanden sich die Gebäude alle noch in verschiedenen Stadien des Rohbaus, aber Häuser wie Walortan, Terenis oder Tarkora zählten so viele Angehörige, dass die Arbeiten in ungeheurem Tempo voranschritten.

Daran änderte auch die patriotische Welle nichts, die viele der Arbeiter ergriffen hatte. Um irgendwann bei der Rückeroberung Elan-Dhors helfen zu können, ließen sich derzeit etliche in Kampftechniken und dem Gebrauch von Waffen ausbilden. Einige, die sich als besonders begabt auf diesem Gebiet erwiesen hatten, waren sogar ganz von der Arbeiter- in die Kriegerkaste gewechselt. Trotzdem fanden sie noch genug Zeit, bei der Errichtung der Häuser mitzuhelfen.

Lediglich das Erdbeben vor zwei Nächten und die leichteren Nachbeben hatten die Arbeiten geringfügig verzögert, aber zum Glück keine schweren Schäden angerichtet. Aus ein paar erst wenige Stunden zuvor errichteten und noch nicht ausgehärteten Mauern waren Steine herausgebrochen, und einige waren sogar wieder ganz eingestürzt, aber das waren nur Kleinigkeiten. Dennoch waren die ärmeren Familien dabei ausnahmsweise einmal im Vorteil gewesen: Ein umgestürztes Zelt ließ sich wesentlich schneller wieder aufrichten als eine steinerne Mauer.

Die viel schlimmeren Folgen, die durch das Beben gedroht hatten, waren durch das beherzte Handeln von Thilus verhindert worden, das zählte mehr als alles andere. Barlok hatte nie viel davon gehalten, einen von Geburt an verkrüppelten Mann in die Kriegerkaste aufzunehmen, da dieser weder eine beidhändig geführte Streitaxt benutzen noch sich im Schwertkampf durch einen Schild schützen konnte und deshalb stets benachteiligt war. Mit seiner mutigen Tat hatte Thilus jedoch nicht nur höchste Ehren erworben, sondern diese Bedenken zugleich auch eindrucksvoll widerlegt und eine schreckliche Gefahr für sie alle gebannt.

Langsam schlenderte Barlok weiter.

Nicht ganz so schön, aber letztlich wesentlich wichtiger als diese privaten Wohnstätten waren die öffentlichen Gebäude, die hauptsächlich im Osten gelegenen Fertigungsbetriebe wie Schmieden, Nähereien und dergleichen mehr. Auch sie waren innerhalb kürzester Zeit aus dem Boden gestampft worden. Anders als früher mussten die meisten Rohstoffe derzeit von den Menschen erworben werden, und viele der fertigen Waren wurden wieder an Menschen verkauft, aber auch dieses System funktionierte.

Und dennoch – so beeindruckend auch alles sein mochte, was sie hier geschaffen hatten –, Barlok sehnte sich mit jeder Faser seines Seins nach Elan-Dhor zurück. Selbst wenn sie hier eine gewisse Zeit überdauern konnten, waren Zwerge nicht dafür geschaffen, an der Oberfläche zu leben. Mochten in der Tiefenwelt auch mannigfaltige Gefahren lauern, sogar ohne die Dunkelelben – dort war ihre Heimat. Nur dort fühlten sie sich wirklich wohl, und nur dort konnten sie auf lange Sicht leben.

Eines Tages würden sie diese Heimat zurückerobern, wie er es geschworen hatte, als er gemeinsam mit Königin Tharlia als Letzter die Tiefenwelt verlassen hatte. Als Erster würde er irgendwann an der Spitze einer Armee auch wieder dorthin zurückkehren, wenn es das Schicksal gut mit ihm meinte. Anderenfalls würde das Volk der Zwerge dahinsiechen und langsam schwinden, und schon in nicht allzu ferner Zukunft würde es einfach zu existieren aufhören.

So oder so, Elan-Tart konnte niemals mehr sein als nur eine Übergangslösung.

»Kriegsmeister Barlok, wartet auf mich!«

Barlok blieb stehen und wandte sich um, als er den Ruf hinter sich hörte. Ein junger Krieger in der Uniform der königlichen Wache kam die Straße entlanggehastet.

»Endlich habe ich … Euch gefunden«, keuchte er und schnappte nach Luft. »Die Königin schickt mich. Sie hat … eine Sondersitzung des Hohen Rates einberufen und … bittet Euch, daran teilzunehmen.«

Barlok runzelte die Stirn. Tharlia hatte den Tag in Clairborn verbracht, um wie alle zwei Wochen auf dem Markt Einkäufe zu tätigen. Wenn sie den Rat nun zu einer Sitzung zusammenrief, musste dort etwas geschehen sein, oder sie musste etwas Wichtiges erfahren haben.

»Ich komme«, sagte er knapp.

Zusammen mit dem Gardisten machte er sich raschen Schrittes auf den Weg zum Stadtzentrum, wo sich der Königspalast erhob. Es war eines der wenigen ganz aus Stein errichteten Gebäude, das bereits fertig war, ein zwar großer, aber vollkommen schmuckloser Bau, sah man von dem königlichen Wappen über dem Eingang ab. Tharlia hatte bewusst auf jeden Pomp verzichtet, was Barlok begrüßte. So war ein zwar zweckmäßiger, aber in seiner für Zwergenarchitektur unüblichen Schmucklosigkeit auch hässlicher Klotz entstanden, der stets daran erinnern sollte, dass all dies nur eine Notlösung war.

Barlok eilte durch die Vorhalle und betrat den Thronsaal, der auch als Tagungsort für den Hohen Rat diente. Fünf der sechs Mitglieder, die traditionsgemäß von jeweils zwei Abgeordneten jeder Kaste gestellt wurden, waren bereits versammelt: Loton und Sutis für die Krieger, Torgan und Artok für die Arbeiter und Selon für die Gelehrten. Lediglich Salos, der zweite Abgesandte der Gelehrten, der dieses Amt erst ausübte, seit Tharlia wegen ihrer Krönung zur Königin ihren Sitz hatte aufgeben müssen, fehlte noch. An schlichten hölzernen Tischen saßen sie beiderseits des Throns, eines riesigen, reich verzierten Monstrums aus purem Gold, das zur ansonsten kargen Ausstattung des Saals einen Gegensatz bildete, wie er größer kaum sein konnte.

Er stammte noch aus der Gründungszeit Elan-Dhors und stellte einen der größten Schätze ihres Volkes dar. Tharlias zierliche Gestalt wirkte nahezu verloren darauf. Eigentlich hatte sie vorgehabt, ihn zu Goldbarren einschmelzen zu lassen, um dafür an der Oberfläche dringend benötigte Güter zu kaufen, hatte mit diesem Plan jedoch einen Proteststurm ausgelöst. In einer Zeit, in der nahezu alles andere verloren war, bedeutete der Thron als Symbol der einstigen Pracht dem Volk weit mehr, als sein ungeheurer materieller Wert ausmachte. Wenngleich nicht widerstrebend hatte sich Tharlia dem gebeugt.

»Barlok, gut, dass Ihr so schnell kommen konntet«, begrüßte sie ihn. »Leider muss ich Euch bitten, noch ein wenig Geduld zu haben, bis auch Salos eintrifft.«

Der Kriegsmeister nickte und warf einen fragenden Blick zu Loton und Sutis hinüber. Die beiden Abgesandten der Kriegerkaste zuckten die Achseln zum Zeichen, dass sie auch nicht wussten, aus welchem Grund diese Versammlung einberufen worden war.

Nach kurzem Zögern ging Barlok zu dem kleinen Tisch hinüber, der etwas abseits von den anderen für ihn aufgestellt worden war, und ließ sich auf dem Stuhl dahinter nieder. Streng genommen war er kein Mitglied des Hohen Rates und besaß keine Entscheidungsbefugnis. Er nahm an den Sitzungen lediglich teil, weil Tharlia ihm für die Zeit des Krieges das Oberkommando in sämtlichen militärischen Fragen übertragen hatte. Dies war der Preis gewesen, den er dafür verlangt hatte, dass er sie mit seinem Einfluss bei der Wahl zur Königin unterstützt und ihr damit den Weg zum Thron geebnet hatte. Da seine Aufgabe es unabdingbar machte, dass er in alle wichtigen Entscheidungen eingeweiht war, wurde er als eine Art Berater zu den Sitzungen geladen.

Wenig später wurde die Tür erneut geöffnet, und Salos, der Heiler, trat ein. Rasch eilte er an seinen Platz, als er sah, dass alle anderen bereits auf ihn warteten.

»Nun, da wir vollzählig sind, erkläre ich diese Sitzung des Hohen Rates für eröffnet«, sagte Tharlia. »Übrigens habe ich sie nicht aus eigenem Willen einberufen, sondern auf Bitte des weisen Selon. Ich traf ihn nach meiner Rückkehr aus Clairborn, und was ich ihm von dort erzählte, hat ihn so beunruhigt, dass er meinte, dies wäre eine Angelegenheit für den Rat. Damit sich alle ein Bild machen können, werde ich erst einmal wiederholen, was dort geschehen ist.«

In aller Ausführlichkeit schilderte sie, was sich in Clairborn zugetragen hatte. Mehrfach wurde verärgertes Gemurmel laut, doch sie reagierte nicht darauf, sondern fuhr ungerührt in ihrer Erzählung fort.

»Das ist empörend!«, stieß Loton hervor, als sie schließlich geendet hatte. »Selon hat völlig recht, dies ist eine Angelegenheit für den Rat. So etwas dürfen wir uns nicht bieten lassen.«

»So hatte ich das eigentlich nicht gemeint, mir geht es um etwas ganz anderes«, erklärte Selon. »Aber ich werde später sagen, was ich zu sagen habe.«

»Auf jeden Fall können wir die Angelegenheit nicht auf sich beruhen lassen«, schlug Artok in die gleiche Kerbe wie der Vertreter der Kriegerkaste. »Wir sollten zumindest eine offizielle Entschuldigung verlangen.«

»Bürgermeister Lavinion hat sich bereits bei mir entschuldigt und zum Ausdruck gebracht, wie leid ihm der Zwischenfall tut«, erinnerte Tharlia. »Außerdem habe ich ihn für morgen zu einer Unterredung herzitiert, und ich bin sicher, dass er kommen wird. Es ist ja nicht so, dass wir die Verwaltung und die offiziellen Stellen von Clairborn gegen uns hätten. Es sind nur einige wenige Unruhestifter, die glauben, Anhänger gewinnen und daraus politisches Kapital schlagen zu können, dass sie den Menschen einreden, wir würden die Schuld an allem tragen, was ihnen an Unbill widerfährt, zuletzt sogar an dem Erdbeben. Die Menschen neigen dazu, sich Sündenböcke zu suchen, aber ich glaube nicht, dass die Aufwiegler eine Mehrheit auf ihre Seite ziehen können. Falls dies aber doch geschieht und dieser Sindilos bei der Wahl in einigen Monaten Bürgermeister werden sollte, dann könnten uns tatsächlich größere Schwierigkeiten bevorstehen.«

»Pah, was soll denn schon geschehen?« Sutis lächelte verächtlich. »Diese Clairborner mögen sich ja für wer weiß was halten, aber gegen unsere Macht sind sie ein Nichts. Wenn wir die nächsten paar Mal auf dem Markt einkaufen, schicken wir einfach eine so große Eskorte mit, dass jeder sich gründlich überlegen wird, auch nur ein falsches Wort zu sagen. Sollte es dann doch noch ein paar Unbelehrbare geben, werden wir ihnen schon zeigen, was es heißt, Zwerge zu beleidigen.«

»Und mit genau solchen Aktionen würden wir nur Öl ins Feuer gießen und auch diejenigen, die derzeit noch auf unserer Seite stehen, gegen uns aufbringen«, gab Selon zu bedenken. »Genau das darf auf keinen Fall passieren.«

»Und warum nicht?«, wollte Torgan wissen. »Ich bin bekanntlich eher selten mit den Abgesandten der Kriegerkaste einer Meinung, aber in diesem Fall scheint es mir völlig angemessen zu sein, unsere Macht zu demonstrieren, gerade um vor weiteren Zwischenfällen abzuschrecken.«

»Vor den Dunkelelben mussten wir fliehen, weil sie uns überlegen sind«, ergänzte Loton. »Aber sollen wir uns auch von den Menschen eines einzelnen kleinen Dorfes demütigen lassen? Wir wollen gute nachbarschaftliche Beziehungen, aber wenn sie auf die Hand spucken, die wir ihnen reichen, dann sollten wir sie zur Faust ballen und damit zuschlagen. Es gibt keinen Grund, warum wir die Clairborner fürchten müssten.«

»O nein, sicher nicht!«, rief Selon zornig. »Ich zweifle nicht daran, dass wir einen Ort wie Clairborn mühelos bis auf die Grundmauern schleifen könnten, vielleicht sogar, ohne selbst auch nur einen einzigen Krieger zu verlieren. Aber was brächte uns das? Wir sind fremd hier an der Oberfläche und auf die Menschen angewiesen, sind noch längst nicht so weit, unser Volk aus eigener Kraft versorgen zu können.«

»Es gibt innerhalb eines Umkreises von ein, zwei Tagesreisen noch andere Menschenstädte, wie Ihr wohl wisst, schließlich haben wir vor allem in den ersten Wochen auch dort Nahrungsmittel gekauft«, warf Artok ein. »Sie liegen zwar weiter entfernt als Clairborn, aber das sollte kein unüberwindliches Hindernis sein.«

»Und Ihr glaubt wirklich, wir wären nach einer bewaffneten Auseinandersetzung mit Clairborn dort noch willkommen?«, ergriff Tharlia wieder das Wort und beantwortete ihre Frage gleich darauf selbst mit einem heftigen Kopfschütteln. »Ganz im Gegenteil, der Konflikt würde sich in rasender Eile ausbreiten. Clairborn mag nur ein weit abgelegenes Dorf sein, aber es gehört dennoch zum Königreich Lartronia. Am Hofe von Teneret wird man Kämpfe in dieser Provinz nicht einfach hinnehmen, sondern Truppen gegen uns entsenden. Ist es das, was wir wollen, kaum dass wir begonnen haben, uns hier an der Oberfläche einzurichten? Einen weiteren Krieg, diesmal gegen die Menschen, den wir aus eigener Kraft niemals gewinnen können?«

»Genau das ist die große Gefahr, die ich sehe«, stimmte Selon ihr zu. »Was bislang nur von ein paar Fanatikern in Clairborn geschürt wird, könnte sich zu etwas entwickeln, das weit mehr als nur ein Ärgernis oder ein Gerangel um Ruhm und Ehre darstellt. Es könnte den Todesstoß für unser Volk bedeuten, wenn wir nicht äußerst klug und besonnen reagieren.«

Betroffenes Schweigen folgte Selons Worten.

Auch Barlok war wie vor den Kopf gestoßen, aber weniger wegen der Worte, die er gerade gehört hatte, sondern der Art, wie er darauf reagiert hatte und welche Gedanken ihm dabei gekommen waren. Vor allem aber: welche Gedanken er sich *nicht* gemacht hatte. Und das schockierte ihn, denn es führte ihm eine Seite an sich vor Augen, die ihm bislang nicht richtig bewusst gewesen war.

Seine Reaktion auf Tharlias Bericht von den Vorfällen in Clairborn war exakt dieselbe gewesen wie die von Loton und Sutis, in diesem Fall ausnahmsweise noch unterstützt von den beiden Abgesandten der Arbeiterkaste. Er war empört und wütend gewesen, hatte sich gewünscht, den überheblichen, anmaßenden Dummköpfen in Clairborn persönlich in den Hintern treten zu können.

Und er wusste auch, warum das so war: Loton hatte es auf den Punkt gebracht. Die Niederlage gegen die Dunkelelben steckte noch wie ein schmerzender Stachel in ihrem Fleisch. Es war eine Schmach, die ihre Ehre und ihr Selbstwertgefühl nahezu vernichtet hatte. Ein Teil von ihnen sehnte sich danach, zu beweisen, dass sie immer noch eine Macht darstellten, die man nicht einfach so herumschubsen konnte, selbst wenn das zu einer Überreaktion führte.

Daran, dass Clairborn nur ein winzig kleiner Teil eines riesigen Königreichs war, hatte er keinen einzigen Gedanken verschwendet.

Er war nie ein blinder Befehlsempfänger gewesen, das hat er nicht zuletzt bewiesen, als er sich beim Vorgehen gegen die Dunkelelben entschlossen gegen König Burian, Tharlias Vorgänger, gestellt hatte. Aber solange er nur ein Krieger gewesen war, der Befehle ausführte, war es nicht nötig gewesen, alle Konsequenzen seines Handelns abzuwägen.

In seiner gegenwärtigen Position hingegen war es nicht nur eine Notwendigkeit, sondern musste die Grundlage von allem sein, was er tat, wenn er sein Volk vor Schaden bewahren wollte.

»Ich hoffe, jeder von Euch hat während der vergangenen Sekunden das gleiche Bild wie ich vor Augen gehabt, nämlich zehntausend Krieger der lartronischen Armee vor den dünnen Holztoren Elan-Tarts, und wenn die nicht ausreichen sollten, dann eben zehntausend weitere oder auch zwanzigtausend«, brach Selon schließlich das Schweigen. »Wir dürfen das, was in Clairborn geschieht, nicht auf die leichte Schulter nehmen. Vor allem aber dürfen wir uns nicht dazu verleiten lassen, auf die Provokationen Einzelner mit einer militärischen Machtdemonstration zu reagieren.«

»Und was schlagt Ihr stattdessen vor?«, erkundigte sich Torgan und beugte sich vor.

»Ich möchte gar nicht weiter auf die Vorfälle in Clairborn eingehen – dass wir darauf mit Ruhe und Besonnenheit reagieren müssen, dürfte wohl jedem von uns jetzt klar geworden sein. Aber sie sind nur ein Symptom eines viel größeren Missstandes. Wir haben Elan-Tart gegründet, um einen Ort für unser Volk zu haben, bis wir in der Lage sind, Elan-Dhor zurückzuerobern.

Unsere größten Hoffnungen diesbezüglich ruhen auf Hilfe durch die Hochelben, doch ist es eine nur vage Hoffnung, und selbst wenn Warlon sie erreicht und dazu bewegen kann, Krieger zu unserer Unterstützung zu schicken, wird es noch Monate dauern, bis sie hier eintreffen. Ich glaube nicht, dass uns noch so viel Zeit bleibt.«

Der greise Schriftgelehrte mit dem schneeweißen Haupthaar und dem ebenso schneeweißen Bart erhob sich von seinem Stuhl und begann damit, langsam im Saal umherzugehen.

»Es gärt nicht nur bei den Menschen in Clairborn, sondern auch in unserem eigenen Volk, und es wird von Tag zu Tag schlimmer. Viele der Älteren werden nur schwer mit den Belastungen, die das Leben hier von uns fordert, fertig, und vor allem bei den Jüngeren wächst die Unzufriedenheit. Das erstreckt sich quer durch alle Kasten, ist aber bei den Kriegern besonders ausgeprägt. Die ehrenwerten Ratsmitglieder Loton und Sutis und Kriegsmeister Barlok können dies sicherlich bestätigen.«

»Viele verschließen die Augen vor der Realität und glauben, unsere Niederlage wäre noch abzuwenden gewesen, wenn wir bis zuletzt gekämpft hätten«, erklärte Loton. »Oder sie denken, ein Tod auf dem Schlachtfeld wäre wesentlich ehrenvoller als das Exil gewesen.«

»All das wäre harmloser, wenn es nicht auch bei uns Aufwiegler gäbe, die diese Situation ausnutzen, um gegen Euch, Majestät, gegen Euch, Kriegsmeister Barlok, und allgemein gegen den Hohen Rat Stimmung zu machen.«

»Dann redet nicht um den heißen Brei herum, sondern nennt konkrete Namen«, verlangte Tharlia.

»Nun … Burian«, antwortete Sutis nach kurzem Zögern. »Offenbar hat er es inzwischen verwunden, dass der Rat ihm das Vertrauen entzogen und ihn als König abgesetzt hat. Lange Zeit hat er sich ruhig verhalten und seine Wunden geleckt, aber in letzter Zeit ist er wieder aktiv geworden. Viel zu aktiv für meinen Geschmack, und auf eine verderbliche Weise. Bereits mehrere

Krieger sind zu mir gekommen und haben berichtet, dass er versucht hat, sie gegen Euch aufzuhetzen, Majestät.«

»Auch ich habe von entsprechenden Vorfällen gehört, sie aber bislang nicht sonderlich ernst genommen«, ergriff Barlok erstmals das Wort. »Aber die Vorfälle häufen sich, und nur wenige, die damit ganz und gar nicht einverstanden sind, erstatten Meldung darüber. Die Dunkelziffer dürfte um ein Vielfaches höher liegen. Wir können höchstens erahnen, mit wie vielen er darüber hinaus gesprochen hat, die uns nicht anschließend davon berichtet haben. Und bei wie vielen er mit seinen Tiraden möglicherweise erfolgreich war.«

»Ich werde mich persönlich um diese Angelegenheit kümmern«, entschied Tharlia. »Aber ich habe das Gefühl, Ihr wolltet noch mehr sagen, Schriftmeister.«

»Ich habe noch nicht einmal richtig angefangen.« Selon lächelte flüchtig, wurde aber sofort wieder ernst. »Dass diese Hetzereien hier oder in Clairborn überhaupt auf fruchtbaren Boden fallen, zeigt doch nur, dass sie tatsächlich vorhandene Probleme berühren. Diese Probleme lassen sich ganz einfach zusammenfassen: Wir gehören nicht hierher und sollten nicht hier sein. Nicht an der Oberfläche. Und deshalb sollten wir auch nicht hierbleiben.«

Genau wie die anderen starrte Barlok ihn ungläubig an. Wurde der Schriftgelehrte allmählich senil und verlor den Verstand?

»Gut, dass wir nun endlich wissen, wo unser Problem liegt«, entgegnete Sutis nach einigen Sekunden mit ätzendem Spott. »Wenn wir nicht hierher gehören, dann kehren wir doch einfach nach Elan-Dhor zurück. Aber nein, da gibt es ja noch eine kleine Erschwernis, wie mir gerade einfällt. Wir können nicht zurück, weil dort jetzt ein paar tausend Dunkelelben hausen.«

»Es gibt mehr Berge als den Tharakol«, sagte Selon ruhig.

Wieder herrschte für einige Sekunden Schweigen.

»Schon jetzt zeichnet sich ab, dass Elan-Tart ein Fehlschlag ist«, fuhr der Schriftgelehrte fort. »Wir sollten dieses Experiment beenden, bevor es sich zu einer Katastrophe entwickelt, oder zumindest Vorkehrungen für diesen Zeitpunkt treffen. Ich hatte gehofft, dass uns mehr Zeit bliebe, aber die verhängnisvolle Entwicklung schreitet schneller voran als befürchtet. Wir können nicht mehr monatelang abwarten, bis wir vielleicht Unterstützung von den Elben erhalten. Bis es so weit ist, muss unser Volk wieder unter die Erde.«

»Aber … wie soll das gehen?«, hakte Torgan nach. »Alle früheren Zwergenminen wurden entweder aufgegeben, weil sie völlig ausgebeutet waren, oder sie wurden durch Naturkatastrophen so verwüstet, dass ein Weiterleben dort unmöglich war. Und alle Suche nach Erfolg versprechenden neuen Orten blieb ergebnislos.«

»Natürlich könnten wir theoretisch in eine der ausgebeuteten Minen umsiedeln, aber was brächte uns das?«, ergänzte Artok. »Wir würden dort außer Felsen nichts vorfinden und könnten uns immer noch nicht aus eigener Kraft versorgen, wären also weiterhin auf den Handel mit den Menschen angewiesen. Außerdem liegt keine dieser Minen in erreichbarer Nähe, und Ihr wollt unserem Volk doch wohl keine monatelange Odyssee zu einem Ort zumuten, der kaum eine Verbesserung gegenüber diesem hier darstellt.«

»Und was wäre, wenn es einen für unsere Bedürfnisse idealen Ort gar nicht einmal weit von hier entfernt gäbe?« Selon griff nach einer großen Rolle, die bislang an der Wand gelehnt hatte, und breitete sie auf seinem Tisch aus. Genau wie die anderen Ratsmitglieder stand Barlok auf und trat näher, um einen Blick darauf zu werfen. Es handelte sich um eine Karte, die die Landschaft um den Tharakol im Umkreis von mehreren Tagesreisen zeigte.

»Hier befinden wir uns jetzt.« Er deutete auf einen Punkt nahe den westlichen Hängen des Schattengebirges, fuhr dann mit dem Zeigefinger nach unten. »Hier liegt der Tharakol und damit auch Elan-Dhor.« Mit dem Finger zeichnete er den Verlauf des Gebirges nach, den Bogen, den es nach Norden schlug, und strich am rechten Rand der Karte entlang Richtung Norden bis zu seinen Ausläufern. »Dieser zweigipflige Berg hier heißt Kalathun, und ihm gilt mein Interesse.«

Barlok sog scharf die Luft ein. Rasch ließ er seinen Blick über die Gesichter der anderen huschen. Sie wirkten irritiert, zu verwirrt, um sofort zu begreifen. Auch ihm fiel es schwer zu glauben, dass Selon wirklich das vorschlagen wollte, was er vermutete.

»Zarkhadul?«, murmelte er.

Selon nickte.

»Ich sehe, Ihr kennt Euch in der Geschichte unseres Volkes aus, Kriegsmeister. Zarkhadul, die größte, prachtvollste und ertragreichste Mine, die je von Zwergen errichtet wurde. Und nur ein paar Tagesreisen von hier entfernt. Von dort kamen einst die meisten unserer Vorfahren, mutige Pioniere, die aus dem übervölkerten Zarkhadul auswanderten, um unter dem Tharakol eine eigene Stadt zu gründen. Ich glaube, es kann keinen geeigneteren Zeitpunkt geben, wieder dorthin zurückzukehren.«

»Das … das ist verrückt«, keuchte Torgan. »Zarkhadul ist seit über tausend Jahren verloren. Ja, auch ich kenne mich in der Geschichte unseres Volkes aus. Und deshalb weiß ich auch, dass es viele Bemühungen gegeben hat, die Mine wieder in Besitz zu nehmen, aber sie waren alle vergeblich. Sämtliche Zugänge wurden verschüttet.«

»Durch ein Erdbeben«, bestätigte Selon. »Das schlimmste, das sich je in dieser Gegend ereignet hat. Ich habe begonnen, alle alten Schriften, die sich mit den damaligen Ereignissen befassen, noch einmal aufmerksam zu studieren. Das Erdbeben vorletzte Nacht brachte mich auf die Idee.«

»Es ist ein alter Traum unseres Volkes, Zarkhadul in einstigem Glanz wiedererstehen zu lassen«, sagte Loton. »Über Jahrzehnte hinweg gab es immer Bemühungen, die Zugänge wieder frei zu legen, aber es hat sich als unmöglich erwiesen. Es heißt, dass der halbe Kalathun bei dem Beben eingestürzt sei und alles unter sich begraben habe. Alle entsprechenden Pläne wurden schon vor langer Zeit als unmöglich verworfen, sodass es wohl immer nur ein Traum bleiben wird.«

»Ein alter und glorreicher Traum, fürwahr.« Tharlia nahm wieder auf dem Thron Platz, und auch die übrigen Ratsmitglieder kehrten an ihre Plätze zurück. »Ich kenne Euch, Selon, Ihr würdet einen solchen Vorschlag nicht äußern, wenn Ihr nicht noch etwas in der Hinterhand hättet. Was bringt Euch zu dem Glauben, dass uns das gelingen könnte, woran alle früheren Expeditionstrupps gescheitert sind?«

Der Schriftgelehrte nickte.

»Es überstieg die Kraft unseres Volkes, die Zugänge nach Zarkhadul wieder zu öffnen, das ist unbestritten«, sagte er. »Aber nicht die einer weit größeren Macht. Vielleicht ist die Erde selbst mittlerweile bereit, uns das zurückzugeben, was sie uns einst nahm. Ich spreche von dem Beben. Es hatte seinen Ursprung im Norden, wo es ungleich schlimmer als hier gewütet hat, nahe den Ausläufern des Schattengebirges, wo auch der Kalathun liegt. Es wäre zumindest theoretisch vorstellbar, dass dadurch einer der verschütteten Zugänge wieder freigelegt oder ein neuer geschaffen wurde, den es vorher noch nicht gab.«

»Oder die alten wurden unter zusätzlichen Tonnen von Fels noch gründlicher als bisher begraben«, warf Sutis ein. Die beiden Vertreter der Kriegerkaste machten von allen den skeptischsten Eindruck, was Barlok ihnen nicht verdenken konnte. Alle Versuche, einen neuen Ort zum Leben zu finden, die über ein Provisorium wie Elan-Tart hinausgingen, drängten eine Rückeroberung Elan-Dhors in den Hintergrund. Obwohl es ihre Heimat war, konnte es mit seinen weitgehend erschöpften Minen gegen Zarkhadul schwerlich konkurrieren, falls es wirklich einen Weg ins Innere des Kalathun gab. Das würde ihnen die Hoffnung rauben, die noch längst nicht verwundene Niederlage gegen die Dunkelelben rächen zu können.

»Auch das ist möglich, sogar wahrscheinlicher«, gestand Selon ein. »Aber was haben wir schon zu verlieren? Es sind nicht mehr als zehn, zwölf Tagesmärsche bis zum Kalathun. Entsenden wir doch einen kleinen Expeditionstrupp, der sich dort einmal umsieht. Wenn er nach ein paar Tagen nichts findet, sind wir nicht schlechter dran als jetzt.«

»Und wenn der Trupp einen Zugang entdecken sollte, ist das eine so gewaltige Chance für unser Volk, einen Neuanfang zu beginnen, dass wir sie keinesfalls ungenutzt lassen dürfen«, ergänzte Salos, der als Einziger bislang noch kein Wort zu der Diskussion beigesteuert hatte. Es war die Eigenart des grauhaarigen, etwas unscheinbar wirkenden Heilers, nicht viele Worte zu machen, doch wenn er etwas sagte, dann war es meist wohl durchdacht und besaß Gewicht. »Der Vorschlag klingt für mich äußerst einleuchtend.«

Spätestens jetzt gab es für Barlok keinen Zweifel mehr, mit welchem Beschluss die Ratssitzung enden würde. Es gab einfach keine stichhaltigen Argumente gegen Selons Vorschlag.

Zarkhadul, wiederholte er in Gedanken. *Das Feuer der Erde.* Schon der Name besaß einen mystischen Klang. Im Laufe der Jahrhunderte war die Rückkehr in die verlorene Zwergenstadt zu mehr als nur einem Traum geworden. Zarkhadul stellte eine geradezu mythisch übersteigerte Legende dar, fast schon eine Art Verheißung. Auch Barlok war diese Vorstellung alles andere als fremd. Bereits bei dem Gedanken, nur einen Fuß in die prachtvollsten aller Zwergenhallen zu setzen, ging ihm ein Schauer über den Rücken.

»Es liegt natürlich allein am Hohen Rat, eine Entscheidung darüber zu fällen«, ergriff er das Wort. »Aber falls sich der Rat entschließen sollte, eine solche Expedition zu entsenden, dann möchte ich sie persönlich anführen.«

5
ELEM-TENIT

Der Wald war weitaus größer, als Warlon es sich hatte vorstellen können. Obwohl sie von einer weiteren kurzen Rast abgesehen den ganzen Nachmittag hindurch wanderten, erreichten sie sein Ende nicht, ganz im Gegenteil, der Forst wurde sogar immer noch dichter und finsterer, je weiter sie vordrangen. Anders als am Vormittag konnte Warlon nicht einmal mehr Pfade oder Wildwechsel erkennen.

Er fragte sich, wie Malcorion sich hier zurechtfinden konnte, ohne die Orientierung zu verlieren, aber nach der Sicherheit zu urteilen, mit der er sich bewegte, schien der Waldläufer hier jeden Fußbreit Boden zu kennen.

Warlon versuchte sich vorzustellen, wie es ihm ohne die angeborene Fähigkeit der Zwerge, jeden Weg, den sie schon einmal gegangen waren, wiederzufinden, hier ergehen würde. Sicherlich, jeder Baumstamm besaß seine eigene charakteristische Form, doch wer konnte sich schon Millionen von Baumstämme und noch dazu die Stelle einprägen, an der sie wuchsen? Schon nach kürzester Zeit hätte er sich hoffnungslos in dieser grünen, vor fremdartigem Leben wimmelnden Hölle verirrt. Der bloße Gedanke ließ ihn schaudern, und Warlon war mehr als froh, dass diese Gefahr nicht bestand. Zumindest den Rückweg würde er jederzeit wiederfinden.

Angenehm war die Wanderung dennoch keineswegs, auch wenn Malcorion jetzt mehr Rücksicht auf ihn und die anderen nahm und kein so schnelles Tempo wie am Vormittag mehr vorlegte.

Die Luft unter dem dichten, grünen Blätterdach hoch über

ihren Köpfen wurde immer drückender, schien wie ein ständig schwerer werdendes Gewicht auf ihnen zu lasten. Nicht der leiseste Windhauch war zu spüren. Selbst wenn er noch so tief einatmete, hatte Warlon das Gefühl, kaum Luft zu bekommen. Es war fast, als wolle der Wald nicht, dass sie sich hier aufhielten, und versuche deshalb, ihnen das Vorankommen so beschwerlich wie möglich zu machen.

Nur mühsam schleppten Lokin und er sich noch dahin, und auch Ailin zeigte deutliche Spuren von Erschöpfung.

»Wie groß ist dieser Wald denn noch?«, wandte er sich schließlich keuchend an Malcorion. »Wann erreichen wir endlich sein Ende?«

»Sein Ende?« Der Waldläufer stieß ein lautes Lachen aus. »Wir sind noch nicht einmal einen Tag unterwegs, und du fragst bereits, wann wir das Ende des Waldes erreichen?«

»Und was ist daran so lustig?« Die Strapazen und die ungewohnte Umgebung ließen Warlon gereizter als gewöhnlich reagieren. Schließlich hatte er nur eine ganz normale und in seinen Augen durchaus angebrachte Frage gestellt.

»Tut mir leid.« Das Lachen verschwand aus Malcorions Gesicht, als er stehen blieb und sich den Zwergen zuwandte. »Ich fürchte, ich bin kein besonders guter Führer für euch, meine kleinen Freunde. Ich bin es gewohnt, allein umherzustreifen, und vor allem vergesse ich immer wieder, woher ihr kommt und wie fremdartig euch etwas für mich so Alltägliches wie ein Wald scheinen muss. Ich hätte euch besser auf das vorbereiten müssen, was euch erwartet. Ihr habt auf dem Weg zu mir vermutlich schon einige Wälder gesehen oder durchquert, doch glaubt mir, sie verdienen diese Bezeichnung nicht einmal. Nur eine Ansammlung von ein paar Bäumen, mehr nicht.«

»Ich habe schon eine Menge Wälder gesehen, die wesentlich mehr als nur eine Ansammlung von *ein paar Bäumen* waren«, widersprach Lokin. »Manche waren so groß, dass man sie auch aus der Ferne kaum überblicken konnte.«

Erneut lächelte Malcorion.

»Aber genau davon spreche ich. Verglichen hiermit sind das alles nur kleine Wäldchen. Dies ist der Grenzwald, wie er allgemein bezeichnet wird, weil er sich über unzählige Meilen entlang der Grenze zwischen Lartronia und Radon erstreckt, oder der Elem-Laan, der Finsterwald, wie er einst von den Elben genannt wurde. Ihn seiner ganzen Länge nach von Osten nach Westen zu durchwandern würde Monate erfordern.« Als er das Entsetzen auf den Gesichtern der Zwerge sah, fügte er rasch hinzu: »Keine Sorge, das ist nicht unser Weg. Der Elem-Laan ist längst nicht so breit wie lang, und wir halten uns in nördlicher Richtung. Auf diese Art überqueren wir die Grenze nach Radon. Aber wir werden wohl dennoch zwischen einer und zwei Wochen benötigen. Jetzt könnt ihr euch vielleicht eher eine Vorstellung von der Größe des Finsterwalds machen.«

Warlon bemühte sich, sich den Schrecken nicht anmerken zu lassen, mit dem diese Ankündigung ihn erfüllte. Eine Woche? Sie sollten tatsächlich *eine Woche lang* durch diesen Wald laufen, nachdem schon der erste Tag sich als ungleich anstrengender erwiesen hatte als ihre gesamte vorherige Reise?

Schon vor dem Versuch, sich ein so ungeheuer großes Gebiet nur vorzustellen, kapitulierte sein Verstand. Zwar hatte er längst erkannt, dass Entfernungen an der Oberfläche eine ganz andere Bedeutung besaßen als in der Tiefenwelt, wo man jeden bekannten Ort innerhalb von ein, höchstens zwei Tagen erreichen konnte, aber wirklich verinnerlicht hatte er dies noch längst nicht.

»Gibt es denn nicht wenigstens irgendwelche Wege durch den Wald, auf denen wir gehen können?«, fragte er. »Oder müssen wir überhaupt hindurch? Können wir ihn nicht irgendwie umgehen?«

»Das könnten wir, aber es würde uns Zeit kosten, sehr viel Zeit. Elem-Laan ist wie ein ungeheuer langgezogener grüner Gürtel. In östlicher Richtung erstreckt er sich über hunderte von Meilen bis weit ins Gebiet der Barbarenstämme und Ostlinge, über die selbst ich wenig weiß, weil ich mich nur selten bis dorthin gewagt habe. Den Finsterwald im Osten zu umgehen, würde uns Monate kosten und unnötig in große Gefahr bringen. Viel besser sieht es auch im Westen nicht aus. Zwar könnten wir seine Ausläufer binnen weniger Tage erreichen, doch grenzen sie an ein ausgedehntes Sumpfgebiet, das wir ebenfalls umgehen müssten. Auch hier kämen wir weit von unserer Richtung ab und würden mindestens ein, zwei Wochen verlieren. Wäre es euch das wert?«

»Nein, natürlich nicht«, antwortete Warlon niedergeschlagen.

Eile war das oberste Gebot ihrer Mission. Das Schicksal des gesamten Zwergenvolkes mochte davon abhängen, wie schnell sie ihr Ziel erreichten, und wenn sie mit der Durchquerung dieses Waldes auch nur einen einzigen Tag einsparten, war das die Mühe bereits wert.

»Aber was ist mit Wegen?«, griff Ailin den ersten Teil seiner Frage noch einmal auf. »Wenn man so gewaltige Umwege einschlagen muss, um den Wald zu umgehen, dann wird es doch bestimmt bequemere Wege als diesen geben, vermutlich sogar ein paar gut ausgebaute Straßen. Warum also schlagen wir uns mitten durch die Wildnis?«

Malcorion zögerte einen Moment mit der Antwort.

»Es gibt hier keine Wege und erst recht keine Straßen. Dies ist Elem-Laan«, sagte er dann, als wäre dies bereits Erklärung genug. »Ich weiß, das bedeutet für euch nichts, und ich werde euch alles erklären, aber nicht hier und nicht jetzt. In etwa einer Stunde erreichen wir einen Ort, an dem wir unser Nachtlager aufschlagen werden. Schafft ihr es noch bis dahin, oder braucht ihr erst eine Rast?«

Die kurze Pause hatte Warlon gut getan, dennoch wechselte er einen raschen Blick mit seinen Gefährten.

»Eine Stunde schaffen wir schon noch«, entgegnete er, nachdem sie zustimmend genickt hatten.

Auch gegen Abend, als die hinter den dicht belaubten Baumkronen nur zu erahnende Sonne sich dem Ende ihrer Bahn näherte und bereits viel von ihrer sengenden Kraft verloren hatte, kühlte es nicht ab. Die Hitze staute sich regelrecht unter dem Blätterdach, aber mehr noch machte den Zwergen die mörderische Feuchtigkeit zu schaffen, mit der sich die Luft auch jetzt noch weiter anzureichern schien. Ihre an die Trockenheit der Tiefenwelt gewöhnten Lungen waren nicht für solche Bedingungen geschaffen, und bei jedem Atemzug hatte Warlon das Gefühl, einen feuchten Nebel einzusaugen. Ständig musste er mittlerweile gegen Benommenheit und leichten Schwindel ankämpfen.

Ailin und Lokin erging es ebenso, wie er ihrem schwankenden Gang anmerkte. Auch sie gerieten immer wieder aus dem Gleichgewicht und stürzten beinahe mehrfach, ohne dass sie über irgendwelche Hindernisse gestolpert wären, als wären sie trunken von zu viel Wein. Oft fassten sie sich mit der Hand an die Stirn oder schüttelten den Kopf.

Und ihr Weg schien und schien kein Ende zu nehmen.

Entweder war Malcorions Orientierungsvermögen inmitten des Finsterwalds doch nicht so gut, wie er sie glauben machen wollte, oder er hatte bei der Entfernung bewusst untertrieben, um sie nicht zu entmutigen. Vielleicht hatte er auch einfach die Geschwindigkeit zugrunde gelegt, mit der er ging, wenn er allein war, ohne daran zu denken, dass die Zwerge wesentlich langsamer vorankamen. Jedenfalls wurden aus der einen Stunde, von der er gesprochen hatte, mehr als zwei, und die Schatten wurden bereits länger, als sie ihr Ziel endlich erreichten. Warlon hatte das Gefühl, keinen Schritt mehr weitergehen zu können, obwohl sein Stolz als Zwergenkrieger freilich niemals zugelassen hätte, dass er das offen zugab.

Irgendwann begann der Boden unter ihren Füßen sanft anzusteigen, und schließlich schimmerte helles Licht zwischen den Bäumen hindurch. Nur wenige Schritte weiter endete der Wald so abrupt, als ob sie eine unsichtbare Grenze überschritten hätten. Verblüfft blieb Warlon stehen und starrte mit vor Staunen weit aufgerissenen Augen auf das unglaubliche Bild, das sich ihnen bot.

Vor ihnen öffnete sich der Wald zu einer kreisrunden, bestimmt eine halbe Meile durchmessenden Lichtung, gleichmäßig gewölbt wie eine Eierschale. Ringsum erstreckten sich Wald und Unterholz wie eine glatte Mauer, doch auf dem Hügel wuchs kein einziger Grashalm, geschweige denn anderes Unkraut, sondern nur samtiges, dunkelgrünes Moos.

Auf der Kuppe des Hügels erhoben sich drei gewaltige, offenkundig bereits uralte Bäume mit glatter, sehr heller Rinde und Stämmen, die so gleichmäßig gewachsen waren, dass sie fast wie künstlich geschaffene Säulen wirkten. Und in gewisser Weise besaßen sie auch genau diese Funktion, denn sie bildeten die Stützpfeiler eines zwischen ihnen errichteten runden Turms, in dessen Außenmauern sie eingearbeitet waren.

Etwas Vergleichbares hatte Warlon noch niemals gesehen und auch gar nicht für möglich gehalten. Wie konnte man etwas Lebendes wie Bäume, die wuchsen und ihre Form veränderten, in ein Bauwerk einarbeiten? Und doch war genau das geschehen. Bei allen drei Bäumen zweigten die Äste in gleicher Höhe ab und strebten einander entgegen, sodass sie sich miteinander verflochten und auf den ersten Blick fast wie Balken in einem Fachwerk wirkten, die das Mauerwerk aus weißem Stein trugen. Auch Steine wie diese hatte Warlon noch nie zuvor gesehen.

»Das … das ist unglaublich«, murmelte er.

»Wunderschön«, ergänzte Ailin, und damit hatte sie ebenfalls recht.

Die scheinbar fugenlos zusammengefügten Steine waren nicht einfach nur glatt, sondern mit zahllosen Reliefs verziert, außerdem gab es einige kleine Erker und mehrere Rundbogenfenster. Der obere Teil des Turms wurde von den Strahlen der bereits tief über dem Horizont hängenden Sonne rötlich-golden gefärbt und seine Spitze von den ineinander gewachsenen Blätterkronen der drei Bäume wie von einem Dach überschattet.

Ein sanfter Wind strich über die Lichtung. Nach der stickigen Schwüle im Wald kam die Luft Warlon doppelt frisch und klar vor. Tief atmete er ein.

»Wer hat diesen Turm erbaut?«, wollte Lokin wissen. Er blickte sich um. »Wohnt jemand darin, oder wer sonst hält das alles hier in Ordnung?«

»Niemand hält es in Ordnung«, behauptete Malcorion. »Dieser Platz wurde einst von den Elben angelegt, und etwas von ihrer Magie ist hier immer noch wirksam. Dies ist Elem-Tenit, der Turm des Waldes. Eines der wenigen Bauwerke der Elben, das noch in seinem ursprünglichen Zustand erhalten geblieben ist, eine Erinnerung an die Glanzzeit dieses einst so mächtigen Volkes.«

»Und was …«, begann Lokin, doch Malcorion fiel ihm ins Wort:

»Später, uns bleibt nicht mehr viel Zeit, bis es dunkel wird. Wenn wir heute Nacht ein Feuer haben wollen, müssen wir Brennholz suchen. Ich schlage vor, dass du und Warlon das erledigt. Ailin und ich werden in der Zwischenzeit alles vorbereiten. Lasst eure Rucksäcke hier, wir kümmern uns darum.«

»Wird gemacht.« Warlon ließ seinen Rucksack auf den Boden gleiten und klopfte auf den Stil seiner Axt. »Das wird nicht länger als ein paar Minuten dauern.«

»Auf keinen Fall!«, rief der Waldläufer erschrocken. »Ihr dürft eure Äxte unter keinen Umständen benutzen. Es … würde euch nicht gut bekommen. Sammelt nur totes Holz auf, das am Boden liegt, hört ihr? Ihr dürft auf keinen Fall eure Äxte an einen Baum legen, nicht einmal, um einzelne Äste abzuschlagen!«

»Also gut, wenn du darauf bestehst …« Warlon zuckte verwundert die Achseln, drehte sich um und kehrte zusammen mit Lokin in die grüne Hölle zurück. »Verstehst du, was er damit meint?«

»Nein«, erwiderte Lokin. Er klang verärgert. »Aber das ist nur eine von vielen Fragen, die er uns hoffentlich nachher beantworten wird.«

Der Ausblick von der Spitze des Turms war atemberaubend. Er überragte sämtliche Bäume außerhalb der Lichtung, so dass man einen freien Blick in alle Richtungen hatte, doch was er zu sehen bekam, deprimierte Warlon auch ein wenig. Wie ein gewellter Teppich breitete sich im letzten Licht der bereits halb versunkenen Sonne das Blätterdach des Waldes scheinbar endlos in nördlicher, westlicher und östlicher Richtung vor ihm aus und verschmolz in der Ferne mit dem Horizont. Vereinzelt stieg Nebel wie weißer Rauch daraus auf.

Lediglich im Süden, der Richtung, aus der sie gekommen waren, war jenseits der Baumwipfel noch freies, flaches Land zu sehen. Aus der Höhe betrachtet kam ihm der Streifen Wald, den sie mit einem Gewaltmarsch an einem endlos langen Tag bewältigt hatten, geradezu kümmerlich vor. Gleichzeitig ließ ihn die unglaubliche Weite um ihn herum, an die sich wohl niemand jemals gewöhnen konnte, der sein ganzes bisheriges Leben in Felshöhlen unter der Erde verbracht hatte, schaudern.

»Steigen wir wieder hinunter«, sagte er beklommen. Lokin nickte nur stumm, und hintereinander begannen sie, die gewundene Treppe im Inneren des Turms hinabzugehen.

Während sie Holz gesammelt hatten, war Malcorion bereits mit Ailin auf den Turm gestiegen. Auch die beiden Zwerge hatten es sich nach ihrer Rückkehr nicht nehmen lassen, den Ausblick zu genießen, aber jetzt freute sich Warlon darauf, sich endlich ausruhen zu können.

Als sie den runden, knapp ein halbes Dutzend Schritte durchmessenden Raum am Fuß der Treppe, die den einzigen Zugang darstellte, wieder erreichten, hatte Malcorion bereits ein munter flackerndes Feuer im Kamin entfacht. An einem Stock hing darüber ein Topf, aus dem der Duft einer würzigen Suppe aufstieg. Vor dem Kamin lagen Tierfelle auf dem Boden.

»Früher habe ich des Öfteren hier übernachtet und deshalb einiges hergeschafft, das mir den Aufenthalt angenehmer gemacht hat«, berichtete der Waldläufer lächelnd, als er Warlons überraschten Blick bemerkte. »Kommt, setzt euch, nach dem anstrengenden Marsch wird euch eine heiße Suppe gut tun und eure Lebensgeister wieder stärken. Sie ist bald fertig.«

»Du hast mehrere seltsame Andeutungen über den Wald gemacht, die du uns näher erklären wolltest«, erinnerte Lokin, nachdem er genau wie Warlon neben Ailin und dem Waldläufer auf den Fellen Platz genommen hatte. »Warum durften wir nicht einfach ein paar Äste von den Bäumen abhacken, sondern sollten mühsam totes Holz zusammensuchen? Und jetzt sag nicht, weil es besser brennt.«

»Nein, darum geht es nicht, auch wenn es ebenfalls zutrifft«, erwiderte Malcorion bedächtig, holte seinen Tabakbeutel heraus und begann eine Pfeife zu stopfen. »Es ist schwierig zu erklären. Elem-Laan ist … ein besonderer Wald und nicht mit anderen Wäldern zu vergleichen. Er ist nicht nur groß und alt, er ist der mit Abstand größte und älteste Wald in der bekannten Welt, und es gibt so viele Mythen über ihn, dass niemand mehr genau weiß, wo die Grenze zwischen Legende und Wahrheit verläuft. Man sagt, er hätte eine eigene Seele und einen eigenen Willen. Manche behaupten sogar, dass die Bäume sich bewegen.«

»Bewegen?«, wiederholte Warlon ungläubig und runzelte die Stirn. »Aber das ist …«

»… Unsinn, natürlich«, vollendete Malcorion den Satz. »Kein Baum kann seine Wurzeln so einfach aus der Erde ziehen und sich aus eigener Kraft an einen anderen Ort verpflanzen. Die Geschichten über Bäume, die ihre Position verändern, um Wanderer in die Irre zu locken, oder sie gar mit ihren Zweigen umschlingen und töten, sind ebensolche Ammenmärchen wie die von riesigen, pflanzenähnlichen Baumhirten, die durch die Wälder streifen. Hübsche Geschichten, um sie am Lagerfeuer zu erzählen, aber eben auch nicht mehr, also habt keine Angst.«

»Aber wenn die Bäume uns nichts tun können, warum hätte es uns dann schlecht bekommen können, wenn wir Zweige für Brennholz abgehackt hätten?«, hakte Warlon nach.

Malcorion nahm einen brennenden Span aus der Feuerstelle und entzündete seine Pfeife damit.

»Die Sache ist nicht ganz so einfach, wie sie vielleicht aussieht. Ein einzelner Baum besitzt kein Bewusstsein und kann niemandem etwas antun, aber wenn so ungeheuer viele zusammenkommen wie hier im Finsterwald... Ihr mögt darüber lächeln, aber Elem-Laan besitzt tatsächlich so etwas wie einen eigenen Willen. Ihr habt gefragt, ob es keine Straßen hindurch gibt. Natürlich hat man oft genug versucht, welche anzulegen, um die langen Umwege zu vermeiden, aber jeder Versuch ist gescheitert. Man hat Bäume gefällt, um breite Schneisen zu schlagen, aber wo immer dies geschah, begann schnell wachsendes Unterholz so dicht zu wuchern, dass der Anfang der Schneisen bereits wieder zugewachsen war, kaum dass man sie ein paar Meilen weit getrieben hatte. Und selbst wenn es gelänge, eine Schneise durch die gesamte Breite des Waldes zu schlagen, wären Hunderte Holzfäller jeden Tag allein damit beschäftigt, die Straße frei von Dickicht zu halten. Alle entsprechenden Bemühungen wurden schließlich aufgegeben.«

»Aber es sind doch nur Pflanzen!«, stieß Lokin hervor. »Du hast selbst gesagt, dass sie kein eigenes Bewusstsein besitzen. Sie können weder denken noch irgendwelche Pläne schmieden.«

»Und doch erkennt Elem-Laan, wer es gut mit ihm meint und wer nicht, und verhält sich entsprechend. Ich habe es selbst erlebt. Es muss vor mehr als zehn Jahren gewesen sein. Damals war ich vor einem guten Dutzend räuberischer Tzuul auf der Flucht, Kreaturen, wie sie gestern Abend auch eure Gefährten getötet haben. Ich floh nach Elem-Laan, weil ich hoffte, sie im Wald abhängen zu können. Sie begingen den Fehler, sich ihren Weg mit Äxten und Schwertern zu bahnen, und dafür mussten sie teuer bezahlen. Hier ein morscher Ast, der auf sie herabfiel, dort ein abgestorbener Baum, der genau in dem Moment vollends umstürzte, als sie daran vorbeigingen. Mehr als die Hälfte von ihnen wurde auf solche oder ähnliche Art erschlagen, und auch von den wenigen, denen die Flucht gelang, kam keiner ohne mehr oder weniger schwere Verletzungen davon. Schaut nicht so ungläubig, ich binde euch keinen Bären auf. Alles hat sich genau so zugetragen. Zufall, mögt ihr sagen, aber wie groß ist die Wahrscheinlichkeit, dass ich nicht einmal von einem Rindenstückchen getroffen wurde, von den Tzuul jedoch kaum einer überlebt hat?«

Keiner der Zwerge antwortete. Auch Warlon war nachdenklich geworden. Was Malcorion erzählte, klang reichlich fantastisch, erst recht für jemanden, der außer einigen Flechten und Moosen bis vor wenigen Tagen noch kaum Pflanzen gesehen hatte, aber wenn alles wirklich so passiert war, konnte es sich in der Tat unmöglich um einen Zufall handeln.

»Lange Zeit haben sich die Elben um diesen Wald gekümmert, haben ihn gehegt und gepflegt, aber sie haben ihn auch gefürchtet«, sprach Malcorion weiter und zog an seiner Pfeife. »Nicht umsonst haben sie ihm den Namen *Finsterwald* verliehen. Es gibt Legenden, dass er einst noch ungleich wilder und feindseliger war, geradezu bösartig, und es nicht duldete, dass überhaupt jemand ihn betrat. Aber die Elben haben besänftigend auf ihn eingewirkt und ihn gezähmt, und obwohl sie bereits vor langer Zeit fortgegangen sind, ist ihr Einfluss immer noch zu spüren. Vielleicht ist das auch der Grund, warum wir jetzt hier in diesem Turm sitzen können, warum es Elem-Tenit überhaupt noch gibt.«

»Was ist daran so Besonderes?«, erkundigte sich Lokin. »Anscheinend ähneln sich Elben und Zwerge zumindest in einem Punkt. Was wir errichten, ist für die Ewigkeit gedacht, oder zumindest für eine sehr, sehr lange Zeit.«

Malcorion lächelte.

»Ich vergesse immer wieder, wie wenig ihr von der Welt wisst. Es stimmt, mehr sogar noch als die Bauwerke der Zwerge ist Elbenwerk in der Lage, allen Stürmen der Zeit zu trotzen – zumindest so lange die Elben es wollen. Das ist auch der Grund, weshalb man heute fast nirgendwo mehr Zeugnisse ihrer Baukunst findet. Als sie begannen, sich von den weltlichen Angelegenheiten zurückzuziehen, haben sie außer in der Erinnerung nur wenige Spuren hinterlassen. Sie zerstörten ihre prächtigen Bauwerke und nahmen den Zauber von ihren Gärten und allem, was sie geordnet hatten. Elem-Tenit ist eine der wenigen Ausnahmen. Ich glaube, dass es vor allem anderen der Elbenzauber dieses Ortes ist, der noch immer einen besänftigen Einfluss auf den Finsterwald ausübt und verhindert hat, dass er wieder so feindselig und bösartig geworden ist, wie er einst war. Vermutlich haben sich die Elben aus genau diesem Grund so entschieden.«

»Aber … warum?«, fragte Warlon. »Warum haben sie sich überhaupt zurückgezogen, und warum versuchen sie anscheinend auch noch jede Erinnerung an sich auszulöschen, statt der Welt ein Erbe zu hinterlassen, wie es beeindruckender wohl kaum sein kann? Bislang war ich der festen Überzeugung, die Baukunst der Zwerge könnte von niemandem übertroffen werden, aber wenn ich mir nur diesen Turm ansehe …«

»Jedes Erbe kann ein zweischneidiges Schwert sein. Da ihr ausgezogen seid, um sie aufzusuchen, ist es wohl an der Zeit, dass ihr mehr über die Elben erfahrt. Obwohl sie von den Menschen manchmal *das schöne Volk* genannt werden, sind sie nicht eitel. Alle Schönheit, die sie erschaffen, dient nur dazu, ihre Herzen und die anderer zu erfreuen, nicht dazu, sich auf diese Art Denkmäler für die Nachwelt zu setzen.« Malcorion machte eine Pause und blies einige Rauchkringel in die Luft. Als er weitersprach, waren sein Gesicht und seine Stimme noch ernster als bisher. »Alles, was lebt, hat seine Zeit, das gilt auch für Völker. Die Elben sind ein sterbendes Volk. Obwohl noch immer zahlreich und mächtig, haben sie erkannt, dass ihre Zeit sich dem Ende zuneigt. Ein Schicksal, das auch den Zwergen droht, obwohl ihr es nicht hinnehmen wollt, sondern dagegen ankämpft. Die Elben haben sich zurückgezogen, um Platz für jüngere Völker wie die Menschen zu machen.«

»Aber das ist doch kein Grund, alles, was sie geschaffen haben, hinter sich zu zerstören, statt es an ihre Erben weiterzugeben, mögen es nun die Menschen oder sonstwer sein!«, protestierte Warlon.

Ein solches Verhalten widersprach jeglicher Zwergendenkweise. Natürlich erfreuten sich auch Zwerge an dem, was sie geschaffen hatten, aber wenn er darüber nachdachte, stellten all ihre Werke tatsächlich Denkmäler dar, die man noch in vielen Jahrtausenden bewundern sollte, sogar – oder gerade – wenn es dann vielleicht keine Zwerge mehr geben sollte. Es war ein unerbittliches Bemühen, für die Nachwelt Spuren in der Welt zu hinterlassen, die über bloße Erinnerungen oder Geschichten, die irgendwann zu Legenden und Mythen verblassen würden, hinausgingen. Ein Versuch, sich wenigstens durch das, was man geschaffen hatte, eine Art Unsterblichkeit zu sichern, wenn die eigenen Gebeine schon längst zu Staub zerfallen waren.

Dass ein Volk, gerade wenn es wusste, dass seine Zeit verstrichen war, nicht nur darauf verzichtete, sondern sogar bewusst alle Zeugnisse seiner Existenz zu zerstören versuchte, konnte er beim besten Willen nicht begreifen.

»Ich sagte schon, jedes Erbe kann ein zweischneidiges Schwert sein«, antwortete Malcorion. »Bei den Elben nimmt Magie, die Urkraft der Schöpfung, eine zentrale Rolle ein, sie bildet den Mittelpunkt ihres Lebens und findet sich auch in ihren Werken. Das unterscheidet sie von allen anderen Völkern.« Abwehrend hob er die Hände. »Ich weiß, was ihr einwenden wollt. Ihr habt eure Priesterinnen, und auch bei den Menschen gibt es Zauberer oder Hexen, die über diese Kräfte gebieten. Aber sie bilden nur eine kleine Ausnahme und werden oft sogar in ihrem eigenen Volk mit Misstrauen beäugt«, fügte er mit einem Lächeln in Ailins Richtung hinzu. »In den falschen Händen könnte die Macht der Elben sich in eine furchtbare Bedrohung verwandeln und zu finsteren Zwecken missbraucht werden. Das fürchten sie mehr als alles andere, und da sie kein anderes Volk für verantwortungsbewusst und vertrauensvoll genug halten, ihr Erbe in seine Hände zu legen, nehmen sie ihr Wissen lieber mit sich ins ewige Vergessen. Nur so können sie sicher sein, dass niemand ihre Hinterlassenschaften studieren und sich ihre Fähigkeiten auf diese Art aneignen kann. Ihr seht, sie haben ihre Entscheidung nicht aus Willkür getroffen, sondern aus Umsicht, zu unser aller Schutz. Auch wenn das bedeutet, dass viel Schönes verloren gehen muss.«

Nachdenklich starrte Warlon vor sich hin. Von dieser Warte erschien das Verhalten der Elben mit einem Mal in einem neuen Licht. Die einstige Macht der Elben hatte weniger auf ihren Fähigkeiten als Krieger beruht, obwohl auch diese enorm gewesen waren, sondern zu einem beträchtlichen Teil auf ihrer Magie. Er hatte erst wenige Menschen persönlich kennen gelernt, aber er hatte bereits erfahren, dass es sich um ein Volk voller Gegensätze handelte. Es konnte stolz, edelmütig und stark sein, aber auch gierig, eigensüchtig und allzu leicht verführbar. Die Vielfalt der Menschen, die er getroffen hatte, reichte von solchen wie Malcorion bis hin zu skrupellosen Verbrechern wie Xantirox, dessen Verrat für den Tod ihrer Gefährten verantwortlich war. Beide Beispiele mochten Extreme und gewiss nicht typisch sein. Die Mehrheit der Menschen bewegte sich vermutlich irgendwo dazwischen, unentschlossen hin und her gerissen zwischen Gut und Böse, bemüht, aber nicht immer erfolgreich.

In ihrer Komplexität und Vielseitigkeit waren sie jedenfalls gewiss nicht reif für Elbenmagie. Schon der bloße Gedanke daran, dass jemandem wie Xantirox eine solche Macht in die Hände fallen könnte, ließ Warlon erschauern. Aber das galt auch für jeden anderen Menschen, mochte er noch so gefestigt erscheinen und darum bemüht sein, Gutes zu tun. Macht besaß die Eigenschaft zu korrumpieren, und er war überzeugt, dass nur wenige Menschen dieser Verlockung auf Dauer widerstehen könnten, vielleicht nicht einmal aus finsteren Beweggründen heraus.

Zwerge mochten etwas weniger anfällig dafür sein, aber auch für Angehörige seines eigenen Volkes würde er keinesfalls die Hand ins Feuer legen.

Sogar nicht einmal für sich selbst.

Und dennoch verblasste diese Bedrohung gegen die Gefahr, mit der sie bereits konfrontiert wurden. Was waren schon Menschen, die sich einen Teil oder auch die ganze Elbenmagie aneigneten, gegen Abtrünnige des Elbenvolkes selbst, die diese Magie perfekt beherrschten und sie ausschließlich dazu benutzten, um Leid und Schrecken zu verbreiten und alles zu töten, auf das sie trafen?

Unwillkürlich blickte er sich um.

»Sei unbesorgt«, sagte Malcorion, dem seine Reaktion nicht entgangen war, und der offenbar erkannte, welche Gedanken ihm durch den Kopf gingen. »Die Magie ist sehr stark an diesem Ort; viele Elben haben über lange Zeit daran gewirkt. Da es sich um einen hochelbischen Zauber handelt, wird er den Dunkelelb vermutlich rasend vor Zorn und Hass machen, aber ich glaube nicht, dass ein Einzelner von ihnen ihn überwinden und hier eindringen könnte, selbst wenn er uns etwas antun wollte.«

»Was aber ohnehin nicht geschehen würde«, ergänzte Warlon, leicht verlegen darüber, dass man ihm sein Erschrecken so deutlich hatte anmerken können. An den Gedanken, dass eine der tödlichen Kreaturen sich stets unsichtbar in ihrer Nähe aufhielt, konnte er sich nicht so leicht gewöhnen, selbst wenn ihnen wohl keine unmittelbare Gefahr drohte. »Wenn der Dunkelelb uns töten wollte, hätte er in den vergangenen Tagen genug Gelegenheit dazu gehabt. Wenn wir seine Beweggründe richtig einschätzen, dann dürften wir durch ihn sogar sicherer als ohne ihn sein, denn er wird bemüht sein, jegliche Gefahr, die unserer Mission drohen könnte, aus dem Weg zu räumen.«

»So wie Shaali, Tora und Torn«, murmelte Malcorion bitter und presste so fest die Zähne zusammen, dass seine Wangenknochen hervortraten. »Es hat auch mit Shaali zu tun, dass ich gerade diesen Weg gewählt habe. Ich kann heute noch nicht darüber sprechen, dafür ist der Schmerz zu frisch. Aber wie es aussieht, werden wir wohl noch einige Zeit zusammen verbringen.

Ich werde euch an einem der nächsten Tage etwas darüber erzählen, wer sie war und was es mit ihr auf sich hatte. Nur nicht gerade heute Abend.« Er räusperte sich und schüttelte den Kopf, als wollte er die Erinnerungen verscheuchen, dann rang er sich zu einem Lächeln durch. »Ich denke, die Suppe dürfte mittlerweile gut sein. Leider habe ich nur einen Teller, wir werden also nacheinander essen müssen. Stärken wir uns etwas und legen uns dann schlafen. Nach dem langen Marsch müsst ihr müde sein, und wir haben auch morgen wieder einen anstrengenden Tag vor uns.«

Er griff nach einem hölzernen Löffel, rührte im Topf herum und schöpfte etwas von der Suppe in einen gleichfalls hölzernen Teller, den er Ailin reichte. Inzwischen war es draußen vollends dunkel geworden. Während die Priesterin aß, klopfte er seine Pfeife aus, entzündete zwei Fackeln und steckte sie in dafür vorgesehene Wandhalter. Zusammen mit dem Kaminfeuer erfüllte ihr flackernder Schein das Innere des Turms mit behaglichem Licht.

Nach Ailin aßen auch Warlon und Lokin und zuletzt Malcorion selbst. Die Suppe schmeckte köstlich, mit viel Fleisch und frischen Kräutern darin, die er am Waldrand gesammelt hatte, während die Zwerge auf der Suche nach Brennholz gewesen waren.

Nachdem sie den Topf bis auf den letzten Rest geleert hatten, stand der Waldläufer auf und ging hinaus, um ihn zusammen mit dem Löffel und dem Teller in einer hinter dem Turm entspringenden Quelle zu säubern.

»Wenn alle Menschen so wie er wären, könnten sie ein wahrlich in jeder Hinsicht großes Volk sein«, murmelte Ailin leise. »Es tut mir unendlich leid, dass er durch uns solchen Schmerz erfahren musste. Er hätte allen Grund, uns zu hassen, doch stattdessen hilft er uns sogar.«

»Weil ihn der Gedanke nach Rache antreibt und er nur auf diesem Weg eine Möglichkeit sieht, sie auszuüben. Das hat er uns deutlich genug zu verstehen gegeben«, entgegnete Warlon.

»So überdeutlich sogar, dass ich ihm kein Wort davon glaube.« Die Priesterin schüttelte den Kopf. »Das ist nicht sein wahrer Beweggrund. Ich denke, er hat es nur behauptet, weil es ein sehr zwergisches Motiv ist. Wir können es sehr leicht nachvollziehen, weil jeder Zwerg in einem solchen Moment von dem Gedanken an Rache erfüllt wäre.«

»Allerdings«, warf Lokin ein. »Warum sollte er uns deiner Meinung nach wohl sonst helfen?«

»Weil er nicht möchte, dass Shaali und seine Kinder umsonst gestorben sind«, behauptete Ailin. »Ihr Tod war so sinnlos. Deshalb versucht er ihrem Opfer nachträglich einen Sinn zu verleihen, und was könnte es da Größeres geben, als wenn er dazu beizutragen versucht, ein gesamtes Volk zu retten?«

6

DER KALATHUN

Wie Barlok nach dem Verlauf der Beratungen nicht anders erwartet hatte, beschloss der Hohe Rat noch in derselben Sitzung, in der Selon seine Idee vorgetragen hatte, eine Expedition zum Kalathun zu entsenden, um die Hänge des Berges nach womöglich durch das Erdbeben geöffneten Zugängen in die verlorene Mine Zarkhadul abzusuchen. Auch stellte es für ihn keine Überraschung dar, dass man seiner Bitte entsprach und ihm das Kommando über diese Expedition übertrug.

Womit er hingegen nicht gerechnet hatte, war die Verzögerung von gut einer Woche, die ausgerechnet Selon selbst verlangte. Eine Woche, in der sie ihr Ziel bereits so gut wie erreicht hätten, während der der Schriftmeister stattdessen noch eine Vielzahl uralter Aufzeichnungen studieren und nach weiteren Informationen über Zarkhadul durchsuchen wollte.

Als der Tag des Aufbruchs endlich herangerückt war, musste Barlok allerdings einräumen, dass sich die Verzögerung ausgezahlt hatte. Vor allem die Arbeiterkaste hatte entschieden protestiert, als nach der Flucht aus Elan-Dhor bekannt wurde, dass Selon als Organisator der Evakuierung einen Großteil der alten Schriften aus den Archiven an die Oberfläche hatte schaffen lassen, während viele andere, wesentlich dringender benötigte Dinge aufgrund des Zeitdrucks zurückgelassen worden waren.

Nun jedoch trug diese Entscheidung des Gelehrten Früchte. In genau diesen Büchern und Schriftrollen war er auf zahlreiche Informationen gestoßen, die ihnen ihre Aufgabe erleichtern mochten. Dazu zählten Skizzen verschiedener Minenabschnitte und anderes Kartenwerk, das er teils fertig vorgefunden, teils nach Beschreibungen selbst hatte anfertigen lassen, Hinweise darauf, wo die Bergflanken besonders dünn waren, und sogar auf ehemalige geheime Zugänge abseits des Haupttores, sowie vieles mehr. Natürlich war den meisten dieser Hinweise auch schon früher nachgegangen worden, doch erst durch das schwere Erdbeben bestand neue Hoffnung, dass zuvor verschüttete Einstiege wieder freigelegt oder neue entstanden waren.

In aller Frühe brachen sie am dritten Tag im Monat des Diamanten, dem August des menschlichen Kalenders, von Elan-Tart auf. Auf Beschluss des Rates war das Ziel ihrer Expedition geheim gehalten worden. Wenn sich herumsprach, dass auch nur eine kleine Aussicht bestand, Zarkhadul wieder in Besitz zu nehmen, würde das unter den Zwergen beträchtliche Aufregung verursachen, und die Enttäuschung würde umso größer sein, wenn die Hoffnung sich nicht erfüllen sollte.

Zwiespältige Gefühle beherrschten Barlok, als er die Stadt verließ. Die Vorgänge in Clairborn beunruhigten ihn. Sollten sich die Spannungen noch vertiefen, würde er hier möglicherweise weitaus dringender gebraucht werden als am Kalathun.

Dennoch dachte er nicht einen Moment ernsthaft darüber nach, das Kommando über diese Expedition an einen anderen abzutreten. Für die Chance, als erster Zwerg nach einem Jahrtausend vielleicht Zarkhadul betreten zu können, würde er sich notfalls sogar einen Fuß abhacken lassen.

Er hatte die Zahl seiner Begleiter auf fünfzehn Arbeiter sowie zwanzig Krieger festgelegt. Da es sich um eine reine Forschungs- und keine Kampfexpedition handeln sollte, war dies im Rat zunächst auf Kritik gestoßen, zumal es umso schwieriger werden würde, ihr Vorhaben geheim zu halten, je größer ihr Trupp ausfiel. Dennoch hatte er darauf bestanden, da niemand wissen konnte, was sie im Inneren Zarkhaduls erwarten würde, wenn es ihnen tatsächlich gelingen sollte, einen Einstieg zu finden. In der Tiefenwelt lauerten noch andere Gefahren als nur

Dunkelelben. So war es beispielsweise durchaus möglich, dass die Mine inzwischen von Gnomen oder Goblins übernommen worden war, mit denen es zu Auseinandersetzungen kommen könnte.

Diesem Argument hatte sich auch der Rat schließlich gebeugt.

Da der Aufbruch einer so großen Gruppe mit Sicherheit Aufsehen erregt hätte, waren sie in zwei Trupps losgezogen. Jeden Tag fand ein Austausch von Kriegern zwischen Elan-Tart und dem Militärposten am Fuße des Tharakol statt, sodass es nichts Besonderes war, wenn ein Trupp von ihnen die Kasernen verließ.

Die Arbeiter hingegen sollten offiziell am Osthang des Schattengebirges nach Erz und Kohle schürfen, da es dort vereinzelt Adern gab, die bis fast an die Oberfläche reichten. Erst als beide Trupps sich einen halben Tagesmarsch von Elan-Tart entfernt vereinten, klärte Barlok sie über das wahre Ziel der Expedition auf. Ihm schlug zunächst einige Skepsis entgegen, die aber schon bald von Aufregung und gespannter Erwartung überlagert wurde. Jeder seiner Begleiter empfand es wie Barlok selbst als eine Ehre, an dieser Expedition teilnehmen zu dürfen und vielleicht zu den Ersten zu gehören, die nach rund einem Jahrtausend ihren Fuß wieder in die großen Hallen von Zarkhadul setzten.

Nur ein, zwei Meilen vom Fuß des Schattengebirges entfernt machten sie sich auf den Weg nach Norden. Die Landschaft war hügelig und felsig, nur wenige verkrüppelte Büsche und gar keine Bäume wuchsen hier. Den Zwergen war es nur recht. Sie liebten Pflanzen nicht sonderlich und noch viel weniger, je größer und je üppiger sie wuchsen, um am Ende sogar ganze Wälder zu bilden. Der Expeditionstrupp trug ausreichend Vorräte bei sich, sodass sie weder darauf angewiesen waren, sie durch Beeren oder Früchte zu ergänzen, noch benötigten sie in dieser einsamen Gegend Schutz vor neugierigen Augen.

Obwohl der Sommer noch lange nicht vorüber war, war es kühl und der Himmel bewölkt. Ein kalter Wind strich von den

Berghängen herab und drang selbst durch die Mäntel, die sie vorsorglich mitgenommen hatten.

Die Unbeständigkeit des Wetters war eine der Widrigkeiten der Oberfläche, die sie in den vergangenen Wochen ausgiebig kennen und hassen gelernt hatten. Zumeist war es heiß gewesen, wie im Sommer nicht anders zu erwarten, viel heißer als sie es von Elan-Dhor her kannten. Ob Sommer oder Winter, in der Tiefenwelt herrschte immer eine gemäßigte Temperatur, die höchstens um wenige Grade schwankte. An der Oberfläche hingegen konnte es am einen Tag so drückend heiß sein, dass alle davon wie gelähmt waren, schon zwei Nächte später hingegen so kühl, dass man ohne dickere Kleidung im Freien zu frösteln begann.

Mit Grauen dachte Barlok daran, wie es erst im Winter sein würde. Zu große Hitze war immer noch leichter zu ertragen als beißende Kälte, vor allem, da ein beträchtlicher Teil der Einwohner von Elan-Tart in schlichten Zelten lebte, die dagegen kaum Schutz boten. Er konnte nur hoffen, dass seine Mission erfolgreich sein würde und sie bis zum ersten Frost entweder in Zarkhadul Zuflucht finden konnten, oder dass bis dahin Hilfe von den Elben eintraf und sie gar Elan-Dhor zurückerobert haben würden. Immerhin blieben bis dahin noch mehrere Monate Zeit.

Aber so belastend die häufigen Wetterumschwünge auch sein mochten, und auch wenn sie sich wohl nie an diese Bedingungen gewöhnen würden, kannten sie diese Wetterkapriolen mittlerweile immerhin und hatten sich bei der Zusammenstellung ihrer Ausrüstung darauf vorbereiten können.

Zwei Tage lang hielt sich das trübe, kalte Wetter. Nur selten einmal brach die Sonne für ein paar Minuten durch die Wolken. Am dritten Tag begann es zusätzlich noch zu regnen, aber wenigstens handelte es sich nicht um ein Gewitter. Barlok erinnerte sich noch zu gut an die Panik, die ein Gewitter wenige Tage nach ihrer Flucht an die Oberfläche in Elan-Tart ausgelöst hatte, da kaum ein Bewohner der Tiefenwelt so etwas schon jemals zuvor erlebt hatte. Seither wussten sie, dass es sich nur um ein zwar Furcht erregend mächtiges, aber letztlich auch wenig gefährliches Naturphänomen handelte. Lieben würde Barlok es jedoch niemals, und er war sicher, dass es jedem einzelnen anderen Zwerg ganz genauso erging.

Häufiger als in den vergangenen Monaten, in denen er außer bei seinen abendlichen Spaziergängen fast ständig mit irgendwelchen Organisationsaufgaben beschäftigt gewesen war, musste Barlok an Warlon und seine Begleiter denken, die bereits vor der entscheidenden Schlacht am Tiefenmeer aus Elan-Dhor aufgebrochen waren, um sich auf die Reise zu den Hochelben zu begeben. Sie mussten nicht nur dem Wetter trotzen, sondern waren vermutlich längst mit vielen wesentlich schlimmeren Bedrohungen konfrontiert worden. Immerhin führte ihr Weg sie nicht durch abgelegenes, einsames Gebiet wie hier, sondern direkt in die wesentlich dichter besiedelten Landstriche im Norden und Westen. Sie standen sogar unter dem Zwang, die Städte der Menschen aufzusuchen, um Informationen über die Elben zu erhalten.

Barlok fragte sich, wo sie sich mittlerweile befanden und wie es ihnen ergangen sein mochte. Seit ihrem Aufbruch hatte er nichts mehr über sie erfahren, wusste nicht einmal, ob sie noch lebten, doch hoffte er es inbrünstig. Es hing nicht nur immens viel vom Erfolg ihrer Mission ab, Warlon war auch ein guter Freund. Aber er konnte ihm jetzt nicht helfen, sondern hatte selbst eine Aufgabe zu erfüllen.

Auch in den folgenden zwei Tagen blieb es feucht. Fast ununterbrochen fiel Regen, und längst schon trug keiner von ihnen mehr einen trockenen Faden am Leib. Immerhin wurde es etwas wärmer, sodass sie trotz der Nässe nicht übermäßig froren, aber das war nur ein schwacher Trost. Seit alters her hegten Zwerge eine gesunde Abneigung gegenüber Wasser, wenn es nicht gerade zum Trinken diente.

Schließlich jedoch schlug das Wetter um. Der Wind wehte nun von Norden her, und es blieb trocken. Im Verlauf des Vormittags stiegen die Wolken höher, wurden fortgeweht und lösten sich auf, bis nur noch einzelne weiße Fetzen vor einem strahlend blauen Himmel dahinzogen. Genau wie seine Begleiter schätzte Barlok das grelle Licht der Sonne nicht sonderlich, aber sie alle genossen es, dass sie mit ihren warmen Strahlen die durchnässte Kleidung zu trocknen begann.

Auch die Nächte waren nun deutlich wärmer, allerdings häufig auch von Wolfsgeheul erfüllt. Nachdem sie eine gehörige Portion Zwergenstahl zu schmecken bekommen hatten, hatten sich die grauen Bestien nicht mehr in die Nähe von Elan-Tart gewagt, sondern sich offenbar in diese nördlicheren Gegenden zurückgezogen. Auch an den Expeditionstrupp schienen sie sich nicht heranzutrauen, denn die Zwerge erblickten höchstens tagsüber in der Ferne eins oder auch mehrere der Biester. Dennoch zerrte ihr Geheul an den Nerven, und Barlok war gezwungen, nachts Wachen aufzustellen.

Die Berge im Osten wurden allmählich niedriger, nur wenige ragten noch so hoch auf, dass selbst im Sommer Schnee auf ihren Gipfeln lag. Allerdings hatte die Höhe der Berge wenig zu bedeuten, da sich der allergrößte Teil einer Zwergenmine unterirdisch erstreckte. Zarkhadul war ohne Zweifel sehr viel größer und prachtvoller gewesen als Elan-Dhor, obwohl sich der darüber aufragende Kalathun nicht annähernd mit dem Tharakol messen konnte.

Sie kamen jetzt wesentlich schneller als zuvor voran. Es schien, als hätte das Wetter ein Einsehen und wolle sich von seiner besten Seite präsentieren, nachdem es ihnen in den ersten Tagen ein äußerst hässliches Gesicht gezeigt hatte. Es blieb trocken, und obwohl die Sonne ziemlich heiß vom Himmel brannte, sorgte eine beständig wehende Brise für Abkühlung.

Angesichts der ungeheuren Bedeutung dessen, was sie vorhatten, war die Stimmung trotz des vorherigen Dauerregens nie wirklich schlecht gewesen, doch verbesserte sie sich mit dem Wetterumschwung merklich. Sie steigerte sich sogar zu regelrechter Euphorie, als sie schließlich erstmals in der Ferne die Doppelgipfel des Kalathun erblickten, des Geborstenen Berges, wie er aufgrund seiner charakteristischen Form auch oftmals genannt wurde.

Unwillkürlich schritten sie schneller aus, und noch am Abend desselben Tages erreichten sie ihr Ziel.

Vor Aufregung und Spannung fand keiner von ihnen, Barlok eingeschlossen, in dieser Nacht viel Schlaf. Bereits am nächsten Tag jedoch begann ihre Euphorie einer Ernüchterung zu weichen.

Verdrossen starrte Barlok auf die im Messinglicht der früh morgendlichen Sonne erstrahlenden Zwillingsgipfel des Geborstenen Berges. Es hieß, dass vor Äonen, lange bevor es Zwerge oder auch Elben auf der noch kahlen und unfertigen Welt gab, Anuvin, der Sonnengott, und Li'thil, die Göttin der unterirdischen Höhlen und Stollen, in heftigen Streit gerieten. Der Legende nach sollte Anuvin voller Zorn mit einer Axt auf den Berg eingeschlagen haben, so heftig, dass er den Gipfel spaltete und eine tiefe Kerbe hineintrieb, ehe er die Sinnlosigkeit seiner Versuche, Li'thil auf diese Art zu erreichen, einsah.

Barlok wünschte sich, auch er besäße eine Axt, die groß genug wäre, den Berg damit zu zerschlagen.

Am vergangenen Abend hatte es bereits zu dämmern begonnen, als sie sich dem Kalathun so weit genähert hatten, dass Einzelheiten zu erkennen gewesen waren. Im Halbdunkel hatten die meisten Berghänge steil und ziemlich glatt ausgesehen, was ihre Hoffnung genährt hatte, dass Risse, Spalten und Höhlen einfach zu entdecken wären. Im hellen Tageslicht jedoch präsentierte sich der Berg völlig anders. Die Bergflanken waren tatsächlich steil, schienen jedoch fast nur aus Schründen, Schluchten und tiefen Einschnitten zu bestehen. Um irgendetwas zu entdecken, würden sie sie Stück für Stück absuchen müssen, eine nicht nur mühsame, sondern vor allem auch langwierige Aufgabe, die Wochen, vielleicht sogar Monate in Anspruch nehmen könnte, falls es ihnen nicht vorher gelang, einen Glückstreffer zu landen.

Als Erstes untersuchten sie die Stelle, wo sich einst das Haupttor befunden hatte, das aufgrund seiner Stärke und kunstvollen Bearbeitung berühmte Baran-Tahal. Einige verwitterte, von Moos, Gras und Flechten überwucherte Begrenzungssteine kündeten noch vom Verlauf der Straßen, die von dort vor langer Zeit nach Elan-Dhor und in die von Menschen besiedelten Gebiete geführt hatten.

Wo sich einst das Tor befunden hatte, entdeckten sie jedoch nichts als Dutzende von Metern hoch aufgetürmtes Geröll, eine riesige Halde aus zum größten Teil mehrere Meter durchmessenden Felsbrocken. Bereits vor langer Zeit war schon einmal versucht worden, das Gestein zur Seite zu räumen, wie ein weiterer, fast ebenso großer und fast völlig von Moos, Gras und Unkraut überwucherter Geröllhügel etwas abseits zeigte, doch offensichtlich ohne Erfolg.

»Was haltet Ihr davon, Schürfmeister?«, wandte sich Barlok an Vilon, den Ranghöchsten der Arbeiter, einen stattlichen, kräftigen Mann, dessen dunkler Bart ihm wild und wenig gepflegt bis zum Bauch wucherte.

Dieser stemmte die Hände in die Hüften und ließ seinen Blick skeptisch über das Geröll und die Hänge darüber gleiten.

»Schwer zu sagen. Einiges von dem Geröll ist erst vor kurzer Zeit herabgestürzt, es hat sich noch kein Moos darauf gebildet. Vielleicht hat das Beben alles lose Gestein fortgerüttelt, und wir brauchen es nur noch abzutragen, um das Tor freizulegen, aber, wenn Ihr meine ehrliche Meinung hören wollt, ich glaube nicht daran. Diese ganze Seite des Berges sieht nicht sonderlich vertrauenerweckend aus. Sobald wir das Geröll abtragen, besteht die Gefahr, dass nur noch mehr nachsackt. Aber um ein sicheres Urteil zu fällen, muss ich alles erst genauer untersuchen.«

»Dann tut das. Wenn wir das Baran-Tahal freilegen können, erübrigt sich jede weitere Suche, und falls sich Zarkhadul tatsächlich als noch bewohnbar erweist und wir dorthin umsiedeln können, ist das der einfachste Weg hinein und hinaus.«

Zusammen mit den übrigen Kriegern setzte sich Barlok ins Gras und beobachtete, wie die Arbeiter auf Anweisungen von Vilon hierhin und dorthin eilten, kleinere Geröllhaufen zur Seite räumten und vor allem die Bergflanken mit Spitzhacken und Hämmern bearbeiteten.

Immer wieder lösten sich dabei kleinere Brocken und stürzten polternd in die Tiefe, rissen häufig noch andere mit und vergrößerten den Geröllberg vor dem Tor noch zusätzlich. Einmal wäre ein Arbeiter fast von einem Steinschlag erfasst worden, doch die meiste Zeit gingen sie so vorsichtig und mit solchem Geschick zu Werke, dass keiner von ihnen in Gefahr geriet. Barlok hatte Vilon die Auswahl der Männer überlassen, ihm aber eingeschärft, nur auf solche zurückzugreifen, die ihr Handwerk wirklich meisterhaft verstanden.

Von kurzen Pausen abgesehen schufteten sie bis in den Nachmittag hinein, dann ließ Vilon die Arbeiten abbrechen und kam auf Barlok zu. Niedergeschlagen schüttelte er den Kopf.

»Es tut mir leid, Kriegsmeister, aber es hat keinen Sinn. Wie ich befürchtet habe, ist die ganze Felswand über dem Tor brüchig und porös. Überall durchziehen sie feine Risse. Wenn wir anfangen, Gestein vor dem Tor wegzuräumen, stürzt sofort neues nach.«

»Und wenn man es abstützt? Es wird nicht leicht, größere Mengen Holz hierher zu transportieren, aber notfalls lasse ich einen ganzen Wald abholzen.«

Vilon lächelte flüchtig.

»Auch das hätte keinen Sinn. Selbst das Holz eines ganzen Waldes würde nicht ausreichen, das Gewicht einer Bergwand zu tragen. Ganz abgesehen davon, dass wir die Stützen nirgendwo richtig ansetzen könnten, weil einfach alles instabil ist.« Noch einmal schüttelte er den Kopf. »Ich habe so etwas noch nicht erlebt.«

»Vielleicht ist es durch das Beben geschehen.«

»Nein, dazu reichen auch die Erdstöße nicht aus, dafür hätten sie noch sehr, sehr viel heftiger sein müssen. Wenn es nicht so verrückt klingen würde …«

»Was klingt verrückt?«, hakte Barlok nach, als der Schürfmeister nicht von sich aus weitersprach.

»Nun, ich kenne nur eine Kraft, die mächtig genug wäre, die Struktur eines ganzen Berghangs in solchem Maße zu erschüttern«, sagte Vilon zögernd. »Und das wäre eine ungeheuer starke Explosion. Aber nachdem alles hier ein Jahrtausend lang Regen, Sturm und Witterung ausgesetzt war, lässt sich das freilich nicht mehr feststellen.«

»Eine Explosion? Wollt Ihr damit andeuten, dass es sich um die Folgen eines Angriffs handeln könnte?« Barlok runzelte die Stirn. »Sicher, die Menschen sind schon immer ein wildes Volk gewesen, damals noch mehr als heute, und verschiedene Könige hat es nach den Reichtümern Elan-Dhors oder auch Zarkhaduls gelüstet, weshalb sie unser Volk angreifen ließen, ohne jemals Erfolg zu haben. Aber selbst wenn sie versucht hätten, das Baran-Tahal zu sprengen, können nicht einmal sie so dumm gewesen sein, so viel Sprengpulver zu nehmen, dass sie den halben Berg damit zum Einsturz gebracht haben.«

»Nein, das können sie allerdings nicht«, stimmte Vilon ihm zu. »Aber nicht aus Dummheit, sondern weil sie damals noch gar kein Sprengpulver kannten. Selbst heute noch ist ihr Wissen auf diesem Gebiet äußerst gering.«

»Aber wer dann? Gnome, Goblins und Schrate verstehen erst recht nichts davon, und die Elben wären nicht auf solche Hilfsmittel angewiesen. Wenn sie Zarkhadul angegriffen hätten, was ich für völlig abwegig halte, dann hätten sie ihre Magie benutzt, um das Tor niederzureißen.«

Vilon legte den Kopf in den Nacken und ließ seinen Blick an den steilen Berghängen entlangwandern.

»Ob eine Explosion durch Magie oder Sprengpulver hervorgerufen wird, macht unter Umständen keinen großen Unterschied.

Auch eine entsprechende Beschwörung kann durch irgendwelche Gegebenheiten außer Kontrolle geraten und eine furchtbare Vernichtungswirkung entfalten«, gab er zu bedenken. »Aber ich meine auch, dass wir die Elben ausschließen können. Unsere Völker waren nie eng befreundet, aber auch nicht verfeindet, zudem interessieren sich die Elben nicht für irdische Reichtümer und das, was sich unter der Erde befindet, sodass es keinerlei Grund für einen Angriff gegeben hätte.« Er wandte den Blick vom Kalathun ab und sah stattdessen Barlok direkt an. »Es bleibt nur ein Volk, das genügend von Sprengpulver versteht, um eine so gewaltige Explosion auszulösen.«

»Ihr … sprecht nicht von uns selbst, oder?«, stieß der Kriegsmeister ungläubig hervor. »Ihr meint, Zwerge wären dafür verantwortlich? Das ist absurd!«

»Es könnte sich um ein Unglück gehandelt haben, einen schrecklichen Unfall. Eine andere Erklärung fällt mir auch nicht ein. Jedenfalls wären nur Zwerge in der Lage, eine solche Explosion zu verursachen.« Vilon machte eine vieldeutige Geste. »Wenn es denn eine war. Obwohl vieles darauf hindeutet, lässt es sich nach so langer Zeit eben leider nicht mehr mit Bestimmtheit feststellen.«

»Dann schlage ich vor, dass wir diese Theorie für uns behalten, um zu verhindern, dass sich wilde Spekulationen ausbreiten«, sagte Barlok in einem Tonfall, der deutlich machte, dass es sich keineswegs nur um einen *Vorschlag* handelte. »Wir haben uns verstanden?«

»Verstanden«, bestätigte Vilon. »Aber meine Männer sind nicht dumm. Sie erkennen die Spuren so deutlich wie ich, und sie werden sich ebenfalls ihre Gedanken machen.«

Barlok lächelte kühl.

»Hauptsache, sie reden nicht groß darüber. Und wenn sie zu viel Zeit haben, über solche Dinge zu grübeln, dann sollten wir sie vielleicht härter arbeiten lassen.«

Nach dem Scheitern am Haupttor überprüften sie am ersten Tag noch einen der bekannten kleineren Zugänge, doch erfolglos, und am nächsten Tag nahmen sie sich die übrigen vor. Solche geheimen Stollen, die bis an die Oberfläche führten, gab es auch in Elan-Dhor. Einige hatte es schon bei Gründung der Mine gegeben, andere waren im Laufe der Zeit auf natürlichem Weg entstanden. Meist hatte man sich darauf beschränkt, sie lediglich gut zu tarnen und durch massive Türen zu verschließen, um sie im Falle einer wie auch immer gearteten Gefahr als Flucht- oder Ausfalltunnel nutzen zu können.

An eine Bedrohung wie die durch die Dunkelelben hatte dabei niemand gedacht, aber die Erinnerungen an die – glücklicherweise nur wenigen und lange zurückliegenden – Angriffe der Menschen auf Elan-Dhor waren im Volk der Zwerge noch wach. Zudem hatte es Zeiten gegeben, zu denen auch die Goblins und Gnome noch wesentlich mächtiger gewesen waren und zu einer Bedrohung hätten werden können.

Ähnliche Überlegungen mochten auch in Zarkhadul eine Rolle gespielt haben, zumal die Gefahren zur Glanzzeit dieser Mine noch wesentlich größer gewesen waren. Auf jeden Fall hatte es solche geheimen Zugänge gegeben, und sie hatten es allein Selons Studien zu verdanken, dass sie wussten, wo sich diese befunden hatten.

Aber alle Bemühungen blieben erfolglos. Mit den kleineren Zugängen verhielt es sich ebenso wie mit dem Haupttor. Sie waren unter hunderten Tonnen von Schutt begraben, und auch hier war es unmöglich, etwas davon abzutragen, weil beständig neue Felsmassen herabzustürzen drohten.

Entsprechend schlecht war die Stimmung unter den Männern am Abend. Auch Barlok konnte sich davon nicht freimachen. Natürlich hatte er damit gerechnet, dass ihre Aufgabe nicht einfach sein würde, und sich bemüht, keine allzu übertriebenen Erwartungen aufkommen zu lassen. Aber was vermochte schon die schwache Stimme der Vernunft gegen die ungeheuren Emotionen auszurichten, die seit Urzeiten mit dem Namen Zarkhadul verknüpft waren? Ein Teil von ihm hatte sich trotz aller Warnungen seines Verstandes an die aberwitzige Hoffnung geklammert, dass sie nur herzukommen und sich ein wenig umzusehen bräuchten, um einen Eingang in den Berg zu finden.

Noch war ihre Mission längst nicht gescheitert, aber ihre Chancen auf einen Erfolg waren deutlich geschrumpft. Was jetzt folgte, würde eine mühsame und unter Umständen sehr langwierige Aufgabe werden, da sie den gesamten Berg nach Spalten und Rissen absuchen mussten, die möglicherweise bis in sein Inneres führten.

Eine ähnliche Arbeit hatten sie unmittelbar nach dem Beben auch am Tharakol durchführen müssen, um sicherzugehen, dass es außer dem von Thilus verschlossenen Stollen keinen weiteren Ausgang gab, durch den die Dunkelelben ins Freie gelangen konnten. Dort hatten sie gehofft, mit ihrer Suche erfolglos zu bleiben – was sich auch erfüllt hatte –, diesmal hingegen *wollten* sie Zugänge entdecken. Ansonsten jedoch war die Arbeit vergleichbar, abgesehen davon, dass sich am Tharakol Hunderte von Zwergen an der Suche beteiligt hatten, sodass sie diese binnen weniger Tage bewältigt hatten. Ohne einen Glückstreffer würde es hier ungleich länger dauern und aufgrund der ständigen Gefahr von Steinschlägen und Lawinen auf den brüchigen Berghängen wesentlich schwieriger werden.

»Hey ho, hey ho, jetzt zieh'n wir wieder los …«, stimmte einer der Zwerge eines der Traditionslieder der Arbeiterkaste an, verstummte aber rasch wieder, als niemand mitsang, sondern ihn stattdessen zornige Blicke trafen.

»Ich muss mit Euch sprechen«, riss Vilons Stimme Barlok aus seinen Gedanken. Unbemerkt war der Schürfmeister neben ihn getreten und setzte sich.

»Noch mehr schlechte Neuigkeiten?«

»Das kommt darauf an. Eher noch mehr Rätsel. Nach den Erfahrungen am Baran-Tahal habe ich mir auch über den kleineren Zugängen die Berghänge im Hinblick auf Explosionsspuren angesehen.«

»Ihr habt…« Zornig blickte Barlok ihn an. »Hatte ich Euch nicht ausdrücklich verboten, Nachforschungen in dieser Richtung anzustellen?«

»Nein, Ihr habt mir nur befohlen, meine entsprechenden Vermutungen für mich zu behalten«, korrigierte Vilon ihn ruhig. »Das habe ich getan, aber das hat nichts mit dem zu tun, worauf ich beim Überprüfen besonders geachtet habe.«

»Also gut.« Barlok schluckte seinen Ärger hinunter. Natürlich war es unsinnig, seinem Gegenüber zu verbieten, auf bestimmte Anzeichen zu achten. »Was habt Ihr herausgefunden?«

»Was ich beinahe befürchtet habe. Der Berg weist auch im Umfeld sämtlicher kleinerer Zugänge die winzigen Risse auf, die für Explosionen charakteristisch sind. Weder habe ich eine Erklärung dafür, noch kann ich Euch hieb- und stichfeste Beweise liefern, aber wenn Ihr mich fragt, dann sind die Zugänge mit Sprengpulver verschlossen worden.«

Barlok verzog das Gesicht und ballte die Fäuste. So wie Vilon das Gespräch begonnen hatte, war im Grunde bereits klar gewesen, was er entdeckt hatte, was jedoch keineswegs bedeutete, dass es Barlok gefiel. Er mochte keine ungelösten Rätsel und unbeantworteten Fragen, und diese angeblichen Sprengungen warfen eine ziemliche Menge an Fragen auf.

Zwerge waren nicht unbedingt für ihre Friedlichkeit berühmt. Entsprechend hatte es – vor allem, als ihr Volk noch jung gewesen war – durchaus Auseinandersetzungen und sogar Kriege zwischen verschiedenen Minen gegeben. Diese lagen jedoch schon lange Zeit zurück, sehr, sehr viel länger als das knappe Jahrtausend, das seit dem Untergang Zarkhaduls verstrichen war.

Zu dieser Zeit hatte es außer den beiden Minen des Schattengebirges nur noch weit im Westen zwei weitere Zwergenminen gegeben, Borad-Khan in den Schwarzbergen und Tharanuun im Sichelgebirge. Beide hatten schon damals kurz vor dem

Ende gestanden. Tharanuun war bis auf den letzten Erzkrümel ausgebeutet gewesen, und Borad-Khan von einem langen, verlustreichen Krieg gegen die Menschen ausgeblutet. Beide Minen waren bald darauf verlassen worden, ihre Bewohner hatten in Elan-Dhor eine neue Heimat gefunden. Es war unsinnig, auch nur daran zu denken, sie könnten in irgendeiner Form zuvor an der Vernichtung Zarkhaduls beteiligt gewesen sein.

Aber ebenso unsinnig war die Vorstellung, es könnte sich um einen Unfall gehandelt haben. Wäre nur das Haupttor oder einer der kleineren Zugänge betroffen, wäre es zwar auch wenig wahrscheinlich, aber immerhin *möglich* gewesen. An so vielen verschiedenen Stellen gleichzeitig hingegen war es schlichtweg unvorstellbar.

Und Absicht? Warum hätte sich Zarkhadul selbst von allen Verbindungen zur Außenwelt abschneiden und damit zum Untergang verurteilen sollen?

»Wir haben es auch getan«, sagte Vilon leise. Barlok blickte ihn verständnislos an. Erst nach ein paar Sekunden begriff er, dass er die Frage ohne es zu merken laut ausgesprochen haben musste. Ärgerlich schlug er mit der rechten Faust in die linke Handfläche.

»Das ist doch wohl etwas ganz anderes. Wir haben aus Elan-Dhor fliehen müssen. Es entspricht den alten Gesetzen unseres Volkes, jede aufgegebene Mine zu verschließen, damit kein anderer sie in Besitz nehmen kann. Und vor allem mussten wir natürlich die Dunkelelben daran hindern, uns an die Oberfläche zu folgen. Aber in Zarkhadul haben fast hunderttausend Zwerge gelebt. Hunderttausend! Und allem Anschein nach hat nicht ein einziger von ihnen die Mine verlassen, um in Elan-Dhor zu berichten, was geschehen ist.« Er schüttelte entschieden den Kopf. »Nein, es gibt nichts, das erklären würde, warum ein ganzes, noch dazu so riesiges Volk gemeinsam Selbstmord begehen sollte. Denn das bedeutet es. Ohne Verbindung zur Außenwelt wäre Zarkhadul nicht überlebensfähig gewesen, seine Bewohner zum Tode verdammt.« Noch einmal schüttelte er den Kopf. »Ihr müsst Euch irren, was die Explosionsspuren betrifft, Schürfmeister.«

Vilon zögerte einige Sekunden mit der Antwort.

»Ich wünschte, es wäre so, und ich habe ja schon gesagt, dass die Hinweise nach der langen Zeit nicht mehr eindeutig sind. Hätte ich sie nur an einer Stelle gefunden, würde ich auch an einen Zufall denken, aber an *sämtlichen* ehemaligen Zugängen? Das ist ebenso unglaubwürdig wie der Gedanke an einen mit Absicht durchgeführten Selbstmord aller Bewohner der Mine.«

Barlok senkte den Kopf. Bei Li'thil, er hasste ungelöste Rätsel wirklich, und dies war eines, das den ganzen Erfolg seiner Mission gefährdete. Dabei würden sie paradoxerweise wohl höchstens dann eine Lösung finden, wenn sie Erfolg haben und ins Innere von Zarkhadul gelangen sollten.

Was um alles in der Welt mochte damals in Zarkadul vorgefallen sein, das zu einer solchen Katastrophe geführt hatte? Fast hunderttausend Zwerge hatten zu dieser Zeit dort gelebt, rund fünfmal so viel wie das Volk von Elan-Dhor zählte. Was war mit ihnen geschehen? Waren sie elendig zugrunde gegangen, nachdem sie von der Außenwelt abgeschnitten worden waren, oder – welch fantastischer Gedanke! – lebten womöglich immer noch Zwerge in der Mine und hatten einen Weg gefunden, sich selbst zu versorgen?

Einige Minuten lang brütete Barlok mit gesenktem Kopf dumpf vor sich hin, dann verzog er plötzlich den Mund. Ein lautes, befreiendes Lachen stieg aus seiner Kehle auf und quoll über seine Lippen. Vilons verwunderter Blick traf ihn, doch Barlok achtete nicht darauf.

»Was sind wir doch für Dummköpfe!«, stieß er immer noch lauthals lachend hervor und klopfte sich vor Vergnügen auf die Schenkel. »Da zerbrechen wird uns über etwas den Kopf und sehen den Berg vor lauter Felsen nicht. Dabei ist die Erklärung ganz einfach.«

»Ich verstehe nicht, was Ihr meint.« Mit offenkundigem Befremden blickte Vilon ihn an.

»Natürlich wurde hier gesprengt!«, erklärte Barlok glucksend. »Aber nicht, um die Zugänge zu verschließen. Wir selbst hätten es doch auch getan, wenn Ihr nicht zu dem Schluss gekommen wärt, dass es nichts nützen würde. Vor uns, vor allem kurz nach der Katastrophe, die sich hier ereignet hat, waren schon zahlreiche andere Arbeitertrupps hier und haben versucht, die Zugänge wieder zu öffnen. Einige von ihnen haben offenbar auch mit Sprengpulver gearbeitet. Und wir zerbrechen uns hier die Köpfe über die wildesten Theorien, dabei ist die Erklärung so einfach.« Er hieb Vilon mit einer Hand so kräftig auf den Rücken, dass dieser fast von dem Felsen gestürzt wäre, auf dem sie saßen. »Ist das ein Witz, Schürfmeister, oder ist das keiner?«

Falls Vilon überhaupt so etwas wie Humor besaß, dann offenbar einen gänzlich anderen, denn er schien nichts Komisches daran zu finden. Stattdessen verfinsterte sich sein Blick noch.

»Das ist noch lange kein Grund, mich zu verprügeln, Kriegsmeister«, sagte er scharf.

Auch Barlok hörte auf zu lachen.

»Kommt schon, nehmt es mir nicht übel, ich bin nur froh, dass sich alles auf so einfache Weise aufklärt.« *Und wahrscheinlich bist du nur sauer, dass du nicht selbst darauf gekommen bist*, fügte er in Gedanken hinzu.

»Es wäre in der Tat eine Erklärung«, räumte Vilon ein. »Ob die Zugänge durch die Explosionen verschlossen oder erst später gesprengt wurden, lässt sich nicht mehr feststellen. Wenn Ihr recht habt, muss es sich allerdings um ziemlich unfähige Narren gehandelt haben, die durch die Sprengungen alles nur noch verschlimmert haben.«

»Offenbar, aber wir wissen nicht, wie es damals hier aussah; vielleicht haben sie sich eine realistische Chance ausgerechnet.« Erneut grinste er. »Unsere Aufgabe wird dadurch nicht leichter, aber wenigstens haben wir dieses Rätsel gelöst. Und jetzt will ich kein Wort mehr von solchen unsinnigen Spekulationen hören.«

Gemeinsam mit Vilon hatte Barlok Skizzen des Kalathun angefertigt und sie in zahlreiche Bereiche unterteilt, um eine systematische Suche zu organisieren. Ihr Trupp, gleichgültig ob Krieger oder Arbeiter, wurde in Zweiergruppen aufgeteilt, die die einzelnen Bereiche nacheinander kontrollieren sollten.

Allein am nächsten Tag erscholl fünfmal ein Hornsignal, das vereinbarte Zeichen, wenn einer der Suchtrupps auf einen Riss oder sonst eine Öffnung gestoßen war, die der Überprüfung wert erschien. Die meisten Spalten waren zu schmal, um sich hineinzuzwängen, sodass sie sie behutsam vergrößern mussten, doch jedes Mal führte es zu einer Enttäuschung, weil es sich wirklich nur um einfache Risse im Gestein handelte, die bereits nach wenigen Metern endeten.

So ging es auch die gesamte folgende Woche weiter, und mit den Hoffnungen sank auch die Stimmung mit jedem Tag tiefer. Selbst Barlok glaubte eigentlich nicht mehr an einen Erfolg und begann sich mit dem Gedanken abzufinden, dass die Mission ein Fehlschlag war.

Am neunten Tag, seit sie den Kalathun erreicht hatten, war die Stimmung auf den absoluten Tiefpunkt gesunken. Sie hatten mittlerweile mehr als zwei Drittel aller Planbereiche überprüft, und da praktisch niemand mehr an einen Erfolg glaubte, ging es den Männern nur noch darum, ihre Aufgabe zu Ende zu bringen und möglichst rasch wieder nach Elan-Tart zurückzukehren.

Um die Mittagszeit schallte erneut der Klang eines Horns durch die Gebirgslandschaft, ohne noch Aufregung hervorzurufen oder sonderlich große Erwartungen zu wecken. Bei seinem Klang blickte Barlok auf. Auch er beteiligte sich persönlich an der Suche, um die Arbeit zu beschleunigen und nicht einfach nur herumzusitzen und auf Ergebnisse zu warten. Zusammen mit Vilon überprüfte er gerade einen Abschnitt, der nicht allzu weit von dem Ort entfernt lag, an dem das Signal erklang.

»Auf ein Neues. Wahrscheinlich nur der nächste falsche Alarm«, brummte der Schürfmeister und zog ein Gesicht, als hätte er auf eine Steinmade gebissen.

Barlok warf ihm einen finsteren Blick zu. Äußerungen wie diese, vor allem, wenn sie von Vilon selbst stammten, dienten nicht dazu, die allgemeine Moral zu heben. Trotzdem verzichtete er auf eine Zurechtweisung. Außer ihm war niemand hier, der die Worte hören konnte, und im Grunde hatte er dasselbe gedacht. Erst vor knapp zwei Stunden hatte ein Suchtrupp einen Riss entdeckt, dessen genauere Überprüfung sich wieder einmal als Fehlschlag erwiesen hatte. Aber obwohl auch Barlok selbst kaum noch an einen Erfolg glaubte, hatte er sich immer noch einen kleinen Rest Hoffnung bewahrt, und sie waren verpflichtet, jeder Spur nachzugehen.

In diesem Fall bedeutete das jedoch eine besonders ärgerliche Anstrengung. Sie waren ziemlich hoch gestiegen, bis auf wenige hundert Meter an die Kerbe zwischen den Gipfeln heran. Obwohl das Signal aus einem benachbarten nördlichen Abschnitt erklungen war, versperrte eine lotrecht über die halbe Höhe des Berghangs vorspringende Felsnase ihnen den direkten Weg dorthin. Sie würden erst bis fast ins Tal hinunterklettern müssen, um dann kaum zweihundert Meter entfernt den Berghang erneut zu erklimmen.

Verdrossen machten sie sich an den Abstieg. Nach gut einem Drittel der Strecke aber verharrte Vilon plötzlich, beschattete die Augen mit einer Hand und deutete dann auf eine Stelle der Felsnase.

»Das scheint so etwas wie eine Art Sims zu sein. Zwar nur sehr schmal, aber mit etwas Glück können wir unseren Weg dort abkürzen.«

Auch Barlok starrte zu der Stelle, auf die der Schürfmeister deutete. Was dieser als Sims bezeichnet hatte, war eine kaum fußbreite Unebenheit im Fels, aber wenn sie sich als tragfähig erwies, ersparten sie sich in der Tat einen beträchtlichen Umweg. Allerdings würde es nicht leicht und vermutlich auch nicht ungefährlich werden.

»Sehen wir uns das mal aus der Nähe an«, entschied er skeptisch.

Während sie sich dem Vorsprung näherten, wuchs seine Skepsis noch weiter an. Das Felsband war nicht nur so schmal, dass es kaum ausreichte, um einen Fuß seitlich aufzusetzen, sondern wirkte auch nicht allzu massiv, aber der Fels darüber war zerklüftet und bot ihnen zahlreiche Möglichkeiten, sich mit den Händen festzuhalten.

Vilon zögerte einen Moment, dann trat er als Erster auf den schmalen Vorsprung. Eng an die Felswand gepresst und mit den Händen ständig nach festem Halt tastend, schob er sich vorsichtig weiter vor. Mit der Fußspitze fegte er loses Geröll vom Sims, ehe er auftrat.

Wie Barlok befürchtet hatte, war der Weg alles andere als einfach, aber er schien gangbar zu sein, und als der Schürfmeister fast zwei Meter weit vorgedrungen war, schickte sich Barlok an, ihm zu folgen, doch im gleichen Moment stieß Vilon einen erstickten Schrei aus. Das Unheil verkündende Knacken von Gestein, das sein Gewicht nicht mehr zu tragen vermochte, war zu hören. Dann brach ein Stück des Simses unter ihm weg und stürzte polternd in die Tiefe. Seine Finger fest in Vertiefungen in der Felswand gekrallt, tastete Vilon mit den Füßen umher, um Halt zu finden, doch jeder Vorsprung, den er auch nur leicht belastete, brach sofort unter ihm weg.

Sogar der Halt, den er für seine Hände fand, erwies sich als weniger fest, als es zunächst den Anschein hatte. Lockeres Gestein begann zu bröckeln, und er musste immer wieder nachgreifen.

»Helft mir! Ich… ich kann mich nicht mehr halten!«, keuchte er.

Barlok warf sich zu Boden, schob sich auf dem noch festen

Untergrund so weit es ging vor und streckte seine Hand aus, doch gelang es ihm nicht, Vilon zu erreichen.

»Eure Hand!«, stieß er hervor. »Gebt mir Eure Hand.«

Vilon versuchte seinen ausgestreckten Arm zu packen, verfehlte ihn jedoch und griff ins Leere. Einen Moment lang hing er nur von den Fingerspitzen seiner Linken gehalten an der Felswand, dann schien plötzlich alles gleichzeitig zu passieren.

Vilons Halt zerbröckelte vollends, als sein Gewicht plötzlich allein daran baumelte. Ein doppelt kopfgroßes Felsstück brach aus der Wand, und während der Schürfmeister bereits abzustürzen begann, griff Barlok noch einmal zu und bekam diesmal seinen Unterarm zu fassen. Ein schrecklicher Ruck zuckte durch sein Schultergelenk, und er wurde auf dem Bauch liegend vorwärtsgezerrt, drohte selbst über die Felskante in die Tiefe gerissen zu werden, aber er hielt dennoch eisern fest, und es gelang ihm, einen Fuß in einem Felsspalt zu verhaken und seine Rutschpartie damit zu stoppen. Mit der freien Hand packte Vilon die Felskante, und mit Barloks Hilfe gelang es ihm, sich wieder auf festen Boden hochzuziehen. Schwer atmend blieben beide nebeneinander liegen.

Aber der Felsbrocken, der sich unter dem Gewicht des Schürfmeisters gelöst hatte, blieb nicht der einzige. Mit leisem Knacken bildeten sich feine Risse in der Wand oberhalb des abgebrochenen Simses, breiteten sich rasend schnell aus und verästelten sich dabei immer stärker, bis ein riesiges Spinnennetz den Fels zu bedecken schien. Einige kleinere Bröckchen brachen heraus, dann auch größere, und gleich darauf fiel ein gut zwei Meter durchmessender Teil der Felswand vollends in sich zusammen und stürzte mit Donnergetöse in die Tiefe.

»Seht Ihr … seht Ihr auch … was ich sehe?«, krächzte Vilon.

Barlok starrte wie gebannt auf den Hohlraum, der hinter der kaum eine halbe Armlänge durchmessenden Felswand zum Vorschein gekommen war und tiefer in den Berg hineinreichte, als trotz des hellen Tageslichts zu erkennen war.

7
DER ÜBERFALL

Mit dem Rücken an einen Felsbrocken gelehnt saß Orwan im Gras, rupfte gelegentlich einen der Halme aus und kaute auf dem Ende herum, während er gelangweilt in die Dunkelheit starrte und aufpasste, ob sich in ihrem Schutz womöglich irgendwelche Feinde anzuschleichen versuchten. Natürlich würden keine kommen, aber es wäre immerhin rein theoretisch möglich gewesen, und deshalb musste er hier im Niemandsland außerhalb der Stadt Wache schieben.

Erst vor wenigen Tagen war er mit zahlreichen anderen Kriegern im turnusmäßigen Wechsel aus der kleinen Militärgarnison am Fuße des Tharakol, wo er zuvor eine Woche lang stationiert gewesen war und die Berghänge bewacht hatte, nach Elan-Tart zurückgekehrt. Nach gerade einmal zwei freien Tagen war er nun auch hier zum Wachdienst eingeteilt und in dieser Nacht dazu abgestellt worden, die Luanen-Weide im Westen der Stadt zu schützen.

Luanen, pah. Er hatte nichts gegen warme Kleidung aus ihrem Fell, und erst recht nichts gegen ein über dem Feuer geröstetes Stück Luanenfleisch, aber ansonsten konnten die abgrundtief hässlichen Tiere ihm gestohlen bleiben. In Elan-Dhor war es Frauenarbeit gewesen, sie zu hüten, aber hier an der Oberfläche wurden nun Krieger zu ihrem Schutz wie auch dem der Felder und sämtlicher anderer Außenbezirke eingesetzt.

Natürlich waren Wachen nötig, und irgendjemand musste diese Aufgabe erledigen, schließlich konnten sie die Stadt nicht völlig ohne Schutz lassen, dafür lauerten zu viele Gefahren an der Oberfläche. So gab es Wölfe in dieser Gegend, deren Heulen gelegentlich aus der Ferne zu hören war, und in einer der ersten Nächte hatte ein Rudel von ihnen versucht, die Luanen zu reißen, doch sie hatten diesen Versuch mit einem hohen Blutzoll bezahlen müssen, und nur wenige waren entkommen. Seither wussten sie um die Tödlichkeit von Zwergenäxten und hatten sich nicht noch einmal hergetraut.

Sonst hatte es in den Monaten seit ihrer Flucht keine Schwierigkeiten mit irgendwelchen Eindringlingen oder Angreifern gegeben, und Orwan glaubte auch nicht, dass sich das ändern würde. Niemand, der seine Sinne auch nur halbwegs beisammen hatte, würde es wagen, sich mit den fast zwanzigtausend Zwergen anzulegen, die in Elan-Tart lebten. Einige Patrouillen würden zur Abschreckung und zur Abwehr oder wenigstens dem rechtzeitigen Erkennen einer eventuellen Bedrohung vollauf genügen. Es war unnötig, zusätzlich noch mehrere hundert Wachen an allen möglichen Stellen rund um die Stadt zu postieren.

Und ganz besonders galt das für ihn.

Sehnsüchtig wünschte Orwan sich zurück in den Militärposten am Tharakol. Auch dort hatte er nur Wachdienst versehen, doch sie waren immerhin mindestens zu zweit losgezogen, sodass es nicht so langweilig gewesen war. Meist hatte sich zusätzlich sogar noch eine Priesterin bei ihnen befunden.

Aber es ging nicht allein um die Langeweile. Viel wichtiger für Orwan war die Aussicht gewesen, dort womöglich Heldentaten vollbringen und große Ehre erwerben zu können, wie es zuletzt in der Nacht des Erdbebens sogar dem anderthalbarmigen Thilus gelungen war. Zu gerne wäre Orwan in diesem Moment an seiner Seite – oder besser noch seiner Stelle – gewesen. Was selbst ein Krüppel schaffte, das konnte er schon längst. Stattdessen jedoch hatte er auch in jener Nacht hier auf die Luanen aufpassen müssen.

Er bedauerte zutiefst, dass er während *seiner* Wachen am Tharakol nicht auf Dunkelelben gestoßen war, die einen Weg aus dem

Berg herausgefunden hatten, doch seit dem Erdbeben hatte es keine weiteren Zwischenfälle mehr gegeben. Er war vor Monaten bei der großen Schlacht am Tiefenmeer dabei gewesen und hatte gegen sie gekämpft, doch großen Ruhm hatte ihm dies nicht gebracht. Schließlich war er nur einer von tausenden Zwergenkriegern gewesen und hatte sich zudem schon kurz nach Beginn des Kampfes verletzt zurückziehen müssen. Seit dieser Schlacht aber wusste er, was für schreckliche Feinde die Unsichtbaren waren, und deshalb wünschte er sich freilich nicht, dass es tatsächlich einige von ihnen bis an die Oberfläche schafften.

Falls es jedoch geschehen sollte, dann wollte er vor Ort sein und mithelfen, sie zurückzuschlagen, um als Held in die Geschichte seines Volkes einzugehen.

Diese Möglichkeit aber war ihm durch den wöchentlichen Wechsel der Besatzung des Militärpostens genommen worden, und es würde mindestens einen Monat dauern, bis er wieder dorthin durfte. Bis dahin war er dazu verurteilt, stattdessen hier Wache zu schieben und – wenn überhaupt – höchstens ein paar Raubtiere zu verscheuchen, was wenig Ehre versprach.

Missmutig starrte er zu den Luanen hinüber, die auf ihrer von einem schlichten Holzzaun umgebenen Weide grasten oder vor sich hin dösten und in der Dunkelheit nur als undeutliche schwarze Flecken zu erkennen waren.

Leise Stimmen drangen an sein Ohr und näherten sich. Eine der Patrouillen, die zusätzlich zu den fest stationierten Wachen ihre Runden drehten. Die Glücklichen waren wenigstens zu zweit, aber auch Orwan freute sich jedes Mal, auf diese Art wenigstens kurz von seiner Langeweile befreit zu werden. Eine vorbeikommende Patrouille bot die einzige Abwechslung während der Wache. Er stand auf und ging den beiden Schemen, die sich vor ihm aus der Dunkelheit schälten, ein paar Schritte entgegen.

»Na, tun euch nicht allmählich die Füße weh?«, scherzte er.

»Und dir dein Hintern vom faul herumsitzen?«, gab einer der Krieger zurück. »So gut wie du hätten wir es auch gerne.«

Orwan lachte pflichtschuldig. Auch die Patrouillengänger schoben in regelmäßigen Abständen allein Wache und wussten, wie lang und vor allem langweilig es werden konnte. Meist nahmen sie sich deshalb einen Moment Zeit für eine kurze Plauderei, ehe sie zum nächsten Posten weiterzogen.

»Morgen könnt ihr euch dafür ausruhen, während ich laufen muss«, scherzte er.

»Das können wir allerdings, und sogar noch wesentlich gemütlicher als du heute, denn morgen haben wir frei«, bekam er grinsend zur Antwort.

Orwan verzog das Gesicht. Sie wechselten noch einige Worte miteinander, dann zogen die beiden Krieger weiter, und er blieb wieder allein zurück. Er blickte ihnen noch nach, bis sie im Dunkel der Nacht verschwunden waren, ehe er den friedlich vor sich hin dösenden Luanen einen fast hasserfüllten Blick zuwarf und sich erneut setzte. Seine Schicht war noch nicht einmal zur Hälfte vorbei, und es würde nun gut eine Stunde dauern, bis die nächste Patrouille vorbeikam und etwas Abwechslung brachte.

Wenn wenigstens in der Ferne ein paar Wölfe heulen würden oder einige der grauen Biester so dumm wären, sich in die Nähe der Weide zu trauen! Aber nein, es herrschte nahezu Totenstille, und keinerlei Hinweis auf eine noch so geringe Gefahr wollte sich zeigen.

Sehnsüchtig blickte Orwan nach Süden, wo einen knappen Tagesmarsch entfernt der nun vom Mantel der Nacht verborgene Tharakol aufragte. Der wöchentliche Wechsel der im Militärposten stationierten Truppen war eigentlich ein Entgegenkommen an die Soldaten, damit sie in dieser schwierigen Zeit nicht zu lange von ihren Familien getrennt waren. Für die meisten mochte dies auch zutreffen, nicht jedoch für ihn, da er weder eine Frau noch Kinder und zurzeit sogar nicht einmal eine Gefährtin hatte, zu der es ihn hinzog.

Und was seine Verwandten aus dem Hause Terenis betraf, so begegnete er sogar lieber einem Dunkelelben, als dass er es mit ihnen zu tun bekam. Deshalb hielt er sich in seiner freien Zeit auch wesentlich lieber in den Kasernen auf als im neuen, derzeit noch teilweise im Bau befindlichen Stammsitz seiner Familie. Wenn er eines Tages heiratete, würde er Terenis noch am gleichen Tag den Rücken kehren und ein eigenes Haus gründen. Trotz – oder gerade wegen – des großen Einflusses seiner Familie waren die meisten seiner Verwandten in seinen Augen kaum besser als die Wölfe hier an der Oberfläche. Sie strebten nur nach immer größerer Macht, hatten selbst in Zeiten wie diesen lediglich ihren eigenen Vorteil anstelle des Gemeinwohls im Auge. Das hatten sie während der Evakuierung von Elan-Dhor bewiesen, als sie ebenso wie die Angehörigen der anderen großen Häuser nur darauf bedacht gewesen waren, möglichst viel von ihrem Besitz in Sicherheit zu bringen, wohingegen die überwiegende Zahl der Bewohner Elan-Dhors den allergrößten Teil ihrer Habe hatte zurücklassen müssen und nun noch bedeutend ärmer als vorher war.

Nein, Sehnsucht nach seiner Familie verspürte Orwan kein bisschen. Er hatte sogar ausdrücklich darum gebeten, länger am Tharakol stationiert zu bleiben, aber seine Bitte war mit fadenscheinigen Begründungen abgelehnt worden. Nun würde er innerhalb des normalen Wechsels abwarten müssen, bis er wieder dorthin versetzt wurde, was bedeutete, dass ihm bis dahin noch mehrere Wochen lang nächtliche Wachen wie diese bevorstanden.

Die Welt war ungerecht! Andere, die lieber in der Nähe ihrer Familien bleiben wollten, mussten dorthin, aber ihn ließ man nicht an ihrer Stelle gehen.

Orwan merkte, dass ihm die Augen zugefallen waren und sein Kopf auf die Brust zu sinken begann. Erschrocken erkannte er, dass er um ein Haar eingedöst wäre. Leicht benommen schüttelte er den Kopf und setzte sich wieder gerade hin. Eigentlich war er nicht müde, doch wenn er nicht aufpasste, würden die Langeweile und seine Grübeleien ihn tatsächlich noch einschlafen lassen, und wenn ihn eine Patrouille so vorfand …

Es war nicht auszudenken. Statt Ehre würde er große Schande auf sich laden; zudem müsste er nicht nur mit einer empfindlichen Disziplinarstrafe rechnen, sondern wäre auch dem Hohn und Spott seiner Kameraden ausgesetzt und hätte sich sämtliche Aufstiegschancen innerhalb der Kriegerkaste für lange Zeit, vielleicht sogar für immer, verbaut.

Dazu durfte es auf keinen Fall kommen. Entschlossen stand Orwan auf und reckte sich. Es war gefährlich, hier zu sitzen und den Schlaf geradezu einzuladen. Besser war es, wenn er sich ein wenig die Füße vertrat. Er ging ein paar Dutzend Schritte an dem schlichten Holzgatter entlang, machte dann kehrt und ging in die entgegengesetzte Richtung zurück. Notfalls würde er den ganzen Rest der Nacht so hin und her laufen, nur um sicherzugehen, dass er nicht einschlief.

Quälend langsam und ereignislos verstrichen die Minuten. Nach einer Weile setzte Orwan sich wieder und begann seine Streitaxt zu schärfen, anschließend sein Schwert und schließlich auch noch seinen Dolch, die traditionellen Waffen eines Zwergenkriegers. Als er damit fertig war und den Dolch gerade wieder weggesteckt hatte, hörte er das leise Knacken eines trockenen Zweigs.

Mit einem Schlag war er hellwach und vergaß seine Langeweile. Alarmiert blickte er sich um.

Das Land nahe dem Ufer des Cadras war überwiegend flach und baumlos, aber es wuchsen hier eine Menge Büsche und zum Teil auch hohes Unkraut wie Disteln und Brennnesseln, in deren Schutz sich Raubtiere anpirschen konnten.

Orwan hakte seine Axt vom Gürtel los, packte sie mit beiden Händen und lauschte gut eine Minute lang angestrengt, doch es war kein weiteres verdächtiges Geräusch zu hören. Trotzdem begnügte er sich damit nicht, sondern näherte sich vorsichtig und mit kampfbereit erhobener Axt dem großen Gebüschstreifen etwa ein Dutzend Schritte entfernt, aus dem das Knacken ertönt war.

Er bog mit der Axt einige Zweige zur Seite, drängte sich dann weiter zwischen die Büsche hinein. Mittlerweile glaubte er nicht mehr, dass sich hier tatsächlich ein Raubtier verbarg, sonst hätte er es längst aufgescheucht, und es wäre entweder geflohen oder hätte ihn angegriffen. Vermutlich hatte nur ein Kaninchen oder ein anderes harmloses Kleintier das Geräusch verursacht, oder ein trockener Ast war einfach von selbst abgebrochen.

Orwan ging noch einige Schritte weiter, ehe er sich schulterzuckend umdrehte und auf den Rückweg machen wollte, als er aus den Augenwinkeln eine Bewegung rechts von sich im Gebüsch wahrnahm. Er schnellte herum und erkannte erst in dem Moment die Falle, in die er geraten war, als er gleich darauf ein Rascheln in seinem Rücken hörte. Es war ein Fehler gewesen, zu glauben, er hätte es mit einem Raubtier zu tun, ein fataler Fehler. Doch als er das begriff, war es bereits zu spät, um noch reagieren zu können.

Von hinten traf ein mörderischer Hieb mit einer Keule oder einem Schlagholz seinen Nacken. Bunte Sterne zerplatzten vor seinen Augen, und die Knie wurden ihm weich. Dennoch schaffte Orwan es nicht nur, sich auf den Beinen zu halten, sondern er fuhr auch herum und schwang dabei seine Axt. Sie traf, wenn auch nicht mit tödlicher Wucht. Dafür besaß er nicht mehr genug Kraft, aber er spürte dennoch, wie die scharfe Schneide durch Stoff und Fleisch schnitt. Ein Schrei erklang, ging aber gleich darauf in ein dumpfes Gurgeln über. Mehrere in der Dunkelheit nur als schwarze Schatten erkennbare Gestalten waren mit einem Mal um ihn herum, mehr als eineinhalb Köpfe größer als er. Zweifelsohne handelte es sich um Menschen.

Einer der Angreifer presste dem Verwundeten die Hand auf den Mund und erstickte so seinen Schrei, die anderen drangen auf Orwan ein. Jemand packte den Stil seiner Axt dicht unterhalb der Klinge, sodass er sie nicht mehr schwingen konnte. Er versetzte dem Unbekannten einen wuchtigen Tritt, doch eisern hielt dieser die Waffe umklammert. Statt weitere kostbare Sekundenbruchteile damit zu verschwenden, sie frei zu bekommen, ließ Orwan sie los und griff nach seinem Schwert.

Er kam nicht dazu, die Bewegung zu Ende zu führen. Ein Hieb mit einem Knüppel traf ihn an der Schulter. Greller Schmerz zuckte durch seinen Arm und lähmte ihn. Gleich darauf fegte ihm ein Schlag von hinten seinen Helm vom Kopf, dann traf etwas seinen Hinterkopf mit so vernichtender Wucht, dass er augenblicklich das Bewusstsein verlor.

»Bitte, Tharlia, wann werden wir uns wiedersehen?« Hoffnungsvoll blickte Lamar sie an. »Und ich meine nicht zu einer offiziellen Audienz mit einem offiziellen Termin in diesen offiziellen Amtsräumen des Palastes, sondern in … in einem ungezwungeneren Rahmen.«

»Aber Ihr wisst doch, wir müssen vorsichtig sein«, erwiderte sie und senkte den Blick, wobei sie nur mühsam den Ärger unterdrückte, der immer stärker in ihr aufwallte. »Dies ist nicht die Zeit, an persönliche Gefühle zu denken. Das Volk leidet und erwartet zu Recht, dass seine Königin sich mit all ihrer Kraft für seine Belange einsetzt. Es hätte kein Verständnis dafür, wenn ich mich stattdessen ausgerechnet jetzt in eine Romanze stürzen würde.«

Eine Romanze, zu der sie auch nicht die geringste Lust verspürte, obwohl sie sich nach Kräften bemühte, sich das nicht anmerken zu lassen. Am liebsten hätte sie Lamar noch viel offizieller im Thronsaal empfangen, aber damit hätte sie ihn zu offensichtlich vor den Kopf gestoßen, und deshalb hatte sie dieses angrenzende Zimmer gewählt, in dem sie sich zumeist mit ihren Beratern besprach.

»Aber so geht das jetzt schon seit Monaten. Ich habe allmählich das Gefühl, Ihr haltet mich mit Absicht hin«, stieß er vorwurfsvoll hervor. »So habe ich mir das gewiss nicht vorgestellt, als ich Euch half, den Thron zu besteigen.«

»Ich auch nicht, ganz bestimmt nicht. Aber wer konnte zu diesem Zeitpunkt denn schon erahnen, wie finster unsere Zukunft sein würde? Alle Augen sind in diesen schweren Wochen und Monaten auf mich gerichtet. Ihr müsst einfach begreifen, dass ich alles Private zunächst einmal hintanstellen muss.«

Tharlia hoffte, dass er den leicht ungeduldigen Ton in ihrer Stimme nicht bemerkte. Allmählich begann Lamar, der durch den frühen Tod seines Vaters schon in viel zu jungen Jahren zum Oberhaupt des mächtigen Hauses Tarkora geworden war, sich zu einem echten Problem zu entwickeln. Er war ein verwöhnter, reicher Bengel, der es gewohnt war, alles zu bekommen, was er begehrte.

Und was er am meisten begehrte, war sie.

Schon seit langem war er in sie verliebt, aber es war eine einseitige Liebe ohne Hoffnung gewesen, da Priesterinnen der Li'thil keine Beziehung zu einem Mann eingehen durften. Das hatte sie sich zunutze gemacht und sich seine Unterstützung gesichert, als sie die Hand nach der Königswürde ausgestreckt hatte, und ohne seine Hilfe wäre es ihr vermutlich nicht gelungen, den Thron zu besteigen. Um Unvoreingenommenheit dem gesamten Volk gegenüber zu gewährleisten, stand ein König außerhalb aller früheren sozialen Bindungen, verlor seine Titel, seine Zugehörigkeit zu einem bestimmten Haus und einer Kaste – in ihrem Fall also auch zum Orden der Priesterinnen, sodass sie sich nun auch einen Gemahl suchen könnte. Damit hatte sie Lamar Hoffnung gemacht, doch allmählich begann er immer stärker auf ein Entgegenkommen ihrerseits für seine Hilfe zu drängen.

Allmählich bereiteten seine Forderungen ihr echte Schwierigkeiten, denn Tharlia dachte nicht im Entferntesten daran, irgendeine Art von Bindung mit ihm einzugehen oder ihn gar zu heiraten. Er war ein netter und gut aussehender junger Mann, aber mehr auch nicht; ein verwöhnter und langweiliger Schönling. Sie hegte keinerlei Gefühle für ihn, weshalb sie ihn zu vertrösten und hinzuhalten versuchte, aber es war ein riskantes Spiel. Kaum etwas konnte so gefährlich werden wie ein verschmähter Verehrer, und ihre Herrschaft war keineswegs gefestigt. Sie konnte es sich nicht leisten, ein so mächtiges und reiches Haus wie Tarkora gegen sich aufzubringen.

Wie es aussah, drohte sie sich mit Verspätung nun doch in den Fallstricken ihrer eigenen Intrige zu verfangen, wenn sie nicht aufpasste.

»Unter diesen Umständen müssen wir also einen Rahmen schaffen, der einerseits offiziell ist, uns zugleich aber auch die Gelegenheit bietet, einander in privater Umgebung zu treffen, ohne Argwohn zu erregen«, unternahm er einen neuen Anlauf. »In ein bis zwei Wochen dürfte der Haupttrakt des neuen Heims meiner Familie fertiggestellt sein. Ich denke, das wäre ein geeigneter Zeitpunkt für das Haus Tarkora, ein Fest zu veranstalten, zu dem freilich auch die Königin geladen wird.« Seine Augen begannen zu strahlen. »Ein formeller Anlass, und doch werden wir miteinander tanzen und uns persönlich näherkommen können. Das ist eine fantastische Idee!«

Für Tharlia klang es eher nach einer absolut schrecklichen Idee, von seinem Eigenlob gar nicht erst zu reden, aber ihr blieb nichts anderes übrig, als gute Miene zum bösen Spiel zu machen.

»Wunderbar«, log sie. »Ich freue mich schon darauf.« *Ungefähr so, wie auf einen möglichen Durchbruch der Dunkelelben an die Oberfläche*, fügte sie in Gedanken hinzu, schaffte es aber, ein strahlendes Lächeln auf ihr Gesicht zu zaubern. »Aber nun müsst Ihr wirklich gehen. Es ist schon spät. Ich bin müde und habe auch morgen wieder einen anstrengenden Tag vor mir.«

»Sicher, das verstehe ich. Ich werde unverzüglich mit den Vorbereitungen für das Fest beginnen, damit es dem Anlass auch gerecht wird.«

Er verneigte sich vor ihr und eilte davon. Tharlia seufzte erleichtert, als die Tür hinter ihm ins Schloss gefallen war. Zumindest hatte sie wieder einige Tage Zeit gewonnen, auch wenn sie dieses Problem nicht auf Dauer vor sich her schieben konnte.

Sie verließ den Saal durch eine andere Tür, die in ihre privaten Räume führte. Nachdem sie ihren Dienern Anweisung gegeben hatte, sie nur im äußersten Notfall zu stören, zog sie sich direkt in ihr Schlafgemach zurück.

Sie fühlte sich tatsächlich müde wie schon lange nicht mehr und hatte beschlossen, ausnahmsweise einmal eine ganze Nacht lang durchzuschlafen; ein Luxus, den sie sich seit ihrer Krönung und vor allem der Flucht aus Elan-Dhor viel zu selten gegönnt hatte. Irgendetwas hatte es in dieser schwierigen Situation als Oberhaupt des Zwergenvolkes für sie immer zu planen und zu erledigen gegeben, und da hatten die Bedürfnisse ihres Körpers hintanstehen müssen.

Als ehemalige Hohepriesterin der Li'thil war sie in der Lage, auch längere Zeit mit wenig oder sogar keinem Schlaf auszukommen und sich stattdessen lediglich für zwei oder drei Stunden pro Tag in eine meditative Trance zu versetzen. Eine solche Trance vertrieb die Müdigkeit und erhielt ihre geistige und körperliche Leistungsfähigkeit, aber auf Dauer trieb sie damit Raubbau an ihren Kräften. Immer häufiger und in immer kürzeren Abständen fühlte sie sich erschöpft. Wenn sie nicht mehr Rücksicht auf sich nahm, würde sie irgendwann einfach zusammenbrechen.

Tharlia kleidete sich aus, legte sich ins Bett und bemühte sich, jeden Gedanken an Lamar und die unzähligen anderen Probleme, die sie belasteten, zu verdrängen, aber sie war zu aufgekratzt, um Schlaf zu finden. Erst als sie mit einer leichten Meditation nachhalf, gelang es ihr endlich.

Vor Erschöpfung schlief sie tief und traumlos. Zumindest konnte sie sich an keine Träume erinnern, und sie hatte auch keinerlei Gefühl dafür, wie lange sie geschlafen hatte und wie spät es war, als sie durch ein lautes Klopfen an der Tür geweckt wurde. Ihre innere Uhr war völlig durcheinandergeraten.

Mühsam widerstand sie dem Impuls, sich einfach auf die andere Seite zu drehen, die Decke über den Kopf zu ziehen und das Klopfen schlichtweg zu ignorieren, um so schnell wie möglich wieder einzuschlafen. Aber nachdem sie ausdrücklich entsprechende Anweisungen erteilt hatte, würde man sie nicht zu stören wagen, wenn es nicht wirklich wichtig wäre. Widerwillig setzte sie sich auf, gähnte herzhaft und rieb sich den Schlaf aus den Augen, während sie versuchte, einen halbwegs klaren Kopf zu bekommen.

»Komm herein!«, rief sie dann. Loina, ihre persönliche Leibdienerin, betrat mit einem Lämpchen in der Hand den Raum und verneigte sich tief.

»Bitte verzeiht die Störung, Majestät«, sagte sie, noch immer mit gebeugtem Oberkörper. »Aber der ehrenwerte Kriegsmeister Loton ist hier und sagt, er müsse Euch dringend –«

»Schon gut. Wie spät ist es?«, fiel Tharlia ihr ins Wort, schwang die Beine aus dem Bett und unterdrückte ein Gähnen. Wenn ein Mitglied des Hohen Rates sie um diese Zeit aufsuchte und wecken ließ, dann musste es wirklich wichtig sein. »Hat er gesagt, worum es geht?«

»Es ist etwas mehr als eine Stunde nach Mitternacht. Loton sprach davon, dass es einen Angriff auf Elan-Tart gegeben hätte und –«

Tharlias Müdigkeit war wie weggefegt, mit einem Schlag war sie hellwach. Hastig sprang sie auf.

»Ein Angriff? Warum hast du das nicht gleich gesagt? Schnell, hilf mir, mich anzukleiden!«

Sie verzichtete darauf, eines der zwar wunderschönen, aber auch furchtbar unbequemen königlichen Kleider anzuziehen, die sie bei offiziellen Anlässen trug und auch am Abend beim Empfang von Lamar angehabt hatte. Stattdessen schlüpfte sie in einfache Hosen, Stiefel und eine weiße Bluse, über die sie ein braunes Lederwams streifte. Auch ihre langen, schwarzen Haare ließ sie sich nur flüchtig bürsten und band sie im Nacken zu einem Zopf zusammen.

Nach nur wenigen Minuten verließ sie ihr Schlafgemach mit

raschen Schritten und eilte in denselben Audienz- und Beratungssaal, in dem sie sich zuvor mit Lamar getroffen hatte. Loton erwartete sie bereits ungeduldig. Er hatte darauf verzichtet, sich zu setzen, sondern ging im Raum auf und ab. Als sie eintrat, kam der grauhaarige Kriegsmeister rasch auf sie zu.

»Es tut mir leid, dass ich Euch stören muss, Majestät, aber es –«

»Meine Dienerin sagte, es hätte einen Angriff gegeben«, fiel Tharlia ihm ins Wort, offenbar eine schlechte Angewohnheit, der sie immer häufiger frönte, wie ihr selbst bewusst wurde. Aber warum verschwendete auch jeder ihr gegenüber so viel Zeit mit unnützen Formalitäten und Entschuldigungen, statt gleich zur Sache zu kommen? »Wann und von wem? Gibt es Verletzte?«

Loton war einen Moment lang verblüfft, hatte sich immer noch nicht daran gewöhnt, dass sie auf die ganze Ehrerbietung und das höfische Getue, das König Burian in seiner selbstherrlichen Art so wichtig gewesen war, keinerlei Wert legte. Dann straffte er sich, schien sich von einem Moment zum nächsten von einem Diplomaten zurück in den Krieger zu verwandeln, der er eigentlich war.

»Eine der Wachen wurde niedergeschlagen und schwer verletzt«, erstattete er mit knappen Worten Bericht. »Dann haben die Unbekannten den Zaun einer Luanen-Weide niedergerissen. Bis auf wenige Ausnahmen wurden sämtliche Tiere geraubt, mehrere hundert.«

Tharlia spürte, wie sie blass wurde. Die Luanen stellten einen wichtigen Eckpfeiler in der Ernährung ihres Volkes dar. Trotz der anderen Lebensmittel, die sie regelmäßig einkauften, war es ohne sie unmöglich, ganz Elan-Tart zu ernähren. Ein paar Tonnen zusätzliches Fleisch, Obst und Früchte, sowie einige Dutzend Säcke Mehl zu dem Getreide, das ihnen die rund um die Stadt neu angelegten Felder liefern würden – das waren nicht viel mehr als Tropfen auf einen heißen Stein, wenn es darum ging, fast zwanzigtausend Zwerge zu ernähren. Sämtliche Dörfer und Städte im Umkreis vieler Tagesreisen hatten zusammen deutlich weniger an menschlichen Einwohnern. Obwohl sich die Kunde von ihrer Notlage und den glänzenden Geschäften, die man mit den Zwergen machen konnte, mittlerweile weit herumgesprochen hatte und viel mehr Händler als früher nach Clairborn oder teilweise auch direkt nach Elan-Tart kamen, war niemand darauf vorbereitet, kurzfristig so riesige Mengen an Nahrungsmitteln zu liefern.

Ganz abgesehen davon, dass Tharlia auch gar nicht in der Lage wäre, sie zu bezahlen. Auf Gedeih und Verderb waren die Zwerge darauf angewiesen, den größten Teil ihrer Lebensmittel selbst zu produzieren. Nach der Evakuierung hatte sie deshalb einen beträchtlichen Teil ihrer nur geringen finanziellen Mittel dafür aufgewendet, die Luanen-Herden noch einmal deutlich aufzustocken. Der Verlust von mehreren hundert Tieren traf direkt den Lebensnerv von Elan-Tart.

»Weiß man schon, wer es war?«, fragte sie, obwohl die Antwort im Grunde auf der Hand lag, aber sie weigerte sich, ein vorschnelles Urteil zu fällen. Nur zu deutlich waren ihr die schrecklichen Konsequenzen bewusst, die sich daraus ergeben konnten.

Lotons Blick zeigte ihr, dass es auch für ihn keinen Zweifel an der Identität der Angreifer gab. Trotzdem schüttelte er widerwillig den Kopf.

»Eine Patrouille hat auf ihrem Rundgang entdeckt, was geschehen ist, und Meldung erstattet. Als ich es hörte, kam ich sofort hierher, um Euch zu unterrichten. Mehr weiß ich selber noch nicht.« Nach einer kurzen Pause fügte er mit veränderter Stimme und einem harten Glanz in den Augen hinzu: »Aber, wenn ich offen sprechen darf, machen wir uns doch nichts vor: Es liegt auf der Hand, dass es sich nur um Menschen handeln kann. Und diesmal sind sie zu weit gegangen. So groß Euer Wunsch nach guten Beziehungen ist, diesen Überfall können wir ihnen nicht mehr durchgehen lassen.«

Tharlia seufzte.

»Genau das fürchte ich«, sagte sie, wobei sie offen ließ, ob sie Lotons Vermutung bezüglich der Menschen meinte, oder die Schlussfolgerung, die er aus seinem Verdacht ableitete. Sie wünschte, Barlok wäre hier. In einer Situation wie dieser wäre sie auf seine Besonnenheit, seinen meist weisen Rat und seinen Einfluss auf die besonders heißblütige Kriegerkaste dringender denn je angewiesen, doch ausgerechnet an diesem Morgen war er zu der Expedition zum Kalathun aufgebrochen.

»Aber die Diebe werden nicht lange Freude an ihrer Beute haben«, fuhr sie fort. »Niemand kann seine eigene Herde so gewaltig vergrößern, ohne dass es auffällt. Die Täter werden schnell ermittelt sein.«

»Bei allem Respekt, aber Ihr scheint noch nicht völlig verstanden zu haben, was dieser Überfall bedeutet«, sagte Loton scharf. »Die Angreifer haben nicht nur unser Vieh geraubt, sondern auch einen unserer Krieger so schwer verletzt, dass fraglich ist, ob er es überleben wird. Das ist ein barbarischer, kriegerischer Akt, und wenn sich mein Verdacht bestätigt, kann es darauf nur eine einzige Antwort geben.« Erneut machte er eine kurze Pause und blickte sie fest an. »Krieg!«

8

SHAALI

Warlon glaubte nicht, dass er in dieser Nacht gut würde schlafen können, wenn überhaupt. Weder Malcorions Worte über den Elbenzauber, der Elem-Tenit schützte, noch sein eigener Glaube daran, dass der Dunkelelb, der irgendwo nicht weit entfernt im Dunkel der Nacht lauerte, ihnen nichts antun würde, konnte seine Befürchtungen völlig beschwichtigen. Schließlich handelte es sich nur um eine Vermutung, dass er sie verfolgte, um auf diese Art den Weg zu den verhassten Hochelben zu finden. Vieles sprach dafür, aber einen konkreten Beweis besaßen sie nicht.

Trotzdem schlief er wider Erwarten sofort ein, kaum dass er sich hingelegt und die Augen geschlossen hatte. Er wusste nicht, ob es an seiner Erschöpfung oder der Magie dieses Ortes lag, aber ohne auch nur einmal aufzuwachen oder an einem Albtraum zu leiden, schlief er tief und fest durch und fühlte sich erfrischt und voller Tatendrang, als Malcorion ihn am nächsten Morgen weckte.

Kaum waren sie aufgestanden, als der Waldläufer zum Entsetzen der Zwerge einen Teil seiner Kleidung auszog und seinen Körper mit dem eiskalten Wasser der Quelle zu waschen begann. Dabei wirkte er unbegreiflicherweise auch noch, als ob es ihm *Vergnügen* bereiten würde.

»Ihr seht aus, als ob ihr auch eine Wäsche vertragen könntet«, sagte er, als er ihre schockierten Gesichter bemerkte. »Kommt schon, es tut nicht weh.«

»Waschen? Mit Wasser?« Warlon schüttelte sich vor Abscheu. »Wir sind Zwerge!«, stieß er hervor.

»Und Zwerge waschen sich nicht?«, hakte Malcorion sichtlich amüsiert nach.

Warlon antwortete erst gar nicht darauf, sondern schnaubte nur verächtlich. Wie sollte man mit jemandem diskutieren, der seinen Körper freiwillig mit Wasser abrieb, statt es zu trinken oder zum Kochen zu verwenden? Menschen konnten manchmal äußerst sonderbar sein.

Kopfschüttelnd kehrte er ins Innere des Turmes zurück, und wenig später verließen sie Elem-Tenit, nachdem sie gemeinsam gefrühstückt und ihre Wasserschläuche an der Quelle aufgefüllt hatten.

Am Rand der Lichtung drehte Warlon sich noch einmal um und blickte zurück. Was eine Oase für einen Wanderer in der Wüste sein mochte, das stellte Elem-Tenit innerhalb des Finsterwaldes dar, einen Ort der Schönheit und Erholung, eine Art Nische in der Wirklichkeit, wo man die schreckliche Umgebung ringsum für eine Weile vergessen konnte. Er vermutete, dass es während ihrer weiteren Wanderschaft nicht mehr viele solcher Nischen geben würde, und nun war es an der Zeit, sich der rauen Wirklichkeit wieder zu stellen.

Wie rau sie tatsächlich war, erlebte er, kaum dass er einen Schritt in den Wald hineingemacht hatte. Es war, als wäre er durch eine Tür in eine völlig andere Welt getreten. Obwohl es noch früh am Morgen war und die Luft sich über Nacht angenehm abgekühlt hatte, war hier nichts mehr davon zu spüren. Noch immer – oder schon wieder – staute sich unter dem dichten Blätterdach die Hitze, und die Feuchtigkeit der Luft schien gegenüber dem Vortag sogar noch zugenommen zu haben. Zudem war es im Gegensatz zum hellen Sonnenschein auf der Lichtung so dunkel, dass er minutenlang nahezu blind vorwärtsstolperte. Zweige peitschen ihm ins Gesicht und mehr als einmal wäre er fast gestürzt, weil er Wurzeln oder andere Hindernisse nicht rechtzeitig bemerkte.

Vor ihm begann Lokin wild zu fluchen und verriet damit, dass es ihm nicht anders erging. Von Ailin war nichts zu hören, doch vermutete Warlon, dass sie sich nur besser beherrschte. Lediglich von Malcorion nahm er an, dass dieser sich wohl auch mit verbundenen Augen problemlos orientieren konnte.

Abgesehen von meist nur kurzen Pausen wanderten sie die nächsten drei Tage durch, wobei sie weder an diesem noch am folgenden Abend eine Lichtung fanden, auf der sie übernachten konnten, sondern sich zwischen dichtem Wurzelwerk auf dem Waldboden einen Platz zum Schlafen suchen mussten. Das größte Problem dabei war jedoch nicht die Unbequemlichkeit – zumindest Warlon hatte bereits oft genug auf kahlem, hartem Felsboden geschlafen. Viel schlimmer war die Luft. Das Gefühl, nicht richtig atmen zu können, verfolgte ihn bis in den Schlaf hinein und quälte ihn mit Albträumen vom Ersticken, aus denen er immer wieder hochschreckte. Keiner von ihnen – abgesehen vielleicht von Malcorion, der mit diesen Bedingungen besser fertig zu werden schien – war an den folgenden Tagen wirklich erholt und ausgeruht.

Hinzu kam, dass die hohe Luftfeuchtigkeit sich unerbittlich in ihrer Kleidung festsetzte. Schon bald trugen sie keinen trockenen Faden mehr am Leib. Wegen des dichten Wurzelwerks gestattete Malcorion ihnen nicht einmal, abends ein Feuer zu entzünden, um ihre Sachen zu trocknen.

»Elem-Laan scheint eure Gegenwart akzeptiert zu haben, da ihr bislang gezeigt habt, dass ihr ihm nicht schaden wollt«, erklärte er. »Aber das würde sich schlagartig ändern, wenn ihr damit beginnen würdet, seine Wurzeln zu verbrennen. Ebenso gut könntet ihr eure Äxte nehmen und einige Bäume fällen. Glaubt mir, keiner von uns würde die Nacht überleben.«

Warlon war sich nicht sicher, ob er das tatsächlich glauben sollte. Noch immer stand er dem Gerede von der Seele des Waldes äußerst skeptisch gegenüber. Holz war für ihn stets nur etwas gewesen, das man an der Oberfläche als Brennmaterial oder zum Herstellen von Möbeln und anderen Dingen verwenden konnte. Dass die Bäume dieses widerlichen, riesigen Waldes sich dagegen wehren könnten, dass man ihnen Schaden zufügte, war für ihn nur schwer vorstellbar.

Malcorion hingegen war felsenfest davon überzeugt, und da sie auf seine Führung angewiesen waren, blieb ihnen nichts anderes übrig, als sich nach seinen Forderungen zu richten. Außerdem konnte Warlon die bloße Möglichkeit, dass er recht hatte, nicht völlig ausschließen. Es war besser, eine Weile mit feuchter Kleidung herumzulaufen, als ein unnötiges, im schlimmsten Fall sogar tödliches Risiko einzugehen.

Am Nachmittag des dritten Tages begann das Gelände unter ihren Füßen anzusteigen. Auch das Unterholz wurde weniger, wucherte nicht mehr ganz so üppig, und vereinzelt war nackter Felsboden zu sehen. Auch schienen die Bäume hier weniger dicht zu stehen. Durch das Blätterdach drang mehr Licht herein, und es wurde merklich heller.

»Noch ein kleines Stück, dann erreichen wir unseren Rastplatz für heute Nacht«, verkündete Malcorion. »Ich denke, es wird euch dort gefallen. Eine Menge Felsen unter freiem Himmel, und ein Feuer können wir dort auch machen.«

Hoffnungsvoll nahmen die Zwerge die frohe Nachricht entgegen. Neue Kraft erfüllte sie, und sie beschleunigten ihre Schritte unwillkürlich noch einmal, nachdem sie sich zuletzt nur noch mühsam dahingeschleppt hatten.

Weiterhin stieg das Gelände an und wurde dabei immer steiniger. Es gab nun keinen Zweifel mehr, dass sich der Wald zu lichten begann. Anders als bei Elem-Tenit gab es keinen abrupten Übergang, nicht einmal einen richtigen Waldrand. Der felsige Boden bot den Bäumen einfach nicht mehr genug Platz für ihre Wurzeln, und so nahm der Abstand zwischen den Stämmen allmählich zu. Die Luft wurde trockener und frischer. Sonnenlicht drang durch große Lücken, die im Blätterdach klafften, und Warlon genoss die Wärme auf der Haut, was er noch vor wenigen Tagen nicht für möglich gehalten hätte.

Der Boden unter seinen Füßen war hart und fest, gesunder, solider Fels anstelle des nachgiebigen, federnden Erdreichs der vergangenen Tage. Nur noch vereinzelt wuchsen hier Bäume oder Buschwerk, und auch die letzten Gewächse blieben schließlich hinter ihnen zurück.

Vor ihnen erstreckte sich eine mehr als hundert Schritte durchmessende Felskuppe mit gewaltigen, wie von der Hand eines Riesen verstreuten Steinbrocken. Nur etwas Moos und vereinzelt ein paar dürre Gräser wuchsen hier. Ein angenehmer, frischer Wind strich über die Lichtung und kühlte ihre erhitzten Gesichter. Tief atmeten sie durch, sogar Malcorion.

Er führte sie noch ein Stück weiter, bis sie eine nach drei Seiten hin von hohen Steinen umgebene Mulde erreichten, wo sie vor dem Wind geschützt waren, der ihnen für den Moment erfrischend und wohltuend erschien, auf Dauer aber unangenehm werden würde.

Nicht einmal Feuerholz brauchten sie mehr zu sammeln, da sie in einer Ecke der Mulde einen Vorrat aufgeschichtet fanden, den Malcorion bei seinem letzten Aufenthalt hier zusammengetragen und nicht ganz benötigt hatte, wie er ihnen berichtete. Schon bald hatten sie ein prasselndes Feuer entfacht. Sie schlüpften aus ihren nassen Sachen, hüllten sich in die Decken, die sie zusammengerollt an ihren Rucksäcken trugen, und breiteten ihre Kleidung zum Trocknen auf den Felsen aus.

Die anstrengende Wanderung steckte ihnen in den Knochen, doch erstmals, seit sie die Elbenlichtung verlassen hatten, hatte Warlon das Gefühl, sich allmählich von den Strapazen zu erholen, da er endlich wieder frei durchatmen konnte. An den beiden letzten Abenden hatten sie sich einfach zu Tode erschöpft zu Boden sinken lassen, sich eine halbwegs bequeme Position gesucht und waren in unruhigen Schlummer gesunken, nachdem sie etwas gegessen und getrunken hatten, sogar zu müde, um sich noch zu unterhalten.

Heute war es anders. Das helle Sonnenlicht und die klare Luft weckten ihre Lebensgeister wieder, und Warlon hatte das Gefühl, als würde ihm aus dem Felsboden neue Kraft zuströmen. Natürlich war er genau wie die anderen erschöpft, aber es war eine angenehme Mattigkeit, und er fühlte sich nicht müde. Auch das Essen schmeckte besser, da sie das geräucherte Fleisch nicht kalt hinunterzuwürgen brauchten, sondern es genau wie das allmählich hart und trocken werdende Brot über dem Feuer rösten konnten.

Nachdem sie gegessen und getrunken hatten, stopfte der Waldläufer sich seine Pfeife.

»Du hattest versprochen, uns von Shaali zu erzählen«, erinnerte Ailin, als er keine Anstalten unternahm, von sich aus ein Gespräch zu beginnen.

Malcorion nickte bedächtig.

»Shaali«, wiederholte er und schwieg erneut einige Sekunden, während denen er seine Pfeife fertig stopfte und anzündete. »Ja, ich denke, ihr habt ein Recht, mehr über sie zu erfahren. Und auch über mich, denn es gibt etwas, das ihr wissen müsst, weil es für den weiteren Verlauf unserer Reise wichtig sein wird.«

Schon in Elem-Tenit hatte der Waldläufer angedeutet, dass der Weg, den sie einschlugen, etwas mit seiner toten Frau zu tun hätte. Warlon hoffte nur, dass er nicht vorhatte, aus nostalgischer Trauer eine beschwerlichere oder längere Route zu wählen, nur weil er dort einst mit Shaali zusammen gereist war, oder womöglich einen größeren Umweg plante, um ihrer Familie oder sonst jemandem die Nachricht von ihrem Tod zu überbringen.

»Was ich euch erzählen werde, reicht bis in die Zeit zurück, in der ich als Waldläufer unterwegs war«, begann Malcorion. »Eigentlich eine unsinnige Bezeichnung, denn die meiste Zeit habe ich mich weder im Wald aufgehalten noch bin ich gelaufen, sondern bin geritten oder gemütlich gewandert. Ich bin einfach nur frei wie ein Vagabund umhergestreift, um die Welt kennen zu lernen, und meine Reisen haben mich in Gegenden und fremde Länder geführt, von denen ihr vermutlich genau wie die meisten Menschen hier in Lartronia noch nicht einmal gehört habt. Warum ich es getan habe?« Er zuckte die Achseln. »In erster Linie wahrscheinlich Abenteuerlust und Fernweh. Reichtümer haben mich nie interessiert, und ich habe es nie lange an einem Ort ausgehalten, wie schön oder interessant er auch gewesen sein mochte. Vor allem aber konnte ich mir nicht vorstellen, mich irgendwo auf Dauer niederzulassen, wenn es doch noch so viele Orte gab, wo ich nie zuvor gewesen war, so viele Wunder zu bestaunen, so viel zu entdecken und zu lernen. Ein innerer Drang trieb mich stets voran. Sobald ich mich irgendwo länger als ein paar Wochen aufhielt, begann ich eine Unruhe zu verspüren, die mich dazu trieb, meinen Weg fortzusetzen. Ich war niemals ein Baum, der seine Wurzeln tief in die Erde gräbt und sein ganzes Leben an nur einem Ort verbringt – der zumeist sogar stirbt, wenn man ihn an einen anderen Platz zu verpflanzen versucht. Eher schon war ich ein rollender Stein auf einem scheinbar niemals endenden Abhang. Für Zwerge wahrscheinlich eine schreckliche Vorstellung.«

Warlon lächelte pflichtschuldig. Ganz unrecht hatte Malcorion damit nicht, das sah er an seiner eigenen Vergangenheit. Vor dieser Mission hatte er Elan-Dhor kaum jemals verlassen und nur ein einziges Mal die Oberfläche aufgesucht. Damals war er noch ein Kind gewesen und mit seinen Eltern für einen Tag nach Clairborn gereist.

Die anderen Gelegenheiten, zu denen er seiner Heimat fern gewesen war, waren militärische Einsätze innerhalb der Tiefenwelt gewesen, an denen er teilgenommen hatte, und er war wie alle anderen stets froh gewesen, wenn er unversehrt und möglichst bald wieder nach Hause zurückkehren konnte.

In dieser Hinsicht waren Zwerge schon eher mit den Bäumen zu vergleichen, von denen Malcorion gesprochen hatte. Sie brauchten eine Heimstatt, einen Platz, an dem sie sich niederlassen und Wurzeln schlagen konnten. Sofern keine äußeren Einflüsse sie dazu zwangen, verließen sie diesen Ort gewöhnlich auch nicht mehr, jedenfalls nicht auf Dauer. Ausnahmen waren dünn gesät, obwohl auch sie existierten. Anderenfalls gäbe es Elan-Dhor schließlich gar nicht, denn es waren mutige Pioniere gewesen, die Zarkhadul und andere Zwergenminen einst verlassen hatten, um unter dem Tharakol eine neue Stadt zu gründen. Später waren andere hinzugekommen, wenn die Minen, in denen sie zuvor gelebt hatten, durch Naturkatastrophen zerstört oder von Feinden erobert worden waren oder sich einfach als restlos ausgebeutet erwiesen hatten, und ihren Bewohnern nichts anderes übrig geblieben war, als sie zu verlassen und sich irgendwo eine neue Heimstatt zu suchen.

Als letzte noch existierende Zwergenstadt war Elan-Dhor so zu einem Auffangbecken geworden. Einen Moment lang schoss ihm der entsetzliche Gedanke durch den Kopf, dass auch sie erobert werden könnte, da sie schließlich von einem übermächtigen Feind bedroht wurde, aber er verdrängte diesen Gedanken sofort wieder und konzentrierte sich stattdessen auf das, was der Waldläufer ihnen erzählte.

»Wenn ich anfinge, euch zu berichten, was ich in jenen Zeiten alles erlebt habe, säßen wir morgen früh noch hier und sicherlich noch viele weitere Tage«, fuhr Malcorion fort. »Oh ja, ich habe vieles gesehen und erlebt, und schon damals haben die Menschen meinen Erzählungen gerne gelauscht. Nicht nur das einfache Volk, nein, auch Fürsten und Statthalter und sogar Könige, die auf diese Art mehr über benachbarte und ferne Reiche erfuhren, als ihre Spione ihnen berichten konnten, obwohl ich mich tunlichst bemüht habe, mich nicht in militärische Angelegenheiten zu mischen. Dennoch war ich jedenfalls an so mancher vornehmen Tafel ein gern gesehener Gast, so auch am Königshof von Radon. König Lorian ist schon immer ein harter und im Volk wenig beliebter Herrscher gewesen; nicht übermäßig grausam, aber doch ein Despot und alles andere als ein Mildtäter. Wie man hört, hat sich das seit damals sogar noch verstärkt, woran ich wohl zu einem gewissen Teil die Schuld trage, aber eins nach dem anderen. Es war mein zweiter oder dritter Besuch an seinem Hof, als er anlässlich eines Jubiläums seiner Thronbesteigung ein rauschendes Fest gab, zu dem auch ich eingeladen wurde. Und auf diesem Fest begegnete ich ihr, seiner einzigen Tochter. Schön wie eine Elbengöttin oder ein erster goldener Sonnenstrahl nach einer langen, dunklen Nacht, gekleidet in juwelenbestickte Gewänder und behängt mit Geschmeiden, aber doch verloren, voller Trauer und Einsamkeit inmitten all der vielen anderen Menschen. Ich glaube, es war gerade diese Traurigkeit, die etwas in mir ansprach. Sie war wie ein Vogel in einem Käfig aus Gold und Edelsteinen, der sich nichts sehnlicher wünscht als seine Freiheit. Prinzessin Shaali, der kostbarste Schatz, den ganz Radon zu bieten hatte …«

»Prinzessin?«, platzte Lokin heraus. »Sie … sie war die Tochter des Königs von Radon?«

Malcorion schien seine Worte gar nicht gehört zu haben, sein Blick überbrückte offenbar Abgründe aus Raum und Zeit und war in weite Ferne gerichtet.

»Nach dem ersten Blick in ihre Augen war es um mich geschehen«, sprach er schließlich weiter. »Ich hätte nie gedacht, dass mir so etwas passieren könnte, aber mein Herz entflammte in Liebe zu ihr. Auch wenn es sich furchtbar pathetisch anhört, aber ganz genau so war es. Natürlich war ich mir all der Hindernisse bewusst, die einer Liebe zu ihr entgegenstanden. Sie war die Tochter eines Königs und ich nicht einmal ein Edelmann, sondern nur ein Vagabund, ein Gast, der nur geduldet wurde, um das Fest mit etwas exotischem Flair zu erfüllen. Sofern sie überhaupt auch nur ein Wort mit mir wechseln würde, konnte ich nicht erwarten, dass sie mir anders als mit unverbindlicher Distanziertheit begegnen würde.«

»Aber es kam anders, sonst wärt ihr wohl kaum ein Paar geworden«, vermutete Ailin.

»So ist es.« Malcorion zog ein paarmal an seiner Pfeife und blies den Rauch aus. »Ich hielt mich bewusst zurück, suchte sogar schon nach Vorwänden, das Fest vorzeitig zu verlassen. Aber es kam anders. König Lorian bat mich an seinen Tisch, wo Shaali zu seiner Rechten saß, damit ich von meinen Abenteuern berichten sollte. Wollte ich mir nicht seinen Unwillen zuziehen, blieb mir nichts anderes übrig, als seiner Bitte nachzukommen, obwohl es mir schwerfiel, mich auf meine Erzählungen zu konzentrieren und nicht Shaali die ganze Zeit anzustarren.«

Warlon lächelte schmerzlich. Er konnte gut nachvollziehen, was in dem Waldläufer vorgegangen war. Obwohl die meisten Menschenfrauen nicht nur aufgrund ihrer Größe nicht dem Schönheitsideal eines Zwerges entsprachen, hatte selbst ihn Shaalis Anblick vom ersten Moment an in Bann geschlagen. Nicht allein durch ihre unbestreitbare Schönheit, sondern auch wegen des Gefühls von Sanftmut, Glück und innerem Frieden, das sie anders als zu der Zeit, von der Malcorion berichtete, wie eine Aura umgeben hatte. Wäre er ein Mensch gewesen und hätte sie unter anderen Umständen kennen gelernt, hätte er sich zweifellos ebenfalls in sie verliebt.

»Nachdem ich einige Zeit von meinen Erlebnissen erzählt hatte, entließ Lorian mich von seinem Tisch. Ich brauchte dringend etwas Ruhe, um meine Gedanken zu ordnen, und trat auf die Schlossterrasse hinaus. Zu meiner Überraschung folgte Shaali mir wenig später. Sie drängte mich, mehr von mir zu berichten, und nach einer Weile erzählte sie mir auch von sich und bestätigte meinen Eindruck, dass sie zutiefst unglücklich war. Trotz all der Pracht des Schlosses fühlte sie sich wie eine Gefangene, und in letzter Zeit drängte ihr Vater sie immer häufiger, sich unter den Edelleuten des Reiches einen Gemahl zu suchen, doch schon der Gedanke daran erfüllte sie mit Schrecken. Unter denen, die dem kritischen Blick das Königs standhielten, gab es keinen, der sie nicht langweilte oder mit seinem Streben nach Macht und Reichtümern abstieß, oftmals sogar beides.«

Erneut zog er ein paarmal gedankenverloren an seiner Pfeife, und sein Blick irrte in die Ferne.

»Uns blieb nicht allzu viel Zeit«, sprach er schließlich weiter. »Shaalis Verschwinden blieb König Lorian nicht verborgen, und auf der Suche nach ihr entdeckte er uns auf der Terrasse. Er war nicht zornig, sondern wirkte eher verständnisvoll amüsiert, dass sie nicht genug von abenteuerlichen Erzählungen aus fremden Ländern bekommen konnte, dennoch machte er ihr unmissverständlich klar, dass er von ihr erwarte, sich um die Edlen seines Reichs zu kümmern. Ihr blieb nichts anderes übrig, als schweren Herzens seinem Befehl zu folgen, denn um nichts anderes handelte es sich. Auch ich zog mich bald darauf zurück und verließ früh am nächsten Morgen das Schloss, um allem eventuellen Ärger aus dem Weg zu gehen. Doch ich war nicht der Einzige. An einer Weggabelung einige Meilen vom Schloss entfernt erwartete mich ein Reiter in einem langen Mantel und mit einem Hut, der sein Gesicht beschattete. Erst als ich ihn erreichte, erkannte ich fassungslos, dass es sich um niemand anderen als Shaali handelte. Aber meine Fassungslosigkeit wurde noch größer, als sie erklärte, dass sie sich heimlich aus dem Schloss geschlichen habe und nicht mehr dorthin zurückkehren wolle. Obwohl ich mich nach Kräften bemüht hatte, mir nichts anmerken zu lassen, hatte sie natürlich erkannt, welche Gefühle ich für sie hegte, und sie gestand, dass sie diese Gefühle teilte. Wenn ich ihr nicht gestatten würde, mit mir zu kommen, wollte sie lieber sterben, als zu ihrem Vater zurückzukehren und einen der schrecklichen Edelmänner zu heiraten.«

»Die Entscheidung fiel dir bestimmt nicht schwer«, sagte Lokin schmunzelnd. »Das alles klingt ein wenig wie die Geschichten, die wir unseren Kindern erzählen, obwohl der Held bei uns immer noch einen Schatz finden müsste. Aber das zeigt natürlich nur, dass solche Märchen manchmal sogar wahr werden können, wenn auch ohne Schatz«, fügte er rasch hinzu, als er sah, wie sich Malcorions Gesicht verdüsterte.

»Ganz so märchenhaft war das alles leider nicht, wie sich noch zeigen sollte«, behauptete der Waldläufer. »Natürlich hätte es

Shaalis Drohung, sich aus Verzweiflung umzubringen, gar nicht bedurft, denn mein Herz wäre vor Glück über ihre Worte beinahe zersprungen. Allerdings fiel mir die Entscheidung nicht ganz so leicht, wie du glaubst, denn trotz aller Freude verlor ich die Realität nicht völlig aus den Augen. Ich hatte Mühe, mir vorzustellen, dass eine Königstochter wie sie sich so Hals über Kopf in jemanden wie mich verlieben könnte, und auch in den folgenden Wochen quälten mich immer wieder Zweifel, ob sie in mir nicht einfach nur eine Chance erkannte, ihrem früheren Leben und dem ihr zugedachten Schicksal zu entfliehen. Was für ein Narr ich war.«

Er lächelte, und die Düsternis verschwand wieder aus seinem Gesicht.

»Aber mir war auch bewusst, dass uns große Schwierigkeiten erwarten würden, wenn ich sie mit mir nahm, obwohl ich damals noch nicht ahnte, *wie* groß sie wirklich werden sollten. Es dauerte nicht lange, bis ihr Verschwinden entdeckt und mit meinem eigenen überhasteten Aufbruch in Verbindung gebracht wurde. Sofort sandte der König seine Garde aus, die uns unerbittlich jagte. Nur mit knapper Not und sehr viel Glück gelang uns die Flucht über die Grenze nach Udan, das im Norden an Radon grenzt. Dort wähnten wir uns sicher, doch Lorian setzte ein hohes Kopfgeld für jeden aus, der mich tötete, und eine noch höhere Belohnung für denjenigen, der ihm seine Tochter zurückbrachte. Wohin wir uns auch wandten, überall gab es irgendjemanden, der uns erkannte und nur zu gerne die Belohnung eingestrichen hätte. Nirgendwo konnten wir uns sicher fühlen, wir wurden regelrecht wie Tiere gejagt. Shaali hatte sich zwar mehr Abwechslung und Abenteuer in ihrem Leben gewünscht, aber sicher nicht in dieser Form. Sie verlor immer mehr an Kraft und wurde oft krank. Es war abzusehen, dass sie den Strapazen eines Lebens in ständiger Flucht nicht auf Dauer gewachsen sein würde, und als sich dann noch herausstellte, dass sie ein Kind erwartete, zogen wir einen Schlussstrich unter die Vergangenheit und flohen an den wohl einzigen Ort, der uns tatsächlich so etwas wie Sicherheit bieten konnte.«

»Den Finsterwald«, warf Warlon ein und blickte sich unwillkürlich um.

»Den Finsterwald«, bestätigte Malcorion. »Hier vermochte uns niemand gegen unseren Willen aufzuspüren. Natürlich versuchte König Lorian es und sandte erneut Häscher aus, als er erfuhr, dass wir uns unmittelbar an den Grenzen seines Reiches verborgen hielten, doch schließlich sah auch er die Sinnlosigkeit seiner Bemühungen ein. Allerdings mussten wir einen hohen Preis für diese Sicherheit bezahlen, waren zu einem Leben als Einsiedler verdammt. Glücklicherweise schien das Shaali nichts auszumachen. Sie hatte genug von Reisen und Abenteuern, blühte regelrecht auf, als Torn und wenig später Tora zur Welt kamen. Es genügte ihr, mit mir und den Kindern zusammenzuleben und sie aufzuziehen, mehr benötigte sie nicht, um glücklich zu sein.« Er senkte den Kopf und starrte zu Boden. »Und nun sind sie und die Kinder tot, und ich kann nur noch dafür sorgen, dass sie nicht umsonst gestorben sind«, fügte er leise hinzu.

»Ich kann nicht sagen, wie leid mir das alles tut«, flüsterte Ailin und legte ihm mitfühlend die Hand auf den Arm. »Als wir nach dir suchten, konnten wir nicht ahnen, welches Unheil wir über dich und deine Familie bringen würden.«

»Es ist nicht eure Schuld, und ich mache euch keine Vorwürfe. Schließlich habe ich selbst euch in mein Haus eingeladen.« Malcorion blickte wieder auf und lächelte noch einmal schmerzlich. »Ich wollte nur, dass ihr mehr darüber wisst, wer Shaali war und was sie mir bedeutet hat. Und jetzt lasst uns nicht mehr darüber sprechen, die Erinnerungen sind noch zu schmerzvoll.«

Er griff nach seinem Wasserschlauch und trank ein paar Schlucke.

»Eines verstehe ich noch nicht«, nahm Warlon nach minutenlangem Schweigen das Gespräch wieder auf. »Wenn auf deinen Kopf noch immer eine Belohnung ausgesetzt ist, können wir unmöglich nach Radon gehen. Man wird dich festnehmen oder töten, sobald dich jemand erkennt! Aber wie ich es verstanden habe, sind wir auf dem Weg genau dorthin.«

»So ist es auch«, erwiderte Malcorion ruhig. »Es darf mich eben niemand erkennen. Außer direkt durch Radon führt kein anderer Weg in den Norden, es sei denn, wir würden einen noch größeren Umweg als bei der Umgehung Elem-Laans in Kauf nehmen. Falls mich allerdings doch jemand erkennen sollte, wird König Lorians Zorn auch euch nicht verschonen, weil ihr in meiner Begleitung reist. Dieser Gefahr müsst ihr euch bewusst sein, wenn wir die Grenze überschreiten und radonischen Boden betreten.«

9

IM INNEREN DES BERGES

Es war nicht leicht, das Loch in der Felswand zu erreichen, dennoch entschloss sich Barlok, das Risiko einzugehen. Auch die Reste des Simses waren durch den Steinschlag zum größten Teil vernichtet worden, sodass nur ein kleiner Vorsprung auf halber Distanz geblieben war, und auch dieser sah nicht allzu vertrauenerweckend aus. Barlok musste all seinen Mut zusammennehmen, ehe er mit einem großen Schritt auf den Vorsprung übersetzte und sich aus derselben Bewegung heraus sofort wieder mit dem Fuß davon abstieß und einen Satz auf die Höhle zu machte, während der Vorsprung hinter ihm abbrach und in die Tiefe polterte. Barloks Füße glitten auf dem lockeren Gestein am Rande des Loches ab, aber mit den Händen bekam er die Kante der Öffnung zu fassen und konnte sich ins Innere der Höhle ziehen.

Einige Sekunden lang blieb er keuchend stehen, dann bedeutete er Vilon, dass alles in Ordnung wäre, und begann damit, seine Umgebung genauer in Augenschein zu nehmen.

Die Höhle war rund drei Meter hoch und durchmaß auch in der Breite mehrere Meter, verengte sich allerdings im Hintergrund. Allem Anschein nach war sie auf natürlichem Weg entstanden, denn es gab keinerlei Anzeichen künstlicher Bearbeitung an den rauen Wänden.

Barlok trat tiefer in die Höhle hinein. Sie verengte sich immer mehr, wurde schließlich zu einen nicht einmal mehr einen Meter breiten Spalt, der nach oben spitz zulief und gut eineinhalb Meter über seinem Kopf nur noch einen Riss in der Decke bildete. Dabei neigte sich der Boden beständig abwärts.

Zwerge besaßen hervorragende Augen und konnten auch bei wenig Licht, wenn Oberflächenbewohner längst schon völlig blind waren, noch einigermaßen sehen. Allmählich jedoch stieß selbst Barlok an seine Grenzen und konnte sich höchstens noch vorwärtstasten.

Trotzdem ging er noch einige Schritte weiter, bis er stehen blieb und sich mit großem Bedauern auf den Rückweg zum Ausgang machte. Eine ungeheure Aufregung hatte ihn gepackt. Natürlich gab es noch keine Gewissheit, dass der Spalt wirklich bis tief in den Berg hineinführte und nicht einfach irgendwo im Nichts endete, aber er bot durchaus Hoffnung dazu, und zwar wesentlich mehr als alle anderen Stellen, die sie bislang untersucht hatten. Am liebsten wäre Barlok immer weitergegangen, ob er nun etwas sehen konnte oder nicht, um herauszufinden, ob er tatsächlich einen Weg bis nach Zarkhadul entdeckt hatte.

Mühsam musste er sich zur Umkehr zwingen und sich vor Augen halten, dass es auf ein paar Minuten mehr oder weniger nicht ankam, sosehr die Ungeduld auch an ihm nagte. Aber es wäre Wahnsinn gewesen, allein und ohne Licht blindlings loszustürmen, statt auf die anderen zu warten und die Expedition in die Tiefe gemeinsam und mit vollständiger Ausrüstung – vor allen einigen Fackeln und Laternen – zu beginnen.

»Und?«, fragte Vilon voller Spannung, als er den Eingang wieder erreichte.

»Es könnte sich um einen Einstieg handeln«, antwortete Barlok, darum bemüht, nicht zu viel Begeisterung zu zeigen, die hinterher womöglich nur ein weiteres Mal bitter enttäuscht wurde. »Die Höhle verengt sich zu einem Gang, dem ich gut dreißig, vierzig Schritte weit gefolgt bin, ohne an ein Ende zu stoßen. Das sollten wir uns auf alle Fälle genauer ansehen.«

Er hakte sein Horn vom Gürtel los und blies ein bestimmtes Signal, das das vorige außer Kraft setzte und alle dazu aufforderte, zu ihm zu kommen. Er konnte sich vorstellen, wie die Arbeiter und Krieger, die sich gerade auf dem Weg zu der anderen

Fundstelle befanden, fluchten, aber er sah hier wesentlich größere Chancen; vor allem, weil es den Einstieg vorher noch überhaupt nicht gegeben hatte und deshalb an diesem Ort noch nie zuvor gesucht worden war.

Seine Geduld wurde auf eine harte Probe gestellt. Zwar dauerte es nur eine knappe Viertelstunde, bis der erste Zweiertrupp eintraf, doch schickte er die beiden Arbeiter gleich wieder los, um den Rest der Ausrüstung zu holen, den sie in ihrem kleinen Lager am Fuße des Berges zurückgelassen hatten. Allein dadurch gab er schon preis, wie optimistisch er ihre Aussichten nach dem einschätzte, was er bislang gesehen hatte.

Der kleine Rest des Simses, den er selbst als Trittstufe benutzt hatte, war hinter ihm weggebrochen. Stattdessen ließ er zwei Seile spannen, die mit Haken fest im Fels verankert wurden, ein dickes, um darauf zu balancieren, und ein dünneres etwas oberhalb, um sich daran festzuhalten, damit niemand, der abrutschte, in die Tiefe stürzte.

Alles in allem dauerte es gut eine Stunde, bis alle Zwerge eingetroffen und mitsamt der Ausrüstung in die Höhle herübergekommen waren. Die Laternen und Fackeln wurden entzündet, dann konnten sie endlich aufbrechen.

Da der hintere Teil der Höhle nur für jeweils einen von ihnen Platz bot, mussten sie hintereinander gehen. Barlok selbst schritt voran. Ihm folgte eine Hälfte der Krieger, dann kamen die Arbeiter, und den Abschluss bildeten die übrigen zehn Krieger.

Nach der Hoffnungslosigkeit der vergangenen Tage hatte sich die Stimmung unter den Männern erheblich verbessert. Sie alle erkannten, dass sich ihnen hier eine Chance bot, ihr Ziel doch noch zu erreichen, womit kaum einer ernsthaft gerechnet hatte. Alle waren von Entdeckermut und neu erwachter Hoffnung erfüllt.

Längst schon hatten sie die Stelle passiert, bis zu der Barlok zuvor vorgedrungen war, ohne ein Ende des Spalts erreicht zu haben, und die Nische im Fels hatte sich auch nicht weiter verengt. Es gab lediglich einige schmale Stellen, an denen sie sich nur seitlich gehend vorbeizwängen konnten, doch direkt dahinter wichen die Felswände immer wieder auseinander. Da er auf natürliche Art entstanden war, erstreckte sich der Spalt auch nicht gerade, sondern dem Verlauf des Gesteins folgend in willkürlichen Windungen nach links und rechts. Manchmal verlief er eben oder stieg sogar an, aber die meiste Zeit fiel er sanft ab und brachte sie damit ihrem Ziel näher.

Barlok bewunderte die feine Maserung der Felsen, das Zusammenspiel der unterschiedlichen Gesteinsschichten und die vereinzelten Einlagerungen von Gneis oder gar winzigen Kristallsplittern, die aufglommen, wenn Licht auf sie traf. Er genoss das unstete Spiel von Licht und Schatten, das huschendes, vergängliches Leben auf die Felswände zu zaubern schien.

Zu lange schon hatte er all das vermisst, hatte in den zurückliegenden Monaten beinahe vergessen, wie unglaublich schön es unter Tage sein konnte.

Von Zeit zu Zeit stießen sie auf Abzweigungen, breite Risse in den seitlichen Wänden, die sie ebenfalls untersuchten, doch endeten diese jeweils nach einem kurzen Stück oder wurden zumindest so schmal oder niedrig, dass die Zwerge sich nicht weiterzwängen konnten, doch waren sie darüber keineswegs betrübt. So brauchten sie sich erst gar nicht zwischen verschiedenen Wegen zu entscheiden, sondern konnten weiter dem Hauptstollen folgen. Kaum etwas wäre schlimmer gewesen, als wenn sie auf ein ganzes Labyrinth von Gängen gestoßen wären, die sie tage- oder womöglich sogar wochenlang alle nacheinander in mühsamer Arbeit hätten erforschen müssen, um irgendwann vielleicht endlich einen zu finden, der sie ans Ziel führte.

Vielleicht.

Das war die Unsicherheit, die auch jetzt bestand. Garantien, dass sie erfolgreich sein würden, gab es immer noch keine.

Gelegentlich erweiterte sich der Gang zu regelrechten Höhlen wie der, durch die sie hereingekommen waren. Wenn Barlok eine solche im Licht der Laterne vor sich auftauchen sah, begann sein Herz jedes Mal schneller zu schlagen, sowohl vor Hoffnung wie auch vor Bangen. Hoffnung darauf, ein Gebiet zu erreichen, das zu Zarkhadul gehörte, und Bangen, ob sich der Gang jenseits der Höhle fortsetzte, wenn sich die Hoffnung nicht erfüllte.

Bislang war dies stets der Fall gewesen.

Sie waren seit gut zwei Stunden unterwegs und mochten mehrere Meilen tief in den Berg eingedrungen sein, obwohl sie unter Berücksichtigung der zahlreichen Kehren und Windungen des Ganges sicher mehr als die doppelte Strecke zurückgelegt hatten, als sich der Boden nicht mehr länger abseits neigte, sondern wieder anzusteigen begann und diese Steigung auch beibehielt. Wenig später bekam er außerdem einen Drall nach links, führte sie somit zunächst nach Norden und schließlich zu Barloks Entsetzen sogar nach Westen, höhenversetzt also wieder in die Richtung, aus der sie gekommen waren, und genau entgegengesetzt zu ihrem Ziel, das weiter östlich in der Tiefe lag.

Enttäuschtes Murren wurde hinter ihm laut, als auch seinen Begleitern bewusst wurde, dass sie sich in die falsche Richtung bewegten. Ihre Hoffnungen sanken, dennoch gingen sie weiter. So unerwartet, wie der Gang einen Bogen beschrieben hatte, so plötzlich konnte er auch ein weiteres Mal die Richtung wechseln, oder sie gelangten an eine Abzweigung, die sie wieder tiefer ins Innere führen würde.

Nichts davon geschah.

Stattdessen erfüllte sich Barloks schlimmster Albtraum, als er nach rund einer weiteren Stunde im Lampenschein vor sich plötzlich eine massive Felswand sah, die den Gang abschloss.

Sie waren in einen toten Gang gelaufen.

Einige Sekunden lang starrte Barlok die Felswand vor sich nur regungslos an, als wollte er sie mit seinem flammenden Blick zum Zerschmelzen bringen, dann begann er wilde Flüche auszustoßen, schlug mit den Fäusten dagegen und bearbeitete die

Wand mit Tritten. Sie hielt seinen Schlägen so mühelos stand wie seinem Blick, und schließlich verdrängte der Schmerz, den er sich selbst zufügte, die Woge aus rasendem Zorn in seinem Kopf.

Auch hinter ihm waren Flüche zu hören, vor allem aber konnte er die Enttäuschung der Männer fast körperlich spüren. Diesmal schienen sie auf dem richtigen Weg gewesen zu sein. Alles hatte so vielversprechend gewirkt, doch erneut hatte das Schicksal sich nur einen weiteren besonders üblen Scherz mit ihnen erlaubt. Nichts war so niederschmetternd wie eine Hoffnung, deren Erfüllung bereits zum Greifen nahe vor einem zu liegen schien, die dann aber urplötzlich doch noch zunichte gemacht wurde.

Resignierend lehnte Barlok sich gegen die Felswand. Was, beim Barte des Zwergenschöpfers, hatten sie den Göttern bloß angetan, dass diese sie mit einem Mal so zu hassen schienen? Warum nur hatte sich Li'thil offenkundig von ihnen abgewandt?

Begonnen hatte die Zeit der Prüfungen mit der Entdeckung des ungeheuerlichen Goldvorkommens in den noch unerforschten Bereichen jenseits des Tiefenmeeres, tiefer im Leib der Erde, als je ein Zwerg von Elan-Dhor geschürft hatte. Der Fund hatte Jubel und Euphorie ausgelöst, die Hoffnung geweckt, dass eine neue Zeit des Aufschwungs und Reichtums für das Zwergenvolk bevorstünde, doch wie ein Fluch waren stattdessen die Dunkelelben über sie gekommen und hatten diese Hoffnung ins Gegenteil verkehrt. Elan-Dhor hatte keine neue Blütezeit erlebt, sondern sie hatten ihre Heimat verloren, hatten zum ersten Mal, seit ein Zwerg seinen Fuß unter den Tharakol gesetzt hatte, aus der Stadt und den Minen fliehen müssen. An der Oberfläche schien das zunächst freundliche Verhältnis zu ihren Nachbarn sich nun allmählich ebenfalls ins Gegenteil zu verkehren. Die Hochelben, die ihnen vermutlich als Einzige helfen könnten, nahmen nicht länger Anteil am Schicksal der Welt und die Chancen der zu ihnen ausgesandten Expedition waren höchstens minimal, wenn Warlon und seine Begleiter nicht bereits tot waren, was Barlok angesichts dieser Kette von Schicksalsschlägen nicht verwundert hätte.

Und nun drohte auch noch ihre letzte Hoffnung zu scheitern, ein Rückzug ihres Volkes nach Zarkhadul, in das in der Tat keine Wege mehr hineinzuführen schienen. Es waren wahrlich schwere Prüfungen, die ihnen auferlegt wurden.

Aber vielleicht handelte es sich ja tatsächlich um genau das, um Prüfungen. Hatte Li'thil womöglich aufgrund des seit Jahrhunderten voranschreitenden Niedergangs des Zwergenvolkes das Vertrauen in sie verloren und stellte sie deshalb auf die Probe? In diesem Fall mussten die Aufgaben auch zu lösen sein, und sie würden nur scheitern, wenn sie selbst resignierten und damit bewiesen, dass sie die Gunst Li'thils nicht länger verdient hatten.

Aber dazu würde es nicht kommen.

»Ich weiß, dass ihr ebenso enttäuscht seid wie ich«, sagte er laut. Als Leiter der Expedition war es seine Aufgabe, die Männer aufzumuntern und neu zu motivieren. »Aber es wäre schon fast verdächtig gewesen, wenn wir nicht auch hier Rückschläge erlebt hätten. Dennoch bin ich fest davon überzeugt, dass wir auf dem richtigen Weg sind. Ich kann einfach spüren, dass es von hier eine Verbindung nach Zarkhadul gibt.«

»Gehört Hellsehen jetzt auch schon zu Euren Fähigkeiten?«, warf einer der Arbeiter ein.

»Nur mutlos die Köpfe hängen zu lassen, bringt uns keinen Schritt weiter«, fuhr er fort, ohne auf den Zwischenruf einzugehen. »Wir haben zwei Möglichkeiten. Entweder reißen wir uns zusammen und lassen uns auch von solchen Rückschlägen nicht entmutigen, oder wir ergehen uns in Selbstmitleid und geben einfach auf.«

Niemand antwortete ihm, aber die Gesichter der Männer, soweit er sie im Stollen sehen konnte, zeigten ihm, dass die meisten von ihnen sich nach diesem neuerlichen Rückschlag bereits wieder mit einem Scheitern abgefunden hatten.

»Der Kriegsmeister hat recht«, erhielt er in diesem Moment überraschend Unterstützung von Vilon. »Viel zu lange schon ist unser Volk in Lethargie versunken, träumt lieber von vergangenem Ruhm, statt auf eine bessere Zukunft hinzuarbeiten. Wenn die Invasion der Dunkelelben einen positiven Aspekt hat, dann den, dass sie uns zwang, diese ausgetretenen Pfade zu verlassen. Wenn man nur die Hand ausstreckt, kann man nicht erwarten, dass Edelsteine hineinfallen, und wenn man bei jedem Rückschlag kapituliert, darf man sich nicht wundern, wenn es nur immer weiter abwärtsgeht. Stattdessen brauchen wir Mut und Tatkraft, wenn wir etwas erreichen wollen.«

»So ist es«, ergänzte Barlok. »Ich will jetzt kein Murren mehr hören, sondern wir werden den Stollen und vor allem die Höhlen, die wir passiert haben, noch einmal genauestens nach Abzweigungen untersuchen. Irgendwo haben wir bestimmt etwas übersehen.«

In der Enge des Spaltes zwängte er sich an den Männern vorbei, um auch während des Rückwegs wieder die Spitze zu übernehmen.

»Ich danke Euch«, sagte er leise zu Vilon, als er ihn erreichte, und wollte sich weiterzwängen, doch der Schürfmeister hielt ihn am Arm zurück.

»Wartet einen Moment. Ich könnte mir vorstellen, wo wir tatsächlich etwas übersehen haben. Kurz bevor der Gang in die falsche Richtung abbog und der Boden anzusteigen begann, haben wir eine Höhle passiert. Wir haben sie nicht näher untersucht, weil sich der Spalt genau an der gegenüberliegenden Seite fortsetzte und wir direkt darauf zugeeilt sind, aber mir ist auf der Wand zur Rechten etwas herabgebrochenes Gestein aufgefallen. Vor allem diese Stelle sollten wir diesmal genauer überprüfen.«

Sie brauchten mehr als die doppelte Zeit für den Rückweg zu der Höhle, von der Vilon gesprochen hatte, da sie die Wände des Stollens diesmal sehr viel gründlicher untersuchten und teilweise sogar nach dahinter verborgenen Hohlräumen abklopften, ohne jedoch etwas zu finden.

Als sie die Höhle wieder erreichten, erkannte Barlok sofort, was der Schürfmeister gemeint hatte. An einer der Wände lag ein kleiner Haufen herabgebrochenes Geröll, und in der Wand darüber klaffte in fast zwei Metern Höhe ein gut kopfgroßes Loch in der Wand, das ihm zuvor tatsächlich nicht aufgefallen war. Wenn man es nicht direkt mit einer Laterne anstrahlte, konnte man es leicht für einen bloßen Schatten oder ein Stück dunkleren Fels halten.

Da sich die Öffnung zu hoch in der Wand befand, als dass Vilon sie erreichen konnte, ließ er einen der Arbeiter niederknien und kletterte auf seinen Rücken, um sie genauer zu untersuchen.

»Nur eine Vertiefung im Fels, etwas mehr als eine Handlänge tief«, verkündete er mit unverhohlener Enttäuschung in der Stimme. »Offenbar hat sich ein Steinbrocken gelöst und ist auf dem Boden zerborsten.«

Er zog einen Hammer aus dem Gürtel und schlug erst mit dem Stil ein paar Mal gegen die hintere Wand der Vertiefung, dann führte er mehrere wuchtige Schläge mit dem spitzen Ende des Kopfes aus. Weiteres Gestein bröckelte herab, dann war der Aufprall mehrerer herabfallender Brocken zu hören.

»Hinter der Wand liegt ein Hohlraum. Ich bin durchgebrochen«, rief er. »Ich glaube, es dürfte nicht allzu schwer sein, die Wand einzureißen.«

Er stieg von seiner lebenden Trittleiter herunter. Mit ihren Spitzhacken, die sie wie die Krieger ihre Streitäxte in Halterungen am Gürtel trugen, begannen zwei Arbeiter, das Loch nach seinen Anweisungen behutsam zu vergrößern. Als es einen Durchmesser von mehr als einem halben Meter erreicht hatte, stieg Vilon erneut auf den Rücken eines der Männer, ließ sich eine Laterne reichen und leuchtete durch die Öffnung.

»Ein Stollen!«, stieß er hervor. »Auf der anderen Seite setzt sich ein Stollen tiefer in den Berg hinein fort.«

Mit neuem Eifer machten sich die Männer an die Arbeit, und der war auch dringend vonnöten. Als wollte es Vilons Behauptung, die Wand wäre einfach einzureißen, widerlegen, bestand das Gestein unterhalb der Öffnung nicht länger aus mürbem

Fels, sondern aus purem Granit. Vermutlich war es deshalb auch nicht gesprungen, als sich durch Bewegungen des Erdreichs einst die Risse und Spalten im Berg gebildet hatten.

Jeweils zwei Arbeiter schlugen mit ihren Hacken auf den Granit ein, mehr hätten sich nur gegenseitig behindert. Es war eine anstrengende, schweißtreibende Schufterei, da bei jedem Hieb kaum mehr als ein paar Splitter davonflogen, und alle paar Minuten wechselte Vilon die Arbeiter aus. Punktgenau schlugen sie immer wieder auf dieselbe Stelle. Trotzdem dauerte es fast eine Stunde, bis sie ein sich trichterförmig verengendes Loch durch die Granitwand geschlagen hatten, das an seinem Ende gerade einmal den Durchmesser einer Faust besaß.

Danach ging die Arbeit etwas schneller voran, da sie die Öffnung nur noch vergrößern mussten. Größere Brocken platzten nun unter ihren Hieben vom Rand des Loches ab, aber es erforderte noch einmal mehr als eine Stunde, bis sie es so weit vergrößert hatten, dass sich ein Zwerg seitlich halbwegs bequem hindurchzwängen konnte.

Barlok trat als Erster hindurch.

Der Stollen auf der anderen Seite unterschied sich kaum von dem, durch den sie bis hierhergekommen waren, außer dass er etwas breiter und höher war, als hätte sich die Kraft, die die Spalten in den Fels gerissen hatte, vor der Granitwand gestaut und im dortigen Gestein ausgetobt.

Sie folgten dem Spalt mehrere hundert Meter weit, bis sie auf einen weiteren, noch deutlich breiteren Stollen stießen, der nach rechts und nach links führte. Es gab keinerlei Hinweise darauf, welche Richtung sie an ihr Ziel bringen würde, und auch der Boden verlief überall gleich eben, sodass Barlok sich willkürlich für den rechten Stollen entschied.

Eine Markierung, die ihnen helfen würde, den Rückweg zu finden, brauchten sie an der Abzweigung nicht anzubringen. Selbst wenn sich der Gang noch so oft verzweigen sollte, würden sich Zwerge darin niemals verirren.

Als sie dem Stollen ein Stück gefolgt waren, entdeckte Barlok etwas vor sich auf dem Boden liegen, bückte sich danach und hob es auf. Einige Sekunden lang starrte er das Fundstück nur an, während sein Herz vor Aufregung schneller zu schlagen begann. Es handelte sich um den Griff eines Dolches, dessen Klinge dicht hinter dem Heft abgebrochen war. Obwohl das Metall nach der langen Zeit dunkel und stumpf geworden und dick mit Schmutz verkrustet war, handelte es sich ohne jeden Zweifel um eine von Zwergen geschmiedete Waffe. Und das bedeutete …

»Ein Zwergendolch!«, stieß er hervor und hielt seinen Fund hoch, damit jeder ihn sehen konnte. »Wir haben es geschafft, wir sind auf dem richtigen Weg! Hier waren einst Zwerge, und da der Weg von unserer Seite her versperrt war, muss es eine Verbindung nach Zarkhadul geben!«

Aufgeregtes Gemurmel brach hinter ihm los. Alle Strapazen und Enttäuschungen der vergangenen Tage waren vergessen, nun, da das Ziel ihrer Anstrengungen offenbar zum Greifen nahe vor ihnen lag.

Schneller als zuvor eilten sie weiter. An den Wänden waren nun stellenweise Spuren künstlicher Bearbeitung zu entdecken. Man hatte nicht versucht, sie zu glätten, aber man hatte in unregelmäßigen Abständen etwa halbmetertiefe Löcher hineingeschlagen. Proben, die entnommen worden waren, um das Gestein auf Spuren von Erzen oder anderen Metallen zu untersuchen. Wenn es noch eines weiteren Beweises bedurft hätte, dass hier Zwerge gearbeitet hatten und sie sich Zarkhadul näherten, so lag er damit vor ihnen.

Zweihundert weitere Schritte zog sich der Stollen hin, dreihundert, und als er endete, hätte Barlok die Gefahr in seiner Aufregung fast zu spät erkannt. Nicht nur die Wände rechts und links von ihm fielen jäh zurück, auch der Boden vor ihm hörte plötzlich auf. Sein eigener Schwung hätte Barlok beinahe über die Kante getragen. Gerade noch rechtzeitig blieb er stehen und ruderte einen Moment mit den Armen, um sein Gleichgewicht wiederzuerlangen, dann packte ihn einer der Krieger von hinten und zog ihn einen Schritt von dem Abgrund zurück.

Und was für ein Abgrund das war!

Sicherlich zweihundert Meter tief fielen die Felswände steil ab. Zu einem beträchtlichen Teil waren sie vor allem in der unteren Hälfte mit hölzernen Gerüsten bedeckt, gewaltigen Konstruktionen mit Laufplanken und Plattformen, schwenkbaren Hebearmen, Förderkörben und über zahlreiche Rollen laufenden Flaschenzügen, die selbst nach der langen Zeit noch aussahen, als könnte man sie von einem Moment auf den anderen wieder in Betrieb nehmen. Stollen führten von den Gerüsten aus tiefer in die Felswand hinein.

An der Wand entlang führte eine Art Galerie, auf der Barlok stand, ein nur knapp einen Meter breiter Sims, der durch keine Randsteine und kein Geländer gesichert war. Unter ihnen zogen sich in Abständen von jeweils einigen Dutzend Metern weitere solcher Galerien am Fels entlang und dienten den Gerüsten als Zwischenstützen.

Vorsichtig drängten sich die Arbeiter und Krieger nach und nach auf den Sims, um ebenfalls einen Blick in die Tiefe zu werfen.

Das kümmerliche Licht ihrer Fackeln und Laternen hätte nicht einmal ausgereicht, einen Bruchteil der vor ihnen liegenden Höhle zu erleuchten, und anders als in Elan-Dhor gab es hier keine Lichtschächte, dennoch war es nicht völlig dunkel. Dichter als Barlok es jemals irgendwo gesehen hatte, war die Decke, die sich noch einmal gut zwanzig, dreißig Meter über ihm wölbte, mit Glühmoos überwuchert; teilweise hing es sogar in flechtenartigen Strängen herab. Es sonderte ein fahles, gräulich-grünes Licht ab, das irgendwie ungesund wirkte.

Leichenlicht, dachte Barlok. So hatte einer der wenigen Dichter, die das Zwergenvolk hervorgebracht hatte, es einmal genannt, und diese Bezeichnung traf vollauf zu. Glühmoos wuchs auch in den ihm bekannten Teilen der Tiefenwelt an vielen Stellen, doch er hatte seinen Schein nie als angenehm empfunden. Selbst die großen Wohnhöhlen Elan-Dhors wurden teilweise davon erhellt, doch zumindest bei Tage wurde seine kränkliche Färbung durch Licht, das durch die Schächte von der Oberfläche hereinsickerte, größtenteils abgeschwächt.

Hier, in dieser fast glühenden Intensität, tat es beinahe in den Augen weh, aber um eine so gewaltige Höhle wenigstens dämmerig zu erleuchten, waren riesige Mengen nötig. Der Hohlraum im Inneren des Berges war nicht nur tief, sondern durchmaß auch gut zwei, wenn nicht sogar kaum vorstellbare drei Meilen. Die größte Wohnhöhle Elan-Dhors hätte nur einen Bruchteil der vor ihnen liegenden Fläche benötigt und auch in der Höhe mehrmals in dieser Höhle Platz gefunden. Felspfeiler von Dutzenden Metern Durchmesser stützten die Decke; in der Mitte ragte eine natürliche Säule auf, die allein mehr als hundert Meter durchmaß. Viele der aufragenden Felsen waren durch kühn geschwungene Stege und Brücken miteinander verbunden, teils aus Stein, teils aus Holz, und vor allem in den tieferen Regionen vielfach auch in Form gigantischer Viadukte mit bis zum Erdboden reichenden Pfeilern.

Und dort in der Tiefe – das *Feuer der Erde*, der einstige Stolz seines Volkes.

Die seit einem Jahrtausend verlorene Zwergenstadt Zarkhadul!

10

LAVINION

Zu Tharlias Erleichterung war der Schaden nicht ganz so groß, wie zunächst befürchtet, aber zugleich wurde alles noch viel komplizierter. Noch in der Nacht inspizierte sie persönlich die Stelle des Überfalls. Spuren, die auf den Hergang der Tat deuteten, waren keine zu finden, in weitem Umkreis war alles von den Luanen niedergetrampelt worden. Deren Spuren hingegen verrieten eine ganze Menge.

Offenbar war es den Tätern nicht um den Raub des Viehs gegangen, sonst hätten sie es zu einer ihrer eigenen Weiden getrieben. Aber die Spuren der flüchtenden Tiere verteilten sich schon dicht hinter dem niedergerissenen Gatter in zahlreiche verschiedene Richtungen. Alles deutete darauf hin, dass die Täter die Tiere lediglich aufgescheucht und von der Weide getrieben hatten, um sie dann in wilder Flucht sich selbst zu überlassen.

Nachdem sie dies herausgefunden hatten, schickte Tharlia noch in der Nacht zahlreiche Suchtrupps los, denen es gelang, einen Teil der Herde wieder einzufangen. Luanen waren behäbig; sie bewegten sich nur ungern und kaum mehr als unbedingt nötig, weshalb viele ihre gewonnene Freiheit nur dazu genutzt hatten, schon nach kurzer Zeit wieder irgendwo zu grasen oder sich zum Dösen niederzulegen. Das berechtigte Tharlia zu der Hoffnung, dass es gelingen würde, im Laufe des Tages auch die meisten der noch vermissten Tiere wieder einzufangen.

Damit war zwar die unmittelbare Gefahr einer Hungersnot für Elan-Tart abgewehrt, aber für sie selbst wurde die Lage dadurch noch schwieriger.

Da es den Tätern nicht darum gegangen war, sich an dem Vieh zu bereichern, handelte sich nicht um einen Diebstahl, der sich mit Unterstützung von Clairborns Bürgermeister Lavinion und der Stadtgarde vermutlich schnell hätte aufklären lassen. Anscheinend waren die Unbekannten klug genug gewesen, diese Möglichkeit einzuplanen.

Die logische Folgerung war, dass es sich um einen reinen Sabotageakt handelte. Sie hatten sich nicht bereichern, sondern dem Zwergenvolk einfach schaden wollen. Das würde es nicht nur ungleich schwieriger machen, die Täter zu ermitteln – die psychologische Wirkung der Tat war auch eine viel schlimmere. Verbrechen kamen bei den Menschen häufig vor, in seltenen Fällen sogar innerhalb der Zwergengemeinschaft. Tharlia brauchte nur an Lokin zu denken, den Dieb und Schmuggler. Hätte es sich um einen simplen Raub gehandelt, würde sich die Kriegerkaste und auch der Rest des Volkes vielleicht damit zufriedengeben, wenn Lavinion die Täter entlarvte, und sie durch ein Gericht der Menschen verurteilt würden, womit der Gerechtigkeit Genüge getan wäre.

So jedoch handelte es sich bei der Tat um eben das, was Loton von Anfang an vermutet hatte: einen kriegerischen Angriff auf Elan-Tart. Die Kriegerkaste würde sich nicht damit begnügen, dass die Täter in ein Gefängnis in Clairborn gesteckt und womöglich schon bald wieder freigelassen wurden. Sie würde verlangen, dass sie getreu den alten Gesetzen durch ein Militärtribunal der Zwerge abgeurteilt wurden, vor allem, falls Orwan sterben sollte.

Trotz der Bemühungen der Heiler stand es nicht gut um ihn. Sein Schlüsselbein war zertrümmert, vor allem aber war seine Schädeldecke durch einen harten Hieb mit einer Waffe gebrochen. Selbst wenn er überlebte, würde er an den Folgen dieser Verletzungen sein Leben lang leiden. Das konnte nur mit dem Blut derer gerächt werden, die ihm dies angetan hatten.

Früh am nächsten Morgen machte sich Tharlia auf den Weg

nach Clairborn. Diesmal jedoch begnügte sie sich nicht mit einer kleinen Leibwache, sondern in ihrer Begleitung befand sich eine Eskorte aus dreißig Zwergenkriegern, ausschließlich altgedienten Veteranen, von denen man anders als bei jungen Heißspornen erwarten konnte, dass sie auch in einer schwierigen Situation Ruhe bewahrten. Alle waren bis an die Zähne bewaffnet und mit Kettenhemden und stählernen Harnischen gepanzert, als würden sie in den Krieg ziehen; eine gezielte Demonstration von Stärke.

Erneut hatte sie Thilus das Kommando übertragen. Bei ihrem letzten Besuch in Clairborn hatte sie ihn damit für seine Tapferkeit am Tharakol belohnen wollen, doch sein besonnenes Handeln während des Eklats auf dem Markplatz hatte sie beeindruckt. Das war umso erstaunlicher, da bei Erkundigungen, die sie über ihn eingeholt hatte, Ruhe und Zurückhaltung nicht zu den Eigenschaften gehörten, mit denen man ihn beschrieben hatte. Ganz im Gegenteil galt er als aufbrausend und jähzornig, vor allem, wenn er sich wegen seiner Behinderung zurückgesetzt fühlte, aber anscheinend hatte er sich geändert.

Tharlia vertraute jedoch eher ihrem eigenen Urteilsvermögen und dem, was sie selbst erlebt hatte, als den Worten anderer, und so war sie zu dem Schluss gekommen, dass Thilus genau der Richtige für diese Aufgabe war. Trotz des martialischen Aufzugs ihrer Eskorte war ihre heutige Mission äußerst heikel. Sie musste einerseits Stärke zeigen, durfte aber trotzdem keine Gewalttätigkeiten provozieren, deshalb brauchte sie jemanden wie ihn, der sein Temperament zügeln und notfalls auch die anderen Krieger im Zaum halten konnte.

Sie ging nicht nach Clairborn, um einen Krieg zu beginnen, sondern um ihn zu verhindern.

Wie üblich wurde das Tor von zwei Männern der Stadtgarde bewacht. Träge stützten sie sich auf ihre Hellebarden, die zu diesem Zweck ungleich besser zu taugen schienen als zur Abschreckung. Als sie die heranrückenden Zwerge entdeckten, war es mit ihrer Ruhe jedoch schlagartig vorbei. Einige Sekunden lang rissen sie ungläubig die Augen auf, dann drehte sich einer von ihnen um und hastete durch das offene Tor, vermutlich, um Alarm zu schlagen. Knapp eine Minute später folgte ihm auch der zweite Posten, bevor sich die Torflügel knarrend schlossen.

Tharlia hatte nichts anderes erwartet. Ihre schwer bewaffnete Eskorte zeigte überdeutlich, dass sie nicht zu einem Freundschaftsbesuch kam.

Erst unmittelbar vor dem Stadttor verharrte der Zwergentrupp. Auf eine Geste Tharlias hin hämmerte Thilus ein paar Mal wuchtig mit dem Knauf seines Schwertes gegen das Holz.

»Öffnet und lasst uns herein!«, rief sie laut. »Warum wird uns der Zutritt verweigert?«

Ein schnauzbärtiger Gardist beugte sich über die Zinnen des Wehrganges über dem Tor.

»Sagt uns zuerst, was euch nach Clairborn führt«, verlangte er.

»Ich bin gekommen, um mit Bürgermeister Lavinion zu sprechen. Was ich mit ihm zu bereden habe, geht Euch nichts an.«

»Wir werden Euch hereinlassen, wenn Ihr zuerst Eure Waffen ablegt. Es ist die ausdrückliche Anordnung des Bürgermeisters, keine größeren Trupps bewaffneter Fremder in die Stadt zu lassen, um Ruhe und Frieden zu gewährleisten.«

»Wie gut die Garde das gewährleistet, habe ich bei meinem letzten Besuch gemerkt«, entgegnete Tharlia deutlich schärfer als bisher. »Aus diesem Grund ziehe ich es vor, mich selbst zu schützen, und deshalb werden meine Männer ihre Waffen auch nicht abgeben. Jetzt öffnet das Tor, oder wir schlagen es mit unseren Äxten ein. Und falls Ihr uns daran zu hindern versuchen solltet, brauche ich nur ein Horn blasen zu lassen, und fünfhundert weitere Zwergenkrieger, die derzeit noch hinter den Hügeln warten, werden zu mir eilen.«

Das war ein Bluff, von dem sie nur hoffen konnte, dass er funktionierte. Sie spielte ein gewagtes Spiel, denn obwohl sie binnen weniger Stunden eine entsprechende Verstärkung herrufen könnte, hatte sie weder weitere Krieger in direkter Nähe noch die Absicht, das Tor einschlagen zu lassen, was einen offenen Krieg nahezu unvermeidlich machen würde.

Aber das konnte der Schnauzbart schließlich nicht wissen. Bei ihrer Drohung wurde er sichtbar blasser und ließ seinen Blick unwillkürlich zu den Hügeln in geringer Entfernung von der Stadt schweifen.

»Ich … ich kann das nicht allein entscheiden«, stieß er nervös hervor. »Bitte geduldet Euch einen kleinen Augenblick, damit ich weitere Anweisungen einholen kann.«

Tharlia lächelte grimmig. Ihr Bluff zeigte Wirkung und schien Erfolg zu haben.

»Einverstanden«, rief sie. »Aber ich warne Euch, Ihr solltet meine Geduld nicht zu sehr strapazieren.«

Das Gesicht des Mannes verschwand hinter den Zinnen. Gleich darauf waren die Tritte schwerer Stiefel zu hören, die eine Holztreppe herunterpolterten.

»Eure Worte scheinen Eindruck gemacht zu haben«, kommentierte Thilus. »Offenbar glaubt er tatsächlich, dass mehrere hundert Zwergenkrieger nur darauf warten, ihm sein schönes Tor einzuschlagen. Was hättet Ihr gemacht, wenn er es wirklich darauf hätte ankommen lassen?«

Tharlia zuckte die Schultern und zog es vor, lieber erst gar nicht darüber nachzudenken.

Der Bluff war nur der erste Zug ihres Spiels, doch hätte er versagt, wären all ihre weiteren Planungen wie ein Turm ohne festes Fundament in sich zusammengebrochen. Aber er hatte funktioniert, was vorsichtigen Optimismus in ihr weckte.

Lavinion würde von dem angeblich wartenden Zwergenheer erfahren, und mehr noch als ihre Eskorte würde diese Bedrohung ihm Furcht bereiten. Und Angst musste sie ihm einflößen, auch wenn sie es nicht gerne tat. Nur so bestand Aussicht, dass er erkannte, wie ernst die Lage wirklich war, und seinen Stolz und die falsch verstandene Solidarität mit den Zwergenhassern überwand. Um eine Eskalation zu vermeiden, musste sie ihn dazu bringen, diejenigen, die für den Überfall verantwortlich waren, nicht aus dem einfachen Grund zu schützen, weil sie seinem Volk angehörten und in seiner Stadt lebten, sondern sie einem Zwergentribunal zu übergeben.

Das jedoch, so fürchtete sie, ließ sich nur durch massiven Druck erreichen, was nichts anderes als militärische Drohgebärden bedeutete.

Den Schnauzbärtigen jedenfalls schienen sie bereits zu größter Eile angetrieben zu haben. Es dauerte nur wenige Minuten, bis das Scharren eines großen Riegels ertönte und die Torflügel wieder aufschwangen. Der Gardist trat auf die Zwerge zu und verneigte sich vor Tharlia.

»Bitte verzeiht, dass Ihr warten musstet, Majestät. Bürgermeister Lavinion entrichtet Euch seinen Gruß. Obwohl er nicht glücklich über Eure Drohung ist und es bedauert, dass Ihr eine so große Eskorte beim Besuch Clairborns für nötig haltet, bittet er Euch und Eure Begleiter als Gäste in die Stadt und ist bereit, Euch zu empfangen«, sagte er geschwollen.

Tharlia nickte.

»Na also, warum nicht gleich so. Bitte geht voraus.«

Mit den Kriegern, die wie ein stahlgepanzerter Wurm hinter ihr im Gleichschritt marschierten, folgte sie dem Schnauzbärtigen durch das Tor. Zahlreiche weitere Gardisten säumten die Straße im Abstand von nur wenigen Metern auf beiden Seiten, als ob es nötig wäre, Schaulustige zurückzudrängen. Zwar schien sich die Nachricht von der Ankunft des großen Zwergentrupps in Windeseile herumzusprechen, und Menschen eilten von allen Seiten heran, doch auch ohne die Gardisten wagte es niemand, sich der Marschkolonne zu nähern.

Auch Schmährufe wurden keine laut, was jedoch keineswegs bedeutete, dass sie hier willkommen waren. Es wagte nur niemand, den Mund aufzumachen. Zu bedrohlich schien der Anblick der Zwergenkrieger zu sein, ganz wie Tharlia es geplant hatte. Aber die Gesichter der meisten Menschen waren verkniffen. Sie konnte die Ablehnung, die ihr und ihrer Eskorte entgegenschlug, fast körperlich spüren. Es war schlimmer als bei ihrem letzten Besuch, viel schlimmer. Wer schon durch sein bloßes Auftreten Furcht verbreitete, durfte sich nicht wundern, wenn er nicht freundlich willkommen geheißen wurde.

Aber damit hatte sie gerechnet. Es war etwas ganz anderes, das sie beunruhigte.

»Da stimmt etwas nicht«, raunte Thilus, der neben ihr ging, ihr leise zu. »Wo kommen all diese Gardisten so plötzlich her?«

Genau das fragte Tharlia sich auch. Allein die Straße wurde von mindestens drei- bis viermal so vielen Uniformierten gesäumt, wie die gesamte Stadtgarde ihren bisherigen Schätzungen zufolge umfasste. Sie musterte die Männer genauer. Vielen passte ihre Uniform nicht einmal richtig, war zu groß oder zu klein.

»Ich denke, dass unser Freund Lavinion die Garde erheblich aufgestockt hat. Vielleicht eine Art Eingreifreserve nach den Vorfällen auf dem letzten Markt«, spekulierte sie. »Er hat einfach jeden, der Zeit genug hat und sich ein paar Heller dazuverdienen will, in eine Uniform gesteckt.«

»Anscheinend. Aber das erklärt nicht, wieso sie jetzt alle voll gerüstet hier stehen. Die paar Minuten, seit wir vor der Stadt aufgetaucht sind, haben bestimmt nicht gereicht, um sie alle zusammenzutrommeln und antreten zu lassen.« Er zögerte kurz. »Es sei denn, man wusste bereits vorher, dass wir kommen.«

Tharlia lächelte flüchtig.

»Natürlich wusste man das. Lavinion ist kein Dummkopf. Seit wir mit dem Bau Elan-Tarts begonnen haben, lässt er uns beobachten. Das würde ich an seiner Stelle auch tun. Ein berittener Späher legt die Entfernung in einem Bruchteil der Zeit zurück, die wir benötigt haben. Schon kurz nach unserem Aufbruch wusste er, dass wir kommen, und auch, wie viele wir sind. Das am Tor war nur ein wenig Theater, um nicht zu zeigen, dass man uns bereits erwartet hat.«

»Aber… was sollte dann die Lüge mit den fünfhundert Kriegern, die nur auf ein Zeichen von Euch warten? Wenn er Elan-Tart beobachten lässt, weiß er auch, dass es nur ein Bluff ist.«

Noch einmal lächelte Tharlia.

»Ganz im Gegenteil, gerade deshalb glaubt er ihm. Ich habe Loton gebeten, heute Morgen eine kleine Parade anzusetzen. Gleichzeitig mit uns hat er mit mehreren hundert Kriegern die Kasernen verlassen und sich Clairborn in einem Bogen genähert. Dieser Bogen hat sie zwar nur in wenigen Meilen Entfernung halb um Elan-Tart herumgeführt, ehe sie von Norden aus in die Stadt zurückkehrten, aber für den Späher muss es so ausgesehen haben, als würden sie uns Flankenschutz geben. Er ist mit Sicherheit wie von einem Zarkhan gehetzt nach Clairborn geritten, um Meldung zu erstatten.«

»Und der Bürgermeister hat sofort seine neu rekrutierten Spielzeugsoldaten antreten lassen.« Thilus nickte. »Fragt sich nur, wen sie eigentlich beschützen sollen: Uns vor den Einwohnern, oder die Einwohner vor uns.« Er schnitt eine Grimasse. »Aber warum dann überhaupt der Bluff? Warum habt Ihr die Krieger nicht tatsächlich bis in Sichtweite von Clairborn marschieren lassen?«

»Weil das nur zu einer weiteren Eskalation geführt hätte. So wird Lavinion erfahren, dass es sich nur um einen Bluff handelte, und die Drohung dahinter erkennen, aber er kann uns nicht vorwerfen, wir wären mit einem Heer gegen Clairborn marschiert und hätten damit von unserer Seite aus Feindseligkeiten eröffnet.«

»Das ist doch nur Haarspalterei.«

»Nein, so etwas nennt man Diplomatie.«

Sie erreichten das Rathaus, einen zweistöckigen, an der Vorderfront mit Säulen und Stuckarbeiten verzierten Prachtbau – das mit Abstand größte und schönste Gebäude in Clairborn. Einige breite Stufen führten zum Eingang hinauf, wo Lavinion sie flankiert von weiteren Gardisten erwartete. Zusammen mit Thilus stieg Tharlia die Stufen hinauf.

»Seid gegrüßt, Majestät.«

»Auch ich grüße Euch, Bürgermeister, und danke Euch, dass Ihr die Zeit gefunden habt, mich so kurzfristig zu empfangen.«

»Angesichts eines Heeres, das Ihr bis fast vor unsere Stadt geführt habt, blieb mir wohl keine andere Wahl«, entgegnete Lavinion scharf. »Was sollen diese Drohgebärden? Wollt Ihr einen Feldzug gegen Clairborn beginnen?«

»Ich denke nicht, dass dies hier der geeignete Platz ist, über die Gründe meines Kommens zu sprechen«, entgegnete Tharlia nicht minder scharf. »Mir scheint, die Gastfreundschaft in Eurem Haus hat in den vergangenen Tagen nachgelassen. Wollt Ihr mich nicht hineinbitten?«

»Sicher doch. Tretet ein und seid mein Gast«, sagte der Bürgermeister eilig, wenn auch mit verkniffenem Gesicht. »Und was Eure Eskorte betrifft… Gleich dort drüben ist ein Wirtshaus. Es hat so früh noch nicht geöffnet, doch könnte ich den Wirt bitten lassen, für Eure Begleiter die Gaststube aufzusperren und ihnen etwas zu essen und zu trinken zu reichen. Die Anwesenheit so vieler Krieger auf der Straße – nun, sie beunruhigt die Einwohner und flößt ihnen Furcht ein.«

»Meine Wache wird genau da bleiben, wo sie ist«, lehnte Tharlia sein Angebot ab. »Verschiedene Vorfälle der letzten Zeit lassen mich leider fürchten, dass meine Sicherheit hier in Clairborn nicht gewährleistet ist.«

»Wie Ihr meint, obwohl ich es sehr bedauere, dass Ihr es so seht.«

Er machte eine einladende Geste. Zusammen mit Thilus und zwei Kriegern folgte sie ihm ins Innere des Gebäudes. Sie durchquerten eine große Eingangshalle und stiegen über eine geschwungene Treppe ins obere Stockwerk hinauf, wo sich Lavinions Arbeitszimmer befand. Tharlia wies die Krieger an, vor der Tür zu warten, wo auch zwei Gardisten Posten bezogen hatten, und trat zusammen mit Thilus ein. Rasch blickte sie sich um. Es war nicht das erste Mal, dass sie hier war, und nichts schien sich seit ihrem letzten Besuch verändert zu haben. Regale an den Wänden bogen sich unter der Last von Büchern, Papierstapeln und anderen Dingen, und auch auf Lavinions Schreibtisch häuften sich zahlreiche Papiere.

»Vergangene Nacht hat es einen Angriff auf Elan-Tart gegeben«, begann sie ohne Umschweife, nachdem sie auf eine Geste des Bürgermeisters hin auf einem der für sie viel zu großen Stühle vor seinem Schreibtisch Platz genommen hatte. »Aller Wahrscheinlichkeit nach handelte es sich um Menschen, und zwar um Einwohner von Clairborn.«

»Ein Angriff?« Lavinion riss die Augen auf, aber sein Erschrecken wirkte nicht richtig überzeugend. »Verübt von Einwohnern Clairborns? Das ist völlig unmöglich! Bei Einbruch der Dunkelheit werden unsere Tore geschlossen.«

»Zu Eurer Stadt gehören auch zahlreiche außerhalb liegende Gehöfte. Abgesehen davon sind Eure Mauern so niedrig, dass jeder, der es darauf anlegt, sie unbemerkt mit einer Leiter überwinden kann.«

»Trotzdem kann ich mir nicht vorstellen, dass jemand aus Clairborn dafür verantwortlich ist. Warum erzählt Ihr mir nicht erst einmal genau, was geschehen ist?«

Zorn flammte in Tharlias Augen auf. Sie beugte sich vor und schlug völlig undamenhaft mit der Faust auf den Schreibtisch.

»Schluss damit! Ich bin nicht gekommen, um Spielchen mit Euch zu spielen. Dafür ist die Situation zu ernst. Ich weiß, dass Ihr Elan-Tart beobachten lasst, und der Aufruhr gestern Nacht dürfte Eurem Späher wohl kaum entgangen sein. Ihr wisst, was geschehen ist, und Ihr habt mein Kommen heute bereits erwartet, das hat der Empfang gezeigt.«

Lavinion zögerte einen Moment, doch schließlich nickte er widerstrebend.

»Also gut, ja, ich lasse Elan-Tart seit den Ereignissen auf dem letzten Markt beobachten«, gab er zu. »Der Stadtrat hat darauf bestanden. Wir wissen, wie stolz Zwerge sind, und einige fürchten noch immer, dass sich Euer Volk zu Gewalttätigkeiten provoziert fühlen könnte. Es ist eine reine Vorsichtsmaßnahme, bitte versteht das nicht falsch.«

»Wenn Ihr uns misstraut, könnt Ihr meinetwegen ein Dutzend Spitzel um unsere Stadt postieren, darum geht es nicht. Ich will nur wissen, ob Euer Spion beobachtet hat, was geschehen ist, und die Täter womöglich erkannt hat.«

»Es war ziemlich dunkel gestern Nacht. Der Späher hat lediglich mitbekommen, dass ein Teil Eures Viehs aus einer Weide ausgebrochen ist.«

»Die Luanen sind nicht von selbst ausgebrochen«, stellte Tharlia richtig. »Einer unserer Wachposten wurde niedergeschlagen, dann rissen die Täter den Zaun ein und jagten die Luanen davon.«

»Das ist ein schrecklicher Zwischenfall. Falls die Täter tatsächlich aus Clairborn stammen, werde ich alles in meiner Macht Stehende tun, damit sich so etwas nicht wiederholt, und ich bin gerne bereit, Euch Männer zur Verfügung zu stellen, die Euch dabei helfen, Euer Vieh wieder einzufangen.« Nervös knetete der Bürgermeister seine Hände und blickte sie fast flehend an. »Aber seien wir ganz ehrlich: Ich will nichts beschönigen, und ich kann verstehen, dass Ihr aufgebracht seid, aber es handelt sich doch im Grunde nur um einen Dumme-Jungen-Streich, keinen kriegerischen Angriff. Begangen von aufgehetzten Narren, die nicht wollen, dass die Zwerge in direkter Nähe von Clairborn siedeln, und Euch das auf diese Art demonstrieren wollten. Euer Vieh wurde ja nicht einmal geraubt. Im Interesse des Friedens und der Freundschaft zwischen unseren Völkern betrachten wir die Sache doch von dieser Seite, statt sie zu dramatisieren.«

Tharlia starrte ihn unverwandt an.

»Bei diesem Dummejungenstreich, wie Ihr es nennt, wurde einer unserer Krieger schwer verletzt. Möglicherweise wird er sogar sterben«, sagte sie mit eisiger Stimme. »Aber selbst wenn er überlebt, wird er voraussichtlich für den Rest seines Lebens verkrüppelt sein. Haltet Ihr das immer noch für einen harmlosen Streich, den man nicht dramatisieren sollte?«

Diesmal war Lavinions Entsetzen nicht gespielt.

»Davon … wusste ich nichts, das müsst Ihr mir glauben«, stieß er mit sichtlicher Erschütterung hervor. »Und es tut mir aufrichtig leid.«

»Ich glaube Euch, aber das ändert nichts an den Tatsachen. Ihr habt es selbst gesagt, die Täter wollten sich nicht bereichern, sondern uns nur schaden. Damit ist es eine gezielte Provokation, ein kriegerischer Akt, der einen unserer Leute vermutlich das Leben kosten wird. Mit einer Entschuldigung allein ist es nicht getan. Die Schuldigen müssen zur Rechenschaft gezogen werden. Ich hoffe in Eurem Interesse, dass es Euch möglich sein wird, ihre Identität zu ermitteln.«

»Das … ist bereits geschehen«, erklärte Lavinion nach kurzem Zögern. »Ich habe Euch nicht ganz die Wahrheit gesagt. Unser Späher hat sie gesehen, als sie sich aus dem Staub gemacht haben, und gleich vermutet, dass sie etwas mit dem Ausbruch der Luanen zu tun hatten. Er erstattete Bericht, und als sie sich in die Stadt zurückzuschleichen versuchten, konnten wir sie ergreifen. Es handelt sich um drei junge Burschen, keiner älter als zwanzig. Einer von ihnen ist Satulo. Ihr kennt ihn; ein rothaariger Dummkopf, der auch schon auf dem Markt Stunk gemacht hat. Sie hatten mit Sicherheit nicht vor, Eure Wache so schwer zu verletzen. Wahrscheinlich entdeckte er sie, es kam zu einem Kampf, und sie wollten ihn betäuben. Dabei haben sie ihn wohl unglücklich getroffen. Ein Unfall.«

»Unglücklich, das kann man wohl sagen. Aber auch wenn sie nicht vorhatten, ihn zu verkrüppeln oder gar zu töten, ändert das nichts an den Folgen. Was ist mit den Kerlen geschehen?«

»Alle drei sitzen in unserem Kerker und werden vor Gericht gestellt werden. Nach dem, was Ihr berichtet habt, werden wir die Anklage selbstverständlich auf versuchten Mord abändern, vielleicht sogar Mord, falls Euer Wachposten tatsächlich sterben sollte, was Eure und unsere Götter verhindern mögen. Die drei werden über viele Jahre keinen Unfug mehr anstellen können.«

»Eine Haftstrafe für den Mord an einem unserer Leute? Pflegt man Mörder bei Euch immer so milde zu bestrafen?«

»Was soll ich machen? Die drei sind noch nicht erwachsen, und unsere Gesetze verbieten es, Jugendliche zum Tode zu verurteilen. Das müsst Ihr verstehen.«

Tharlia beugte sich vor.

»Muss ich das? Ich fürchte, Ihr versteht noch nicht richtig«, sagte sie scharf. »Als ich davon sprach, die Täter müssten zur Rechenschaft gezogen werden, sprach ich nicht von einem Eurer Gerichte. Sie haben uns angegriffen, und das Opfer ist einer unserer Krieger. Entsprechend kann auch nur ein Zwergengericht über die Täter urteilen. Etwas anderes wird mein Volk nicht hinnehmen, höchstens wenn Euer Menschengericht ein Todesurteil fällen sollte, das sofort vollstreckt wird. Eine Haftstrafe, bei der die Übeltäter jederzeit von einem neuen Bürgermeister begnadigt werden können, beispielsweise von diesem Sindilos, können wir nicht akzeptieren.« Sie seufzte. »Unsere Gesetze sind älter und vielleicht archaischer als die Euren, so wie unser ganzes Volk sehr viel älter ist, aber bei uns kann Blut nur mit Blut gesühnt werden.«

»Und es gibt keine andere Möglichkeit?«

»Nicht, wenn Orwan – so heißt der verletzte Krieger – stirbt. Sollte er überleben und es keinerlei weitere Zwischenfälle mehr geben – vielleicht. Aber es würde in jedem Fall für mich äußerst schwierig werden.«

»Dann sollten wir alle beten, dass der Krieger überlebt, denn unsere Gesetze verbieten es ausdrücklich, einen Bürger Lartronias an ein fremdes Land oder ein anderes Volk auszuliefern. Das ist kein Gesetz Clairborns, sondern es wurde vom König erlassen und gilt für das gesamte Reich. Ihr seht, selbst wenn Ihr darauf besteht, ich kann Euch die Täter unmöglich übergeben.«

»Dann werden wir sie uns holen, notfalls mit Gewalt«, sagte Tharlia kalt. »Es liegt dann nicht mehr in meiner Macht, das zu verhindern. Auch wir sind an unsere Gesetze gebunden. In einer Angelegenheit wie dieser kann ich mich auch als Königin nicht darüber hinwegsetzen. Es gibt in Clairborn keine Macht, die uns aufhalten könnte. Solltet Ihr dennoch so dumm sein, diese niederträchtigen Mörder mit Waffengewalt beschützen zu wollen, werden wir diesen Widerstand brechen.«

Niedergeschlagen senkte Lavinion den Kopf.

»Ich habe befürchtet, dass Ihr so etwas sagen würdet, aber dennoch gehofft, dass es nicht dazu käme«, sagte er leise. »Und ich hoffe noch immer, dass wir eine Einigung finden werden, obwohl ich mir nicht gerne drohen lasse. Aber falls es zum Äußersten kommen sollte, werdet Ihr Clairborn möglicherweise nicht ganz so wehrlos vorfinden, wie Ihr annehmt.«

»Mir ist nicht entgangen, dass Ihr die Stadtgarde vergrößert habt.« Tharlia lächelte kalt. »Allerdings solltet Ihr diesen halben Kindern erst einmal erklären, an welchem Ende man ein Schwert anfasst, ohne sich selbst zu verletzen, bevor Ihr darüber nachdenkt, sie gegen uns in den Kampf zu schicken.«

»Davon spreche ich nicht. Bitte kommt und seht es Euch selbst an.«

Lavinion stemmte sich von seinem Stuhl in die Höhe. In den vergangenen Minuten schien er um mindestens ein Jahrzehnt gealtert zu sein; seine Bewegungen waren schleppend und kraftlos. Fast tat er Tharlia leid. Vermutlich wünschte er wirklich aus tiefstem Herzen Frieden und Freundschaft mit dem Volk der Zwerge, aber genau wie sie selbst war er gefangen in einem Netz aus Stolz, Traditionen und Gesetzen, aus dem es anscheinend kein Entkommen gab.

Er trat an eines der Fenster. Es führte nach Norden, wo direkt an der Stadtmauer die große Festwiese lag, auf der der Markt abgehalten wurde. Auch jetzt standen dort zahlreiche Zelte, aber nicht die von Händlern und Schaustellern. Außerdem war dort eine Koppel errichtet worden, in der sich eine große Zahl von Pferden befand.

»Das … das ist ein Heerlager!«, murmelte Tharlia fassungslos.

»Ein Heerlager der lartronischen Armee, unter deren Schutz wir als ein Teil des Reiches stehen«, bestätigte Lavinion. »Zweihundert Reiter der königlichen Kavallerie. Sie sind gestern eingetroffen. Bereits als er erfuhr, dass das Zwergenvolk Elan-Dhor verlassen hat und in unmittelbarer Nachbarschaft Clairborns eine Stadt errichtete, war der König sehr besorgt. Und als er Nachricht von den Vorfällen auf dem letzten Markt erhielt, entsandte er zu unserem Schutz die Reiter, für den Fall, dass sich die Lage noch verschlimmern sollte.«

»Auch zweihundert Reiter können sich nicht mit unserem Heer messen!«, stieß Thilus hervor, der neben sie getreten war.

»Das wohl nicht, aber ich denke, auch Euer Volk wird es sich gut überlegen, ob es einen Angriff auf königliche Truppen wagt«, entgegnete der Bürgermeister. »Denn damit würdet Ihr die gesamte Macht des Reiches herausfordern, und das wäre der sichere Untergang Eures Volkes!«

Tharlia wandte ihren Blick von dem Heerlager ab, fuhr herum und starrte Lavinion zornig an.

»Ihr seid wirklich bereit, einen Krieg zu riskieren, nur um diese drei Verbrecher vor ihrer verdienten Strafe zu bewahren?«

»Nicht deswegen, und das wisst Ihr. Ginge es nur nach mir, würde ich niemals die Existenz von ganz Clairborn wegen dieser Narren gefährden. Aber ich bin ein Mann des Gesetzes. Es ist meine Aufgabe, über die Einhaltung unserer Gesetze zu wachen. Ich kann gar nicht anders handeln. Das müsstet Ihr verstehen, da Ihr Euch in derselben Situation befindet. Es stehen unsere Gesetze gegen die Eures Volkes, und Ihr seid es, die unserem Volk mit Krieg drohen, um Euren Stolz und Eure Traditionen durchzusetzen. Sollten wir angegriffen werden, weil unsere Gesetze es uns unmöglich machen, Euren Forderungen nachzukommen, bleibt uns keine andere Wahl, als uns zu verteidigen. Ihr habt dieses Dilemma erkannt, und wenn Ihr einen Krieg verhindern wollt, müsst Ihr es Eurem Volk vermitteln.«

»Ich werde es versuchen, aber ich habe wenig Hoffnung«, murmelte Tharlia. »Damit ist wohl alles gesagt.«

Ohne ein Wort des Abschieds ging sie auf die Tür zu und verließ zusammen mit Thilus das Rathaus.

Noch am gleichen Abend brannten die Felder von Elan-Tart.

11

DIE NYMPHEN

Hätte Malcorion sie nicht darauf aufmerksam gemacht, hätten Warlon und die anderen Zwerge nicht einmal bemerkt, dass sie die Grenze nach Radon überschritten und so zum ersten Mal in ihrem Leben Lartronia verließen. Es gab keinen Grenzstein oder sonst einen Hinweis; kein Wunder inmitten eines so riesigen Waldes, in den sich kaum jemals ein Mensch verirrte.

»Allerdings handelt es sich auch nur um eine fließende, nie genau vermessene Grenze, die ausgehend von ihrem Verlauf im Westen und Osten des Waldes lediglich durch einen Strich auf einer Karte festgelegt wurde«, erklärte der Waldläufer. »Und es wird sicherlich nie Streit über ihren genauen Verlauf geben. Im Grunde stellt Elem-Laan Niemandsland dar; praktisch betrachtet endet Radon an seinem nördlichen, Lartronia an seinem südlichen Rand.«

Und ganz praktisch betrachtet, änderte sich für sie dadurch ohnehin nichts, fügte Warlon in Gedanken hinzu. Der Finsterwald jedenfalls nicht, weder an diesem noch an den folgenden Tagen, sah man davon ab, dass er immer noch dichter und dunkler zu werden schien und seinem Namen damit alle Ehre machte. Das Blätterdach hoch über ihren Köpfen ließ inzwischen fast gar kein Licht mehr durch, sodass selbst bei Tag hier unten beständige Dämmerung herrschte und der Blick manchmal nur wenige Meter weit reichte. Mit ein wenig Fantasie konnte man sogar die Baumstämme um sie herum als steinerne Säulen betrachten und sich vorstellen, sich in der Tiefenwelt zu befinden, in die sich auch niemals ein Sonnenstrahl verirrte.

Trotz der Dunkelheit kamen sie nun sogar besser voran als vorher. Wie nahezu alle Pflanzen benötigte auch Unterholz Licht zum Wachsen, das es hier nicht fand. Nur vereinzelt wucherten noch dürre, fast blattlose Gewächse von kränklicher Farbe zwischen den Bäumen, aber sie stellten keinen Vergleich mehr zu dem Dickicht dar, das ihren Weg anfangs so beschwerlich gemacht hatte. Auch hingen zahlreiche gräuliche Flechten, teils einzeln, teils zu regelrechten Vorhängen verfilzt, von den Ästen herab.

Tiere gab es hier so gut wie keine mehr. Hatten sie in den Randbezirken des Waldes noch vereinzelt Hirsche oder Rehe und einmal sogar ein Wildschwein gesehen und waren hauptsächlich auf Pfaden gewandert, die sich das Wild durchs Unterholz gebahnt hatte, so schien Elem-Laan hier geradezu leer gefegt zu sein. Sie hätten auch kaum etwas zu fressen gefunden, wenn sie nicht gerade die Rinde der mächtigen Bäume angeknabbert hätten, was selbst die Tiere dieses Waldes nicht zu wagen schienen.

Lediglich einige kaum mehr als handgroße Tierchen mit einem buschigen Schwanz, der größer als der gesamte Rest ihres Körpers war, sahen sie gelegentlich an den Stämmen hinauf- und hinabhuschen, und in den Wipfeln trillerten Vögel nahezu unermüdlich ihre Lieder.

Und dann gab es natürlich noch die Crail.

Sie schienen nur hier, tief im Inneren des Waldes zu leben. Anfangs hatten die Zwerge sie ebenfalls für Vögel gehalten, doch die Ähnlichkeit beschränkte sich darauf, dass auch sie Flügel und kleine, fast winzige Körper hatten. Umso größer hingegen waren ihre Schwingen, die ausgebreitet fast die Länge eines ausgestreckten Arms erreichten. Sie waren am hinteren Ende gezackt, wirkten beinahe ausgefranst, und sie bestanden auch nicht aus Federn, sondern erinnerten wie die Haut ihres übrigen Körpers an schwarzes, schrumpeliges Leder.

Malcorion hatte sie vor ihnen gewarnt, dennoch hatten sie alle schon leidvolle Erfahrungen mit den so harmlos aussehenden

Tieren gemacht. Ihre dunkle Haut bot in dieser Umgebung eine fast perfekte Tarnung, wenn sie lautlos von den Ästen, auf denen sie lauerten, im Sturzflug heruntergeschossen kamen, sich auf die Wanderer stürzten und mit ihren spitzen Schnäbeln nach ihnen hackten. Anders als bei Vögeln saßen in ihren Schnäbeln zwei Reihen von scharfen, nadelspitzen Zähnen, mit denen sie versuchten, an den ungeschützten Armen und vor allem den Gesichtern der Reisenden kleine Brocken aus ihrem Fleisch zu reißen. Jeder von ihnen hatte schon Schrammen davongetragen.

Glücklicherweise wurden sie nicht allzu oft von den Crail attackiert, doch bildeten diese eine ständige Bedrohung, weil sie unglaublich wendig waren. Eines der Biester hatte Warlons linkes Auge nur knapp verfehlt und ihm stattdessen dicht darunter an der Wange eine blutende Wunde zugefügt. Seither hielt er genau wie die anderen sein Schwert ständig abwehrbereit in der Hand, blickte immer wieder nach oben und lauschte auf das leise Flappen, das die Crail verriet, wenn sie ihre Schwingen zum Angriff ausbreiteten.

»Vorsicht!«, rief Malcorion. So aufmerksam die Zwerge auch lauschten, meist war es der Waldläufer, der mit seinen ungeheuer scharfen Ohren noch vor ihnen wahrnahm, wenn sich ihnen eines der Biester näherte.

Warlon riss sein Schwert hoch. Wie ein Schatten sauste ein Crail aus der Höhe im Sturzflug auf sie herab. Die Schwingen hatte er fast ganz angelegt, spreizte sie erst, als er sich nur noch zwei Meter über ihren Köpfen befand. Gleich darauf kippte er zur Seite ab, wich Warlons Schwert geschickt aus und schoss auf Ailin zu. Auch sie hieb mit ihrem Schwert zu, verfehlte den Crail aber ebenfalls. Geschmeidig warf sie sich zur Seite und entging so seinem Angriff.

Das Tier stieß ein enttäuschtes Krächzen aus. Statt sich jedoch auf Lokin oder Malcorion zu stürzen, flog es eine enge Kurve und schoss erneut auf Warlon zu. Diesmal versuchte er gar nicht erst, wieder mit seinem Schwert nach dem wendigen Biest zu schlagen, da er es ohnehin mit größter Wahrscheinlichkeit erneut verfehlt hätte, sondern deutete einen Hieb nur an. Wie erwartet kippte der Crail mit angelegtem Flügel zur Seite ab.

Warlon wartete auf genau diesen Moment, dann rammte er blitzartig sein Schwert vor. Mitten in der Bewegung, die seinen Flug wieder stabilisieren sollte, hatte der Crail keine Chance zum Ausweichen. Die Klinge bohrte sich durch seinen kleinen Körper und tötete ihn auf der Stelle. Triumphierend schwang Warlon seine Beute.

Weder er noch einer der anderen Zwerge, nicht einmal Malcorion, bemerkte den zweiten Crail, der in diesem Moment auf sie herabstieß. Als sie ihn entdeckten, hatte das Tier sie schon fast erreicht, begann aber plötzlich laut krächzend mit den Flügeln zu schlagen und schraubte sich wieder in die Höhe, wo es sich noch immer schrill krächzend auf einem Ast niederließ und wie ein Schatten mit der Dunkelheit verschmolz, statt sie anzugreifen.

Verblüfft starrten sie ihm nach.

»Das … das muss an dem Kadaver liegen«, stieß Ailin nach einigen Sekunden hervor. »Ich glaube, sein toter Artgenosse hat ihn abgeschreckt.«

Warlon hatte bereits dazu angesetzt, den toten Crail von der Spitze des Schwertes abzustreifen, verharrte nun aber und betrachtete den Kadaver noch einmal skeptisch.

»Nicht wegwerfen!«, rief Malcorion. »Sie könnte recht haben. Vielleicht hilft es wirklich, einen Versuch ist es wert.«

Warlon zögerte einen Moment, dann zuckte er die Achseln. Wenn es sie tatsächlich vor weiteren Angriffen schützen sollte, würde er sich notfalls auch von oben bis unten mit toten Crail behängen.

Und es schien tatsächlich zu funktionieren. Noch zweimal flogen Crail auf sie zu, drehten aber bereits wenige Meter von ihnen entfernt wieder ab. Solcherart bestätigt, trug Warlon sein Schwert mit dem Kadaver nun wie eine Standarte hoch erhoben vor sich her, und es gab keinen einzigen weiteren Angriff mehr.

»Verdammt«, murmelte Malcorion. »Darauf hätte ich auch schon früher kommen können. Damit hätte ich mir einiges erspart.«

Als sie an diesem Abend zu rasten beschlossen, hängten sie den toten Crail zur Abschreckung an einen Ast über dem Lagerplatz, ehe sie sich am Fuß einiger großer Bäume niederließen und sich an das Wurzelwerk lehnten. Sie aßen etwas von ihren allmählich knapper werdenden Vorräten. An den vergangenen Abenden hatten sie sich meist noch unterhalten. Malcorion hatte von seinen früheren Erlebnissen erzählt, oder die Zwerge hatten vom Leben in Elan-Dhor und allgemein in der Tiefenwelt berichtet, doch diesmal wollte kein rechtes Gespräch aufkommen. Jeder hing seinen Gedanken nach, und Warlon fielen allmählich die Augen zu, als er plötzlich etwas hörte.

Auch die anderen setzten sich auf und lauschten. Warlon konnte das Geräusch nicht einordnen. Es klang wie ein hohes, an- und abschwellendes Summen. Fragend blickte er die anderen an, die aber ebenso ratlos wirkten. Lediglich um Malcorions Mundwinkel spielte ein flüchtiges Lächeln.

»Was ist das?«, fragte Warlon.

»Kommt mit und seht es euch selbst an«, sagte der Waldläufer und stand auf. »Nehmt alles mit, mit etwas Glück finden wir für heute Nacht einen angenehmeren Rastplatz.«

Rasch schnallten sie ihre Rucksäcke um, und Warlon spießte auch den toten Crail wieder auf sein Schwert. Unsicher, was sie erwarten mochte, folgten sie Malcorion, aber seiner lockeren Haltung zufolge schien es sich wenigstens nicht um eine Gefahr zu handeln.

Dieser Eindruck verstärkte sich bei Warlon noch, als sie sich der Quelle des Geräusches näherten und es lauter wurde, ohne dass er deshalb erkennen konnte, worum es sich handelte. Erst klang es wie ein Summen, dann wie ein Wehklagen, und dann wieder wie eine Art unglaublich hoher Gesang, aber ohne Worte, nur eine Abfolge bizarrer Töne, die sich zu einem Klangteppich verwoben. Dergleichen hatte er noch nie gehört, aber es berührte etwas in ihm. So befremdlich einige der Töne auch klangen, in ihrer Gesamtheit bildeten sie eine zwar seltsame, jedoch auf eine ungewohnte Art wohlklingende Melodie.

Ein schwacher, silbrig-bläulicher Schein drang zwischen den Baumstämmen hindurch. Vor ihnen erstreckte sich eine Lichtung mit einem kleinen See, kaum mehr als ein wenige Meter breiter Tümpel, von dessen Oberfläche der Schein ausging.

»Vorsichtig jetzt«, raunte Malcorion. »Ihr dürft sie nicht erschrecken.«

Als Warlon noch ein paar Schritte weiter vortrat und einige tief hängende Zweige zur Seite bog, bot sich ihm ein unglaublicher Anblick, und er begriff, wen der Waldläufer mit *sie* gemeint hatte. Auf Felsen am Ufer des Sees saßen drei Frauen. Sie brachten nicht nur die seltsamen Tönc hervor, sie waren auch die Quelle des Lichts. Es strahlte aus ihnen heraus und umgab sie wie eine schimmernde Aura. Warlon glaubte, dass sie nackt waren, doch genau war das nicht zu erkennen, da sie geradezu aus dem Licht geschaffen zu sein schienen.

Ihr Gesang, auch wenn er weiterhin nicht aus Worten, sondern nur aus den ätherischen, lauter und leiser werdenden Tönen bestand, verzauberte ihn. Zeit verlor ihre Bedeutung. Er wusste nicht, wie lange er genau wie die anderen nur reglos dastand, die drei Frauen beobachtete und ihnen lauschte.

»Das … das ist wunderschön«, murmelte Ailin schließlich und brach damit den Bann. »Was sind das für Wesen?«

»Waldfeen«, antwortete Malcorion leise. »Oder auch Nymphen, wie sie von den Elben genannt werden. Man findet sie vereinzelt noch in den Wäldern, aber sie sind scheu und leben sehr zurückgezogen.«

»Aber sie haben uns schon längst bemerkt, auch wenn sie versuchen, es sich nicht anmerken zu lassen«, sagte Lokin. »Für so etwas habe ich einen Blick.«

Das glaubte Warlon dem Dieb unbesehen. Nur von einigen wenigen Zweigen noch notdürftig verdeckt, standen sie am Rand der Lichtung. Die Nymphen *mussten* sie sehen, wenn sie nur einen flüchtigen Blick in ihre Richtung warfen. Ganz so scheu schienen sie also nicht zu sein.

»Sie sind zugleich äußerst eitel«, erklärte Malcorion. »Sie lieben es, wenn man sie wegen ihres Gesangs bewundert. Es schmeichelt ihnen, deshalb dulden sie uns. Um ihr Wohlwollen zu erringen –«

Der Waldläufer verstummte, als sich ein scharfes, verärgert klingendes Zischen in den Gesang mischte, und die drei Nymphen ihre Köpfe in ihre Richtung wandten, womit sie zeigten, dass sie ihre Beobachter tatsächlich längst entdeckt hatten. Offenbar gefiel es ihnen jedoch gar nicht, dass diese sich während ihres Gesangs unterhielten, statt ihnen die ungeteilte Aufmerksamkeit zu widmen.

Erneut ließ Warlon sich von der fremdartigen Melodie umschmeicheln und verlor jedes Gefühl für die Zeit. Er meinte, die Töne wie unsichtbare, streichelnde Hände auf seiner Haut zu fühlen, sein Geist schien leicht und frei zu werden und alle Sorgen fielen von ihm ab.

Als der Gesang irgendwann leiser wurde und die letzten Töne wie der Klang kristallener Glocken verhallten, kam er sich vor, als würde er aus einem wunderschönen Traum erwachen. Wie in Trance trat er vor, als Malcorion ihm eine Hand auf die Schulter legte und ihn genau wie Lokin mit sanftem Druck ein paar Schritte vorwärtsschob. Nur Ailin schien nicht ganz so tief im Bann des Gehörten zu stehen.

Die drei Frauen erhoben sich von den Steinen, auf denen sie bislang gesessen hatten. Allerdings war sich Warlon nicht mehr sicher, ob es sich wirklich um Frauen handelte. Sie hatten langes, glattes Haar, das wie alles an ihnen silbern-bläulich schimmerte, und wie ihr Gesang waren auch ihre Körper ätherisch zart, aber ob sie wirklich frauliche Formen besaßen, war nicht zu erkennen. Vielleicht waren die Wesen auch geschlechtslos.

Mit Bewegungen, die weniger an Schritte erinnerten, sondern eher aussahen, als würden sie über den Boden gleiten, kamen sie auf die Wanderer zu.

»Sie scheinen uns akzeptiert zu haben«, raunte Malcorion. »Macht keine hastigen Bewegungen und auch sonst nichts, was sie verschrecken könnte.«

Die drei Nymphen hatten sich ihnen bis auf wenige Meter genähert, als sie plötzlich ein schrilles Geheul ausstießen. Gleichzeitig veränderten sie sich. Ihr silberner Glanz verblasste. Das Blau hingegen verstärkte sich abrupt, wurde zu Purpur und gleich darauf zu einem intensiven, grellen Rot. Ihr Kreischen wurde lauter und gellte in den Ohren, dann schossen sie auf Warlon zu. Jetzt taten sie nicht einmal mehr so, als würden sie gehen, sondern schwebten wie Geister durch die Luft. Ihre Gesichter waren zu dämonischen Fratzen verzerrt, ihre Haare flatterten, als wären sie von einem unheimlichen Eigenleben erfüllt.

Warlon konnte sich nicht erklären, was diese Veränderung bewirkt hatte. In seinem Schrecken wollte er instinktiv sein Schwert, das er immer noch in der Hand hielt, zu einer Abwehrbewegung erheben, kämpfte aber dagegen an. Er spürte, dass es zu einer Katastrophe kommen würde, wenn er die Wesen mit Waffengewalt anzugreifen versuchte.

Stattdessen ließ er das Schwert fallen und riss die Arme vor das Gesicht, um es vor den messerscharfen Fingernägeln zu schützen, mit denen die Nymphen ihn attackierten. Schmerzhaft schnitten sie durch seine Haut. Er versuchte zurückzuweichen, aber sie griffen ihn von allen Seiten zugleich an, immer noch ihr gellendes Kreischen ausstoßend.

Seltsamerweise war er der Einzige, auf den sie es abgesehen hatten. Malcorion und die anderen beiden Zwerge blieben unbehelligt, wie er aus den Augenwinkeln mitbekam.

»Der Crail! Wirf ihn weg!«, rief Ailin plötzlich. »Das tote Tier macht sie rasend vor Zorn!«

Fast gleichzeitig sprang Malcorion vor und hob in einer beschwörenden Geste die Arme. »Ain nigaila ter lisonir nulianin!«, stieß er hervor.

Die Nymphen verharrten in der Luft und wandten ihm ihre Köpfe zu. Für einen Moment waren sie abgelenkt. Warlon nutzte den Augenblick, bückte sich nach seinem Schwert und ließ es so schwungvoll in einem Viertelbogen durch die Luft sausen, dass der Kadaver des Crail sich von der Spitze löste und meterweit weggeschleudert wurde, bis er ein gutes Stück entfernt zwischen den Bäumen liegen blieb. Sofort steckte er das Schwert in die Scheide zurück.

Das misstönende Kreischen verstummte. Einige Sekunden lang wirkten die Nymphen unschlüssig, starrten erst Warlon, dann Malcorion an, dann wichen sie langsam zurück. Das grelle Rot, das sie zum Leuchten brachte, verblasste, wurde wieder zu Purpur und schließlich dem silbrigen Blau, das sie anfangs umgeben hatte.

»Sie freuen sich, in dir einen Elbenfreund vor sich zu haben, der noch die Sprache des Alten Volkes beherrscht«, wandte sich Ailin an den Waldläufer. »Aber sie lieben den Wald und alles, was darin lebt. Dass wir einen Crail getötet und mit hierhergebracht haben, war für sie ein Frevel und eine Beleidigung. Sie wissen im Moment noch nicht, wie sie sich uns gegenüber verhalten sollen.«

»Du verstehst sie?« Fassungslos starrte Warlon sie an. »Aber wie? Sie sagen doch gar nichts.«

»Ich kann ihre Gefühle empfangen«, antwortete Ailin unsicher. »Sie entstehen irgendwie direkt in meinem Kopf. Keine Worte, aber Eindrücke und Bilder. Es muss etwas mit meinen Fähigkeiten als Priesterin zu tun haben, auch wenn mir hier an der Oberfläche nur ein kleiner Rest davon verblieben ist.«

Warlon betrachtete die scheinbar schwerelos einige Meter entfernt in der Luft schwebenden Waldfeen. Sie wirkten nun wieder wie ätherische Erscheinungen, so zart, als ob schon ein etwas kräftigerer Windhauch sie auseinandertreiben und zerstören konnte, aber er vergaß nicht, mit welcher Kraft und welchem Hass sie sich gerade noch wie Furien auf ihn gestürzt hatten. Hätte Ailin nicht erkannt, was sie so in Rage versetzte, hätten sie ihn möglicherweise sogar getötet.

»Kannst du ihnen auch etwas mitteilen?«, erkundigte sich Malcorion.

»Sie selbst können nicht sprechen, jedenfalls nicht so, dass wir sie verstehen«, antwortete die Priesterin. »Aber sie verstehen umgekehrt alles, was wir sagen.«

Malcorion nickte. Mit zum Zeichen seiner Friedfertigkeit nach oben gekehrten Handflächen trat er einen Schritt auf sie zu und redete erneut in elbischer Sprache auf sie ein. Er sprach langsam und bedächtig, rang immer wieder um Worte. Man merkte, dass er die Sprache nicht gut beherrschte, dennoch verfehlten seine Bemühungen ihre Wirkung nicht.

Sanft und anmutig, als würden sie auf verschiedenen Luftströmungen dahintreiben, begannen die Nymphen umherzuschweben, glitten wie in einem Tanz umeinander.

»Sie freuen sich über den Klang der elbischen Worte«, berichtete Ailin. »Und sie glauben uns, dass wir sie nicht verletzen wollten, deshalb nehmen sie deine Entschuldigung an.« Sie wandte sich an Warlon. »Dir trauen sie noch nicht richtig und nehmen dir den Tod des Crail übel.«

»Was hätten wir denn machen sollen? Uns von den Biestern die Augen aushacken lassen oder uns aus lauter Tierliebe gleich ganz an sie verfüttern?«, brummte er. »Schließlich haben wir sie nicht angegriffen, sondern sie uns, wir haben uns nur geschützt.«

»Außerdem hat die Abschreckung durch den Kadaver weitere Crail davon abgehalten, uns anzugreifen und von uns verletzt oder getötet zu werden«, ergänzte Lokin mit einem spöttischen Grinsen. »Es war also auch ein mildtätiges Werk ihnen gegenüber, das tote Vieh mit uns herumzutragen.«

Die Nymphen zischten ihn an und die Farbe ihrer Auren verdunkelte sich erneut, allerdings nur für einen Moment, dann hellte sie sich wieder auf.

»Solchen Sarkasmus solltest du dir besser sparen, dafür sind sie nicht besonders empfänglich«, sagte Ailin scharf. »Aber wir haben Glück. Sie sind damit einverstanden, dass wir hier übernachten. Sie werden über uns wachen und freuen sich, für uns singen zu können.« Mit einem verschmitzten Lächeln fügte sie hinzu: »Früher haben die Elben oft ihrem Gesang gelauscht, doch nun treffen sie nur noch selten jemanden, der ihre Künste zu würdigen weiß.«

Sie näherten sich dem baumfreien, üppig mit Gras bewachsenen Ufer des Weihers und ließen sich dort nieder.

»Ich hätte nie gedacht, dass eine Verständigung mit ihnen möglich ist«, sagte Malcorion. »Zweimal habe ich sie schon gesehen. Bei unserer ersten Begegnung haben sie bei meinem Anblick die Flucht ergriffen, doch beim zweiten Mal haben sie wie heute zugelassen, dass ich mich ihnen näherte, und sie haben für mich gesungen. Doch als ich am Morgen erwachte, waren sie fort.«

»Warum hast du uns nicht direkt hierhergeführt?«, wollte Warlon wissen. »Selbst ohne die Nymphen wäre dies ein viel besserer Platz für die Nacht gewesen als der, den du ursprünglich ausgewählt hast. Aber du hast überrascht gewirkt, als wir ihren Gesang gehört haben.«

»Das war ich auch. Ihr glaubt mir vielleicht nicht, aber dieser Weiher … Ich kannte ihn noch nicht, und ich bin sicher, ohne die Nymphen wäre er auch nicht hier gewesen. Es ist schwer zu erklären, aber ich glaube, er ist … kein Teil unserer Welt.«

»Kein Teil unserer Welt? Was meinst du damit?«, hakte Warlon nach, runzelte die Stirn und blickte sich demonstrativ um. Was er sah, kam ihm äußerst wirklich vor.

Malcorion seufzte.

»Ich sagte ja, es ist schwer zu erklären. Als ich den Nymphen erstmals lauschte, geschah das in einem ganz anderen Teil des

Waldes, aber an einem kleinen See, der diesem aufs Haar glich. Ich saß an seinem Ufer, und ihr Gesang schläferte mich schließlich ein, doch als ich am nächsten Morgen erwachte, waren nicht nur die Feen, sondern auch der Weiher verschwunden. Stattdessen lag ich direkt unter einem großen Baum.«

Zahlreiche weitere Fragen brannten Warlon auf der Zunge, aber er wagte nicht, sie zu stellen, denn in diesem Moment ließen sich die Nymphen, die bislang über dem Wasser in der Luft getanzt hatten, wieder auf den Felsen am gegenüberliegenden Ufer nieder und begannen erneut mit ihrem Gesang. Auch diesmal handelte es sich nur um eine melodische Folge von ätherischen Tönen, ähnlich und doch anders als zuvor.

Auch diesmal verzauberten sie ihn augenblicklich, versetzten ihn in eine Art Trance, in der er seine Umgebung vergaß. Hingerissen lauschte er dem Gesang, während Bilder vor seinem inneren Auge entstanden, manche Erinnerungen, manche reine Traumgespinste. Er sah den prachtvollen Königspalast Elan-Dhors mit seiner unvergleichlichen Front, nur dass sie jetzt noch kunstvoller als in Wirklichkeit war. Er befand sich erneut in Shain-Dalara, wo er erstmals mit Ailin gesprochen hatte, der Kristalloase in der Tiefenwelt mit ihren unzähligen farbigen Kristallen, die einem das Gefühl vermittelten, sich im Inneren eines gigantischen Edelsteins zu befinden.

Shain-Dalara verblasste mit der Melodie, die die Erinnerung daran in ihm wachgerufen hatte, und andere Tonfolgen versetzten ihn an Orte, an denen er noch nie zuvor gewesen war, doch ihnen allen war gemein, dass sie wunderschön waren, jeder auf seine Art absolut perfekt. Ein Zwergenparadies aus kunstvoll behauenem Fels, steinernen Wasserfällen, Licht, das sich in kostbarsten Edelsteinen zu funkelnden Farbkaskaden brach, Grotten, deren Wände von Adern edelster Erze durchzogen waren, kühn geschwungene Brücken, gewaltige Viadukte und andere Monumente einer vollendeten Baukunst, wie es sie in der realen Welt nur höchst selten gab, wenn überhaupt.

Lang nachhallend verklang der letzte Ton des Gesangs, und Warlon begann wieder seine echte Umgebung wahrzunehmen. Jetzt fühlte er sich wirklich, als wäre er aus einem Traum erwacht; einem Traum, in dem er liebend gerne noch länger verharrt wäre.

Den anderen schien es ebenso zu ergehen, dem wehmütigen, nur langsam von ihren Gesichtern schwindenden Lächeln nach zu urteilen. Ailin war die Erste, die ihre Sprache wiederfand.

»Die Nymphen sind glücklich, dass ihr Gesang uns so berührt und uns Freude bereitet«, sagte sie mit belegter Stimme, als fiele ihr das Sprechen schwer. »Sie danken uns, dass sie für uns singen dürfen.«

»Wir müssen uns bei euch bedanken«, erklärte Lokin. »Etwas so Schönes habe ich noch nie zuvor gehört. Es hat Bilder in mir wachgerufen, die ich längst vergessen hatte, und mich Orte sehen lassen, wie sie unvergleichbarer nicht sein können.«

»Mir ging es genauso«, verkündete Warlon, und Malcorion ergänzte:

»Als wäre ich in die Vergangenheit zurückversetzt worden, war ich wieder mit Shaali zusammen und habe mit Tora und Torn herumgetollt.« Er seufzte. »Es war zwar nur ein Traum, aber manche Träume sollten niemals enden.«

»Die Nymphen sagen, dass die Träume nicht enden müssen, wenn wir es nicht wünschen. Sie bieten uns an, so lange bei ihnen zu bleiben und uns solche und andere Träume von ihnen schenken zu lassen, wie wir es wollen«, teilte Ailin mit.

»Das … ist sehr großzügig«, sagte Warlon. Obwohl er wusste, dass das Angebot nicht reiner Selbstlosigkeit entsprang, sondern die Nymphen genussvoll in der Bewunderung badeten, die ihr Gesang hervorrief, änderte das doch nichts daran, dass ein Teil von ihm sich mit aller Inbrunst danach sehnte, ihrem Gesang weiter und immer weiter zu lauschen, wenn dieser ihn erneut Bilder von solchen Wundern wie gerade sehen ließ.

»Ich wünschte, das wäre möglich, aber es geht nicht«, zwang er sich stattdessen zu sagen. »Wir müssen so schnell es nur geht zu den Elben gelangen, und es liegt noch ein weiter Weg vor uns. Das Weiterbestehen unseres ganzen Volkes hängt davon ab, dass wir unser Ziel erreichen.«

Nachdem die Nymphen ihnen ein so unglaubliches Erlebnis bereitet hatten, fühlte er sich irgendwie verpflichtet, ihnen etwas über sie und ihre Mission zu erzählen. Wenn sie hier so abgeschieden von der Welt lebten und kaum jemals jemanden trafen, mussten sie nach Nachricht über alles, was in der Welt jenseits des Finsterwaldes vorging, geradezu dürsten.

Er begann von Elan-Dhor zu erzählen, von der unseligen Expedition in die Tiefenwelt, bei der sie ahnungslos die Elbensiegel gebrochen und die Dunkelelben aus ihren Kerkern befreit hatten.

Die Nymphen blickten ihn aus ihren silbernen Augen an, während er sprach, doch schon nach wenig mehr als einer Minute erhoben sie sich wieder von den Felsen in die Luft und begannen ihren Tanz erneut. Sie schwebten auf Luftströmungen über dem Wasser dahin und drehten und wanden sich umeinander.

»Du brauchst nicht weiterzuerzählen«, sagte Ailin. »Derlei Dinge prägen sich ihrem Sinn nicht ein. Das ist keine Unhöflichkeit, aber sie haben keinerlei Interesse an dem, was anderswo geschieht. Sie begreifen nicht einmal, wovon du da sprichst, es ist zu kompliziert für sie. In dieser Hinsicht sind sie wie Kinder. Selbst wenn das Schicksal der ganzen Welt von unserer Mission abhinge, würde sie das nur langweilen.«

»Vielleicht ist es ja auch so«, brummte Warlon verdrossen. »Sollten eines Tages die Dunkelelben durch den Finsterwald ziehen, werden mehr als nur ein paar Crail ihr Leben verlieren.«

Er war ärgerlich über die Ignoranz der Lichtwesen, weil er eine solche Haltung nicht verstehen konnte, aber sein Ärger hielt nicht lange vor. Als spürten die Nymphen seine Verstimmung, stießen sie einige Laute aus, kein neues Lied und auch nicht so kunstvoll miteinander verwoben, dennoch erfreuten sie sein Herz und vertrieben allen Missmut.

Kurz darauf begann ihr Gesang erneut und ließ wiederum glanzvolle Bilder in seinem Kopf entstehen; Traumgespinste, die auch dann noch andauerten und sich sogar verstärkten, als er irgendwann einschlief.

Im Traum wandelte Warlon gerade Hand in Hand mit Ailin durch eine prachtvolle unterirdische Halle, erleuchtet von zahllosen Lichtern, deren Schein sich auf tausenderlei Arten an den Wänden widerspiegelte, als der Gesang plötzlich in ein schrilles, zorniges Kreischen überging. Seine Hand, die gerade noch die Ailins gehalten hatte, war plötzlich leer, und anstelle der erleuchteten Halle war nur Dunkelheit um ihn herum.

Er schreckte aus dem Schlaf hoch und blickte sich benommen um. Auch die anderen waren erwacht; Malcorion sprang gerade auf und zog sein Schwert.

Noch immer hörte Warlon das Kreischen statt des Gesangs, es war nicht nur ein Teil seines Traums gewesen. Seine Umgebung war in feuerroten Schein getaucht, als würde der Wald ringsum lichterloh brennen, doch er rührte von den Nymphen her. Erneut hatten sie sich in Furien mit vor Hass und Wut zu Fratzen verzerrten Gesichtern verwandelt, die diesmal sogar in einem noch viel, viel grelleren Rot als beim Anblick des toten Crail leuchteten.

Allerdings schienen nun weder Warlon noch seine Begleiter ihren Zorn verursacht zu haben. Wie besessen rasten sie mehrere Meter von ihnen entfernt durch die Luft und schlugen mit ihren Krallen um sich.

»*Der Dunkelelb!*«, keuchte Ailin neben ihm mit sich überschlagender Stimme. »Es ist der Dunkelelb!«

Gleichzeitig nahm unter dem Einfluss ihrer Kräfte ein schemenhafter Schatten zwischen den Nymphen Gestalt an. Der Dunkelelb hielt sein Schwert in der Hand und hieb damit auf sie ein, doch die Klinge glitt wirkungslos durch sie hindurch.

Umgekehrt schienen sie ihm mit ihren Krallen durchaus etwas anhaben zu können. Seine Hiebe begannen an Kraft zu verlieren, und er geriet mehr und mehr ins Taumeln. Mit Schrecken erkannte Warlon aber auch, dass er und seine Begleiter anscheinend das Ziel der Kreatur waren, denn sie versuchte, in ihre Richtung zu gelangen, wurde aber immer wieder von den Nymphen zurückgetrieben.

Als der Dunkelelb bemerkte, dass seine Tarnung nutzlos geworden war, da sie ihn vor den Nymphen ohnehin nicht schützte und Ailins Kräfte ihre Wirkung aufgehoben hatten, ließ er sie fallen und wurde vollends sichtbar. Vielleicht besaß er auch einfach nicht mehr die Kraft, seine Unsichtbarkeit länger aufrechtzuerhalten.

Warlon schauderte. Es war nicht das erste Mal, dass er einen Dunkelelb unverhüllt sah, aber der Anblick war jedes Mal wieder schrecklich. Am Schlimmsten war vermutlich, dass seine elbische Abstammung noch immer deutlich zu erkennen war. Während Elben jedoch ein Sinnbild der Schönheit waren, stellten ihre finsteren Brüder ein ins Gegenteil verkehrtes Zerrbild dar, eine Inkarnation des Todes, den sie ja auch über alles Lebende zu bringen trachteten.

Und doch – wäre die Haut des Dunkelelbs nicht ganz so leichenblass, sein Gesicht nicht von Hass und rasender Wut entstellt gewesen, und würden seine Augen nicht in diesem düsteren Rot glühen, wäre er von einem Hochelb aus den alten Geschichten womöglich kaum zu unterscheiden gewesen. Gerade diese Nähe von Schönheit und Grauen ließ ihn ungleich schrecklicher wirken, als wenn er nur irgendein missgestaltetes Ungeheuer gewesen wäre.

Blasses, fast durchsichtiges Blut rann aus zahlreichen Wunden, die die Nymphen ihm zugefügt hatten. Seine Kleidung aus schwarzem Leder war an vielen Stellen zerrissen, sein Umhang lag zerfetzt auf dem Boden. Dennoch wehrte sich der Dunkelelb noch immer mit der Kraft der Verzweiflung. Wie besessen schlug er damit auf seine Widersacher ein, und allmählich zeigten seine Hiebe Wirkung. Da er seine Magie nicht länger darauf verschwendete, sich unsichtbar zu machen, nutzte er sie nun anscheinend zur Verstärkung seiner Angriffe.

Auch weiterhin glitt seine Klinge widerstandslos durch die Nymphen hindurch, doch wo sie ihre Körper traf, da erlosch der rote Schein und hinterließ hässliche schwarze Flecken, die erst nach Sekunden wieder verschwanden. Das Kreischen der Feen klang nicht mehr nur wütend, sondern auch Schmerz schien darin mitzuschwingen.

»Wir müssen ihnen helfen! Kommt schon, worauf wartet ihr noch?«, stieß Warlon hervor und wollte sein Schwert zücken, doch Ailin hielt ihn zurück

»Nein, warte! Sie wollen nicht, dass wir uns einmischen. Sie sind rasend vor Zorn. Wir würden sie nur behindern, und sie fürchten, dass auch wir im Durcheinander des Kampfes zu Schaden kommen könnten.«

Diese Befürchtung war sicher nicht ganz unbegründet, wie Warlon eingestehen musste. Seit sie gemerkt hatten, dass der Dunkelelb sie mit seinem Schwert durchaus verletzen, ihnen zumindest Schmerzen zufügen konnte, wirbelten die Nymphen in unglaublicher Geschwindigkeit um ihn herum, so schnell, dass es für Warlon fast unmöglich war, ihren Bewegungen nur mit Blicken zu folgen. Wenn er sich jetzt auch noch mit in den Kampf stürzte, wäre es in diesem Chaos nahezu unmöglich, Freund von Feind zu unterscheiden.

Wie es nun aussah, war das allerdings auch gar nicht mehr nötig. Die Nymphen bewegten sich mittlerweile so rasend schnell, dass kaum ein Hieb sie noch traf. Dafür wurden die Bewegungen des Dunkelelbs immer langsamer. Mit einem Arm versuchte er sein Gesicht notdürftig zu schützen, doch sein ganzer Körper schien sich bereits in eine blutende Wunde verwandelt zu haben. Tief schlugen die Nymphen ihre Krallen in sein Fleisch und rissen Stücke heraus.

Der Elb wankte, brach in die Knie und stürzte schließlich zu Boden, wo er reglos liegen blieb. Die Nymphen ließen von ihm ab und zogen sich auf das Wasser zurück. Nur ganz allmählich ließ der grelle rote Schein nach, der sie einhüllte.

»Er ist tot«, verkündete Ailin, doch damit gab Warlon sich nicht zufrieden. Erst als er aufgestanden war und sich persönlich davon überzeugt hatte, dass in dem verstümmelten Körper, aus dem noch immer bleiches Blut rann und im Erdreich versickerte, kein Funken Leben mehr steckte, war er zufrieden.

»Ich verstehe das nicht«, sagte er, als er zu den anderen zurückkehrte. »Warum hat er jetzt plötzlich versucht, uns anzugreifen, nachdem er sich zuvor nur darauf beschränkt hat, uns zu folgen? Offenbar stimmt unsere Theorie doch nicht, dass er hoffte, wir würden ihn zu den Elben führen.«

»Ich denke, sein Angriff galt nicht uns, sondern den Nymphen«, erwiderte Malcorion. »Sie sind den Elben in gewisser Hinsicht ähnlich, haben die gleichen Vorfahren. Wahrscheinlich konnte er seinen Hass nicht länger zügeln und hat sich deshalb auf sie gestürzt.«

»Nein, er hatte es auf uns abgesehen, zumindest auf einen von uns«, widersprach Ailin. »Hunger trieb ihn dazu. Diese Wesen essen nicht so wie wir, sie ernähren sich von der Lebenskraft der von ihnen getöteten Opfer, die sie in sich aufsaugen. Seit wir unseren Marsch durch den Finsterwald begonnen haben, hat er jedoch keine mehr gefunden. Seine Kräfte ließen bereits rapide nach, sonst hätten vielleicht auch die Nymphen ihn nicht besiegen können. Er musste sie noch in dieser Nacht auffrischen und einen von uns töten. Es war ein glücklicher Zufall, dass wir gerade diese Nacht in ihrem Schutz verbracht haben.«

Sie blickte zu den Nymphen hinüber, deren Auren fast wieder ihren ursprünglichen Glanz angenommen hatten, während sie über dem Wasser schwebten, hin und her glitten und sich umeinander wanden.

»Wenn es denn wirklich ein Zufall war«, murmelte Malcorion. »Vielleicht …« Er sprach nicht weiter, und auch Ailin äußerte sich nicht zu seiner Spekulation.

»Auf jeden Fall kann er uns und anderen nicht mehr gefährlich werden, das ist das Wichtigste«, fasste Warlon zusammen, stutzte dann aber und strich sich nachdenklich über den Bart. »Wenn diese Kreaturen sich von der Lebenskraft anderer ernähren und diese in regelmäßigen Abständen benötigen«, sagte er, »wie ist ihnen das dann in all den Äonen gelungen, in denen sie abgeschlossen von der Außenwelt eingekerkert waren?«

12

IN DIE TIEFE

»Wir haben es geschafft. Zarkhadul!«, brach Vilon nach Minuten als Erster ergriffen das Schweigen und zerstörte damit den Zauber des Augenblicks. »Wir haben einen Weg ins Innere des Kalathun gefunden. Damit ist unser Auftrag erfüllt.«

Mühsam riss Barlok seinen Blick von der riesigen Stadt in der Tiefe los und wandte sich dem Schürfmeister zu.

»Was meint Ihr?«, fragte er, nur um etwas Zeit zu finden, seine Gedanken wieder zu sammeln. Er konnte sich sehr genau vorstellen, wovon Vilon sprach.

»Unsere Befehle. Uns wurde aufgetragen, nach einem Weg in die Mine zu suchen und nach Elan-Tart zurückzukehren, um Bericht zu erstatten, falls uns das gelingen sollte. Nun, es ist uns gelungen, also sollten wir uns schnellstens auf den Rückweg machen.«

Barlok lächelte.

»Kommt schon, Schürfmeister, Ihr wollt doch nicht ernsthaft jetzt, im Augenblick des Triumphs, umkehren? Meine Befehle lauten, Bericht zu erstatten, wenn wir einen Weg finden *und* sich die Mine noch als bewohnbar erweisen sollte«, entgegnete er. »Bislang haben wir nur den ersten Teil dieser Mission erfüllt, aber ob Zarkhadul noch bewohnbar ist, kann man von hier oben schlecht beurteilen. Das muss ich erst aus der Nähe genauer überprüfen. Bis dahin dürfte es wohl reichen, einen Boten loszuschicken, der die Königin von unseren Fortschritten unterrichtet.«

Er zwinkerte Vilon mit einem spitzbübischen Grinsen zu, doch dieser reagierte lediglich mit einem Stirnrunzeln darauf.

»Das ist bloße Haarspalterei«, behauptete er verärgert. »Die Stadt ist sogar wesentlich besser erhalten, als wir hoffen durften, das lässt sich auch von hier oben erkennen. Glaubt mir, ich würde auch liebend gerne jetzt sofort damit anfangen, sie zu erforschen, aber wir haben schließlich unsere Befehle.«

»Und Ihr habt Befehle, die man Euch gab, noch nie etwas freizügiger ausgelegt?«

»Was wollt Ihr damit andeuten?«, fragte Vilon scharf. »Ich hätte erwartet, dass gerade Ihr als Krieger Wert auf Disziplin und Gehorsam legt. Durch diese Tugenden habe ich es bis zum Schürfmeister gebracht, nicht dadurch, dass ich meinen Launen freien Lauf gelassen und Befehle *freizügig ausgelegt* habe.«

»Ja, das glaube ich Euch sogar«, erwiderte Barlok und blickte sich um. Kein Zweifel, bis auf Vilon selbst standen sowohl die Krieger wie auch die Arbeiter geschlossen auf seiner Seite. Keiner von ihnen wollte jetzt umkehren. Natürlich würden sie schweren Herzens gehorchen, wenn er es ihnen befahl, doch hofften sie, dass es nicht dazu kommen würde. Er und Vilon hatten ihre Befehle von Tharlia und dem Hohen Rat erhalten, nicht sie, und wenn er sie auf seine Art interpretierte, würden nicht sie Ärger bekommen, sondern höchstens er, da er das Kommando über diese Expedition hatte und sie ihm zu Gehorsam verpflichtet waren.

»Nun?«, fragte Vilon. »Kehrt Ihr mit mir um, oder bleibt Ihr mit Euren Kriegern hier? Ich jedenfalls werde mit den mir unterstellten Arbeitern unter allen Umständen dem Befehl der Königin folgen.«

Unwilliges Murmeln erklang hinter ihm.

»Das habt Ihr wohl nicht allein zu entscheiden«, stieß Barlok mit nun ebenfalls deutlich schärferer Stimme hervor. »Muss ich Euch erst daran erinnern, dass ich auf dieser Expedition die Befehlsgewalt habe, auch über Euch und Eure Leute? Später könnt Ihr bei der Königin und dem Hohen Rat Beschwerde gegen mich erheben, wenn Euch das geboten erscheint, aber jetzt werdet Ihr tun, was ich Euch sage! Um keinen Zweifel daran zu lassen: Keine zehn Zarkhane werden mich davon abhalten, nach Zarkhadul hinunterzusteigen und mir die Stadt genauer anzusehen. Was ist, wenn sie von Gnomen oder Goblins übernommen wurde?«

»Dann wäre es erst recht wichtig, unser Leben nicht leichtfertig aufs Spiel zu setzen! Ich kann kaum glauben, dass gerade Ihr Euch gegen die direkten Befehle der Königin auflehnen wollt. Daran werde ich mich nicht beteiligen. Ihr müsstet mich schon mit Waffengewalt dazu zwingen, und das solltet auch Ihr Euch gut überlegen.«

Barlok seufzte, dann nickte er widerstrebend.

»Also gut. Es wäre mir lieber, Ihr würdet Euch mir freiwillig anschließen, aber ich will nichts von Euch verlangen, das offenbar so sehr gegen Euer Gewissen verstößt. Die Hilfe der Arbeiterkaste scheint nicht mehr länger zwingend erforderlich zu sein. Wenn Ihr Euch dazu verpflichtet fühlt, dann kehrt mit Euren Männern nach Elan-Tart zurück, um der Königin von unserer Entdeckung zu berichten, und vergesst nicht, Euch über mich zu beschweren. Ich allerdings werde mit den Kriegern bleiben und auch den zweiten Teil meines Auftrags so ausführen, wie ich es für richtig halte.«

Einige Sekunden lang starrte Vilon ihn voller Zorn an. Gelassen hielt Barlok seinem Blick stand, bis der Schürfmeister sich abrupt abwandte.

»Eure Verantwortungslosigkeit wird Euch noch leidtun«, stieß er hervor. »Meine Männer und ich werden gehen.«

Das unwillige Murren verstärkte sich noch, doch mit einer wütenden Geste brachte Vilon die Arbeiter zum Verstummen.

»Auch wenn Ihr mich für verantwortungslos haltet, ich kann Euch nicht ohne Schutz gehen lassen«, erklärte Barlok. »Fünf Krieger werden Euch begleiten und dafür sorgen, dass Ihr Elan-Tart sicher erreicht.«

Wie nicht anders zu erwarten, meldete sich niemand freiwillig. Barlok konnte gut nachvollziehen, was jetzt in den Kriegern vorging, die genau wie er selbst darauf brannten, das legendäre Zarkhadul zu betreten. Er brachte es nicht fertig, die fünf Unglücklichen, denen dieser Traum so dicht vor dem Ziel doch noch verwehrt bleiben würde, per Befehl zu bestimmen, deshalb ließ er das Los entscheiden, sammelte zwanzig kleine Steinchen auf und gab sie in seinen Helm, nachdem er fünf davon durch eine Kerbe mit seinem Dolch markiert hatte. Mit tiefer Enttäuschung und finsterem Blick zu Vilon, dem sie das alles zu verdanken hatten, fügten sich die Krieger, die einen der markierten Steine zogen, in ihr Schicksal. Noch ein letztes Mal warfen sie einen Blick auf die Zwergenstadt in der Tiefe, dann machten sie sich gemeinsam mit den Arbeitern auf den Weg.

»So ein verdammter Sturkopf«, murmelte Barlok und schüttelte verbittert den Kopf. Er hatte von Anfang an geahnt, dass es mit Vilon Schwierigkeiten geben würde. Wie er selbst behauptet hatte, war er jemand, für den Disziplin und Gehorsam zu den wichtigsten Tugenden gehörten, ein Mann der Tradition, der lieber Befehle ausführte, als eigenständige Entschlüsse zu fassen.

Trotzdem hatte sich Barlok entschieden, ihn mitzunehmen, da der Schürfmeister zu den Besten auf seinem Gebiet zählte. Darüber hinaus war er schon einmal über seinen eigenen Schatten gesprungen, als er am Sturz König Burians mitgewirkt hatte. Allerdings wohl nur, weil Burian immer wieder gegen genau die Traditionen verstoßen hatte, die Vilon so hoch schätzte, und nicht, weil er in besonderen Situationen auch einmal von seinem Kadavergehorsam abzuweichen bereit war, wie sich nun gezeigt hatte.

Barlok bemühte sich, die Gedanken an ihn zu verdrängen und sich auf das Naheliegende zu konzentrieren. Bevor sie mit der Erforschung Zarkhaduls beginnen konnten, mussten sie die gut zweihundert Meter tief unter ihnen liegende Stadt erst einmal erreichen, und das würde möglicherweise gar nicht so einfach werden.

Eine Möglichkeit boten die gigantischen Gerüste, die an vielen Stellen die lotrecht abfallenden Felswände bedeckten. Die meisten waren Dutzende Meter hoch und über Leitern mit anderen, tiefer liegenden verbunden. Allerdings erschienen sie Barlok wenig vertrauenerweckend. Dabei galt sein Misstrauen nicht einmal in erster Linie dem Holz, das im Laufe von mehr als einem Jahrtausend selbst fast so hart wie Stein geworden war. Sorgen bereiteten ihm vielmehr die Seile und Taue, mit denen die gewagten Konstruktionen befestigt und abgesichert wurden. Viele von ihnen mochten verfault oder zumindest porös geworden sein, und jedes zusätzliche Gewicht könnte sie zum Reißen bringen.

Zwar konnte Barlok es kaum erwarten, so schnell wie möglich nach Zarkhadul zu gelangen, aber ein Sturz über zweihundert Meter war nicht gerade das, was er dabei im Sinn hatte.

»Dort hinten, die Säule«, sagte einer der Krieger und deutete auf ein mehrere hundert Meter entferntes Gebilde auf der rechten Seite. Ein steinerner Steg führte von der Felswand dort hinüber. »Man kann es nicht genau erkennen, aber es sieht aus, als würde eine Treppe daran entlang nach unten führen.«

Angestrengt starrte Barlok zu der sicherlich zehn, fünfzehn Meter durchmessenden Säule hinüber. Eine Art Band wand sich spiralförmig darum in die Tiefe. Es war möglich, dass es sich um Stufen handelte, doch sicher ließ sich das aus dieser Entfernung nicht sagen. Immerhin ragte die Säule direkt vom Boden auf, und wenn es sich tatsächlich um Stufen handelte, konnten sie auf diesem Weg den Grund der Höhle erreichen. Aber selbst wenn es ihnen gelang, würde es ein äußerst mühsamer und vor allem auch gefährlicher Abstieg über die gänzlich ungesicherte Wendeltreppe an der Außenseite des Pfeilers entlang werden.

Lieber wäre es Barlok gewesen, wenn es einen einfacheren und harmloseren Weg gegeben hätte. Sie mussten davon ausgehen, dass hier seit Jahrhunderten nichts mehr gepflegt und auf seine Stabilität überprüft worden war, und immerhin hatte es erst vor kurzem in dieser Gegend ein verheerendes Erdbeben gegeben. Dass nicht die ganze Höhle eingestürzt war, sondern es anscheinend nur kleine Schäden gegeben hatte, war nur der unvergleichlichen Baukunst der Zwerge zu verdanken. Kein anderes Volk wäre in der Lage gewesen, so etwas zu errichten – mit einer Stabilität, dass selbst nach tausend Jahren ein so schlimmes Erdbeben der Höhle kaum etwas hatte anhaben können.

Aber die Zeit oder das Beben konnten trotzdem Spuren hinterlassen haben. Die Treppe mochte brüchig geworden sein und unter ihnen einstürzen, dann gäbe es keinerlei Halt für sie. Barlok war zweifellos kein Feigling, aber nachdem sie so weit gekommen waren, setzte er sich und seine Begleiter nur ungern einer unnötigen Gefahr aus.

Wahrscheinlich waren die Felswände von zahlreichen Gängen durchzogen, über die sich Zarkhadul ebenfalls erreichen ließ. Kurz spielte er mit dem Gedanken, bis zu der Stelle zurückzukehren, an der sie von dem natürlichen Spalt im Fels aus den Stollen erreicht hatten, und zu überprüfen, wohin dieser in der anderen Richtung führte. Aber das würde zweifellos eine langwierige und kaum weniger mühsame Suche nach dem richtigen Weg bedeuten, weshalb Barlok die Idee wieder verwarf.

»Sehen wir es uns an«, entschied er.

Hintereinander schritten sie den Sims entlang. Als sie sich der Säule näherten, sah er, dass es sich tatsächlich um eine Wendeltreppe handelte, die sich an der Außenseite der Säule in die Tiefe schraubte. Auch war sie nicht so ungesichert, wie es zunächst den Anschein gehabt hatte. Ein Seil spannte sich zwischen metallenen Pfosten, die alle sieben, acht Stufen in den Stein eingelassen waren.

Aber von dem veränderten Blickwinkel aus entdeckte Barlok auch einiges, das ihn beunruhigte. Das Erdbeben oder die lange Zeit der Verwahrlosung hatten doch größere Schäden in der Höhle verursacht, als er geglaubt hatte. Im hinteren Teil klafften gleich mehrere große Lücken im Geflecht des Glühmooses an der Decke. Offenbar hatten sich dort riesige Steinbrocken gelöst und waren herabgestürzt. Vermutlich war es erst während des Bebens passiert, da das Moos noch nicht nachgewachsen war und die Löcher geschlossen hatte.

Wie groß die Zerstörungen waren, die die Trümmer beim Aufprall verursacht hatten, ließ sich aus der Entfernung nicht erkennen, aber sicherlich waren sie immens.

Immens war auch die Überwindung, die es Barlok kostete, den mehr als fünfzig Meter langen Steg zu betreten. Er empfand keine Höhenangst, obwohl die steinerne Brücke nur einen halben Meter breit war, aber sie war trotz ihrer Länge auch nicht massiver, und vereinzelt zeigten sich bereits winzige Risse im Stein.

Bevor er sie betrat, ließ sich Barlok das Ende eines langen Seils um die Brust binden und befahl den anderen, zurückzubleiben, um erst einmal allein die Festigkeit des Untergrunds zu testen.

Unbeschadet gelangte er bis über die Mitte des Stegs, dann spannte sich das Seil, und er musste es schweren Herzens lösen. Sollte die Brücke jetzt noch einstürzen, konnte es ihm ohnehin nicht mehr viel helfen, da er mit solcher Wucht gegen die Felswand prallen würde, dass es kaum Überlebenschancen für ihn gäbe.

Beklommen setzte er einen Fuß vor den anderen und atmete erst tief durch, als er das andere Ende erreichte. Nacheinander folgten ihm die übrigen Krieger, immer nur einer nach dem anderen.

Dann begannen sie mit dem Abstieg.

So ein verdammter Sturkopf!, dachte Vilon, sprach den Gedanken aber nicht laut aus. Wie konnte man nur so leichtfertig mit Befehlen umgehen, vor allem, wenn sie das Wohl des gesamten Volkes betrafen? Er begriff nicht, wie es Barlok mit einer solchen Einstellung jemals zum Kriegsmeister und mittlerweile sogar zum Oberkommandierenden des gesamten Heeres hatte bringen können. Warum hatte er nicht gleich selbst die Hand nach der Königskrone ausgestreckt, wenn er die Befehle der rechtmäßigen Herrscherin ohnehin nur eingeschränkt befolgte?

Der Schürfmeister zwang sich zur Mäßigung. Er durfte nicht zulassen, dass der Zorn auf Barlok die Oberhand über sein Denken erlangte. Der Kriegsmeister war ein mächtiger Mann, und er schien sehr sicher zu sein, dass die Befehlsverweigerung für ihn ohne Folgen bleiben würde. Freie Interpretation eines Befehls, pah!

Was Vilon am meisten ärgerte, war die schwierige Situation, in die Barlok ihn durch sein Verhalten gebracht hatte. Die von ihm befehligten Arbeiter wären natürlich liebend gern nach Zarkhadul hinabgestiegen. Er selbst ebenso, aber er achtete seine Befehle höher als seine persönlichen Wünsche. Bei seinen Leuten jedoch stand er dadurch als der Buhmann da, der ihnen die Erfüllung ihres Herzenswunsches verwehrte und sie zur Umkehr zwang, während die Krieger Zarkhadul betreten durften.

Einen Moment lang hatte er sogar befürchtet, dass sie ihm schlichtweg den Gehorsam verweigern würden. So weit war es zwar nicht gekommen, aber sie folgten ihm nur mürrisch, und er hatte jegliches Ansehen bei ihnen verloren. Dabei hatte er doch nur seine Pflicht erfüllt!

Nun, nach seiner Ankunft in Elan-Tart würde er wahrheitsgemäß über alles berichten. Möglich, dass er die Königin nicht dazu bringen konnte, eine Strafe über Barlok zu verhängen, aber zumindest würde er ihr Vertrauen in ihn erschüttern. Und wenn nicht ihres, dann zumindest das von Torgan und Artok, den Vertretern der Arbeiterkaste im Hohen Rat und Schürfmeister wie er.

Inzwischen hatten sie die Stelle wieder passiert, an der sie in den breiten Stollen gelangt waren und setzten ihren Weg durch den natürlichen Riss im Fels fort, als ein Zuruf Vilon verharren ließ.

»Die beiden Krieger am Ende unseres Zuges – sie sind verschwunden!«

Wütend knirschte der Schürfmeister mit den Zähnen. Da konnte man sehen, zu was die Disziplinlosigkeit Barloks führte. Jetzt verweigerten schon die einfachen Krieger den Gehorsam!

»Diese Schufte haben sich ihren Befehlen widersetzt!«, stieß er hervor. »Die Dämonen der Unterwelt mögen sie verschlingen.«

Was sollte er tun? Umkehren, um die beiden Krieger zur Rechenschaft zu ziehen? Er würde sie schwerlich einholen, ehe sie wieder beim übrigen Kriegertrupp eintrafen und Barlok vermutlich irgendeine an den Haaren herbeigezogene Erklärung auftischten, warum sie hätten zurückkehren müssen. Es würde nur eine weitere Auseinandersetzung geben.

»Das würden sie niemals tun«, behauptete Tylos, einer der drei übrigen Krieger, die zusammen mit Vilon an der Spitze des Zuges gingen. »Wir alle hätten uns sehnlich gewünscht, mit nach Zarkhadul hinabzusteigen, aber unter keinen Umständen würde einer von uns deshalb seine Pflicht vernachlässigen. Eure Sicherheit und die Eurer Begleiter sind uns anvertraut.«

»Ach ja? Und wo sind die beiden Krieger dann geblieben? Vielleicht nur etwas zurückgefallen, um sich die Stiefel neu zu schnüren?«, fauchte Vilon den Mann zornig an.

»Was immer es ist, ich bitte darum, Nachforschungen nach ihnen anstellen zu dürfen«, entgegnete der Krieger unbeeindruckt. »Es ist möglich, dass etwas … Unerwartetes passiert ist.«

»Was soll schon passiert sein? Es kommt nicht in Frage, dass du umkehrst und ebenfalls zurückbleibst.« Vilon zwang sich zur Ruhe, als er Zorn in den Augen seines Gegenübers aufblitzen sah und erkannte, dass er ihn mit seiner Unterstellung in unangemessener Form beleidigte. »Wir gehen weiter«, fuhr er mit ruhigerer Stimme fort. »Der Gang ist ohnehin zu schmal, als dass jemand von uns sich an allen anderen bis zum Ende vorbeizwängen könnte.«

Diesem logischen Argument musste sich auch der Krieger beugen. Schneller als bisher gingen sie weiter, bis sie die Stelle erreichten, wo sie die Felswand durchbrochen hatten, und die dahinter liegende Höhle.

Als er seine Männer zählte, stellte Vilon zornbebend fest, dass sich nicht nur die beiden Krieger, sondern auch drei der Arbeiter unerlaubt von seinem Trupp entfernt hatten.

Wie Barlok nicht anders erwartet hatte, wurde der Abstieg zu einer Strapaze. Weder lag es allein an der gewaltigen Zahl von Stufen, noch an dem ungeheuren Abgrund neben und unter ihnen. Das Treppensteigen waren sie gewohnt, obwohl eine einzige Treppe von mehr als zweihundert Metern selbst für sie eine außergewöhnliche Erfahrung war, und auch in der Tiefenwelt von Elan-Dhor hatte er schon in ähnlich tiefe Abgründe geblickt, manchmal scheinbar bodenlos oder an ihrem Grund mit glühendem Magma gefüllt. Allerdings mussten sie dort nicht auf einer so schmalen Treppe wie hier hinabklettern.

Es machte schwindlig, immer rund um die Säule zu gehen, und jedes Mal, wenn Barlok den Kopf in den Nacken legte und nach oben schaute, meinte er, noch kaum vorwärtsgekommen zu sein. Wohl jeder von ihnen hatte mittlerweile das Gefühl, den Sog der Tiefe wie mit unsichtbaren Händen an sich zerren zu spüren.

Auch das anstelle eines Geländers gespannte Seil war wenig hilfreich. Als Barlok daran zerrte, riss es fast sofort von den Metallpfeilern ab und zerbröckelte zwischen seinen Fingern. Wenn einer von ihnen das Gleichgewicht verlor und einen Fehltritt machte, würde es ihm keinerlei Halt gewähren.

Barlok bemühte sich nach Kräften, nicht in die Tiefe zu blicken, sondern betrachtete stattdessen die Verzierungen der Säule. Über ihre gesamte Länge hinweg war sie bearbeitet. Mit einer mittlerweile längst vergessenen Kunstfertigkeit hatten Zwergenhandwerker Linien in den Stein gemeißelt, die dessen natürliche Beschaffenheit stärker herausarbeiteten und je nach Betrachtungswinkel das Licht unterschiedlich brachen und dem Fels verschiedene Färbungen verliehen. Die Linien bildeten Muster, doch auch diese veränderten sich bei jedem Schritt, manchmal schon bei jeder kleinen Bewegung des Kopfes.

Ganze Generationen von Zwergen mussten damit beschäftigt

gewesen sein, diese Säule zu bearbeiten, und es war nur eine von mehreren Dutzend allein in dieser Halle …

Je länger sich Barlok auf die Linien und Muster konzentrierte, desto leichter schien ihm der Abstieg zu fallen. Es war fast, als würde er schwerelos über die Stufen gleiten. Rasch begriff er, dass es sich nicht um einen Zufall handelte. Die Kunstfertigkeit der Zwerge war hier in Zarkhadul wohl noch sehr viel größer gewesen, als er zunächst geglaubt hatte.

»Seht die Säule an!«, befahl er. »Konzentriert euch auf die Muster.«

Der Abstieg wurde nicht nur leichter, sie kamen auch wesentlich schneller voran. Ursprünglich hatte er vorgehabt, auf halber Strecke eine Rast einzulegen, doch erwies sich das als völlig unnötig.

Je tiefer sie kamen, desto weniger konnte Barlok allerdings dem Drängen widerstehen, sich in der Halle umzusehen, auch wenn er es damit bezahlen musste, wieder jeden Schritt zu spüren. Den anderen erging es ebenso. Immer wieder gerieten Einzelne von ihnen aus dem Tritt, wenn sie dem Verlangen nachgaben, sich umzusehen, wodurch sie sich selbst und auch die Nachfolgenden gefährdeten.

Als sie das untere Viertel der Säule erreichten, gab er schließlich den Befehl zum Halten, damit sie sich alle gründlich umschauen konnten. Von hier unten wirkten die Ausmaße der Höhle noch viel gigantischer als aus der Höhe. Die Wände schienen endlos nach oben zu ragen, und die Säulen, die sich nach unten hin ohnehin verdickten, wirkten noch titanischer.

Hier, in der Tiefe, waren viele von ihnen durch geschwungene Brücken und Laufstege miteinander verbunden. Manche Brücken, die größere Abgründe überspannten, wurden ihrerseits durch gemauerte Zwischenpfeiler gestützt, die teilweise Dutzende Meter hoch waren.

Viele dieser Brücken führten zu den Höhlenwänden, sodass die Gerüste auf den einzelnen Ebenen leicht zu erreichen waren.

Einem Angehörigen eines anderen Volkes wäre das sinnverwirrende Durcheinander von Trägern und Balken, das die Wände zu einem großen Teil bedeckte, vielleicht wie ein wucherndes Geschwür erschienen. Für einen Zwerg hingegen waren die Förderanlagen eher wie die Einfassung eines wertvollen Edelsteins. Ein Triumph zwergischen Könnens und Einfallsreichtums, um dem Berg seine verborgenen Schätze zu entreißen.

Vieles kannte er zumindest in ähnlicher Form auch aus Elan-Dhor, doch kamen ihm die dortigen Anlagen nun wie Miniaturmodelle vor, während hier alles ins Riesenhafte übersteigert war, und das betraf nicht nur die Dutzende von Metern überspannenden Gerüste selbst.

Er sah gewaltige Zahnräder, größer als ein Haus, gigantische Gewinde, Flaschenzüge mit mannsdicken Ketten und Seilen, an denen Förderkörbe in die Höhe und die Tiefe bewegt werden konnten, in denen sein gesamter Trupp zehnfach Platz gefunden hätte. Die Ausbeute der Schürfarbeiten hier musste immens gewesen sein.

Natürlich waren sie nicht alle unbeschädigt. An manchen Stellen waren Teile der Gerüste zerbrochen oder sogar ganz eingestürzt, und von hier aus konnte Barlok auch sehen, dass die Verwüstungen am Boden der Halle noch viel größer waren, als von oben zu erkennen. Viele der Gebäude lagen in Trümmern, zerschmettert von mächtigen Felsbrocken, die offenbar schon vor langer Zeit aus der Decke gebrochen waren.

Barloks ohnehin nur winzige, im Verborgenen blühende Hoffnung, dass abgeriegelt von der Außenwelt in Zarkhadul noch Zwerge leben könnten, schwand endgültig. Natürlich war es möglich, dass sie sich in die tieferen, ohnehin noch ungleich prachtvoller gestalteten Ebenen zurückgezogen hatten, aber die Aussicht war so verschwindend gering, dass es keinen Sinn ergab, sich länger daran zu klammern. Selbst wenn nur ein Bruchteil des ursprünglich riesigen Volkes überlebt hatte, hätte kein Zwerg hier alles so verfallen lassen.

Ein schrecklicher Gedanke, der sich daraus ergab, schoss ihm plötzlich durch den Kopf. Wenn die einstigen Bewohner Zarkhaduls es nicht geschafft hatten, nach der Katastrophe, die sie von der Außenwelt abschnitt, aus eigener Kraft zu überleben, dann war die Mine zu einem Massengrab für mehr als einhunderttausend Zwerge geworden.

Was aber war mit den Toten geschehen?

Barlok ertappte sich dabei, genauer in die Tiefe zu sehen, ob er zwischen den Gebäuden irgendwo Leichen entdecken konnte, und atmete erleichtert auf, als das nicht der Fall war.

Welches Schicksal auch immer die Bewohner ereilt hatte, würde sich schon noch herausstellen. In einem Moment wie diesem jedoch wollte er nicht über Tod, Verderben und Leichen nachdenken.

Nach einigen Minuten setzten sie ihren Weg fort und erreichten schließlich den Grund der Höhle. Ehrfürchtig machte Barlok den Schritt von der letzten Stufe herunter und hatte erst jetzt zum ersten Mal das erhabene Gefühl, Zarkhadul wirklich zu betreten. Er atmete tief durch.

Wie ein eigener kleiner Berg ragte die Säule vor ihnen auf, so gewaltig, dass der Steg, über den sie sie erreicht hatten, kaum noch zu erkennen war, wenn sie die Köpfe in den Nacken legten. Das unterste Stück war mit besonders eindrucksvollen Meißelarbeiten verziert. Barlok musste seinen Blick fast gewaltsam davon losreißen.

Er überlegte, was er nun tun sollte. Er hatte nach Zarkhadul gelangen wollen, darauf war all sein Streben gerichtet gewesen, seit Selon die Idee aufgebracht hatte. Nun befand er sich hier am Ziel seiner Träume und hatte seinen Befehl bereits reichlich freizügig ausgelegt. Es würde weder seinen Ruhm vergrößern noch ihm neue Erkenntnisse bringen, wenn er noch ein paar Stunden ziellos durch die Stadt lief. Ganz offensichtlich gab es keinerlei Gefahr hier, überhaupt keine Form von Leben. Das Vernünftigste wäre es, nun umzukehren – trotzdem sträubte sich etwas in ihm dagegen. Hatten sie wirklich den Abstieg bewältigt, nur um sich jetzt, kaum dass sie Zarkhadul betreten hatten, wieder auf den Rückweg zu machen?

Barlok ließ seinen Blick umherschweifen. Obwohl viele von ihnen beschädigt waren, kündeten die Gebäude in ihrer unmittelbaren Nähe noch überdeutlich von ihrer einstigen Pracht. Die meisten waren zwei- oder sogar dreigeschossig, manche noch höher. Unvergleichliche Stuckarbeiten und andere Ornamente zierten ihre Fassaden, vorgebaute Säulengänge mit fantasievollen Kapitellen, Volutengiebel, Wasserspeier in der Form verschiedenster Gargylen und anderer Fantasiewesen, Erker mit geschwungenen Dächern und hunderte andere Details gab es überall zu bewundern.

Dabei hatten Selons Aufzeichnungen zufolge hier in der obersten Höhle nur die ärmeren Bewohner Zarkhaduls gewohnt. Die wohlhabenderen Häuser hatten sich schon vor vielen Jahrtausenden auf den tiefer gelegenen Ebenen angesiedelt. Der Lärm der einst Tag und Nacht andauernden Schürfarbeiten in diesem Bereich und einige Unglücksfälle durch trotz aller Vorsichtsmaßnahmen herabgebrochene Felsbrocken hatten sie dazu bewegt.

Wenn dennoch sogar hier solch unvergleichlicher Prunk herrschte, wie mochte es dann erst auf den tieferen Ebenen aussehen?

Nachdem sie schon so weit gekommen waren, kam es auf ein paar Stunden mehr oder weniger nun auch nicht mehr an. Das war der Punkt, in dem Vilon sich gewaltig irrte: Es spielte keine Rolle, wie viel Zeit er hier verbrachte, Tharlia würde ihn dafür nicht zur Rechenschaft ziehen. Dafür war sein Einfluss zu groß, sie gerade in dieser Zeit zu stark von ihm abhängig. Als Oberkommandierender in sämtlichen militärischen Belangen konnte er alle Entscheidungen treffen, die er für richtig hielt.

Gerade der Gedanke an Vilon gab den Ausschlag. Wenn sie sich so kurz nach ihm auf den Rückweg machten, würde es so aussehen, als hätte er doch noch Angst vor der eigenen Courage bekommen. Zudem würde die Nacht ohnehin hereingebrochen sein, bis sie die Oberfläche wieder erreichten.

»Wir werden die Mine weiter erforschen und heute hier übernachten«, teilte Barlok seinen Entschluss mit. »Morgen kehren wir dann nach Elan-Tart zurück und verkünden, dass einer Neubesiedelung Zarkhaduls durch unser Volk nichts mehr im Wege steht.«

13

RADON

Als Warlon erwachte, hatte er das Gefühl, noch niemals so tief und entspannt geschlafen und sich anschließend so ausgeruht gefühlt zu haben. Nicht allein die Nymphen, auch das Wissen um den Tod des Dunkelelbs mochte dazu beigetragen haben. Obwohl er sich bemüht hatte, möglichst selten daran zu denken, hatte die Nähe ihres todbringenden Begleiters die ganze Zeit wie eine im wahrsten Sinne des Wortes unsichtbare Bedrohung über ihnen geschwebt und sie belastet. Vor allem hatte der Gedanke ihn gequält, was passieren mochte, wenn sie wieder bewohntes Gebiet erreichten. Sie hätten unschuldige Menschen in Gefahr gebracht und sich mit deren Blut befleckt, wenn der Elb weiterhin gemordet hätte.

Aber dieses Problem hatte sich ja nun erledigt, und Warlon wollte sich seine Erinnerungen an die angenehmen Träume während der Nacht nicht davon verderben lassen.

Nicht lange nach dem Tod des Dunkelelbs hatten die Nymphen erneut zu singen begonnen, und irgendwann musste er eingeschlafen sein, ohne dass die Bilder von Pracht und Schönheit, die ihr Gesang mit sich brachte, dadurch verblasst wären, sondern ihn stattdessen in den Schlaf und durch die gesamte Nacht begleitet hatten. Den anderen schien es dem entrückten Ausdruck auf ihren Gesichtern nach zu urteilen ebenso ergangen zu sein.

»Sie sind fort«, murmelte Ailin enttäuscht. Obwohl Malcorion sie darauf vorbereitet hatte, empfand auch Warlon Trauer, dass die Nymphen sie bereits verlassen hatten und sie sich nicht einmal mehr von ihnen verabschieden konnten.

Nicht nur die Feen waren so spurlos verschwunden, als hätte es sie nie gegeben, sondern auch der Weiher und überhaupt die ganze Lichtung. Stattdessen lagen sie umgeben von Farnen und Fingerhut unter großen Laubbäumen, durch deren lichte Wipfel ihnen die Sonne ins Gesicht schien. Farn? Fingerhut? Noch bevor Warlon den Gedanken weiterverfolgen konnte, sprang Malcorion abrupt auf.

»Das ist nicht mehr der Finsterwald!«, stieß er hervor und blickte sich fassungslos in alle Richtungen um. »Jedenfalls nicht mehr der Teil, in dem wir zuletzt gewesen sind.«

Auch die Zwerge sprangen auf. Erst jetzt begriff auch Warlon vollends, was ihn am Anblick ihrer Umgebung gestört hatte. Sie entsprach in keiner Weise der, durch die sie in den letzten Tagen gezogen waren, erinnerte ihn höchstens noch an den Rand des Finsterwalds, wo die Bäume nicht so dicht beieinanderstanden und es unter ihnen noch wucherndes Dickicht gegeben hatte.

»Aber wie …?«

»Der Weiher«, murmelte Malcorion. »Erinnert ihr euch noch, dass ich gestern sagte, ich wäre mir nicht sicher, ob er real und ein Teil unserer Welt wäre, weil ich ihn schon einmal an einem ganz anderen Ort erreicht habe? Ich glaube nun wirklich, die Waldfeen können ihn in jedem von ihnen gewünschten Teil des Waldes entstehen lassen, und offenbar waren sie sogar in der Lage, uns mit zu versetzen. Hoffentlich befinden wir uns nicht wieder am südlichen Rand, wo wir unsere Reise begonnen haben.«

»Das klingt ziemlich fantastisch«, fand Warlon, obwohl auch ihm keine bessere Erklärung einfiel.

»Dort vorne scheint der Wald zu enden«, rief Lokin und deutete nach Norden, wo es hell zwischen den Bäumen hindurchschimmerte. Hastig rafften sie ihr Gepäck zusammen und eilten darauf zu. Tatsächlich erreichten sie schon nach kaum drei Dutzend Schritten den Waldrand. Flache Wiesen breiteten sich vor ihnen aus, dahinter erstreckten sich Korn- und Maisfelder, und in einigen Meilen Entfernung war ein Dorf zu entdecken.

»Aber das … das ist unmöglich«, keuchte Malcorion. »Der Ort dort … das ist Mirn, ich war früher schon dort. Die spitzen Doppeltürme des Tempels von Lir und Tir, dem göttlichen Zwillingspaar, sind unverkennbar.«

»Aha«, brummte Warlon. »Und was bedeutet das?«

»Das bedeutet, dass wir uns nicht nur in einem anderen Teil des Finsterwaldes befinden, sondern gar nicht mehr in Elem-Laan. Mirn liegt weit im Norden von Radon, noch jenseits der Goldwüste im Zentrum des Landes. Dies muss der Hohe Forst von Calemborn sein. Wir befinden uns fast schon in der Nähe der Grenze zu Udan.«

»Goldwüste?«, hakte Warlon nach.

»Keine falschen Hoffnungen, sie heißt nur wegen der Farbe des Sandes so. Und etwas anderes gibt es dort auch nicht, nichts als Sanddünen, so weit der Blick reicht. Über hundert und mehr Meilen kein Grashalm und kein Tropfen Wasser.«

»Dann sollten wir den Nymphen wohl gleich doppelt dankbar sein, dass sie uns hierhergebracht haben, auch wenn ich immer noch nicht begreife, wie das möglich war. Sie haben uns eine gefahrvolle Reise durch Radon erspart und außerdem noch diese Goldwüste.«

»Auch wenn es sie nicht interessiert hat, was du über unsere Mission erzählt hast, so hat sich ihnen anscheinend wohl zumindest eingeprägt, dass wir zu den Elben unterwegs sind«, überlegte Ailin. »Und so haben sie uns den Weg erheblich abgekürzt. Noch weiter war es ihnen vermutlich nicht möglich.«

»Das könnte hinkommen«, entgegnete Malcorion. »Wie schon der Name Waldfeen besagt, sind sie Geschöpfe des Waldes, und der Forst von Calemborn ist das letzte Stück Wald auf unserer Reise. In Udan erwartet uns fast nur noch karge Steppe, und danach schließlich die eisigen Einöden, wohin sich die Elben zurückgezogen haben.«

»Nur schade, dass sie kein Waldgebiet als Exil gewählt haben«, murmelte Warlon.

Sie verließen den Schatten des Waldes und schlugen einen großen Bogen um Mirn. Auch anschließend mieden sie die vereinzelten Gehöfte und überhaupt alles bestellte Land, ebenso wie die Straßen. Stattdessen wanderten sie querfeldein über die Wiesen, um die Gefahr einer Entdeckung so gering wie möglich zu halten.

Eine leichte Brise wehte, und nach der langen Zeit in der stickigen Schwüle des Finsterwalds genossen sie die frische Luft um sich herum und sogar den Sonnenschein auf ihren Gesichtern. Während Warlon die Hitze und das grelle Licht zu Beginn dieser Expedition regelrecht gehasst hatte – schließlich hatte er die Sonne zuletzt als Kind gesehen –, hatte er sich mittlerweile daran gewöhnt und sie im Finsterwald sogar fast vermisst.

Immer wieder irrte sein Blick zu Ailin. In vielen Träumen der vergangenen Nacht war sie an seiner Seite gewesen und hatte mit ihm die fantastischen Prachtlandschaften bewundert. Seit er ihr zum ersten Mal begegnet war, hatte sie ihn beeindruckt, und das nicht nur durch ihren Mut, ihre Zähigkeit und ihr unerwartetes Können im Schwertkampf, von dem er nicht einmal gewusst hatte, dass Priesterinnen auch darin unterrichtet wurden.

Vor allem waren es die Anmut und Geschmeidigkeit ihrer Bewegungen gewesen, ihr Humor und ihre mitfühlende Art, die in ihm tiefere Gefühle für sie aufkommen ließen. Hinzu kam noch ihre Schönheit, obwohl er ihr Gesicht erst mit Beginn dieser Expedition erstmals gesehen hatte. In Elan-Dhor trugen die Priesterinnen in der Öffentlichkeit stets Schleier, doch für diese Mission war sie von dieser Pflicht entbunden worden.

Sosehr der Anblick ihres Gesichts und ihrer ausdrucksstarken dunklen Augen Warlon auch vom ersten Moment in seinen Bann geschlagen hatte, machte er zugleich alles für ihn noch schwieriger. Die Gefühle, die er für sie empfand, konnten nur zu Leid und Enttäuschung führen. Sie war eine Priesterin Li'thils, ihr Leben war allein der Göttin gewidmet. Obwohl er zu spüren glaubte, dass auch sie etwas für ihn empfand, durfte er von ihr nicht mehr als Freundschaft erwarten.

Mit aller Macht hatte er seine Gefühle für sie in den letzten Wochen deshalb verdrängt, sie in den hintersten Winkel seines Verstandes verbannt. Durch die Träume aber, die die Nymphen ihnen geschenkt hatten, waren diese Gefühle wieder angefacht worden. Warlon fragte sich, ob er vielleicht auch in ihren Träumen vorgekommen war, bemühte sich aber gleich, diese bittersüßen Gedanken erneut zu verdrängen, so gut es ihm möglich war.

Gelegentlich entdeckten sie in der Ferne Menschen, Reisende wie sie oder Arbeiter auf dem Feld, doch selbst dies beunruhigte Malcorion bereits.

»Wir erregen Aufsehen«, meinte er. »Genauer gesagt: Ihr erregt Aufsehen. Aus dieser Entfernung erkennt mich natürlich niemand, aber man sieht, dass ihr keine Menschen seid, und es ist lange her, dass zuletzt Zwerge durch diese Lande zogen. Man wird darüber tuscheln, und da dies ein so seltenes Ereignis ist, wird man möglicherweise sogar Reiter ausschicken, um uns nach unserem Ziel und den Angelegenheiten zu fragen, die uns herführen. Und die werden mich bestimmt erkennen.«

»Es ist uns doch wohl nicht verboten, durch Radon zu reisen, nur weil wir Zwerge sind«, ereiferte sich Warlon.

»Sicher nicht, aber es erweckt bestimmt Misstrauen, und wir sollten kein Risiko eingehen.«

»Was schlägst du vor, sollen wir stattdessen tun? Sollen wir nur noch nachts wandern?«

»Das wäre eine Möglichkeit, aber ich habe eine bessere Idee, die uns noch weitere Vorteile bringt. Es ist zu schade, dass Zwerge nicht reiten können, aber schließlich gibt es ja Fuhrwerke. Auf einem Wagen würdet ihr nicht so auffallen, und wir kämen außerdem wesentlich schneller voran.«

Das erschien Warlon tatsächlich als eine überaus kluge Idee. Aus der Tiefenwelt waren sie es gewohnt, alle Entfernungen zu Fuß zurückzulegen, deshalb war ihm bislang nicht einmal der Gedanke gekommen, daran etwas zu ändern. Aber die Oberfläche mit ihrer ungeheuren Weite stellte eine eigene, ganz andere

Welt dar, die neue Herausforderungen mit sich brachte. Um sie zu bewältigen, mussten sie auch geistig die ausgetretenen Pfade verlassen.

»Aber wo bekommen wir einen Wagen her? Um einen zu kaufen, müssten wir eine Stadt oder zumindest eines der Gehöfte aufsuchen und würden dabei erst recht Aufsehen erregen.«

»Wer spricht denn von kaufen?« Malcorion grinste, und sein Blick heftete sich auf Lokin. »Soweit ich mitbekommen habe, haben wir doch einen erfahrenen Meisterdieb unter uns.«

Gegen Abend entdeckten sie einen großen, abgelegenen Bauernhof, der Malcorion für ihr Vorhaben wie geschaffen erschien.

»Dort haben sie mit Sicherheit Fuhrwerke, um die Ernte einzuholen und das Getreide zur Mühle zu bringen«, sagte er.

»Und bestimmt auch eine Menge Knechte«, brummte Lokin.

»Du scheinst nicht gerade viel Zutrauen in deine eigenen Fähigkeiten als Dieb zu haben«, spöttelte der Waldläufer.

»Als Ausgestoßener blieb mir in Elan-Dhor nichts anderes übrig, als zu stehlen, auch wenn ich gewiss nicht stolz darauf war. Aber dort kannte ich mich aus, und ehe ich irgendwo eindrang, habe ich ein Haus gründlich beobachtet und ausgeforscht, manchmal tagelang. Hier haben wir es hingegen mit Menschen und einer völlig fremden Umgebung zu tun. Wenn wir erwischt werden …«

»Mach dir um die Knechte keine Sorgen. Sie können vielleicht mit Mistgabeln und Sensen umgehen, aber sie sind keine Krieger. Selbst wenn sie uns erwischen, werden sie sich hüten, uns anzugreifen.«

Warlon konnte nur hoffen, dass Malcorion damit Recht behielt. Auch ihm war keineswegs wohl bei dem Gedanken, ein Fuhrwerk zu stehlen. Er tröstete sich damit, dass er den Bauern für den Verlust entschädigen würde, dann war es kein richtiger Diebstahl mehr. Die Goldbrocken, mit denen man ihn für diese Expedition ausgestattet hatte, waren wertlos, wie er mittlerweile von dem

Waldläufer wusste; Narren- oder auch Elbengold, wie er es genannt hatte, einfaches Gestein, das nur durch die magische Ausstrahlung einer Elbenrune das Aussehen von Gold angenommen hatte, dieses aber auch bald wieder verlieren würde. Allerdings besaß er auch noch einige Goldtaler, gegen die er einen der Brocken in Gormtal eingetauscht hatte. Einer davon dürfte den Wert eines Wagens und eines Pferdes mehr als aufwiegen.

Im Schutz eines Maisfelds ließen sie sich nieder. Sie wollten erst spät in der Nacht zuschlagen, wenn auf dem Hof alle schliefen, und sich bis dahin ausruhen. Die Aufregung jedoch hielt Warlon noch lange wach, und als Malcorion sie gegen Mitternacht weckte, hatte er das Gefühl, gerade erst eingeschlafen zu sein.

Nirgendwo in dem Gehöft brannte mehr Licht, und es schien auch keinerlei Wachen zu geben, zu ihrer Erleichterung nicht einmal einen Hund. Warlon konnte kaum glauben, dass die Bewohner dermaßen leichtsinnig waren, nach allem, was er bislang über die Menschen wusste. Aber wahrscheinlich ging selbst in dieser abgelegenen Gegend niemand das Risiko ein, wegen eines Sacks Getreide oder Kartoffeln einen Einbruch zu begehen, und der Diebstahl eines primitiven Fuhrwerks schien auch nicht gerade zur Tagesordnung zu gehören.

Ohne Schwierigkeiten erreichten sie das Gehöft. Außer dem großen Haupt- und Wohnhaus gab es mehrere kleinere Nebengebäude, Ställe, eine Scheune und verschiedene Schuppen. Malcorion untersuchte den festgestampften Boden.

»Hier sind Radspuren.« Er deutete auf einen großen Holzschuppen. »Ich denke, dort drinnen werden wir finden, was wir suchen.«

Lokin trat auf das Tor zu und untersuchte flüchtig das Schloss.

»Das wird leicht«, behauptete er und zog einen ledernen Beutel aus der Tasche. Darin befanden sich mehrere auf verschiedene Art gebogene Haken, von denen er einige in das Schloss einführte und darin herumstocherte. Es dauerte nicht einmal eine Minute, bis ein metallisches Schnappen ertönte. Als er anschließend die Klinke hinunterdrückte, ließ sich das Tor öffnen.

»Gut gemacht«, raunte Warlon ihm zu.

»Manchmal ist es ganz hilfreich, auch über Fähigkeiten zu verfügen, die in unserem Volk im Allgemeinen nicht sonderlich geschätzt werden.« Grinsend packte Lokin sein Werkzeug in den Beutel zurück und zog das Tor weiter auf. Die Scharniere waren schlecht geölt und verursachten ein Knarren und Quietschen, das Warlon in der Stille überlaut erschien, weshalb sie das Tor nur gerade weit genug öffneten, um ins Innere des Schuppens schlüpfen zu können. Das leise Schnauben von Pferden begrüßte sie.

Neben dem Tor hing eine Petroleumlampe an der Wand. Da es im Inneren stockfinster war, ging Malcorion das Risiko ein, sie zu entzünden, drehte den Docht aber so weit herunter, dass sie nur einen schwachen Schein verbreitete.

An der linken Wand des Schuppens gab es sechs Boxen, in denen Pferde untergebracht waren. Rechts standen gleich mehrere Fuhrwerke, hauptsächliche einfache Karren mit einem Kutschbock und einer großer Ladefläche. Malcorion überprüfte das erste davon flüchtig, dann nickte er. Auch die Pferde musterte er gründlich, ehe er sich für zwei von ihnen entschied, die er aus ihren Boxen holte und anspannte. Dabei musste er beruhigend auf die Tiere einsprechen und strich ihnen immer wieder über den Kopf. Die Anwesenheit Warlons und seiner Begleiter machte sie nervös, dabei waren die Zwerge schon bis zur gegenüberliegenden Wand zurückgewichen.

Im Gegenzug machte Ailin die Nähe der Tiere sichtlich zu schaffen. Seit sie vor Jahren bei einem Besuch in Clairborn fast von einem durchgehenden Pferd niedergetrampelt worden wäre, hatte sie panische Angst vor ihnen.

»Die Plane dort hinten, ladet sie auch auf«, befahl Malcorion. »Und ich glaube, da liegen auch noch ein paar Stricke.«

Rasch packte Warlon alles auf die Pritsche und nutzte die Gelegenheit, einen Goldtaler auf den Kutschbock eines der anderen Wagen zu legen.

»Ich bin fertig«, teilte der Waldläufer mit. »Ihr könnt das Tor öffnen.«

Warlon trat vor, aber noch bevor er das Tor erreichte, wurde es plötzlich von außen aufgerissen. Fast ein Dutzend mit Sensen, Dreschflegeln und Mistgabeln bewaffnete Männer standen auf der Schwelle und starrten sie mit finsteren Gesichtern an.

»Rührt euch nicht! Bleibt, wo ihr seid, verdammtes Diebesgesindel!«, stieß einer der Männer hervor. Er hielt eine Laterne in der einen und ein Schwert in der anderen Hand.

Die Aufforderung war unnötig. Weder Malcorion noch einer der Zwerge hatte sich in den letzten Sekunden bewegt, allerdings nur, weil sie überrascht und erschrocken waren. Warlon blinzelte ins Licht. Der Mann mit der Laterne war groß und stattlich, vermutlich der Bauer des Hofs. Die Art, wie er sein Schwert hielt, zeigte, dass er anscheinend auch damit umzugehen verstand. Noch zwei andere Männer hielten Schwerter in den Händen, wie Warlon erst jetzt erkannte, doch umklammerten sie die Griffe so ungeschickt, dass von ihnen wohl keinerlei Gefahr drohte.

»Was wolltet ihr? Meine Pferde stehlen?«, sprach der Bauer weiter. »Wer seid ihr?« Er trat einen Schritt vor und drehte die Laterne so, dass sie Warlon direkt ins Gesicht leuchtete. Verblüfft musterte er auch die anderen. »Zwerge! Zwei Zwerge, eine Zwergenfrau und ein Mensch! Mein ganzes Leben habe ich noch keinen Zwerg gesehen, und jetzt erwische ich gleich drei, wie sie einen meiner Wagen stehlen wollen. Was hat das zu bedeuten, sprecht!«

»Wir sind auf einer wichtigen Mission, und dafür brauchen wir den Wagen und die Pferde«, behauptete Warlon.

»Ach, und da habt ihr euch gedacht, ihr könnt sie bei mir einfach stehlen? Daraus wird nichts.«

»Nicht stehlen.« Warlon deutete auf das zweite Fuhrwerk.

»Dort liegt ein Goldtaler. Das dürfte eine mehr als großzügige Entschädigung sein.«

Einen Moment wirkte der Bauer verblüfft.

»Diebe, die für ihre Beute bezahlen? Ich begreife nicht... Warum habt ihr nicht einfach gefragt, ob ich euch den Wagen verkaufe?«

»Wir haben es ziemlich eilig und wollten Euch zu dieser späten Stunde nicht wecken«, sagte Malcorion vom Kutschbock herab. »Wenn Ihr klug seid, nehmt Ihr das Gold und lasst uns ziehen. Zwergenkrieger auf einer wichtigen Mission sollte man nicht aufhalten. Sie werden schnell unwirsch, und glaubt mir, das möchtet Ihr nicht erleben.«

Unsicher geworden ließ der Bauer seinen Blick noch einmal über die Zwerge gleiten. Auch die Männer hinter ihm wurden unruhig. Es handelte sich um kräftige, von der harten Arbeit auf dem Feld gestählte Burschen, aber sie waren keine Kämpfer. Zwar waren sie gut einen Kopf größer als Warlon, doch besaß er ein wesentlich breiteres Kreuz. Er bemühte sich, ein möglichst grimmiges Gesicht zu machen und legte die Hand demonstrativ auf seine Axt, wobei er seine gewaltigen Muskeln spielen ließ. Trotz ihrer zahlenmäßigen Überlegenheit würde er mit den Männern notfalls allein fertig werden, aber so weit wollte er es auf keinen Fall kommen lassen.

Auch der Bauer schien das zu erkennen, denn sein Gesicht wurde eine Spur blasser, und die Hand, mit der er das Schwert hielt, begann kaum merklich zu zittern.

»Aber... so geht das nicht! Ihr...«

»Doch, ganz genau so geht das«, sagte Malcorion, während Ailin zu ihm auf den Bock kletterte. »Ihr seid mehr als gut für den Wagen und die Pferde bezahlt worden. Jetzt erspart Euch und uns Ärger und gebt den Weg frei!«

»Aber das...« Er richtete den Schein der Laterne genau auf das Gesicht des Waldläufers. »Ich kenne euch doch irgendwoher. Wer...«

Malcorion ließ die Zügel auf die Rücken der Pferde knallen. Gleichzeitig traten Warlon und Lokin weiter vor. Der Bauer und seine Knechte wichen vor ihnen zurück. Anscheinend sahen sie ein, dass sie keine Chance hatten, die Zwerge mit Gewalt aufzuhalten. Auf dem Hof bremste Malcorion das Fuhrwerk noch einmal gerade lang genug, dass die beiden Zwerge auf die Pritsche klettern konnten, dann trieb er die Pferde wieder an. Der Wagen rollte vom Hof, und das Gehöft mit dem immer noch fassungslosen Bauern und seinen Knechten versank hinter ihnen im Dunkel der Nacht.

»Verdammt!«, fluchte Malcorion, nachdem sie sich ein gutes Stück entfernt hatten. »Genau das hätte nicht passieren dürfen.«

»Aber es lief doch alles noch einigermaßen glatt«, entgegnete Lokin. »Als diese Kerle plötzlich vor uns standen, dachte ich schon, wir würden uns den Weg freikämpfen müssen. Dieser Bauer scheint kein Dummkopf zu sein und wird schnell begreifen, was für ein gutes Geschäft …«

»Er hat mich erkannt«, unterbrach ihn Malcorion. »Nach meiner Flucht mit Shaali hing mein Steckbrief überall in Radon, und mein Gesicht darauf war ziemlich gut getroffen. Spätestens wenn er sich von seiner Verblüffung erholt hat, wird sich der Bauer daran erinnern, wer ich bin, und auf schnellstem Weg in die nächste Stadt reiten. Spätestens morgen wird es in der ganzen Umgebung von Reitern nur so wimmeln, die Jagd auf uns machen!«

Er ließ die Peitsche über den Rücken der Pferde knallen, um sie zu größerer Eile anzutreiben. Warlon und Lokin mussten sich an der Seitenwand des Wagens festklammern, um nicht hin und her geschleudert zu werden. Die Straße, auf der sie sich befanden, war in schlechtem Zustand und voller Löcher.

Noch schlimmer wurde es, als sie nach einiger Zeit von ihr abbogen und über eine Wiese fuhren. So harte Stöße erschütterten den Wagen, dass Warlon jeden Moment befürchtete, eines der Räder könnte brechen, und dann wäre alles umsonst gewesen.

Auch Malcorion erkannte diese Gefahr und ließ die Pferde wieder langsamer laufen.

Bald wurde das Gelände noch unwegsamer, und er musste die Geschwindigkeit immer weiter verringern. Der Mond schien nicht besonders hell in dieser Nacht, und sein Licht reichte längst nicht aus, um irgendwelche kleinen Hindernisse rechtzeitig zu erkennen. Und davon gab es viele: Wurzeln, Steine oder besonders dicke Gras- und Unkrautballen, aber auch Vertiefungen wie Kaninchenbauten oder winzige Bachläufe.

Obwohl sie schließlich nicht mehr viel schneller fuhren, als sie auch hätten laufen können, erschütterten immer wieder heftige Schläge den Wagen, und manchmal meinte Warlon, das bedrohliche Knacken von Holz zu hören.

Als sie wieder auf eine Straße stießen, folgten sie dieser einige Stunden lang in nördlicher Richtung. Sie befand sich in besserem Zustand als die, auf der sie zuvor ein kurzes Stück gefahren waren, sodass sie schneller vorankamen, und das war Malcorion das Risiko wert, wie er erklärte. Sie waren auch jetzt nicht annähernd so schnell wie ein Reiter, aber jede Meile, die sie unentdeckt zurücklegten, vergrößerte ihre Chancen.

Ein paar Mal fielen Warlon die Augen zu, doch bevor er einschlafen konnte, schreckte er immer wieder hoch, wenn sie durch ein weiteres Schlagloch oder über einen Stein rumpelten.

Es begann bereits zu dämmern, als sich die Straße vor ihnen gabelte und Malcorion nach Westen abbog.

»Warum änderst du die Richtung?«, fragte Ailin überrascht. »Ich denke, wir wollen auf kürzestem Weg zur Grenze, und die liegt doch im Norden.«

»Nördlich von hier erstrecken sich die Weißberge und begrenzen Radon dort wie der Finsterwald im Süden«, erklärte der Waldläufer. »Sie gelten als nahezu unüberwindlich, obwohl es einige wenige gegeben hat, die es bereits geschafft haben sollen.«

»Zwerge leben in Bergen«, erinnerte Warlon.

»Du sagst es, *in* Bergen. Wenn es dort Minen oder dergleichen gäbe, hätte ich wenig Bedenken, aber dort haben niemals Zwerge gelebt. Wir müssten *über* die Berge, und das würde eine tagelange Wanderung durch Schnee und Eis bedeuten, die keiner von uns ohne spezielle Ausrüstung überleben würde. Die Weißberge sind viel höher als das Schattengebirge, und sie tragen ihren Namen, weil sie selbst im Sommer von ewigem Schnee bedeckt sind. Ich weiß, Zwerge sind zäh, aber das wäre selbst für euch zu viel«, fügte er nach einer kurzen Pause hinzu. »Davon abgesehen werden die wenigen Pässe, die es gibt, von schrecklichen Ungeheuern bewacht.«

»Ungeheuer?«

»Man nennt sie die Ruul, aber das ist auch schon so ziemlich das Einzige, was ich über sie weiß. Nur wenige haben eine Begegnung mit ihnen überlebt, und auch das nur, weil sie sie rechtzeitig entdeckt haben und umgekehrt sind. Sie sollen in Höhlen und Gletscherspalten hausen und jeden töten, der ihre Ruhe stört.«

Mit einem Trupp Zwergenkrieger an seiner Seite hätten auch diese Worte Warlon nicht geschreckt. Aber sie waren nur noch zu viert, und angesichts der Bedeutung ihrer Expedition mussten sie versuchen, jedes Risiko so gering wie möglich zu halten.

»Und wie kommen wir stattdessen über die Grenze?«, fragte Lokin.

»Wir müssen gut fünfzig, sechzig Meilen nach Westen. Aber leicht wird es dort auch nicht.«

»Wäre ja auch zu schön gewesen. Was erwartet uns dort?«

»Es liegt fast ein Jahrhundert zurück, dass Radon und Udan gegeneinander Krieg geführt haben, aber er zog sich über viele Jahrzehnte hin. Es gab mehrere große Schlachten, aber gefürchtet waren vor allem die blitzartigen Überfälle der udanischen Reiterei. Udan ist ein karges, dünn besiedeltes Land, es gibt allerdings riesige Pferdeherden dort, und das Heer besteht fast nur aus leichter Kavallerie. Bei ihren Angriffen konnten die Reiter tief in radonisches Gebiet vordringen, Raubzüge durchführen und sich wieder zurückziehen, bevor das schwerfälligere radonische Heer in der Lage war, sie zu stellen. Um dem vorzubeugen, errichtete einer von König Lorians Vorfahren einen Grenzwall.«

»Das klingt nicht gut«, murmelte Warlon.

»Ist es auch nicht. Es handelt sich um eine massive, mit Posten übersäte Mauer von annähernd hundert Meilen Länge, von den Ausläufern der Weißberge bis zu den Sümpfen im Westen. Inzwischen herrscht Frieden zwischen den beiden Ländern, aber die Mauer steht immer noch, und es gibt nur eine Handvoll bewachter Tore darin, durch die die Grenze überschritten werden kann.«

»Und wie sollen wir dann hinüberkommen?«, fragte Ailin. »Zumindest die Grenzposten werden doch bestimmt wissen, wie du aussiehst.«

»Wir haben nur dann eine Chance, wenn wir die Grenze passieren, ehe sich die Nachricht bis dorthin herumspricht, dass ich mich in Radon befinde, und die Kontrollen verschärft werden. Wir müssen irgendwo ein paar Kleider auftreiben. Vielleicht gelingt es, wenn ich mich als alte Frau verkleide.«

Warlon verzog das Gesicht. Was Malcorion vorschlug, war kein ausgereifter Plan, sondern nur eine verrückte, aus blanker Not geborene Idee. Anderseits mochte sie gerade deshalb Erfolg haben, weil sie so verrückt war, aber die Aussichten standen alles andere als gut.

»Schlimmstenfalls müsst ihr eben allein über die Grenze«, fuhr der Waldläufer fort. »Ihr habt noch die Karte, die ich für euch angefertigt habe, und dürftet in der Lage sein, den restlichen Weg auch allein zu bewältigen. In Udan sollten euch keine großen Gefahren mehr erwarten, und ich schlage mich allein schon irgendwie durch.«

Keiner antwortete darauf. Warlon hoffte, dass es nicht so weit kommen würde. Bislang hatte sich Malcorion als ein unverzichtbarer Führer erwiesen, vor allem, was den Finsterwald betraf, den sie ohne seine Hilfe nie hätten durchqueren können. Selbst wenn das schwerste Stück des Weges hinter ihnen liegen sollte, sobald sie Udan erreichten, würde er trotzdem nur ungern auf Malcorions weitere Begleitung verzichten. Da er schon früher öfter bei den Elben zu Gast gewesen war und sie kannte, würde er ihnen vielleicht auch dort eine Hilfe sein, wenn es darum ging, sie um Unterstützung zu bitten.

Inzwischen war es so hell geworden, dass er die Weißberge im Norden gut sehen konnte. Sie trugen ihren Namen wirklich nicht zu Unrecht. Wie eine gewaltige Mauer ragten sie auf, im unteren Teil grau mit grünen Flecken, aber in der Höhe mit Schnee bedeckt. Ihre himmelstürmenden Gipfel waren von nebligem Dunst und Wolken umgeben und nicht zu sehen. Dagegen nahm sich das Schattengebirge tatsächlich wie eine Hügellandschaft aus. Auch einige seiner Gipfel ragten so hoch auf, dass sie das ganze Jahr mit Schnee bedeckt waren, doch bildeten sie eher die Ausnahme.

Auf der rechten Seite wurde die Straße ein Stück weit von Gebüsch gesäumt. Malcorion zog an den Zügeln und ließ die Pferde anhalten, dann sprang er vom Bock herunter und betrachtete die Büsche genauer. Auch die Zwerge nutzten die Gelegenheit, abzusteigen und sich ein wenig die Füße zu vertreten.

»Was hast du vor?«, erkundigte sich Warlon.

»Du wirst schon sehen.«

Malcorion bog einige der Zweige. Sie waren lang und mehr als fingerdick, aber gleichzeitig biegsam. Als er zwei gefunden hatte, die ihm geeignet erschienen, hieb er sie mit seinem Schwert ab, schnitt sie auf zwei Stücke von etwa vier Metern zurecht und befreite sie mit einem Dolch von kleineren Zweigen. Anschließend befestigte er jeweils einen mit Stricken am vorderen und hinteren Teil des Wagens, sodass sie zwei Halbkreise über der Ladefläche bildeten. Mit Hilfe der Zwerge zog er die aus festem Stoff bestehende Plane darüber und band diese ebenfalls fest.

»Selbst wenn jemand den Wagen aus der Ferne sieht, kann er so nicht mehr erkennen, wer sich darauf befindet«, erklärte er. »So erregt ihr keine Aufmerksamkeit.«

Mit ausgerupften Grasbüscheln rieb er das Fell der Pferde ab, doch konnte er ihnen keine längere Rast gönnen. Schon nach wenigen Minuten setzten sie ihren Weg fort. Sie verließen die Straße wieder, da die Gefahr einer Entdeckung hier am größten war, auch wenn sie dadurch nun langsamer vorankamen. Wenigstens waren im heller werdenden Tageslicht vor ihnen liegende Hindernisse gut zu erkennen, sodass sie ihnen ausweichen konnten.

Bis in den frühen Vormittag hinein kamen sie unbehelligt voran, dann geschah das, was sie am meisten befürchtet hatten: Auf einer nur wenige Meilen entfernten Hügelkuppe tauchten Reiter auf, und das Glänzen des Sonnenlichts auf Metall ließ keinen Zweifel daran, dass es sich um Soldaten handelte.

14

DIE FEUERSBRUNST

Unmittelbar nach ihrer Rückkehr nach Elan-Tart am späten Nachmittag suchte Tharlia als Erstes die Häuser der Heilung auf, um nach Orwan zu sehen. Salos selbst, der Heilmeister und Oberste seiner Zunft, kümmerte sich zusammen mit einem anderen Heiler um ihn. Außerdem hielt sich auch Breesa, die neue Hohepriesterin Li'thils, in seinem Krankenzimmer auf.

»Wie geht es ihm?«, erkundigte sich Tharlia ohne Umschweife.

»Sein Zustand hat sich nicht nennenswert verändert, doch es besteht vorsichtiger Anlass zur Hoffnung«, berichtete Salos. »Er ist zäh und besitzt einen starken Willen. Obwohl er schläft, klammert sich sein Geist ans Leben und kämpft mit aller Macht gegen den Tod an. Er gibt nicht auf, und das ist ein gutes Zeichen. Aber wie dieser Kampf enden wird, ist noch völlig offen.«

Tharlia trat an das Bett des Verletzten. Selbst im Schlaf schien er Schmerzen zu verspüren, denn von Zeit zu Zeit kam ein leises, gequältes Stöhnen über seine Lippen. Seine Augen unter den geschlossenen Lidern bewegten sich wild hin und her.

Sie legte die Hand auf seine schweißnasse Stirn. Seine Haut war heiß vom Fieber, das in ihm wütete. Mit geschlossenen Augen konzentrierte sich Tharlia auf seinen Geist, versuchte in ihn einzudringen, um ihm Kraft zu spenden, seinen Schmerz zu spüren und ihn zu lindern, doch es gelang ihr nicht. Wie die meisten ihrer Fähigkeiten als Hohepriesterin hatte sie auch diese verloren, als sie ihr Amt aufgegeben hatte.

Sie zog ihre Hand zurück, öffnete die Augen wieder und sah Breesa bittend an, aber die Priesterin schüttelte den Kopf.

»Ich tue für ihn, was ich kann, sonst wäre er bestimmt schon nicht mehr am Leben. Aber ich kann ihm nicht zu viel meiner eigenen Kraft zukommen lassen, nicht mehr, als er wirklich braucht, sonst würde ich mehr Schaden als Nutzen anrichten und ihn innerlich verbrennen. Ihr wisst das, schließlich habt Ihr dieses Amt selbst lange Zeit ausgeübt. Er muss diesen Kampf alleine führen, ich kann ihn nur behutsam dabei unterstützen.«

Tharlia nickte bedrückt. Sie wünschte, es gäbe etwas, das sie für Orwan tun könnte. Nicht allein aus Mitleid, so groß es auch sein mochte, wenn sie jetzt auf den jungen Mann hinabblickte. Aber es hing auch so ungeheuer viel davon ab, dass er am Leben blieb. Fast hasste sie sich selbst für diesen pragmatischen Gedanken, doch als Königin war sie verpflichtet, in erster Linie an das Wohlergehen des ganzen Volkes zu denken.

Sie hatte Erkundigungen über Orwan eingeholt. Er galt bei seinen Kameraden als fröhlich und idealistisch, lediglich sein Streben, unter allen Umständen Ruhm und Ehre zu erwerben, wurde von einigen Vorgesetzten als fast krankhaft ehrgeizig bezeichnet, weshalb sie ihn immer wieder hatten bremsen müssen, damit er nicht zu tollkühn wurde. Er hatte unbedingt ein Held werden wollen. Auch wenn er es nicht ahnen konnte und man wohl kaum jemals Lieder darüber singen würde, focht er momentan den wohl größten und wichtigsten Kampf seines Lebens; einen Kampf, der nicht nur über sein eigenes Überleben entscheiden würde, sondern möglicherweise das seines gesamten Volkes.

»Besteht eine Chance, dass er in nächster Zeit aufwacht?«, erkundigte sie sich.

Salos zuckte mit den Schultern.

»Möglich ist alles, aber ich halte es derzeit für nicht sehr wahrscheinlich. Und wenn, dann nur sehr kurz.«

»Und wie steht es mit Euch?«, wandte sie sich an Breesa. »Könnt Ihr ihn aufwecken, ohne den Heilungsprozess zu gefährden, damit er ein oder zwei Fragen beantworten kann? Ich würde nicht fragen, wenn es nicht wirklich wichtig wäre. Eine einzige Minute würde mir schon reichen.«

»Ich könnte ihn wecken«, erwiderte die Hohepriesterin zögernd. »Aber damit würde ich ihn nur quälen, und bei seinem hohen Fieber wäre es mehr als ungewiss, ob er Eure Fragen überhaupt verstehen, geschweige denn beantworten könnte. Und möglicherweise würde es ihn sogar töten, seine Heilung zumindest zurückwerfen.«

Enttäuscht verzog Tharlia das Gesicht, obwohl sie kaum etwas anderes erwartet hatte.

»Wie sind Eure Verhandlungen in Clairborn denn verlaufen?«, fragte Salos. »Habt Ihr beim Bürgermeister etwas erreichen können?«

»Ich werde den Hohen Rat später über alles informieren«, vertröstete sie ihn. »Jetzt möchte ich nicht darüber nachdenken.«

Natürlich gelang ihr das nicht; sosehr sie die Gedanken auch zu verdrängen versuchte, beschäftigte sie sich fast ohne Unterlass mit der Gefahr, die ein Krieg gegen die Menschen darstellen würde und die wie ein unsichtbares Schwert drohend über ihnen hing. Sie konnte nichts für Orwan tun, außer darauf zu hoffen, dass er ihre Gegenwart spürte und Kraft daraus schöpfte. Dennoch blieb sie lange bei ihm, nicht allein seinetwegen, sondern um den Moment der Wahrheit hinauszuzögern, in dem sie dem Rat Bericht über die Entscheidung Lavinions erstatten musste.

Obwohl die hitzige Debatte immer noch andauerte und weiterhin die schon mehrfach vorgebrachten Argumente ausgetauscht wurden, lehnte sich Tharlia nach einiger Zeit müde und erschöpft auf dem Thron zurück, schloss die Augen und zwang sich, für einige Momente weder hinzuhören noch an irgendetwas zu denken.

Die Sitzung des Rates war nicht annähernd so schlimm, wie sie erwartet hatte.

Sie war schlimmer.

Noch bis zum Betreten des Thronsaals hatte Tharlia mit dem Gedanken gespielt, erst gar nicht zu erwähnen, dass die Übeltäter bereits gefasst wären, und auch Thilus den Befehl zu geben, zu schweigen. Das würde ihr zumindest für ein paar Tage Luft verschaffen. Dennoch hatte sie sich dagegen entschieden und wahrheitsgemäß alles berichtet, was Lavinion ihr gesagt hatte. Binnen kurzer Zeit würde die Wahrheit ohnehin herauskommen. Dann wären die Ratsmitglieder zu Recht zornig auf sie, und es würde ihr noch schwerer fallen, sie von ihrer Sichtweise zu überzeugen.

Immerhin war der Rat zumindest in zwei gleich große Parteien gespalten, das war schon mehr, als sie erwartet hatte. Beide Vertreter der Gelehrtenkaste sprachen sich wie erwartet gegen gewaltsame Maßnahmen aus, die Arbeiterkaste hingegen stimmte geschlossen dafür, dabei hatte sie gehofft, dass zumindest einer von ihnen sich auf ihre Seite stellen würde.

Das hatte zu ihrer eigenen Überraschung hingegen Sutis von der Kriegerkaste getan. Dem pausbäckigen, rundlichen Krieger mit dem manchmal etwas cholerischen Temperament war bewusst, dass das Heer der Zwerge der geballten Macht der lartronischen Armee nicht gewachsen sein würde, jedenfalls nicht hier an der Oberfläche. In Elan-Dhor hätten sie einem Angriff gelassen entgegensehen können, aber nicht im kaum befestigten Elan-Tart. Und selbst wenn sie wider Erwarten einen Krieg überstehen würden, wären sie anschließend so geschwächt, dass sie jeden Gedanken an einen erneuten Kampf gegen die Dunkelelben und eine Rückeroberung ihrer Heimat für lange, lange Zeit würden aufgeben müssen, ob ihnen die Elben zu Hilfe kamen oder nicht.

In dieser Hinsicht dachte Sutis äußerst pragmatisch. Auch dem extrem traditionalistisch eingestellten Loton war dies bewusst, dennoch pochte er auf die Einhaltung der alten Gesetze. Neben ihrem durch das Exil bereits arg gebeutelten Stolz wären sie alles, was ihnen noch geblieben war, argumentierte er.

Damit stand es im Rat unentschieden, und da er keine mehrheitliche Position vertrat, lag die Entscheidung allein bei Tharlia. Auch an einen Beschluss wäre sie nicht gebunden gewesen, da der Hohe Rat nur Empfehlungen aussprechen konnte, aber so war alles etwas einfacher für sie. Vor allem, da sie ihr Amt mit dem Versprechen angetreten hatte, diese Beschlüsse nicht wie zuvor König Burian nach Gutdünken zu ignorieren, was letztlich zu seiner Absetzung geführt hatte.

Kaum erträglich jedoch war, mit welcher hitzigen Leidenschaftlichkeit beide Parteien für ihre Positionen kämpften.

»Ehrenwerte Ratsmitglieder, bitte«, unterbrach sie ein flammendes Plädoyer Artoks. »Ich denke, alle Argumente sind ausgiebig vorgebracht worden, und die Beratung dreht sich nur noch im Kreis. Da wir heute wohl ohnehin in dieser für unser ganzes Volk schicksalhaften Frage zu keinem Ergebnis mehr kommen werden, sollten wir uns ein paar Stunden Ruhe gönnen, damit wir alle Zeit haben, unsere Standpunkte noch einmal zu überdenken. Morgen können wir dann –«

Sie brach ab, als selbst durch die dicken Mauern des Palastes hindurch das gedämpfte Gellen eines Alarmhorns zu hören war.

»Was –«

Das Portal des Thronsaals wurde aufgestoßen. Aufgeregt kam ein Krieger der Palastwache hereingestürmt und verneigte sich hastig.

»Bitte verzeiht die Störung, aber es … Es scheint einen weiteren Angriff gegeben zu haben«, stieß er keuchend hervor. »Die westlichen Felder, sie … sie brennen. Die Felder stehen lichterloh in Flammen!«

Es war inzwischen dunkel geworden, doch der Himmel im Westen der Stadt hatte sich rot gefärbt, und von den Stufen des Palastes aus waren selbst über die Dächer der dazwischenliegenden Häuser hinweg die meterhoch auflodernden Flammen zu sehen.

Zwerge hasteten durch die Straßen, alle waren durch das

Alarmsignal aufgescheucht worden. Trotz der Aufregung machte man Tharlia und den Mitgliedern des Hohen Rates ehrerbietig Platz, als sie sich auf den Weg zur Brandstelle begaben. Überall erklangen Rufe nach Eimern und anderen Gefäßen, um damit Wasser zu schöpfen.

Sie waren gezwungen, einen großen Bogen um das Feuer zu machen. Immer wieder fachte der von den Bergen herabfauchende Wind die Flammen zu neuer Wut an und trieb Funken und dichte Rauchschleier über das Land, die in den Augen brannten und zum Husten reizten.

Alle Krieger, die in den Kasernen Bereitschaft hatten, waren ausgerückt und wurden beständig durch weitere aus der Stadt verstärkt, die nicht im Dienst gewesen waren. Allerdings beteiligten sie sich nicht an den Löscharbeiten, sondern bildeten einen weit geschwungenen Bogen um den Westen der Stadt.

Die Löscharbeiten wurden unter dem Kommando eines älteren Erzmeisters von der Arbeiterkaste ausgeführt, deren Zahl dafür mehr als ausreichend war. Einige Männer schlugen mit nichts anderem ausgestattet als mit Decken und Tierhäuten auf die Flammen ein, aber die meisten hatten Ketten gebildet und schöpften mit Eimern, Töpfen und was sonst an Gefäßen zur Verfügung stand, Wasser aus dem nahen Cadras und reichten es bis zur Brandstelle weiter. Aber sosehr sie sich auch abmühten, es war ein nahezu aussichtsloser Kampf. Seit Tagen war kein Tropfen Regen mehr gefallen, entsprechend trocken war alles.

Ein beträchtlicher Teil des Nordwest-Ackers war dem Feuer bereits zum Opfer gefallen, und auch der Rest war wohl verloren, wie Tharlia erschüttert feststellte. Viele Arbeiter waren bereits damit beschäftigt, das Getreide am Rand des Ackers umzuhauen und so Schneisen zu bilden, um ein Übergreifen der Flammen auf die benachbarten Felder zu verhindern. Andere löschten kleine Brandherde, die durch Funkenflug dort entstanden.

Das Sommergetreide stand hoch und fest, noch ein oder zwei Wochen, dann hätte es geerntet werden können und die Versorgung Elan-Tarts über mehrere Monate sichergestellt. Stattdessen ging es nun in Rauch auf. In ohnmächtigem Zorn ballte Tharlia die Fäuste.

»Wie konnte das geschehen?«, wandte sie sich mit bebender Stimme an einen Kampfführer, der die neu herbeieilenden Krieger zur Verstärkung der Abwehrlinien um die Stadt einteilte.

»Feinde haben sich im Schutz der Dunkelheit angeschlichen«, berichtete er aufgebracht. »Flammende Geschosse zuckten plötzlich über den Himmel, rasch hintereinander abgeschossene Brandpfeile. Bevor wir etwas tun konnten, stand ein Teil des Feldes bereits in Flammen.«

Genau das hatte Tharlia am meisten gefürchtet. Gegenüber den schrecklichen Folgen, die sich aus diesem erneuten Angriff ergeben würden, nahm sich sogar der Verlust eines Teils der Ernte harmlos aus.

Es konnte kein Zweifel daran bestehen, dass es sich bei den Angreifern auch diesmal wieder um Menschen handelte. Obwohl sie Bürgermeister Lavinion ausdrücklich darauf hingewiesen hatte, dass weitere Zwischenfälle dieser Art eine friedliche Lösung unmöglich machen würden, und sie nicht daran zweifelte, dass er die Wachen entsprechend verstärkt hatte, musste es erneut irgendwelchen Fanatikern gelungen sein, seiner Aufsicht zu entkommen und bis nach Elan-Tart zu gelangen. Vermutlich wollten sie sich für die Verhaftung ihrer drei Komplizen rächen und deren Werk fortführen. Die Ankunft der Reiter aus Teneret hatte ihnen Oberwasser verschafft; unter ihrem Schutz fühlten sie sich vor jeglicher Vergeltung sicher. Nur so waren diese beiden Anschläge genau zu diesem Zeitpunkt zu erklären.

Für Tharlia bedeutete das, dass ihre bisherige Position damit unhaltbar geworden war.

»Nun ist es genug!«, stieß wie zur Bestätigung ihrer Gedanken in diesem Moment Sutis neben ihr hervor. »Diesen erneuten Angriff können wir uns nicht auch noch gefallen lassen. Dieser Spuk muss ein Ende finden.«

»Da hört Ihr es, Majestät«, ergänzte Loton. »Eine deutliche Mehrheit des Rates fordert nun Vergeltung, und ich bin überzeugt, dass dies auch für das restliche Volk gilt. Wir müssen etwas unternehmen.«

Immerhin, dachte Tharlia, war er taktvoll genug, sie nicht explizit darauf hinzuweisen, dass das Volk statt den Köpfen der Übeltäter den *ihren* fordern könnte, wenn sie diesem Drängen nicht nachgab, aber die Drohung schwang unhörbar in seinen Worten mit.

»Dies ist wohl weder der richtige Ort noch der richtige Zeitpunkt, um darüber zu sprechen«, sagte sie scharf, doch der Kriegsmeister ließ sich nicht einschüchtern.

»Ich finde, dass beides gar nicht besser passen könnte«, entgegnete er und deutete auf die Feuersbrunst. »Hier, direkt am Ort des Anschlags, wo unsere Bemühungen und Hoffnungen in Flammen aufgehen. Euer Streben nach Aussöhnung ist uns schlecht gelohnt worden. Die Diplomatie ist gescheitert. Es war ein Fehler, mit den Menschen Kompromisse auszuhandeln, wie sie es untereinander tun.« Demonstrativ legte er die Hand auf den Griff seines Schwertes. »Wir sind Zwerge. Wir lösen Probleme auf unsere Art, wie es schon unsere Vorfahren getan und die Größe und den Ruf unseres Volkes damit begründet haben.«

»Und was wollt Ihr tun, Kriegsmeister?«, ergriff Selon das Wort. »Wollt Ihr auch die Felder der Menschen in Brand stecken, damit wir nicht einmal von ihnen Korn und Mehl bekommen können, sodass unser Volk verhungert?«

Loton starrte ihn zornig an, gab aber keine Antwort und senkte nach einigen Sekunden sogar den Blick.

»Streitet nicht schon wieder, schon gar nicht, wenn andere uns hören und sehen können!«, verlangte Tharlia. »Geschlossenheit ist jetzt mehr denn je vonnöten.«

»Wir müssen den Menschen auf jeden Fall zeigen, dass solche Angriffe auf uns nicht ungesühnt bleiben«, mischte sich Torgan von der Arbeiterkaste ein. »Aber ein offener Angriff auf Clairborn würde nur zusätzliches Leid über unser Volk bringen. Dennoch müssen wir zumindest eine Herausgabe der Übeltäter erreichen. Wenn wir an ihnen ein Exempel statuieren, wird das andere davon abhalten, ihrem Weg zu folgen.«

»Und wie sollen wir das schaffen, wenn sie sich weigern?«, fragte Salos. »Dann bleibt uns nichts anderes übrig, als sie uns mit Gewalt zu holen.«

»Aber Gewalt bedeutet nicht zwangsläufig offenen Krieg«, sagte Tharlia nach kurzem Überlegen. Sie hatte erkannt, dass sie etwas unternehmen musste, bevor sie vollends von den Geschehnissen überrollt wurde. Solange sie selbst das Heft des Handelns in der Hand behielt, konnte sie wenigstens noch darauf hinwirken, dass nicht alles außer Kontrolle geriet. »Wir müssen Druck ausüben, und das wesentlich stärker als bisher, das steht nun wohl außer Frage.«

»Und was schlagt Ihr vor?«

»Wir sollten Clairborn belagern«, sagte sie nach einer genau berechneten Pause. »So vermeiden wir einen direkten Angriff. Die Stadt ist darauf nicht vorbereitet, die Nahrungsmittel werden ihr schon bald ausgehen. Blockieren wir sie so lange, bis man uns gibt, was wir verlangen.«

»Und was ist mit den königlichen Reitern?«, wandte Sutis ein.

»Zweihundert Mann sind zu wenig, um unsere Linien zu durchbrechen. Ihre Anwesenheit nutzt uns sogar, denn es sind zweihundert hungrige Mäuler mehr. Umso schneller werden die Vorräte aufgebraucht sein.«

»Aber der König wird Verstärkung schicken, sobald er davon erfährt – und das wird er. Eine solche Belagerung lässt sich nicht lange geheim halten.«

»Selbst wenn, Teneret ist weit, und seine Kavallerie ist nur klein. Die Hälfte seiner Reiter befindet sich bereits in Clairborn. Ein zu Fuß marschierendes Heer aber wird selbst bei größter Eile Wochen brauchen, bis es hier eintrifft. So lange kann Clairborn sich nicht halten.«

»Es wäre eine Möglichkeit, unseren Gesetzen unblutig Geltung zu verschaffen«, sagte Loton nachdenklich. »Aber wir müssen rasch zuschlagen. Durch seine Späher wird Lavinion bereits von dem Brand wissen und Gegenmaßnahmen erwarten.« Er rieb sich das Kinn. »An seiner Stelle würde ich die Reiter zwischen Clairborn und Elan-Tart vorrücken lassen, damit sie uns den Weg verstellen. In diesem Fall müssten wir entweder doch angreifen oder uns zurückziehen.«

»Dazu darf es nicht kommen.« Tharlia schloss für einen Moment die Augen. Jetzt gab es kein Zurück mehr. »Fast alle Krieger sind derzeit kampfbereit angetreten«, sagte sie. »Diese Gelegenheit sollten wir nicht verstreichen lassen. Ich glaube nicht, dass Lavinion mehr als zwei Späher ausgesandt hat, um uns zu beobachten. Einer wird nach Clairborn zurückgekehrt sein, um Bericht über das Feuer zu erstatten. Wenn wir den zweiten Späher ausschalten oder unterwegs abfangen, können wir in wenigen Stunden mit unserem gesamten Heer vor den Toren von Clairborn stehen, ohne dass jemand die Gefahr ahnt.«

»Ich werde sofort alles Nötige veranlassen«, erklärte Loton grimmig.

»Was für ein Unsinn«, brummte Thilus verdrossen. »Wahrscheinlich sind diese Dreckskerle schon fast wieder zurück in Clairborn, und wir stehen uns hier die Beine in den Bauch. Die müssten völlig verrückt sein, jetzt noch einmal anzugreifen.«

»Das müssen sie ohnehin sein«, entgegnete ein junger Krieger neben ihm. »Außerdem sind es Menschen, das sagt doch schon alles.«

Für Thilus sagte das noch längst nicht alles. Nach dem Gespräch mit dem Bürgermeister, dem er am Vormittag beigewohnt hatte, stand für ihn fest, dass nach diesem neuerlichen Angriff jede Chance auf eine friedliche Einigung vertan war. Wenigstens war diesmal niemand verletzt oder gar getötet worden, sodass man sich unter normalen Umständen mit einer Entschädigungszahlung zufriedengeben könnte, aber in dieser aufgeheizten Atmosphäre verlangte das Volk nach Blut. Eine Revolte würde ausbrechen, wenn die Königin jetzt nicht handelte.

Auf jeden Fall war es Unsinn, die Krieger weiterhin die Stadt abschirmen zu lassen.

»Thilus? Seid Ihr Kampfführer Thilus?«, fragte ein Meldejunge und blieb keuchend vor ihm stehen.

»Der bin ich.«

»Kriegsmeister Loton wünscht Euch sofort zu sprechen.«

Eilig folgte Thilus dem Jungen. Als er sich dem Feuer näherte, musste er erkennen, dass man das brennende Feld inzwischen aufgegeben hatte und nur noch bemüht war, ein Übergreifen auf die angrenzenden Felder zu verhindern, was durch die ständig vom Wind hochgewirbelten Funken keine leichte Aufgabe war.

Zu seiner Überraschung erwartete ihn Loton nicht allein, sondern befand sich in Begleitung Königin Tharlias und der übrigen Mitglieder des Hohen Rates. Mit einem unguten Gefühl legte er die letzten Schritte zurück und verbeugte sich. Er ahnte, dass ihre Gegenwart nur bedeuten konnte, dass die Zeit des Abwartens vorbei war. Was immer man an Gegenmaßnahmen plante, es würde noch in dieser Nacht geschehen.

Und ihn hatte man offenbar auserwählt, eine besondere Rolle dabei zu spielen.

»Ich habe einen Auftrag für Euch«, richtete Loton das Wort an ihn. »Wie Ihr wisst, werden wir von Spähern ausgekundschaftet. Wir gehen davon aus, dass Elan-Tart auch jetzt von mindestens einem beobachtet wird. Einige Krieger versuchen, sein Versteck zu entdecken, aber es gibt zu viele Möglichkeiten, und wir rechnen nicht mit einem Erfolg. Dennoch darf der Späher auf keinen Fall nach Clairborn zurückkehren. Nehmt Euch ein paar Leute und schleicht Euch unauffällig in der Dunkelheit fort. Ich möchte, dass Ihr ihm einen Hinterhalt legt. Ihr habt eine Stunde Zeit, eine geeignete Stelle zu finden.«

»Wie Ihr Euch denken könnt, darf dem Späher auf keinen Fall

etwas zustoßen«, ergänzte Tharlia. »Das ist extrem wichtig. Sonst wären wir nicht besser als diese Fanatiker aus Clairborn und würden unsere Ansprüche verwirken. Überwältigt ihn nur und haltet ihn gefangen, bis wir bei Euch eintreffen.«

»Verstanden.« Thilus verbeugte sich noch einmal und eilte davon.

Bis wir bei Euch eintreffen, echoten Tharlias Worte unheilschwanger in seinem Kopf. Es gab keinen Zweifel, was das zu bedeuten hatte.

Noch in dieser Nacht würde der Feldzug gegen Clairborn beginnen!

Thilus wählte insgesamt zehn Begleiter für seine Mission aus, doch wagte er es nicht, sich mit allen gemeinsam vom übrigen Heer abzusetzen. Die Bewegungen einer solchen Gruppe könnten einem Beobachter auffallen, wohingegen es für einen einzelnen Krieger recht einfach war, in der Dunkelheit im Dickicht unterzutauchen. Vor allem, da der Wind dichte Wolken über den Himmel trieb (wenn es doch nur regnen würde, dann wären die Löscharbeiten viel einfacher!), die den Mond die meiste Zeit verbargen, sodass die Nacht recht finster war.

Einer nach dem anderen stahlen sich die von ihm ausgewählten Krieger vom restlichen Heer davon und trafen sich wenige Minuten später mit Thilus im Schutz eines großen, markanten Gestrüpps, etwa eine halbe Meile vom Verteidigungsring entfernt.

Von hier aus machten sie sich gemeinsam auf den Weg Richtung Clairborn. Nach seinen zwei Besuchen dort kannte Thilus die Strecke und hatte zwei Stellen ausgewählt, die für einen Hinterhalt wie geschaffen waren.

Vermutlich würde der Späher auf kürzestem und schnellstem Weg nach Clairborn reiten, sobald er bemerkte, dass sich das Zwergenheer in Bewegung setzte, allerdings handelte es sich größtenteils um offenes Gelände. Es war nicht gesagt, dass er genau dem Weg folgte, der ohnehin kaum mehr als ein Trampelpfad war, den die Zwerge mit ihren schweren Karren bei den Marktbesuchen in letzter Zeit geschaffen hatten. Er wand sich auf möglichst ebener Strecke zwischen den Hügeln hindurch, doch ein Reiter könnte den Weg geradenwegs über die Kuppen abkürzen. Selbst wenn der Späher nur zwei oder drei Dutzend Meter vom Weg abwich, konnte er unbemerkt an den Zwergen vorbeischlüpfen, zumindest aber ohne dass sie ihn noch aufhalten könnten.

Beide Orte, die Thilus ausgewählt hatte, würde der Späher jedoch mit größter Wahrscheinlichkeit passieren. Bei der ersten Stelle handelte es sich um ein lang gezogenes Wäldchen mit dichtem Unterholz. Hier bot der mitten hindurchführende Weg die bequemste Möglichkeit, es zu passieren, da es Zeit kosten würde, es zu umrunden.

Ein paar hundert Meter hinter dem Wäldchen schließlich wurde das Gelände felsig und war von Steinbrocken in allen möglichen Größen übersät. Schon den größeren auszuweichen, würde einen zeitraubenden Hindernisritt bedeuten; zudem bestand die Gefahr, dass ein Pferd in der Dunkelheit über einen kleineren Brocken strauchelte und sich womöglich gar einen Lauf brach. Den Weg hingegen hatten die Zwerge von allen Felsen befreit, um ihn mit ihren Karren gut passieren zu können.

Angesichts der knappen Zeit trieb Thilus seine Begleiter unbarmherzig an. Im Laufschritt eilten sie vorwärts und erreichten das Wäldchen, wo er hoffte, die Falle bereits zuschnappen lassen zu können, knapp eine Viertelstunde vor Ablauf der Frist. Die Hälfte der Krieger behielt er hier zurück, die andere schickte er mit genauen Instruktionen weiter, damit sie ihre Position zwischen den Felsen einnahmen.

Er wählte eine Stelle etwa ein Dutzend Meter vom Waldrand entfernt aus, wo ein großer, selbst für einen Zwerg einigermaßen leicht zu erkletternder Baum einen besonders dicken Ast in gut dreieinhalb Meter Höhe direkt über den Weg ausstreckte. Gerne wäre Thilus selbst hinaufgeklettert, doch mit seinem verkrüppelten Arm war es für ihn unmöglich, sodass er diese Aufgabe einem anderen Krieger übertrug. Mit den übrigen versteckte er sich im dichten Unterholz beiderseits des Weges.

Nun blieb ihnen nichts anderes übrig, als zu warten. Die Minuten dehnten sich zu halben Ewigkeiten, bis er endlich sich rasch nähernden Hufschlag hörte. Hier unter den Bäumen war es noch dunkler als unter freiem Himmel, aber seine scharfen Zwergenaugen reichten aus, um zumindest einigermaßen deutliche Umrisse zu erkennen, während der Späher vermutlich so gut wie blind war.

Thilus kauerte sich noch etwas tiefer ins Dickicht und spannte gleichzeitig seine Muskeln an. Der Hufschlag war nun ganz nah. Aus der Finsternis schälten sich die Umrisse des Reiters.

Mit einem Kampfschrei sprang der Krieger, der den Baum erklettert hatte, von seinem Ast herab, um den Späher aus dem Sattel zu reißen – und verfehlte ihn!

Alles ging so schnell, dass Thilus in der Dunkelheit kaum mitbekam, was genau geschah. Der Krieger musste seinen Sprung falsch berechnet und sich einen Augenblick zu früh abgestoßen haben. Statt gegen den Reiter zu prallen, flog er über den Kopf des Pferdes hinweg und stürzte zu Boden. Sein Schrei endete in einem wütenden Fluch. Vielleicht streifte er das Tier auch, auf jeden Fall erschrak es so sehr, dass es sich mit einem schrillen Wiehern aufbäumte und seinen Reiter in hohem Bogen abwarf. Thilus und seine Begleiter stürmten aus ihrer Deckung und versuchten es am Zügel zu packen, aber sie waren zu langsam.

Wütend starrte Thilus dem in der Dunkelheit verschwindenden Tier einen Moment lang nach, dann drehte er sich um, um nach dem abgeworfenen Späher zu sehen – und erstarrte, als er nur noch wenige Schritte entfernt einen weiteren Reiter auf sich zupreschen sah.

Tharlia und der Hohe Rat hatten sich getäuscht.

Es war nicht nur ein Späher bei Elan-Tart zurückgeblieben,

sondern zwei! Und beide waren beim Vorrücken des Heeres offenbar voller Panik sofort nach Clairborn zurückgeeilt.

In der Dunkelheit hatte der Reiter nicht sehen können, was mit seinem Kameraden geschehen war, aber er musste den Zwergenschrei und das Wiehern des Pferdes gehört haben. Statt umzukehren und einen Umweg in Kauf zu nehmen, schien er sich jedoch entschlossen zu haben, gewaltsam durchzubrechen.

Thilus sprang mit einem verzweifelten Satz zur Seite, war aber trotzdem geistesgegenwärtig genug zuzupacken. Er wollte das Bein des Reiters ergreifen, um ihn vielleicht doch noch aus dem Sattel zu reißen, bekam aber stattdessen einen Teil des Sattels selbst zu fassen. Mit einem heftigen Ruck wurde er von den Beinen gerissen. Seine Füße scharrten über den Boden, dennoch klammerte er sich mit seiner einen Hand weiterhin eisern fest und bemühte sich, die Beine anzuziehen. Er hatte das Gefühl, der Arm würde ihm aus der Schulter gerissen.

Wenn der Späher ihn überhaupt bemerkte, dann kümmerte er sich jedenfalls nicht um ihn. Ohne sein Tempo zu verlangsamen, preschte er weiter, bis sie das schmale Wäldchen hinter sich gelassen hatten. Erst dann wurde er langsamer, zog einen Fuß aus dem Steigbügel und trat nach hinten aus. Mit der Hacke seines Stiefels traf er Thilus in die Rippen. Obwohl das dicke Lederwams einen Teil der Wucht abfederte, zuckte ein greller Schmerz durch seine Seite. Er versuchte einen Schrei zu unterdrücken, brüllte gleich darauf aber stattdessen, so laut er nur konnte.

Falls die Krieger, die den zweiten Hinterhalt legen sollten, das herrenlose Pferd gesehen hatten, waren sie vermutlich davon ausgegangen, dass die Falle bereits zugeschnappt war. Seine Schreie drangen weit in die Stille der Nacht hinaus und würden sie warnen.

Gut die Hälfte der Strecke bis zu den großen Felsbrocken hatten sie bereits zurückgelegt. Thilus hoffte, dass er sich festklammern könnte, bis sie sie erreichten, doch als der Absatz des Spähers seine Rippen zum dritten Mal fast genau an derselben

Stelle traf, wurde der Schmerz übermächtig, und er musste loslassen. Hart stürzte er zu Boden, überschlug sich ein paar Mal und blieb keuchend liegen. Der Schmerz in seiner rechten Seite schien regelrecht zu explodieren. Er fühlte sich am ganzen Körper wie zerschlagen, als wäre er in eins der Hammerwerke von Elan-Dhor geraten.

Dennoch stemmte er sich sofort wieder auf die Knie hoch und starrte dem Reiter nach, dessen Kopf und Oberkörper sich wie ein schwarzer, rasch kleiner werdender Scherenschnitt vor dem Himmel abzeichneten. Er tauchte zwischen den Felsbrocken unter. Wenige Sekunden später war ein gedämpfter Schrei zu hören.

Thilus kämpfte gegen den Schmerz an und quälte sich auf die Beine. Sein linker Knöchel tat beim Auftreten weh, schien aber nicht gebrochen zu sein, sondern ebenso wie seine Rippen nur geprellt. Außerdem hatte er sich, während er mitgeschleift wurde, an irgendeinem Hindernis, ohne es bei allen übrigen Schmerzen richtig zu bemerken, das Hosenbein vom Stiefelschaft bis zum Oberschenkel aufgerissen und eine lange, blutende Fleischwunde davongetragen.

Er überlegte einen Augenblick, in welche Richtung er sich wenden sollte. Er wusste nicht, was mit dem ersten Späher passiert war, ob er beim Sturz möglicherweise Verletzungen erlitten hatte, aber wichtiger war für ihn im Moment, ob es gelungen war, den zweiten zu überwältigen.

Mühsam humpelte Thilus los. Nach einigen Schritten konnte er auch den Knöchel besser belasten und verfiel in eine Mischung zwischen Gehen und langsamem Traben. Nach wenigen Minuten erreichte er die Felsen, und ein Stein, der mindestens so groß war wie die um ihn herum, fiel ihm vom Herzen, als er den Späher gefesselt am Boden liegen sah. Auch das Pferd war nicht entkommen, sondern an einem der Felsen angebunden worden, allerdings nur eins.

»Was ist mit dem zweiten Pferd?«, fragte er, als er sich genähert hatte, und ließ sich auf einen der Felsen sinken.

»Welches zweite Pferd?«, erkundigte sich einer der Krieger irritiert. Auch die anderen machten einen verwirrten Eindruck.

»Ihr seid verletzt, Kampfführer«, stieß einer von ihnen hervor.

»Nur eine Fleischwunde«, wiegelte Thilus ab, ließ aber zu, dass man ihm das Bein verband. »Wollt ihr sagen, ihr hättet kein herrenloses Pferd gesehen?«

Ein einhelliges Kopfschütteln war die Antwort. Thilus runzelte die Stirn. Er verstand fast nichts von Pferden, da es sie in der Tiefenwelt nicht gab und er vor wenigen Wochen überhaupt zum ersten Mal in seinem Leben eins gesehen hatte, doch er hatte erwartet, dass das Tier auf kürzestem Weg zu seinem Stall zurückkehren würde.

Offenbar hatte es das aus irgendwelchen Gründen jedoch nicht getan. Möglicherweise stammte es gar nicht aus Clairborn, sondern von einem der umliegenden Gehöfte, und hatte sich dorthin gewandt. In diesem Fall hätten sie zumindest eine Gnadenfrist gewonnen. Falls die Bauern nicht sofort die richtigen Schlüsse zogen und einen Boten losschickten, vielleicht sogar genug Zeit, um den Ort zu erreichen, bevor man dort irgendetwas von dem heranrückenden Verhängnis ahnte.

Die nächsten ein, zwei Stunden würden zeigen, ob sich der Plan noch wie vorgesehen umsetzen ließ, oder ob er bereits im Vorfeld gescheitert war.

Ungeduldig erwartete Thilus die Ankunft des Heeres.

15

ZARKHADUL

Bewundernd ließ Barlok seinen Blick über einen begehbaren, mit Ornamenten versehenen Rundbogen schweifen, der sich als Verbindung zwischen zwei Gebäuden über der Straße wölbte. Nach einigen weiteren Schritten blieb er vor der doppelt lebensgroßen Statue eines Zwergs stehen, die sich in der Mitte eines kleinen, gepflasterten Platzes befand und so realistisch aussah, als ob sie im nächsten Moment zum Leben erwachen würde. Die Inschrift auf dem Sockel der Statue, die Aufschluss darüber geben sollte, um wen es sich handelte, war zu seinem Leidwesen nicht mehr lesbar. Vermutlich einer der früheren Könige oder besonders großen Helden Zarkhaduls, vielleicht auch ein Künstler oder ein Schürfmeister, der ein besonders großes Vorkommen von Erz oder Edelsteinen entdeckt hatte.

Sie hielten sich nun seit fast drei Stunden in der Stadt auf, eine Zeit, die ausgereicht hätte, die großen Wohnhöhlen Elan-Dhors gleich mehrfach zu durchqueren. Hier jedoch hatte Barlok das Gefühl, erst einen winzigen Teil gesehen zu haben. Er konnte sich an den Wundern der Stadt nicht sattsehen, obwohl sie ihn in ihrer Fülle beinahe zu erschlagen drohten. Egal wohin er blickte, immer gab es irgendwo etwas Neues zu entdecken. Jedes Gebäude, jede Fassade war offenbar einzigartig gestaltet, und überall gab es interessante Details.

Dabei hatten hier zuletzt nur noch die ärmeren Zwerge gewohnt, diejenigen, die einem nur kleinen oder gar keinem Haus angehörten.

Ursprünglich hatte er vorgehabt, einfach nur wahllos eine

Weile in der Stadt umherzulaufen und sich etwas umzuschauen, doch kurz darauf war ihm eine Idee gekommen, die ihm weitaus verlockender erschien.

Noch immer hatten sie keinerlei Hinweis darauf gefunden, was vor tausend Jahren hier geschehen war, wie es hatte passieren können, dass sämtliche Zugänge verschüttet worden waren, sodass Zarkhadul von der Außenwelt völlig isoliert war. Dieses Rätsel wollte Barlok lösen, denn davon hing es auch maßgeblich ab, ob die Mine neu besiedelt werden konnte. Schließlich musste sich ausschließen lassen, dass sich eine solche Katastrophe wiederholte.

Darüber hinaus interessierte ihn brennend, was in der Zeit danach mit den Bewohnern passiert war, was sich während ihres – offenbar leider gescheiterten – Kampfes ums Überleben in der Isolation ereignet hatte.

Er hatte einige der Häuser betreten und sich darin umgesehen, aber auch dort hatte er nichts gefunden, was ihm weiterhalf. Die Gebäude waren verlassen worden, als ob ihre ehemaligen Bewohner jeden Moment zurückkehren würden, als hätten sie sie nur für kurze Zeit verlassen. Oder als wären sie einfach von einem Moment auf den anderen verschwunden …

Wenn die Antworten auf diese Fragen irgendwo zu finden waren, dann höchstwahrscheinlich in den Archiven der Schriftgelehrten. Marlus Thain, der *Schrein des Wissens*, hieß der Sitz der Gelehrten in Elan-Dhor, wo vor der Evakuierung all die unersetzlichen Schriftstücke aufbewahrt worden waren, die sie im Laufe vieler Jahrtausende zusammengetragen hatten: Bücher, Folianten, Dokumente, Chroniken und vieles andere mehr.

Auch in Zarkhadul hatte es einen vergleichbaren Ort gegeben, das Carem Thain, den *Hort des Wissens*, wie er aus Selons Aufzeichnungen wusste. Diesen zu erreichen, wäre sehr viel einfacher gewesen, wenn es nicht in Zarkhadul schon lange vor der Katastrophe grundlegende Veränderungen gegeben hätte.

Ursprünglich hatte die Mine nur aus dieser gigantischen Höhle bestanden. Hier hatten die ersten Zwerge, die den Kalathun in Besitz genommen hatten, geschürft und gewohnt. Hier hatten sich ihre Werkstätten, Schmieden und Essen zur Weiterverarbeitung der gewonnenen Rohmaterialien befunden, ebenso wie alle anderen Gebäude: der Königspalast, die Kasernen der Kriegerkaste, die Tempel der Priesterinnen und eben auch die Bibliotheken der Schriftgelehrten.

Aber im Laufe der Zeit war die Zahl der Bewohner Zarkhaduls mehr und mehr angewachsen, und selbst diese ungeheure Höhle hatte nicht ausgereicht, ihnen allen Platz zu bieten. Um dem Gedränge zu entfliehen, hatten als Erste die großen und wohlhabenden Häuser ihre Prachtbauten aufgegeben und waren tiefer ins Innere der Erde umgesiedelt, in die mittlerweile ausgebeutete Ebene darunter. Neue, noch pompösere Hallen und Wohnstätten waren dort entstanden.

Nachdem ein herabgebrochener Gesteinsbrocken ein Gebäude in unmittelbarer Nähe zerstört hatte, hatte man nach langem Zögern schließlich auch den Königspalast aufgegeben und noch eine weitere Ebene tiefer einen neuen Prachtbau errichtet, und ebenso die meisten anderen wichtigen Gebäude verlegt, darunter auch das Carem Thain.

Allerdings hatte Barlok es sich wesentlich leichter vorgestellt, in die tieferen Ebenen vorzudringen. Der einzige Zugang, der auf den von Selon gefertigten Karten eingezeichnet war, hatte sich als unpassierbar erwiesen. Ein von der Decke herabgestürztes Felsstück hatte ihn vollständig blockiert. Nun hoffte Barlok, in der Nähe des ehemaligen Palastes einen weiteren Abstieg zu finden.

Das Gebäude lag auf der entgegengesetzten Seite der Höhle, und selbst wenn es nicht auf seiner Karte eingezeichnet gewesen wäre, hätte Barlok es kaum verfehlen können. Es überragte mit seinen gedrungenen Spitztürmen nicht nur alle anderen Häuser, sondern war auch der Endpunkt einer besonders breiten Straße, auf der sie sich bereits seit geraumer Zeit befanden.

Ein großer Platz mit einem ausgetrockneten, von hoch aufstrebenden Obelisken umgebenen Brunnen erstreckte sich vor der früheren Residenz. Statuen, Denkmäler und andere Kunstwerke zierten den Platz. Ein gewaltiger Säulenbogen erinnerte an die große Belagerung Zarkhaduls vor mehr als dreitausend Jahren, als König Dinin einen glorreichen Sieg über die angreifenden Armeen der Menschen errungen hatte.

Aber auch hier waren die Anzeichen des Verfalls sichtbar. Felsbrocken hatten Krater in die Oberfläche des Platzes gerissen, mehrere Statuen und ein Teil des Brunnens waren zerstört.

Vor allem jedoch betrachtete Barlok den ehemaligen Palast, einen zwar gewaltigen, aber dennoch gedrungen und abweisend wirkenden Bau mit fast zehn Meter hohen, wuchtigen Mauern. In der Anfangszeit der Besiedlung, als noch vergleichsweise wenige Zwerge hier gelebt hatten, war Zarkhadul häufig von Gnomen und Goblins angegriffen worden. Damals hatte der Palast ihnen Schutz geboten. Obwohl man später versucht hatte, ihm durch allerlei Anbauten, Erker und zusätzliche Türmchen ein weniger strenges Aussehen zu verleihen, war doch unverkennbar, dass es sich im Kern um ein in erster Linie militärisches Bauwerk handelte.

Barlok fragte sich, ob er nach der Errichtung des neuen Palastes ebenfalls als Wohnhaus gedient hatte, doch verzichtete er darauf, ihn sich von innen anzusehen, weil er in diesem Moment entdeckte, worauf er gehofft hatte. Fast am Rande des Platzes führte eine sicherlich fünfzehn Meter breite, von einem mit goldenen Intarsien verzierten Rundbogen überdachte Steintreppe in die Tiefe.

Auch hier lagen herabgebrochene Felsen, doch waren sie zum Glück nicht allzu groß und ließen sich leicht umgehen. Innerhalb des Schachtes gab es kein Glühmoos, und der Schein aus der Höhle über ihnen ließ mit jeder Stufe nach, die sie weiter in die Tiefe stiegen, bis es stockdunkel um sie herum wurde und Barlok einige Laternen entzünden ließ. Auch an den Wänden hingen

Lampen, doch nach der langen Zeit war das Petroleum darin zweifellos ausgetrocknet.

Hundertfünfzig, zweihundert Stufen weit stiegen sie die gewaltige Treppe hinab, dann erreichten sie wieder ebenen Boden. In drei Richtungen gab es große Torbögen in den Wänden, die in gewölbte Stollen führten, in der vierten, der, aus der sie gekommen waren, führte dicht neben der Treppe von oben eine zweite noch weiter in die Tiefe, wie Barlok erfreut feststellte. Da ihr Ziel noch eine Ebene tiefer lag, ersparte ihnen das die Suche nach einer weiteren Treppe.

Wieder ging es rund hundertfünfzig Stufen hinab, bis sie die dritte Ebene Zarkhaduls erreichten, eine ähnlich kleine Halle wie zuvor, mit einer noch tiefer hinabführenden Treppe und einem Torbogen in der gegenüberliegenden Wand.

Barlok machte ein paar Schritte darauf zu und stieß gleich darauf einen wütenden Fluch aus. Der Gang hinter dem Durchgang führte knapp ein halbes Dutzend Schritte weit, dann war die Decke eingestürzt. Das Licht der Lampe fiel auf dicke Felsbrocken, die den Stollen auf voller Breite versperrten.

Enttäuschtes Gemurmel erklang hinter Barlok.

Nach allem, was er bisher Wunderbares gesehen hatte, bedauerte er es nicht, seine Befehle gebeugt und eigenmächtig mit der Erforschung Zarkhaduls begonnen zu haben. Aber vielleicht war seine Hoffnung, binnen weniger Stunden alle Rätsel lösen zu können, die die Mine umgaben, doch ein wenig zu hoch gegriffen gewesen. Es war bereits spät. Das Vernünftigste wäre es, wenn er und die anderen Krieger sich irgendwo einen Platz für die Nacht suchten und noch einige Stunden schliefen, ehe sie sich früh am nächsten Morgen auf den Rückweg nach Elan-Tart machten.

Geheimnisse, die ein Jahrtausend lang im Dunkeln geschlummert hatten, konnten ihrer Enthüllung auch noch ein paar Tage harren.

Andererseits fühlte Barlok sich kein bisschen müde. Die Entdeckerlust hatte ihn gepackt und überdeckte alles andere. Eine Nacht ohne Schlaf hatte noch keinen Zwerg umgebracht.

Dieser Zugang zur dritten Ebene mochte versperrt sein, aber es gab mit Sicherheit noch genügend andere. Sie konnten entweder zur zweiten Ebene hinauf- oder noch tiefer zur vierten hinabsteigen und von dort aus eine weitere Treppe suchen.

Nach kurzem Zögern entschloss Barlok sich, es seinen Begleitern freizustellen, ob sie mit ihm gehen oder ein paar Stunden schlafen wollten. Das Ergebnis war eindeutig.

Nur wenige Augenblicke später machten sie sich alle sechzehn auf den Weg zur vierten Ebene.

»Das ist ungeheuerlich! Einfach unglaublich!«, tobte Schürfmeister Vilon außer sich vor Zorn. »Eine solche Disziplinlosigkeit ist mir in meinem ganzen Leben noch nicht untergekommen.«

Gleich fünf Leute, die sich unerlaubt von einem von ihm befehligten Trupp entfernten und somit sowohl gegen die Anordnungen der Königin wie auch gegen seine eigenen Befehle verstießen, so etwas hatte er in der Tat noch nicht erlebt. Bei den beiden Kriegern wunderte es ihn nicht einmal allzu sehr angesichts des schlechten Beispiels, das Kriegsmeister Barlok ihnen geliefert hatte.

Von den drei Arbeitern hingegen hätte er etwas Derartiges niemals erwartet. Er kannte sie seit vielen Jahren, hatte sie persönlich für diese Expedition ausgewählt und sie stets für absolut verlässlich gehalten. Umso mehr traf es ihn, dass selbst sie ihn jetzt auf so schmähliche Art im Stich ließen.

Dieses Zarkhadul schien mehr als nur eine verlockende Faszination auszuüben, wenn es bis jetzt untadelige Männer dazu brachte, ihre Pflicht in solchem Maße zu vernachlässigen. Sie mussten wissen, dass er ihnen ein solches Fehlverhalten nicht würde durchgehen lassen, und was das für ihren Ruf und ihre Ehre bedeuten würde, hätte sie ausreichend abschrecken sollen.

Einen kurzen Moment lang überlegte Vilon, ob er vielleicht

die falsche Entscheidung getroffen hatte, ob er den Männern zu viel zumutete. Auch er spürte das Verlangen, die Wunder des legendären Zarkhadul zu erblicken, bevor sie sich wieder auf den langen Rückmarsch nach Elan-Tart machten und möglicherweise erst in Wochen wieder herkommen würden. Viel wäre er bereit, dafür zu geben, aber auf keinen Fall würde er deshalb seine Überzeugungen verraten. Befehl war nun einmal Befehl, erst recht, wenn er von der Königin persönlich stammte.

Selbst wenn er die fünf Männer, die sich einfach aus dem Staub gemacht hatten, bis zu einem gewissen Grad verstehen konnte, war ihr Verhalten doch auf eine nicht tolerierbare Art verwerflich, um nicht zu sagen verräterisch. Er durfte deswegen nicht in seinem Entschluss wanken, sonst würde auch er ein schlechtes Beispiel abgeben und ihren Fehltritt in gewisser Weise sogar legitimieren.

»Und ihr?«, fauchte er und blickte die übrigen Arbeiter nacheinander an. »Wollt ihr mir allen Ernstes weismachen, dass keiner von euch etwas bemerkt hat, als plötzlich niemand mehr hinter euch war? Hattet ihr vielleicht ebenfalls vor, meine Befehle zu missachten und euch heimlich davonzustehlen?« Sein Blick verharrte auf den drei Kriegern, die direkt neben dem Durchgang stehen geblieben waren, durch den sie in die Halle zurückgekehrt waren. »Ich bin nur froh, dass ihr euch nicht ebenfalls am Ende der Kolonne befunden habt, sonst wärt ihr wohl zweifellos auch umgekehrt.«

»Das ist bereits das zweite Mal, dass Ihr uns die Bereitschaft zur Pflichtvernachlässigung und Befehlsverweigerung unterstellt«, presste Tylos hervor, der Krieger, mit dem Vilon bereits zuvor aneinandergeraten war. Er trat vor, bis er unmittelbar vor dem Schürfmeister stand. Nur noch mit sichtlicher Mühe konnte er seinen Zorn im Zaum halten. »Dagegen verwehre ich mich mit aller Entschiedenheit. Und ich bin überzeugt, dass auch unsere Kameraden sich keines solchen Verrats schuldig gemacht haben.«

»Ach ja? Und wo sind sie dann geblieben? Hat sich vielleicht der Erdboden plötzlich unter ihnen geöffnet und sie verschlungen, ohne dass wir etwas davon mitbekommen haben?«

»Was muss denn noch geschehen, bis Ihr in Betracht zieht, dass Ihnen etwas zugestoßen sein könnte?« Tylos blickte sich um und packte sein Schwert fester, das er bereits gezogen hatte, als das Verschwinden der Männer bemerkt worden war. »Möglicherweise ist diese Mine doch nicht so verlassen, wie es den Anschein hat. Wir müssen umkehren und die anderen warnen.«

Vilon schnaubte laut.

»Ich wusste, dass du das sagen würdest, aber darauf falle ich nicht herein. Was für Gefahren sollen hier lauern? Wir haben absolut nichts entdeckt, das darauf hindeutet, dass irgendetwas nicht in Ordnung sein könnte. Und deshalb werden wir jetzt weitergehen. Aber diesmal werde ich als Letzter gehen, um sicherzustellen, dass sich nicht noch jemand heimlich davonstiehlt.«

Der Krieger rang einen Moment mit sich, dann straffte er sich.

»Es tut mir leid, Schürfmeister, aber das kann ich nicht zulassen«, sagte er, auch wenn er sich dabei sichtlich unwohl fühlte. »Wir sind für Eure Sicherheit und die Eurer Leute zuständig, und die sehe ich in diesem Fall unmittelbar bedroht. Damit seid auch Ihr an meine Anweisungen gebunden, und ich ordne hiermit an, dass wir umkehren. Möglicherweise schweben Kriegsmeister Barlok und sein Trupp ebenfalls in Gefahr. Jedenfalls kann das spurlose Verschwinden von zwei Kriegern und drei Arbeitern nicht einfach so abgetan werden.«

»So also hast du dir das gedacht«, keuchte Vilon. »Wahrscheinlich ist das alles nur ein abgekartetes Spiel. Aber ich werde das nicht –«

Er verstummte mit einem röchelnden Laut, als sein Blick auf den Durchbruch zwischen der Höhle und dem Stollen fiel, und streckte abwehrend die Hände aus.

»Nein!«, stieß er hervor. Seine Augen weiteten sich vor Entsetzen. »Das kann nicht sein! Nicht *das*! Nein!«

Ohne lange zu zögern, hatte sich Barlok für den Abstieg zur vierten Ebene entschieden, weil ihm diese wesentlich interessanter erschien. Die zweite Ebene war ein reines Wohngebiet. Da sich vor allem die großen und reichen Familien dort angesiedelt hatten, war zu erwarten, dass die Höhlen und Bauten entsprechend prunkvoll waren, wahrscheinlich sogar noch weitaus prächtiger als die, die sie bislang gesehen hatten, aber eben nur Wohnanlagen.

In der vierten Ebene hingegen befanden sich die großen Schmieden, Werkstätten und anderen Handwerksbetriebe. Wie die Gerüste entlang der Wände der großen Höhle zeigten, war das Schürfen dort nie ganz aufgegeben worden, obwohl man zuletzt nur noch auf vereinzelte kleinere Edelsteinvorkommen gestoßen war.

Stattdessen war man ähnlich wie in Elan-Dhor immer weiter in die Tiefe vorgedrungen, um die dort mehr als reichlich vorhandenen Bodenschätze zu fördern. Vor allem für die verschiedenen Erze hatten die Kapazitäten zur Verarbeitung in der Haupthöhle schon bald nicht mehr ausgereicht. In der vierten Ebene waren daraufhin neue Produktionsstätten entstanden, größer und zahlreicher als alle früheren, und schließlich war alles, was mit der Verarbeitung von Rohmaterialien zu tun hatte, dorthin verlegt worden. Zehntausende Angehörige der Arbeiterkaste waren dort einst am Werk gewesen; darüber hinaus hatten sich dort auch die Kasernen der Kriegerkaste befunden.

Die Treppe war deutlich länger als die vorherigen. Barlok zählte bereits mehr als zweihundertfünfzig Stufen, bis in der Ferne ein schwacher Lichtschein auszumachen war, und noch einmal gut hundert Stufen, bis sie den Fuß der Treppe erreichten. Von hier aus führte keine weitere mehr in die Tiefe, obwohl es dort noch zahlreiche weitere Ebenen gab, die eigentlichen Minen, wo zuletzt noch geschürft worden war.

Stattdessen fanden sie hier einen weiteren gewölbten Durchgang, hinter dem sich eine große Halle erstreckte. Auch ihre Decke war mit Glühmoos bedeckt, die Quelle des Lichtscheins, den Barlok bereits von der Treppe aus gesehen hatte.

Allerdings handelte es sich nicht um das einzige Licht. Ein düsterer, rötlicher Schein drang aus dem tiefen Abgrund herauf, der anstelle eines Bodens vor den Zwergen gähnte. Träge wälzte sich glühende Lava an seinem Grund, deren Hitze bis hier oben zu spüren war. Lediglich in der Mitte der Höhle ragte ein gewaltiger Pfeiler auf und bildete eine knapp ein Dutzend Schritte durchmessende Plattform. Eine steinerne, geländerlose Brücke, die kaum breiter als einen halben Meter war, führte dorthin, ähnlich dem Steg, den sie bereits in der großen Wohnhöhle überquert hatten, um die Treppe zu erreichen. Drei weitere, gleichartige Brücken zweigten sternförmig von der Plattform zu Ausgängen in den Wänden ab.

»Für einen Zwerg mit Selbstmordabsichten muss Zarkhadul das Paradies gewesen sein«, murmelte Barlok beklommen und kämpfte gegen ein flaues Gefühl in seinem Magen an. »Und die Hölle für jeden, der nicht schwindelfrei war.«

Aufmerksam musterte er die schmale Brücke, suchte sie nach Rissen im Gestein ab. Erst als er keine entdecken konnte, trat er hinaus und überquerte sie mit raschen Schritten, bis er die Plattform erreichte. Von dort aus wählte er willkürlich einen der drei anderen Stege aus. Dieser Teil der Tiefenwelt war auf Selons Karten nicht verzeichnet und wurde auch in seinen sonstigen Aufzeichnungen nicht erwähnt, sodass es für Barlok keinen Hinweis gab, in welche Richtung er sich wenden musste.

Erst als er die gegenüberliegende Wand erreicht und wieder mehr als nur ein schmales Stück Fels über einem tiefen Abgrund unter den Füßen hatte, atmete er auf. Auch seinen Begleitern war die Erleichterung vom Gesicht abzulesen.

Ein Gang erstreckte sich vor ihnen, dessen Wände mit solcher Sorgfalt bearbeitet waren, dass sie nicht die geringste Unebenheit aufwiesen und wie mit einer dünnen Glasschicht überzogen wirkten. Das Licht ihrer Lampen brachte sie zum Glitzern. Ein weiterer, gleichartiger Stollen kreuzte den Gang, doch sie gingen in der bisherigen Richtung weiter und erreichten bald darauf eine weitere riesige Halle. Wie Bäume ragten die Stützpfeiler hier in die Höhe, mit einem glatten Stamm und einer sich stark verästelnden steinernen Krone, bis hin zu geradezu filigranen Ästchen, die die Decke stützten.

Diese war ebenso wie schon die Decke des Stollens wieder mit Glühmoos bedeckt, das hier besonders üppig zu wuchern schien, weshalb Barlok die Laternen löschen ließ.

In Elan-Dhor wäre allein diese Halle bereits als Kunstwerk bewundert und entsprechend gepflegt worden. Hier in Zarkhadul hatte sie lediglich als Schmiede gedient.

Barlok sah gewaltige Ambosse, Essen und Schmiedeöfen. An Ketten hingen gigantische Kessel von der Decke herab, groß genug, dass ein Dutzend Zwerge darin Platz gefunden hätte. Er versuchte sich vorzustellen, wie es gewesen sein mochte, als sie voll mit flüssigem, glühendem Eisen gewesen waren, wie Arbeiter an den Ketten zogen, um sie in Schräglage zu bringen und auszugießen …

Selbst die Hitze der riesigen Öfen schien den Schmieden, die hier gearbeitet hatten, nicht ausgereicht zu haben. Fassungslos starrte er auf eine mehrere Meter breite Kaskade aus glühender Lava, die aus einer Wand hervorbrach. Am Boden der Höhle sammelte sich die Lava in einem kleinen Teich und floss von dort aus in einer gut zwei Meter breiten Rinne wie ein rötlich gefärbter Bach durch einen Teil der Höhle, um schließlich durch ein Loch im Boden in der Tiefe zu verschwinden, wo sie sich vermutlich in den Lavasee ergoss, den sie von der anderen Höhle aus gesehen hatten.

Offenbar gab es unter dem Kalathun noch vulkanische Aktivitäten, die sich die hier arbeitenden Zwergenschmiede zunutze gemacht hatten. Hinter der Wand, aus der der glühende Lavafall quoll, musste sich ein vulkanischer Schacht befinden, in dem unterirdischer Druck die Lava hochsteigen ließ.

»Unglaublich«, stieß einer der Krieger hervor. »Ob sie wirklich die Lava als Schmiedefeuer benutzt haben?«

Barlok ersparte sich eine Antwort. Umsonst hatten die Arbeiter, die hier einst tätig gewesen waren, die Lava bestimmt nicht durch die Höhle geleitet. Sie verbreitete eine so starke Hitze, dass sie sich ihr nur auf mehrere Meter nähern konnten und den Fluss in einem großen Bogen umgingen. Wenn außerdem noch die normalen Schmiedeöfen befeuert wurden, musste die Temperatur in der Halle unerträglich sein. Er fragte sich, wie hier überhaupt jemand hatte arbeiten können.

Weiter führte ihre Wanderung sie durch ein wahres Labyrinth von Stollen, Höhlen und kleinen Grotten. Alle waren auf ihre ganz eigene Art verziert, keine glich der anderen. Manche Wände waren mit riesigen Mosaiken bedeckt. In einige waren sogar echte Edelsteine eingearbeitet, Rubine, Smaragde, Saphire und mehr, manche groß wie ein Auge, sodass sie für sich genommen schon einen ungeheuren Wert darstellten.

Wenn er im Gegenzug bedachte, welchen wirtschaftlichen Niedergang das einst ebenfalls reiche Elan-Dhor in den vergangenen Jahrhunderten erlebt hatte …

Schon vor der Evakuierung war selbst der Reichtum der großen Häuser fast vollständig geschwunden. Der Großteil des Goldes, das sich nach Burians Misswirtschaft noch in der königlichen Kasse befunden hatte, war von Tharlia für Zuchtvieh und Saatgut ausgegeben worden, das ihr Volk brauchte, um an der Oberfläche zu überleben. Wenn sie bei den Menschen zusätzliche Nahrungsmittel einkaufte, war sie gezwungen, um jeden Heller zu feilschen, während hier, nur wenige Tagesmärsche entfernt, Gold und kostbare Edelsteine wie wertlose Kristalle benutzt wurden, um die Wände zu verzieren.

Barlok fragte sich, wie es wohl auf der von den besonders mächtigen Familien bewohnten zweiten Ebene oder gar der dritten Ebene aussehen mochte, wo sich der Palast und die anderen öffentlichen Bauten befanden, wenn selbst hier, wo die überwiegend schmutzige Arbeit verrichtet worden war, schon so ein Prunk herrschte.

Instinktiv legte er die Hand auf den Griff seines Dolches, war nahe daran, wenigstens einige der Steine aus den Wänden zu brechen, um sie Tharlia nach seiner Rückkehr zu überreichen. Schon eine Handvoll würde genügen, ihr gesamtes Volk mindestens einen weiteren Monat lang mit Lebensmitteln zu versorgen.

Trotzdem tat er es nicht. Er brachte es nicht über sich, die unvergleichliche Schönheit der Mosaike zu zerstören, aber das war nicht einmal der Hauptgrund. Nun, nachdem sie einen Weg gefunden hatten, um nach Zarkhadul zu gelangen, stand für ihn außer Frage, dass ihr Volk keinen Tag länger als unbedingt nötig an der Oberfläche bleiben, sondern unverzüglich mit der Umsiedlung hierher beginnen würde, um die Mine – und damit auch all ihre Reichtümer – wieder in Besitz zu nehmen.

Lediglich als sie in einer weiteren Höhle an ein ohnehin bereits teilweise zerstörtes Mosaik gelangten und er zwischen den übrigen Trümmerstücken auf dem Boden auch einen Rubin von beachtlicher Größe entdeckte, konnte Barlok der Versuchung nicht widerstehen, sich danach zu bücken und ihn einzustecken.

Als er sich wieder aufrichtete, nahm er aus den Augenwinkeln plötzlich eine Bewegung am anderen Ende der Höhle wahr. Erschrocken blickte er zu dem Torbogen hinüber, wo er sie zu sehen geglaubt hatte, konnte jedoch nichts mehr entdecken.

Allerdings war er nicht der Einzige, der die Bewegung bemerkt hatte.

»Wir sind nicht mehr allein!«, raunte ihm einer der Krieger zu. »Wir werden beobachtet!«

Die Gestalt war nicht einmal eine Sekunde lang zu sehen. Länger brauchte sie nicht, um mit zwei Krummschwertern in den Händen durch den Durchgang zu springen und blitzartig herumzuwirbeln. Mit dem Schwert in ihrer Linken schlug sie die Klinge eines der Krieger neben dem Durchgang zur Seite, während sie gleichzeitig einem der Arbeiter das zweite Schwert durchs Herz bohrte. Nur weil er seine Waffe reaktionsschnell wieder hochriss und den zweiten Hieb damit abwehrte, teilte der Krieger dieses Schicksal nicht.

Noch bevor der Arbeiter leblos zusammenbrach, war sein Mörder bereits wieder so schnell verschwunden, wie er aufgetaucht war, kaum mehr als ein verschwommener, finsterer Schatten.

Eine eisige Hand schien nach Vilons Herz zu greifen. Es setzte einen Schlag lang aus, um gleich darauf mit doppelter Geschwindigkeit weiterzuhämmern.

Was ihn so schockierte, dass sein Verstand sich einen Moment lang schlichtweg weigerte zu glauben, was er gerade miterlebt hatte, war nicht einmal der Mord an dem Arbeiter; auch nicht die seelenlose Kaltblütigkeit, mit der er ausgeführt worden war.

Es war der Anblick des Mörders selbst. Er hatte ein Wesen wie dieses noch nie zuvor gesehen, und dafür war er von Herzen dankbar, aber er hatte davon gehört, und den Beschreibungen zufolge gab es keinerlei Zweifel daran, was er vor sich hatte. Es handelte sich um eine schlanke, in eng anliegendes schwarzes Leder und einen gleichfalls schwarzen Umhang gehüllte Gestalt mit bleicher Haut, langen, fast weißen Haaren und rot glühenden Augen …

16

DAS TOTE LAND

Mehr als ein Dutzend berittene Soldaten waren auf der Kuppe des Hügels aufgetaucht. Einige Sekunden lang gab sich Warlon noch der unsinnigen Hoffnung hin, dass sie den durch die Plane auch im Aussehen veränderten Wagen ignorieren würden, aber natürlich taten sie ihnen diesen Gefallen nicht. Stattdessen kamen sie direkt auf sie zu.

Malcorion fluchte wild, ließ die Peitsche knallen und trieb die Pferde an. Statt nach Westen hielten sie nun doch wieder nach Norden, auf die Berge zu.

»Sie kommen näher!«, keuchte Warlon. Die Hinterseite des Wagens wurde nicht durch die Plane verdeckt. Genau wie Lokin starrte er zu den Soldaten hinüber. Obwohl das Fuhrwerk mit halsbrecherischer Geschwindigkeit dahinpreschte, waren die Soldaten schneller. Langsam aber unerbittlich verringerten sie den Abstand. Wenn kein Wunder geschah, würden sie sie in spätestens einer halben Stunde einholen.

»Du könntest abspringen und dich irgendwo verstecken«, schlug Ailin vor. »Wenn sie dich nicht bei uns finden, lassen sie uns vielleicht unbehelligt ziehen.«

»Niemals!«, widersprach Malcorion. »Sie wissen, dass ich mich in Begleitung von drei Zwergen befinde, und ihr seid wahrscheinlich die einzigen Zwerge im Umkreis von vielen hundert Meilen. Glaubst du ernsthaft, sie würden euch einfach weiterfahren lassen, ob ich bei euch bin oder nicht? Wenn sie uns einholen, ist auch eure Mission am Ende.«

»Im schlimmsten Fall werden wir eben kämpfen müssen«, stieß

Warlon mit einer Entschlossenheit hervor, die er in seinem Inneren nicht empfand. Sie hatten eine mehr als dreifache Übermacht ausgebildeter und wahrscheinlich kampferprobter Soldaten gegen sich. Selbst wenn es ihnen gelingen sollte, in einem Kampf zu siegen, würden ihn vermutlich nicht alle von ihnen überleben. Vor allem jedoch waren die radonischen Reiter nicht einmal ihre Feinde. Sie würden unschuldige Opfer eines Krieges sein, mit dem sie nichts zu tun hatten.

»Was hast du nun vor?«, fragte Ailin. »Wenn du noch irgendeine bessere Idee hast, als dich als alte Frau zu verkleiden, dann wäre jetzt der richtige Zeitpunkt dafür.«

»Wir werden das tun müssen, was ich eigentlich vermeiden wollte«, presste der Waldläufer hervor. »Jetzt bleibt uns nichts anderes mehr übrig, als eine Überquerung der Weißberge zu versuchen.«

»Aber wir schaffen es nicht einmal bis dorthin! Sie werden uns lange vorher eingeholt haben!«

»Dann solltest du zu deiner Göttin beten, dass sie uns nicht weiter folgen, auch wenn sie hier an der Oberfläche keine Macht besitzt.«

»Und warum sollten sie einfach so plötzlich aufgeben, wenn sie uns fast haben?« Warlon wandte den Blick von den Reitern ab und sah nach vorne, zwischen Ailin und dem Waldläufer hindurch. Es waren noch viele Meilen bis zu den Bergen, und das Gelände wirkte bis dorthin karg und eben, ohne Aussichten, ein Versteck zu finden. »Du verschweigst uns doch etwas.«

Malcorion nickte und ließ erneut die Peitsche knallen.

»Was ich euch über die Weißberge erzählt habe, ist wahr, aber es gibt noch einen weiteren Grund, weshalb ich sie meiden wollte. Das Gebiet an ihrem Fuß – man nennt es das tote Land. Kaum jemand wagt sich dorthin.«

»Ach ja? Und warum?«

»Vertraut mir einfach.«

Das hatten sie bislang auch getan, aber wenigstens hatte Malcorion ihnen im Voraus erzählt, was sie erwartete. Dennoch verzichtete Warlon auf weitere Fragen, damit der Waldläufer sich darauf konzentrieren konnte, den Wagen zu lenken. Glücklicherweise war der Untergrund hier ziemlich eben und sandig. Es wuchs nur noch wenig Gras, stattdessen hauptsächlich niedriges Strauchwerk.

Die Reiter hatten sich ihnen bereits bis auf eine knappe Meile genähert, als sie tatsächlich verharrten. Ihren Gesten nach zu urteilen schien ein Streit zwischen ihnen entbrannt zu sein. Was immer es mit dieser Gegend auf sich hatte, offenbar schreckte es zumindest einige von ihnen so sehr, dass sie die Verfolgung nicht fortsetzen wollten.

»Was geschieht da?«, fragte Ailin, die sich ebenfalls umgedreht hatte.

»Sie streiten miteinander«, berichtete Warlon. »Wie immer sie auch entscheiden, zumindest können wir unseren Vorsprung etwas vergrößern.«

»Ich wusste es!«, stieß Malcorion hervor. »Die Radoner sind gewiss nicht feige, aber sie sind ein sehr abergläubisches Volk. Sie werden es nicht wagen, uns in das tote Land zu folgen.«

Erst schien es so, als ob seine Behauptung sich bewahrheiten würde, aber letzten Endes waren die Soldaten doch nicht so abergläubisch, wie er sie einschätzte, oder ihre Angst vor Bestrafung war noch größer als ihre Furcht vor dem toten Land. Ein kleinerer Teil von ihnen blieb zurück, aber nach einigen Minuten trieben zumindest acht der Reiter ihre Pferde wieder an und nahmen die Verfolgung erneut auf.

Acht gegen vier, damit sah das zahlenmäßige Verhältnis schon nicht mehr ganz so schlecht aus, dachte Warlon grimmig. Und auf einen Kampf würde es wohl hinauslaufen, so wenig es ihm gefiel. Es würde nicht lange dauern, bis die Reiter den Rückstand, in den sie durch den Streit geraten waren, wieder aufgeholt haben würden.

Wütend ballte er die Fäuste. Hatten sie bei ihrer so wichtigen Mission ausgerechnet zwischen die Fronten einer im Grund ganz privaten Fehle zwischen Malcorion und dem radonischen König geraten müssen, die sie überhaupt nichts anging?

Aber in gewisser Hinsicht handelte es sich nur um ausgleichende Gerechtigkeit. Auch Malcorions Frau und seine Kinder hatten mit dem Krieg Elan-Dhors gegen die Dunkelelben nichts zu tun gehabt, und dennoch waren sie ihm zum Opfer gefallen. Ohne ihren Tod, so wusste Warlon, wären sie jetzt vermutlich nicht einmal hier; den bisherigen Erfolg ihrer Expedition verdankten sie dem Blut Unschuldiger. Bereits oft hatte er erfahren müssen, dass man für alles im Leben bezahlen musste. Vielleicht präsentierte ihnen das Schicksal jetzt die Rechnung und ließ ihre Mission wegen Shaali scheitern.

Er verdrängte diese nutzlosen Gedanken.

»Macht die Plane los«, verlangte Malcorion. »Als Tarnung nutzt sie uns jetzt ohnehin nichts mehr, aber der Wind verfängt sich darunter und macht uns langsamer. Außerdem können wir uns ohne sie vom Wagen aus besser verteidigen, wenn es zum Kampf kommt.«

Zusammen mit Lokin schnitt Warlon die Stricke durch, mit denen der Stoff festgebunden war. Die Plane flatterte davon und verfing sich irgendwo im Gestrüpp.

Auf dem sandigen Boden kamen sie mit dem Wagen sehr gut voran, dennoch schrumpfte ihr Vorsprung langsam, aber beständig, während Warlon das Gefühl hatte, dass sie den Bergen kein bisschen näher kamen. Auch fragte er sich, wie lange ihre Pferde das mörderische Tempo noch würden durchhalten können. Er wusste nicht, wie ausdauernd diese Tiere sein konnten, aber immerhin waren sie nun bereits seit vielen Stunden ohne Rast unterwegs. Irgendwann würden sie vor Erschöpfung zwangsläufig langsamer werden.

Von Zeit zu Zeit entdeckte Warlon Löcher im Boden, die alle etwa einen halben Meter durchmaßen und unmöglich einen natürlichen Ursprung haben konnten. Es sah aus, als hätte jemand an willkürlichen Stellen zu graben begonnen. Bei einigen Löchern war Sand und Erdreich nachgerutscht und hatte sie so weit verschüttet, dass nur noch kleine Krater auf sie hinwiesen.

»Noch eine Viertelstunde, im günstigsten Fall zwanzig Minuten, dann haben sie uns eingeholt«, rief er. »Wenn es zu einem Kampf kommt, möchte ich ungern irgendwelche Überraschungen erleben. Ich denke, du solltest uns endlich erzählen, was es mit dieser Gegend auf sich hat.«

»Also gut«, gab Malcorion widerwillig nach. »Der Grund, warum man diesen Landstrich das tote Land nennt, liegt weit in der Vergangenheit. Während der Kriege zwischen Radon und Udan war dies ein Schlachtfeld, und das nicht nur einmal. Insgesamt drei große Schlachten fanden hier im Abstand von jeweils mehr als einem Jahrzehnt statt, eine schlimmer als die andere. Nach der ersten wurden die Toten noch in allen Ehren bestattet. Nach der zweiten konnte man nur Massengräber ausheben. Aber die dritte Schlacht, nach der schließlich auch Frieden zwischen den beiden Reichen geschlossen wurde, war ein so furchtbares Gemetzel, dass man es sich kaum vorstellen kann. Zehntausende fanden hier den Tod, und der Boden war von tagelangem Regen so durchweicht, dass es kaum möglich war, Gruben auszuheben. Außerdem dauerte der Regen noch weiter an, als hätte der Himmel all seine Schleusen geöffnet, sodass auch der Versuch, die Leichen zu verbrennen, scheiterte.«

»Willst du damit etwa sagen, dass man die Toten einfach liegen ließ?«, hakte Ailin entsetzt nach.

»Es ging nicht anders. Es gab ohnehin kaum noch jemanden, der sich um die Bestattung kümmern konnte. Fast jeder erwachsene Mann war zum Kriegsdienst gepresst worden, und auch nach der Schlacht dauerte es noch Wochen, bis Frieden geschlossen wurde. Zu Zehntausenden lagen die Leichen hier umher und verwesten. Der Gestank muss grauenhaft gewesen sein.«

»Und seither glaubt man in Radon, die Geister der Gefallenen gingen hier um?«, vermutete Warlon.

»Nein, es ist noch viel schlimmer. Der Gestank zog Ghoule an, die hier eine überreichlich gedeckte Tafel vorfanden, an der sie sich noch immer laben.«

»Ghoule?«

»Leichenfresser. Scheußliche Kreaturen, teils Mensch, teils Tier, und zum Teil vielleicht sogar Dämon. Sie leben unter der Erde, vor allem auf Friedhöfen, wühlen sich wie Maulwürfe durch das Erdreich, brechen die Särge auf und tun sich an den Toten gütlich. Ich dachte, sie wären auch in der Tiefenwelt bekannt.«

»Durch massiven Fels können sie sich wohl nicht wühlen, deshalb sind wir von ihnen verschont geblieben. Aber so ekelhaft diese Kreaturen auch sein mögen, wenn sie sich von Toten ernähren, dürften sie wohl keine Gefahr darstellen.«

»Das ist es eben. Meistens fressen sie Aas, sogar die Knochen, aber wenn sie es ohne große Mühe und Gefahr bekommen können, haben sie auch nichts gegen frisches, blutiges Fleisch. Deshalb meiden die Menschen diese Gegend wie die Pest. Es heißt, wenn jemand von Ghoulen getötet wird, verschlingen diese nicht nur seinen Körper, sondern auch seine Seele.«

»Hat man denn nie versucht, diese Ghoule zu vertreiben oder zu töten?«, fragte Ailin.

»Das ist unmöglich. Ich sagte ja, sie leben unter der Erde. Wie soll man sie da finden? Nur selten kommen sie an die Oberfläche. Die Löcher im Boden, über die ihr euch bestimmt schon gewundert habt, stammen von ihnen. Aber hier auf dem Wagen können sie uns nicht viel anhaben. Wenn, dann schlagen sie blitzartig zu und verschwinden mit einem Opfer sofort wieder unter der Erde. Nachts wäre es für uns gefährlicher, aber die Ghoule verabscheuen das Tageslicht.«

Warlon wandte seinen Blick wieder den Verfolgern zu, gerade rechtzeitig, um zu sehen, wie eines der Pferde strauchelte und stürzte. Der Reiter wurde aus dem Sattel geschleudert. Wie aus dem Nichts tauchten plötzlich dunkle Gestalten um ihn herum auf, die aus der Entfernung nicht genau zu erkennen waren.

Nach kaum zwei Sekunden waren sie so plötzlich wieder verschwunden, wie sie aufgetaucht waren.

Und mit ihnen der gestürzte Soldat.

Zwei der anderen Reiter rissen ihre Pferde herum und galoppierten davon, als wären alle Dämonen der Unterwelt hinter ihnen her.

»Wieder drei weniger«, verkündete Warlon. Damit war das zahlenmäßige Verhältnis fast ausgeglichen. Falls die Reiter nicht über Bögen verfügten, mit denen sie sie aus der Distanz angreifen konnten, hatten sie nicht mehr viel zu befürchten. Dennoch konnte er sich darüber nicht richtig freuen. Er war Krieger und hatte den Tod schon in vielen Erscheinungsformen gesehen. Dennoch steckte das schreckliche Ende des von den Ghoulen überwältigten Soldaten ihm noch in den Knochen.

Als die Reiter schließlich so weit herangekommen waren, dass sie ihre Gesichter bereits erkennen konnten, brachte Malcorion das Fuhrwerk zum Stehen, stand vom Kutschbock auf und kletterte zusammen mit Ailin auf die Ladepritsche. Sie zogen ihre Waffen und machten sich kampfbereit.

Nur wenige Sekunden später waren die Krieger heran. Einige Meter entfernt zügelten sie ihre Pferde. Mit sichtlicher Unsicherheit musterten sie die Besatzung des Wagens. Zwar hatten sie wohl erfahren, dass sich drei Zwerge bei dem gesuchten Waldläufer befanden, aber der Anblick zweier Krieger mit mächtigen Streitäxten in den Händen und einer ebenfalls bewaffneten Zwergenfrau schien sie doch zu überraschen.

Aber ihre Blicke tasteten auch immer wieder nervös über den Boden …

»Im Namen Lorians, des Königs von Radon, fordere ich dich auf, dich ohne Widerstand zu ergeben, Malcorion!«, rief einer der Soldaten.

Der Waldläufer lachte grimmig.

»Wenn ihr mich wollt, dann müsst ihr mich schon holen. Aber ich rate euch dringend, auf eine solche Dummheit zu verzichten.«

»Du weigerst dich, dem Befehl des Königs Folge zu leisten?«

»Das tue ich, und ich sehe nicht, wie Ihr ihm Geltung verschaffen wollt, Hauptmann. Eure Schar hat sich ziemlich gelichtet, seit Ihr die Verfolgung aufgenommen habt. Ich begleite diese Zwerge auf einer wichtigen Mission, und wenn es nötig sein sollte, werden sie mich bis zum letzten Atemzug verteidigen, und ihr alle habt bestimmt schon davon gehört, welche furchtbaren Kämpfer sie sein können. Ihr seid nur noch zu fünft und könnt es außer mit mir nicht noch mit zwei Zwergenkriegern und einer für den Kampf nicht minder geschulten Priesterin der Li'thil aufnehmen.«

Warlon meinte aus den Augenwinkeln eine Bewegung an einem der Löcher im Boden wahrzunehmen, doch als er genauer hinsah, konnte er nichts entdecken. Dennoch war er sicher, sich nicht getäuscht zu haben.

»Wir haben unsere Befehle. Wir können euch nicht ziehen lassen«, stieß der Hauptmann hervor.

»Ich beschwöre Euch, nehmt Vernunft an. Sagt dem König, Ihr hättet mich nicht gefunden. Er dürfte sich inzwischen daran gewöhnt haben, dass seine Soldaten vergeblich nach mir suchen. Oder sagt ihm, wir wären in die Weißberge geflohen, wohin wir tatsächlich unterwegs sind.« Er wandte den Kopf und ließ seinen Blick über die Gesichter der übrigen Soldaten schweifen. »Wollt ihr wirklich gegen uns kämpfen? Hier? Dann solltet ihr beten, dass unsere Schwerter und Äxte euch schnell töten und ihr nicht verwundet den Ghoulen in die Krallen fallt. Es steht mehr auf dem Spiel als nur euer Leben.«

Noch nervöser als bisher betrachteten die Soldaten den Boden. Wieder glaubte Warlon eine Bewegung wahrzunehmen, und den Reitern ging es offenbar ebenso. Die Ghoule waren da und lauerten auf ihre Opfer. Selbst wenn sie am Fleisch der Pferde nicht interessiert wären, könnten sie diese angreifen, um die Reiter zu Fall zu bringen, aber noch trauten sie sich anscheinend nicht heran.

»Sie sammeln sich, denn sie wittern Beute«, sagte Malcorion. »Sie werden euch in ihre dunklen Gänge unter der Erde zerren, wo es keine Hoffnung mehr gibt, und dort werden sie dann euer Fleisch und eure Seelen fressen. Wollt ihr das wirklich riskieren, nur um einem Befehl zu gehorchen, den ihr sowieso nicht werdet ausführen können?«

Für den Bruchteil einer Sekunde tauchte aus einem der Löcher ein leichenblasser, entfernt menschlicher Schädel mit einigen wenigen langen Haaren auf. Fast zur Hälfte bestand das Gesicht aus einem Mund mit langen, spitzen Reißzähnen.

Der Anblick des Ungeheuers ließ selbst Warlon erschrocken zusammenzucken. Ein widerwärtiges Schmatzen ertönte. Er wusste nicht, ob die Soldaten die Kreatur ebenfalls gesehen hatten, oder ob es nur an dem Schmatzen und Malcorions Furcht einflößenden Worten lag, aber zweien von ihnen gingen endgültig die Nerven durch. Mit Panik in den Gesichtern ergriffen sie die Flucht.

»Eines Tages kriegen wir dich schon noch, Waldläufer!«, stieß der Hauptmann hervor, schien aber einzusehen, dass er endgültig keine Chance mehr hatte, seinen Auftrag noch zu erfüllen, wendete sein Pferd und preschte mit seinen letzten beiden Begleitern davon.

Aufatmend ließ Warlon seine Axt sinken und hakte sie wieder am Gürtel fest.

»Machen wir, dass wie hier wegkommen«, knurrte Malcorion und kletterte wieder auf den Kutschbock, nachdem er sein Schwert in die Scheide zurückgerammt hatte. »Die Ghoule sammeln sich wirklich. Es sind primitive Ungeheuer ohne Verstand, aber wenn sie unsere Pferde anfallen, sind auch wir verloren.« Er warf einen Blick zur Sonne hinauf, die bereits hoch am Himmel stand. »Und das werden wir auch sein, wenn es uns nicht gelingt, das tote Land bis zum Abend zu durchqueren.«

17

MARSCH AUF CLAIRBORN

Dem vom Pferd gestürzten Späher war nichts passiert; er hatte sich lediglich den Kopf an einem herabgebrochenen Ast angeschlagen und eine Beule davongetragen, wie Thilus mit Erleichterung vernahm. Was aus seinem Pferd, das ihnen entkommen war, geworden sein mochte, sollte er hingegen nie erfahren. Vielleicht kehrte es nicht oder erst zu spät nach Clairborn zurück, vielleicht entdeckte man es erst später oder zog nicht die richtigen Schlüsse aus seinem reiterlosen Erscheinen, auf jeden Fall gerieten Tharlias Pläne durch das Tier nicht in Gefahr.

Ohne entdeckt oder gar aufgehalten zu werden, erreichte das Zwergenheer Clairborn. Noch außer Sichtweite begann es, sich in kleinere Gruppen aufzuteilen, die sich der Stadt von verschiedenen Seiten näherten und den Belagerungsring schlossen.

Erst jetzt wurden die Zwerge von den Posten auf den Mauern bemerkt. Auf Hörnern wurde Alarm geblasen, Lichter flammten auf, und eine Glocke begann dumpf und unregelmäßig zu schlagen.

Auch im Heerlager der lartronischen Reiter nördlich der Stadt brach Hektik aus. Fackeln wurden entzündet, Soldaten krochen aus ihren Zelten und hasteten scheinbar ziellos durcheinander.

»Die Überrumpelung scheint uns vollauf gelungen zu sein«, kommentierte Tharlia mit einem zufriedenen Lächeln. »Besonders diszipliniert sieht das da drüben nicht aus. Eher nach heillosem Chaos.«

Sie hatte auf einem Hügel Posten bezogen, von dem aus sie gut beobachten konnte, was sowohl in der Stadt wie auch im

Heerlager passierte. Neben einigen ranghohen Offizieren befanden sich auch die Mitglieder des Hohen Rates bis auf die Vertreter der Gelehrtenkaste bei ihr. Selon war in Elan-Tart zurückgeblieben, während Salos zusammen mit anderen Heilern damit beschäftigt war, ein Notlazarett hinter den Linien zu errichten, für den Fall, dass es zum Kampf kommen sollte.

Zu seiner Überraschung hatte die Königin Thilus aufgefordert, in ihrer Nähe zu bleiben. Er hatte gar nicht erst versucht, das Entkommen des Pferdes zu beschönigen oder zu verharmlosen, sondern hatte zu seinem Scheitern gestanden. Tharlia hatte lediglich erklärt, sie hätte schließlich auch Fehler begangen, indem sie von nur noch einem verbliebenen Späher ausgegangen war, und hervorgehoben, dass er unter diesen falschen Voraussetzungen das Beste aus der Situation gemacht hätte.

Dennoch fragte sich Thilus, was er hier sollte. Sie hatte ihm seinen Fehler verziehen, und wenn sie nicht vorhatte, ihm seinen Rang wieder abzuerkennen oder ihn sonstwie zu bestrafen, wäre es normal gewesen, ihm seinem neuen Titel als Kampfführer gemäß das Kommando über einen der Kriegertrupps zu übertragen. Danach aber sah es im Moment nicht aus.

»Typisch Menschen«, sagte Loton verächtlich. »Wenn das eine Zwergenstadt wäre, gäbe es so ein Durcheinander nicht.«

»Man hat zu sehr darauf vertraut, von den Spähern rechtzeitig über alles unterrichtet zu werden, was wir unternehmen«, sagte Sutis. »Dass wir so plötzlich mit einem Heer vor ihren Toren stehen, damit hat niemand gerechnet. Wahrscheinlich herrscht in der Stadt nackte Panik, weil man glaubt, wir würden Clairborn angreifen.«

»Soll Lavinion das ruhig noch eine Weile fürchten. Mit jemandem, der eingeschüchtert ist, lässt sich leichter ein Abkommen schließen«, entgegnete Tharlia. »Ich bin gespannt, wie lange er braucht, um eine Delegation zu uns zu schicken. Wenn es so weit ist, möchte ich, dass Ihr die Verhandlungen in meinem Namen leitet, Kampfführer Thilus.«

»Ich? Aber Majestät, ich bin kein guter Redner oder Unterhändler. Meine Stärken liegen auf dem Schlachtfeld. Ich hatte gehofft, ein Kommando übertragen zu bekommen, vielleicht über eine Schwadron oder –«

»Ich kann mir keinen Besseren für diese Aufgabe vorstellen«, fiel Tharlia ihm ins Wort. »Ihr wart bei meinen bisherigen Gesprächen mit dem Bürgermeister zugegen und wisst, worum es geht. Sagt ihm, dass wir niemanden in die Stadt hinein- und niemanden herauslassen werden, bis man uns die Täter von vergangener Nacht ausliefert. Außerdem fordern wir eine Entschädigung für das verbrannte Getreide. Und macht ihm auch unmissverständlich deutlich, dass wir nicht vorhaben, in die Stadt einzurücken, dass wir aber jeden Versuch, den Belagerungsring gewaltsam zu durchbrechen, mit aller Härte zurückschlagen werden.«

Thilus war sich nicht sicher, ob er sich wünschen sollte, der Erdboden möge sich im nächsten Moment öffnen und ihn verschlingen, oder ob er Stolz empfinden sollte, dass Tharlia gerade ihn für diese Aufgabe auswählte. Seit er sie zum ersten Mal auf den Markt von Clairborn begleitet hatte, hatte sie ihn immer wieder gefördert und ihm wichtige Aufgaben übertragen. Offenbar setzte sie großes Vertrauen in seine Fähigkeiten; ein größeres sogar als er selbst. Er selbst betrachtete sich einfach nur als einen ganz normalen Krieger, und was er in der Nacht des Erdbebens getan hatte, war in seinen Augen auch nichts Besonderes gewesen, sondern nur das, was jeder andere Krieger ebenfalls getan hätte.

Verhandlungen führen jedoch, diplomatische Spitzfindigkeiten, das mühsame Ringen um Kompromisse und darum, möglichst viel von den eigenen Vorstellungen durchzusetzen – das war nicht seine Welt. Im Gegenteil, für ihn war es das pure Grauen. Wenn er nur an das letzte Gespräch zwischen Tharlia und dem Bürgermeister zurückdachte, hätte er niemals so viel Geduld wie sie aufgebracht.

Mehr als eine halbe Stunde verging, bis sich das Chaos in der

Stadt etwas legte. Auch im Heerlager war mittlerweile Ordnung eingekehrt. Die Pferde waren von der Koppel geholt worden; die Soldaten standen am Rande des Lagers in Reih und Glied voll uniformiert, bewaffnet und zum Aufsitzen bereit neben ihren Tieren.

»Wenn sie so kämpfen, wie sie sich auf den Kampf vorbereiten, haben wir wohl nicht viel zu befürchten«, kommentierte Loton. Die Verachtung in seiner Stimme war noch ausgeprägter geworden.

Das Stadttor wurde geöffnet. Ein berittener Soldat mit einer weißen Fahne in der Hand kam heraus. Ihm folgten, ebenfalls zu Pferde, Bürgermeister Lavinion und ein Kavallerieoffizier. Den Abschluss bildeten drei weitere berittene Soldaten. Jeder von ihnen hielt eine Öllampe in der Hand.

»Bitte, Majestät«, unternahm Thilus einen letzten Versuch, der verhassten Aufgabe zu entrinnen, die Tharlia ihm übertragen hatte. »Ich bin wirklich kein geeigneter Diplomat.«

»Das sollt Ihr auch nicht sein«, entgegnete sie. »Anscheinend versteht Ihr noch nicht, worauf es mir ankommt. Wenn ich diplomatische Verhandlungen wollte, würde ich selbst gehen. Aber indem ich einen Krieger schicke, setze ich zugleich ein Zeichen. Tretet stolz und bestimmt auf, nur nicht zu arrogant, und übermittelt meine Forderungen, das ist alles, was ich von Euch verlange.«

Thilus verneigte sich und eilte den Hügel hinab. Wie der Bürgermeister wählte er fünf Begleiter, mit denen er den Abgesandten entgegenging, die mittlerweile auf halber Strecke zwischen der Stadt und dem Zwergenheer angehalten hatten und warteten.

»Was hat das zu bedeuten?«, rief Lavinion, als sie sich bis auf wenige Meter genähert hatten. »Als Bürgermeister von Clairborn fordere ich, dass sich das Heer unverzüglich aus unseren Ländereien zurückzieht. Außerdem verlange ich, mit Königin Tharlia zu reden, statt –«

»Ihr seid nicht in der Position, Forderungen zu stellen«, unterbrach ihn Thilus kalt. »Die Königin ist derzeit anderweitig beschäftigt und hat mich geschickt, in ihrem Namen zu sprechen. Und wenn Ihr nicht wollt, dass wir unverzüglich umkehren, sollten wir diese Verhandlungen auf Augenhöhe führen. Da wir keine Pferde haben, erwarte ich von Euch, dass Ihr absteigt.«

»Um mit einem Zwerg auf Augenhöhe zu sein, müssten wir vor Euch im Dreck knien«, stieß der Offizier hervor. Thilus vermutete, dass es sich um den Befehlshaber der Kavallerieeinheit handelte, einen großen, breitschultrigen Mann mit einem verkniffenen Gesicht und dunklen Haaren. Aus ebenso dunklen Augen musterte er Thilus voller Zorn. »Was glaubt Ihr eigentlich, wen Ihr vor Euch habt? Ich bin Valutus, Obrist im Heer seiner Hoheit König Kalmar von Lartronia, und ich verlange –«

»Demnach seid Ihr vermutlich der Anführer dieses Reiterhaufens«, sagte Thilus bewusst herablassend. »Das trifft sich gut, denn was ich zu sagen habe, ist auch für Euch von Interesse. Vorausgesetzt, Ihr könnt Euch endlich überwinden, von Eurem hohen Ross herabzusteigen.«

Das Gesicht des Offiziers lief vor Wut rot an, und er sah aus, als ob er im nächsten Moment platzen würde, aber bevor er noch etwas sagen konnte, legte ihm Lavinion die Hand auf den Arm.

»Ich denke, wir sollten tun, worum er uns bittet, statt uns gegenseitig zu beleidigen.« Ohne auf eine Antwort zu warten, stieg er selbst vom Pferd und trat auf Thilus zu. Nach kurzem Zögern folgte der Obrist mit immer noch zornrotem Gesicht seinem Beispiel.

Auch jetzt überragten die beiden Männer Thilus noch um fast eine Unterarmlänge, aber wenigstens brauchte er seinen Kopf nicht mehr in den Nacken zu legen, um zu ihnen aufzusehen.

»Also«, begann Lavinion neu. »Was hat der Aufmarsch dieses Heeres zu bedeuten? Das ist ein feindseliger Akt gegen Clairborn und damit gegen das gesamte Königreich. Jeder Angriff auf uns wird schreckliche Konsequenzen nach sich ziehen, wie ich Eurer Königin bereits bei unserem letzten Gespräch gesagt habe.«

»Wir haben nicht vor, Clairborn anzugreifen, obwohl wir fraglos in der Lage wären, die Stadt binnen kürzester Zeit zu erobern«, versicherte Thilus. Er bemühte sich, möglichst viel Entschlossenheit in seine Stimme zu legen. »Aber wir werden auch die Angriffe, die von hier aus auf Elan-Tart verübt wurden, nicht länger tatenlos hinnehmen.«

»Angriffe ist wohl übertrieben. Ein paar aufgehetzte Dummköpfe –«

»Dummköpfe aus Eurer Stadt, die von anderen Dummköpfen aus Eurer Stadt aufgehetzt wurden und von Eurer Stadt aus die Überfälle verübt haben, ohne dass Ihr in der Lage wart, dies zu verhindern«, fiel ihm Thilus scharf ins Wort. »Ich zweifle nicht daran, dass Ihr bereits wisst, was heute Abend geschehen ist. Wir lassen Dummheit nicht mehr als Entschuldigung gelten, wenn man unsere Wachen zu töten versucht, unser Vieh davonjagt und unsere Felder in Brand steckt und so versucht, unserem Volk die Lebensgrundlage zu entziehen.«

»Davon kann wohl keine Rede sein«, mischte sich der Obrist ein. »Genau genommen handelt es sich nicht um Eure Felder, und es sind auch nicht Eure Weiden, auf denen das Vieh steht. Selbst der Boden, auf dem Elan-Tart errichtet wurde, gehört nicht Euch, sondern ist Teil des Königreichs Lartronia. Das Volk der Zwerge hat sich diesen Teil des Landes widerrechtlich angeeignet, und dass Ihr dort eine Siedlung aufgebaut habt, geschah bislang nur unter stillschweigender Duldung des Königs, nicht aber seiner offiziellen Erlaubnis. Ihr solltet den Mund nicht so voll nehmen, wenn Ihr fremdes Eigentum als Euer eigenes deklariert.«

»So? Und wer hat das Land Eurem König als Besitz überlassen? Das Volk der Zwerge hat schon hier gelebt, lange bevor Menschen in diese Gegenden kamen, lange bevor Lartronia überhaupt existierte. Wir waren diejenigen, die geduldet haben, dass Menschen sich am Fuß der von uns besiedelten Berge niederließen.«

Thilus atmete tief durch. Er wusste, dass er sich auf dünnem Eis bewegte. Außerdem lief die Verhandlung aus dem Ruder, er war nicht hier, um zu diskutieren, schon gar nicht über Fragen wie diese.

»Lassen wir das«, fuhr er fort. »Um uns davor zu schützen, dass von Clairborn aus weitere Überfälle auf uns verübt werden, werden wir verhindern, dass überhaupt noch jemand die Stadt verlässt. Auch werden wir jeden daran hindern, sie zu betreten.«

»Das … das ist ungeheuerlich!«, keuchte Valutus. »Ihr wagt es –«

»Die Blockade wird so lange andauern, bis Ihr uns die Verantwortlichen für den Angriff auf den Wachposten vergangene Nacht ausliefert. Sie werden eine faire Verhandlung bekommen, aber sie wird vor einem *unserer* Tribunale stattfinden, und falls der Wachposten stirbt, haben sie keine Gnade zu erwarten.«

»Aber das ist unmöglich!« Die Stimme Lavinions zitterte. »Ich habe Eurer Königin doch schon erklärt, dass unsere Gesetze es verbieten …«

»Unsere Gesetze hingegen verlangen es, und wir sind hier, um ihnen Geltung zu verschaffen. Darüber hinaus fordern wir eine Entschädigung in noch festzulegender Höhe für den Schaden, den das Feuer verursacht hat. Erklärt Euch mit diesen Punkten einverstanden, Bürgermeister, und unser Heer wird die Belagerung unverzüglich abbrechen.«

»Das ist Erpressung!«, platzte Valutus zornentbrannt heraus.

Thilus lächelte grimmig.

»So kann man es nennen. Genau das ist im Allgemeinen der Zweck einer Belagerung – schlau erkannt.«

»Diese Forderungen sind völlig unannehmbar! Geht, Zwerg, und nehmt Euer Heer mit, wenn Ihr klug seid! Diese Stadt steht unter dem Schutz des Königs, und ich bin mit meinen Soldaten hier, um diesen zu gewähren. Ich werde die Belagerung einer lartronischen Stadt durch Zwergenhorden nicht dulden!«

»Euch wird nichts anderes übrig bleiben. Ich habe gesagt, was ich zu sagen hatte. Wir werden keinerlei Kampfhandlungen eröffnen, aber jeden Versuch, die Blockade zu durchbrechen, werden wir notfalls mit Gewalt verhindern. Eure Reiter sind uns zehn zu eins unterlegen.«

»Die Überlegenheit eines Feindes hat die ruhmreiche lartronische Armee noch nie geschreckt«, prahlte der Obrist. »Und selbst wenn Ihr einen kurzfristigen Sieg auf dem Schlachtfeld davontragen solltet – der König wird davon erfahren, was in Clairborn geschieht, und weitere Truppen hierher in Marsch setzen, die diesen Spuk beenden werden.«

»Die Frage ist nur, ob Clairborn eine Belagerung bis dahin durchhalten kann.«

»Oh, ich bin sicher, das kann es.«

Ein merkwürdiger, irgendwie verschlagener Ausdruck wurde im Blick des Offiziers sichtbar. Vielleicht war es nur die fanatische Entschlossenheit, unter allen Umständen durchzuhalten und sich nichts vorschreiben zu lassen, koste es, was es wolle. Er selbst würde bei der Belagerung bestimmt keinen Hunger leiden, wie immer würde sie die Ärmsten der Armen am härtesten treffen. Wäre der Gedanke nicht so abwegig gewesen, schien es Thilus sogar so, als würde sich Valutus auf das Kommende *freuen*.

Thilus hatte jedoch das unangenehme Gefühl, als ob mehr dahintersteckte. Einen Augenblick lang musterte er den Offizier noch scharf, dann wandte er sich wieder an Lavinion.

»Wollt Ihr für die drei Schufte wirklich Euer ganzes Volk leiden lassen? Die Vorräte werden Euch ausgehen, lange bevor Verstärkung eintrifft. Niemand könnte Euch einen Vorwurf machen, wenn Ihr unter diesen Umständen Eure Gesetze ein wenig beugt.«

»Lasst das nur meine Sorge sein.« Furcht und Unsicherheit waren aus dem Gesicht des Bürgermeisters verschwunden, auch seine Stimme klang nun, nachdem er wusste, dass es keinen direkten Angriff auf die Stadt geben würde, wieder fester. »Es wird

Euer Volk sein, nicht meines, das an diesem Wahnsinn zerbrechen wird, und das schon bald.«

»Wie Ihr wollt.« Thilus schnaubte verächtlich. Fast ohne dass er sich dessen bewusst war, legte er eine Hand auf den Griff seines Schwertes, und als er es merkte, zog er sie hastig wieder zurück. »Zum Zeichen unseres guten Willens werden wir Eure Spione, die wir gefasst haben, unversehrt nach Clairborn zurückkehren lassen.«

Er zögerte noch einen Moment, dann drehte er sich ohne einen Gruß um und stapfte mit seiner Eskorte davon. Jedes weitere Wort hätte seine Position nur geschwächt.

Während er zum Heer zurückkehrte, dachte er über die letzten Worte der beiden Männer nach. Sie schienen nicht den geringsten Zweifel daran zu haben, der Belagerung trotzen zu können, und ihre Selbstsicherheit gefiel ihm so wenig wie der Blick, den er bei Valutus bemerkt hatte.

Tharlia musste irgendetwas übersehen haben, das sich als verderblich erweisen mochte, aber er kam nicht darauf, worum es sich handeln könnte.

Das Gefühl, dass es sich für ihr aller Überleben als wichtig erweisen würde, blieb jedoch.

18

DIE LEICHENGRUBE

Die Entdeckung, dass sie nicht mehr allein waren, versetzte Barlok für einen Moment einen regelrechten Schock, gefährdete sie doch all die wundervollen Zukunftsvisionen über die Neubesiedelung Zarkhaduls durch das Zwergenvolk, von denen er in den vergangenen Stunden zu träumen begonnen hatte. Alles hatte so wundervoll ausgesehen. Sie hatten einen Weg ins Innere des Kalathun und bis in die Mine gefunden, die Zerstörungen hielten sich selbst nach der langen Zeit noch in Grenzen und würden schnell auszubessern sein, und vor allem: Die Mine hatte völlig leer und unbewohnt gewirkt, schien nur darauf zu warten, dass Zwerge hierher zurückkehrten, um sie erneut in Besitz zu nehmen.

Nun jedoch stellte sich dies als voreiliger Trugschluss heraus. Es wäre ja auch zu schön gewesen, wenn nach all den Schicksalsschlägen, die sein Volk in den vergangenen Monaten erlitten hatte, auch nur einmal etwas ohne Probleme gelingen würde, das für ihr aller Überleben so ungeheuer wichtig war. Die Götter mussten sie wirklich hassen.

Tausend Vermutungen schossen Barlok durch den Kopf. Er hatte nur die Bewegung gesehen, nicht aber den, der sie verursacht hatte. Den anderen Kriegern, die etwas wahrgenommen hatten, ging es ebenso, wie er sich vergewissert hatte. Sie alle hatten nur bemerkt, wie eine Gestalt blitzartig in den Torbogen zurückgewichen war, aber keiner vermochte zu sagen, um was für ein Wesen es sich gehandelt hatte.

Steinerne Büsten standen in Nischen in den Wänden, und beiderseits des Torbogens erhoben sich Statuen stilisierter, dreifach lebensgroßer Zwergenkrieger. Für einen Moment überlegte er, ob er sich getäuscht haben könnte, ob nur das Spiel von Licht und Schatten den Statuen die Illusion von Bewegung verliehen haben könnte, aber das war bloßes Wunschdenken.

Jemand – oder etwas – hatte hinter den Statuen verborgen gelauert und sich blitzschnell in den Stollen zurückgezogen, das war es, was er und einige der anderen Krieger wahrgenommen hatten. Alles andere hieße, die Augen vor der Realität zu verschließen, mochte sie ihm auch noch so wenig gefallen.

»Goblins oder Gnome, fürchte ich«, sagte er leise.

Damit erfüllte sich seine schlimmste Befürchtung. Gnome und Goblins gehörten zu den ältesten Bewohnern der Tiefenwelt, älter noch als die Zwerge. Zwar hatten sie es nie zu einer so hohen Entwicklungsblüte gebracht, aber sie waren ausgesprochen aggressiv und im Kampf gefährliche Gegner, da sie meistens aus dem Hinterhalt angriffen und Fernwaffen wie Pfeil und Bogen benutzten. In der Schlacht am Tiefenmeer waren die Goblins dem Zwergenheer zu Hilfe geeilt, aber nur, weil sie ebenfalls von den Dunkelelben bedroht wurden. An Barloks grundsätzlicher Einstellung ihnen gegenüber hatte sich dadurch nicht viel geändert, und wenn es irgendwann gelingen sollte, die Dunkelelben zu besiegen, würde die alte Feindschaft vermutlich rasch wieder aufflammen.

Gnome und Goblins waren an vielen Stellen in der Tiefenwelt zu finden, nicht nur unter dem Schattengebirge, und aus Selons Aufzeichnungen ging hervor, dass man auch in Zarkhadul früher des Öfteren Ärger mit ihnen gehabt hatte, bis hin zu bewaffneten Auseinandersetzungen. Insofern hatte sich Barlok trotz seiner Freude darüber insgeheim sogar bereits gewundert, dass sie sich nicht in ihrer üblichen Art wie die Aasfresser auf die Hinterlassenschaften der Zwerge gestürzt und die Mine in Besitz genommen hatten. Zumindest traf das auf die Goblins zu. Ähnlich wie das Zwergenvolk errichteten sie eigene Städte unter der

Erde, meist gut versteckt, während die Gnome, von denen sie abstammten, Nomaden waren, die es nie lange an einem Ort aushielten, sondern ruhelos umherzogen.

Vielleicht hatten sie es nur mit einem kleinen Gnomentrupp zu tun, der es gar nicht wagte, einen Trupp Zwergenkrieger anzugreifen. Wahrscheinlich aber war, dass es sich um Goblins handelte, die sich hier in den unteren Ebenen niedergelassen hatten. Bei der Größe Zarkhaduls konnten tausende, sogar zehntausende von ihnen hier leben, ohne auf Anhieb entdeckt zu werden.

»Wir gehen weiter wie bisher. Lasst euch nichts anmerken, aber seid besonders wachsam!«, befahl Barlok mit gedämpfter Stimme.

»Sollten wir nicht besser umkehren, bevor wir direkt in eine Falle laufen?«, wandte einer der Krieger ein. »Ich meine, wenn es hier Gnome oder gar Goblins gibt, können sie uns jeden Moment angreifen, und wir kennen uns hier nicht aus.«

»Das werden sie ganz bestimmt spätestens in dem Moment tun, in dem sie erkennen, dass wir sie entdeckt haben. Und wir könnten es ihnen gar nicht deutlicher zeigen, als wenn wir jetzt umkehren. Also gehen wir besser weiter, bis wir eine andere Treppe finden.«

Besonders wohl fühlte sich Barlok bei der ganzen Sache nicht, aber ihnen blieb keine andere Wahl. Zumindest in der Tiefenwelt unter dem Tharakol hatten sowohl Gnome wie auch Goblins erkannt, dass sie den Zwergen im offenen Kampf unterlegen waren und ließen sich deshalb zumeist erst gar nicht darauf ein. Stattdessen schossen sie aus dem Hinterhalt ihre Pfeile ab.

So konnte es auch hier passieren. Der Gedanke, dass möglicherweise schon Pfeile auf sie gerichtet waren, dass jeden Moment der Befehl zum Angriff ergehen und sie ihre todbringende Reise antreten könnten, war alles andere als angenehm. Barlok meinte fremde Blicke wie Nadelstiche auf seiner Haut zu spüren, und alle paar Sekunden rann ihm ein eisiger Schauer über den Rücken. Immer wieder blickte er sich um, während sie weitergingen, und seine Begleiter machten es ebenso. Das war nicht besonders verfänglich, weil sie es auch vorher schon angesichts der Wunder, die überall zu entdecken waren, getan hatten, allerdings hatte er dafür jetzt kaum noch einen Blick übrig.

Sie durchquerten weitere Höhlen und ein Labyrinth von Stollen, ohne angegriffen zu werden oder irgendeinen weiteren Hinweis darauf zu entdecken, dass sie nicht allein waren. Allmählich sank ihre Nervosität wieder, und obwohl Barlok nach wie vor davon überzeugt war, dass er sich die Bewegung nicht nur eingebildet hatte, begann er sich zu fragen, ob sie sich nicht alle in etwas hineingesteigert hatten, indem sie sofort von einer Gefahr ausgegangen waren.

Natürlich befanden sie sich in einer unbekannten Umgebung, und jeglicher Leichtsinn mochte verhängnisvoll sein. Es war besser, zehnmal übervorsichtig zu sein als ein einziges Mal zu nachlässig, aber hinter allem eine Gefahr zu wittern, konnte sie in ihren Entscheidungen lähmen.

Nach allem, was er bisher gesehen hatte, glaubte Barlok nicht mehr an die Zahl von hunderttausend Zwergen, die einst in Zarkhadul gelebt haben sollten. Eher waren es doppelt so viele gewesen, vielleicht sogar noch mehr, und entsprechend groß musste die Kriegerkaste gewesen sein. Er konnte sich nicht vorstellen, dass sie Gnome oder Goblins in ihrer Nähe geduldet hatten, von denen vor allem beim Schürfen in den tieferen Ebenen eine ständige Bedrohung für die Arbeiter ausgegangen wäre. Wahrscheinlicher erschien es ihm, dass man das Gesindel entweder vertrieben, oder es möglicherweise sogar ausgerottet hatte, um jegliche Gefahr auf Dauer zu bannen.

Es gab auch genügend völlig harmlose Erklärungen für die Bewegung, die sie gesehen hatten. Vielleicht war es ein Schrat gewesen. Diese Wesen konnten überaus lästig sein, da sie manchmal einen recht garstigen Sinn für Humor hatten und außerdem alles stahlen, was ihnen in die Finger geriet und ihnen gefiel, aber ansonsten waren sie recht harmlos.

Auch konnte es sich um ein Tier gehandelt haben. Es gab nur wenige Tiere in der Tiefenwelt, aber es *gab* sie, und längst nicht alle waren so schreckliche Ungeheuer wie die Zarkhane. Die meisten waren sogar ausgesprochen scheu, ernährten sich von Moosen und Flechten und flohen schon, sobald man sich ihnen nur von weitem näherte, sodass man sie kaum einmal zu sehen bekam.

Barlok blieb auch weiterhin wachsam, nur seine Anspannung ließ ein wenig nach, und sein gesamtes Denken war nicht mehr ausschließlich darauf konzentriert, ob irgendwo etwas Verdächtiges zu hören oder sehen war.

»Puh, was für ein Gestank«, stöhnte einer der Krieger, als sie eine Halle durchquert und in einen weiteren Stollen eingedrungen waren. »Was ist das? Riecht ihr es nicht?«

Der Mann musste eine ungeheuer feine Nase haben, denn erst als Barlok bewusst darauf achtete und die Luft fast schnüffelnd in fünf, sechs kurzen, direkt aufeinanderfolgenden Atemstößen einsog, roch er ebenfalls, was der Krieger meinte. Es war in der Tat ein äußerst unangenehmer Geruch. Er erinnerte Barlok ein wenig an einen der unangenehmsten Orte Elan-Dhors, schlimmer noch als die Schlachthäuser, obwohl ganz in der Nähe gelegen. Es handelte sich um die Gerbereien, in denen die Haut der getöteten Luanen zu Leder verarbeitet wurde. Eine stinkende Arbeit, eines Zwerges unwürdig und deshalb verhasst, aber dennoch notwendig, da Leder für vieles benötigt wurde.

Hier war der Geruch ähnlich, und er wurde stärker und schlimmer, je weiter sie vordrangen, ein Gestank wie von Moder und Fäulnis und Verwesung. Obwohl er ihn kaum noch ertragen konnte, weigerte sich Barlok, umzukehren. Er wollte herausfinden, was diesen Gestank verursachte.

Ein Durchgang in der linken Seitenwand des Stollens führte in eine kleine Grotte, hinter der sich eine runde, mehrere Dutzend Meter durchmessende Höhle erstreckte, die die Quelle des Gestanks war. Ihr Boden lag deutlich tiefer, doch hinter dem Torbogen, durch den man sie erreichte, befand sich eine Art eiserner Balkon, etwa zehn Schritte breit und zwei Schritte weit in die Höhle hineinragend, gesichert durch ein gleichfalls eisernes Geländer.

Der Gestank war hier so stark, dass Barlok das Gefühl hatte, kaum noch atmen zu können. Mit einer Hand hielt er sich die Nase zu, während er auf die eisernen Bodenplatten des Balkons hinaustrat, sich über das Geländer beugte und in die Tiefe schaute.

Er hatte in vielen Schlachten gekämpft und schon viel Schreckliches gesehen, doch selbst für ihn war der Anblick so entsetzlich, dass er erschrocken zurückprallte und ein ersticktes Stöhnen über seine Lippen drang.

Die Höhle war voll mit nackten Leichen.

Zwergenleichen.

Bis drei, vier Meter unter ihm füllten sie die Kammer, Leichname, die offenbar einfach achtlos hinabgeworfen worden und in der trockenen Luft mumifiziert waren. Wie sie hinabgestürzt waren, lagen sie in der Umarmung des Todes wild durcheinander, jeglicher Würde entkleidet und selbst nach der langen Zeit noch stinkend.

Während er sich mit der einen Hand weiterhin die Nase zuhielt, ballte Barlok die andere zur Faust und zwang sich, noch einmal in die Tiefe zu sehen.

Das Gedenken an die Verstorbenen und die Wahrung ihrer Würde auch nach dem Tod besaß bei Zwergen einen sehr hohen Stellenwert, gerade deshalb entsetzte ihn das, was er hier sah, so sehr. Tote wurden in allen Ehren verbrannt, man warf sie nicht einfach in eine Grube und ließ sie dort vermodern.

Dennoch war das hier geschehen. Zu Hunderten, Tausenden, vielleicht sogar Zehntausenden lagen sie durcheinander. Wie viele es waren, vermochte er unmöglich zu schätzen, da er nicht wusste, wie tief die Höhle war.

Nach der Katastrophe, die Zarkhadul von der Außenwelt abgeriegelt hatte, mussten schreckliche Zustände geherrscht haben. Ohne Nachschub an Lebensmitteln waren sicherlich Hungersnöte ausgebrochen, die die Bevölkerung der zum Untergang verurteilten Mine dahingerafft hatten. Wahrscheinlich waren diejenigen, die das Pech gehabt hatten, ein paar Tage länger am Leben zu bleiben, kaum noch damit nachgekommen, die Toten fortzuschaffen; vielleicht hatten sich sogar Seuchen auszubreiten begonnen.

Barloks Verstand weigerte sich, sich die entsetzlichen Szenen, die sich damals in Zarkhadul abgespielt haben mussten, genauer auszumalen.

Und dennoch begriff er nicht, warum man die Leichen einfach in diese Höhle geschafft hatte. Wie er gesehen hatte, gab es unter dieser Ebene einen Lavafluss. Es wäre kein größerer Aufwand gewesen, die Toten in einer der Höhlen, durch die er mit seinem Trupp gekommen war, der feurigen Glut zu übergeben, wie es die Traditionen vorschrieben.

Weitere Krieger drängten auf den Balkon hinaus, während andere bereits wieder in die angrenzende Grotte zurückwichen.

Barlok zuckte erschrocken zusammen, als ein Ächzen und Zittern durch den Boden und das Geländer lief. Irgendetwas brach, und mit dem schrillen Kreischen von Metall auf Stein sackte der gesamte Balkon mit einem Ruck ein paar Finger breit in die Tiefe. Barlok fuhr herum, doch er und die anderen Krieger behinderten sich gegenseitig bei dem Versuch, sich durch den Torbogen in Sicherheit zu bringen, aber wahrscheinlich wäre es ohnehin zu spät gewesen, dem Verhängnis zu entkommen.

Nur für einen kurzen Moment hielt der Balkon noch aus, dann kapitulierte die jahrtausendealte Konstruktion endgültig vor ihrem Gewicht und kippte nach unten.

Die Zwerge wurden gegen das Geländer geschleudert, das unter dem Aufprall abbrach und zusammen mit ihnen in die Tiefe stürzte. Barlok hörte Schreie um sich herum, dann erfolgte der Aufprall. Ein harter Schlag traf seinen Körper, und die Luft wurde ihm aus den Lungen getrieben. Die Leichen in der Grube bestanden im wahrsten Sinne des Wortes nur noch aus Haut und Knochen und federten seinen Sturz kaum ab.

Einige Sekunden lang blieb er regungslos liegen, ehe er vorsichtig seine Glieder bewegte. Es ging problemlos, tat nicht einmal sonderlich weh. Anscheinend hatte er sich nichts gebrochen.

Knochenbrecher hatte sich von seinem Gürtel gelöst und hing nur noch an einer Schlaufe um seine Schulter. Hastig befestigte er die Streitaxt wieder.

Flüche ertönten um ihn herum, als sich auch die anderen Krieger aufzurappeln begannen. Die Leichen unter ihnen gerieten in Bewegung. Barlok rutschte mit seinem rechten Fuß ab, riss dem Toten, auf dem er gestanden hatte, mit dem Absatz seines Stiefels einen beträchtlichen Teil der bräunlichen, mumifizierten Haut von den Knochen und schaffte es nur mit Mühe, das Gleichgewicht zu halten.

Zwei der anderen Krieger hatten nicht so viel Glück. Sie stürzten erneut auf die Toten und erhoben sich wesentlich vorsichtiger als zuvor.

Barlok zählte insgesamt zehn Mann, die mit ihm in die Tiefe gerissen worden waren, doch zu seiner Erleichterung schien sich keiner von ihnen ernsthafte Verletzungen zugezogen zu haben.

Über ihnen beugte sich Soltan, einer der Krieger, die nicht abgestürzt waren, vorsichtig so weit vor, dass er über den immer noch in schrägem Winkel an der Wand hängenden Balkon hinweg zu ihnen heruntersehen konnte.

»Ist jemand verletzt?«

»Wir sind wohlauf!«, rief Barlok zu ihm hinauf. »Aber wir brauchen ein Seil, um wieder zu euch zu gelangen.«

Seile gehörten zur Standardausrüstung eines jeden Kriegers. Es würde nur ein paar Minuten dauern, bis sie wieder hier heraus waren. Bis dahin war der widerliche Gestank wohl das Unangenehmste, womit sie sich herumplagen mussten.

Während das Gesicht über ihm wieder verschwand, nutzte Barlok die Gelegenheit, um sich genauer umzusehen. Erst jetzt entdeckte er eine massive Holztür, die ein Stück entfernt in die Wand eingelassen war. Stufen führten an der Mauer entlang zu ihr hoch. Notfalls würden sie die Höhle also auch auf diesem Weg verlassen können. Allerdings wusste er nicht, wohin die Tür führte, und es würde vermutlich nicht einfach werden und Zeit kosten, den Rückweg zu den anderen zu finden. Da er außerdem noch immer nicht sicher ausschließen konnte, dass sie beobachtet wurden und ihnen Gefahr drohte, wollte er sich nicht weiter von ihnen trennen, als es jetzt ohnehin schon geschehen war.

Wie berechtigt Barloks Befürchtungen waren, zeigte sich, als plötzlich gellende Schreie über ihnen ertönten.

Vilon war von dem schrecklichen Anblick noch immer wie gelähmt, stand nur mit abwehrend erhobenen Händen und vor Entsetzen weit aufgerissenen Augen da. Andere erholten sich schneller von ihrem Schrecken.

»Ein Dunkelelb!«, schrie der Krieger, der von der Kreatur angegriffen worden war. »Das war ein Dunkelelb!«

Als wäre sein Ruf das Zeichen gewesen, auf das sie gewartet hatten, tauchten hinter dem Durchbruch plötzlich drei weitere der bleichen Gestalten auf und kamen mit gezogenen Schwertern in die Höhle gestürmt. Die Krieger stellten sich ihnen entgegen, Stahl klirrte auf Stahl.

»Zurück!«, brüllte Vilon den Arbeitern zu. »Flieht!«

Zwei, drei Männer begannen zu laufen, blieben gleich darauf aber wieder stehen, als sie bemerkten, dass die anderen ihrer Angst trotzten und den Befehl ignorierten. Statt zu fliehen, stürzten sie sich nach kurzem Zögern ebenfalls in den Kampf, um den Kriegern beizustehen.

Jetzt zahlte sich aus, dass sie alle in den letzten Monaten seit der Flucht aus Elan-Dhor im Umgang mit Waffen geschult worden waren. Natürlich konnten sie sich nicht annähernd mit einem Angehörigen der Kriegerkaste messen, der bereits seit seiner Jugend im Kampf ausgebildet wurde, aber zumindest vermochten sie ein Schwert leidlich zu führen und sich ihrer Haut zu erwehren.

Auf sich allein gestellt, wären die drei Krieger von den Dunkelelben sicherlich binnen kürzester Zeit niedergemacht worden. Sie waren überrascht worden und hatten ihren Schrecken noch immer nicht völlig überwunden; zudem waren die Elbenabkömmlinge wahre Meister im Umgang mit dem Schwert. Mit blitzenden Klingen trieben sie die Krieger vor sich her, denen es nur mit knapper Not gelang, die auf sie einprasselnden Hiebe abzuwehren, ohne dass sie die geringste Chance hatten, ihrerseits selbst einmal zum Angriff übergehen zu können.

Durch das Eingreifen der Arbeiter änderte sich das. Mit einem Mal waren es die Dunkelelben, die in die Defensive gedrängt wurden.

Nur Vilon selbst beteiligte sich nicht an dem Kampf. Wegen seines hohen Rangs als Schürfmeister hatte er nicht am Waffentraining teilgenommen, außerdem war er bereits alt und trug nicht einmal ein Schwert. Er verstand nicht, warum die Dunkelelben nicht auf ihre stärkste Waffe zurückgriffen – ihre Magie, die es ihnen ermöglichte, unsichtbar zu werden, was sie nahezu unbesiegbar gemacht hätte, wie der Kampf in der Tiefenwelt gezeigt hatte.

Jede der Kreaturen hatte eine vier- bis fünffache Übermacht gegen sich, und plötzlich benötigten sie all ihre Geschicklichkeit, um sich der gegen sie geführten Schwerthiebe zu erwehren. Mit unglaublicher Schnelligkeit wirbelten sie ihre Klingen herum, streckten zwei, drei Zwerge nieder und verwundeten mehrere weitere, aber die Übermacht war einfach zu groß.

Mit gespaltenem Schädel sank einer der Dunkelelben zu Boden. Sofort stürzten sich die Zwerge, die bislang gegen ihn gekämpft hatten, auf die beiden anderen, was ihre Übermacht noch vergrößerte. So schnell sie sich auch bewegten, und so überlegen sie im Schwertkampf waren, nicht einmal sie vermochten es, die von allen Seiten gleichzeitig auf sie eindringenden Hiebe abzuwehren. Ein weiterer Dunkelelb starb, als ihm eine Klinge in die Brust gerammt wurde.

Der Letzte schien zu erkennen, dass er auf verlorenem Posten stand. Mit einigen wilden Hieben seiner Schwerter verschaffte er sich etwas Luft, tötete einen weiteren Arbeiter und nutzte die entstehende Lücke, um zu fliehen.

»Bleibt stehen, ihr Narren!«, brüllte Tylos, als einige der Männer dazu ansetzten, ihn zu verfolgen. »Ihr habt keine Chance, ihn einzuholen.«

Ein Krieger und vier Arbeiter lagen reglos auf dem Boden. Er untersuchte sie der Reihe nach flüchtig und schüttelte jeweils nur den Kopf. Keiner von ihnen war mehr am Leben.

Noch immer stand Vilon unter Schock und war kaum in der Lage zu begreifen, was gerade geschehen war. Wie konnten Dunkelelben hierher gelangen? Elan-Dhor und die unterirdische Höhle tief unter dem Tharakol, in die man sie einst verbannt hatte, lagen viele Tagesreisen entfernt.

»Wer von euch ist verletzt?«, fragte Tylos. Vier Arbeiter, die durch die Klingen der Dunkelelben Stich- oder Schnittwunden erlitten hatten, traten vor. Erleichtert erkannte Vilon, dass es sich um keine schweren Verletzungen handelte, doch bereits die nächsten Worte des Kriegers zerstörten seine Illusion. »Ihr werdet mithelfen, die Dunkelelben aufzuhalten, damit die anderen eine Chance zum Fliehen haben«, entschied er.

»Was soll das?«, protestierte Vilon. »Gerade die Verletzten müssen –«

»Die Magie, die die Dunkelelben ihren Klingen verleihen, wirkt tödlich, wenn die Wunden nicht sofort von einer Priesterin versorgt werden«, fiel Tylos ihm ins Wort. »Dies ist nicht der Moment für Feinfühligkeit. So leid es mir tut, aber die Männer sind so oder so bereits dem Tode geweiht. Ihr müsst mit den anderen fliehen, Schürfmeister. Warnt die Königin, dass sie keine weitere Expedition nach Zarkhadul entsenden darf, aber verschließt zuvor den Ausgang wieder und tut es so gründlich, dass er nicht wieder freigelegt werden kann. Die Dunkelelben dürfen nicht an die Oberfläche gelangen. Ihr wisst, was für eine Katastrophe das bedeuten würde. Flieht! Jetzt sofort, rasch!«

Die letzten Worte hatte er gehetzt hervorgestoßen, und als Vilon erneut einen Blick auf den Durchgang warf, erkannte er auch den Grund. Ein halbes Dutzend Dunkelelben kam durch den Gang herangestürmt.

Der Anblick riss den Schürfmeister vollends aus seiner Erstarrung. Von einem Moment zum anderen wurde er zu einem Pragmatiker, der alle sinnlosen Fragen verdrängte und nur noch daran dachte, wie der Gefahr zu begegnen war – eine Fähigkeit, die dazu beigetragen hatte, seinen hohen Rang zu erlangen. Tylos und der zweite Krieger würden die Dunkelelben selbst zusammen mit den vier Verletzten nicht lange genug aufhalten können, um ihm und den anderen einen ausreichend großen Vorsprung zu verschaffen, sodass sie aus dem Berg entkommen könnten.

»Versucht sie nur ein oder zwei Minuten aufzuhalten«, stieß er an die beiden Krieger gewandt hervor, dann deutete er auf die Verletzten. »Ihr geht mit ihnen. Wir müssen versuchen, den Wanddurchbruch zum Einsturz zu bringen, das ist die schwächste Stelle. So viel Zeit müsst ihr uns verschaffen. Möge Li'thil mit euch sein!«

Tylos nickte ihm flüchtig zu, dann wandte er sich um.

»Ihr habt es gehört. Kommt, Männer!«

Gemeinsam mit dem zweiten Krieger stürmte er mit gezogenem Schwert in den Stollen hinein, den Dunkelelben entgegen. Ohne zu zögern folgten ihm auch die Verletzten, obwohl sie wissen mussten, dass ihr Weg sie geradewegs in den Tod führen würde.

Es war furchtbar, die Schreie mit anzuhören. Sie klangen entsetzt, von panischer Angst erfüllt. Und sie stammten eindeutig aus den Kehlen von Zwergen.

Gleich darauf war das Klirren von Waffen zu hören.

»Was –«

Barlok fuhr herum und presste dem Krieger die Hand auf den Mund.

»Still!«, zischte er. »Keinen Laut! Los, an die Wand, schnell!«

Hastig pressten er und seine Begleiter sich unterhalb des schräg in seiner Halterung hängenden Balkons, der ihnen jetzt Sichtschutz bot, gegen den Fels.

Das Waffengeklirr über ihnen erstarb schon nach wenigen Sekunden, ebenso die Schreie. Barlok zählte in Gedanken langsam bis hundert, dann bedeutete er den anderen zurückzubleiben und trat selbst ein paar Schritte vor. Niemand war in dem Durchgang zur Vorhöhle zu entdecken, was seine schlimmsten Befürchtungen noch verstärkte. Wenn die dort zurückgebliebenen Krieger im Kampf siegreich geblieben wären, hätte sich längst einer von ihnen gezeigt, um zu berichten, was geschehen war.

Wer immer sie angegriffen hatte, musste sie überwältigt oder gar getötet haben.

Barlok verdrängte den Schrecken und die Trauer, mit denen dieser Gedanke ihn erfüllte. Auch er und seine Begleiter schwebten in höchster Gefahr. Hier unten saßen sie in der Falle, wenn die unbekannten Angreifer auf die Idee kamen, dass noch weitere Zwerge sich hier befinden könnten.

»Weg hier!«, befahl er und deutete auf die Tür, den einzigen sichtbaren Ausgang. »Wir müssen zusehen, dass wir aus diesem Rattenloch rauskommen.«

So schnell es ihnen möglich war, eilten sie auf den Ausgang zu, aber es war schrecklich, sich über die Berge von Leichen vorwärtszubewegen. Knochen brachen unter ihrem Gewicht, und pergamentene Haut zerriss. Barlok musste nicht nur gegen seinen Ekel ankämpfen, er hatte auch die ganze Zeit über das Gefühl, die Toten zu schänden, obwohl sie nicht mehr spüren konnten, was mit ihren mumifizierten Körpern geschah.

Aber es war nicht nur in dieser Hinsicht entsetzlich, es war auch äußerst beschwerlich, sich auf diesem Untergrund voranzukämpfen. Immer wieder rutschte einer von ihnen mit dem Fuß ab oder blieb irgendwo hängen und stürzte. Auch Barlok erlitt dieses Schicksal zweimal. Es war ein unbeschreiblich widerliches Gefühl, wie in einem obszönen Liebsakt auf den Toten zu liegen und sie mit den Händen zu berühren. Er fühlte sich so schmutzig und besudelt wie noch niemals zuvor, wozu auch der nach wie vor schier unerträgliche Gestank beitrug.

Immer wieder blickte er sich um und sah zu dem Durchgang oberhalb des Balkons zurück, aber auch weiterhin ließ sich niemand dort blicken. Wer immer die Krieger dort oben angegriffen hatte, schien nicht zu glauben, dass weitere Zwerge dem Angriff durch den Sturz in die Leichengrube entgangen sein könnten.

Unbeschadet erreichten sie die Stufen, die zu der Tür hochführten. Sie bestand aus massivem Holz und öffnete sich nicht, als Barlok die Klinke niederdrückte. Er hielt sich erst gar nicht mit der Frage auf, warum jemand einen Raum verschloss, in dem sich nur Leichen befanden.

»Aufbrechen!«, befahl er knapp.

Zwei der Krieger packten ihre Äxte und schlugen auf die Tür ein. Laut hallten die Hiebe wider, mussten in weitem Umkreis zu hören sein und jeden Feind, dem ihre Anwesenheit bislang entgangen war, auf sie aufmerksam machen, wie Barlok besorgt erkannte. Aber ohne Hilfe von außen gab es keinen anderen Weg, wenn sie aus dieser Grube wieder herauswollten.

Bei jedem der wuchtig geführten Hiebe drangen die scharfen Schneiden der Äxte tief in das Holz ein und ließen es zersplittern, dennoch dauerte es mehrere Minuten, bis sie eine ausreichend große Öffnung geschaffen hatten, dass die Zwerge sich hindurchzwängen konnten.

Frische Luft schlug ihnen entgegen. Wenigstens kam sie Barlok nach dem scheußlichen Gestank so vor, obwohl er sie vor dem Sturz in die Leichengrube vermutlich ebenfalls für kaum atembar gehalten hätte.

Sie befanden sich in einer einfachen, schmucklosen Halle. In den Seitenwänden gab es Durchgänge zu weiteren Räumen, in denen irgendetwas gelagert war, doch reichte das Licht des Glühmooses nicht, um von hier aus zu erkennen, worum es sich handelte. Obwohl er wusste, dass der Lärm beim Einschlagen der Tür Feinde angelockt haben könnte und sie vermutlich keine Sekunde zu verlieren hatten, siegte Barloks Neugier über die Vernunft, und er eilte zu einem der steinernen Torbögen.

Dahinter erstreckte sich ein großer Raum, in dem stählerne Helme zu regelrechten Bergen aufgetürmt lagerten; tausende, zehntausende, genug, um eine ganze Armee auszurüsten.

Nicht viel anders sah es in der daneben liegenden, noch größeren Höhle aus, nur dass es sich hier um Rüstungen handelte. Nicht nur einfache Wämse aus Leder, sondern hauptsächlich vollständige Harnische aus Stahl, mit Brustpanzer, Arm- und Beinschienen. Auch ihre Zahl war fast unmöglich zu schätzen, musste aber ebenfalls in die Zehntausende gehen.

»Hier drüben liegen Waffen«, rief einer der Krieger von einer Höhle auf der gegenüberliegenden Seite aus. »So etwas habe ich noch nicht gesehen! Unmengen von Schwertern und Äxten, Lanzen, Messern und Speeren!«

Barlok erinnerte sich, dass auch die Kasernen auf dieser Ebene gelegen hatten. Offenbar handelte es sich hier um die Waffenkammern des alten Zarkhadul, in denen die Ausrüstung des Heeres gelagert wurde. Eines Heeres, das groß und stark genug gewesen sein musste, es mit jedem bekannten Feind aufzunehmen, das vielleicht sogar die Dunkelelben hätte bezwingen können. Aber gleichgültig, wie hoch die Zahl der Krieger einst gewesen sein mochte, nach der Isolation der Mine von der Außenwelt waren sie ebenso wie alle anderen Bewohner elendig umgekommen. Was von ihnen übrig geblieben war, hatten sie gerade in der Leichengrube gesehen.

Längst nicht alle Probleme ließen sich mit militärischer Macht lösen. Diese Lektion hatte Barlok schon vor langer Zeit gelernt, obwohl sie für jemanden wie ihn, der vermutlich mehr als jeder andere sein ganzes Leben in den Dienst der Kriegerkaste gestellt hatte, schwer hinzunehmen war.

Aber waren wirklich alle Bewohner Zarkhaduls umgekommen? Zumindest für eine kleine Zahl von ihnen wäre es durchaus möglich gewesen zu überleben, und dabei dachte er nicht einmal an Kannibalismus. An vielen Orten in der Tiefenwelt wuchsen Flechten und Moose, die zwar widerlich schmeckten, von denen man sich aber im Notfall einige Zeit ernähren konnte. Nur auf diesem Weg hatten Barlok und die anderen Männer eines Expeditionstrupps überlebt, als sie vor vielen Jahren durch einen Erdrutsch von der Rückkehr nach Elan-Dhor abgeschnitten worden waren, bis man sie befreit hatte.

Natürlich reichten diese Flechten nicht aus, ein nach Hunderttausenden zählendes Volk zu ernähren, obwohl die Einwohner Zarkhaduls nach Ausbruch der ersten Hungersnöte in ihrer Verzweiflung sicherlich trotz allen Ekels auch auf diese Nahrungsquelle zurückgegriffen und sie damit schnell erschöpft haben mussten.

Aber es war möglich, dass zumindest einige auf diese Art überlebt hatten. Die Gestalt, die Barlok aus den Augenwinkeln gesehen hatte, die Unbekannten, die seine Krieger angegriffen hatten – vielleicht handelte es sich gar nicht um Gnome, Goblins oder andere Angehörige eines fremden Volkes, sondern um Nachkommen einiger weniger Zwerge, die damals überlebt hatten, nach dem Zusammenbruch jeglicher Ordnung und dem Tod fast aller anderen Bewohner jedoch in Barbarei zurückgefallen waren, vielleicht sogar in verschiedene Stämme gespalten, die untereinander Krieg um die knappen Nahrungsressourcen führten. Nun, da fremde Zwerge in ihr Gebiet eingedrungen waren, betrachteten sie auch diese als Feinde.

Für die Angehörigen von Völkern wie den Menschen, die nur eine kurze Lebenserwartung von kaum mehr als einem halben Jahrhundert hatten, mochten tausend Jahre eine ungeheuer lange Zeitspanne sein. Zwerge jedoch konnten mehr als dreihundert, in seltenen Fällen sogar bis zu vierhundert Jahre alt werden. Für sie maß sich ein Jahrtausend in nur wenigen Generationen.

War es wirklich möglich, innerhalb so kurzer Zeit in eine solche Barbarei zurückzufallen?

Barlok vermochte es nicht zu sagen, aber er begriff, dass sie es wahrscheinlich sehr bald auf äußerst unliebsame Art erfahren würden, wenn sie noch länger hier verharrten.

»Weg hier!«, befahl er.

Durch einen weiteren Torbogen am Ende der Halle erreichten sie eine breite Treppe, die nach rund zwei Dutzend Stufen in einen Stollen mündete, der nach rechts und links abzweigte. Barlok zögerte kurz. Wenn sie sich nach rechts wandten, würden sie sich wieder der Stelle nähern, an der sie in die Leichengrube gestürzt waren. Der Weg nach links hingegen führte von dort weg und war deshalb ohne Zweifel sicherer.

Dennoch wandte Barlok sich nach einigen Sekunden nach rechts. Er konnte die fünf vermissten Krieger nicht einfach ihrem Schicksal überlassen. Sie waren seinem Kommando anvertraut worden, und selbst wenn einiges dafür sprach, dass sie bei dem Überraschungsangriff getötet worden waren, war er verpflichtet, wenigstens zu versuchen, Klarheit darüber zu erlangen, was mit ihnen passiert war.

Keiner der anderen Krieger erhob Protest. Sie dachten ebenso wie er und würden im umgekehrten Fall ebenfalls von ihm erwarten, dass er alles zu ihrer Rettung unternahm, wenn sie einem Feind in die Hände fielen. Auch wenn sie durch die Suche nach ihren Kameraden jetzt selbst in Gefahr gerieten.

Die Wände des Stollens zeigten Reliefs, mit unendlicher Sorgfalt in den Fels gravierte Szenen, die besonders glorreiche Taten der Kriegerkaste Zarkhaduls darstellten: die Erlegung eines Zarkhans, die Abwehr menschlicher Heere, die einst auch diese Mine angegriffen hatten, sowie Kämpfe gegen Gnome und Goblins, was bewies, dass diese zumindest früher auch unter dem Kalathun gelebt hatten. Obwohl es sich nur um feine Rillen im Fels handelte, waren die Abbildungen so detailgetreu und lebensecht, wie sie kein Maler mit noch so vielen Farben hätte wiedergeben können.

Der Gang führte in eine kleine, nur wenige Schritte durchmessende Höhle, von wo aus er sich in mehrere weitere Stollen gabelte. Auch diesmal wollte Barlok sich wieder nach rechts wenden, als er aus den Augenwinkeln in einer der Stollenmündungen auf der linken Seite erneut eine Bewegung wahrnahm.

Sofort fuhr er herum. Seine Augen weiteten sich vor Fassungslosigkeit, als er sah, was sich ihnen aus dem Stollen näherte.

Noch bevor die Dunkelelben auf die Verteidiger trafen und der Kampf im Stollen begann, fingen mehrere der Arbeiter bereits an, wie wild mit den Hacken auf die Mauern beiderseits des Wanddurchbruchs einzuschlagen, doch Schürfmeister Vilon rief sie zurück.

»Aufhören, ihr Dummköpfe, das dauert viel zu lange! Sprengt den Fels!«, befahl er.

Waffengeklirr und Schreie ertönten aus dem Stollen. Einer der Arbeiter stopfte hastig zwei Beutelchen mit Sprengpulver in eine Vertiefung der Felswand. Ein weiterer schnitt eine Zündschnur zurecht und befestigte sie daran, während ein dritter schon Feuersteine bereithielt und sie damit in Brand setzte. Ohne dass es entsprechender Befehle bedurfte, arbeiteten sie Hand in Hand miteinander.

»Zurück!«, brüllte Vilon, sobald die Lunte brannte.

Zusammen mit den Arbeitern, die nicht direkt an der Sprengung beteiligt waren, hatte er sich bereits ein gutes Stück von dem Durchbruch entfernt. Auch die übrigen rannten nun, so schnell sie konnten. Da sie wussten, dass ihre Kameraden die heranstürmenden Dunkelelben nicht lange würden aufhalten können, hatten sie die Zündschnur ziemlich kurz abgeschnitten.

Die Explosion erfolgte, als sie die Höhle gerade erst zu einem Drittel durchquert hatten. Ein ohrenbetäubender Donnerschlag ertönte, gefolgt vom Lärm zusammenbrechender Felsmassen. Die Druckwelle riss zwei der Arbeiter von den Beinen, aber sie rappelten sich sofort wieder auf. Gesteinssplitter prasselten von der Decke herab, und auch einige größere Brocken lösten sich und zerbarsten auf dem Boden. Einige der Arbeiter erlitten von den scharfkantigen Splittern leichte Schrammen, doch niemand wurde ernsthaft verletzt.

Als sich der Staub wieder einigermaßen gelegt hatte, näherte sich Vilon der Explosionsstelle. Wie erhofft, hatte die Detonation den Durchbruch zum Einsturz gebracht und verschlossen, doch war längst nicht so viel Gestein herabgestürzt, wie er sich gewünscht hätte. Es war keine Zeit geblieben, einen optimalen Platz für das Sprengpulver zu suchen, sodass sich ein Teil der Explosionswucht in die Höhle entladen hatte, statt nur auf den Fels zu wirken. Es hätte wesentlich tiefer im Stollen gezündet werden müssen.

»Bei den Dämonen der Unterwelt!«, fluchte der Schürfmeister, nachdem er die Einsturzstelle genau inspiziert hatte. Auch eine zweite, sorgfältiger ausgeführte Sprengung würde nicht helfen, sondern im ungünstigsten Fall sogar einen Teil der herabgestürzten Felsmassen wieder aus dem Weg räumen.

Immerhin hatten sie wertvolle Zeit gewonnen. Das herabgebrochene Gestein würde die Dunkelelben zweifellos nicht dauerhaft aufhalten, aber einige Stunden würden sie zumindest brauchen, um es beiseitezuschaffen. Besser, als hier noch einmal zu sprengen, war es, sich eine geeignetere Stelle zu suchen. Auf keinen Fall durften die Dunkelelben an die Oberfläche gelangen.

Erneut flackerte Zorn auf Barlok in Vilon auf. Indem der Kriegsmeister gegen den Befehl der Königin verstoßen hatte, hatte er zugleich sich selbst und seine Begleiter zum Tode verurteilt. Auch die Krieger würden Zarkhadul nicht mehr verlassen können, falls sie überhaupt noch am Leben waren. Zudem hatte sich auch in ihrem Gepäck weiteres Sprengpulver befunden, das jetzt dringend benötigt würde, um den Gang, durch den sie in den Berg eingedrungen waren, so gründlich zu verschütten, dass die Dunkelelben ihn unter keinen Umständen mehr würden freilegen können.

»Wer von euch ist der schnellste und ausdauerndste Läufer?«, wandte er sich an die Arbeiter.

Die Männer berieten kurz, dann trat Likat, der Jüngste von ihnen, vor.

»Ich bin es«, behauptete er.

»Gut. Du wirst dich sofort auf den Weg nach Elan-Tart machen. Königin Tharlia muss erfahren, was hier passiert ist. Wir werden versuchen, den Stollen an weiteren Stellen zum Einsturz zu bringen. Einige Tage können wir das Vordringen der Dunkelelben sicherlich verhindern, aber ich fürchte, wir haben zu wenig Sprengpulver, um die Gefahr dauerhaft zu bannen. Sie soll sofort neues herschicken, am besten mehrere Fässer, um …«

Vilon brach ab, als ihm plötzlich etwas bewusst wurde, woran er gar nicht mehr gedacht hatte. Nicht nur er und seine Begleiter hatten zu wenig Sprengpulver. Einige der für die Herstellung benötigten Materialien waren nur an wenigen Stellen in der Tiefenwelt zu finden. Der Weg dorthin jedoch war ihnen versperrt, sodass sie keine Möglichkeit besaßen, neues herzustellen, und fast alle Vorräte waren bei den Sprengungen der Minen Elan-Dhors und aller Ausgänge aus dem Tharakol aufgebraucht worden.

Was er und seine Leute bei sich trugen, waren bereits bis auf wenige Säckchen die letzten Reserven.

Der Schürfmeister wurde blass, als er begriff, dass er nicht auf die Lieferung von Nachschub hoffen durfte. Er und seine wenigen Begleiter waren allein auf ihre Werkzeuge und die geringen Mengen an Sprengpulver angewiesen, die sie noch besaßen, um zu verhindern, dass die Dunkelelben Zarkhadul verließen.

Und er begriff auch, dass dies eine praktisch unmöglich zu bewältigende Aufgabe war.

19

DIE WEISSBERGE

Sie fuhren noch etwa eine halbe Stunde lang weiter, nicht mehr ganz so schnell wie zuvor, aber dennoch in scharfem Tempo, dann endlich gönnte Malcorion den Pferden eine Pause. Abzusteigen, um sich intensiver um sie zu kümmern, wagte er nicht, und auch die Zwerge blieben auf dem Wagen. Zu groß war die Gefahr, von einem plötzlich auftauchenden Ghoul gepackt und unter die Erde gezerrt zu werden. Dort wären sie rettungslos verloren, da sie in den engen Stollen nicht einmal mehr die Möglichkeit hätten, sich zu verteidigen.

Von den Soldaten war nichts mehr zu entdecken. Offenbar waren sie wirklich so schnell sie nur konnten aus dem toten Land geflohen. Auch konnte Warlon sich nicht vorstellen, dass sie noch einmal wiederkommen würden, dafür saß ihnen die Angst viel zu sehr im Nacken. Dennoch ließ Malcorion die Pferde schon nach wenigen Minuten wieder antraben.

»Es ist eine Schande. Die Tiere bräuchten eine viel längere Rast und müssten richtig trocken gerieben werden«, brummte er. »Aber es ist zu gefährlich, hier längere Zeit an einem Ort zu bleiben und den Ghoulen Gelegenheit zu geben, sich um uns zu scharen. Außerdem haben wir keine Minute zu verlieren. Wir können nur hoffen, dass die Pferde noch bis zum Fuß des Gebirges durchhalten.«

Während der weiteren Fahrt war immer wieder Schmatzen zu hören, und mehrmals noch meinte Warlon aus den Augenwinkeln Bewegungen in den Erdlöchern wahrzunehmen. Einmal erblickte er sogar für einen ganz kurzen Moment wieder eine der widerlichen Kreaturen. Im Maul hatte sie einen langen Knochen.

Am späten Nachmittag begann das Gelände hügelig zu werden und anzusteigen. Sie waren den Bergen nun deutlich näher gekommen, und was er erblickte, erfüllte Warlon nicht gerade mit Optimismus. Die Berge hier waren wirklich nicht mit dem Schattengebirge zu vergleichen. Sie waren Ehrfurcht gebietend, und unter anderen Umständen hätte er sie zu gerne näher erforscht, hätte herauszufinden versucht, welche Wunder darin verborgen liegen mochten. Schätze waren wohl nicht zu erwarten – wenn es nur die geringsten Hinweise darauf gegeben hätte, hätten sich hier sicherlich Zwerge während der großen Zeit ihres Volkes niedergelassen, was aber nie passiert war. Es mochte jedoch wundervolle Höhlen in ihrem Inneren geben, fantastische Gesteinsformationen und Felsmaserungen.

Aber so beeindruckend der Anblick auch war, erfüllte er ihn doch mit einer immer stärker werdenden Beklemmung. Das Gebirge schien fast nur aus wilden, zerklüfteten Felswänden mit scharfen Graten zu bestehen, die aussahen, als ob sie mit einem Messer ausgeschnitten worden wären. Einige der Felswände ragten hunderte von Metern nahezu lotrecht nach oben, als wollten sie durch ihre bloße Existenz jeden Betrachter abschrecken, der mit dem Gedanken spielte, sie zu besteigen.

Diese weiß-graue Mauer aus Fels, Nebel, Schnee und Eis wollten sie überwinden?

Schon der Gedanke war lächerlich.

Lächerlich!

»Majestätisch, nicht wahr?«, fragte Malcorion, als hätte er seine Gedanken gelesen. Sie waren wohl nicht schwer zu erraten, wahrscheinlich ging ihnen momentan allen ziemlich das Gleiche durch den Kopf. »Man fühlt sich bei ihrem Anblick klein und unbedeutend, stimmt's?«

»Genauso geht es mir im Moment. Ich fühle mich *ziemlich* klein, noch kleiner, als wir Zwerge ohnehin sind.« Warlon verzog das Gesicht zu einer Mischung aus einer Grimasse und einem verlegenen Lächeln.

»Wichtig ist nur, dass ihr euch nicht davon überwältigen lasst«, fuhr Malcorion fort. »Zwerge haben bestimmt eine andere Einstellung zu Fels in jedweder Form, und ich brauche wohl nicht gerade euch etwas über Berge zu erzählen, aber letztlich sind auch sie nicht mehr als ein Haufen Steine. Ein ziemlich großer Haufen, zugegeben, aber kein Grund, deshalb gleich vor Ehrfurcht zu erstarren. Irgendwie wird es uns gelingen, diesen Steinhaufen zu überwinden, ihr werdet schon sehen.«

Seine Worte waren aufmunternd gemeint, doch verfehlten sie ihre Wirkung auf Warlon. Er widersprach nicht, aber entgegen seiner sonstigen Art fiel es ihm immer schwerer zu glauben, dass sie es tatsächlich schaffen würden. Vielleicht lag es nur an seiner Müdigkeit.

Irgendwo hoch über ihnen drehte ein Adler oder ein ähnlicher Raubvogel in der klaren Luft seine Kreise und stieß einen krächzenden Schrei aus, als wolle er sie verspotten. Hätten sie Flügel wie er, würde das Gebirge für sie auch kein Hindernis darstellen.

»Du hast vorhin von Ungeheuern gesprochen, die im Gebirge leben sollen«, hakte Lokin nach.

»Die Ruul«, bestätigte Malcorion. »Es heißt, sie wären Abkömmlinge der Trolle, aber sie haben sich an ein Leben im Eis angepasst und steigen niemals in die Ebene herab. Allerdings haben sie weder die Größe noch die Stärke ihrer Vorfahren. Manche sagen sogar, nicht einmal ihre Intelligenz, und das will bei der sprichwörtlichen Dummheit der Trolle schon etwas heißen. Ich hoffe, dass wir ihnen ausweichen können, wenn wir uns nur halbwegs geschickt anstellen.«

»Und wenn sie noch zehnmal dümmer als die Trolle sind – im Schnee hinterlassen wir Spuren, die es ihnen leicht machen, uns zu finden«, gab Ailin zu bedenken.

Der Waldläufer zuckte die Schultern.

»Was ist plötzlich los mit euch? Ihr seid diejenigen, die unbedingt zu den Elben wollen, oder verlässt euch nun der Mut? Die Pässe über die Weißberge bilden den einzigen Weg nach Udan, es sei denn, ihr wollt lieber im Alleingang die schwer bewachten Tore im Grenzwall stürmen.«

Warlon fragte sich, ob das nicht vielleicht sogar die aussichtsreichere Alternative wäre, sagte aber nichts. Auch die anderen schwiegen.

Der Weg wurde allmählich immer beschwerlicher, zudem schienen die Pferde nun wirklich an den Grenzen ihrer Kraft angelangt zu sein und quälten sich nur noch langsam vorwärts. Manche Hügelkette, die sie mühsam erklommen, fiel auf der anderen Seite so steil ab, dass an ein Weiterkommen nicht zu denken war. Dann blieb ihnen nichts anderes übrig, als umzukehren und einen Umweg zu machen, um ihr Glück an einer anderen Stelle erneut zu versuchen.

Und dabei waren dies nur die ersten, noch vergleichsweise flachen Ausläufer des eigentlichen Gebirges …

Je näher sie den Bergen kamen, desto karger wurde die Vegetation. Nur vereinzelt stießen sie noch auf Buschwerk oder eine einsame Krüppelkiefer.

Die Sonne war bereits tief gesunken, ein oder zwei Stunden höchstens noch, bis sie unterging, als Malcorion das Fuhrwerk anhielt und vom Bock heruntersprang.

»Ich glaube, wir haben es geschafft. Der Boden ist hier so felsig, dass die Ghoule sich nicht bis hierhin durchwühlen können.« Er deutete auf den Berg vor ihnen. »Das ist der Doralin. An seinen östlichen Hängen gibt es einen Pass, der angeblich schon Leute über das Gebirge geführt hat. Dort werden wir es ebenfalls versuchen.«

Etwas zögernd stiegen auch die Zwerge ab. Erst als Warlon spürte, dass sich unter seinen Füßen massiver, gesunder Fels befand, der lediglich von einer dünnen, herangewehten Erdschicht bedeckt war, wich seine Skepsis. Sie befanden sich bereits auf den Wurzeln der Berge, wie die Zwerge es nannten.

Sie setzten sich auf den Boden, während Malcorion die Pferde ausschirrte und ihnen das Zaumzeug abnahm, dann rieb er ihr dampfendes Fell mit dem wenigen Gras, das hier noch zu finden war, trocken.

»Das war's für euch, ihr habt uns treu gedient«, murmelte er und strich ihnen über den Kopf. »Lauft und sucht euch einen Platz, wo es mehr und saftigeres Gras für euch gibt. Möge ein gütiges Geschick euch auf sicheren Wegen zurück zu eurem Stall führen oder sonstwohin, wo es euch gefällt.«

Die Tiere reagierten nicht, starrten ihn vor Erschöpfung nur mit hängenden Köpfen an. Erst als er ihnen einen Klaps auf das Hinterteil gab, trotteten sie langsam, fast widerwillig davon. Nicht nur Ailin atmete auf, als sie sich entfernten. Obwohl sie es ohne die Tiere kaum bis hierher geschafft hätten, waren sie Warlon unheimlich.

»Für uns ist die Zeit zum Ausruhen leider noch nicht gekommen«, wandte sich der Waldläufer an die Zwerge. »Heute haben wir unsere Füße schonen können; es wird Zeit, dass wir sie wieder ein bisschen bewegen, damit wir nicht einrosten. Solange es noch hell ist, sollten wir versuchen, einen besseren Platz für die Nacht zu finden.«

Warlon warf einen Blick zurück auf das tote Land. Trotz seiner Müdigkeit war auch er nicht versessen darauf, hier, so dicht an seinen Ausläufern, zu rasten. Zwar konnten sich die Ghoule nicht durch den Fels graben, aber vielleicht wurden sie im Schutz der Dunkelheit mutiger und schlichen sich über die Oberfläche an sie heran. Erst höher in den Bergen würde er sich sicherer fühlen.

Immer steiler und unwegsamer wurde das Gelände nun, doch nach einiger Zeit stießen sie auf eine Art natürlich entstandenen Pfad, der an der Flanke des Berges entlang hinaufführte und ihnen ihr Vorankommen ungemein erleichterte.

Als sie eine kleine Höhle entdeckten, beschlossen sie, dort die Nacht zu verbringen, obwohl es noch mindestens eine halbe

Stunde hell bleiben würde. Aber es war fraglich, ob sie noch einmal einen so geeigneten Ort für ein Nachtlager finden würden, und sie waren alle durchgefroren von dem mittlerweile schneidenden Wind, der von den Berghängen herabfegte. Malcorion entfachte ein Feuer, um die Kälte wenigstens vorübergehend aus der Höhle zu vertreiben. Aus Mangel an trockenem Holz konnten sie es jedoch nicht lange am Brennen halten.

Am nächsten Morgen gelang es Malcorion, noch einmal ein wenig Holz zu sammeln. Es reichte gerade aus, einen Kessel mit Wasser zum Kochen zu bringen, in dem er aus getrockneten Kräutern eine Art Tee zubereitete. Der Sud schmeckte scheußlich, aber wenigstens wärmte die heiße Flüssigkeit sie von innen.

Den gesamten Tag stiegen sie an den Flanken des Berges höher. Es gab Pfade hier, doch waren sie auf natürlichem Wege entstanden, und längst nicht alle erwiesen sich als gute Wahl. Mehr als einmal endeten sie im Nichts, an einem Abgrund oder einer Felswand, die zu steil war, um sie zu ersteigen. Dann blieb ihnen nichts anderes übrig, als umzukehren und ein gutes Stück Weges zurückzugehen, manchmal eine Stunde lang oder sogar mehr.

Einmal entdeckten sie weit vorne Wild, eine Art Gemse, die zu ihrem Leidwesen jedoch bei ihrem Näherkommen mit hastigen Sätzen floh. Malcorion hatte bereits nach seinem Bogen gegriffen, um das Tier zu erlegen und ihre schwindenden Vorräte zu ergänzen, doch es war zu schnell gewesen.

Ansonsten begegneten sie zu Warlons Erleichterung keinem Bewohner der Bergwelt. Von den Monstern, die hier angeblich hausen sollten, war weit und breit nichts zu entdecken. Möglicherweise handelte es sich bei den Ruul ja doch nur um eine Legende.

Als wären seine Gedanken ein Auslöser gewesen, verharrte Malcorion plötzlich. Warlon wollte fragen, was los sei, doch mit einer Handbewegung bedeutete der Waldläufer ihm, still zu bleiben. Einige Sekunden lang lauschte er mit schräg gelegtem Kopf und sein Gesicht nahm einen besorgten Ausdruck an. Auch Warlon horchte angestrengt, doch außer dem Heulen des Windes konnte er absolut nichts hören.

Malcorion wich vom Pfad ab. Sie umrundeten einen großen Felsbrocken, und jetzt konnte auch Warlon hören, was der Waldläufer bereits zuvor wahrgenommen hatte. Es handelte sich um etwas, das wie eine Mischung aus Pfeifen, Zirpen und Heulen klang, wobei die Töne so hoch waren, dass sie gerade noch im Bereich des Hörbaren lagen.

Fragend blickte er Malcorion an, doch der zuckte nur mit den Schultern und zog sein Schwert. Die Zwerge taten es ihm gleich.

Sie kletterten zwischen weiteren Felsbrocken hindurch, dann sahen sie plötzlich den Verursacher des Geräuschs vor sich. Das Wesen war kaum größer als einen halben Meter. Es besaß zwei kurze Arme und zwei ebenfalls ziemlich kurze Beine, dazu einen Leib, der wie ein halb aufgeblasener Sack schlaff herunterhing und ohne Hals in den Kopf überging. Seine dunkelgraue Haut war von Falten und Runzeln übersät, wirkte wie ein Stück stark verwitterter Fels. Bekleidet war das Wesen trotz der Kälte nur mit einem Lendenschurz.

Der Grund, warum es so zeterte, war offensichtlich: Es war in eine primitive, aber wirkungsvolle Falle geraten. Eine Schlinge hatte sich um seinen Knöchel geschlossen und es nach oben gerissen, sodass es mit dem Kopf nach unten hilflos in etwa einem Meter Höhe hing. Als es die Ankömmlinge bemerkte, verstummte es und starrte ihnen mit großen Augen entgegen.

Warlon begann zu lachen, und auch Lokin musste grinsen.

»Ist das eines der gefürchteten Ungeheuer, von denen du erzählt hast?«, fragte er.

»Wohl kaum«, erwiderte der Waldläufer. »Ich habe so etwas noch nie gesehen. Es sieht eigentlich recht harmlos aus. Ob es wohl intelligent ist?«

»Das ist es«, bestätigte Warlon. »Zumindest intelligent genug, um eine Menge Unfug zu treiben und alles zu stehlen, dessen es habhaft werden kann. Das ist ein Schrat. In der Tiefenwelt haben wir ständig Ärger mit den Burschen. Verschwinden wir von hier.«

»Wartet mal«, widersprach Malcorion. »Wenn es sich um ein intelligentes Wesen handelt, dann können wir es nicht einfach hier hängen lassen. Es würde seinen Tod bedeuten.«

Wie zur Bestätigung seiner Worte gab der Schrat erneut ein klagendes, hohes Fiepsen von sich.

»Es ist nur ein Schrat«, sagte Warlon abfällig. »Was hier geschieht, geht uns nichts an. Wir sollten uns nicht einmischen. Irgendjemand muss diese Falle aufgestellt haben, und ich glaube nicht, dass dieser Jemand sehr erfreut darüber wäre, wenn wir seine Beute befreien. Womöglich befindet er sich irgendwo in der Nähe.«

»Trotzdem«, beharrte Malcorion. »Wenn ich so gedacht hätte, dann hätte ich mich auch in eure Angelegenheiten nicht einzumischen brauchen, als ihr auf der Suche nach mir in den Finsterwald kamt und von den Trollen und Tzuul gejagt wurdet. Ich werde es befreien. Vielleicht kann es uns ja sogar helfen, das Gebirge zu überqueren.« Er trat auf das Wesen zu und durchtrennte mit seinem Schwert den Strick, durch den es gehalten wurde. Kopfüber stürzte es zu Boden, rappelte sich aber gleich wieder auf. »Ich weiß nicht, ob du mich verstehst, aber du brauchst keine Angst zu haben«, redete der Waldläufer auf den Schrat ein, steckte sein Schwert in die Scheide und streckte vorsichtig die Hand nach ihm aus. »Ich tue dir nichts.«

»Natürlich versteht er dich«, sagte Warlon. »Schrate sind zwar Quälgeister, aber sie sind nicht dumm und können sehr wohl reden.«

Ein Lächeln glitt über das zerknitterte Gesicht des Wesens. Blitzschnell schoss sein Kopf vor und noch bevor der Waldläufer reagieren konnte, biss es ihn kräftig in die Finger. Gleich darauf versetzte es ihm noch einen Tritt gegen das Schienbein, dann fuhr es herum und verschwand wieselflink in einem schmalen Spalt zwischen zwei Felsen.

Lauthals fluchend schüttelte Malcorion seine Hand aus.

»Ich habe dich gewarnt«, sagte Warlon mit einem breiten Grinsen, ohne sich die geringste Mühe zu geben, seine Schadenfreude zu verbergen. »Das kommt davon, wenn man Mitleid mit einem Schrat hat. Was hast du erwartet? Etwa Dankbarkeit?«

»Schönen Dank für euer Mitgefühl«, stieß der Waldläufer giftig hervor und massierte seine Finger. Die Zähne des Schrats hatten deutliche Abdrücke in seiner Haut hinterlassen, die sogar leicht bluteten. Er warf noch einen letzten erbosten Blick in die Richtung, in der das Wesen verschwunden war, dann kehrten sie zum Pfad zurück und setzten schweigend ihren Aufstieg in das Gebirge fort.

»Das ist alles, was wir geschafft haben?«, fragte Lokin mit einer Mischung aus Ungläubigkeit, Entsetzen und Verzweiflung. Warlon konnte ihn gut verstehen; ihn erfüllten die gleichen Gefühle.

Etwas mehr als eine halbe Stunde war seit der Begegnung mit dem Schrat verstrichen, als sie eine Stelle erreichten, an der die Felswand auf einer Länge von mehreren Dutzend Metern auf der rechten Seite des Pfades, dem sie folgten, steil abfiel und eine gute Aussicht auf die Hänge des Doralin freigab, die sie bereits erklommen hatten.

Vielleicht täuschte die Perspektive etwas, aber es sah so aus, als hätten sie gerade erst den Fuß des Berges hinter sich gelassen und wären nicht annähernd so weit gekommen, wie Warlon gehofft hatte.

»Wir sind zu oft in die Irre gelaufen«, stieß er zornig hervor. »Das hat viel Zeit gekostet, und wir haben wahrscheinlich mehr als die dreifache Strecke zurückgelegt.«

Tatsächlich, so schätzte er, hätten sie die Strecke von der Höhle, in der sie die vergangene Nacht verbracht hatten, bis hierher mühelos im Laufe des Vormittags zurücklegen können, wenn sie sich hier ausgekannt und auf Anhieb den kürzesten Weg gewählt hätten.

»Ich fürchte, wir werden niemanden finden, der uns den richtigen Weg über das Gebirge zeigt«, brummte Malcorion achselzuckend. »Also werden wir ihn auch weiterhin auf eigene Faust suchen müssen, und dabei werden wir auch zwangsläufig noch das ein oder andere Mal eine falsche Richtung einschlagen. Es bringt nichts, uns über etwas zu ärgern, das sich nicht ändern lässt. Suchen wir uns lieber einen Platz für die Nacht.«

Es begann bereits zu dämmern, und nach Sonnenuntergang wurde es rasch dunkel – und noch kälter als am Tag – in den Bergen, aber auch diesmal hatten sie Glück. Der Berghang war so zerklüftet, dass es überall Einkerbungen, Ritzen und Spalten gab, von denen manche mehrere Meter tief in den Berg hineinführten und einige wenige sich sogar zu Höhlen erweiterten. Schon nach kurzem Suchen entdeckten sie eine Öffnung im Fels, hinter der eine gut zehn Schritte durchmessende Höhle lag; ein idealer Platz zum Übernachten.

Diesmal gab es weit und breit kein Holz, mit dem sich ein Feuer entfachen ließ, nicht einmal etwas dürres Gestrüpp. Die einzigen Pflanzen, die in dieser Höhe noch wuchsen, waren einige vereinzelte Gräser.

Um wenigstens den kalten Wind fernzuhalten, hängte Malcorion eine Decke vor den Eingang.

Trotz der Kälte genoss es Warlon, wieder massiven Fels um sich herum zu spüren. Es war ein bisschen, als wären sie wieder in der Tiefenwelt, und obwohl er wusste, dass sie sich nicht unter der Erde, sogar nur an der äußersten Seite des Berges befanden, nur durch ein Stück Tuch von der Außenwelt getrennt, war es ein gutes Gefühl. Für ein paar Minuten gab er sich der Illusion hin, ehe Müdigkeit und Erschöpfung ihren Tribut forderten, und er einschlief.

Selbst als er am nächsten Morgen aufwachte, hielt die Täuschung noch einige Sekunden lang an, und er wähnte sich wieder daheim in Elan-Dhor, bis ihm bewusst wurde, wo er sich wirklich befand. Ohne viel miteinander zu sprechen, aßen und tranken sie etwas. In Gedanken waren sie alle bereits bei dem, was an diesem Tag vor ihnen liegen würde. Schon bald würden sie die Schneegrenze erreichen, und dann würde der Aufstieg erst richtig ungemütlich werden.

Bevor sie aufbrachen, zogen sie jeden Fetzen Kleidung an, der sich noch in ihrem Gepäck befand, und das war auch dringend nötig. An diesem Tag schien es noch kälter als zuvor zu sein und die Temperatur fiel langsam aber beständig weiter, je höher sie ins Gebirge vordrangen.

Glücklicherweise stießen sie auch diesmal wieder auf einen Pfad, bei dem es sich um ein ausgetrocknetes Bachbett zu handeln schien, und folgten ihm. Wie der Leib einer steinernen Schlange, die sich in den Fels gefressen hatte, führte der Weg in zahlreichen Windungen an der Flanke des Berges hinauf. Schon bald verwandelten sich die kleinen Pfützen, die sich in Vertiefungen des Gesteins beiderseits des Weges gebildet hatten, in glitzernde Eisnester, und bald darauf erreichten sie die Schneegrenze.

Aus der feinen, puderähnlichen Schicht, die den Fels bedeckte, wurde schon bald eine mehr als knöcheltiefe Schneedecke, die ihr Vorankommen erschwerte. Die Temperaturen waren längst unter den Gefrierpunkt gefallen und machten ihnen erheblich zu schaffen.

Erst jetzt erlaubte Malcorion ihnen, ihre zusammengerollt auf den Rucksäcken festgeschnallten Decken zu lösen und sie sich umzuhängen. Wäre es allein nach den Zwergen gegangen, hätten sie das schon bei ihrem Aufbruch am Morgen getan, doch der Waldläufer war dagegen gewesen, was Warlon jetzt verstehen konnte. Gegen die Kälte hier waren die Temperaturen beim Verlassen der Höhle geradezu frühlingshaft gewesen.

Fest wickelten sie sich in die Decken und genossen das bisschen zusätzliche Wärme, das sie ihnen spendeten. Wovor sie jedoch keinen Schutz boten, war der schneidend scharfe Wind, der ihnen entgegenwehte und ihnen wie mit tausend Nadeln ins Gesicht zu stechen schien. Sein Heulen klang wie ein Chor unheimlicher Geisterstimmen. Warlons Augen tränten ununterbrochen, sodass er seine Umgebung nur undeutlich durch einen Tränenschleier wahrnahm.

Hier, inmitten dieser Einöde aus Schnee, Eis und Einsamkeit, konnte man das Gefühl bekommen, dass sie ganz allein auf der Welt waren. Die Erinnerungen an die schwüle Wärme des Finsterwalds oder die weiten Ebenen von Radon unten im Tal und den dort herrschenden Sommer verblassten rasch.

Stunde um Stunde stapften sie voran, und jeder Schritt wurde zur Qual. Noch niemals hatte Warlon eine solche Kälte erlebt. Für ihn gab es keinen Zweifel, dass Zwerge im Allgemeinen weitaus zäher und widerstandsfähiger als Menschen waren, doch mit Extremtemperaturen kamen sie schlechter zurecht, weil sie einfach nicht daran gewöhnt waren. Besonders Ailin litt darunter, das war ihren immer fahriger werdenden Bewegungen anzumerken. Anders als in der Tiefenwelt, wo sie sich bei einer früheren Expedition mittels eines Zaubers gegen die Hitze in einer Feuerhöhle geschützt hatte, konnte sie hier an der Oberfläche nicht auf ihre Fähigkeiten als Priesterin zurückgreifen.

Dennoch kam kein Wort der Klage über ihre Lippen.

Allmählich wurde die Schneeschicht dicker, reichte ihnen nun schon bis zu den Knien und erschwerte ihr Vorankommen noch zusätzlich. Wie Morast schien der Schnee ihre Füße festhalten zu wollen, bis sie sie schließlich gar nicht erst mehr bei jedem Schritt herauszogen, sondern sich eine schlurfende Gangart zulegten, bei der sie ihn mit den Beinen vor sich her und zur Seite schoben, was längst nicht so anstrengend war.

Monoton setzte Warlon in ewig gleichen Bewegungen einen Fuß vor den anderen. Trotz seiner Stiefel aus dickem, mit Pelz gefüttertem Leder spürte er seine Zehen kaum noch.

Und dann endete die V-förmige Schlucht, durch die das ehemalige Bachbett sie seit mehr als einer Stunde führte, ein Stück vor ihnen plötzlich an einer schroffen, Dutzende Meter hoch aufragenden Felswand.

Sie waren erneut in eine Sackgasse geirrt.

Warlon wollte stehen bleiben, aber er konnte es nicht. Wie in Trance setzte er weiterhin einen Fuß vor den anderen, den Blick nun nicht mehr auf den Boden vor sich, sondern nur auf die Felswand gerichtet. Nach einigen Schritten stolperte er über irgendetwas und stürzte der Länge nach in den Schnee.

Die Kälte brachte ihn wieder zur Besinnung. Mühsam rappelte er sich auf.

Es schien, als hätte die Erkenntnis, dass sie unter diesen mörderischen Bedingungen einen beträchtlichen Teil des Weges in die Irre gelaufen waren und ihnen nun nichts anderes übrig blieb, als ihn wieder zurückzugehen, sie all der Kraft beraubt, mit der sie sich bislang vorangequält hatten. Lokin hatte sich auf einen Felsbrocken sinken lassen, während Ailin ebenfalls in den Schnee gestürzt war.

Malcorion rief irgendetwas, das Warlon nicht verstand, und streckte ihr eine Hand entgegen, um ihr wieder auf die Beine zu helfen, doch sie reagierte nicht einmal darauf, sondern blieb regungslos liegen. Nach einigen Sekunden bückte er sich und zog sie mit einem Ruck in die Höhe. Fast wäre sie sofort wieder gestürzt, schaffte es aber, auf den Beinen zu bleiben. Der Waldläufer führte sie zu dem Felsen, auf dem Lokin saß, und sie ließ sich mit letzter Kraft ebenfalls darauf nieder.

Warlon setzte sich neben sie, legte einen Arm um sie und drückte sie an sich, um sie ein wenig zu wärmen.

»Es … es hat keinen Sinn«, stieß Ailin zähneklappernd hervor. Nur mit Mühe gelang es ihr, überhaupt zu sprechen. »Ich … ertrage diese Kälte nicht. Ich wollte nicht, dass … alles meinetwegen scheitert, aber es geht … einfach nicht mehr.«

»Es ist nicht deine Schuld. Du hast bewundernswert durchgehalten, aber dieser Kälte sind wir einfach nicht gewachsen, keiner von uns«, erwiderte Malcorion. Auch ihm fiel das Sprechen schwer, und seine Stimme klang fremd. »Dagegen hilft auch die größte Tapferkeit nichts. Wenn wir nicht umkehren, werden wir alle sterben. Wir können froh sein, wenn wir es überhaupt noch zurück schaffen.«

Genau das fürchtete auch Warlon. Nicht nur den anderen, auch ihm schien die Enttäuschung jede Kraft, jede Zuversicht geraubt zu haben. Dabei dachte er noch nicht einmal an die längerfristigen Konsequenzen ihres Scheiterns, war gar nicht in der Lage, an etwas anderes zu denken als daran, dass sie sämtliche Strapazen, die sie an diesem Tag durchlitten hatten, nun in umgekehrter Richtung noch einmal würden durchmachen müssen. Ein weiterer stundenlanger Marsch durch den Schnee, und das nur, um wieder dorthin zurückzukehren, von wo sie gekommen waren. Anschließend dann noch einmal mindestens ein halber Tagesmarsch, um wieder den Fuß der Berge zu erreichen und darüber nachzudenken, welche anderen Möglichkeiten ihnen noch blieben, um über die Grenze nach Udan zu gelangen.

Aber Malcorion hatte recht, ihnen blieb nichts anderes übrig als eine Umkehr. Es hätte ihnen schon bewusst werden müssen, bevor sie in die Sackgasse gelaufen waren. Schon ein paar Stunden in dieser Hölle aus Schnee, Eis und Kälte hatten sie dem Tode deutlich näher gebracht. Auch wenn sie sich nicht verlaufen hätten und entgegen jeglicher Wahrscheinlichkeit von nun an stets den richtigen Weg finden würden, würden sie nicht noch mehrere weitere Tage und Nächte in dieser Umgebung überstehen, wahrscheinlich nicht einmal einen einzigen.

Der Doralin hatte sie in die Knie gezwungen, dieser Tatsache mussten sie sich stellen, und daran war auch nichts zu beschönigen. Es gab für sie keinerlei Möglichkeit, ihn zu überwinden, jedenfalls nicht so schlecht, wie sie ausgerüstet waren.

Nicht einmal echte Verzweiflung konnte Warlon empfinden. Die Kälte schien selbst seine Gefühle eingefroren zu haben. Alles, was er spürte, war eine tiefe Mutlosigkeit und Schwäche.

»Ruhen wir uns wenigstens etwas aus«, murmelte er, doch Malcorion schüttelte den Kopf.

»In dieser Kälte raubt eine Rast uns mehr Kraft, als sie uns gibt«, behauptete er. »Wenn wir nur ein paar Minuten hier sitzen bleiben, kommen wir gar nicht mehr hoch, holen uns vielleicht sogar Erfrierungen. Solange wir gehen, halten die Bewegung und die Anstrengung uns wenigstens ein bisschen warm. Also los, hoch mit euch!«

Warlon brauchte alle Willenskraft, die er noch aufbringen konnte, um sich wieder auf die Beine zu kämpfen und auch Ailin und Lokin hochzuziehen.

Mit schleppenden Schritten machten sie sich auf den Rückweg. Sie gingen nun bergab, was ihnen den Marsch etwas erleichterte, außerdem versanken sie nicht mehr bei jedem Schritt bis zu den Knien im Schnee, da sie in den Spuren, die sie zuvor selbst gebahnt hatten, gehen konnten. Ein weiterer Vorteil war, dass der Wind ihnen nun nicht mehr ins Gesicht peitschte, dennoch hatte Warlon das Gefühl, dass sie kaum vorankamen. Nach einiger Zeit konnte er an nichts anderes mehr denken, als daran, sich an einem warmen, behaglichen Feuer auszustrecken und einzuschlafen.

Immer wieder meinte er aus den Augenwinkeln Bewegungen zu entdecken, doch sobald er genauer hinsah, stellte er stets fest, dass seine Wahrnehmung ihn getäuscht hatte, oder dass nur der Wind etwas Schnee aufgewirbelt hatte. Einmal sah er sogar ganz deutlich ein paar Meter abseits des Weges ein Haus, aus dessen Kamin Rauch aufstieg und das Wärme und Gemütlichkeit verhieß. Er öffnete den Mund, um die anderen darauf aufmerksam zu machen, doch noch bevor er einen Ton herausbrachte, verschwand die Illusion und ließ nur Felsen und Schnee zurück.

Warlon begriff, dass er zu halluzinieren begann, aber er war bereits zu lethargisch, als dass diese Erkenntnis ihn zu erschrecken vermochte.

Von Zeit zu Zeit blickte er besorgt zu Ailin. Wenn sie es bemerkte, bemühte sie sich jedes Mal, sich ein aufmunterndes Lächeln abzuringen, das ihm zeigen sollte, dass mit ihr alles in Ordnung wäre, doch wirklich überzeugend wirkte es nicht. Immerhin hielt sie durch, schleppte sich genau wie er und die anderen aus eigener Kraft voran.

Nach einer Ewigkeit, wie es ihm vorkam, wurde die Schneeschicht endlich dünner und blieb wenig später ganz hinter ihnen zurück. Unter ihren Füßen befanden sich wieder nur Fels und Geröll.

Im Vergleich zu der Eiseskälte am Ende der Schlucht, als sie sich zur Umkehr entschlossen hatten, mussten die Temperaturen bereits wieder beträchtlich gestiegen sein. Dennoch spürte er nichts davon. Er hatte das Gefühl, in einem unsichtbaren Kältepanzer zu stecken, der auch sein Inneres mehr und mehr in einen Eisklotz verwandelte.

Nur ganz allmählich lockerte sich der eisige Klammergriff, mit dem die Kälte seinen Kopf umfangen hielt und seine Gedanken zu ersticken drohte. Warlon nahm seine Umgebung wieder deutlicher wahr, wurde nicht mehr von Halluzinationen geplagt. Er erkannte, dass sie fast wieder dort waren, von wo sie am Morgen aufgebrochen waren. Tatsächlich erreichten sie nur wenige Minuten später die Höhle, in der sie die vergangene Nacht verbracht hatten. Kaum hatten sie sie betreten, ließen sich die Zwerge zu Boden sinken. Warlon legte seine Axt neben sich.

Im Vergleich zur Außenwelt war es im Inneren regelrecht warm. Zumindest kam es Warlon so vor, doch das war nur eine trügerische Illusion. Hier waren sie lediglich vor dem schneidenden Wind geschützt, und sein Körper registrierte dies bereits als vermeintliche Wärme.

Mit schwerfälligen, ungelenken Bewegungen, die wie die eines uralten Mannes wirkten und zeigten, wie stark auch ihm der Marsch zu schaffen gemacht hatte, streifte Malcorion seine Decke von den Schultern und befestigte sie wie schon am vorigen Abend vor dem Ausgang, dann entzündete er eine Fackel und steckte sie in einen Spalt im Fels.

»Zieht eure Handschuhe und Stiefel aus!«, verlangte er. Als er die ungläubigen Blicke der Zwerge wegen dieses scheinbar widersinnigen Befehls bemerkte, fügte er hinzu: »Ihr müsst sie massieren, um die Durchblutung wieder anzuregen und einer Erfrierung vorzubeugen. Am besten wäre es sogar, sie mit Schnee abzureiben, aber daran hätte ich früher denken sollen. Es muss auch so gehen.«

»Tut, was er sagt«, ergänzte Ailin.

Wenig überzeugt streifte Warlon seine ledernen Handschuhe ab, wobei er seine Zähne zu Hilfe nehmen musste. Jede Bewegung der Finger fiel ihm schwer, doch er hauchte sie wieder und wieder an, bis sie zu prickeln begannen. Anschließend klemmte er die Hände mehrere Minuten lang unter seinen Achselhöhlen ein. Das Prickeln wurde fast unerträglich schmerzhaft, aber er begrüßte den Schmerz regelrecht. Er zeigte ihm, dass das Leben in seine Finger zurückkehrte.

»Was ist mit dir?«, wandte er sich an Ailin, die zwar ebenfalls ihre Handschuhe und auch bereits die Stiefel ausgezogen hatte, ansonsten aber völlig ruhig mit geschlossenen Augen dasaß.

»Wir befinden uns hier nicht tief genug im Berg, als dass ich meine Fähigkeiten als Priesterin voll nutzen könnte, aber es gelingt mir wenigstens zu einem kleinen Teil«, entgegnete sie. »Genug zumindest, um mich weitgehend gegen die Kälte abzuschirmen und von innen zu wärmen.«

»Wie das geht, kannst du uns wohl nicht beibringen, oder?«, erkundigte sich Lokin mit einer Grimasse, die wohl ein Lächeln darstellen sollte, aber völlig verunglückte, weil er seine Gesichtsmuskeln noch nicht wieder richtig unter Kontrolle hatte. Ailin antwortete nicht einmal.

Warlon zog sich mit immer noch klammen Fingern umständlich die Stiefel aus. Er erschrak, als er seine Füße sah. Die Haut an den Zehen war leicht bläulich angelaufen, wie er es noch nie gesehen hatte. Als er sie anfasste, spürte er die Berührung nicht. Er hatte nicht einmal gewusst, dass auch einzelne Körperteile erfrieren konnten, aber genau das hatte Malcorion wohl gemeint.

Vorsichtig begann er damit, seine Füße zu massieren. Minutenlang mühte er sich ab. Schließlich, als er schon nahe daran war, die Hoffnung aufzugeben, spürte er endlich ein erstes Gefühl. Es steigerte sich allmählich zu dem schon vertrauten Prickeln, bis es ihm sogar gelang, die Zehen ein wenig zu bewegen. Zunächst tat es höllisch weh, aber es zeigte ihm, dass er wenigstens überhaupt noch Gefühl in ihnen hatte; offenbar hatte er also keine Erfrierungen erlitten. Die Erleichterung darüber half ihm, den Schmerz zu ertragen.

Die Verfärbung der Haut ging zurück, der Blaustich verwandelte sich in einen rosigen Schimmer, als seine Zehen richtig durchblutet wurden. Warlon zwang sich aufzustehen. Malcorion und Lokin taten es ihm gleich. Anfangs waren sie so wackelig auf den Beinen, dass sie sich gegenseitig stützen mussten, und der Schmerz bei jedem Schritt erschien ihm schier unerträglich, dennoch gab er nicht auf.

Neidisch blickte er zu Ailin, die mit geschlossenen Augen an der Felswand lehnte. Ihr Gesicht war noch immer von den Strapazen gezeichnet, doch schien es ihr bereits deutlich besser als noch vor ein paar Minuten zu gehen. Nur Frauen konnten Priesterinnen der Li'thil werden, und auch nur wenige Frauen waren dafür geeignet. In diesem Moment allerdings hätte Warlon viel dafür gegeben, wenn er ihre Fähigkeiten ebenfalls besäße.

Schon bald hatten sie wieder genug Gefühl in den Zehen, um sich allein auf den Beinen zu halten, und obwohl Warlon immer wieder kurze Pausen einlegen musste, machte er tapfer einen Schritt nach dem anderen, bis es ihm gelang, wieder völlig normal zu gehen. Auch den anderen ging es besser. Sie setzten sich und streiften sich die Stiefel wieder über.

Nun war es an Ailin, aufzustehen.

»Da meine Fähigkeiten nur so schwach sind, ist es nicht viel, was ich euch geben kann, aber es wird euch trotzdem etwas helfen«, sagte sie, dann blickte sie Malcorion bedauernd an. »Bei Menschen wirken meine Kräfte leider nicht.«

Sie berührte Lokin kurz mit den Fingerspitzen an den Schläfen, anschließend Warlon. Eine Woge angenehmer Wärme strich durch seinen Körper und vertrieb zumindest für einen Moment die Kälte. Er lächelte ihr dankbar zu, auch wenn er schon nach wenigen Sekunden die Kälte um sie herum wieder zu spüren begann.

Erschöpft lehnte er sich zurück und schloss die Augen. Er wollte jetzt nicht daran denken, wie sie die Grenze überwinden könnten, nachdem die Überquerung der Weißberge gescheitert war. Darüber konnten sie sich morgen Gedanken machen.

Wohlige Müdigkeit hüllte Warlons Verstand ein. Er war bereits fast eingeschlafen, als er plötzlich nicht weit entfernt ein leises Geräusch hörte. Es klang fast wie das Schnauben eines Pferdes. Mit einem Schlag war er wieder hellwach. Auch die anderen hatten sich aufgesetzt und lauschten angespannt, was ihm bewies, dass er sich nicht nur im Halbschlaf etwas eingebildet hatte. Sie hatten das Geräusch ebenfalls gehört.

»Da ist jemand«, flüsterte Malcorion. »Zieht eure Waffen, und macht euch bereit. Aber leise.«

Es hätte seiner Warnung nicht bedurft. Warlon und Lokin hatten sich bereits erhoben und ihre Äxte ergriffen. Auch Ailin und Malcorion standen geschmeidig auf. Sie zogen ihre Schwerter, wobei sie die Klingen zwischen Daumen und Zeigefinger durchgleiten ließen, um jedes verräterische Geräusch zu vermeiden.

Lautlos näherten sie sich dem Eingang. Warlon bedeutete Lokin und dem Waldläufer, sich rechts davon zu halten, während er selbst mit Ailin auf der anderen Seite blieb, doch noch bevor sie ihre Positionen einnehmen konnten, wurde die Decke mit einem Ruck heruntergerissen. Sechs, sieben Soldaten mit den roten Umhängen der radonischen Armee kamen mit Schwertern in den Händen hereingestürmt, weitere drängelten sich hinter ihnen. Für einen Moment stockten sie, als sie ihre Gegner kampfbereit vor sich stehen sahen, statt sie wie wohl erwartet überraschen zu können, doch überwanden sie ihren Schreck rasch und griffen sofort an.

Warlon riss seine Streitaxt hoch und wehrte einen Schwerthieb mit dem unteren Ende des Griffs, einen weiteren mit der Schneide ab, dann rammte er dem Soldaten den Stil der Axt mit aller Kraft gegen die Brust. Der Mann gab einen röchelnden Laut von sich und stürzte zurück, wobei er noch einen zweiten Soldaten behinderte und fast mit sich zu Boden riss.

Aber Warlon spürte, dass seine Bewegungen deutlich langsamer als sonst waren. Die Kälte lähmte ihn noch immer, während die Soldaten bei weitem nicht so stark darunter zu leiden schienen. Unter ihren Umhängen trugen sie dicke Mäntel aus Pelz, und auch ihre Hände steckten in pelzgefütterten Handschuhen.

Nur mit knapper Not konnte Warlon einem weiteren Schwerthieb entgehen, doch einem nachfolgenden Stoß konnte er nicht mehr völlig ausweichen. Die Klinge strich über seinen linken Arm und fügte ihm einen brennenden Schnitt zu, der zwar nicht allzu tief war, aber sofort zu bluten begann. Der Angriff war auf sein Herz gezielt gewesen.

Spätestens in diesem Moment erkannte er, dass die Soldaten darauf aus waren, sie zu töten. Offenbar hatten sie begriffen, dass die Zwerge sich weder ergeben noch Malcorion im Stich lassen würden, und dass es ihnen kaum gelingen würde, sie lebend gefangen zu nehmen. Bislang hatte Warlon in ihnen nur Männer gesehen, die einem Befehl gehorchten, bei dessen Ausführung er und die anderen Zwerge im Weg standen, ohne selbst Händel mit ihnen zu haben. Deshalb hatte er vorgehabt, sie nach Möglichkeit zu schonen, doch nun, da ihm klar wurde, dass er umgekehrt auch keinerlei Schonung zu erwarten hatte, ließ er ebenfalls alle Rücksicht fallen. Sie kämpften um ihr Leben.

Er riss die Axt in einer Aufwärtsbewegung herum, schlug dem Soldaten, der ihn zu töten versucht hatte, den Schwertarm ab und trennte einem weiteren den Kopf von den Schultern. Damit verschaffte er sich für einen Moment Luft, doch sofort drängten weitere Feinde heran. Es war eine weitaus größere Gruppe von Soldaten als die, die sie in der Ebene verfolgt hatte; deutlich mehr als ein Dutzend, und er wusste nicht, wie viele noch vor der Höhle warteten. Sie mussten Verstärkung erhalten haben. Vielleicht hatten sie sich deshalb auch überhaupt erst getraut, das tote Land doch noch zu durchqueren.

Zuvor war Warlon die Höhle groß vorgekommen, doch nun reichte der Platz nicht aus, um die überlegene Reichweite der Axt richtig auszunutzen. In dem Gedränge erwies sie sich sogar als unhandlich. Noch einmal verschaffte er sich mit einem halbkreisförmig geführten Hieb etwas Platz, dann schleuderte er den Soldaten die Axt entgegen und zog stattdessen sein Schwert.

Gerade noch rechtzeitig, um einen weiteren Hieb abzuwehren, bekam er es aus der Scheide. Er ließ seine Klinge um die des Soldaten herumwirbeln und rammte ihm das Schwert in die Brust, doch sofort nahmen zwei weitere seinen Platz ein.

Warlon parierte ihre Hiebe und Stöße mit dem Mut der Verzweiflung, doch mehr als einmal drohte ihm das Schwert aus den klammen Händen geprellt zu werden. Nur seinem überlegenen Können im Schwertkampf verdankte er es, dass er sich überhaupt behaupten konnte.

Er duckte sich unter einem waagerecht gegen seinen Hals geführten Streich hindurch. Noch in der Aufwärtsbewegung stieß er dem für einen Moment deckungslosen Soldaten seine Klinge in den Bauch, drehte sich halb zur Seite und zerschmetterte dem zweiten mit einem seitlichen Tritt das Knie, sodass er schreiend zusammenbrach.

Hastig warf Warlon einen Blick zu seinen Gefährten. Auch sie waren in Bedrängnis geraten. Vor allem Lokin gelang es nur noch mit knapper Not, die Angriffe zweier Gegner abzuwehren. Er war an eine Wand zurückgedrängt worden, und es war abzusehen, dass er nicht mehr lange durchhalten würde.

Ohne zu zögern zog Warlon mit der linken Hand einen Dolch aus dem Gürtel und nutzte die kurze Atempause, die er sich verschafft hatte, um ihn auf einen der Soldaten zu schleudern, die Lokin bedrängten. Tief drang die Klinge in dessen Schulter ein.

Sofort fuhr Warlon wieder herum und wehrte den Hieb eines weiteren Soldaten ab, doch so kurz der Moment der Ablenkung auch nur gewesen war, er rächte sich trotzdem. Zu spät bemerkte er, dass einer der Soldaten, der gegen Ailin kämpfte, plötzlich von ihr abließ und stattdessen ihn attackierte. Aus den Augenwinkeln sah er etwas stählern aufblitzen und versuchte instinktiv noch auszuweichen, aber es war zu spät.

Das Letzte, was er spürte, war ein greller Schmerz, der durch seinen Kopf zuckte, dann wurde es dunkel um ihn.

20
DIE BELAGERUNG

Obwohl nichts auf irgendwelche Schwierigkeiten hindeutete, hielt sich das ungute Gefühl, das Thilus nach dem Gespräch mit dem Bürgermeister und dem Obristen ergriffen hatte, auch noch in den folgenden Tagen. Lavinion hatte panische Angst vor einem unmittelbar drohenden Angriff auf Clairborn gehabt, der die Stadt verwüstet und vermutlich zahlreiche Menschenleben gekostet hätte. Vor der Belagerung hingegen schien er sich nicht zu fürchten, sondern hatte sogar mehr als zuversichtlich gewirkt, sie unbeschadet überstehen zu können. Angesichts der Tatsachen eine seltsame Reaktion, die immer noch Thilus' Argwohn weckte.

Er hatte Tharlia davon berichtet, aber anscheinend hatte er nicht die richtigen Worte gefunden, um seine Besorgnis überzeugend zu schildern, denn sie schien seine Warnung nicht allzu ernst zu nehmen. Vielleicht hatte sie ja auch recht, und er bildete sich nur etwas ein, trotzdem hatte Thilus sich vorgenommen, besonders wachsam zu sein.

Während der ersten Tage der Belagerung jedoch ereignete sich absolut nichts, das eine besondere Wachsamkeit rechtfertigte. Ganz im Gegenteil, nach der ersten Aufregung schien das Leben in Clairborn so normal weiterzugehen, als ob es das Zwergenheer vor den Mauern der Stadt gar nicht gäbe. Die Einzigen, für die sich tatsächlich sichtbar etwas geändert hatte, waren die Krieger selbst, die bei Wind und Wetter auf ihren Posten bleiben mussten.

Nun, das würde anders aussehen, wenn die Nahrungsmittel in der Stadt erst einmal knapp zu werden begannen, dachte Thilus grimmig. Für zwei oder drei, bei strenger Rationierung vielleicht auch vier Wochen mochten die Vorräte reichen, schätzte er. Danach würde Bürgermeister Lavinions Zuversicht wohl in sich zusammenbrechen, und ihm würde nichts anderes als eine Kapitulation übrig bleiben.

Erleichtert würde ihm dieser Schritt dadurch werden, dass Orwan inzwischen nicht mehr in Lebensgefahr schwebte und sich auf dem Weg der Besserung befand. Den Mistkerlen, die ihn überfallen hatten, drohte also nicht mehr der Tod, wenn sie ausgeliefert würden.

Tharlia hatte Lavinion diese Nachricht durch einen Boten überbringen lassen, in der Hoffnung, dass der Bürgermeister unter diesen Umständen zur Vernunft kommen und die drei Schufte ausliefern würde. Lavinion jedoch hatte unnachgiebig auf die lartronischen Gesetze gepocht und sogar jegliche weitere Verhandlungen abgelehnt, solange sich das Zwergenheer nicht zurückzog.

Diese erneute Provokation hatte die Stimmung noch aufgeheizt, und dass alles ruhig blieb, war in erster Linie dem besonnenen Kriegsmeister Loton zu verdanken, der den Oberbefehl über das Belagerungsheer übernommen hatte. Thilus wiederum hatte von ihm das Kommando über die nördlich der Stadt stationierten Truppen übertragen bekommen, dem wichtigsten und am meisten gefährdeten Punkt der Blockade. Dort befanden sie sich nur wenige Steinwürfe weit vom Heerlager der lartronischen Reiterei entfernt. Sollte Valutus sich wider alle Vernunft entschließen, einen Ausbruch zu wagen, dann würde dieser dort erfolgen.

Während des ersten Vormittags der Blockade verließen verschiedene Reisende aus anderen Städten und durchfahrende Händler Clairborn. Die Zwerge ließen sie ziehen, bis ihre Zahl im Laufe des Tages immer weiter zunahm und offensichtlich wurde, dass es sich nicht mehr um Fremde handelte, sondern um Einwohner, die vor der Belagerung fliehen wollten.

Hineingelasen wurde in den Ort überhaupt niemand mehr. Einige Händler, die in Clairborn Geschäfte tätigen wollten, kehrten sofort um, als sie aus der Ferne das Zwergenheer erblickten, andere reagierten mit Zorn und Empörung darauf, dass sie unverrichteter Dinge wieder gehen mussten. Zumindest diejenigen, die mit Nahrungsmitteln gekommen waren, vermochte Tharlia jedoch einigermaßen zu besänftigen, indem sie ihnen ihre Waren abkaufte, wenn auch zu einem niedrigen Preis.

Aber das waren nur vereinzelte Ausnahmen. Ganz anders hingegen sah es einige Tage später aus.

Thilus wunderte sich zunächst über die hohe Zahl der bereits am frühen Morgen eintreffenden Händler, bis er begriff, dass Markttag war – oder besser: wäre. Innerhalb von nur einer Stunde stauten sich die Fuhrwerke auf der Straße, so weit der Blick reichte. Nicht nur Händler mit allen möglichen Waren, sondern auch Gaukler, Artisten, Musiker, Schausteller mit ganzen Kolonnen von Wagen, in denen sich ihre wilden Tiere befanden, und viele weitere, die alle nach Clairborn auf den Markt wollten. Sie zu beruhigen war fast unmöglich, und nur die massive Anzahl von Zwergenkriegern hielt sie von Ausschreitungen ab.

Es war absurd – Thilus war sicher, dass sie allesamt Hals über Kopf die Flucht ergriffen hätten, wenn es anstelle der Belagerung einen offenen Krieg mit richtigen Kampfhandlungen gegen Clairborn gegeben hätte. Die scheinbare Friedlichkeit des Bildes jedoch, das sich ihnen bot, ließ sie sich darüber empören, dass nicht auch alles andere so war wie immer.

Die Menschen waren eben ein seltsames Volk, dessen komplizierte und umständliche Denkweisen schwer für jemanden nachzuvollziehen waren, der so gradlinig dachte, wie Zwerge es taten.

Tharlia selbst sprach mit den Händlern und Schaustellern. Erneut kaufte sie sämtliche Nahrungsmittel, die sie zu einem akzeptablen Preis erhalten konnte, sodass sie zumindest diese Händler zufriedenstellte. Allen anderen bot sie an, ihre Stände in Elan-Tart statt in Clairborn aufzubauen. Es wäre eine willkommene Abwechslung für das Zwergenvolk, wenn sie dort ihre Waren feilboten, und sicherlich würden sie das eine oder andere Stück verkaufen können. Auch die Schausteller konnten davon ausgehen, dass ihre Darbietungen auf Interesse stoßen würden, auf größeres vermutlich sogar als in Clairborn.

Einige nahmen Tharlias Angebot an, andere weigerten sich, da sie wussten, dass die meisten Zwerge in Elan-Tart nicht gerade mit Reichtümern gesegnet waren. Flüchtlinge im Exil hüteten das Wenige, das ihnen geblieben war, und warfen ihr Geld nicht für Vergnügungen zum Fenster hinaus. Selbst bei den Angehörigen der großen Häuser war das Geld knapp.

Im Laufe des Vormittags lichtete sich die Wagenschlange auf der Straße allmählich, und die Situation schien sich zu entspannen.

»Ich glaube, das Ärgste haben wir hinter uns«, kommentierte Tharlia mit einem erleichterten Lächeln.

Das war der Moment, den die lartronische Reiterei für einen Angriff nutzte.

Unter anderen Umständen, vor allem ohne die Ablenkung durch das fahrende Volk, wären die Vorbereitungen für den Ausfall vielleicht früher bemerkt worden, aber Thilus bezweifelte es. Ganz im Gegensatz zu dem Chaos in der Nacht, in der die Belagerung begonnen hatte, gelang die Organisation den Reitern diesmal hervorragend. Einige kleinere Trupps exerzierten neben dem Feldlager und hielten Waffenübungen ab, andere waren damit beschäftigt, ihre Waffen zu schärfen oder ihre Rüstungen zu polieren, wieder andere versorgten die Pferde. Das Bild schien sich in nichts von dem zu unterscheiden, das sich in den vergangenen Tagen geboten hatte.

Erst als auf ein Hornsignal hin die Soldaten plötzlich von ihren verschiedenen Beschäftigungen aufsprangen und zusammen mit allen übrigen, die voll gerüstet und bewaffnet aus den Zelten gestürmt kamen, zur Koppel hasteten, wurde ihr Vorhaben offensichtlich.

»Alarm! Zu den Waffen!«, brüllte Thilus und ließ seinerseits Hörner blasen, um auch die Krieger zu alarmieren, die gerade keinen Dienst hatten, sondern sich in ihren Zelten in Bereitschaft befanden. Als ranghöchster Offizier übernahm er ohne Zögern das Kommando, da sich Kriegsmeister Loton zurzeit südlich der Stadt befand, um auch die von dort herangekommenen Händler abzuweisen.

»Bringt die Königin in Sicherheit!«, blaffte er die Krieger ihrer Eskorte an, ehe er sich wieder Clairborn zuwandte.

Es wäre nicht zu verbergen gewesen, wenn die Reiter ihre Pferde zuvor gesattelt hätten, doch waren sie keineswegs darauf angewiesen, wie sie gleich darauf bewiesen. Geschickt schwangen sie sich auf die nackten Rücken ihrer Tiere, während diejenigen, die sich schon vorher in der Koppel befunden hatten, bereits damit beschäftigt waren, das Gatter zu öffnen.

Obwohl es freilich unmöglich gewesen war, den Ausfall vorher zu üben, saßen jeder Handgriff und jede Bewegung, als wären sie hundertfach geprobt worden. Thilus war gezwungen, seine bislang alles andere als schmeichelhafte Meinung über die Disziplin in der lartronischen Armee zu korrigieren. Vom Ertönen des Signals bis zu dem Moment, in dem die ersten Reiter die Koppel verließen und in keilförmiger Formation auf die Zwergenkrieger zugeprescht kamen, war kaum mehr als eine halbe Minute verstrichen.

Aus dem Stadttor kamen nun mit lautem Gebrüll noch einmal gut zweihundert Männer der Stadtgarde gestürmt und hasteten mit gezogenen Schwertern hinter den Reitern her.

»Lanzen hoch!«, brüllte Thilus. »Haltet sie auf und treibt sie zurück, aber denkt an eure Befehle!«

Diese Befehle hatte Tharlia persönlich dem Heer für einen Fall wie diesen verkündet. Es ging vor allem darum, so wenige Soldaten wie möglich zu töten oder schwer zu verletzen. Eine unblutige Schlacht! Thilus hätte gelacht, wenn die Situation nicht so bitter ernst gewesen wäre.

Es mochte Wochen dauern, bis Verstärkung Clairborn erreichte, aber sie *würde* kommen. Wegen drei Verbrechern und einer dann schon möglichst ohne Tote beendeten Belagerung würde es sich König Kalmar vermutlich gut überlegen, ob er wirklich einen blutigen Krieg beginnen sollte, aber ein Massaker an seiner Reiterei würde ihm keine andere Wahl mehr lassen. Dazu durfte es deshalb auf keinen Fall kommen.

Die bereitliegenden Lanzen, die die Zwergenkrieger in der vordersten Reihe aufhoben und den Reitern entgegenstreckten, waren dementsprechend im Grunde auch nur hölzerne Lanzenschäfte ohne Spitze – nur dazu gedacht, die Angreifer von ihren Pferden zu stoßen, ohne sie allzu schwer zu verletzen oder gar umzubringen.

Gleich darauf waren die ersten Reiter heran. Ein ohrenbetäubendes Klirren, Scheppern und Dröhnen ertönte, als die Lanzen auf ihre eisernen Schilde prallten. Gut ein Viertel der Soldaten wurden vom Rücken ihrer Pferde gefegt, aber die anderen durchbrachen mit Urgewalt den Abwehrwall und drangen tiefer und tiefer in die Reihen der Zwerge ein, wobei sie wild mit ihren Schwertern um sich hieben.

Nur ihre eigenen starken Schilde, Helme und Harnische schützten die Zwerge. So gut es ging, wehrten sie die auf sie niederprasselnden Schläge ab, hielten sich aber an ihren Befehl, die Soldaten zu schonen. Statt die Angreifer ihrerseits zu attackieren, beschränkten sie sich darauf, ihre Beine zu packen und zu versuchen, sie von ihren Tieren zu zerren. Waren die Reiter erst einmal gestürzt, konnten die Zwergenkrieger sie im Einzelkampf überwältigen. Manch einer von ihnen wurde von einer Zwergenfaust oder dem Hieb mit dem Knauf eines Schwertes ins Reich der Träume geschickt.

Dennoch legte der Befehl zur Zurückhaltung den Kriegern schwere Fesseln an, umso mehr, als sie mit dem Kampf auf offenem Feld gegen einen berittenen Feind ohnehin nicht vertraut waren.

Tiefer und tiefer drangen die Reiter in den Abwehrwall ein und durchstießen ihn schließlich. Gleichzeitig brandeten nun auch die nachfolgenden Gardisten gegen die aufgesprengte Verteidigungslinie der Zwerge.

Wenigstens stellten diese keine große Gefahr dar, wie Thilus erleichtert beobachtete. Die meisten Gardisten waren schlecht ausgebildet und schlugen mit ihren Schwertern blindlings um sich, fast als handele es sich um Knüppel. Wie Tharlia vermutet hatte, waren sie nur einfache Bauern und Handwerker, die Lavinion in Uniformen gesteckt hatte. Mühelos wehrten die Zwerge ihre Angriffe ab und schlugen sie nieder. Anderen wurden die Schwerter aus den Händen geprellt, und sie flohen voller Panik zurück zur Stadt.

Wesentlich gefährlicher hingegen waren nach wie vor die berittenen Soldaten. Nachdem sie die Stellungen der Zwerge durchbrochen hatten, teilten sie sich auf. Die meisten von ihnen machten kehrt und stürmten erneut gegen den Abwehrring an, diesmal von der anderen Seite, noch bevor die Krieger Gelegenheit fanden, sich neu zu formieren.

Eine kleinere Gruppe unter Führung von Valutus hingegen preschte weiter. Erst nach ein, zwei Sekunden begriff Thilus, dass ihr Ziel die Königin war, die noch nicht weit gekommen war und nur von einer Handvoll Krieger geschützt wurde.

Wenn sie als Geisel in die Hände des Feindes geriet, würde das alles verändern.

»Haltet sie auf!«, schrie Thilus mit sich überschlagender Stimme. Auch er selbst zog sein Schwert und stellte sich den Reitern entgegen. Er parierte einen Schwerthieb und wich einem zweiten mit knapper Not aus. Mit seiner verkrüppelten Hand konnte er weder einen Schild halten, um sich zu schützen, noch einen der Reiter packen und ihn vom Pferd reißen. Stattdessen duckte er sich unter einem weiteren Hieb hindurch und stieß sein eigenes Schwert vor, rammte dem Reiter die Spitze seiner Klinge in den Oberschenkel. Der Soldat schrie gellend auf, und die Waffe entglitt seinen Fingern, doch konnte er sich an der Mähne des Pferdes festkrallen.

Aus den Augenwinkeln erkannte Thilus, dass Tharlia keine Gefahr mehr drohte. Sie war mittlerweile umgeben von Kriegern, die momentan keinen Dienst hatten und erst durch den Alarm aus ihren Zelten geschreckt worden waren. Immer zahlreicher drängten auch diese jetzt aufs Schlachtfeld, bildeten einen Wall vor der Königin und schlugen die Angreifer zurück.

Valutus schien die Gefahr zu erkennen, zwischen Hammer und Amboss zu geraten und mit seinen zahlenmäßig ohnehin unterlegenen Reitern zwischen den Fronten aufgerieben zu werden. Die größte Stärke der Kavallerie war ihre Beweglichkeit, aber genau die konnte er nicht ausspielen, wenn er und seine Leute eingekesselt wurden.

»Rückzug!«, befahl er. »Zurück zur Stadt!«

Mit neu entfachter Heftigkeit schlugen seine Soldaten auf die Zwerge ein, die ihnen den Weg versperrten, doch auf einen Wink von Thilus hin wichen diese zur Seite und gaben eine Gasse frei, durch die die Reiter entkommen konnten.

»Denen haben wir es gegeben«, stieß einer der Krieger neben Thilus triumphierend hervor. »Ich wusste, dass diese Menschen als Kämpfer nicht viel taugen. Wenn wir wirklich ernst gemacht hätten, hätte keiner von ihnen überlebt!«

Und viele von uns auch nicht, dachte Thilus. Er öffnete den Mund, um dem Krieger zu widersprechen, verzichtete dann aber darauf. Was war überhaupt gerade passiert?

Vielleicht mochten es andere in ihrer Euphorie noch nicht richtig erkannt haben, aber das war kein Kampf gewesen, sondern nur eine Schau. Nicht nur sie hatten ihre Gegner weitestmöglich geschont, auch die Soldaten hatten nicht richtig attackiert, als hätten sie keinem der Zwerge großen Schaden zufügen wollen.

Ein Blick über das Schlachtfeld bestätigte das. Es schien keine Toten gegeben zu haben, sogar kaum Schwerverletzte, wenn überhaupt. Die meisten waren bereits wieder auf den Beinen, hatten nur leichte Blessuren oder Schnitt- und Stichwunden abbekommen.

»Was, bei Li'thil, war das?«, hörte er Tharlia fassungslos fragen, die hinter ihm herangeeilt kam.

»Dieser ganze Ausfall an sich war schon verrückt. Valutus konnte nicht darauf hoffen, uns tatsächlich zu besiegen, aber er hat es nicht einmal ernsthaft versucht.« Thilus schüttelte den Kopf. »Ich habe den Eindruck, als hätte er seinen Leuten dieselben Befehle gegeben wie Ihr.«

»Aber warum dann überhaupt dieser Ausfall?« Tharlias Blick irrte zu den immer noch zahlreichen Händlern auf der Straße, dann verzog sie das Gesicht zu einem geringschätzigen Lächeln. »Ich glaube, ich ahne, was Valutus bezweckt hat. Eine Menge Zeugen werden dafür sorgen, dass sich die Nachricht von einem heldenhaften Kampf der Soldaten von Clairborn um ihre Freiheit verbreitet, der nur angesichts unserer Überlegenheit zum Scheitern verurteilt war. Gleichzeitig wollte Valutus nicht riskieren, dass wir uns als Rache für zahlreiche Tote doch noch zu einem direkten Angriff auf Clairborn verleiten lassen.«

Thilus zuckte die Achseln. Für ihn klang das alles ziemlich an den Haaren herbeigezogen. Diese ganze Angelegenheit hier war eine Farce, die gar nicht seinem Geschmack entsprach. Die Belagerung einer Stadt, die sie fast im Handstreich einnehmen könnten, halbherzig durchgeführte Ausfälle, die unter der Auflage zurückgeschlagen wurden, den Gegner nur mit Samthandschuhen anzufassen …

Der einzige etwas gefährliche Moment war der Angriff auf Tharlia gewesen. Vermutlich hatte Valutus diesen gar nicht von Anfang an geplant, sondern nur die sich bietende Gelegenheit erkannt und sie zu ergreifen versucht, aber zu wenige seiner Begleiter hatten seine neuen Befehle vernommen und sich ihm angeschlossen.

»Warum fragen wir nicht einen der Gefangenen?«, schlug Thilus vor. Es war den Kriegern gelungen, rund dreißig Reiter von den Pferden zu holen, die derzeit zusammen mit einer etwa gleich großen Zahl gefangener Gardisten entwaffnet und zusammengetrieben wurden. Gemeinsam mit Tharlia trat er auf einen von ihnen zu.

»Warum habt ihr uns angegriffen?«

»Der Obrist gab uns den Befehl dazu. Immerhin belagert ihr eine lartronische Stadt.«

»Und warum habt ihr dann nicht ernsthaft versucht, uns zu vertreiben und Clairborn zu befreien? Warum nur so ein halbherziger Angriff?«

»Ich … weiß nicht, was du meinst«, behauptete der Soldat. »Gegen eine so große Übermacht hatten wir einfach keine Chance.«

»Unsinn!«, zischte Thilus. »Ihr habt es nicht einmal versucht. Hattet ihr Befehl, nur mit halber Kraft zu kämpfen?«

»Was? Welchen Sinn sollte es haben, in einer Schlacht nur mit halber Kraft zu kämpfen? Wir haben unser Bestes gegeben, aber wir konnten nicht –«

»Er lügt, und das ziemlich miserabel. Das bestätigt, was ich vermutet habe«, sagte Tharlia und wandte sich direkt an den Soldaten. »Noch so ein Spielchen, und keiner von euch wird nach Clairborn zurückkehren, sondern wir werden alle Gefangenen nach Elan-Tart schaffen. Richte das Obrist Valutus und Bürgermeister Lavinion aus!«

»Aber Lavinion ist nicht mehr Bürgermeister in Clairborn«, stieß der Soldat hervor. »Nach Beginn der Belagerung gab es wütende Proteste gegen ihn, die zu seinem Sturz führten. Der neue Bürgermeister ist Sindilos. Und er war es auch, der diesen Ausfall verlangt hat.«

Verblüfft riss Tharlia die Augen auf.

»Das ist gar nicht gut«, murmelte sie. Echte Betroffenheit klang in ihrer Stimme mit. »Das erklärt diesen idiotischen Angriff, mit dem Valutus offenbar nur dem Drängen des neuen Bürgermeisters nachgeben wollte. Aber es wird alle Verhandlungen viel schwieriger machen, wenn nicht unmöglich.« Sie überlegte einen Moment. »Lasst die Gefangenen frei, sie sollen nach Clairborn zurückkehren«, befahl sie dann und wandte sich ab. »Ich muss mich mit Loton und den anderen Mitgliedern des Hohen Rates über die neue Situation beraten. Die Lage spitzt sich unerwartet schnell zu.« So leise, dass niemand außer Thilus es hören konnte, fügte sie hinzu: »Ich wünschte, Kriegsmeister Barlok wäre hier.«

21
LIAN

Die Gestalt, die aus einem der Stollen aufgetaucht war, war weder ein Gnom noch ein Goblin. Bei ihrem Anblick musste Barlok an seine schreckliche Befürchtung denken, dass es noch einige überlebende Zwerge in Zarkhadul geben könnte, die in Barbarei zurückgefallen waren und die Mitglieder des eingedrungenen Expeditionstrupps als Feinde betrachteten. Er hatte eigentlich nicht an dieses Gedankenspiel geglaubt, doch schien es sich tatsächlich zu bewahrheiten, denn bei dem Unbekannten handelte es sich ohne Zweifel um einen Zwerg. Einen sehr jungen Zwerg, einen blonden Jungen von höchstens vierzehn oder fünfzehn Jahren, der schmutzig und völlig verwildert aussah und lediglich einen Lendenschurz trug.

Mit großen Augen starrte er sie ebenso ungläubig an wie sie ihn, offenbar hin und her gerissen, ob er fliehen oder sich ihnen nähern sollte. Nach einigen Sekunden hob er die Arme und begann zu winken.

»Er will, dass wir zu ihm kommen«, stieß Barlok hervor. »Also los.«

»Und wenn er uns in eine Falle locken will?«

»Das Risiko müssen wir eingehen. Also seid auf der Hut.«

Sie eilten durch die Halle auf den jungen Zwerg zu. Wieder schien es einen Moment, als wolle er die Flucht vor ihnen ergreifen, aber er blieb stehen und blickte ihnen mit offensichtlicher Furcht entgegen.

»Nicht dorthin«, rief er, als sie sich ihm bis auf wenige Schritte genähert hatten, und deutete in die Richtung, in die sie sich ursprünglich hatten wenden wollen. »Dort werden die Thir-Ailith auch euch töten. Folgt mir.«

Mit diesen Worten wandte er sich um und verschwand blitzartig in dem Stollen, aus dem er gekommen war. Barloks Befürchtung, dass er sie in eine Falle locken wollte, gewann durch das seltsame Verhalten des Jungen neue Nahrung, dennoch war er auch weiterhin bereit, dieses Risiko einzugehen. Sie mussten unter allen Umständen herausfinden, was hier vorging, und vielleicht war der Junge der Schlüssel zu allen offenen Fragen.

Sie folgten ihm in den Stollen und erreichten kaum eine Minute später einen Raum, der dem herumliegenden Handwerkszeug zufolge offenbar einst einem Goldschmied als kleine Werkstatt gedient hatte.

Der verwahrloste Zwergenjunge stand hinter der Werkbank und deutete auf ein unregelmäßiges Loch in der Wand, ehe er sich bückte und flink hindurchkroch.

»Da passen wir doch niemals durch«, stieß einer der Krieger hervor, doch Barlok schnallte bereits seinen Rucksack ab, ließ ihn zu Boden fallen und legte seine Axt daneben.

»Ihr wartet hier, bis ich ein Zeichen gebe!«, befahl er, dann zwängte er sich, flach auf dem Boden liegend und Rucksack und Axt vor sich her schiebend, durch die Öffnung. Sie war so eng, dass er gerade eben hindurchpasste, und als er ganz in dem Tunnel verschwunden war, der sich daran anschloss, glaubte er für einen kurzen Schreckmoment, stecken zu bleiben und nicht mehr atmen zu können, ehe er seine tastenden Finger in eine Vertiefung im Fels krallen und sich doch weiterziehen konnte.

Glücklicherweise war der Tunnel nicht länger als drei Meter und mündete dann in eine kleine Grotte, kaum fünf Schritte durchmessend. Sie war völlig leer, nichts deutete auf eine Falle hin. Der einzige andere Ausgang war eine Öffnung in der Decke, von der ein Seil herabbaumelte. In einer Ecke lag etwas Glühmoos aufgehäuft, das wohl nicht hier gewachsen, sondern erst vor kurzer Zeit frisch hergebracht worden war.

Der Junge stand in der Mitte des Raums. Er hatte seine Arme Schutz suchend vor der Brust überkreuzt und schien sich nach wie vor zu fürchten. Auch musterte er Barlok noch immer mit großen Augen, in denen ungläubige Fassungslosigkeit zu lesen war, während dieser sich aufrichtete.

»Du... du bist ein Zwerg wie ich«, stieß er stammelnd hervor. »Aber du trägst Kleidung und... Waffen. Und du hast einen... einen Bart. Einen langen und dichten Bart, und trotzdem lebst du.«

»Warum sollte ich nicht leben, nur weil ich einen Bart trage? Alle männlichen Zwerge lassen ihren Bart wachsen«, entgegnete Barlok verblüfft. »Und natürlich trage ich Kleidung. Ist das bei euch hier nicht üblich? Es gibt doch außer dir bestimmt noch mehr Zwerge hier, oder?«

Der Junge nickte heftig.

»Ja, viele. In den Wohnhöhlen. Die Thir-Ailith geben uns nichts anzuziehen. Und natürlich dürfen wir keine Waffen haben. Und sie töten jeden, bei dem die ersten Haare im Gesicht wachsen.«

»Sie töten euch? Diese Thir-Ailith?« Barlok seufzte. Irgendetwas sehr Seltsames und Gefährliches ging hier in Zarkhadul vor, aber jedes Wort, das er hörte, warf nur noch mehr neue Fragen auf. Immerhin aber schien der Junge keine Bedrohung darzustellen.

»Wie heißt du, mein Junge?«, fragte er.

»Lian. Ich bin Lian.«

»Und ich heiße Barlok. Also gut, Lian, wie viele von euch leben außer dir noch hier?«

Verständnislos blickte der Junge ihn an. Anscheinend hatten Zahlen keinerlei Bedeutung für ihn.

»Kannst du mich zu den anderen führen?«

»Nein, natürlich nicht«, antwortete Lian mit so unverhohlenem Entsetzen in der Stimme, als hätte er von ihm verlangt, sich in einen Lavastrom zu stürzen. »Die Thir-Ailith bewachen sie, man kann nicht zu ihnen gelangen.«

Schon wieder dieser seltsame Begriff.

»Die, die euch töten? Sie halten euch gefangen?« Erneut nickte Lian. »Aber wer sind diese Thir-Ailith?«

»Die Herren natürlich!« Wieder trat ein ungläubiger Ausdruck in die Augen des Jungen, diesmal gepaart mit Misstrauen. »Du kennst die Herren nicht? Bist du nicht auch wie ich vor ihnen weggelaufen?«

»Nein, meine Begleiter und ich kommen ... von einem anderen Ort«, antwortete Barlok ausweichend.

»Ein anderer Ort? Einen, an dem keine Thir-Ailith sind?«, stieß Lian aufgeregt hervor. »So etwas gibt es?«

»Kriegsmeister?«, ertönte die Stimme eines der Krieger.

»Deine Begleiter sollten auch herkommen«, sagte Lian. »Hier finden uns die Thir-Ailith nicht.«

»Alles in Ordnung«, rief Barlok. »Ihr könnt nachkommen.«

Nacheinander zwängten sich die Krieger durch den schmalen Tunnel, bis es ziemlich eng in der kleinen Grotte wurde. Lian wich bis in die hinterste Ecke zurück, wo auch das Seil von der Decke hing. Die große Zahl Fremder in seinem Versteck ängstigte ihn offenbar. Er schien hin und her gerissen zu sein zwischen Furcht und dem Wunsch, mehr von ihnen zu erfahren. Barlok zweifelte nicht daran, dass er beim geringsten Anzeichen, dass sie ihm irgendetwas antun wollten, sofort über das Seil zu fliehen versuchen würde.

»Du brauchst keine Angst vor uns zu haben«, sagte er. »Sobald du unsere Fragen beantwortet hast, werden wir dich von hier wegbringen, an einen Ort, wo noch viel mehr von uns leben, Zwerge wie du und ich, und wo es keine Thir-Ailith gibt.«

»Ein Ort ohne Thir-Ailith?« Lians Skepsis war überdeutlich.

»Ja, einen Ort, der außerhalb dieser Höhlen und Stollen liegt. Ein Ort, an dem du nicht getötet wirst, wenn dein Bart zu wachsen beginnt, sondern wo du so wie wir alt werden kannst.«

»Aber ... außerhalb dieser Höhlen ist *nichts*! Nur die steinerne Weltschale. Der Felsenhimmel über uns und die Felsenerde unter uns.«

Es dauerte einen Moment, bis Barlok begriff, was er damit meinte. Als jemand, der nie etwas anderes als dies hier kennen gelernt hatte, war der Junge zutiefst davon überzeugt, dass diese Ebene Zarkhaduls die gesamte Welt darstellte, dass es nichts sonst gäbe.

»Die Welt ist größer, als du denkst«, sagte er. »Und wo wir herkommen, hat man noch niemals von den Thir-Ailith gehört. Sie sind nicht allmächtig, das wirst du schon bald erkennen. Und wir werden dafür sorgen, dass sie auch den anderen, von denen du gesprochen hast, nie wieder etwas antun können.«

Seltsamerweise schienen seine Worte das Misstrauen des Jungen eher noch zu verstärken.

»Niemand kann gegen die Herren kämpfen!«, behauptete er im Brustton der Überzeugung. »Sie werden euch ebenso töten wie uns. So, wie sie auch die getötet haben, die mit euch kamen und so sind wie ihr.«

Barlok zuckte zusammen.

»Unsere Begleiter? Sie haben sie getötet?«

»Sie haben sich zu wehren versucht, aber dann haben die Thir-Ailith ihnen befohlen, damit aufzuhören. Niemand kann sich gegen ihren Befehl auflehnen. Und dann haben sie ihnen befohlen, ihre Waffen wegzuwerfen und mit ihnen zu gehen.«

»Demnach leben sie also doch noch?« Barlok musste sich beherrschen, um nicht vorzuspringen und den Jungen an den Schultern zu packen.

»Jetzt bestimmt nicht mehr. Sie haben sie dahin gebracht, wo sie alle töten. Und wenig später schaffen sie dann ihre Leichen weg. Aber ich wusste, dass sie nicht alle von euch entdeckt haben, da ich gesehen hatte, dass ihr mehr wart. Ich … ich musste euch warnen, sonst wärt ihr ihnen direkt in die Arme gelaufen und auch getötet worden.«

»Dafür danken wir dir, Lian.« Barlok überlegte einen Moment. »Aber wenn wir dir helfen sollen, müssen wir mehr über diese Thir-Ailith erfahren. Wer sind sie?«

»Sie … sie sind die Herren«, stammelte Lian ratlos. »Sie bewachen die Wohnhöhlen und bringen uns Flechten zu essen, und irgendwann holen sie uns, um uns zu töten. Ihr seid ihnen wirklich noch nie begegnet?«

»Nein.« Barlok kam eine Idee. Er öffnete seinen Rucksack und holte etwas Brot heraus. »Wenn man euch nur Flechten zu essen gibt, dann solltest du einmal das hier probieren. Das ist gute Nahrung, wie wir sie essen.«

Zögernd nahm Lian das Brot entgegen, roch von allen Seiten daran und biss schließlich ein kleines Stück ab. Nachdem er es einmal probiert hatte und es ihm zu schmecken schien, schlang er den Rest gierig herunter.

»Gut«, nuschelte er mit vollem Mund. Barlok reichte ihm etwas Fleisch, das er mit gleichem Heißhunger hinunterschlang, nachdem er es gekostet hatte. »Mehr!«, verlangte er.

»Später«, vertröstete Barlok ihn. »Dein Magen muss sich erst daran gewöhnen, sonst wird dir noch schlecht.«

Enttäuschung glitt über Lians Gesicht, aber er nahm die Ablehnung ohne Widerspruch hin.

»Diese Thir-Ailith halten euch also in den Wohnhöhlen gefangen, geben euch Nahrung und irgendwann töten sie euch, wenn ich dich richtig verstanden habe. Aber das ergibt doch alles keinen Sinn! Und wie ist es dir gelungen, ihnen zu entkommen?«

»Sie hatten mich schon geholt, um auch mich zu töten«, berichtete Lian. »Aber dann schüttelte sich plötzlich die Erde, und Steine fielen vom Himmel. Sie töteten die Thir-Ailith, die mich geholt hatten, und ich konnte weglaufen. Seither verstecke ich mich vor ihnen.«

Barlok begriff, dass er von dem Erdbeben sprach. Aber das lag schon Wochen zurück. Voller Grauen dachte er daran, wie es für den Jungen gewesen sein musste, wenn er seither allein und unter ständiger Furcht in Zarkhadul umherirrte, nur darauf bedacht, von seinen Peinigern nicht entdeckt zu werden.

»Wir werden dich von hier wegbringen«, versprach er noch einmal. »Aber wir müssen wissen, wer diese Thir-Ailith sind. Wenn du uns nichts über sie erzählen kannst, dann müssen wir selbst mehr über sie herausfinden. Kannst du uns in ihre Nähe bringen, damit wir sie mit eigenen Augen sehen, ohne selbst entdeckt zu werden?«

Nach kurzem Überlegen nickte Lian.

»Ich habe sie oft durch ein Loch im Himmel heimlich beobachtet. Kommt, wir müssen da hoch.« Er deutete auf das Seil, verharrte dann aber noch einmal. »Wenn ich euch dorthin gebracht habe, wo ihr sie sehen könnt, gebt ihr mir dann noch etwas von eurem Essen?«

Zwerge wurden aufgrund ihrer breiten Statur von anderen Völkern oft für plump gehalten und unterschätzt. Selbst Lian schien skeptisch zu sein, ob es ›uralte Männer‹ wie die Angehörigen des Expeditionstrupps schaffen würden, an dem Seil in die Höhe zu klettern, doch widerlegten sie seine Bedenken rasch. Bei Expeditionen in fremde Gebiete der Tiefenwelt geschah es oft, dass sie steile Felswände mithilfe von Seilen hinauf- oder hinabklettern mussten, und deshalb hatten sie ein beträchtliches Geschick darin entwickelt, das ihnen auch jetzt zugute kam.

Wesentlich unangenehmer war das, was sie erwartete, nachdem sie durch das Loch in der Decke geklettert waren. Ein weiterer enger Tunnel erstreckte sich dahinter, kaum einen halben Meter hoch und gerade einmal doppelt so breit. Er war unregelmäßig geformt, ohne Zweifel auf natürlichem Wege entstanden. In willkürlichen Windungen zog er sich durch die gut hundert Meter durchmessende Gesteinsschicht zwischen den Ebenen.

Barlok hatte zwei Krieger ausgewählt, die Lian und ihn begleiten sollten, die anderen sollten in der Grotte auf ihre Rückkehr warten. Da es sich nur um ein reines Erkundungskommando handelte und sie jegliche Kampfhandlungen vermeiden wollten, war es nicht nötig, dass sie alle gingen.

Auf Anraten von Lian hatten sie ihre Rucksäcke und zum Unmut seiner beiden Begleiter auch die sperrigen Streitäxte zurückgelassen. Anders als Barlok waren sie noch immer nicht überzeugt, dass der Junge ihnen nur helfen und sie nicht geradewegs in eine Falle führen wollte. Auch Barlok selbst trennte sich nur ungern von Knochenbrecher, wenn auch aus anderen Gründen. Die Axt war ein Geschenk seines Vaters gewesen und hatte ihm mehr als zwei Jahrhunderte lang gute Dienste geleistet. Wenn es ihnen aus irgendwelchen Gründen nicht möglich sein sollte, in Lians Versteck zurückzukehren, würde er den Verlust schmerzlich bedauern.

Stattdessen hatte er eine Fackel mitgenommen, da schon von unten zu erkennen gewesen war, dass es hier oben kein Glühmoos gab. Als er in ihrem Licht den Tunnel erblickte, sah er ein, dass nicht nur jegliches Gepäck, sondern auch die Äxte ihr Vorankommen tatsächlich erheblich behindert, vielleicht sogar unmöglich gemacht hätten. Auch so konnten sie lediglich kriechen, und das würde schon mühsam genug werden. Vor allem, da er noch mit einer Hand die Fackel halten musste.

Langsam setzten sie sich in Bewegung, an der Spitze Lian, dann Barlok, und den Abschluss bildeten die beiden Krieger. Es erwies sich für Barlok als fast unmöglich, mit der Fackel in der Hand zu kriechen. Nach einem halben Dutzend Meter klemmte er sie sich zwischen die Zähne, um die Hände frei zu haben, gab aber auch das rasch wieder auf, nachdem er sich beinahe die Haare abgebrannt hätte.

»Soll ich das Feuer nehmen?«, erbot sich der Junge schließlich. »Ich bin geschickter als ihr.«

Das hatte er bereits unter Beweis gestellt. Er war von hagerer Statur, nicht annähernd so muskulös wie sie, und wesentlich gelenkiger. Mühelos krabbelte er auf allen vieren vor ihnen her und musste immer wieder warten, bis sie ihn eingeholt hatten. Auch die Fackel schien ihn kaum zu behindern, dafür kam Barlok nun wesentlich besser voran.

Trotzdem war es eine extrem mühsame Art der Fortbewegung. Schon nach kurzer Zeit begannen seine Knie zu schmerzen, und das nicht nur wegen des unebenen Bodens. Auch wenn er es gerne verdrängte, ließ sich nicht leugnen, dass er mit seinen zweihundertsiebenundsiebzig Jahren bereits ein beträchtliches Alter erreicht hatte, eigentlich zu alt für Unternehmungen wie diese. Dennoch kam kein Wort der Klage über seine Lippen, während die beiden Krieger hinter ihm immer wieder zornige Flüche ausstießen.

Manchmal verbreiterte sich der Stollen etwas, dann wieder wurde ein Stück so eng und niedrig, dass sie sich nur mit Mühe weiterzwängen konnten.

Sie mochten bereits hundertfünfzig, zweihundert Meter zurückgelegt haben, als Lian ihnen mit einer Geste bedeutete, leise zu sein. Kurz darauf gelangten sie an eine etwa doppelt faustgroße Öffnung im Boden. Der Junge spähte einige Sekunden lang hindurch, dann schüttelte er den Kopf und kroch weiter. Auch Barlok warf einen Blick in die Tiefe, aber unter ihnen erstreckte sich nur ein leerer Stollen.

Löcher im Himmel…

Offenbar hielt Lian die Gesteinsdecke tatsächlich für den Himmel, hatte es wahrscheinlich in den Wochen seit seiner Flucht nie gewagt, sich allzu weit von seinem Versteck zu entfernen und ahnte nicht einmal, dass dies nur eine von vielen Ebenen Zarkhaduls war, dass es darüber und darunter noch weitere gab. Gar nicht zu reden von der unendlichen Weite der Oberfläche. Er lebte in einer winzigen Welt, dabei kam sie ihm vermutlich schon beängstigend groß vor, wenn er sein ganzes vorheriges Leben nur in einer einzigen Wohnhöhle verbracht hatte.

Unbändiger Zorn auf diese mysteriösen Thir-Ailith stieg in Barlok auf. Was waren das für Ungeheuer, dass sie die Nachkommen des gewaltigen Zwergenvolkes von Zarkhadul, das all dies einst beherrscht und überhaupt erst erschaffen hatte, wie Tiere gefangen hielten?

Mehrere hundert Meter quälten sie sich weiter voran. Bei jedem Stück Weg, das sie zurücklegten, dachte Barlok mit Grauen daran, dass sie die gleiche Strecke auch noch in umgekehrter Richtung würden bewältigen müssen.

Schließlich gelangten sie an ein weiteres Loch im Boden. Der schwache gräuliche Schein von Glühmoos drang zu ihnen herauf und Lian musste erst einige der Flechten behutsam zur Seite biegen, ehe er durch die Öffnung spähen konnte. Beinahe augenblicklich wich er wieder davon zurück.

»Thir-Ailith«, wisperte er leise, mit Furcht, Schrecken und Abscheu im Gesicht.

Barlok kroch weiter vor, bis er selbst einen Blick durch das Loch werfen konnte.

Unter ihnen erstreckte sich eine große Halle, gestützt von zwei Reihen gewaltiger Säulen, von denen allerdings einige geborsten und umgestürzt waren, vermutlich eine Folge des Erdbebens.

Und die Halle war nicht leer.

Barlok erstarrte, als sein Blick auf die Wesen fiel, die sich in kleinen Gruppen durch die Höhle bewegten, aus Stollen in den Seitenwänden traten oder darin verschwanden. Die Gedanken jagten wild wie eine Horde winziger Tierchen durch seinen Kopf, aber er war unfähig, einen davon zu klar zu fassen. Alles, was er fühlte, war ein namenloses, abgrundtiefes Entsetzen.

Nun, da er das Geheimnis der Thir-Ailith kannte, wünschte er, es nie gelöst zu haben, niemals nach Zarkhadul gekommen zu sein. Alle Träume und Hoffnungen, die er mit der Expedition hierher verbunden hatte, zerstoben zu Nichts, verwandelten sich in seinen schrecklichsten Albtraum.

Die Wesen, die Lian als Thir-Ailith bezeichnete, waren nichts anderes als Dunkelelben.

22

VILDANA

Wie Tharlia befürchtet hatte, spitzte sich die Lage in den Tagen nach dem Kampf gegen die lartronische Reiterei drastisch zu, allerdings auf eine gänzlich andere Art, als von ihr erwartet.

Die Belagerung von Clairborn ging weiter wie zuvor. Es gab keine neuen Angriffe der Soldaten mehr, und auch der Wechsel im Amt des Bürgermeisters zeigte bislang keinerlei Folgen. Hätten sie nicht von dem Gefangenen davon erfahren, hätten die Zwerge ihn nicht einmal bemerkt.

Die Probleme, mit denen sich Tharlia konfrontiert sah, betrafen nicht die Menschen, sondern ihr eigenes Volk. In Elan-Tart gärte es. Nach mehr als einer Woche Belagerung, ohne dass irgendwelche greifbaren Ergebnisse zu sehen waren, waren immer mehr Zwerge unzufrieden mit ihrer Entscheidung, die Stadt lediglich zu blockieren, statt sie schlichtweg zu erstürmen, die Verantwortlichen für die Überfälle mit Gewalt zu ergreifen und sie ihrer gerechten Strafe zuzuführen.

Das war die Art, wie Zwerge ihre Probleme zu lösen pflegten. Gerade nach der Demütigung, die die Flucht vor den Dunkelelben bedeutete, war das Selbstbewusstsein ihres Volkes so angeschlagen, dass es sich mehr denn je nach einem Erfolg sehnte. Dass ihre Königin nun selbst auf die Angriffe aus einer so kleinen und schlecht bewaffneten Menschenstadt wie Clairborn so zurückhaltend reagierte, erschien vielen wie ein Schlag ins Gesicht.

Als der Unmut in Elan-Tart immer größer wurde, versuchte sie, dem mit einer Ansprache an ihr Volk entgegenzuwirken, in der sie erklären wollte, welche schrecklichen Konsequenzen es mit sich bringen würde, die Rache des gesamten lartronischen Reiches herauszufordern, doch kaum jemand hörte ihr zu. Ständig wurde ihre Rede von Zwischenrufen und Pfiffen unterbrochen. Die Zwerge wollten Erfolge, sie wollten, dass den alten Gesetzen Geltung verschafft, die Überfälle gesühnt und die Täter zur Verantwortung gezogen wurden. Was sie nicht wollten, das waren Erklärungen, warum ihr einst so mächtiges Volk zu schwach geworden sein sollte, es selbst mit einem Ort wie Clairborn aufzunehmen.

Überraschenderweise kam die heftigste Kritik nicht einmal aus den Reihen der Kriegerkaste, deren Stolz unter der Niederlage gegen die Dunkelelben besonders gelitten hatte. Sicherlich gab es auch einige Krieger, die immer noch nicht wahrhaben wollten, dass die Leichtigkeit, mit der sie den Ausbruchsversuch der lartronischen Reiterei abgewehrt hatten, keinerlei Rückschlüsse auf die tatsächliche militärische Stärke der Menschen zuließ, und die deshalb ein härteres Vorgehen forderten. Grundsätzlich aber schienen die meisten Krieger die Situation realistischer einzuschätzen und zu begreifen, welche immense Gefahr sie heraufbeschworen, wenn sie sich mit der lartronischen Armee anlegten.

Der Arbeiterkaste fehlte dieser Realismus, und aus ihr schlug Tharlia die meiste Ablehnung entgegen.

Mit äußerster Selbstbeherrschung zwang sie sich, ihre Rede trotz der Störrufe zu beenden, doch ihre anschließende Rückkehr in den Palast glich einer überhasteten Flucht, weil ihr plötzlich etwas bewusst geworden war, was sie zutiefst verstörte.

Als sie zum ersten Mal von den Ränken in Clairborn erfahren hatte, von der Art, wie Sindilos die Einwohner dort aufhetzte, um Stimmung gegen Lavinion zu machen und selbst neuer Bürgermeister zu werden, hatte sie so etwas für ein rein menschliches Problem gehalten.

Nun jedoch wusste sie, dass das nicht stimmte.

Ganz genau das gleiche Spiel wiederholte sich auch hier in Elan-Tart.

Es gab Zwerge, denen ihre Herrschaft ein Dorn im Auge war. Viele hegten ein tief empfundenes Misstrauen gegen die Priesterinnen Li'thils, die Hexen, wie sie abfällig auch genannt wurden. Dass ausgerechnet die frühere Hohepriesterin den Thron bestiegen hatte, erschien ihnen wie ein Sakrileg. Daraus resultierte für sie alles Schlimme, was dem Zwergenvolk seither widerfahren war, sie betrachteten es als den Zorn der Götter, den Tharlia heraufbeschworen hatte.

Aber es gab auch andere, die ausschließlich eigene Interessen verfolgten, indem sie dieses Misstrauen schürten, die Entscheidungen der Königin als Schwäche darstellten und auch sonst in jeder nur denkbaren Form gegen sie hetzten.

Und dazu kam noch Lamars Fest, das in wenigen Tagen stattfinden sollte. Mehr denn je war sie auf seine Unterstützung angewiesen, und das würde er zweifellos ausnutzen, um seinen Druck auf sie noch zu verstärken.

»Majestät?«

Tharlia schreckte aus ihren Gedanken auf.

»Bitte entschuldigt, ich war für einen Moment abgelenkt. Was meintet Ihr, Schürfmeister?«

»Ich sagte, wir hätten uns alle viel Ärger ersparen können, wenn Ihr schon vor Wochen auf mich gehört hättet und gegen Burian vorgegangen wärt«, wiederholte Torgan. »Die Ermahnungen und Appelle an seine Vernunft haben nichts genutzt. Heute besitzt er bereits so viele Anhänger, dass wir kaum noch etwas gegen ihn unternehmen können.«

»Und das nur, weil Ihr nicht mitbekommen habt, was in Eurer Kaste vorging«, ergriff Sutis das Wort. »Innerhalb der Kriegerkaste konnten wir seine Aktivitäten drastisch einschränken, deshalb hat er sich jetzt an die Arbeiter herangemacht. Er ist mittlerweile so stark geworden, dass Unruhen entstehen könnten, wenn wir ihn wegen Volksverhetzung einsperren würden.«

Für einen Moment schien es, als ob Torgan aufbegehren wollte, aber dann schüttelte er nur den Kopf und seufzte.

»Ich fürchte, Ihr habt recht, wir haben diese Entwicklung nicht mitbekommen. Ich begreife nur nicht, dass viele offenbar ein so kurzes Gedächtnis haben – dass sie sich nicht mehr daran erinnern, wie sehr seine Herrschaft von Korruption, Ausschweifungen und selbstherrlichem Machtmissbrauch geprägt war.«

»Unser Volk hat es nicht vergessen, und in dieser Hinsicht mag Burian sich selbst täuschen«, widersprach Selon bedächtig. »Er greift überaus geschickt Ängste, Zorn und vorhandene Vorurteile auf und benutzt sie, um gegen die Königin und den Hohen Rat zu hetzen. Damit hat er unbestreitbar Erfolg in dieser extrem schwierigen Zeit. Aber selbst unter seinen Anhängern befinden sich nur wenige, die glauben, dass unter seiner Herrschaft alles besser war, weil sie verdrängt haben, dass er die verhängnisvolle Expedition angeordnet hat, während der die Dunkelelben befreit wurden. Burian mag uns und unsere Entscheidungen in den Schmutz ziehen, dennoch will kaum jemand seine Rückkehr an die Macht, die ja sein eigentliches Ziel ist. Sollte er tatsächlich noch einmal die Hand nach dem Thron auszustrecken versuchen, wird er das sehr schmerzhaft zu spüren bekommen.«

Tharlia nickte, griff nach dem Becher vor sich auf dem Tisch und trank einen Schluck Wein. Dies war keine offizielle Versammlung des Hohen Rates, sie hatte sich lediglich mit den drei Ratsmitgliedern getroffen, um die aktuelle Lage zu besprechen. Zwei Tage lag ihr missglückter Versuch mittlerweile zurück, das Volk durch eine Ansprache auf ihren Kurs einzustimmen. Inzwischen hatte sie sich von dem Fehlschlag wieder erholt, aber er hatte ihr drastisch gezeigt, dass dringend etwas unternommen werden musste, sonst würde ihr und dem Rat die Macht aus den Händen gleiten.

»Ich kann mir ebenfalls nicht vorstellen, dass Burian auch nur die geringste Chance hat, den Thron noch einmal zu besteigen, aber bis er das erkennt, kann es für uns alle zu spät sein. Es gibt andere, die ihn nur als Marionette benutzen, um die Stimmung anzuheizen, und sich selbst Hoffnungen machen, mich als Königin ablösen zu können.« Sie seufzte erneut. »Die Belagerung ist die richtige Antwort auf die Überfälle, und wenn sie Erfolg hat, wird sich die Meinung im Volk wieder drehen. Aber das kann noch Wochen dauern, und ich weiß nicht, ob uns diese Zeit bleibt. Es darf hier nicht so weit kommen wie in Clairborn, sonst meinen bald auch ein paar aufgehetzte Zwerge, das Recht in die eigenen Hände nehmen zu müssen und führen eigenmächtig Angriffe gegen die Stadt durch. Das darf unter keinen Umständen passieren.«

»Was ist mit Zarkhadul?«, warf Sutis ein. »Wenn wir bekannt gäben, dass wir eine Expedition dorthin losgeschickt haben und eine Chance sehen, die Mine wieder in Besitz zu nehmen, würde Euch eine gewaltige Woge von Zustimmung und Hoffnung entgegenschlagen. Außerdem würde dieses Thema alles andere für Tage in den Hintergrund drängen und uns somit dringend benötigte Zeit verschaffen.«

»Aber es wäre ein hohes Risiko«, erinnerte Selon. »Wenn Barlok scheitern sollte, wird sich die Wirkung einer solchen Ankündigung ins Gegenteil verkehren. So gewaltig die Hoffnungen wären, im Falles eines Fehlschlages wäre auch die Enttäuschung so groß, dass wir mit dem Schlimmsten rechnen müssten.« Auch der greise Schriftgelehrte trank einen Schluck, ehe er hinzufügte: »Darauf sollten wir erst zurückgreifen, wenn uns gar keine andere Möglichkeit mehr bleibt. Die Expedition ist jetzt seit mehr als zwei Wochen unterwegs. In einer oder zwei Wochen spätestens werden die Männer zurückkehren, im Falle eines Erfolges vielleicht sogar schon in den nächsten Tagen. Wir sollten unbedingt abwarten, bis wir wissen, was sie erreicht haben.«

»Ich wünschte, Barlok wäre bereits wieder zurück, egal mit welchen Nachrichten«, murmelte Tharlia. »Ich hätte ihn diese Expedition niemals führen lassen sollen – hier wird er dringender denn je benötigt. Er besitzt noch immer extrem hohes Ansehen im Volk, auf ihn würden sie hören. Ich habe sogar schon mit dem Gedanken gespielt, einen Boten loszuschicken, der ihn zurückbeordern soll.«

»Aber was sollte das nützen?«, entgegnete Torgan. »Der Bote würde gut eine Woche bis zum Kalathun benötigen, und zusammen mit dem Kriegsmeister noch einmal die gleiche Zeit für den Rückweg.«

Tharlia lächelte flüchtig.

»Das stimmt so nicht. Wir haben eine Reihe von Fuhrwerken. Sie lassen sich nicht nur dazu verwenden, Waren nach Elan-Tart zu transportieren, sondern können auch sehr schnell sein. Würden wir den Boten mit einem Wagen losschicken, könnte er –«

Sie verstummte, als es an der Tür klopfte. Ein Diener kündigte an, dass Kriegsmeister Loton und Kampfführer Thilus sie zusammen mit einem menschlichen Begleiter dringend zu sprechen wünschten.

Aufregung erfasste Tharlia. Wenn Loton und Thilus ihren Posten verließen und von Clairborn aus extra hierherkamen, musste es einen wichtigen Grund dafür geben. Und wenn sie sich in Begleitung eines Menschen befanden … Noch sehr viel weniger als bei Lavinion hoffte sie beim neuen Bürgermeister Sindilos, dass er zur Vernunft kommen würde, aber möglicherweise waren die Vorräte in Clairborn ja schon früher als erwartet zur Neige gegangen, und die Stadt war bereit, zu kapitulieren. Das würde sie und den Rat für einige Zeit aller aktuellen Sorgen entledigen.

Aber bei dem Menschen, der gleich darauf zusammen mit den beiden Kriegern das Beratungszimmer betrat, handelte es sich weder um den Bürgermeister noch sonst jemanden, den sie zuvor in Clairborn gesehen hatte, sondern um ein noch nicht einmal erwachsenes Mädchen mit blonden Zöpfen und einem blassen Gesicht. Soweit Tharlia dies bei einem Menschen schätzen konnte, schien es nicht älter als vierzehn oder fünfzehn Jahre zu sein und war sichtlich eingeschüchtert.

»Das ist Vildana«, stellte Loton sie vor, nachdem er sich vor der

Königin verneigt hatte. »Sie behauptet, sie wäre die Tochter von Lavinion und hätte von ihm eine wichtige Botschaft für Euch.«

»Tritt näher«, forderte Tharlia das Mädchen auf. »Du sagst, du wärst die Tochter von Lavinion?«

Vildana nickte und verneigte sich ebenfalls, brachte aber kein Wort heraus. Sie wagte es nicht einmal, den Blick zu heben, sondern starrte nur stumm auf die Spitzen ihrer Schuhe.

»Nun sprich schon, statt unsere Zeit zu vergeuden. Was hast du uns zu sagen?«, stieß Sutis in seiner polternden Art hervor. Das Mädchen erschrak und wich instinktiv zwei Schritte zurück.

»Lasst sie, Kriegsmeister, Ihr macht ihr Angst. Es war bestimmt nicht leicht für sie, ganz allein zu uns zu kommen«, sagte Tharlia und wandte sich wieder an das Mädchen. »Du brauchst keine Angst zu haben. Vielleicht hält man uns Zwerge in Clairborn momentan für Ungeheuer, aber das sind wir ganz gewiss nicht.« Sie deutete auf eines der noch freien Sitzkissen. »Möchtest du dich nicht setzen?«

Vildana schüttelte den Kopf, wagte es aber immerhin, den Blick etwas zu heben und Tharlia anzusehen.

»Mein… mein Vater schickt mich, weil er sagt, ich wäre die Einzige, der… er noch vertrauen könnte«, stieß sie stockend hervor. »Er ist nicht mehr Bürgermeister, und… vor drei Tagen hat man ihn sogar ins Gefängnis geworfen. Ich soll Euch sagen, alles, was geschehen ist, täte ihm sehr leid. Er… er hätte Fehler gemacht, schlimme Fehler. Die Stadtgarde bewacht die Mauern, damit niemand sich aus der Stadt schleichen kann, aber ich… ich habe ein Loch entdeckt, durch das ich mich zwängen konnte.«

»Das war sehr mutig von dir«, lobte Tharlia. »Aber dein Vater schickt dich doch bestimmt nicht nur, um mir zu sagen, dass ihm seine Fehler leidtäten.«

»Nein.« Vildana schüttelte den Kopf und knetete nervös ihre Hände, aber allmählich schien ihre Angst etwas nachzulassen. »Er sagt, es gäbe etwas, das Ihr unbedingt wissen müsstet. Deshalb hätte er sich so verhalten, wie er es getan hat. Unter Sindilos als Bürgermeister hat er Angst, dass etwas Schreckliches passieren wird.«

»Das lartronische Heer ist auf dem Weg nach Clairborn«, platzte Loton heraus. »Das hat sie jedenfalls uns gegenüber behauptet. Der König soll es bereits vor Wochen in Marsch gesetzt haben, gleichzeitig mit der Reiterei, die nur die Vorhut bildete!«

»Stimmt das?«, wandte sich Tharlia erschrocken an das Mädchen, dabei hatte sie keinen Zweifel, wie die Antwort lauten würde. Natürlich stimmte es. So ergab plötzlich alles einen Sinn. Lavinion und der Obrist hatten sich ihre Überheblichkeit leisten können und brauchten die Belagerung nicht zu fürchten, weil sie wussten, dass Verstärkung bereits auf dem Weg war und wesentlich früher als von den Zwergen erwartet eintreffen würde. »Weißt du auch, wie groß diese Armee ist?«

»Mehr als zehntausend Soldaten«, berichtete Vildana leise. »Mein Vater sagt, dass der König wohl sehr besorgt war, als er hörte, dass das Zwergenvolk aus dem Berg herausgekommen ist, aber er weiß nicht, ob diese Sorge mehr den Zwergen oder den Ungeheuern gilt, vor denen ihr geflohen seid. Das Heer wird schon in zwei oder drei Tagen eintreffen. Ich soll Euch ausrichten, dass Ihr Eure Krieger zurückziehen müsst. Mein Vater sagt, dass es zweifellos einen schrecklichen Krieg mit vielen, vielen Toten geben wird, falls Clairborn noch belagert wird, wenn die Armee eintrifft.«

23

TORG

Warlons erstes Empfinden, als er wieder zu sich kam, war Schmerz. Sein Kopf schien zu dröhnen, als befände sich ein ganzes Hammerwerk darin, aber das war ein vertrautes Gefühl. Für ihn als Krieger war es bei weitem nicht das erste Mal, dass er niedergeschlagen wurde, und er hatte gelernt, damit umzugehen. Instinktiv konzentrierte er sich auf den Schmerz und verdrängte ihn, bis er ihn kaum noch wahrnahm.

Er wusste nicht, wie lange er ohnmächtig gewesen war, aber er bemerkte sofort die Ruhe um sich herum. Der Kampf war vorbei. Wer aber hatte gesiegt?

Vorsichtig öffnete Warlon die Augenlider ein winziges Stück weit. Falls er in Gefangenschaft geraten war, mochte es vorteilhaft sein, wenn die Soldaten nicht gleich bemerkten, dass er aufgewacht war. Glücklicherweise erwies sich seine Vorsicht jedoch als unbegründet. Er blickte direkt in Ailins Gesicht, die sich über ihn gebeugt und anscheinend längst bemerkt hatte, dass er wach war.

»Was … was ist passiert?«, fragte er und richtete sich auf. Sofort pochte der Schmerz in seinem Kopf mit neuer Kraft, doch abermals rang er ihn nieder.

»Es grenzt an ein Wunder, dass du noch am Leben bist«, sagte Ailin ernst. »Du hast unwahrscheinliches Glück gehabt, dass der Soldat dich nur mit der flachen Seite seines Schwertes erwischt hat, sonst hätte er dir den Schädel gespalten. So jedoch hast du nur eine Platzwunde und eine ordentliche Beule davongetragen.«

Als Warlon mit einer Hand seinen Kopf abtastete, fühlte er

einen dicken Verband. Auch die Wunde an seinem Arm war verbunden worden, und als er ihn bewegte, spürte er weder Schmerzen noch sonst eine Beeinträchtigung. Die anderen hatten während des Kampfes ebenfalls einige Blessuren erlitten, doch war offenbar keine davon ernsthafter Natur.

»Die Soldaten –«

»- sind geflohen«, führte Malcorion den Satz zu Ende. »Zumindest diejenigen, die es noch konnten. Wir haben mehr als ein Dutzend von ihnen erschlagen, und von den anderen waren die meisten mehr oder weniger schwer verletzt, als sie endlich einsahen, dass auch sie höchstens noch der Tod erwartete. Ich glaube nicht, dass sie es wagen werden, noch einmal wiederzukommen. Und mit weiteren Truppen ist vor morgen wohl auch nicht zu rechnen.«

»Du hast auch nicht geglaubt, dass sie es überhaupt wagen würden, uns durch das tote Land zu folgen.«

»Das sind sie auch nicht, denke ich. Ich vermute eher, dass sie einen riesigen Umweg um das tote Land herum gemacht und sich uns über den felsigen Grund genähert haben, der sich am Fuß der Berge erstreckt. Deshalb haben sie auch so lange gebraucht.« Malcorion schüttelte verbittert den Kopf. »König Lorian muss mich auch nach der langen Zeit noch unglaublich hassen, dass er mir Soldaten bis in die Weißberge nachschickt. Ihrer Ausrüstung nach waren sie wohl darauf eingestellt, uns auch über die Schneegrenze hinaus zu folgen.«

»Da haben sie ja richtig Glück gehabt, dass wir schon aufgeben mussten und ihnen entgegenkamen«, sagte Warlon sarkastisch.

»Eher hatten wir Glück, dass wir uns schon wieder aufgewärmt hatten und halbwegs zu Kräften gekommen waren«, erwiderte Lokin. »Hätten sie uns in der Schneehölle weiter oberhalb des Berges gestellt, als wir halb erfroren waren, hätten wir keine Chance gegen sie gehabt. Schon so war es ziemlich knapp. Sie haben wohl nicht damit gerechnet, uns kampfbereit vorzufinden, sondern geglaubt, wir wären zu Tode erschöpft, und sie hätten leichtes Spiel mit uns, wenn sie uns überraschen.« Er machte eine kurze Pause. »Ich wäre wahrscheinlich verloren gewesen, wenn du mich nicht gerettet hättest.«

»Das war doch nur ein selbstverständlicher Freundschaftsdienst«, wiegelte Warlon ab.

»Na ja, als wir vor ein paar Wochen von Elan-Dhor aufgebrochen sind, hättest du am liebsten nicht einmal mit mir geredet.«

»Da war ich auch noch davon überzeugt, dass du ein Verräter wärst, der seine Kameraden im Stich gelassen hat. Mittlerweile …« Warlon lächelte flüchtig. »Lassen wir das. Überlegen wir lieber, was wir nun tun sollen. Wir können hier nicht bleiben. Bis morgen haben die geflohenen Soldaten sicherlich Verstärkung herbeigerufen und werden uns den Rückweg aus dem Gebirge abschneiden. Dann sitzen wir in der Falle. Unsere einzige Chance ist, die Weißberge noch heute Nacht zu verlassen.«

Niemand antwortete ihm. Seine Gefährten blickten sich nur gegenseitig an, und jeder schien darauf zu warten, dass der andere etwas sagte.

»Was?«, fragte Warlon. »Noch mehr schlechte Nachrichten?«

»Leider ja«, antwortete Malcorion schließlich. »Die Soldaten, gegen die wir gekämpft haben, waren wohl nur eine Art Vorhut. Weitere warten bereits unten im Tal. Direkt am Fuß des Berges brennen mehrere Feuer, dort haben sie wohl ihr Lager aufgeschlagen. Zweifellos rechnen sie damit, dass wir im Schutz der Dunkelheit zu fliehen versuchen, und haben überall Posten aufgestellt. Unsere Chancen, unbemerkt an ihnen vorbeischlüpfen zu können, sind minimal. Und selbst wenn es uns gelingen sollte, sitzen wir immer noch in Radon fest, und früher oder später werden sie uns erwischen. Die Tore im Grenzwall werden mit Sicherheit mittlerweile so gut bewacht, dass es uns niemals gelingen wird, die Grenze auf diesem Weg zu passieren.«

»Aber wie sollen …« Warlon brach ab und starrte den Waldläufer fassungslos an, als er plötzlich zu ahnen begann, was dieser andeuten wollte. »Du denkst doch nicht… Aber das wäre Wahnsinn! Hast du schon vergessen, wie knapp wir dem Tod heute entronnen sind?«

»Weil wir schlecht ausgerüstet waren«, behauptete Ailin. »Bevor du aufgewacht bist, haben wir uns gerade darüber Gedanken gemacht. Der Rückweg ist uns versperrt, wir können nur weiter nach vorne.«

»Insofern hat Lorian uns ungewollt sogar einen Gefallen getan, als er uns die Soldaten nachschickte«, fügte Malcorion hinzu. »Sie sind mit allem ausgestattet, was man braucht, um in den Bergen zu überleben. Dicke Fellmäntel, mit Pelz gefütterte Handschuhe und Stiefel – bei einem der Pferde, die sie bei ihrer Flucht zurückgelassen haben, haben wir sogar ein Zelt gefunden, das uns nachts Schutz bieten wird. So ausgerüstet haben wir eine zehnmal größere Chance, das Gebirge zu überwinden. Was denkst du?«

Warlon antwortete nicht sofort. Mehrere Minuten lang starrte er stumm vor sich hin und überlegte angestrengt. Es war Sommer, und obwohl sie auch Kleidung für kühlere Tage mit sich führten, taugte diese nicht viel für solche Extremtemperaturen, wie sie in den höhergelegenen Bergregionen herrschten. In dicke Pelze gehüllt mochte ihnen der Aufstieg wesentlich eher gelingen.

Am wichtigsten für ihn aber war der Gedanke, dass es wohl das Ende ihrer Mission bedeuten würde, wenn sie jetzt umkehrten, selbst wenn es ihnen gelingen sollte, den Soldaten unten im Tal zu entkommen. Malcorion hatte recht, alle anderen Wege über die Grenze waren mit Sicherheit inzwischen für sie unpassierbar geworden.

»Haben wir denn eine andere Wahl?«, brummte er schließlich.

»Wir hätten das Schicksal kein weiteres Mal herausfordern sollen«, murmelte Ailin. Ihr Atem hing bei ihren Worten wie eine weiße Fahne vor ihrem Mund.

Genau wie Warlon und die anderen trug sie den Fellmantel,

die Handschuhe und die Stiefel eines der toten Soldaten, außerdem hatten sie deren Umhänge zu Schals zusammengerollt und sie sich so um den Kopf gebunden, dass nur der Mund und die Augen frei blieben. Darüber hinaus hatten sie sich noch jeder eine Decke umgehängt. Trotz allem aber war die Kälte noch immer grausam zu spüren, wenn auch längst nicht mehr so schlimm wie am Vortag.

»Du sagst es«, stimmte Lokin ihr zu. »Nichts ist es wert, sich dem auszusetzen, nicht mal, wenn Tharlia mir dafür meine Ehre zurückgibt und mich für noch so viele Dinge rehabilitiert, die ich nie getan habe. Warum haben wir uns bloß von Warlon dazu überreden lassen?«

Empört öffnete Warlon den Mund, um darauf hinzuweisen, dass er schließlich am längsten gezögert hatte, bis er sich mit diesem Wahnsinnsunternehmen einverstanden erklärt hatte, aber dann begriff er, dass Lokin ihn nur foppen wollte und stapfte kopfschüttelnd weiter, ohne etwas zu entgegnen.

Da sie Erholung gebraucht hatten und Malcorion sie eindringlich gewarnt hatte, dass eine nächtliche Wanderung in den Bergen viel zu gefährlich wäre, hatten sie die Nacht abwechselnd wachend in der Höhle verbracht und waren erst bei Sonnenaufgang aufgebrochen. Inzwischen waren sie bereits seit mehreren Stunden unterwegs, und seit sie die Schneegrenze hinter sich gelassen hatten, fauchte der Bergwind ihnen erneut sein eisiges Willkommen entgegen.

Warlon schaute empor zu den dunklen, drohenden Hängen der Berge vor ihnen und ihren von Wolken und Nebel verhangenen Gipfeln. Obwohl sie seit ihrem Aufbruch noch keine Pause gemacht hatten und in scharfem Tempo gingen, um sich von innen aufzuwärmen, hatte er das Gefühl, als wären sie ihnen noch keinen einzigen Meter näher gekommen.

»Ich glaube, trotz der Kälte können wir jetzt alle eine Rast vertragen«, sagte er. Seine Begleiter nickten zustimmend. Malcorion blickte sich einen Moment lang um.

»Was haltet ihr von der Felsgruppe da vorne?«, fragte er und deutete in die entsprechende Richtung. »Sie dürfte uns etwas Schutz bieten.«

Sie stapften auf die Felsen zu und ließen sich erschöpft zwischen ihnen auf den Boden sinken. Die fast mannshohen Steinblöcke bildeten eine Art Halbkreis, eine natürliche Barriere gegen den schneidend scharfen Wind.

Nachdem sie etwas gegessen und getrunken hatten, lehnte Warlon sich zurück. Müdigkeit überwältigte ihn, und er merkte, wie ihm die Augen zufielen. Erschrocken riss er sie sofort wieder auf, weil er fürchtete, sonst auf der Stelle einzuschlafen. Stattdessen begann er damit, seine Beine zu massieren.

»Es dürfte noch fünf, sechs Stunden hell bleiben«, sagte Malcorion nach einer Weile. »Diese Zeit sollten wir nutzen, um möglichst weit zu kommen. Morgen werden wir bei weitem nicht so viel schaffen wie heute. Oben in den Bergen werden die Wege wesentlich steiler und beschwerlicher, außerdem wird die Kälte noch zunehmen.«

»Reizende Aussichten«, brummte Lokin. »Hat jemand vielleicht zur Abwechslung auch mal ein paar angenehme Neuigkeiten?«

»Ich fürchte, damit kann ich nicht dienen.« Malcorion legte den Kopf in den Nacken. »Der Himmel gefällt mir nicht. So dunkel und voller Wolken. Es fehlt bloß noch, dass es anfängt zu schneien.«

»Noch mehr Schnee. Ich fange allmählich an, dieses Gebirge aus vollem Herzen zu hassen!«, stieß Warlon hervor.

Malcorion rang sich ein Lächeln ab. »Das ist genauso unsinnig, als würdest du einen Stein hassen, obwohl ich zugeben muss, dass wir es hier mit einer ganzen Menge Steine zu tun haben. Davon abgesehen sollten wir eigentlich sogar froh sein, dass es die Weißberge gibt, denn sonst hätten wir gar keine Möglichkeit, die Grenze nach Udan zu …«

Er brach ab, runzelte die Stirn und starrte angestrengt zum Berghang hinüber.

»Was ist los?«, fragte Warlon alarmiert. Er blickte in die gleiche Richtung, aber außer Fels und Schnee war dort nichts zu sehen.

»Ich dachte, ich hätte eine Bewegung bemerkt.« Malcorion zuckte die Achseln. »Anscheinend habe ich mich getäuscht. Vielleicht hat der Wind nur etwas Schnee aufgewirbelt.«

Auch Warlon konnte nichts Verdächtiges entdecken, aber er hatte plötzlich keine Ruhe mehr und zwang sich zum Aufstehen.

»Gehen wir weiter«, sagte er. Wenn sie jetzt noch länger rasteten, würde ihnen das Weitergehen anschließend nur noch schwerer fallen. Widerwillig erhoben sich auch die anderen, und sie traten aus dem Schutz der Felsen heraus.

Der Wind schien in der kurzen Zeit noch kälter geworden zu sein und stärker zu wehen, aber Warlon wusste, dass es sich nur um eine Einbildung handelte.

Meter um Meter stapften sie voran. Die Schneedecke wurde immer dichter, je höher sie kamen. Bei jedem Schritt versanken sie nun schon bis zu den Knien. Entsprechend beschwerlicher wurde das Gehen und sie kamen noch langsamer als bisher voran. Auch ihre Methode vom Vortag, den Schnee mit den Beinen vor sich her zu schieben, funktionierte nicht mehr, da dies noch anstrengender gewesen wäre. Stattdessen gingen sie hintereinander, sodass die Nachfolgenden in die Spuren des Ersten treten konnten. An der Spitze wechselte sich Warlon mit Lokin und Malcorion ab.

Überrascht blickte Warlon den Waldläufer an, als dieser plötzlich neben ihn trat.

»Ich übernehme wieder die Führung.«

»Aber wir haben doch gerade erst gewechselt«, protestierte Warlon. »Ich kann noch –«

»Ich habe mich vorhin nicht getäuscht«, fiel Malcorion ihm ins Wort. »Wir werden wirklich beobachtet. Lass dir nichts anmerken und sieh dich nicht zu auffällig um. Es ist besser, wenn die Unbekannten glauben, dass wir sie nicht bemerkt hätten.«

»Bist du sicher?« Nur mit Mühe widerstand Warlon dem Drang, seinen Blick über die Berghänge schweifen zu lassen.

»Jetzt ja. Aber ich kann nicht sagen, um wen oder was es sich handelt, nicht einmal, wie viele – aber es sind auf jeden Fall mehrere. Sie sind sehr geschickt und noch ein gutes Stück entfernt.«

»Ruul?«

»Wäre möglich.«

»Vielleicht aber auch nur ein paar weitere Schrate«, entgegnete Warlon. »Sie sind von Natur aus feige, und sofern es sich nicht gerade um Dutzende handelt, werden sie sich hüten, uns anzugreifen. Aber sie könnten versuchen, uns in einen Hinterhalt zu locken.«

»Und dafür bietet diese Umgebung ideale Möglichkeiten. Wir werden extrem vorsichtig sein müssen. Deshalb werde ich die Führung übernehmen. Warne du die anderen.«

Warlon nickte und ließ sich etwas zurückfallen, um Ailin und Lokin von Malcorions Befürchtungen zu unterrichten.

Während sie weitergingen, bemühte er sich, so zu tun, als ob nichts wäre, aber es fiel ihm schwer. Immer wieder blickte er sich verstohlen um. Jetzt, nachdem er wusste, dass sie nicht mehr allein waren, meinte er überall Bewegungen wahrzunehmen, doch handelte es sich immer nur um ein Spiel von Wind und Schnee. Ihre unbekannten Verfolger konnte er nicht entdecken. Dennoch zweifelte er nicht daran, dass sie wirklich da waren. Malcorion schien nicht nur schärfere Augen als er zu haben, sondern verstand sich vor allem wesentlich besser auf das Überleben in der Wildnis.

Die Felsen zu beiden Seiten des Weges wurden höher, bis sie eine regelrechte Schlucht bildeten. Der ideale Platz für einen Hinterhalt, stellte Warlon beklommen fest.

Als wäre der Gedanke ein Auslöser gewesen, stieß der Waldläufer plötzlich einen Warnruf aus, blieb stehen und zog sein Schwert.

Ein Stück vor ihnen wuchsen wie aus dem Nichts acht Ungeheuer in die Höhe, die geradewegs einem Albtraum entsprungen zu sein schienen.

Ruul!

Sie besaßen tatsächlich eine grobe Ähnlichkeit mit den Trollen, von denen sie abstammen sollten, vor allem schienen sie über eine ähnliche Kraft zu verfügen. Allerdings waren sie nicht ganz so groß und massig, dafür waren ihre Arme noch länger. Weißes Fell, das zottig und verfilzt herunterhing, bedeckte ihren Körper und verlieh ihnen in dieser Umgebung eine ideale Tarnung. Sie mussten flach im Schnee gelegen haben und waren deshalb nicht früher zu entdecken gewesen.

Das Schlimmste an ihnen aber war ihr Schädel: Ein einzelnes, fast faustgroßes schwarzes Auge prangte über einer lang gezogenen Schnauze, die Ähnlichkeit mit der eines Wolfs besaß, nur dass jeder der Reißzähne in diesem mörderischen Gebiss so lang wie ein Finger war.

Dennoch handelte es sich nicht um Tiere, das bewiesen die gewaltigen Keulen, die sie in den Pranken hielten und drohend schwangen.

»Zurück!«, rief Malcorion.

Warlon fuhr herum – und erstarrte. Sechs weitere der Ungeheuer waren hinter ihnen aufgetaucht und versperrten ihnen den Weg. Die Schlucht *war* eine Falle und sie waren blind hineingetappt!

Gehetzt blickte er sich um. Die Schneemonster blockierten die einzigen Ausgänge, die Felswände beiderseits der Schlucht waren viel zu glatt und zu hoch, um daran in die Höhe zu klettern. Es gab keinen Ausweg, sie waren gefangen. Neben ihm zog auch Ailin ihr Schwert, während Warlon ebenso wie Lokin seine Axt ergriff. Gegen Ungeheuer wie diese dürfte sie sehr viel wirkungsvoller sein, obwohl er normalerweise ebenfalls den Kampf mit dem Schwert bevorzugte.

Und ein Kampf war wohl unvermeidlich, wenngleich die Bedingungen gegen sie sprachen. Sie waren nicht nur zahlenmäßig deutlich unterlegen, der Schnee und die Kälte behinderten auch ihre Bewegungen. Es sah alles andere als gut aus.

Auch die Ruul wussten, dass ihre Opfer ihnen nicht mehr entkommen konnten. Langsam, fast gemächlich kamen sie näher, wobei sie von Zeit zu Zeit ein unheimlich von den Felswänden widerhallendes Gebrüll ausstießen.

Trotz der pelzgefütterten Handschuhe waren Warlons Hände vor Kälte so klamm und taub, dass ihm fast die Axt entglitten wäre. Hastig packte er fester zu. Wie sollten sie unter solchen Umständen einen Kampf gegen die Ungeheuer überstehen? Das Schicksal schien sich gegen sie verschworen zu haben und alles aufzubieten, um sie an einer Überquerung des Gebirges zu hindern. Beim ersten Mal hatte die Kälte sie zum Umkehren gezwungen, nun drohten ihnen die Ruul zum Verhängnis zu werden.

Aber Warlon war Krieger und entschlossen, sein Leben so teuer wie möglich zu verkaufen, selbst wenn wohl nur noch ein Wunder sie retten konnte.

Und es geschah!

Ein gewaltiges Schneebrett über den von vorne auf sie zukommenden Monstern geriet plötzlich ins Rutschen, stürzte auf die Ruul herab und begrub sie halb unter sich. Gleich darauf prasselte ein wahrer Hagel von Steinen auf die Ungeheuer nieder.

Fassungslos starrte Warlon auf die zahlreichen grauhäutigen Gestalten, die auf den Felswänden rechts und links der Schlucht erschienen waren. Mit wilder Verbissenheit bombardierten die Schrate die Ruul mit Felsbrocken. Die Monster brüllten vor Schmerz und Überraschung. Schützend hoben sie die Arme über den Kopf und duckten sich so tief es ging in den Schnee, um wenigstens ein bisschen vor den noch immer mit unverminderter Wucht auf sie einprasselnden Wurfgeschossen geschützt zu sein, dennoch bluteten die meisten von ihnen schon nach wenigen Sekunden aus zahlreichen Wunden. Sie konnten sich nicht einmal richtig bewegen, da sie bis zur Brust in den herabgestürzten Schneemassen feststeckten.

Auch die Ungeheuer, die den Weg in der anderen Richtung versperrten, waren von dem plötzlichen Angriff völlig überrascht worden. Einige Sekunden lang blieben sie regungslos stehen und beobachteten ungläubig das Schauspiel, dann ließen sie ein Wutgeheul hören und stürmten vor.

»Hierher!«, ertönte ein dünnes Stimmchen. Einer der Schrate war hinter einem Felsen aufgetaucht und gestikulierte wild mit seinen Ärmchen.

»Los!«, rief Malcorion. Gemeinsam rannten sie auf das Wesen zu. Erst als sie dort ankamen, bemerkte Warlon die kaum sichtbare Lücke, die hinter dem Felsen in der Wand klaffte. In aller Eile zwängten sie sich hinter dem Schrat durch den Riss in der Felswand. Die Öffnung war gerade breit genug, dass sie mit Mühe hindurchpassten. Als Letzter quetschte sich auch Warlon mit eingezogenem Bauch seitlich hindurch, kurz bevor die Ruul ihn erreichen konnten. Vor Wut und Enttäuschung stießen sie ein lautes Geheul aus. Sie waren viel zu groß, um ebenfalls durch den Riss zu passen.

Nach dem hellen Tageslicht war Warlon im ersten Moment so gut wie blind. Dann entzündete der Schrat eine Fackel und hielt sie hoch. In ihrem Licht erkannte Warlon, dass sie sich in einer mehrere Meter durchmessenden Höhle befanden, von deren entgegengesetztem Ende ein Gang tiefer in den Berg hineinführte.

»Danke!«, keuchte Malcorion. Auch er hatte inzwischen eine Fackel entzündet. »Ohne eure Hilfe wären wir wohl verloren gewesen.« Freundlich lächelte er den Schrat an, der sein Gesicht ebenfalls zu einer Grimasse verzog, die wohl ein Lächeln darstellen sollte. Gleich darauf trat er dem Waldläufer kräftig gegen das Schienbein.

»Aua! Na warte, du kleiner Mistkäfer, wenn ich dich zu packen bekomme, dann kannst du was –«

»Nicht, warte.« Ailin hielt Malcorion am Arm fest, als dieser sich auf den Schrat stürzen wollte, der ihn noch immer angrinste, aber sicherheitshalber ein paar Schritte zurückgewichen war.

»Ich glaube nicht, dass er es böse meint, sonst hätte er uns kaum geholfen. Warlon hat es schon gesagt, Schrate sind verspielt wie kleine Kinder und können gehässig und ungeheure Nervensägen sein, das scheint für die hier in den Weißbergen noch mehr zu gelten als für die aus der Tiefenwelt unter dem Schattengebirge. Vielleicht stellt das, was wir für Gehässigkeit halten, bei seinem Volk eine Art Freundschaftsgeste dar.«

Der Schrat nickte heftig, und Ailin sprang gerade noch rechtzeitig zur Seite, um selbst einem Tritt zu entgehen.

Vor dem Eingang brüllten und tobten die sich ihrer sicher geglaubten Beute beraubten Schneemonster. Einige schlugen sogar mit ihren Keulen wuchtig gegen die Felswand. Erschrocken sah Warlon, wie sich darin Risse bildeten und Gesteinsbrocken absplitterten. Die Kraft der Ungeheuer musste gewaltig sein, es konnte nicht lange dauern, bis sie die Öffnung so weit vergrößert hatten, dass auch sie hindurchpassten.

»Kommen!«, stieß der Schrat mit seinem hellen Stimmchen hervor. »Müssen laufen, sonst Ruul-Futter.«

Keiner von ihnen widersprach. Hastig folgten sie dem Wesen in den Stollen am anderen Ende der Höhle.

»Ich bin Ailin«, sagte die Priesterin. Anschließend deutete sie nacheinander auf ihre Begleiter und stellte sie ebenfalls vor.

»Warlon, Lokin, Malcorion«, wiederholte der Schrat, wobei er in ihre jeweilige Richtung nickte, bevor er auf sich selbst zeigte. »Torg.«

Der Stollen hatte sich zur Begeisterung der Zwerge rasch als der Einstieg zu einem wahren Labyrinth unterirdischer Gänge und Höhlen entpuppt. Alle waren auf natürlichem Wege entstanden, nirgendwo zeigten sich irgendwelche Spuren künstlicher Bearbeitung, wie Zwerge sie sicherlich vorgenommen hätten.

Einige der Höhlen waren in ihrer Rohheit durchaus beeindruckend, und die Felsen wiesen stellenweise fantastische Maserungen auf, aber Warlon erkannte rasch, warum sich sein Volk niemals hier niedergelassen hatte. Nirgendwo fand er auch nur die geringsten Hinweise darauf, dass es hier irgendwelche Bodenschätze gab, nach denen zu schürfen sich lohnen würde, nicht einmal die kleinsten Quarzeinschlüsse im Fels oder irgendwelche Erze.

Immer wieder waren sie während ihrer Wanderung an Abzweigungen gelangt. Manche der Gänge waren so groß, dass selbst ein Troll mühelos darin hätte gehen können, andere hingegen so schmal und niedrig, dass sogar der Schrat kaum hineingepasst hätte. Immerhin aber schien er sich in dem Labyrinth hervorragend auszukennen.

Schließlich hatte er sie in eine große Höhle geführt. Durch eine Vielzahl von Löchern in der Decke fiel Tageslicht herein, zusätzlich wurde die Höhle noch von mehreren Fackeln erleuchtet. Zahlreiche andere Schrate, sicherlich vier oder fünf Dutzend, warteten hier bereits und begafften sie neugierig, hielten sich jedoch in respektvollem Abstand, was Warlon nur recht war. Für die gehässigen Wesen schien es in der Tat kein größeres Vergnügen zu geben, als einem unachtsamen Nachbarn einen schmerzhaften Streich zu spielen. Fast ständig schlug, trat oder biss mindestens einer von ihnen nach einem anderen. Das jeweilige Opfer schien dies jedoch in keiner Form übel zu nehmen, sondern sann höchstens darauf, sich bei nächster Gelegenheit zu revanchieren. Ein wirklich verrücktes Völkchen.

»Du heißt also Torg.« Warlon beugte sich auf dem Felsen, auf dem er Platz genommen hatte, ein wenig vor, wich aber sofort wieder zurück, um einer Kopfnuss zu entgehen. »Warst du das, den wir gestern aus der Falle befreit haben?«

Der Schrat nickte.

»Böse Falle. Böse Ruul kommen und töten armen Torg, wenn Mensch nicht hätten befreit«, radebrechte er. »Ruul alles töten und fressen, was finden.«

»Und warum bist du weggelaufen, nachdem wir dich befreit haben?«

»Torg nicht wissen, was Mensch und Zwerge wollen. Vielleicht auch wollen fressen Torg und deshalb holen aus Ruul-Falle. Lieber weglaufen. Fremde meist nix gut. Aber weil ihr helfen Torg, Schrate helfen Warlon und Malcorion. Ihr wollen auf andere Seite von Gebirge? Zwerge sollten wissen, dass nix gut gehen über Berge. Viel Ruul, viel Schnee und Kälte. Besser ist unter Berge.«

»Willst du damit sagen, dass diese Stollen unter dem ganzen Gebirge hindurchführen?«, hakte Warlon aufgeregt nach.

Der Schrat nickte.

»Ja, viele Wege, gute Wege unter Berge. Nix Ruul, nix kalt. Torg kann zeigen.«

»Das ist unglaublich!«, platzte Lokin mit einem breiten Grinsen heraus. »Da versuchen wir alles, um irgendwie über die Berge zu kommen, und stattdessen gibt es Stollen, die von einer Seite des Gebirges zur anderen führen. Wir laufen nicht Gefahr, noch einmal von den Ruul angegriffen zu werden, wir frieren nicht und wir sparen eine Menge Zeit. Außerdem fühle ich mich in dieser Umgebung sehr viel wohler als in der Kälte da draußen.«

Es war hier nicht ganz so warm wie in Elan-Dhor, da die Lichtschächte nicht durch Linsen verschlossen waren, sodass kühle Luft durch sie hereinstrich, aber sehr viel wärmer als im Freien. Längst schon hatten sie die umgehängten Decken abgenommen und die Fellmäntel ausgezogen.

»Nur hätten wir die Eingänge zu diesen Stollen ohne die Schrate wahrscheinlich niemals gefunden«, wandte Ailin ein. »Nur ihnen haben wir es zu verdanken, wenn wir die Weißberge auf diesem Weg durchqueren können.«

»Da sage noch einer, Hilfsbereitschaft zahlt sich nicht aus«, ergänzte Malcorion mit einem Seitenblick auf Warlon. »Sie würden uns bestimmt nicht helfen, wenn wir Torg in der Falle der Ruul gelassen hätten, wie jemand es unbedingt haben wollte.«

»Ich halte mich mit meiner Freude noch zurück, bis wir wirklich auf der anderen Seite wohlbehalten wieder im Freien sind«, brummte Warlon. »Ich habe mit Schraten schon so unliebsame Erfahrungen gemacht, dass ich ihnen nicht ohne Weiteres vertraue.«

Torg streckte ihm die Zunge heraus. Warlon ignorierte es. Er glaubte eigentlich nicht, dass der Schrat vorhatte, ihnen etwas anzutun, aber sein Misstrauen saß tief. Hauptsächlich begründete es sich auf Erfahrungen, die er mit den Schraten des Schattengebirges gemacht hatte, doch musste er zugeben, dass diese sich von den hiesigen stark unterschieden. Sie waren weniger verspielt, dafür aber deutlich boshafter. Vielleicht hatten die häufigen Auseinandersetzungen mit den Zwergen, aber auch mit den von ihnen ebenfalls wenig geliebten Gnomen und Goblins sie erst so werden lassen.

»Gehen weiter«, sagte Torg und deutete auf den Ausgang am anderen Ende der Höhle. Die Zwerge erhoben sich, wobei Lokin für einen Moment unaufmerksam war und prompt einen Tritt einstecken musste. Finster starrte er den kleinen Quälgeist an, schluckte seinen Ärger aber hinunter.

Weiterhin neugierig beäugt von den übrigen Schraten verließen sie die Höhle wieder und drangen erneut in das Labyrinth von Stollen und Gängen ein.

»Dieser Torg muss uns wohl sehr vertrauen, dass er uns zur Heimstatt seines Volkes geführt hat«, wandte sich Malcorion an Warlon.

»Du meinst die Höhle?« Warlon schüttelte den Kopf. »Schrate haben keine Heimstatt, sie sind Nomaden, die im Inneren der Berge umherziehen. Wahrscheinlich haben sie sich nur dort versammelt, um uns zu begaffen.«

»Auf jeden Fall sind unsere Aussichten, nach Udan zu gelangen, nun deutlich besser.«

Warlon hielt sich mit einem Urteil zunächst noch zurück. Während der ersten Meilen achtete er sehr aufmerksam auf den Weg. Immerhin bestand wegen der angeborenen Orientierungsfähigkeit der Zwerge keine Gefahr, dass sie sich verirrten, aber er wollte sichergehen, dass Torg den Weg tatsächlich kannte und sie nicht nur aufs Geratewohl tiefer in den Berg führte.

Schon bald legte sich sein Misstrauen jedoch. Anscheinend kannte sich der Schrat hier wirklich aus. Ohne auch nur einmal Anzeichen von Unsicherheit zu zeigen, und ohne dass sie eine Stelle ein zweites Mal passierten, führte er sie durch das Labyrinth.

Schließlich wandte Warlon seine Aufmerksamkeit wieder stärker der Schönheit des Berges um sich herum zu. Er genoss es aus tiefstem Herzen, sich wieder unter der Oberfläche zu befinden, in einer Umgebung, wie Zwerge sie brauchten, um sich wohl zu fühlen.

Natürlich waren die Höhlen und Stollen hier nicht mit den Minen Elan-Dhors zu vergleichen, nicht einmal mit den Bereichen der Tiefenwelt unter dem Schattengebirge, die noch nicht von Zwergen bearbeitet und verschönert worden waren. Dafür war der Fels hier zu wenig abwechslungsreich.

Trotzdem hatte Warlon zum ersten Mal seit Wochen das Gefühl, wieder richtig aufzublühen. Erst jetzt merkte er, wie sehr er die Tiefenwelt vermisst hatte. Immer wieder strich er mit den Fingerspitzen am Gestein entlang, versuchte sich vorzustellen, er wäre wieder in Elan-Dhor.

Allerdings musste er aufpassen, dass er sich nicht zu sehr in seinen Tagträumereien verlor, sondern weiterhin wachsam blieb. Dafür sorgte schon Torg. Auch weiterhin konnte der Schrat nicht aus seiner Haut heraus. Immer wieder blieb er überraschend stehen und versuchte grinsend nach ihnen zu schlagen oder zu treten. Manchmal hatte er auch Erfolg damit. Jeder von ihnen war bereits mehrfach sein Opfer geworden, doch hatte es Warlon mittlerweile aufgegeben, sich darüber zu ärgern. Ein paar blaue Flecken erschienen ihm ein geringer Preis für die Vorteile, die dieser Weg bot.

An einigen Stellen wuchs Glühmoos und erleuchtete die Höhlen, durch die sie kamen, aber die meiste Zeit waren sie auf den

Schein der Fackeln angewiesen, was Warlon zunächst mit Sorge erfüllte. Sie selbst trugen nur noch wenige bei sich, und auch die des Schrats war bereits ziemlich weit abgebrannt. Bald darauf kamen sie jedoch an einer Nische vorbei, aus der Torg zwei weitere holte, von denen er eine Malcorion reichte. Offenbar hatte sein Volk an vielen Stellen Vorräte angelegt, denn auch im weiteren Verlauf ihrer Wanderung erreichten sie immer wieder Stellen, an denen Häufchen von Fackeln lagen. Woher die Schrate sie in der unwirtlichen Gebirgsgegend hatten, blieb Warlon allerdings ein Rätsel, und auf eine entsprechende Frage erhielt er keine Antwort.

Allmählich machten Erschöpfung und Müdigkeit ihm zu schaffen. Die immer schleppender werdenden Bewegungen seiner Gefährten verrieten, dass es ihnen ebenso erging. Seit dem Aufbruch aus der Höhle mit den anderen Schraten waren Stunden verstrichen, ohne dass sie eine Pause eingelegt hatten, und die unterirdische Wanderung war anstrengend. Viele der Stollen waren stark aufwärts oder abwärts geneigt, ohne dass es Treppen gab, wie Zwerge sie angelegt hätten, um den Auf- und Abstieg zu erleichtern.

Als sie bald darauf erneut eine größere Höhle erreichten, blieben sie starr vor Staunen stehen. Eine schier unendliche Menge glitzernder weißer Säulen erhob sich in der Grotte. Manche von ihnen funkelten im Licht der Fackel sogar in allen Regenbogenfarben. Es war ein überwältigender Anblick. Auch in Elan-Dhor gab es Tropfsteinhöhlen, aber keine, die eine so ungeheure Zahl an Stalagmiten und Stalagtiten aufwies, von denen die meisten sich zudem bereits zu Säulen vereinigt hatten.

Vor allem kannte er keine, die das Licht in einer solchen Farbfülle brachen. Sie mussten aus mehr als nur Kalk bestehen, da dieser trotz der Feuchtigkeit an der Oberfläche niemals ein solches Gleißen hervorgebracht hätte. Irgendwelche Mineralien im Wasser, die sich zusammen mit ihm ablagerten, mussten dafür verantwortlich sein.

Staunend wanderte Warlon zusammen mit den anderen zwischen den Säulen umher. Torg machte sich ein Vergnügen daraus, die Fackel hin und her zu schwenken, sodass immer neue Lichtreflexe entstanden und die kunstvollen Gebilde in farbigem Glanz erstrahlten.

In der Mitte der Grotte erstreckte sich in einem von Felsen eingefassten Becken ein kleiner See. Auch über ihm wuchsen lange Zapfen von der Decke herab; einige reichten sogar bis zur Wasseroberfläche. Der Grund des Sees funkelte je nach Blickwinkel und Lichteinfall ebenso farbenfroh wie die Tropfsteinsäulen.

Hier ließ Ailin ihren Rucksack zu Boden sinken und setzte sich auf den Rand des Beckens.

»Ich gehe keinen Schritt mehr weiter«, erklärte Warlon. »Meine Beine scheinen Tonnen zu wiegen, mein Magen knurrt vor Hunger, und ich schlafe fast im Stehen ein.«

»Hunger nix gut«, erklärte Torg. Er trat an eine Wand, die mit einem grünlichen Geflecht bedeckt war, riss ein Büschel davon ab und stopfte es sich in den Mund. »Gutes Schmausmoos«, sagte er genussvoll kauend, bevor er ein weiteres Stück davon packte und es ihnen anbot.

»Danke, das ist nicht nötig«, lehnte Warlon hastig ab. Er kannte Flechten wie diese, die zwar essbar waren, aber furchtbar schmeckten. Schon bei dem Gedanken, etwas davon zu vertilgen, drehte sich ihm der Magen um. »Wir haben unser eigenes Essen.«

Nachdem sie ihre Decken ausgebreitet und darauf Platz genommen hatten, öffneten sie ihre Rucksäcke und machten sich heißhungrig über die Vorräte her. Bereits seit dem Mittag hatten sie nichts mehr gegessen, und nach der anstrengenden Wanderung und den glücklichen Wendungen, die dieser Tag gebracht hatte, verspürten sie alle großen Appetit.

»So, und jetzt bin ich satt und so müde, dass ich die Augen nicht mehr aufhalten kann«, sagte Lokin und gähnte herzhaft.

Warlon wartete, bis Torg noch einmal zu der Wand mit den Flechten hinüberging.

»Ich denke nicht, dass wir einfach alle schlafen sollten«, raunte er leise. »Ich traue dem Burschen noch immer nicht ganz.«

»Dann bleib wach und weck mich in zwei oder drei Stunden«, gab Malcorion ebenso leise zurück. Ailin und Lokin antworteten gar nicht, waren anscheinend schon eingeschlafen. »Aber ich glaube nicht, dass das nötig ist. Jetzt brauche ich jedenfalls auch erst etwas Schlaf.«

Warlon schnitt eine ärgerliche Grimasse. Auch er war todmüde, konnte aber nicht verstehen, dass den anderen ihre Sicherheit so gleichgültig war. Ailin und Malcorion konnte er keinen Vorwurf machen, sie hatten zuvor noch nie mit Schraten zu tun gehabt, aber Lokin hatte früher der Kriegerkaste angehört und sollte wissen, wie wenig man einem Schrat trauen durfte.

»Auch schlafen«, forderte Torg ihn auf, als er zurückkam.

»Sicher, das könnte dir so passen«, brummte Warlon. »Ein Schlaf, aus dem womöglich keiner von uns mehr aufwacht. Keine Chance, ich werde wachen.«

»Hier nix Gefahr, ruhig schlafen können«, behauptete der Schrat. »Torg außerdem wachen.«

Warlon antwortete nicht. Um sich von seiner Müdigkeit abzulenken, ließ er den Blick umherschweifen, erfreute sich an der Schönheit der Tropfsteine und bewunderte zahlreiche Details, die ihm zuvor noch nicht aufgefallen waren. Diese Höhle war mit Abstand der beeindruckendste Ort, den er im Inneren des Berges bislang gesehen hatte. Sie war es wert, auch von anderen Zwergen besucht zu werden, und er wünschte, dass sie im Schattengebirge statt hunderte Meilen entfernt in den Weißbergen läge.

Noch während er diesen Gedanken dachte, schlief er ein und erwachte erst wieder, als er einen stechenden Schmerz im Schienbein verspürte. Mit einem Ruck fuhr er hoch und riss die Augen auf. Hastig zog er die Beine an, als er Torg direkt vor sich erblickte, und entging so einem weiteren Tritt. Als er sich umsah, stellte er fest, dass Ailin, Lokin und Malcorion bereits wach waren. Schadenfroh grinste der Waldläufer ihn an.

»Nun? Hast du auch aufmerksam über uns gewacht?«, spöttelte er.

Statt einer Antwort warf Warlon ihm nur einen finsteren Blick zu. Es war ihm äußerst unangenehm und peinlich, dass er eingeschlafen war, nachdem er selbst darauf gedrängt hatte, eine Wache aufzustellen. Glücklicherweise hatte sich sein Misstrauen als unberechtigt erwiesen.

»Gehen weiter?«, erkundigte sich Torg.

Sie stärkten sich mit Käse, gedörrtem Fleisch und dem kristallklaren Wasser des Sees, ehe sie sich wieder auf den Weg machten.

Unterbrochen nur von gelegentlichen kurzen Pausen setzten sie ihre Wanderung den ganzen Tag über fort, und Warlons erster Eindruck bestätigte sich. Außer vereinzelten Tropfsteinhöhlen ähnlich der, in der sie die Nacht verbracht hatten, gab es nichts Interessantes zu entdecken. Nirgendwo waren Hinweise auf irgendwelche Bodenschätze oder Erze zu finden, die die Weißberge für eine Besiedelung durch sein Volk auch nur im Mindesten lohnend gemacht hätten.

Nach wie vor befand er sich natürlich um ein Vielfaches lieber hier als an der Oberfläche, und wenn er die Wahl gehabt hätte, hätte er am liebsten den gesamten restlichen Weg zu den Elben unter der Erde zurückgelegt, aber das änderte nichts daran, dass dieses Gebirge tot und leblos war.

Die einzige Abwechslung verschaffte Torg ihnen mit seinen gelegentlichen Versuchen, sie zu kratzen, zu beißen, zu schlagen oder zu treten. Angesichts der sonstigen Monotonie war Warlon über diese Abwechslung beinahe froh, zumal sie alle inzwischen ein beträchtliches Geschick darin entwickelt hatten, den scherzhaften Attacken des Schrats auszuweichen.

Ein paar Mal hatte Warlon sogar versucht, ihn in ein Gespräch zu verwickeln, hatte diese Bemühungen aber bald wieder aufgegeben. Weder wusste der Schrat irgendetwas Interessantes zu erzählen noch interessierte er sich umgekehrt für irgendetwas, das außerhalb der Weißberge vorging, sondern nutzte Warlons Bemühungen nur aus, um ihn möglichst häufig zu schlagen oder zu treten.

Die nächste Nacht verbrachten sie in einer kleinen Grotte. Selbst Warlons Misstrauen gegenüber dem Schrat war inzwischen so weit gesunken, dass er eine Wache für überflüssig hielt. Wenn Torg ihnen etwas antun wollte, dann hätte er bereits mehr als ausreichend Gelegenheit dafür gehabt.

Es war seltsam – nachdem er sein ganzes bisheriges Leben in dem festen Glauben verbracht hatte, sämtliche Bewohner der Tiefenwelt außer den Zwergen wären verschlagen und hinterhältig – wofür er genügend Beispiele erlebt hatte – machte er nun schon zum zweiten Mal innerhalb weniger Wochen genau gegenteilige Erfahrungen. Da war zunächst Quarrolax gewesen, der Goblin, den er getroffen hatte, als er auf der Flucht vor den Dunkelelben das Tiefenmeer hatte überqueren müssen. Eingedenk schlechter Erfahrungen und der seit Jahrhunderten immer wieder stattfindenden Überfälle der Goblins hätte er Quarrolax und seine Begleiter ohne Skrupel zurückgelassen, aber Ailin hatte verlangt, sie auf dem Floß mitzunehmem, und Warlon hatte ihr nachgegeben. Zum Dank hatte der Goblin versprochen, dass sein Volk die Zwerge im Kampf gegen die Dunkelelben unterstützen würde. Ob er dieses Versprechen gehalten hatte, wusste Warlon nicht, da er gleich am nächsten Tag zu seiner Expedition zu den Elben aufgebrochen war, aber er hatte den festen Eindruck gehabt, dass Quarrolax es aufrichtig meinte.

Und nun Torg. Von seinem Freund und Lehrmeister Barlok, dessen Ansichten in dieser Angelegenheit noch wesentlich negativer ausgeprägt waren, hatte Warlon gelernt, nicht nur Gnomen und Goblins, sondern gerade auch den unzuverlässigen Schraten niemals zu vertrauen, und nun hatten sie es ausgerechnet einem

Schrat zu verdanken, dass sie ihre Mission fortsetzen konnten und überhaupt noch am Leben waren. Auch wenn es offenkundige Unterschiede zwischen den Schraten hier und denen im Schattengebirge gab, konnte er nach diesen Erlebnissen seine alten Vorurteile nicht mehr aufrechterhalten.

Wie erwartet stieß ihnen auch in der zweiten Nacht nichts zu, und sie erwachten am nächsten Morgen erfrischt und ausgeruht. Schon lange hatte Warlon nicht mehr so gut geschlafen wie in den beiden Nächten in der Tiefenwelt der Weißberge.

Während sie aus den allmählich ziemlich kläglichen Resten, die von ihren Vorräten übrig geblieben waren, ein karges Frühstück zu sich nahmen, behauptete Torg, dass sie noch an diesem Tag die andere Seite des Gebirges erreichen würden.

Die Nachricht erfüllte Warlon mit zwiespältigen Gefühlen. Wenn sie den Berg verließen und Udan erreichten, hatten sie eine weitere Etappe auf ihrem Weg hinter sich gebracht und waren ihrem Ziel erneut näher gekommen. Nur noch Udan trennte sie dann davon, denn es ging im Norden in die unwirtlichen Einöden über, wo auch das verborgene Tal lag, in das sich die Elben zurückgezogen hatten, das goldene Tal, wie Malcorion es nannte.

Aber es bedeutete auch, dass sie wieder an die Oberfläche zurückkehren mussten. Obwohl sie während ihrer bisherigen Reise hauptsächlich schlechte und gefährliche Erfahrungen dort gesammelt hatten, hatte Warlon sich in den vergangenen Wochen daran zu gewöhnen begonnen, und sie erschien ihm weniger erschreckend und fremdartig als zu Beginn. Zudem behauptete Malcorion, dass Udan ein friedliches und nur dünn besiedeltes Land wäre, in dem sie wenige Gefahren zu erwarten hätten. Das alles änderte jedoch nichts daran, dass es eine Umgebung war, die einfach nicht dem natürlichen Lebensraum von Zwergen entsprach, und der Gedanke an eine Rückkehr dorthin erfüllte Warlon nicht gerade mit Vorfreude. Wenn er nur daran dachte, wieder den Unbilden eines ständig wechselnden Wetters und den ganzen Tag über der grellen Sonne ausgesetzt zu sein …

Zunächst jedoch änderte sich nichts an ihrer Umgebung. Weiterhin führte ihr Weg sie durch Höhlen, Grotten und Stollen, die nun meistens abschüssig verliefen.

Erst am späten Nachmittag erreichten sie eine Halle, in die durch mehrere Schächte Tageslicht hereinfiel, ein untrügliches Zeichen, dass sie sich der Flanke des Berges näherten. Außerdem wurde es wärmer, da zusammen mit dem Licht auch frische Luft durch die Schächte hereindrang, und hier schien die Außentemperatur längst nicht so kalt wie auf der anderen Seite des Gebirges zu sein.

Gut eineinhalb Stunden später wurde der Gang vor ihnen von etwas versperrt, durch das gedämpft Licht hereindrang. Erst als sie sich bis auf wenige Dutzend Schritte genähert hatten, erkannten sie, dass es sich um Pflanzen handelte. Torg schob die Ranken und Büsche zur Seite. Geblendet vom Sonnenlicht musste Warlon die Augen zukneifen.

»Hier Ausgang aus Berg an Oberfläche. Torg bringen euch wie versprochen auf andere Seite.«

»Dafür können wir dir gar nicht genug danken«, entgegnete Ailin. »Mögest du jederzeit genug Schmausmoos zum Essen finden, wenn du hungrig bist, und nie wieder in eine Falle der Ruul geraten.«

»Mensch und Zwerge helfen Torg, Torg helfen Mensch und Zwerge«, wiederholte der Schrat seine Worte vom Vortag, als wäre damit bereits alles gesagt. Und vermutlich empfand er es mit seinem einfachen Gemüt auch genauso. Bevor sie – immer noch von dem hereinfallenden Sonnenlicht geblendet – reagieren konnten, trat er ihnen allen schnell hintereinander noch einmal kräftig gegen das Schienbein und war im nächsten Moment verschwunden, ohne ihnen Gelegenheit zu geben, sich zu verabschieden.

Warlon trat als Erster durch das Gestrüpp ins Freie und blickte sich um. Da ihr Weg sie zuletzt hauptsächlich abwärts geführt hatte, waren sie weit unterhalb der Schneegrenze, ziemlich am Fuße des Gebirges herausgekommen.

Büsche mit dicken Ästen, von denen wohl auch das Holz für Torgs Fackeln stammte, wucherten auf einem Streifen Land von ein bis zwei Meilen Breite vor ihnen. Dahinter erstreckte sich flaches Steppenland, so weit der Blick reichte.

Sie waren in Udan angelangt.

24
DIE THIR-AILITH

Barlok konnte sich kaum daran erinnern, wie sie den Rückweg zu Lians Versteck zurückgelegt hatten, er wusste nur noch, dass das Entsetzen nicht nur in ihm, sondern auch in seinen beiden Begleitern so tief saß, dass während des ganzen Weges keiner von ihnen auch nur ein Wort gesprochen hatte.

Dunkelelben!

Der Schrecken, vor dem sie aus Elan-Dhor geflohen waren, hatte sie nicht nur eingeholt, sondern war ihnen vorausgeeilt. Zarkhadul war kein sicherer Hafen, in dem sie Schutz vor den Bedrohungen finden konnten, mit denen sich ihr Volk konfrontiert sah, sondern stattdessen sogar eine neue Quelle von Gefahren.

Die Geschichte wiederholte sich, und das war vielleicht das Schlimmste an der Entdeckung. Vor wenigen Monaten hatten sie schreckliches Unheil über ihr Volk gebracht, als sie bei einer Expedition in die Tiefe das Siegel gebrochen hatten, mit dem die Hochelben die unterirdischen Höhlen verschlossen hatten, in die sie die Abtrünnigen ihres Volkes verbannt hatten. Und nun hatten sie von der Oberfläche einen Weg nach Zarkhadul geöffnet, nicht ahnend, dass auch diese Mine bereits von den Dunkelelben erobert worden war.

Wie aussichtslos zum gegenwärtigen Zeitpunkt und ohne die Hilfe der Hochelben ein Kampf gegen sie war, hatte die Schlacht am Tiefenmeer gezeigt. Sie konnten nur hoffen, unbemerkt wieder aus Zarkhadul zu entkommen und den Zugang so gründlich zu verschließen, dass selbst die Dunkelelben ihn nicht erneut öffnen könnten.

So, wie es mit dem Baran-Tahal und allen weiteren früheren Zugängen geschehen war …

War das die Erklärung dafür, dass es mehr als tausend Jahre lang nicht möglich gewesen war, nach Zarkhadul zu gelangen, und für Schürfmeister Vilons Vermutung, dass die Eingänge nicht einfach nur verschüttet, sondern gezielt mit Sprengpulver verschlossen worden waren?

Aber warum war dann keine Kunde davon bis nach Elan-Dhor und zu den anderen Zwergenstädten gelangt, die es damals noch gegeben hatte, warum hatte man keine Boten ausgesandt, die von der Gefahr berichteten?

Fragen über Fragen, auf die es keine Antwort gab.

Das Grauen, das ihnen mit der Enthüllung der Identität der Thir-Ailith bis ins Mark gefahren war, übertrug sich auch auf die anderen Krieger, als sie in Lians Versteck zurückkehrten und ihnen von ihrer Entdeckung berichteten. Dabei verschwieg Barlok ihnen noch eine besonders grausige Beobachtung, die er als Einziger gemacht und von der er auch seinen beiden Begleitern nichts erzählt hatte.

Als er sich gerade von der Öffnung hatte zurückziehen wollen, um auch ihnen einen Blick zu ermöglichen, war eine Gruppe Dunkelelben aus einem der Stollen in die Halle getreten, tote Zwerge hinter sich her schleifend. Wie die anderen in der Leichengrube waren auch diese wie mumifiziert gewesen, doch die Uniformen, die sie trugen, ließen keinen Zweifel daran, dass es sich um die fünf vermissten Krieger seines Trupps handelte.

»Du hattest recht«, sagte Barlok mit brüchiger Stimme an Lian gewandt, nachdem er in dessen Versteck den anderen Bericht erstattet und danach eine Weile geschwiegen hatte. »Wir sind bereits früher auf die Thir-Ailith gestoßen, und auch wir sind nicht in der Lage, sie zu besiegen. Jedenfalls nicht jetzt und hier, dafür sind wir zu wenige. Aus diesem Grund ist es mir auch nicht möglich, beide Versprechen einzulösen, die ich dir gab. Wir werden dich von hier wegbringen, an einen Ort, wo es keine

Thir-Ailith gibt, aber ich fürchte, wir können nichts für die anderen Gefangenen in euren Wohnhöhlen tun.«

Lian nickte ohne erkennbare Enttäuschung, er schien nichts anderes erwartet zu haben. Trotzdem kam sich Barlok bei seinen Worten schäbig vor. Nun, da er wusste, womit sie es hier zu tun hatten, erschien manches in anderem Licht und ergab schrecklichen Sinn.

Schon vorher hatte er mumifizierte Tote wie die in der Leichengrube gesehen, Opfer eines schon vor dem Fall der Stadt nach Elan-Dhor gelangten Dunkelelben. Seither vermutete er, dass die Elbenabkömmlinge in irgendeiner Form die Lebenskraft ihrer Opfer in sich aufsogen und sich auf diese Art ernährten. Ohne sein jetziges Wissen schien eine Verbindung zwischen der Leichengrube und den Toten in Elan-Dhor jedoch so abwegig gewesen zu sein, dass er nicht einen einzigen Gedanken daran verschwendet hatte. Er war davon ausgegangen, dass die Leichen bereits seit Jahrhunderten in der Grube lagen und allein die Zeit für ihren Zustand verantwortlich war.

Stattdessen waren zumindest die, die zuoberst lagen, wahrscheinlich erst vor kurzer Zeit von den Thir-Ailith getötet worden. Der Gedanke, dass sie die Zwerge hier wie Tiere gefangen hielten, hatte ihn mit Zorn erfüllt, aber die Wahrheit war noch viel schrecklicher. Nach allem, was er nun wusste, hielten die Dunkelelben sie tatsächlich wie Vieh, züchteten sie regelrecht heran, um sie ab einem gewissen Alter zur Schlachtbank zu führen.

Die bloße Vorstellung, dass Angehörige seines stolzen Volkes zu Hunderten oder gar Tausenden auf diese Art zu bloßem Fraß für die unsäglichen Ungeheuer herabgewürdigt wurden, war so schrecklich, dass sein Verstand sich weigerte, sie wirklich in voller Konsequenz zu erfassen.

Und es gab nichts, was er mit seinen wenigen Begleitern dagegen tun konnte! Sie mussten froh sein, wenn es ihnen gelang, ihr eigenes Leben zu retten und an die Oberfläche zurückzukehren. Selbst der Streit mit Schürfmeister Vilon erwies sich rückblickend nun als ein Glücksfall. Sicherlich hätten sie schon wesentlich mehr Opfer zu beklagen, wenn sich noch der gesamte Arbeitertrupp bei ihnen befände.

Noch immer zutiefst erschüttert machten sich die Zwerge wenig später auf den Weg. Dabei stimmte die Tatsache, dass sie bis in diese Ebene gelangt waren, ohne einem Dunkelelben zu begegnen, Barlok hoffnungsvoll, dass sie auch den Rückweg unbeschadet überstehen würden. Die Thir-Ailith schienen sich nur in bestimmten Bereichen Zarkhaduls aufzuhalten und ansonsten ihr eigenes Reich tief im Leib der Erde zu bevorzugen. Das steigerte nicht nur die Aussichten auf eine erfolgreiche Flucht, sondern weckte in Barlok die Hoffnung, dass es in Elan-Dhor ebenso war und seine Heimat nicht allzu sehr von den Ungeheuern besudelt wurde. Trotz der wesentlich längeren Zeit, die sie bereits hier in Zarkhadul verbracht hatten, hatten sie alles in seinem ursprünglichen Zustand bewahrt und kaum Spuren ihrer Anwesenheit hinterlassen.

Da sie nicht noch einmal die Leichengrube passieren wollten, konnten sie zumindest auf dem ersten Stück nicht denselben Weg zurückgehen, sondern baten Lian, sie zu der Höhle zu führen, in der sie ihn bereits zuvor zum ersten Mal entdeckt hatten.

Nach wenigen hundert Schritten jedoch blieb er plötzlich stehen, lauschte einen Moment und blickte sich um, dann huschte er blitzartig in eine nicht weit entfernte Abzweigung und bedeutete ihnen, ihm zu folgen. Kaum waren sie alle ein Stück weit in dem Seitengang verschwunden, als aus der Richtung, in die sie vorher gegangen waren, eine Gruppe von sechs Thir-Ailith die Abzweigung passierte. Wie in der Halle, wo er sie heimlich durch das Loch in der Decke beobachtet hatte, waren sie sichtbar, was immerhin einen kleinen Vorteil darstellte. Sie wähnten sich unter sich und fühlten sich völlig sicher, sodass sie darauf verzichteten, sich unsichtbar zu machen. Allerdings konnte sich das schnell ändern, wenn sie bemerkten, dass Feinde in ihr Reich eingedrungen waren.

Barlok und die anderen Krieger hatten ihr Näherkommen nicht bemerkt, und ohne die Warnung des Jungen wären sie ihnen ahnungslos direkt in die Arme gelaufen. Lian musste wesentlich schärfere Ohren als sie haben. Vielleicht *spürte* er die Nähe von Dunkelelben sogar auf irgendeine Art, immerhin hatte er sein ganzes bisheriges Leben unter ihrer Herrschaft verbracht.

Abgesehen von diesem Beinahe-Zusammenstoß erreichten sie ohne weitere Zwischenfälle die Treppe zu den höheren Ebenen und stiegen hinauf, obwohl Lian zunächst zögerte. Tatsächlich schien er von der Existenz dieser Ebenen keinerlei Vorstellung zu haben. Die steinerne Decke der Höhlen und Stollen war für ihn der Himmel gewesen, das Ende der Welt, so wie er sich auch nicht vorstellen konnte, dass sich unter ihm noch mehr als nur ein gigantischer Boden aus Stein befinden könnte.

Selbst für die Existenz von Göttern war in seinem Weltbild kein Platz gewesen, nicht einmal von Li'thil hatte er je zuvor gehört. Jedenfalls hatte Lian ihn nur verständnislos angeblickt, als Barlok ihn danach gefragt hatte. In ihrer grenzenlosen Anmaßung hatten die Thir-Ailith nicht zugelassen, dass ihr Schlachtvieh andere Götter neben ihnen verehrte – Wesen, die unsterblich und mächtiger als sie selbst waren, da sie sich als die alleinigen Herren über Leben und Tod wähnten.

Auch zwischenzeitlich blieb Lian immer wieder kurz stehen. Für ihn war innerhalb der letzten Stunde seine gesamte Vorstellung von der Existenz zusammengebrochen, und es musste für ihn eine Ungeheuerlichkeit darstellen, so hoch in den vermeintlichen Himmel emporzusteigen. Obwohl ihm die Zeit unter den Nägeln brannte, gönnte Barlok ihm diese wenigen Sekunden, um sich mit dem abzufinden, was er nicht einmal im Traum für möglich gehalten hatte.

Während sie den letzten Absatz zur obersten Ebene erklommen, fragte er sich, wie der Junge wohl erst auf den Anblick der gigantischen Höhle dort reagieren würde.

»Du kennst die Höhlen dort, wo du herkommst«, versuchte er

ihn schonend auf das vorzubereiten, was ihn erwartete. »Es gibt kleine Grotten wie dein Versteck, aber auch riesige Hallen wie die, in der wir uns begegnet sind.«

Lian nickte.

»Nun, es gibt Höhlen, die noch viel, viel größer sind, so groß, wie es dir wahrscheinlich im Moment noch völlig unvorstellbar erscheint. So gewaltig, dass die größten Hallen, die du bislang gesehen hast, gleich mehrfach dort hineinpassen würden. Versuch dir das vorzustellen. Kannst du das?«

Erneut nickte Lian, aber es wirkte nicht allzu überzeugend.

»Weißt du, die Größe einer Höhle spielt gar keine Rolle, es ist immer nur eine Höhle. Ein leerer Raum mit einer Decke, einem Boden und Wänden aus Fels. Stell dir vor, die zwei größten Höhlen, die du kennst, würden direkt nebeneinander liegen, und nun würde jemand die Wand zwischen ihnen herausschlagen. Kannst du dir vorstellen, wie gewaltig diese Höhle dann wäre? Gut. Und nun stell dir vor, jemand würde bis zur Decke emporklettern und dort immer mehr Fels wegschlagen. Die Höhle würde dadurch höher werden. Höher und immer höher. Und wenn man weitere Wände einreißt, würde sie auf diese Art in jede Richtung wachsen, bis sie dreimal, viermal, schließlich zehnmal so groß wie am Anfang ist. Kannst du dir vorstellen, wie das dann aussähe?«

»Nicht richtig«, sagte Lian kläglich. »Eine so große Höhle kann es einfach nicht geben.«

»Doch, es gibt sie. Du wirst es gleich sehen. Der Anblick wird dich sicher erschrecken, aber dann halt dir vor Augen, was ich dir gerade gesagt habe.«

Sie hatten das Ende der Treppe erreicht. Barlok legte dem Jungen eine Hand auf die Schulter und führte ihn durch den Torbogen in die gigantische Halle.

Wie erstarrt blieb Lian einige Sekunden lang stehen und gaffte fassungslos das an, worauf der Kriegsmeister ihn mit Worten vorzubereiten versucht hatte. Dann stieß er einen erstickten Schrei aus, schlug die Hände vor die Augen und warf sich zu Boden.

»Du sollst dir nicht deine Hände vor Augen halten, sondern das, was ich dir beschrieben habe«, sagte Barlok mit sanftem Spott und ging neben ihm in die Hocke. »Ich weiß, diese Halle ist ungeheuerlich. Sie war schon immer gewaltig, aber *so* riesig ist sie erst auf die Art geworden, wie ich es dir geschildert habe. Man hat Zwischenwände eingerissen und sie immer weiter vergrößert. Angehörige unseres Volkes haben das getan, Zwerge wie du und ich. Deine Vorfahren, die einst frei und mächtig hier gelebt haben.«

»Nein«, wimmerte Lian. »Das ist unmöglich, das kann nicht sein. Das ist nur ein Trugbild. Mach, dass es verschwindet, bitte mach es weg!«

»Es ist kein Trugbild, sieh es dir an. Sieh die Säulen, die die Decke tragen, damit sie nicht einstürzt. Viele von ihnen sind Überbleibsel der Felswände, die sich einst durch diese Höhle zogen.«

Minutenlang redete Barlok auf den Jungen ein, bis dieser endlich den Mut aufbrachte, wieder aufzustehen und die Augen zu öffnen, und anschließend benötigte er noch einmal mehrere Minuten, bis er Lian dazu bewegen konnte, die Halle zu betreten.

Damit war das Schlimmste überwunden. Obwohl – oder vielleicht gerade weil – er den größten Teil seines bisherigen Lebens in Sklaverei verbracht hatte, war der Verstand des Jungen stark und zerbrach nicht an den Ungeheuerlichkeiten, mit denen er sich konfrontiert sah. Im Gegenteil, nachdem er die Existenz dieser Halle einmal akzeptiert hatte, erwachte die für einen Knaben seines Alters völlig normale Neugier in ihm. Staunend blickte er sich um, hätte sich am liebsten alles sofort aus der Nähe angesehen und bombardierte Barlok mit Fragen, die zu beantworten Stunden gedauert hätte. Eher sogar Tage, da der Junge praktisch nichts über die Vergangenheit ihres Volkes und die Geschichte Zarkhaduls wusste.

Schließlich blockte Barlok alle weiteren Fragen ab. Er musste sich auf seine Umgebung konzentrieren. Als sie die Stadt vor

Stunden zum ersten Mal durchquert hatten, waren sie überzeugt gewesen, dass sie leer wäre. Auch jetzt deutete nichts darauf hin, dass sich Dunkelelben auf dieser Ebene aufhielten, aber die bloße Möglichkeit, dass es so sein könnte, ließ alles um sie herum in einem bedrohlichen Licht erscheinen. .

Dabei lag das schwerste Stück des Weges noch vor ihnen. Um zurück zum Ausgang zu gelangen, mussten sie erneut die Treppe bezwingen, die sich um die riesige Säule wand, und diesmal mussten sie hinaufsteigen. An ihrem Fuß befahl Barlok deshalb trotz ihrer Eile eine halbstündige Rast, erst dann begannen sie mit dem Aufstieg.

Seine größte Sorge galt dabei Lian. Glücklicherweise erwies sich der Junge jedoch als schwindelfrei, und auch als sie bereits eine beträchtliche Höhe erreicht hatten, schien ihm der Blick in die Tiefe nichts auszumachen.

Dennoch kamen sie langsamer als erhofft voran. Woran Barlok nicht gedacht hatte, war, dass das Steigen von Treppen eine für Lian völlig unbekannte Anstrengung war. Schon bald begannen seine Beine zu schmerzen und seine Kräfte nachzulassen. Zwar kämpfte er sich mit bewundernswerter Ausdauer weiter voran, doch mussten sie immer wieder kurze Pausen einlegen. Als sie nach Stunden schließlich das Ende der Treppe erreichten, war er zu Tode erschöpft und konnte sich nur noch taumelnd auf den Beinen halten.

Wieder mussten sie eine Rast einlegen, bevor sie sich über den schmalen Steg auf den Weg zur Felswand machen konnten. Es gefiel Barlok gar nicht, dass sie hier für jeden Beobachter sichtbar wie auf dem Präsentierteller saßen, doch sie erreichten ihr Ziel unbeschadet. Dennoch fühlte er sich erst etwas sicherer, als sie in den Stollen eindrangen und nicht mehr zufällig von jedem Punkt der Höhle aus gesehen werden konnten.

Der Weg kam Barlok länger vor als beim ersten Mal, doch wusste er, dass es sich nur um Einbildung handelte. Schließlich tauchte die Abzweigung zu dem natürlichen Riss im Gestein auf, der sie bis ins Freie führen würde, als Lian plötzlich stehen blieb und Barlok am Arm packte.

»Thir-Ailith«, wisperte er.

Hastig wichen sie hinter eine Biegung des Stollens zurück, nur Sekunden, bevor mehrere Dunkelelben sich aus der entgegengesetzten Richtung näherten und durch den Riss im Fels verschwanden.

»Nein«, keuchte Barlok leise. Er hatte geglaubt, dass ihn nach den Erlebnissen der vergangenen Stunden nichts mehr würde schockieren können, doch es gab immer noch eine Steigerung des Schreckens. Er hatte das Gefühl, dass sich der Boden unter ihm öffnen und ihn verschlingen würde. »Nein, nicht das.«

Nicht nur waren sie kurz vor ihrem Ziel gescheitert, da ihnen der Weg in die Freiheit nun versperrt war. Viel schlimmer noch war, dass die Dunkelelben den Weg an die Oberfläche entdeckt hatten.

25

LIKAT

»Zehntausend Soldaten«, murmelte Tharlia erschüttert. Das war fast die Hälfte der lartronischen Armee und gut doppelt so viel, wie Elan-Tart an Kriegern besaß. Die Schlacht am Tiefenmeer hatte einen hohen Blutzoll gefordert, von dem die Kriegerkaste sich noch längst nicht erholt hatte. Rein zahlenmäßig waren die Lücken von anderen aufgefüllt worden: Arbeitern, die ihren Aufgaben hier an der Oberfläche nicht mehr nachkommen konnten und die sich zu Kriegern hatten umschulen lassen, und natürlich vielen jungen Zwergen, deren Ausbildung in den vergangenen Monaten beschleunigt abgeschlossen worden war. Aber Tharlia machte sich nichts vor – die meisten von ihnen besaßen keinerlei praktische Kampferfahrung und bildeten längst keinen echten Ersatz für die Krieger, die von den Dunkelelben niedergemetzelt worden waren.

Eine Schlacht gegen die lartronische Armee würden sie nicht durchstehen. Und selbst wenn es ihnen gelang, die zehntausend Soldaten, die jetzt auf Clairborn vorrückten, zu besiegen, dann wäre die Kriegerkaste so geschwächt, dass es praktisch kein Zwergenheer mehr geben würde, während König Kalmar vermutlich sofort eine weitere Armee auf den Weg schicken würde.

»Wir müssen die Belagerung abbrechen. Ein Krieg würde für unser Volk den Untergang bedeuten«, erklärte Loton, dem offenbar die gleichen Gedanken durch den Kopf gingen.

»Aber wenn wir uns unverrichteter Dinge zurückziehen würden, wäre diese Schmach unser Ende«, warf Torgan ein. »Auf eine Gelegenheit wie diese warten unsere Widersacher nur.«

»Wenn ich zwischen dem Thron und dem Wohlergehen unseres Volkes zu wählen habe, fällt mir die Wahl nicht schwer«, erwiderte Tharlia scharf.

»Aber diese Wahl haben wir nicht einmal«, beharrte der Schürfmeister. »Wer immer Eure Nachfolge anträte, es bliebe ihm gar nichts anderes übrig, als unser Heer in den Kampf zu führen, wollte er Euer Schicksal nicht teilen. Gerade das macht alles so tragisch.«

»Bislang haben wir nur die Behauptung dieses Mädchens, dass die lartronische Armee in ein paar Tagen eintreffen wird«, sagte Sutis nachdenklich. »Was, wenn es sich nur um eine Finte handelt? Ein Versuch, uns zur Aufgabe der Belagerung zu bewegen, bevor die Versorgungslage in Clairborn wirklich kritisch wird? Es sähe den Menschen ähnlich, auf solche Methoden zurückzugreifen.«

Müde schüttelte Tharlia den Kopf.

»Ich wünschte, es wäre so, aber ich bin mir sicher, dass sie die Wahrheit gesagt hat. Ich hätte es gespürt, wenn sie gelogen hätte.«

»Genau deshalb könnte man auch sie belogen haben, damit sie überzeugend wirkt.«

Tharlia hatte dem Mädchen angeboten, vorläufig in Elan-Tart zu bleiben, aber es hatte darauf bestanden, möglichst schnell nach Clairborn zurückzukehren. Ein Kriegertrupp war bereits mit ihr unterwegs, um sie sicher möglichst dicht an die Stadt zu geleiten. Auf keinen Fall wollte Tharlia riskieren, dass dem Mädchen etwas geschah.

»Nein, es gibt dieses Heer, und es ist auf dem Weg hierher, daran habe ich keinen Zweifel. Nur so ergibt alles einen Sinn.« Sie lächelte schmerzlich. »Unter anderen Umständen hätten wir seine Ankunft sogar begrüßen können. Ihr habt gehört, was Vildana gesagt hat. Lavinion ist sich nicht sicher, ob König Kalmar unseretwegen oder eher wegen der Dunkelelben beunruhigt ist. Wir hätten Verbündete statt Feinde werden können.«

»Wir brauchen nur das Zarkh-Tahal oder einen anderen Zugang nach Elan-Dhor wieder zu öffnen. Wenn die Horden der Dunkelelben sich Clairborn nähern, wird die lartronische Armee anderes zu tun haben, als gegen uns zu kämpfen«, versuchte sich Torgan an einem Scherz, doch niemand lachte.

Ein, zwei Minuten verstrichen in bedrücktem Schweigen.

»Noch bleibt uns eine Frist von ein paar Tagen«, nahm Tharlia das Gespräch schließlich wieder auf. »Jetzt können wir wohl gar nicht mehr anders, als meine Idee von vorhin wieder aufzugreifen. Wir brauchen Barlok hier, er muss so schnell wie möglich nach Elan-Tart zurückkehren. Selbst sein hohes Ansehen wird nicht dafür ausreichen, dass man einen Abbruch der Belagerung einfach so hinnimmt, aber er wäre eine enorme Hilfe. Ihm werden die Leute zumindest zuhören. Ich werde sofort einen Boten zum Kalathun entsenden.«

»Das ist einfach keine Geschwindigkeit für einen Zwerg«, presste Thilus hervor. Mühsam klammerte er sich mit seiner gesunden Hand an dem Bügel seitlich des Kutschbocks fest und stemmte die Füße gegen das Holzbrett, das den Boden bildete. Dennoch hatte er das Gefühl, jeden Moment von dem Fuhrwerk heruntergeschleudert zu werden.

Er fragte sich, welcher Schrat ihn geritten hatte, sich freiwillig dafür zu melden, Barlok die Nachricht der Königin zu überbringen, dass er sofort nach Elan-Tart zurückkehren solle. Nicht einmal das, er hatte sogar ausdrücklich darum gebeten, diesen Auftrag zu erhalten.

»Möchtet Ihr, dass ich langsamer fahre?«, fragte Bolin, der neben ihm auf dem Kutschbock saß und die Zügel in den Händen hielt – ein junger, kräftiger Bursche mit einer breiten und so platten Nase, als wäre er als Kind damit jeden Tag Dutzende Male gegen eine Wand gelaufen. Er gehörte der Arbeiterkaste an und hatte das Gespann bereits während der Evakuierung zahlreiche Male zwischen Elan-Dhor und Elan-Tart hin und her gefahren, wie er berichtet hatte.

»Nein«, presste Thilus hervor, obwohl es in Wahrheit genau das war, was er wollte. Aber hier ging es um mehr als seine Wünsche. Vor seinem Aufbruch hatte Tharlia ihm noch einmal ausdrücklich eingeschärft, wie wichtig es war, dass Barlok ihre Nachricht erhielt und so schnell wie möglich nach Elan-Tart zurückkehrte.

Sie waren bereits mit dem ersten Licht des Tages aufgebrochen, und als sie um die Mittagszeit rasteten, um den Pferden etwas Erholung zu gönnen, hatten sie schon eine Strecke hinter sich, für die sie zu Fuß sicherlich mehrere Tage benötigt hätten. Wenn keines der Räder brach und auch sonst nichts Unvorhergesehenes geschah, müsste es ihnen gelingen, den Kalathun bis zum Abend zu erreichen.

Alles Weitere hing dann davon ab, wie schnell es ihnen gelang, Barlok zu finden. Thilus trug sein Horn bei sich und würde es blasen, sobald sie am Ziel angelangt waren. Gerade im Gebirge trug der Schall weit, und falls er sich im Freien aufhielt, würde der Kriegsmeister das Signal hören.

Anders sah es aus, wenn es Barlok und seinen Begleitern gelungen war, ins Innere des Berges einzudringen, und sie dort nach einem Weg nach Zarkhadul forschten. Falls sie keine Hinweise auf ihren Aufenthaltsort hinterlassen hatten, konnte die Suche nach ihnen in diesem Fall zu einer zeitraubenden Angelegenheit werden. Thilus konnte nur hoffen, dass es nicht dazu kommen würde.

Nach einer guten Stunde setzten sie ihren Weg fort, wenngleich etwas langsamer als zuvor, da das Gelände unebener wurde und keine höhere Geschwindigkeit zuließ. Trotzdem waren sie noch immer um ein Mehrfaches schneller als zu Fuß.

»Da vorne!«, rief Thilus am frühen Nachmittag plötzlich und deutete auf eine Gestalt, die in gut einer Meile Entfernung hinter einem Gebüsch hervorgetaumelt kam.

»Das ist ein Zwerg. Er muss zu Barloks Expeditionstrupp gehören«, stellte Bolin fest. »Aber was macht er hier?«

»Er ist auf dem Rückweg nach Elan-Tart. Vermutlich soll er eine Nachricht überbringen.«

Auch der Bote hatte sie inzwischen entdeckt und winkte wild mit den Armen. Als er sah, dass sie auf ihn zuhielten, ließ er sich auf einen Felsen sinken. Er musste mit seinen Kräften fast am Ende sein.

Kurz darauf stoppte Bolin das Fuhrwerk wenige Schritte neben ihm. Thilus sprang vom Kutschbock herab und ging auf den Zwerg zu, der sich wieder von seinem Felsen erhob. Sein Gesicht war schweißüberströmt und von Erschöpfung gezeichnet, das lange blonde Haar klebte ihm an der Stirn.

»Gesegnet sei Li'thil, die mich Euch über den Weg geschickt hat, Kampfführer«, keuchte er. Offenbar war er den größten Teil des Weges vom Kalathun bis hierher gerannt. »Mein Name ist Likat. Ich muss so schnell wie möglich nach Elan-Tart. Ich habe eine extrem wichtige Botschaft für die Königin.«

»Und ich habe eine Botschaft von der Königin für Kriegsmeister Barlok«, entgegnete Thilus.

»Dafür ist es zu spät. Barlok ist tot, ebenso die anderen Krieger!«, behauptete der Bote.

»Tot?«, echote Thilus entsetzt. Schon seit vielen Jahren war der Kriegsmeister für ihn ein Vorbild gewesen, nicht nur wegen seiner ruhmreichen Heldentaten, sondern auch wegen seiner Weitsicht und weil er sich selbst stets treu geblieben war. Barlok war ein Krieger durch und durch gewesen, hatte auch nie etwas anderes sein wollen und allen Verlockungen widerstanden, durch einen Aufstieg in den Hohen Rat an Macht zu gewinnen oder gar selbst die Herrschaft an sich zu reißen, was er während der Unruhen der letzten Zeit vermutlich mühelos hätte tun können.

Und nun sollte er tot sein?

»Zumindest besteht für ihn und seine Begleiter keine Hoffnung mehr. Falls sie noch leben sollten, so sind sie in Zarkhadul eingeschlossen.«

»Was … was ist geschehen?«

»Dunkelelben«, stieß Likat hervor. »Es gibt Dunkelelben in Zarkhadul! Sie hausen in der Mine.«

Dunkelelben?

Für einen kurzen Moment vermutete Thilus, sein Gegenüber hätte den Verstand verloren und redete wirres Zeug, aber diesen Eindruck machte er trotz seiner ungeheuerlichen Behauptungen eigentlich nicht. Trotzdem – wie sollten Dunkelelben nach Zarkhadul gelangt sein, rund zweihundert Meilen von ihren unterirdischen Höhlen unter dem Tharakol entfernt, in die sie von den Hochelben vor Äonen eingekerkert worden waren?

»Nun lass dir nicht jedes Wort aus der Nase ziehen. Erzähle endlich, was genau geschehen ist!«, fuhr er den Arbeiter an.

»Wie Ihr befehlt, Kampfführer.« Likat rang einen Augenblick lang um Fassung und fuhr dann mit erzwungener Ruhe fort. »Nachdem wir tagelang gesucht hatten, fanden wir endlich einen Einstieg in den Berg, und es gelang uns, bis nach Zarkhadul vorzudringen. Die Stadt schien verlassen, und alles machte einen friedlichen Eindruck. Aber dann kam es zwischen Kriegsmeister Barlok und Schürfmeister Vilon zum Streit.« Mit knappen Worten schilderte er, wie er sich mit den anderen Arbeitern auf den Rückweg hatte machen müssen, weil Vilon auf der wortwörtlichen Ausführung seiner Befehle bestanden hatte, während Barlok mit den meisten der Krieger zur Erforschung der Mine weiter in die Tiefe gestiegen war, vom Überfall der Dunkelelben und dem Kampf gegen sie, bis zur Sprengung des unterirdischen Durchgangs.

»Dann besteht wirklich keine Hoffnung mehr für Barlok und die anderen Krieger. Allein haben sie keine Chance gegen die geballte Macht der Dunkelelben«, murmelte Thilus zutiefst entsetzt. Er schüttelte den Kopf. »Dunkelelben! Wer konnte so etwas ahnen? Sie haben uns aus Elan-Dhor vertrieben, und nun müssen wir feststellen, dass sie sich in Zarkhadul ebenfalls aufhalten. Ich verstehe nicht, wie sie dorthin gelangt sind.«

Likat schnaubte.

»Was spielt das jetzt noch für eine Rolle? Wichtig ist nur, dass sie nun wissen, auf welchem Weg man aus Zarkhadul entkommen kann. Begreift Ihr nun, warum ich unverzüglich mit der Königin sprechen muss?«

»Aber du hast doch gesagt, dass Schürfmeister Vilon den Zugang wieder verschlossen hat.«

»Nur provisorisch. Das wird sie nicht lange aufhalten. Vilon wird versuchen, weitere Einstürze herbeizuführen, doch mit seinen wenigen Begleitern und ohne größere Mengen an Sprengpulver hat er keine Möglichkeit, einen Ausbruch der Dunkelelben auf Dauer zu verhindern«, behauptete Likat mit sich überschlagender Stimme. »Wenn Königin Tharlia nicht sofort handelt und Unterstützung schickt, werden sie in wenigen Tagen Zarkhadul verlassen und über Elan-Tart und die Städte der Menschen herfallen. Dann möge Li'thil uns gnädig sein!«

Thilus spürte, wie er blass wurde, als ihm die schrecklichen Konsequenzen von Likats Worten vollends bewusst wurden. Über Monate hinweg hatte die Kriegerkaste alles unternommen, um einen Ausbruch der Dunkelelben aus Elan-Dhor zu verhindern, und nun drohte die gleiche Gefahr auch in Zarkhadul. Wenn die Kreaturen aus der Tiefe mit ihrem anscheinend unerschöpflichen Nachschub an Kämpfern und Waffen an die Oberfläche gelangten, wäre dies zweifellos das Ende des Zwergenvolkes.

Angesichts dieser Bedrohung verblasste die Gefahr durch das sich nähernde Menschenheer, und mit der Nachricht von Barloks Tod verlor sein ursprünglicher Befehl die Bedeutung. Rasch rang er sich zu einem Entschluss durch.

»Steig auf den Wagen!«, befahl er. »Wir kehren um und bringen dich nach Elan-Tart.«

»Barlok tot, Dunkelelben in Zarkhadul und kaum noch eine Möglichkeit zu verhindern, dass sie an die Oberfläche gelangen und über uns herfallen.« Tharlias Stimme klang brüchig. Die Erschütterung, die sie verspüren musste, war ihr deutlich anzusehen; ihr Gesicht war aschfahl. »Warum erzählst du nicht gleich, dass morgen die Welt untergeht?«

»Wie?« Verständnislos blickte Likat die Königin an. Das Unbehagen, vor ihr und dem gesamten Hohen Rat im Thronsaal Bericht erstatten zu müssen, hatte Thilus ihm nicht ersparen können. Nervös knetete der Arbeiter seine Hände, strich sich immer wieder über den Bart und sah die meiste Zeit zu Boden.

»Wie? Genau das ist die Frage. Wie konnte es dazu kommen?«, stieß Tharlia hervor. »Ihr Narren habt den Dunkelelben einen Weg an die Oberfläche geebnet, ihr –«

»Als die Menschen noch in Barbarei lebten, gab es bei ihnen eine Tradition, den Überbringer schlechter Nachrichten hinzurichten, da man der Nachricht selbst schließlich nichts anhaben konnte«, fiel Selon ihr scharf ins Wort.

Verwirrt sah Thilus zu ihm hinüber. Auch Likat starrte den greisen Schriftgelehrten entsetzt an.

»Aber das … das habt Ihr doch nicht tatsächlich … Ich kann doch nichts dafür!«, stammelte er.

»Schon gut, ich habe verstanden, was Ihr meint, Schriftmeister«, murmelte Tharlia und ließ sich auf dem Thron zurücksinken. »Ich wollte dich nicht quälen, du kannst wirklich nichts dafür«, wandte sie sich wieder an Likat. »Geh und ruh dich aus, du musst erschöpft sein.«

Likat verneigte sich vor ihr und zog sich ehrerbietig zurück.

»Was haben wir bloß getan, dass wir die Götter so erzürnt haben und Li'thil sich von unserem Volk abwendet«, murmelte sie, als er den Thronsaal verlassen hatte. »Als ob das lartronische Heer, das sich im Anmarsch auf uns befindet, noch nicht genug wäre … Warum bricht plötzlich alles nur erdenklich Schlimme über uns herein? Barlok tot – ich kann es einfach nicht glauben. Gerade jetzt, wo wir ihn nötiger denn je bräuchten. Ich hätte ihm nie erlauben dürfen, diese Expedition anzuführen.«

»Er hätte sich durch nichts auf der Welt davon abhalten lassen, das wisst Ihr«, ergriff Loton das Wort. »Für uns von der Kriegerkaste ist sein Tod ein besonders schlimmer Verlust. Aber jetzt ist nicht die Zeit, um zu betrauern, was sich nicht mehr ändern lässt.«

»Ihr habt recht.« Tharlia lächelte schmerzlich, dann schien ein Ruck durch sie zu gehen. »Über wie viel Sprengpulver verfügen wir noch?«, wandte sie sich mit kraftvollerer Stimme an die Abgesandten der Arbeiterkaste.

»Über gar keins mehr«, antwortete Torgan. »Unsere letzten Vorräte hat Schürfmeister Vilon mitgenommen, da wir davon ausgehen mussten, dass Sprengungen nötig sein würden, um einen Weg ins Innere des Kalathun zu öffnen.«

»Die Wachen an den Hängen des Tharakol besitzen noch einen kleinen Vorrat, um dort notfalls Risse im Berg verschließen zu können«, mischte sich Thilus ungefragt ein, obwohl er nicht dem Rat angehörte.

»Wie viel?«

»Nur eine Notreserve von vier oder fünf Säckchen«, berichtete Loton.

»Das ist nicht viel, doch immerhin etwas. Das Sprengpulver muss schnellstmöglich zum Kalathun gebracht werden.«

»Aber Majestät, dann haben wir nichts mehr, falls die Dunkelelben von Elan-Dhor aus einen Weg –«

»Wenn es uns nicht gelingt, ihren Ausbruch aus Zarkhadul zu verhindern, spielt das wohl kaum noch eine Rolle, Kriegsmeister«, unterbrach Tharlia Lotons Einwände. »Dort ist die Gefahr im Moment sehr viel drohender als die höchst unwahrscheinliche Möglichkeit, dass sich jetzt noch neue Öffnungen im Tharakol bilden.«

»Aber vier oder fünf Säckchen werden nach Likats Bericht bei Weitem nicht ausreichen, um den Stollen nach Zarkhadul dauerhaft zu verschließen«, warf Schürfmeister Artok ein. »Wir haben mehr als die zehnfache Menge verwendet, um vor unserer Flucht Sprengungen in den tieferen Minen von Elan-Dhor durchzuführen, und die Dunkelelben damit lediglich eine Weile aufhalten können, um Zeit für die Evakuierung zu gewinnen.«

»Ich weiß«, sagte Tharlia matt. »Aber Zeit zu gewinnen ist auch jetzt äußerst wichtig. Wie die Dunkelelben nach Zarkhadul gekommen sind, spielt im Moment keine Rolle. Anscheinend ist ihr unterirdisches Reich so riesig, dass es sich tief unter dem gesamten Schattengebirge erstreckt.« Sie schwieg einige Sekunden lang und blickte die Ratsmitglieder der Reihe nach an. »Die Belagerung von Clairborn lässt sich unter diesen Umständen ohnehin nicht mehr aufrechterhalten, die Gründe für unsere Auseinandersetzung mit den Menschen sind jetzt wohl bedeutungslos geworden. Sollten die Dunkelelben sich frei an der Oberfläche ausbreiten können, wäre das unser aller Ende, daran gibt es wohl keinen Zweifel. Wenn wir nicht verhindern können, dass sie ins Freie gelangen, dann müssen wir sie eben dort mit Waffengewalt aufhalten oder es wenigstens versuchen, selbst wenn dies ebenfalls zu unserem Untergang führen sollte. Aber das ist unsere wohl einzige Chance.«

Noch einmal machte sie eine kurze Pause und wandte sich dann an Kriegsmeister Loton.

»Ihr werdet ab sofort das Kommando über unser Heer übernehmen!«, befahl sie. »Ich möchte, dass Ihr es von Clairborn abzieht und jeden waffenfähigen Mann auf schnellstem Wege in Richtung Kalathun in Marsch setzt. Noch heute, noch heute Nacht. Wir haben keine Zeit zu vergeuden. Wie schnell kann das Heer am Ziel sein?«

»Wenn wir Tag und Nacht marschieren und Pausen auf das Minimum reduzieren, dürften wir es in fünf Tagen schaffen«, behauptete der Kriegsmeister. »Vielleicht in viereinhalb, aber dann werden die Krieger zu Tode erschöpft ankommen und unfähig sein, zu kämpfen. Um am Ziel sofort einsatzbereit zu sein, brauchen wir eher sechs Tage.«

»Fünf bis sechs Tage also. So lange wird Schürfmeister Vilon den Stollen hoffentlich halten können. Veranlasst sofort alles Nötige.« Sie wandte sich an Salos. »In zwei Tagen soll das große Fest des Hauses Tarkora stattfinden, doch ist dies sicherlich nicht die richtige Zeit für rauschende Feiern. Das wird auch Lamar einsehen, wenn Ihr ihm die Lage schildert, schließlich entstammt auch Ihr seinem Haus. Er muss das Fest absagen.«

Wenigstens eine unangenehme Pflicht, die ihr erspart blieb, dachte sie.

»Und für Euch habe ich ebenfalls einen neuen Auftrag, Kampfführer Thilus.«

»Ich werde alles tun, was Ihr von mir verlangt, meine Königin.«

»Diese Bedrohung betrifft nicht nur uns allein. Die Menschen und ihre Städte sind ebenso in Gefahr. Nachdem wir unser Heer abgezogen haben, werdet Ihr Euch morgen früh nach Clairborn zu Bürgermeister Sindilos und Obrist Valutus begeben und ihnen berichten, was geschehen ist. Sie müssen vor der Gefahr gewarnt werden. Spätestens übermorgen wird auch die lartronische Armee Clairborn erreichen. Möglicherweise erweist sich ihr Eintreffen sogar als Segen für uns. Wenn wir scheitern, müssen sie versuchen, die Dunkelelben aufzuhalten. Sprecht auch mit dem Befehlshaber der Armee und versucht ihn zu überzeugen, mit uns in die Schlacht zu ziehen. Gemeinsam kann es uns vielleicht gelingen, die Dunkelelben zu bezwingen!«

26
UDAN

Verglichen mit der kurzen Zeit, die sie in Radon verbracht hatten – natürlich abgesehen von dem Teil, der zum Finsterwald gehörte –, kam Warlon die Reise durch Udan schier endlos vor. Natürlich hätten sie ohne die Hilfe der Nymphen auch viele Wochen benötigt, um Radon zu durchqueren, wenn sie es überhaupt geschafft hätten, wessen er sich inzwischen längst nicht mehr sicher war. Die Erinnerung an Malcorion schien dort noch sehr lebendig, sein Aussehen den Leuten noch sehr vertraut zu sein.

In Udan spielte das keine Rolle mehr, und zumindest während der ersten beiden Wochen wäre es sowieso ohne Bedeutung gewesen. Wie Malcorion ihnen schon vorher erklärt hatte, war das Land nur dünn besiedelt, aber während der ersten sechzehn Tage stießen sie auf kein einziges Gehöft oder gar eine Ortschaft, und das nicht etwa, weil sie diese wie in Radon bewusst zu meiden versuchten.

Ganz im Gegenteil, sie wären sogar froh gewesen, bewohntes Gebiet zu erreichen. Mit dem gestohlenen Fuhrwerk hatten sie in Radon eine Strecke zurückgelegt, für die sie zu Fuß viele Wochen benötigt hätten. Ihr vordringliches Ziel war deshalb, sich auch in Udan einen Wagen zu besorgen, aber dafür mussten sie zunächst einmal auf Bewohner Udans treffen. Da Malcorion noch nie in diesem Teil des Landes, unmittelbar nördlich der Weißberge, gewesen war und sich daher nicht auskannte, konnte auch er ihnen in dieser Hinsicht nicht weiterhelfen.

Dafür gelang es ihm jedoch, eines der großen, etwas an Luanen erinnernden Tiere zu erlegen, die in wilden Herden über das

Land zogen. Sie brieten das Fleisch und konnten so ihre Vorräte auffüllen, sodass sie wenigstens keinen Hunger zu leiden brauchten. Auch wucherten vielerorts Sträucher mit großen roten Beeren, die sich als sehr schmackhaft erwiesen, als sie sie auf den Rat des Waldläufers hin probierten, und auch nach dem Pflücken noch mehrere Tage genießbar blieben, ehe sie matschig wurden.

Einen weiteren großen Unterschied gab es zwischen Udan und Radon oder auch Lartronia: Das war der Wind. Schon bald, nachdem sie die Weißberge verlassen und flaches Land erreicht hatten, wurde ein stark wehender Ostwind zu ihrem ständigen Begleiter. Anfangs hatte Warlon ihm nicht viel Bedeutung beigemessen und erwartet, dass sich das Wetter bald ändern würde, doch das war nicht der Fall. Bei Tag und Nacht wehte der Wind mit nahezu unverminderter Kraft, und auch wenn er nicht allzu kalt war, war er doch unangenehm, trieb ihnen die Tränen in die Augen und blies durch ihre Kleidung. Obwohl es Sommer war, drang die Sonne nur selten durch die Wolken, die den Himmel ständig bedeckten, aber wenigstens regnete es auch kaum.

Obwohl sie nur knapp zwei Tage im Inneren der Weißberge verbracht hatten, hatten diese ihnen die Erinnerungen an das Leben in der Tiefenwelt wieder so stark zurückgebracht, dass es ihnen nun erneut schwerfiel, sich wieder an die Oberfläche zu gewöhnen. Für Udan mit seiner schier endlosen Weite, wo der Blick in jeder Richtung bis zum Horizont reichte, galt das besonders. Die Zwerge fühlten sich dieser Weite nackt und schutzlos ausgeliefert.

Einzig Malcorion war froh, dass sie sich wieder im Freien befanden, auch wenn er es nicht aussprach. Umgekehrt hatte nur er sich unter der Erde ziemlich unwohl gefühlt.

Schließlich erreichten sie einen Landstrich, wo es zumindest vereinzelte, weit voneinander entfernt liegende Gehöfte gab. Vermutlich aufgrund der Weite und der großen Entfernungen zwischen den Siedlungen erwies sich Udan als ein Land, in dem Gastfreundschaft groß geschrieben wurde, ganz wie Malcorion behauptet hatte. Wo immer sie an eine Tür klopften, wurden sie nach nur kurzem anfänglichen Misstrauen herzlich empfangen. Meist bot man ihnen bereitwillig ein Nachtlager oder zumindest eine Mahlzeit an, sogar ohne Geld dafür zu verlangen, wenn sie im Gegenzug etwas über ihr Volk erzählten, an dem die Menschen hier großes Interesse zu haben schienen. Vermutlich, weil nach Warlons Wissen niemals Zwerge in Udan gelebt hatten, sodass man sie hier für so etwas wie Sagengestalten hielt. Beliebte und heldenhafte Sagengestalten allerdings, der Art zufolge, wie man ihnen entgegentrat.

Nur war man nirgendwo bereit, ihnen ein Fuhrwerk zu verkaufen. Die Bauern waren dringend auf ihre Wagen und Pferde angewiesen, um die Ernte einzuholen und ihre Waren in die nächste Stadt zu bringen. Auch in den wenigen Ortschaften, auf die sie trafen, hatten sie nicht mehr Glück.

»Holz ist Mangelware in Udan«, erklärte Malcorion. »Es gibt keine großen Wälder hier. Der Boden ist zu trocken und unfruchtbar, die Bauern müssen schon darum kämpfen, ihm etwas Getreide und Gemüse abzuringen. Hier wachsen fast nirgendwo Bäume. Ohne Bäume kein Holz, und ohne Holz keine Fuhrwerke. Die, die es hier gibt, wurden wahrscheinlich weit entfernt gekauft.«

»Wie es aussieht, bleibt uns dann wohl nichts anderes übrig, als wieder einen Wagen zu stehlen«, stellte Lokin schließlich ernüchtert fest, schnitt eine Grimasse und machte eine weit ausholende Geste auf das scheinbar unendliche flache Land um sie herum. »So kann es jedenfalls nicht weitergehen. So langsam, wie wir vorankommen, brauchen wir noch Monate, um unser Ziel zu erreichen. Die Zeit zerrinnt uns zwischen den Fingern.«

Widerwillig musste Warlon zugeben, dass er recht hatte, wobei sich sein Widerwillen nicht gegen Lokin richtete. Seine anfänglichen Vorbehalte ihm gegenüber hatte er längst überwunden. Er glaubte nicht mehr, dass sein Gefährte vor Jahren seine Kameraden während einer Patrouille im Stich gelassen hatte, weshalb man ihn aus der Kriegerkaste verbannt und zu einem Ausgestoßenen ohne Ehre und Zugehörigkeit zu einem Haus erklärt hatte. Dass Lokin alles andere als feige war, hatte er mittlerweile bewiesen, und inzwischen konnte Warlon ihm auch nachsehen, dass er sich in den letzten Jahren mit Diebstählen und Schmuggel am Leben gehalten hatte.

Aber es widerstrebte Warlon zutiefst, die Freundlichkeit der Menschen hier damit zu vergelten, dass sie sie bestahlen. Selbst wenn sie ihnen Geld hinterlegten, würde das nicht viel ändern. Sie führten nicht annähernd genug bei sich, um die Bauern dafür zu entschädigen, dass sie möglicherweise einen Großteil ihrer Ernte nicht rechtzeitig würden einfahren können, und deshalb vielleicht sogar ihrer Existenzgrundlage beraubt würden.

Dank der Nymphen hatten sie zwar hunderte von Meilen Wegstrecke eingespart und waren viel schneller vorangekommen, als sie ursprünglich gehofft hatten, aber die eingesparte Zeit würden sie nun wieder verlieren, wenn sie sich ihrem Ziel weiterhin nur zu Fuß mit dem Tempo einer Steinmade näherten.

Zu viel stand auf dem Spiel. An jedem Tag, den sie verloren, starben möglicherweise Zwerge im Kampf gegen die Dunkelelben, rückte Elan-Dhor seinem Untergang ein wenig näher – falls das in den Wochen seit ihrem Aufbruch nicht schon längst geschehen war.

Das wog mehr als der Wohlstand eines einzelnen Bauern hier in Udan.

»Wir müssen es wohl tun«, murmelte er, doch zu seiner Überraschung schüttelte Malcorion entschieden den Kopf.

»Auf keinen Fall!«, widersprach der Waldläufer. »Habt ihr schon vergessen, was in Radon geschehen ist? Zwar werde ich hier nicht gesucht, aber der Diebstahl eines Wagens gilt in Udan als schweres Verbrechen. Man würde uns unerbittlich jagen, und diesmal sind wir noch weit von der Grenze entfernt. Die Udaner sind ein Reitervolk. Selbst mit dem schnellsten Wagen könnten wir berittenen Soldaten nicht entkommen. Man würde uns einholen und stellen, und das wäre mit Sicherheit das Ende eurer Mission.« Noch einmal schüttelte er den Kopf. »Nein, es kommt nicht in Frage, dass wir einen Wagen stehlen. Wir werden weitersuchen müssen, bis wir jemanden finden, der uns ein Fuhrwerk verkauft. Alles andere wäre Selbstmord.«

Abermals war Warlon hin und her gerissen und wusste nicht, ob er über die Worte des Waldläufers bestürzt oder erleichtert sein sollte.

»Dann scheidet diese Möglichkeit wohl aus«, entschied er. »Also gehen wir weiter zu Fuß, bis wir jemanden finden, der uns einen Wagen verkaufen will.«

Vier Tage später erreichten sie Langenau, die erste größere Stadt auf udanischem Boden mit immerhin mehreren tausend Einwohnern. In einem Gasthaus nahmen sie ein Mittagsmahl ein, anschließend forderte Malcorion sie auf, hier auf ihn zu warten, während er selbst sich in der Stadt etwas umsehen wollte.

Sie mussten sich gut zwei Stunden gedulden, bis er mit einem schlaksigen Mann mit dunklen, an den Schläfen bereits angegrauten Haaren zurückkehrte, der seinen Blick ständig unstet umherwandern ließ, als erwarte er überall eine Gefahr oder hätte etwas zu verbergen.

»Zwerge, tatsächlich, wie du es gesagt hast«, murmelte er anstelle einer Begrüßung, als er mit dem Waldläufer an ihren Tisch trat, was ihn Warlon nicht gerade sympathischer machte. »Ich habe gehört, ihr sucht ein Fuhrwerk?«

Warlon nickte stumm.

»Nun, da kann ich euch wohl helfen. Vorausgesetzt, wir werden uns über den Preis einig.«

»Bevor wir über den Preis reden, solltest du erst einmal zeigen, was du anzubieten hast«, ergriff Lokin rasch das Wort. Er erinnerte sich wohl noch an Warlons wenig kluges Verhandlungsgeschick in Gormtal und wollte verhindern, dass er sein Interesse allzu deutlich bekundete und dadurch den Preis in die Höhe trieb.

»Sicher doch, das verstehe ich. Ihr werdet nicht enttäuscht sein. Kommt mit, dann zeige ich euch den besten Wagen, den es in weitem Umkreis zu erwerben gibt.«

Sie bezahlten und verließen das Wirtshaus. Der Mann, der immer noch nicht seinen Namen genannt oder nach den ihren gefragt hatte, führte sie zu einem kleinen Lagerhaus am Stadtrand, das mit allen möglichen Gegenständen vollgestopft war – das meiste davon Gerümpel, wie es Warlon erschien.

Tatsächlich gab es auch ein Fuhrwerk, doch wenn es sich um den ›besten Wagen in weitem Umkreis‹ handelte, dann höchstens deshalb, weil es der einzige sein mochte, der zum Verkauf stand. Die meisten Metallteile waren von einer Schicht Rost bedeckt, und auch das Holz sah nicht mehr allzu gut aus, war an einigen Stellen sogar verrottet. Am liebsten hätte sich Warlon umgedreht und wäre wieder gegangen, aber sie befanden sich in einer Notlage und konnten nicht sonderlich wählerisch sein.

Das schien auch Malcorion so zu sehen, denn er begutachtete den Wagen gründlich von allen Seiten, kratzte am Rost, um herauszufinden, wie tief er sich bereits vorgefressen hatte, und überprüfte das Holz, vor allem die Räder. Schließlich nickte er Warlon zu.

»Nicht gerade eine Schönheit, aber ich denke, das Ding wird durchhalten, bis wir unser Ziel erreichen.«

»Vierzig Goldstücke, und er gehört euch.«

»Vierzig Goldstücke für diesen Haufen Müll?« Vor Empörung verschlug es Warlon fast die Sprache.

Der Händler zuckte die Schultern.

»Bezahlt oder lasst es sein. Ihr werdet sonst niemanden finden, der ein Fuhrwerk zu verkaufen hat.«

»Aber so viel Geld haben wir nicht einmal!«

»Dreißig Goldstücke, und selbst das ist noch Wucher«, sagte Malcorion. »Vielleicht werden wir keinen anderen Wagen finden, aber bei einem solchen Preis findest du auch niemals einen Käufer.«

»Fünfunddreißig, aber keinen Heller weniger. Diesen Preis erhalte ich auch von anderen, wenn ich den Wagen etwas herrichten lasse, wie ich es eigentlich ohnehin vor einem Verkauf vorhatte.«

Warlon zupfte Malcorion am Ärmel.

»Ich glaube, wir müssen miteinander sprechen.« Sie traten ein Stück zur Seite und flüsterten. »Bist du verrückt geworden? Wir haben keine fünfunddreißig Goldstücke, und wir brauchen außerdem noch Pferde, oder sollen wir den Wagen selbst ziehen?«

»Du hast noch mehrere Goldklumpen.«

»Narrengold, wie du selbst es genannt hast. Simpler Stein, der nur durch den Elbenzauber wie Gold aussieht.«

»Aber das weiß der Kerl nicht, und es wird Wochen, vielleicht Monate dauern, bis es auffällt. Ich habe mich über ihn erkundigt, er ist der wahrscheinlich größte Betrüger in Langenau. Geschieht ihm also ganz recht, wenn er selbst mal übers Ohr gehauen wird. Jeder der Klumpen ist viel mehr wert als fünfunddreißig Goldstücke – von dem, was er uns herausgibt, können wir die Pferde und auch noch Vorräte kaufen.«

Warlon verzog sein Gesicht zu einem Grinsen.

»Geschieht ihm ganz recht, wie? Also gut.«

Eine knappe Stunde später verließen sie mit dem mit Lebensmitteln vollgepackten Wagen, der von den beiden besten Pferden gezogen wurde, die es in Langenau zu kaufen gab, die Stadt.

Udan war ein zwar sehr dünn besiedeltes, aber zugleich auch sehr großes Land, weit größer als Lartronia oder auch Radon. Mehrere Wochen lang waren die Zwerge durch unwirtliches Gebiet unterwegs, und Warlon wagte gar nicht daran zu denken, wie lange sie zu Fuß gebraucht hätten. Je weiter nach Norden sie kamen, desto kühler wurde es. Dass dem Kalender nach eigentlich Sommer herrschte, davon war hier nichts mehr zu spüren. Zugleich wurde auch der Boden karger, und die Bevölkerungsdichte nahm noch weiter ab. Nur ganz vereinzelt entdeckten sie noch ein Gehöft oder gar eine kleine Siedlung.

Schließlich wurde der Boden steiniger, verwandelte sich in eine scheinbar endlose Geröllwüste, in der selbst Gras nur noch an wenigen Stellen wuchs. Viel schlimmer aber war, dass der Untergrund zu uneben wurde, als dass sie ihre Reise mit dem Wagen fortsetzen konnten.

»Ab hier werden wir wohl wieder zu Fuß weitergehen müssen«, sagte Malcorion. »Aber zumindest brauchen wir uns nicht mit Gepäck zu belasten. Das können die Pferde für uns tragen.«

»Und wie weit ist es noch?«, erkundigte sich Warlon.

»Schwer zu sagen. Wenn ich früher hier war, bin ich geritten. Zu schade, dass ihr nicht reiten könnt.« Er schüttelte den Kopf. »Ich denke, zu Fuß werden wir noch etwa zwei Wochen brauchen, je nachdem, wie schnell wir vorankommen.«

»Die schaffen wir auch noch, nach allem, was wir bereits durchgemacht haben.« Warlons Stimme klang fast fröhlich. Zwei Wochen bedeuteten noch einen langen Marsch, vor allem in dieser kalten und trostlosen Einöde, aber trotzdem hatte er das Gefühl, dass ihr Ziel nun bereits zum Greifen nahe vor ihnen lag.

Mit jeder Meile, die sie weiter vordrangen, fielen die Temperaturen. Längst schon trugen sie wieder die Fellmäntel, die sie den radonischen Soldaten abgenommen hatten. Vier Tage lang quälten sie sich durch die Geröllwüste, dann begann sich die Landschaft vor ihnen weiß zu färben.

»Schon wieder Schnee«, stöhnte Lokin. »Allmählich hasse ich dieses Zeug!«

»Was hast du dir denn unter einer Eiswüste vorgestellt?«, erkundigte sich Malcorion und lächelte matt.

»Und hierher haben sich die Elben freiwillig zurückgezogen?«, fragte Ailin. »Ausgerechnet sie, die alles, was wächst und lebt, so sehr lieben?«

»Wartet ab, bis ihr das goldene Tal seht.« Erneut lächelte Malcorion. »Und macht euch auf etwas gefasst, das ihr hier bestimmt nicht zu sehen erwartet.«

Sosehr sie auch in ihn drangen, außer diesen geheimnisvollen Andeutungen war nichts über das Ziel ihrer Reise aus ihm herauszubekommen.

Den ganzen Tag stapften sie durch den Schnee. In weiter Ferne zeichneten sich undeutlich die Umrisse eines Gebirges ab.

»Ja«, bestätigte Malcorion auf eine entsprechende Frage hin. »Dorthin müssen wir. In diesen Bergen liegt das goldene Tal.«

Als es bereits zu dämmern begann, schirmte Malcorion seine Augen mit der Hand ab und starrte angestrengt nach Norden.

Kurz darauf sah auch Warlon, dass sich ihnen jemand näherte. Es handelte sich um fünf Reiter, die in ihren weißen Mänteln wegen des Schnees kaum zu erkennen waren. Auch ihre Pferde waren weiß.

»Elben«, stieß Malcorion hervor. »Vielleicht werden wir unser Ziel doch schneller als erwartet erreichen.«

Wenige Minuten später hatten sich die Reiter so weit genähert, dass man sie deutlicher erkennen konnte. Für einen schrecklichen Moment fühlte sich Warlon bei ihrem Anblick an die Dunkelelben erinnert. Auf eine gewisse Art ähnelten sie ihnen. Sie waren von gleichem Wuchs, und ihre schmalen, ebenfalls von langem, hellem Haar eingerahmten Gesichter waren ähnlich geschnitten, aber dennoch waren sie ganz anders. Ihre Haut war zwar hell, aber längst nicht so totenbleich, und auch ihr Haar war nicht so weißlich, sondern zeigte eher einen goldfarbenen Ton.

Den größten Unterschied jedoch bildeten ihre Augen, wie er erkannte, als die Reiter gleich darauf heran waren und dicht vor ihnen ihre Pferde zügelten. Hatten die der Dunkelelben rötlich geglüht und nur Hass und Mordlust versprüht, so waren die der Hochelben dunkel, und es stand große Weisheit in ihnen. Warlon wagte sich nicht vorzustellen, was diese Augen bereits alles gesehen haben mochten.

»Sei gegrüßt, Malcorion Elbenfreund«, sagte einer von ihnen.

»Es ist lange her, dass du zuletzt unser Gast warst. Lange, zumindest nach menschlichen Maßstäben.«

»Sei ebenfalls gegrüßt, Lhiuvan vom großen Fluss. Auch ich freue mich schon darauf, das goldene Tal wiederzusehen und die berühmte Gastfreundschaft der Elben zu genießen. Aber wie du siehst, bin ich nicht allein gekommen. Dies sind Ailin, Warlon und Lokin, Angehörige des Zwergenvolks von Elan-Dhor unter dem fernen Schattengebirge, die die weite und mühsame Reise auf sich genommen haben, um dem Elbenrat wichtige Angelegenheiten vorzutragen.«

Sie verneigten sich tief, und nach kurzem Zögern neigten auch die Elben rasch ihre Köpfe.

»Wir hegen keine Freundschaft mit Zwergen«, sagte Lhiuvan. Ein hochmütiger Zug spielte dabei um seinen Mund. »Und wenn es nach mir ginge, bliebe euch das Tor zum goldenen Tal verschlossen. Aber wir wurden bereits von eurem Kommen unterrichtet, und unsere Herrin Illurien hat anders entschieden. Wir wurden ausgesandt, euch zu ihr zu bringen.«

Erneut deutete Warlon eine Verbeugung an.

»Die Höflichkeit der Zwerge scheint zugenommen zu haben, seit wir zuletzt mit ihnen zu tun hatten. Mich blendet ihr jedoch nicht mit einigen leeren Gesten«, sagte Lhiuvan kühl. »Ihr werdet mit uns reiten, aber ihr werdet während der Reise schlafen, damit euch der Weg verborgen bleibt.«

Mit diesen Worten beugte er sich von seinem Pferd herab, packte Warlon an den Schultern und hob ihn scheinbar mühelos zu sich empor, bevor dieser begriff, wie ihm geschah. Im gleichen Moment schwanden dem Zwerg die Sinne, und er sank in einen tiefen Schlaf.

27

CAREM THAIN

Selbst auf dem Grund der tiefsten Verzweiflung war manchmal ein Fünkchen Hoffnung zu finden. So erging es Barlok, als er erkannte, dass den Thir-Ailith der Weg an die Oberfläche anders als zunächst geglaubt keineswegs offen stand.

Stunde um Stunde hatten er und seine Begleiter in der Nähe der Abzweigung gewartet und heimlich beobachtet, fast gleichgültig gegenüber dem hohen Risiko, das sie damit eingingen. Während der ganzen Zeit hatte er damit gerechnet, jeden Moment die unvorstellbaren Heerscharen der Dunkelelben anrücken zu sehen, die aus ihrem unterirdischen Reich auszogen, um zu Tausenden und Zehntausenden über die ahnungslosen Bewohner der Oberfläche herzufallen.

Wenn die Heere vorbeigezogen waren, so hoffte er, würde es vielleicht auch ihnen gelingen, unbemerkt aus dem Kalathun zu entkommen, und mit etwas Glück würden sie noch vor den Ungeheuern nach Elan-Tart gelangen, um ihr Volk wenigstens warnen zu können.

Aber nichts dergleichen geschah. Die einzigen Dunkelelben, die sie sahen, waren kleine Grüppchen, die von Zeit zu Zeit in dem Riss verschwanden oder von dort zurückkehrten. Als sie schließlich ein Zittern des Bodens spürten und ein fernes, gedämpftes Grollen an ihre Ohren drang, begann Barlok zu begreifen, dass tatsächlich noch Hoffnung bestand; nicht für ihn und seine Begleiter, aber für Elan-Tart.

Vilon, durchfuhr ihn ein Gedanke. Er war sicher, dass das, was er gehört und gespürt hatte, eine Sprengung gewesen war, und dafür gab es nur eine Erklärung. Irgendwie musste der Schürfmeister die Gefahr bemerkt haben und war dabei, den Weg ins Freie zu blockieren, indem er den Stollen zum Einsturz brachte.

In Gedanken leistete Barlok ihm Abbitte für alles Negative, was er ihm beim Abschied an den Kopf hatte werfen wollen. Wäre Vilon nicht so ein Prinzipienreiter und hätte unmittelbar nach der Entdeckung Zarkhaduls auf die Rückkehr bestanden, wären die Dunkelelben vermutlich längst frei und alles wäre verloren.

Dass auch er selbst mit seinen Begleitern nun hier festsaß und kaum Aussichten bestanden, dieser Falle zu entkommen, spielte für Barlok dabei keine Rolle. Dafür waren sie Krieger und sich des Risikos bewusst, das jeder Auftrag darstellte. Er bedauerte nur, dass er nun wohl auch das zweite Versprechen nicht mehr würde einlösen können, das er Lian gegeben hatte. Zu gerne hätte er den Jungen nach Elan-Tart gebracht, damit er nach all den Schrecken sein restliches Leben in Frieden und ohne ständige Angst verbringen könnte.

Sie blieben eine Nacht und den folgenden Tag in dem Stollen. Allem Anschein nach hatten die Thir-Ailith noch nicht aufgegeben, sondern bemühten sich, den zum Einsturz gebrachten Gang wieder freizuräumen. Wie ihre Bemühungen voranschritten, konnte Barlok zu seinem Leidwesen nicht erkunden. Es wäre Selbstmord gewesen, sich dem Riss weiter zu nähern. Glücklicherweise kam nie ein Dunkelelb in den Teil des Stollens, in dem sie sich aufhielten.

Aber auch so war die Situation mehr als brenzlig, außerdem konnten sie hier nichts anderes tun, als nur das Kommen und Gehen der Dunkelelben zu beobachten, weshalb er schließlich beschloss, in die unteren Ebenen zurückzukehren. Erneut stiegen sie über die Treppe entlang der Säule in die Tiefe. Auch diesmal wählte Barlok die vierte Ebene, wo sich die Thir-Ailith hauptsächlich aufzuhalten schienen. Er wollte versuchen, möglichst viel über sie herauszufinden, um möglicherweise gar eine Schwachstelle zu entdecken.

Eine Weile hoffte er sogar, einen Weg zu finden, die anderen Gefangenen zu befreien. Immer wieder musste er aus dem Verborgenen hilflos beobachten, wie kleine Grüppchen von ihnen aus dem Bereich, in dem die Kerker lagen – die Wohnhöhlen, wie Lian sie bezeichnete – weggeführt wurden. Wenig später wurden ihre Leichen fortgeschafft.

Aber obwohl ihn der Gedanke fast zur Raserei trieb, sah er dennoch ein, dass es nichts genutzt hätte, wenn es ihnen gelänge, sie zu befreien. Allein in der Höhle, in der Lian aufgewachsen war, befanden sich hunderte Gefangene, und allem Anschein nach gab es mehrere dieser Höhlen. Wohin sollte er nach einer Befreiung mit ihnen fliehen, wenn ihnen der Weg zur Oberfläche versperrt war? Selbst in der gigantischen Weite Zarkhaduls war es unmöglich, dass sich eine solche Zahl Zwerge einfach versteckte, ohne binnen kurzer Zeit gefunden zu werden, was ihre Situation nur noch verschlimmert hätte.

Auch wenn sich tatsächlich nur recht wenige Dunkelelben in der Mine aufhielten – Barlok vermutete, dass es sich um nicht mehr als höchstens wenige hundert handelte – würden im Fall eines solchen Ausbruchs oder einer sonstigen Bedrohung sicherlich zahllose weitere aus den unterirdischen Höhlen herangeeilt kommen. Wie unglaublich zahlreich dieses Volk war, hatte es bei der Eroberung Elan-Dhors gezeigt, bei der es die Dunkelelben nicht einmal gekümmert hatte, wie viele von ihnen bei den Kämpfen ihr Leben verloren. Tausende von ihnen waren gestorben, allein, um die Stellungen der Zwerge am Tiefenmeer zu durchbrechen, aber der Platz jedes Gefallenen war sofort von einem anderen Dunkelelb eingenommen worden.

Wenn sie wenigstens hätten herausfinden könnten, wo die Verbindung zwischen Zarkhadul und ihrem eigentlichen Reich läge. Falls es ihnen gelänge, diesen zu verschließen, würde sich die Gefahr um ein Vielfaches verringern. Immerhin trugen sie zwei Beutel mit Sprengpulver bei sich. Nicht gerade viel, aber wenn sie eine geeignete Stelle fanden, konnten sie damit ziemlich großen Schaden anrichten und einen Durchgang zumindest für längere Zeit verschließen.

Aber das war bloßes Wunschdenken. Nicht einmal aus Selons Aufzeichnungen ging hervor, wie weit die Minen Zarkhaduls in die Tiefe reichten, aus wie vielen Ebenen sie bestanden. Wahrscheinlich hatten die Bewohner Zarkhaduls den gleichen Fehler gemacht wie sie selbst in Elan-Dhor, indem sie zu tief vorgedrungen waren und beim Schürfen unwissentlich einen Durchbruch ins Reich der Dunkelelben geschaffen hatten. Es war anzunehmen, dass dieser in den untersten Bereichen der Mine lag, doch die waren unerreichbar. Der anscheinend einzige Zugang, der überhaupt zu den tieferen Ebenen führte, lag genau in dem von den Thir-Ailith kontrollierten Gebiet.

In diesen Bereich einzudringen, stellte an sich schon ein hohes Risiko dar, aber Barlok konnte nicht einfach tatenlos in irgendeinem Versteck herumsitzen und auf das Ende warten, das so oder so irgendwann kommen musste. Immer wieder entsandte er kleine Trupps, meist aus nur zwei oder drei Kriegern bestehend, in das Gebiet der Thir-Ailith, um auch dieses zu erforschen. Einen der Trupps führte er stets selbst an.

Einmal gelangten sie bis dicht an die Wohnhöhlen heran. Wie befürchtet, wurden sie bewacht. Mehrere Dunkelelben patrouillierten in den Gängen, an denen sie lagen. Es waren nicht einmal ein Dutzend, bei einem Überraschungsangriff bestand sogar eine nicht unerhebliche Chance, dass er sie mit seinen Kriegern bezwingen könnte, aber damit wäre nichts gewonnen. Immerhin hatte er bei einem blitzschnellen Blick in den Gang mindestens sechs Türen erkennen können, hinter denen vermutlich Zwerge eingesperrt waren. Vielleicht würde sich später die Möglichkeit ergeben, etwas für sie zu tun.

Einen weiteren Bereich gab es, in den er zu gerne einmal einen Blick geworfen hätte: Das waren die Höhlen, in denen die Zwerge getötet wurden. Es musste einen besonderen Grund geben, warum sie ihre Opfer nur dort umbrachten, doch erwies es sich als unmöglich, dort einzudringen, obwohl sie in den letzten Tagen ein beträchtliches Geschick darin entwickelt hatten, unbemerkt durch die Stollen und Hallen zu schleichen, manchmal nur wenige Meter von den Thir-Ailith entfernt. Aber nirgendwo hielten sich so viele Dunkelelben auf wie in diesem Bereich. Sie hätten sich schon selbst unsichtbar machen müssen, um unbemerkt an ihnen vorbeischlüpfen zu können.

Da es hier unten keinen Wechsel von Hell und Dunkel gab, hatte Barlok den Überblick über die Tage verloren. Er schätzte, dass er sich mittlerweile etwa eine Woche in Zarkhadul aufhielt, als er sich wieder an etwas erinnerte, das er schon bei seiner Ankunft vorgehabt hatte. Zu diesem Zeitpunkt hatte er Carem Thain aufsuchen wollen, den Sitz der Schriftgelehrten in der dritten Ebene, um herauszufinden, was zu der Katastrophe vor tausend Jahren geführt hatte und was danach geschehen war. Das Auftauchen der Dunkelelben hatte diese Frage bereits beantwortet, aber vielleicht waren in den Archiven dennoch Informationen zu finden, die sich als nützlich erweisen mochten.

Barlok beschloss, dieser Möglichkeit nachzugehen.

Andächtig ließ Barlok seinen Blick über Carem Thain schweifen. Waren ihm bereits die Bauten in der großen oberen Halle prunkvoll vorgekommen und mit kaum etwas zu vergleichen gewesen, was er zuvor gesehen hatte, so musste für das, was er in der dritten Ebene vorfand, ein neues Wort erfunden werden.

Hier hatte sich das Können der Zwerge zu höchsten Höhen aufgeschwungen und etwas geschaffen, das der absoluten Perfektion nahe kam. Jedes einzelne der Bauwerke, die er bislang hier gesehen hatte, stellte ein Wunderwerk dar, an dem tausende von Handwerkern und Künstlern über viele Generationen hinweg gearbeitet haben mussten.

Der große Tempel Li'thils, der Sitz der Priesterinnen – eine ungeheure Kathedrale mit kühn geschwungenen Kuppeldächern, in der zehntausende Zwerge Platz zum Gebet fanden.

Die Gildenhäuser der Arbeiter – Prachtbauten, verziert mit zehnfach überlebensgroßen Darstellungen all der verschiedenen Bereiche, die ihre Tätigkeiten umfassten, vom Minenarbeiter, der in den Tiefen schürfte, über den Schmied bis hin zum Juwelier, der den geförderten Rohedelsteinen erst zu Glanz und perfekter Form verhalf.

Die Häuser der Heilung – eine kaum vorstellbare Anordnung aus Gebäuden und steinernen Gärten, die jeden Park mit echten Pflanzen weit übertrafen, angefüllt mit Springquellen, Brunnenanlagen, in denen jetzt allerdings kein Wasser mehr sprudelte, und unzähligen weiteren Details. Barlok hätte stundenlang, tagelang allein nur in diesen Steingärten herumwandern können.

All dies durfte nicht auf ewig verloren sein, erobert von Kreaturen, denen die unvergleichliche Schönheit dieser Orte nichts bedeutete, die nichts anderes als Hass und Mord kannten.

Dabei hatte er das vermutlich großartigste Bauwerk hier noch nicht einmal aus der Nähe gesehen, den ehemaligen Königspalast, dessen Türme und Dächer sich in der Ferne erhoben.

Im Moment aber bewunderte er Carem Thain, das sich ihm in der Form einer geöffneten Schriftrolle präsentierte, mit zwei länglichen, seitlich runden Gebäuden aus makellosem weißen Marmor, verbunden durch einen nur einstöckigen, flachen Bau.

Mehr als zwei Stunden durchsuchte er mit den beiden Kriegern, die er als Begleiter zu dieser Erkundung mitgenommen hatte, das Innere des Gebäudes. Ein immenser Schatz an Wissen lagerte hier, riesige Hallen, deren Wände bis unter die Decke von Regalen mit Büchern, Folianten und Schriftrollen verstellt waren – viel, viel mehr, als es in Elan-Dhor gegeben hatte.

Schließlich erreichten sie einen Raum, der wohl dem obersten Schriftmeister als Arbeitszimmer gedient hatte. Hier lagerten einige besonders alt aussehende Folianten und sonstige Schriftstücke, und hier fand Barlok auch, was er sich erhofft hatte. Auf einem der Tische lag ein aufgeschlagenes Buch, bei dem es sich tatsächlich um eine Art Chronik zu handeln schien, wie er feststellte, nachdem er einige der Einträge flüchtig überflogen hatte. Er ließ sich auf einem Stuhl nieder, begann in dem Buch zu blättern und vertiefte sich aufmerksamer in die Aufzeichnungen.

»Was tut Ihr da, Kriegsmeister?«, fragte einer der Krieger. »Kommt, gehen wir, hier gibt es nichts Interessantes für uns. Ich verstehe nicht, warum wir überhaupt hergekommen sind.«

»Wir sind gekommen, damit ich genau das hier lesen kann«, erwiderte Barlok barsch.

Verdutzt blickten sich die beiden Krieger an, dann begannen sie zu lachen.

»Im Ernst, was wollen wir hier? Wir sollten –«

»Schweigt endlich, ihr Dummköpfe«, fuhr Barlok sie an. »Hier steht geschrieben, was vor tausend Jahren hier geschah.«

»Ihr meint, Ihr … Ihr könnt *wirklich* lesen?«

Barlok seufzte. Lesen und Schreiben waren Fähigkeiten, die von der Krieger- und Arbeiterkaste allgemein als nutzlos betrachtet wurden, weshalb man sie den Gelehrten überließ. Er war diesbezüglich allerdings schon immer anderer Ansicht gewesen. Heimlich, um sich nicht dem Spott der anderen auszusetzen, hatte er das Lesen erlernt.

»Hört zu«, sagte er. »Hier steht: *Die unerklärlichen Morde, die sich in den vergangenen Tagen in den tieferen Ebenen der Minen an den dort schürfenden Arbeitern ereigneten, haben sich heute bis auf die vierte Ebene mit ihren Verarbeitungsbetrieben und sogar bis in die Wohnebenen ausgebreitet. Damit steigt die Zahl der Toten auf über hundert, und niemand kann sich erklären, was es damit auf sich hat. Es scheint, als wäre etwas abgrundtief Böses, Unsichtbares aus den Tiefen der Welt bis in das Herz von Zarkhadul vorgedrungen.*«

Barlok machte eine kurze Pause. »Wer das geschrieben hat, ahnte damals vermutlich noch nicht einmal, wie nahe er der Wahrheit damit gekommen ist.« Er blätterte eine Seite um und las weiter: »*Den Priesterinnen der Li'thil ist es gelungen, den unsichtbaren Feind zumindest schemenhaft sichtbar zu machen. Er ist überall, tausende von ihnen, die unbemerkt in unser Reich vordringen konnten, und immer mehr drängen aus der Tiefe nach. Sie überrennen unsere Verteidigungen und schlachten unser Volk ab. Wir haben Boten nach Elan-Dhor und zu den Menschen gesandt, aber ich bezweifle, dass sie ihr Ziel erreichen. Ein Teil der Unsichtbaren ist bereits an die Oberfläche vorgedrungen und bewacht die Ausgänge.*«

Barlok blickte auf.

»Das erklärt, warum wir damals nichts davon erfuhren, was hier vorging«, murmelte er. »Hier wird nun von den Kämpfen geschrieben – wo sie stattfanden, wie sie verliefen und dergleichen mehr, das für uns keine Bedeutung mehr hat. Das hier ist noch interessant: *Die Gefangenen, die wir vor drei Tagen gemacht haben, sind tot, ohne dass es dafür eine erkennbare Ursache gibt. Sie brachen einfach zusammen, und wenig später lösten sich ihre Körper in Nichts auf. Einige nahmen an, sie hätten sich mit ihren magischen Kräften selbst getötet, aber Ähnliches wurde auch im Kampf gegen die Feinde beobachtet. Es scheint, als wäre ihr Leben nur äußerst kurz, aber dafür scheint ihr Nachschub unbegrenzt zu sein.*«

Barlok runzelte die Stirn. Etwas Derartiges hatte er nicht beobachten können, allerdings war die Verteidigung Elan-Dhors auch innerhalb kurzer Zeit überrannt worden, während die Krieger Zarkhaduls offenbar wesentlich längere Zeit Widerstand geleistet hatten.

»Lest weiter«, drängte einer der Krieger.

»*Wir dürfen wohl nicht auf Hilfe von außen hoffen. Ich glaube nicht, dass unsere Boten ihr Ziel erreicht haben. Auch eine Flucht ist sinnlos. Jeder, der zu fliehen versucht, wird von den Unsichtbaren abgeschlachtet. Zarkhadul ist ohne Zweifel dem Untergang geweiht. Unser Heer ist nahezu aufgerieben, es gibt keine Rettung mehr. Wir können nur versuchen, anderen unser Schicksal zu ersparen, denn nach dem Fall Zarkhaduls werden die Unsichtbaren auch über die Oberfläche herfallen und ihre Gräuel dort fortsetzen. Um dies zu verhindern, hat König Lykon heute mit Unterstützung des Hohen Rates einen heroischen Entschluss gefasst. Wir werden die Bestien nicht an die Oberfläche gelangen lassen, deshalb haben wir kurzfristig die Zu-*

gänge zurückerobert und sie gesprengt, so gründlich, dass es hoffentlich niemals jemandem gelingen wird, sie wieder zu öffnen.«

Barlok rang sich ein flüchtiges Lächeln ab. Also hatte Vilon tatsächlich mit seiner Theorie Recht behalten. In heldenhafter Selbstaufopferung hatten sich die hier lebenden Zwerge zusammen mit den Dunkelelben eingeschlossen. Er blätterte wieder vor, da die folgenden Absätze nichts Wichtiges enthielten, bis er auf etwas stieß, das ihn mit ungeheurer Aufregung erfüllte.

»*Heute haben wir einen großen und kaum noch für möglich gehaltenen Triumph errungen, doch fürchte ich, dass er zu spät erfolgte*«, las er vor. »*Einem Trupp unserer Krieger ist es gelungen, auf geheimen Wegen bis in die tiefste Ebene und in den Rücken des Feindes zu gelangen, wo sie mit einer gewaltigen Menge Sprengpulver den Durchbruch zu den unterirdischen Höhlen verschlossen haben, aus denen er kam. Die Explosion war bis hier zu spüren und so heftig, dass ich glaubte, sie würde den ganzen Berg zum Einsturz bringen. Damit sind die Unsichtbaren von weiterer Verstärkung abgeschnitten. Sie sind wie rasend, und wir haben nicht mehr die Truppen, uns länger gegen sie zu halten.*«

»Und dann? Lest doch weiter, Kriegsmeister.«

»Danach kommt nichts mehr«, murmelte Barlok dumpf. »Das war der letzte Eintrag. Aber es ist nicht schwer zu erraten, was dann geschah. Die Dunkelelben fegten den letzten Widerstand hinweg und errichteten ihre Terrorherrschaft in Zarkhadul. Einige tausend Zwerge ließen sie am Leben und sorgten dafür, dass sie sich vermehrten, damit sie immer Opfer hatten, denen sie ihre Lebenskraft aussaugen konnten, um sich selbst am Leben zu erhalten.« Seine Augen begannen zu leuchten. »Aber dass es den Verteidigern vorher gelang, die unterirdischen Stollen zu sprengen, ist die wohl beste Nachricht seit Tagen. Wie es aussieht, haben wir es nicht mit tausenden oder zehntausenden Thir-Ailith zu tun, die jederzeit aus der Tiefe nachrücken können, sondern nur mit den wenigen hundert, die hier in Zarkhadul selbst zu leben scheinen!«

Noch völlig im Bann dessen, was er gelesen hatte, machte sich Barlok mit seinen Begleitern auf den Rückweg. Wenn die unteren Ebenen der Minen wirklich vollständig verschüttet waren, dann änderte das für ihn und die Angehörigen seines Trupps zwar wenig, aber es bestand eine längst nicht so große Gefahr für die Oberfläche, wie er befürchtet hatte. Mit einigen wenigen Dunkelelben würde das Heer der Zwerge fertig werden, daran hatte er keinen Zweifel.

Sie befanden sich bereits wieder in der vierten Ebene und durchquerten eine der Hallen, als völlig unvermutet zwei Dunkelelben kaum ein Dutzend Schritte von ihnen entfernt aus einem der Torbögen traten.

Auch die beiden Thir-Ailith schienen überrascht, doch statt zu ihren Waffen zu greifen, streckte einer von ihnen lediglich seine Hand in ihre Richtung aus.

Halt!

Es war kein gesprochenes Wort, das Barlok hörte, sondern er spürte mit einem Mal einen dumpfen Druck im Kopf, als würde etwas unsagbar Finsteres nach seinem Verstand greifen. Ein fremdartiger Begriff, wie er ihn noch nie gehört hatte, erklang direkt in seinen Gedanken, aber obwohl er das Wort noch nie zuvor vernommen hatte, wusste er, dass es dem Befehl, sich nicht mehr zu bewegen, entsprach.

Wenn die beiden Dunkelelben sich allerdings einbildeten, dass er ihnen gehorchte, hatten sie sich getäuscht. Mühelos fegte er den fremden Einfluss hinweg.

»Tötet sie!«, stieß er hervor. »Sie dürfen nicht …«

Er brach ab, als er sah, dass seine beiden Begleiter in seltsamer Haltung mitten in der Bewegung erstarrt waren und sich nicht mehr rührten. *Niemand kann sich gegen den Befehl der Thir-Ailith auflehnen*, hatte Lian schon vor Tagen behauptet. Damals hatte Barlok dem nicht viel Bedeutung beigemessen, doch anscheinend verfügten die Dunkelelben durch ihre Magie wirklich über die Fähigkeit, anderen ihren Willen aufzuzwingen. Barlok spürte diesen Einfluss ebenfalls, doch aus einem ihm unbekannten Grund gelang es ihm mühelos, sich dem zu widersetzen, während seine Begleiter der fremden Macht ausgeliefert waren.

Er wollte nach seinem Schwert greifen, als er erneut den fremden Einfluss verspürte, der ihm befahl, zu erstarren und jeden Widerstand zu unterlassen.

Diesmal gehorchte er, wenn auch aus freien Stücken. Er stand allein gegen zwei Dunkelelben, da war List eher gefragt als bloße Waffengewalt. Sollten sie nur glauben, dass er sich unter ihrem Bann befände.

Kommt her!, vernahm er einen weiteren lautlosen Befehl. Auch diesmal waren es Worte einer fremden, nie zuvor gehörten Sprache, die direkt in seinem Kopf erklangen, und deren Sinn er sofort verstand. Wie die beiden anderen Krieger setzte er sich mit langsamen, etwas steifen Schritten in Bewegung und ging auf die ahnungslosen Dunkelelben zu.

Als er sich nur noch einen Schritt von ihnen entfernt befand, riss er blitzartig sein Schwert hervor, zog die Klinge dem einen Thir-Ailith über die Kehle und rammte sie nur Sekundenbruchteile später dem zweiten ins Herz. Falls er so etwas wie ein Herz besaß.

Beide sanken tot zu Boden. Der fremde Einfluss in Barloks Kopf erlosch, und im gleichen Moment erlangten auch die beiden Krieger ihren freien Willen zurück.

»Was … was war das?«, keuchte einer von ihnen entsetzt.

»Da war … eine fremde Stimme in meinen Gedanken«, stammelte der andere. »Ich musste ihr gehorchen, konnte mich nicht dagegen auflehnen.«

»Eine weitere Teufelei der Dunkelelben«, sagte Barlok. »Los, fasst mit an.«

Sie schleiften die beiden toten Thir-Ailith hinter einige Gesteinsbrocken in einer Ecke der Höhle, wo sie hoffentlich nicht so schnell entdeckt werden würden, ehe sie hastig ihren Weg fortsetzten.

Ohne weitere Zwischenfälle erreichten sie das Versteck, wo die anderen auf sie warteten. Nicht mehr die winzige Grotte, in der Lian zuvor gehaust hatte, sondern ein etwas größerer Raum. Ausführlich erstattete er Bericht über das, was er erfahren und erlebt hatte.

»Ich weiß nicht, warum ich gegen die magischen Befehle der Dunkelelben immun war«, schloss er. »Aber es bereitete mir keinerlei Mühe …«

Er verstummte, als er spürte, wie etwas geschah. Etwas Fremdes, Unheimliches erfüllte plötzlich den Raum, eine Magie von solcher Stärke, wie er sie noch nie zuvor gespürt hatte. Etwas wie ein kaum wahrnehmbares Summen lag in der Luft. Auch Lian versteifte sich, während die Krieger ihn nur fragend anblickten.

»Was ist los, Kriegsmeister?«, erkundigte sich einer von ihnen.

»Spürt ihr es denn nicht? Eine ungeheure fremde Macht, die …« Er brach ab, als er das Unverständnis in den Augen der anderen sah. »Du spürst es ebenfalls, nicht wahr?«, wandte er sich an Lian.

Der Junge nickte stumm. Furcht verzerrte sein Gesicht.

Minuten verstrichen, ohne dass sich etwas ereignete. Unvermindert spürte Barlok die fremde Magie. Irgendetwas Ungeheuerliches ging vor sich, aber er konnte nicht einmal erahnen, was es war. Wenigstens schien es nicht unmittelbar gegen sie gerichtet zu sein.

Eine Viertelstunde mochte vergangen sein, als er etwas hörte, das wie dumpfe, weit entfernt in regelmäßigem Rhythmus geschlagene Trommeln klang.

»Ich muss herausfinden, was das zu bedeuten hat«, sagte Barlok. »Ihr wartet hier, ich gehe allein!«

Hastig eilte er davon, auf die Quelle des Geräusches zu. Es wurde rasch lauter, und schon bald erkannte er, dass es sich nicht um Trommeln handelte. Eher klang es wie …

Er sah seine Vermutung bestätigt, als er sein Ziel erreichte. Der Stollen endete auf halber Höhe in der Wand einer der großen

Hallen. Von hier aus konnte Barlok einen Blick in die Tiefe werfen, ohne selbst groß in Gefahr zu geraten, entdeckt zu werden. Die letzten Meter kroch er auf Händen und Knien, legte sich dann flach auf den Boden und streckte den Kopf über die Felskante.

Die Hoffnung, die er nach dem Lesen der Chronik geschöpft hatte, verwandelte sich in Entsetzen. Der Schriftmeister, der sie verfasst hatte, hatte sich geirrt. Der Weg von Zarkhadul in die Unterwelt der Thir-Ailith war nicht verschlossen worden, wenigstens nicht so gründlich wie erhofft, denn nun musste er wieder offen sein.

Das Geräusch waren die Tritte unsagbar vieler schwerer Stiefel. Ein schier endloser Heerzug von Dunkelelben wälzte sich im Gleichschritt marschierend durch die Halle.

Tausende.

Zehntausende.

Erst nachdem er einige Minuten voller Grauen in die Tiefe gestarrt hatte, begriff Barlok, was dieser Aufmarsch zu bedeuten hatte. Nicht nur der Durchgang in die Unterwelt der Thir-Ailith war wieder geöffnet worden, sondern auch der Weg an die Oberfläche.

Das riesige Heer, das er unter sich vorbeimarschieren sah, zog aus, um über Elan-Tart herzufallen.

28

DER RAT DER ELBEN

Als Warlon erwachte, schien ihm warm die Sonne ins Gesicht, sodass er die Augen sofort geblendet wieder schloss, kaum dass er sie geöffnet hatte. Das Trällern von Vögeln drang an seine Ohren.

Sonne? Vögel?

Es fiel ihm schwer, sich zu erinnern, was geschehen war, aber er wusste, dass er schon seit Wochen keinen hellen Sonnenschein mehr gesehen und keinen Vogel mehr gehört hatte. Mit dem Karren waren sie durch Udan gefahren, hatten die trostlose Einöde der Geröllwüste erreicht, durch die sie zu Fuß gewandert waren, schließlich Schnee und Eis – die wirren Erinnerungsfetzen in seinem Kopf fügten sich allmählich zu klaren Bildern zusammen.

Die Elben!

Plötzlich erinnerte er sich auch wieder an die Begegnung mit den weißen Reitern. Einer von ihnen hatte ihn zu sich auf sein Pferd gehoben, und von da an wusste Warlon nichts mehr.

Erneut riss er die Augen auf, blinzelte in das helle Licht und schirmte sie mit einer Hand ab. Er lag in einem mit feinstem weißen Linnen bezogenen Bett, das sich so seidig anfühlte, wie er es noch nie bei einem Stoff gespürt hatte. Die Decke über ihm bestand aus hellem Holz und wurde von mehreren Balken getragen. Schnitzereien bedeckten die Balken, die rankende Pflanzen darstellten und mit großer Kunstfertigkeit ausgeführt waren. So wie Zwerge bei der Gravur von Stein diesem nicht einfach eine fremde Form aufzwangen, sondern sein natürliches Wesen herauszuarbeiten versuchten, so schienen auch die Ranken bereits im Holz der Balken geruht zu haben, und jemand hatte sie nur daraus befreit und alles weggeschnitten, was den Blick auf diese Form verstellt hatte.

Warlon setzte sich auf und schaute sich genauer um. Der Raum wies große, bogenförmige Fenster auf, durch die er Berggipfel und darüber einen wolkenfreien blauen Himmel sehen konnte. Das Bett, in dem er lag, war ebenfalls mit Schnitzereien versehen, ebenso eine Truhe, die daneben stand, und ein Tisch mit drei Stühlen. Alles schien aus dem gleichen Holz gefertigt zu sein und war mit großer Kunstfertigkeit gedrechselt und verziert. Keine der Schnitzereien glich der anderen, obwohl sich viele irgendwie ähnlich sahen und fast alle Pflanzenmuster darstellten, hauptsächlich Blüten oder ganze Blumen.

Ein Sinn für Schönheit sowie für künstlerisches und handwerkliches Können ließ sich den Elben ganz gewiss nicht absprechen. Ansonsten jedoch... Ihr Verhalten bei ihrem ersten Zusammentreffen bestätigte nicht nur das Bild, das Warlon von ihnen hatte, sondern übertraf es sogar – in negativer Hinsicht. Sie hatten sich bemüht, so höflich wie nur irgend möglich zu sein, doch dieser Lhiuvan hatte sie dermaßen herablassend behandelt, als sähe er in ihnen nur lästiges Geschmeiß. Eine solche Überheblichkeit hatte Warlon noch nie erlebt.

Es lag Jahrtausende zurück, seit es die letzten Kontakte zwischen Zwergen und Elben gegeben hatte. Damals waren die Zwerge selbst noch ein wesentlich wilderes Volk als heute gewesen, und aus dieser Zeit stammte auch noch ihr Bild von den Elben als ein Volk, das sich allen anderen überlegen dünkte. Warlon hatte gehofft, dass sich dies als falsch herausstellen würde, dass auch die Elben sich geändert hätten, doch schien das ganz und gar nicht der Fall zu sein.

Und er war hier, um ausgerechnet sie um Hilfe anzuflehen – von ihnen hing möglicherweise der Fortbestand Elan-Dhors und seines ganzen Volkes ab. Tausendmal lieber würde er Lhiuvan in den edlen Hintern treten, ihm wünschen, der Schnee dieser eisigen Wüste möge ihn und den Rest des Elbengesindels für alle Zeiten verschlingen, und auf der Stelle wieder von hier verschwinden.

Nur seinem Volk zuliebe war er bereit, seinen eigenen Stolz für einige Zeit zu unterdrücken und die Demütigung hinzunehmen.

Er schlug die Decke zurück und schwang die Beine aus dem Bett. Erst jetzt merkte er, dass er lediglich ein bis zu den Knien reichendes Hemd trug. Seine Sachen lagen ordentlich auf der Truhe neben dem Bett. Auf dem Tisch fanden sich mehrere Tücher, außerdem stand dort eine Schüssel mit Wasser, die er jedoch ignorierte. Stattdessen kleidete er sich rasch an und war gerade damit fertig, als an die Tür des Zimmers geklopft wurde und Malcorion eintrat.

»Auch endlich wach? Ailin und Lokin sind schon seit einer halben Stunde auf. Wie fühlst du dich?«

»Gut«, behauptete Warlon, was der Wahrheit entsprach. Er fühlte sich frisch und ausgeruht wie seit Wochen nicht mehr. »Wie lange habe ich geschlafen?«

»Die ganze Nacht hindurch. Bei Sonnenaufgang haben wir das Tal erreicht, das ist jetzt zwei Stunden her. Zur Mittagsstunde wird uns eine Audienz vor dem Elbenrat und der Herrin Illurien gewährt. Dort kannst du dein Anliegen vortragen.«

»Der Herrin Illurien? Wer ist sie? Die Herrscherin der Elben? Ihre Königin?«

»Keine Herrscherin und auch keine Königin wie bei den Menschen oder den Zwergen. Solche Titel kennt man bei den Elben nicht, und sie würden es auch niemals dulden, dass ein Einzelner ihnen vorschreibt, was sie zu tun haben. Illurien ist die Weiseste und Älteste unter ihnen. Sie hat ihr Volk einst in dieses Tal geführt. Ihr Wort besitzt Gewicht, aber sie kann keine Beschlüsse gegen den Willen der anderen fassen. Trotzdem – wenn du sie überzeugen kannst, dann hast du schon viel gewonnen.«

»Wenn«, murmelte Warlon. »Glaubst du daran? Allmählich

denke ich, dass wir uns den Weg hätten sparen können. Von denen werden wir nie Hilfe erhalten. Über das Wiedersehen mit dir schienen sie sich ja zu freuen, aber wenn du nicht bei uns gewesen wärst, hätten sie uns wahrscheinlich sofort wieder zurückgeschickt.«

»Lhiuvan ist nicht typisch für alle Elben«, behauptete Malcorion. »Im Gegenteil, er gehört sogar zu einer nur kleinen Minderheit innerhalb seines Volkes. Man könnte sagen, er lebt in einer falschen Zeit. Oder eher, dass die Zeit für ihn stehen geblieben ist.«

»Wie meinst du das?«

»Er ist so, wie die Elben vor langer Zeit waren. Stolz und voller Tatendrang. Und voller Zorn und Verbitterung. Nur wenige sind heute noch so wie er, und sie müssen hilflos dem Untergang ihres Volkes zusehen. Die große Zeit der Elben ist vorbei, ihr Volk stirbt einen langsamen, qualvollen Tod. Die Alten sterben, denn obwohl Elben selbst für Zwergenmaßstäbe sehr alt werden, sind sie nicht unsterblich, und immer weniger Kinder werden geboren. Einst zählte ihr Volk nach Hunderttausenden. Nun gibt es keine fünftausend von ihnen mehr. Deshalb haben sie sich hierher zurückgezogen.«

Seine Worte machten Warlon betroffen, denn sie galten in ganz ähnlicher Form auch für sein eigenes Volk. Die große Zeit der Zwerge war ebenfalls längst vorüber, obwohl sie erst lange nach den Elben die Bühne der Welt betreten hatten. Auch sie hatten einst nach Hunderttausenden gezählt, von denen nur noch die Bewohner Elan-Dhors übrig geblieben waren.

»Fünftausend«, murmelte er, während sich seine Verblüffung in Ärger verwandelte. »Dann haben wir hier wirklich nicht viel Hilfe zu erwarten. Ich hatte gehofft, die Elben würden ein Heer ausschicken, um uns zu Hilfe zu kommen.« Anklagend richtete er seinen Blick auf den Waldläufer. »Du wusstest, dass man uns hier gar nicht würde helfen können. Warum hast du uns nicht schon früher die Wahrheit gesagt, statt uns in trügerischer Hoffnung zu wiegen? Hast du dich wenigstens gut auf unsere Kosten amüsiert?«

»Wenn du nach allem, was wir durchgemacht haben, glaubst, dass ich aus so niederträchtigen Motiven handeln würde, dann kennst du mich nicht annähernd so gut, wie ich dachte«, erwiderte Malcorion mit plötzlich scharfer Stimme. »Du bist verbittert und fühlst dich betrogen, das verstehe ich«, fügte er sanfter hinzu. »Ein Elbenheer, das Seite an Seite mit deinem Volk in den Kampf zieht, hast du hier nicht zu erwarten, das ist richtig. Aber Hilfe kann viele Formen haben. Vielleicht hätte ich euch früher sagen sollen, dass ihr hier keine militärische Unterstützung dieser Art finden könnt, aber ich fürchtete, dass ihr mich missverstehen und eure Mission abbrechen würdet, wenn ihr euch nur darauf versteift habt. Noch immer besitzen die Elben große Macht, aber eine andere, als du sie dir offenbar vorgestellt hast.«

Warlon schwieg. Er war noch immer zornig und fühlte sich betrogen, aber auch verwirrt. Er verstand nicht ganz, was Malcorion mit seinen Worten meinte, aber immerhin spürte er, dass der Waldläufer aufrichtig glaubte, dass ihnen hier Hilfe zuteil werden könnte.

So war er froh, dass ihr Gespräch unterbrochen wurde, als die Tür aufging und Lokin seinen Kopf hereinstreckte.

»Was macht ihr denn so lange hier? Kommt endlich, wir wollen uns ein wenig umsehen.«

Der Anblick war überwältigend. Die Tür führte auf eine Art Galerie oder Balkon hinaus, und kaum, dass er ins Freie trat, begriff Warlon, warum man diesen Ort das goldene Tal nannte.

Sie befanden sich in einem großen und länglichen, ringsum von Bergen eingeschlossenen Kessel, durch dessen Grund sich ein Fluss schlängelte, über den mehrere Brücken führten. In der Ferne sah Warlon sogar mehrere Schiffe am Ufer vertäut liegen.

Zahlreiche Häuser waren in unterschiedlicher Höhe direkt an die Hänge der Berge gebaut und ragten kühn hinaus, oft noch mit ausladenden Plattformen oder Galerien wie der, auf der sie sich befanden. Hätten die Häuser nicht aus Holz, sondern aus Stein bestanden, und wäre das Tal eine Höhle im Inneren eines Berges gewesen, hätte es sich in der Anlage beinahe um eine Zwergenstadt handeln können, obwohl der Baustil ein völlig anderer war. Zwerge bevorzugten eine gedrungene, kompakte Bauweise, während hier fast alle Bauwerke lange, spitze Türmchen aufwiesen.

Ansonsten jedoch herrschten hauptsächlich runde, fließende Formen vor, viele Bögen. Fast alle Gebäude waren durch Treppen und zum Teil kühn geschwungene Wege entlang der Felswand miteinander verbunden, viele davon überdachte Bogengänge. Wo keine Häuser standen, waren die Felswände dicht bewachsen, teilweise bedeckten Kletterpflanzen auch die Hauswände selbst oder schlängelten sich über die Arkaden und Bogengänge.

Am Grund des Tals, beiderseits des Flusses, erstreckten sich Gärten und Wiesen mit Bäumen darauf, so hoch und prachtvoll gewachsen, wie Warlon während der ganzen Reise keine gesehen hatte. Selbst die gewaltigen Bäume des Finsterwalds nahmen sich dagegen schäbig und unbedeutend aus.

Und nicht eine der Pflanzen war grün. Nicht die Ranken, nicht die Büsche, die Blumen oder die Bäume. Alle schimmerten sie und reflektierten das Sonnenlicht, als bestünden sie aus purem Gold!

Einen Moment lang glaubte Warlon tatsächlich, dass sie künstlichen Ursprungs wären, aber dann streckte er die Hand nach einer Ranke aus, die sich um das hölzerne, wie alles hier kunstvoll geschnitzte Geländer wand, das die Galerie begrenzte, und fühlte lebende, weiche Blätter. Er erinnerte sich wieder an das Narrengold in ihrem Gepäck und an das, was Malcorion ihnen über Elbenmagie erzählt hatte – dass sie allem einen täuschend echten goldenen Schein verleihen konnte.

In der Ferne, fast am Ende des Tals, gab es große Kornfelder.

Ob sie ebenfalls den goldenen Glanz angenommen hatten oder die Ähren ihre natürliche Farbe besaßen, konnte er von hier aus nicht erkennen. Immerhin ernährten die Elben sich offenbar auf weit herkömmlichere Weise als ihre dunklen Brüder, die anderen ihre Lebenskraft raubten.

Eine wunderbare Aura von Frieden und Zeitlosigkeit lag über allem.

»Ist das nicht wunderschön?«, murmelte Ailin neben ihm.

Warlon konnte nur stumm nicken. Er war zu sehr Zwerg, als dass er dem üppigen Pflanzenwuchs, der hier überall herrschte, normalerweise allzu viel hätte abgewinnen können. Durch ihren Goldschimmer jedoch, der sie aussehen ließ, als wären sie tatsächlich künstlich aus diesem von seinem Volk wesentlich höher geschätzten Edelmetall hergestellt worden, stieg ihre Schönheit in seinen Augen um ein Vielfaches.

»Aber wie ist das möglich?«, presste er schließlich hervor. »Ich meine … die Sonne, der klare Himmel … Und es ist warm hier, dabei haben wir uns gestern noch inmitten von Schnee und Eis befunden.«

»Schnee und Eis befinden sich auch immer noch außerhalb der Berge, die dieses Tal umschließen«, behauptete Malcorion. »Obwohl ich früher oft hier weilte, verstehe ich wenig von Elbenmagie, aber das sollte dir zeigen, wozu sie auch jetzt noch fähig sind. Jetzt solltest du etwas essen.«

Er deutete auf einen Tisch, auf dem Körbe mit verschiedenen Obstsorten standen, sowie Platten mit Käse und frisch gebackenem Brot, außerdem Schälchen mit Honig und Mus. Die anderen hatten schon gegessen, wie ihre schmutzigen Teller zeigten, doch sahen sie Warlon zu, wie er sich mit Heißhunger über die wahrhaft köstlichen Speisen hermachte, bis er als Abschluss seines Mahls herzhaft rülpste, zum Zeichen, dass es ihm geschmeckt hatte.

»Nicht schlecht«, sagte er. »Diese Elben verstehen zu leben, das muss man ihnen lassen.«

»Das tun sie in der Tat«, bestätigte Malcorion. »Kommt, ich führe euch etwas herum.«

Sie verließen die Galerie und stiegen über eine hölzerne Treppe zu einer der großen Plattformen zwischen den Häusern hinab. Auch hier wuchsen goldene Pflanzen. Eine Quelle sprudelte aus einem Loch in der Felswand. Das Wasser plätscherte in kleinen Kaskaden über einige Steine, floss dann zum Rand der Plattform und stürzte in einem winzigen Wasserfall in die Tiefe.

Während ihrer Wanderung durch die seltsame Stadt trafen sie auf zahlreiche Elben, alle in helle, reich verzierte Gewänder gekleidet. Manche musterten sie mit unverhohlener Neugier, andere nahmen kaum Notiz von ihnen. Vielerorts wurde gesungen, manchmal fröhliche Weisen, manchmal schwermütige Lieder, fast wie Trauergesänge.

Überhaupt war das ein Widerspruch, der sich überall zu finden schien. Viele Elben, obwohl längst erwachsen, alberten, lachten und spielten fast wie Kinder. Andere, und längst nicht nur die, denen man bereits ein hohes Alter ansah, wandelten wie traumverloren umher oder saßen auf den zahlreichen Bänken und starrten mit leerem Blick vor sich hin.

»Thiawon, mein Freund!«, rief Malcorion plötzlich und eilte auf einen allein dasitzenden Elb zu. Dieser blickte auf, und für einen kurzen Moment glitt ein Lächeln über sein Gesicht, aber sofort wurde es wieder ernst.

»Malcorion. Wie schön, dich wieder einmal zu sehen«, sagte er mit matter, fast teilnahmsloser Stimme, der keinerlei echte Freude anzumerken war. »Du bist älter geworden. So wie ich, wie wir alle. Wie unser ganzes Volk, das bald nicht mehr an diesen Gestaden weilen wird, die ohne uns öde und trostlos sein werden. Bist du gekommen, um uns die letzte Ehre zu erweisen?«

Wieder starrte er nur mit leerem Blick vor sich hin, schien die Anwesenheit des Waldläufers bereits vergessen zu haben und erneut in seiner Schwermut versunken zu sein. Ganz anders Malcorion, der sich mit sichtlicher Erschütterung abwandte.

»Was hat das zu bedeuten?«, fragte Ailin.

»Der Fluch der Elben«, stieß Malcorion mit brüchiger Stimme hervor. »Das, was mit diesem ganzen Volk geschieht, was es tötet. Seine Melancholie, seine Trauer um sich selbst. Es nimmt an nichts mehr Anteil. Die Jüngeren weigern sich, erwachsen zu werden, leben nur für den Augenblick und haben außer Vergnügungen nichts mehr im Sinn. Noch bei meinem letzten Besuch war auch Thiawon so. Aber früher oder später holt das Alter sie doch irgendwann ein. Sie werden sich der Lage ihres Volkes bewusst und verfallen in Resignation, warten nur noch auf das Ende. Ihr habt es ja gerade selbst erlebt. Ein großer Teil des Elbenvolkes schwankt mittlerweile zwischen diesen beiden Extremen.« Er warf noch einmal einen Blick zu dem in sich gekehrten Elb, dann wandte er sich ab. »Kommt weiter, ich ertrage es nicht, ihn so zu sehen.«

Trotz der Wärme um sie herum schauderte Warlon plötzlich. Der Waldläufer hatte nicht übertrieben, als er davon gesprochen hatte, dass dieses Volk zum Untergang verurteilt war, aber hauptsächlich deshalb, weil es sich längst aufgegeben hatte, nur noch vergangenen Zeiten hinterherträumte und sich selbst bedauerte.

Mit einem Mal begann er tatsächlich so etwas wie Verständnis für Lhiuvan und dessen Verhalten zu verspüren. Auch er würde schier unerträglichen Zorn fühlen, wenn sein Volk sich auf diese Art entwickeln würde, während er selbst immer noch so wäre wie jetzt und er nichts gegen das Verhängnis unternehmen könnte, und vielleicht würde auch er diesen Zorn blindlings auf alle entladen, die fremd und anders wären.

Vielleicht mochte es auch für das Zwergenvolk keine große Zukunft mehr geben, aber es gab doch einen großen Unterschied. Sie verfielen nicht in Resignation und ergingen sich in Selbstmitleid, sondern stellten sich den Herausforderungen und kämpften gegen das Schicksal an.

Warlons Hoffnungen, an diesem Ort Hilfe zu finden, schwanden immer mehr.

Sie stiegen ganz zum Grund des Tals hinab und ließen die Wohnstätten der Elben hinter sich. In der Nähe des Flussufers wanderten sie unter den Kronen der Bäume durch die goldenen Gärten und Parks, aber Warlon achtete kaum auf die Schönheit der Umgebung.

Was er in der Stadt beobachtet hatte, setzte sich auch hier fort. Eine Gruppe von gut zwei Dutzend Elben tanzte in einem der Gärten herum. Die meisten von ihnen waren Kinder und Jugendliche, aber auch mehrere Erwachsene waren dabei. Ein albernes Lied singend kamen sie auf den Waldläufer und die Zwerge zu, fassten sich an den Händen und tanzten ein paar Mal in einem Kreis um sie herum, ehe sie sich lachend wieder entfernten.

Andere Elben hingegen saßen irgendwo oder wanderten gedankenverloren und mit leerem Blick umher, fast wie Schlafwandler. Oder als würden sie geistig in einer völlig anderen Welt leben. Gelegentlich begann einer von ihnen ohne erkennbaren Anlass über irgendetwas zu klagen. Warlon fiel auf, dass es sich vor allem um Männer handelte.

»Was ist mit den Frauen?«, wandte er sich an Malcorion. »Bislang haben wir erst wenige Elbenfrauen zu Gesicht bekommen.«

»Sie sind praktischer veranlagt, vielleicht auch pragmatischer«, behauptete der Waldläufer. »Deshalb sind sie für das Selbstmitleid und Jammern nicht so anfällig. Hauptsächlich sorgen sie dafür, dass alles seinen geregelten Gang geht.«

»Ha, die Frauen arbeiten, und die Männer sitzen faul herum«, sagte Lokin lachend. »So könnte mir das auch gefallen.«

»Dummschwätzer«, fuhr Ailin ihn an. »Wärst du wirklich gerne so wie die da?« Sie deutete auf einige Elben, die ihnen mit gesenkten Köpfen und leidvollen Mienen entgegenkamen. Lokin antwortete nicht.

»Aber was ist mit Lhiuvan?«, fragte Warlon. »Du sagtest, er wäre noch so, wie die Elben früher waren, und er wäre nicht der Einzige.«

»Sie sind so etwas wie Rebellen. Das Erbe ihres Volkes ist noch stark in ihnen, und sie haben sich als immun gegen Resignation und Selbstaufgabe erwiesen. Lange Zeit haben sie sich gegen den Niedergang gestemmt und die anderen wachzurütteln versucht, aber ihre Zahl wurde immer geringer. Heute gibt es nur noch wenige hundert, die so sind wie Lhiuvan.«

»Es muss furchtbar sein, mit anzusehen, wie das eigene Volk auf diese Art zugrunde geht, ohne etwas dagegen unternehmen zu können.«

»Deshalb verbringen Lhiuvan und die meisten anderen, die so denken wie er, auch nicht mehr viel Zeit hier. Sie sichern die Grenzen des Tals gegen eventuelle Feinde, oder sie jagen. Ich habe mich mit ihm angefreundet, als ich ihn auf einer dieser Jagden begleitet habe und wir einen Eisbären erlegten. Er hat... Dort kommt er übrigens.«

Warlon richtete seinen Blick nach vorne und sah den Elb, der mit raschen, energischen Schritten auf sie zukam.

»Der Rat findet sich in einer Stunde zusammen«, sagte er knapp. »Dann könnt ihr der Herrin eure kleinlichen Problemchen vortragen. Aber ihr solltet sie nicht beleidigen, indem ihr ihr so schmutzig und abgerissen unter die Augen tretet. In euren Quartieren liegen saubere Gewänder für euch bereit. Also eilt euch.«

»Kleine Problemchen«, schnaubte Lokin. »Es geht um den Fortbestand unseres ganzen Volkes.«

»Du sagst es, *eures* Volkes«, erwiderte Lhiuvan hochmütig. »Für uns sind das nur Problemchen, wir haben unsere eigenen Sorgen. Was haben wir mit den euren zu schaffen?«

»Weil sie erst durch euch –«

»Das sollten wir später vor dem Rat erörtern«, fiel Malcorion ihm ins Wort. »Und was dich betrifft, Lhiuvan – ich weiß, dass du keine hohe Meinung von Zwergen hast. Aber diese hier sind meine Freunde, und die Herrin hat sie als Gäste willkommen geheißen. Du solltest diese Gastfreundschaft nicht durch übermäßige Unhöflichkeit beflecken.«

Für einen Moment glitt ein noch arroganterer, aber auch zorniger Ausdruck über das Gesicht des Elben, aber dann nickte er knapp und lächelte.

»Du hast recht, ich vergaß mich. Meine Gefühle haben hinter der Einladung der Herrin zurückzustehen.«

»Was, bei meinem Barte, habt Ihr denn bloß gegen uns?«, platzte Warlon heraus. »Wir haben nichts getan, was Euch verärgert haben könnte.«

»Ihr persönlich vielleicht nicht«, antwortete Lhiuvan nach kurzem Zögern. »Es ist die gesamte Art der Zwerge. Wir kennen die schon sprichwörtliche Gier Eures Volkes nach Reichtümern zur Genüge, und sie ist uns zuwider. Wir bemühen uns, mit der Natur im Einklang zu leben, aber ihr beutet sie aus. Alles, was euch von Wert erscheint, rafft ihr an euch, reißt es aus der Erde und verwirkt es damit unwiederbringlich. Wenn alle Völker so wären wie ihr, gäbe es schon bald nichts Schönes mehr auf der Welt, es sei denn, ihr würdet euch die Schätze der Erde als Schmuck umhängen oder an andere verkaufen. Das ist verachtenswert, und deshalb habe ich für eure kleingeistigen Krämerseelen auch nur Verachtung übrig. Verzeih, wenn dich das erneut beleidigt haben sollte, aber du hast selbst gefragt.«

»Und ich danke Euch für Eure Aufrichtigkeit.« Warlon deutete eine Verbeugung an, obwohl es in ihm brodelte. Aber mit Höflichkeit erreichte er wahrscheinlich mehr, als wenn er sich gegen die Vorwürfe zu verteidigen versuchte, worauf Lhiuvan vermutlich nur wartete. »Es gäbe einiges darauf zu erwidern, doch wollen wir den Frieden dieses Ortes nicht mit Streit beflecken.«

Einige Sekunden lang starrte der Elb ihn verblüfft und ungläubig an, dann wandte er sich abrupt um und eilte ohne ein weiteres Wort davon.

»Dem hast du es aber gegeben«, sagte Lokin kichernd. »Ich wusste gar nicht, dass ein Krieger sich so gewählt ausdrücken kann. Mir lag selbst eine weitaus weniger freundliche Erwiderung auf der Zunge, doch mit deiner Höflichkeit hast du ihn sprachlos gemacht.«

»Und das passiert nicht oft bei einem Elben«, ergänzte Malcorion. »Aber nun sollten wir uns beeilen. Ihr wollt doch nicht zu spät zu der euch gewährten Audienz kommen.«

Die Audienz fand im Freien statt, unter dem Blätterdach des vermutlich größten Baums inmitten dieses Gartens voll von riesenhaften Bäumen. Dreizehn besonders schöne Stühle waren so in einem Halbkreis angeordnet, dass der mittlere, der etwas größer als die anderen war, direkt an seinem Stamm stand. Im Inneren des Halbkreises waren drei Stühle für die Zwerge aufgestellt worden. Einige Meter entfernt gab es weitere Plätze, von denen viele bereits von Elben besetzt waren – die meisten davon Frauen –, als die Zwerge von Malcorion herangeführt wurden, während die dreizehn Prachtstühle noch leer waren. Er forderte sie auf, sich zu setzen, und nahm selbst etwas entfernt zwischen den versammelten Elben Platz, direkt neben Lhiuvan.

Wie der Elb gesagt hatte, hatten sie in ihren Unterkünften Gewänder ähnlich denen vorgefunden, wie die Elben sie trugen, allerdings in ihrer Größe. Ein wenig kam sich Warlon darin vor wie in dem Nachthemd, in dem er am Morgen aufgewacht war, auch wenn dieser Eindruck durch einen breiten Gürtel etwas abgemildert wurde. Dennoch hatte er das Gewand angezogen und sich genau wie seine Gefährten mit einem feuchten Tuch sogar den gröbsten Schmutz aus dem Gesicht und von den Armen und Händen gewischt.

Das leise Gemurmel der Zuschauer verstummte, als mehrere Glockenschläge ertönten. Eine Prozession von dreizehn Frauen näherte sich schweigend. Während die anderen sich setzten, blieb eine von ihnen vor dem mittleren Stuhl direkt am Stamm des Baumes stehen.

»Noch nie zuvor hatten wir Zwerge hier im goldenen Tal als Gäste. Deshalb möchte ich Euch im Namen aller ganz besonders herzlich willkommen heißen. Man nennt mich Illurien von den Bäumen.«

Warlon war so verblüfft, dass er sie sekundenlang nur anstarren konnte. Obwohl man den Elben ihr Alter nicht so deutlich ansehen konnte wie den Angehörigen der meisten anderen Völker, waren die anderen Frauen bereits recht betagt. Feine Fältchen zeigten sich in ihren Gesichtern, und ihr Haar hatte an Glanz verloren.

Anders jedoch Illurien. Ihr Gesicht war makellos und glatt, ihre Haut schien genau wie ihr langes, goldenes Haar geradezu von innen heraus zu glänzen. Noch niemals zuvor hatte Warlon ein Wesen von solcher Lieblichkeit erblickt oder sich auch nur vorstellen können. Neben ihr verblassten nicht nur ihre Begleiterinnen, auch alle Menschen- und Zwergenfrauen, selbst Ailin, wirkten im Vergleich mit diesem Inbegriff von Weiblichkeit plump und ungeschlacht.

Das sollte die Herrin Illurien sein, die Älteste und Weiseste der Elbenfrauen, wie Malcorion behauptet hatte?

Aber dann blickte er ihr direkt in die Augen, und sie kamen ihm wie tiefe, dunkle Brunnen vor, in denen er zu versinken glaubte, angefüllt mit einem unglaublichen Reichtum an Wissen. Fremde Sterne, wie sie hier am Nachthimmel nicht zu finden waren, schienen als winzige Lichter an ihrem Grund zu funkeln.

Umgekehrt hatte er das Gefühl, dass ihre Augen mühelos direkt in ihn hineinblicken würden, bis in die tiefsten Abgründe seiner Seele, und dort jeden seiner geheimsten Gedanken lesen könnten.

Nur mit Mühe gelang es ihm, seinen Blick von diesen Augen abzuwenden und sich zu verbeugen.

»Warlon aus dem Hause Korillan, Kampfführer der Kriegerkaste der ruhmreichen Hallen von Elan-Dhor, Euer untertänigster Diener. Und dies sind Ailin, Weihepriesterin der Li'thil, und Lokin, der ebenfalls der Kriegerkaste angehört.«

Das stimmte zwar nicht ganz, da Lokin aufgrund falscher Anschuldigungen aus der Kaste ausgestoßen worden war, doch würde sich Warlon nach seiner Rückkehr dafür einsetzen, dass dies rückgängig gemacht würde und er seinen alten Rang wieder erhielt.

Auch seine Begleiter verneigten sich, dann setzte sich Illurien und forderte sie mit einer Geste auf, es ihr gleichzutun.

»Ihr findet uns nicht gänzlich unvorbereitet, was Euren Besuch betrifft«, sagte sie. »Euer Kommen wurde uns bereits von unseren fernen Verwandten, den Nymphen oder Waldfeen, wie sie auch genannt werden, angekündigt. Sie berichteten auch, dass Euch ein dunkler Schatten gefolgt sei, von dem sie euch erlöst hätten. Ich gehe wohl nicht fehl, dass dieser Schatten ein Grund war, weshalb ihr diese lange Reise auf Euch genommen habt?«

»Nein, Herrin«, erwiderte Warlon. Bereitwillig sprach er sie mit diesem Titel an, geschmeichelt, dass sie im Gegensatz zu Lhiuvan auch ihm gegenüber die ehrenvolle Anrede benutzte. »Wir sind gekommen, um Eure Hilfe zu erbitten gegen einen Feind, wie er schrecklicher nicht sein kann, der unsere Hallen und das Leben unseres Volkes bedroht.«

»Dann berichtet uns von dieser Bedrohung, damit wir Euch vielleicht mit weisem Rat beistehen können.«

Warlon schluckte. Weiser Rat war nun ganz gewiss nicht die Art von Hilfe, die er sich hier erhoffte, aber auf diesen Punkt würde er erst später zu sprechen kommen. Zunächst einmal berichtete er, was sich ereignet hatte, von der verhängnisvollen Expedition in die Tiefe, der Entdeckung der Goldader, und wie sie unerwartet einen Durchgang in ein noch gänzlich unbekanntes System von Höhlen tief unter den Minen von Elan-Dhor geöffnet hatten. Er schilderte, wie der Expeditionstrupp von einer unsichtbaren Kreatur angegriffen wurde, den nutzlosen Versuch, die Unsichtbaren durch einen zum Einsturz gebrachten Tunnel am weiteren Vordringen zu hindern, und wie ein weiterer Kampftrupp, dem Ailin und er ebenfalls angehört hatten, fast gänzlich von den fremden Kreaturen niedergemacht worden war. Auch von der Verfolgung durch eines dieser Wesen bis zu den Nymphen sprach er. Nur das elbenhafte Aussehen der nach ihrem Tod sichtbar gewordenen Ungeheuer verschwieg er zunächst noch, ebenso die Vermutungen, die sie bezüglich ihrer Herkunft hegten.

Dennoch brauchte er mehr als eine Stunde, bis er mit seinem Bericht zum Ende kam, obwohl er nicht einmal unterbrochen wurde.

»Seid Euch meines Mitgefühls versichert«, sagte Illurien, als er schließlich geendet hatte. »Dieser Feind, von dem Ihr sprecht, scheint wahrhaft furchtbar zu sein, zu furchtbar vielleicht sogar für die mächtigen Äxte der Zwergenkrieger. Aber was denkt Ihr, sollen wir tun, um Euch in Eurer Bedrängnis zu helfen? Weiser Rat dürfte euch nicht hilfreich sein, selbst wenn ich Euch welchen anbieten könnte. Ich fürchte, wir können wenig tun, um Euch beizustehen, obwohl ich wünschte, dass es anders wäre.«

Die Antwort enttäuschte Warlon nicht. Er hatte nichts anderes erwartet.

»Ich habe noch nicht alles erzählt, da gibt es noch einige offene Punkte«, sagte er. »Bitte, darf ich vortreten? Ich möchte Euch etwas zeigen.«

Auf ein Nicken der Elbenherrin hin erhob er sich, griff nach einem kleinen Bündel, das er neben sich auf den Boden gelegt hatte, und ging auf sie zu.

»Dies sind einige Proben des Goldes, die aus der Ader an dem Durchbruch in die unterirdischen Höhlen der Unsichtbaren stammen«, sagte er und reichte ihr zwei der Brocken. Sie betrachtete sie flüchtig, dann zeigte sich Überraschung auf ihrem Gesicht.

»Das ist Elbengold, kein Zweifel. Das kann unmöglich aus dieser Ader stammen. Dafür müssten Elben dort unten gewesen sein, und unser Volk steigt nicht in die Tiefen der Berge hinab.«

»Und doch ist es so«, beharrte Warlon. »Und da ist noch mehr. Einige der Wesen konnten wir erschlagen, und im Tode verloren sie ihre Unsichtbarkeit, sodass sie uns ihr Aussehen enthüllten. Sie waren von hohem und schlankem Wuchs, mit schmalen Gesichtern, bleicher Haut und langem, fast weißem Haar. Und sie hatten spitz zulaufende Ohren.«

Ein Raunen ging durch die versammelte Menge.

»Das ist unerhört!«, rief Lhiuvan und sprang auf. Anklagend deutete er auf Warlon. »Will dieser Zwerg etwa andeuten, dass es sich um Elben handelt, die sein Volk angreifen? Das ist eine Beleidigung unseres ganzen Volkes. Ich verlange, dass diese Anhörung unverzüglich beendet wird und die Zwerge unseres Reiches verwiesen werden!«

»Setzt Euch wieder, Lhiuvan«, erwiderte die Herrin scharf. »Es steht Euch nicht zu, ein solches Verlangen zu äußern.« Sie wartete, bis er ihrer Aufforderung gefolgt war, dann wandte sie sich mit nicht minder scharfer Stimme an Warlon. »Ist es so? Wollt Ihr uns wirklich beschuldigen, dass wir etwas mit diesem Volk aus der Tiefe zu tun haben?«

»Sicherlich nicht in freundschaftlicher Verbundenheit«, versicherte Warlon hastig. Mit einem Mal fühlte er sich unter ihrem zwingenden Blick klein und unbedeutend. Er holte den letzten Gegenstand aus seinem Beutel heraus und reichte ihn ihr. Es handelte sich um den großen Goldbrocken mit der Rune darauf. Der Zorn verschwand aus ihrem Gesicht. An seine Stelle trat ein noch größeres Erstaunen als zuvor.

»Das ist eine uralte Elbenrune von großer Macht«, sagte sie. »Woher habt Ihr sie?«

»Dieses Symbol prangte an dem Durchgang, den wir eingerissen haben, und hinter dem die Höhlen der Unsichtbaren lagen«, berichtete er. »Malcorion glaubt, dass es dem umliegenden Gestein das Aussehen von Gold verliehen hat.«

Erneut wurde Raunen und Getuschel laut.

»Aber wie sollte eine Elbenrune in die Tiefe unter Eurem Berg gelangt sein?«, fragte Illurien. Die herrschaftliche Sicherheit und Würde, die sie zuvor umgeben hatten, waren von ihr abgefallen, sie wirkte verwirrt und ratlos.

»Genau das haben wir uns auch gefragt, als wir herausfanden, dass es sich um ein elbisches Zeichen handelt. Deshalb wurden wir auf diese Expedition zu Euch geschickt. Wir denken, dass Ihr vielleicht mehr über dieses unterirdische Volk wissen könntet, als Ihr zuzugeben bereit seid.«

Aus den Augenwinkeln nahm er war, dass Lhiuvan erneut aufsprang, doch diesmal wurde er von Malcorion auf seinen Platz zurückgezogen.

»Ich versichere Euch, dass das nicht der Fall ist«, beteuerte die Elbenherrin. »Ich verstehe es so wenig wie Ihr.«

Warlon zögerte. Er fürchtete, den Bogen zu überspannen und sich ihren Zorn zuzuziehen, aber sie ließ ihm keine andere Wahl, als alles vorzutragen, was Schriftmeister Selon herausgefunden hatte.

»Bevor wir losgeschickt wurden, haben unsere Gelehrten in ihren Archiven nach Hinweisen gesucht, die uns der Lösung dieses Rätsels näher bringen könnten«, sagte er. »Sie stießen auf uralte Aufzeichnungen, Legenden, die vor vielen Jahrtausenden niedergeschrieben wurden, aber noch sehr viel älter sind. Legenden über Auseinandersetzungen und schließlich sogar einen Krieg innerhalb des Elbenvolkes.« Das Raunen und Tuscheln schwoll an, doch Warlon redete unbeirrt weiter. »In diesen Legenden wird berichtet, dass die Hochelben die Abtrünnigen ihres Volkes schließlich bezwangen und sie in Höhlen tief unter den Wurzeln der Berge verbannten, die sie mit mächtigen Runen und Bannsprüchen versiegelten. Wir glauben, dass es sich bei diesen Bergen um das Schattengebirge handelte, lange bevor der erste Zwerg seinen Fuß dorthin setzte.«

»Genug!«, stieß Illurien hervor. Zorn loderte in ihren zuvor so alterslosen und weisen Augen; sie wirkte zutiefst erschüttert, ebenso wie die anderen Elbenfrauen. »Diese Behauptungen sind unerhört, vor allem, da sie nur auf Legenden fußen, wie Ihr selbst zugebt. Schon der Gedanke, dass ein Elb gegen einen anderen kämpfen könnte, ist absurd. Ihr missbraucht unsere Gastfreundschaft, und ich werde –«

»Verzeiht, wenn ich ungefragt das Wort ergreife«, ertönte eine Stimme aus der Menge der Zuschauer. Ein selbst für Elbenverhältnisse offenkundig sehr alter Mann erhob sich von seinem Platz. »Bitte gestattet, dass ich vortrete, um etwas Licht in diese so unglaublich klingende Angelegenheit zu bringen.«

»Dann sprecht, Tholuvil«, forderte Illurien ihn auf und machte eine einladende Geste.

Während Warlon auf seinen Platz zurückkehrte und sich wieder setzte, trat der alte Elb in die Mitte des Halbkreises.

»Eure Weisheit und Euer Wissen sind unbestritten, Herrin«, begann er. »Aber wie Ihr wisst, habe ich den größten Teil meines Lebens damit verbracht, die Geschichte unseres Volkes bis zurück zu seiner Entstehung zu erforschen, gründlicher als jeder andere. Nun, da dieses Thema aufgebracht wurde, muss enthüllt werden, wovon ich hoffte, niemals sprechen zu müssen, denn es betrifft das wohl dunkelste Kapitel unserer Geschichte. Bei meinen Forschungen stieß auch ich auf diese Legenden, von denen der Zwerg spricht, und auch ich reagierte zunächst mit Unglauben darauf. Ich musste weite Reisen unternehmen, um weitere Informationen in dieser Angelegenheit zu entdecken, denn das Wissen darum ist nahezu ausgelöscht.«

»Wollt Ihr damit sagen, dass es wirklich einst Kämpfe innerhalb unseres Volkes gegeben hat?«, fragte Illurien. »Dass ein Bruder sein Schwert gegen seinen Bruder erhoben hat?«

»Ja, Herrin, ich fürchte, so ist es.« Er wartete ab, bis das fassungslose Tuscheln sich gelegt hatte, erst dann fuhr er fort: »Es gelang mir nicht, diese Vorkommnisse exakt zu datieren, aber sie müssen sich ereignet haben, als unser Volk auf dem Höhepunkt seiner Macht war. Damals wurden Stimmen laut, wir sollten nicht als Berater der jüngeren Völker auftreten, die wir unterrichteten und deren Entwicklung wir in die richtigen Bahnen zu lenken versuchten, weil sie dessen unwürdig wären. Stattdessen sollten wir unsere Macht nutzen, um sie zu beherrschen. Streit entbrannte über diese Frage. Die, die ein Streben nach

Macht entwickelt hatten, gewannen an Einfluss und nannten sich die Thir-Ailith, die Herrscher. Nicht zuletzt gewannen sie dadurch massiv an Zulauf, dass einige der Völker, darunter auch die Zwerge, sich von uns abwandten, um ihren eigenen Weg zu gehen. Das ist einer der Gründe für das getrübte Verhältnis zwischen unseren Völkern, obwohl sich heute kaum noch jemand daran erinnert. Wir waren erzürnt, als sie sich von uns abwandten, nachdem wir viel für sie getan hatten, und sie fühlten sich von uns bevormundet und gegängelt. Aber ich schweife ab.«

Der alte Elb machte eine kurze Pause, um seine Gedanken zu sammeln.

»Irgendwann begann diese Frage unser ganzes Volk zu spalten. Die Thir-Ailith wurden ungeduldig. Eigenmächtig überzogen sie einige Völker mit Krieg, um sich zu ihren Herrschern aufzuschwingen. Dieses Treiben, das all unseren Grundsätzen widerspricht, konnte nicht geduldet werden, doch sie daran zu hindern, war nur mit Waffengewalt möglich. Und so wurde zum ersten Mal auch Krieg in unser eigenes Volk getragen. Ein schrecklicher Krieg, der lange andauerte und die Welt verwüstete, doch schließlich waren unsere Vorfahren siegreich. Sie trieben die überlebenden Thir-Ailith in Katakomben tief, tief im Leib der Erde und versiegelten diese, in der Annahme, dass die Abtrünnigen dort schon bald zugrunde gehen würden. Ein schrecklicher Irrtum, wie sich nun nach all den seither vergangenen Äonen herausstellt.«

Minutenlanges Schweigen folgte seinen Worten, nicht einmal Geflüster war zu hören. Was er gesagt hatte, musste für die Elben einen ungeheuren Schock bedeuten, anscheinend war das Wissen um diese Ereignisse, die ziemlich genau dem entsprachen, was Selon sich aufgrund von Hinweisen und Andeutungen zusammengereimt hatte, hier völlig unbekannt gewesen.

Auch Warlon war wie gebannt, als er begriff, dass seine Mission auf Messers Schneide gestanden hatte. Ohne die Enthüllungen Tholuvils hätte niemand hier seinen Worten Glauben geschenkt.

»Und Ihr seid völlig sicher, dass es sich nicht tatsächlich nur um eine Legende handelt?«, fragte Illurien schließlich mit bebender Stimme. »Wie kommt es, dass das Wissen um so bedeutsame, schlimme Ereignisse verloren ging?«

»Darüber kann auch ich nur Vermutungen anstellen«, erwiderte der Greis. »Ich glaube, als der Krieg vorbei war, schämten sich unsere Vorfahren des Schrecklichen, das zu tun ihnen keine andere Wahl geblieben war. Sie verdrängten die Erinnerung daran aus ihrem Gedächtnis, nur so war es ihnen möglich, damit fertig zu werden. Deshalb gibt es auch so wenige Aufzeichnungen darüber, auf die ich meine Forschungen stützen konnte. Aber es besteht kein Zweifel daran, dass all dies wirklich geschehen ist. Nun versteht Ihr wohl, weshalb auch ich mein Wissen so lange Zeit für mich behielt und hoffte, es nie offenbaren zu müssen. Nun aber hat uns diese schreckliche Vergangenheit eingeholt, und ich konnte nicht länger schweigen.«

Mit gesenktem Kopf kehrte er an seinen Platz zurück und setzte sich wieder, dafür stand Warlon erneut auf.

»Ich hoffe, nach diesen Enthüllungen werdet Ihr das, was ich berichtet habe, in anderem Licht betrachten«, sagte er. »Nun gibt es wohl keinen Zweifel mehr, dass es sich bei den Ungeheuern, die unser Volk bedrohen, um diese Thir-Ailith handelt, um die Abtrünnigen Eures Volkes, die es auf irgendeine Art geschafft haben, in ihren Kerkern tief im Leib der Erde zu überleben und sogar zu neuer Macht zu erstarken. Und ich hoffe, unter diesen Umständen seid Ihr auch bereit, unser verzweifeltes Flehen um Beistand anders zu beurteilen.«

Wieder herrschte einige Momente Schweigen. Bangend erwartete Warlon die Antwort der Elbenherrin.

»Eure Worte erlegen uns eine große Bürde auf«, sagte sie schließlich. »Etwas ist enthüllt worden, das die gesamten Lebensgrundlagen unseres Volkes bis ins Innerste erschüttert, und wir werden Zeit brauchen, dies zu bewältigen. Noch schlimmer jedoch ist, dass auch andere Völker wie das Eure, die unsere Vorfahren einst beschützen wollten, nun unter der Gefahr leiden müssen, die unser Erbe darstellt. Nur zu gerne würde ich helfen, diese Bedrohung zu bannen, aber Ihr seht selbst, wie es heute um unser Volk steht. Sicherlich habt Ihr auf ein Heer mächtiger Elbenkrieger gehofft, das Euch in Eurem Kampf Beistand leisten wird, doch ein solches Heer existiert schon lange nicht mehr. Wir sind die Letzten eines sterbenden Volkes.«

»Aber irgendetwas muss es doch geben, was Ihr tun könnt«, stieß Warlon hervor. »Die Gefahr geht von Abtrünnigen Eures Volkes aus. Dieser Verantwortung könnt Ihr Euch nicht einfach entziehen!«

»Das ist auch nicht mein Trachten. Aber wie ich zuvor schon sagte, es gibt nichts, was wir für Euch tun können. Ich fürchte, Ihr steht in Eurem Kampf allein da.«

»So einfach könnt Ihr es Euch nicht machen! Im Moment ist es unser Kampf, aber wenn wir versagen, wird es schon bald auch der Kampf der Menschen und aller anderen Völker sein, und irgendwann wird er auch Euch einholen. Wir sind überzeugt, dass alles Streben der Thir-Ailith, denen wir den Namen Dunkelelben verliehen haben, darauf gerichtet ist, Rache zu nehmen an den Nachfahren derer, die sie einst verbannten.« Warlon atmete tief durch. »Vielleicht sterben gerade jetzt, während wir hier miteinander reden, Zwerge im Kampf gegen die Abtrünnigen Eures Volkes. Ihr mögt den Wert eines Zwergenlebens möglicherweise gering schätzen, aber wir lieben es nicht weniger als Ihr das Eure. Ich weiß, dass Ihr kein Heer zu unserer Unterstützung aufstellen könnt, aber Euer Volk besitzt immer noch Macht. Ich flehe Euch an, Herrin, lasst nicht zu, dass das unsere untergeht, nur weil Ihr Euch mit dem nahenden Ende des Euren abgefunden habt und Euch nicht mehr zutraut, Euch noch einmal in die Angelegenheiten der übrigen Welt einzumischen!«

Er konnte sehen, dass seine Worte Illurien bewegten, und wenn sie nur an ihr Verantwortungsgefühl und ihr schlechtes Gewissen rührten.

Lange schwieg sie und sah ihn an, und erneut hatte er das Gefühl, dass ihr Blick bis in die Tiefen seiner Seele vorzudringen schien, aber diesmal wich er ihm nicht aus. Schließlich war sie es, die den Blick abwandte.

»Der Rat wird über Euer so kühn vorgetragenes Ansinnen beraten und abwägen, ob wir etwas tun können, um Eurem Volk Beistand zu gewähren«, sagte sie. »Geht nun und ruht Euch aus. Wir werden Euch wissen lassen, wenn wir zu einer Entscheidung gefunden haben.«

»Gut gesprochen«, sagte Malcorion, als er sich zu den Zwergen gesellte. Sie hatten den Platz unter dem Baum verlassen, und auch die anderen Elben hatten sich von dort entfernt; nur die dreizehn Frauen des Elbenrates waren zurückgeblieben, um sich ungestört beraten zu können. »Du hast an ihr Herz gerührt, und ich glaube, du hast sie auch wachgerüttelt. Wenn es irgendeine Möglichkeit gibt, euch zu helfen, dann wird sie sich dafür einsetzen, dass dies auch wirklich geschieht.«

Die Zwerge waren nicht in ihre Unterkünfte zurückgekehrt, Ruhe würden sie ohnehin nicht finden. Dafür waren diese Augenblicke zu entscheidend, und zu viel stand auf dem Spiel. Stattdessen hatten sie sich an einem ruhigen Platz in der Nähe des Flussufers niedergelassen.

»Die Frage ist nur, ob sie wirklich irgendwelche Möglichkeiten haben, uns zu helfen«, entgegnete Warlon. »Viele werden es nicht sein, aber du hast recht mit dem, was du gesagt hast. Zumindest ihre Magie ist noch stark, das beweist die bloße Existenz dieses Ortes.«

Das Gespräch versiegte wieder. Keinem von ihnen war nach Reden zumute. Schweigend starrten sie auf den Fluss hinaus.

Die Zeit schien nicht vergehen zu wollen. Quälend langsam verstrichen die Minuten, und sie mussten sich fast zwei Stunden gedulden, die ihnen wie eine wahre Ewigkeit vorkamen, bis schließlich erneut ein Glockensignal ertönte.

»Der Rat hat eine Entscheidung gefällt!«, rief Malcorion. »Kommt schon.«

Das brauchte er nicht zweimal zu sagen. Noch bevor er ausgesprochen hatte, waren die Zwerge bereits aufgesprungen und eilten so schnell dem Versammlungsplatz entgegen, dass er laufen musste, um mit ihnen Schritt zu halten.

Bangend blickte Warlon in Illuriens Gesicht, als sie ihr Ziel erreichten, doch davon war nicht abzulesen, was in ihr vorging.

»Bitte, tretet vor«, sagte sie und wartete, bis die Zwerge ihrem Wunsch nachgekommen waren, ehe sie weitersprach: »Was Ihr gesagt habt, enthielt viel Wahrheit, die wir in unserer Verwirrung im ersten Moment nicht erkennen wollten. Wir tragen eine beträchtliche Schuld an dem Unglück, das Eurem Volk widerfahren ist, wenn auch nicht die alleinige, denn letztlich war es Eure Gier nach Gold, die dazu führte, dass das Siegel gebrochen wurde. Aber wir waren es, die vergessen haben, was niemals in Vergessenheit hätte geraten dürfen, und dieser Verantwortung müssen wir uns stellen.«

Das klang doch schon einmal recht vielversprechend, fand Warlon, und lauschte gebannt ihren weiteren Worten.

»Aus diesem Grund haben wir uns entschieden, zwanzig unserer mächtigsten Magier und Magierinnen zu Eurer Unterstützung auszusenden. Begleitet und beschützt werden sollen sie von fünfzig Elbenkriegern unter dem Kommando von Lhiuvan.«

Warlon verneigte sich.

»Das ist sehr großzügig von Euch«, sagte er, obwohl es weit hinter dem zurückblieb, was er sich erhofft hatte.

»Gerne hätten wir Euch noch länger als unsere Gäste bewirtet, um mehr über Euer Volk zu erfahren, das uns mittlerweile so entfremdet ist, doch diese Angelegenheit verlangt höchste Eile. Aus diesem Grund werdet Ihr noch heute aufbrechen. Aber Ihr werdet keine mühselige und langwierige Rückreise über Land zu bestreiten haben, sondern ich stelle euch außerdem zwei unserer Schiffe zur Verfügung. Sie sind schnell wie der Wind und werden

Euch innerhalb kürzester Zeit an Euer Ziel bringen. Möge unsere Hilfe nicht zu spät erfolgen.«

Erneut verneigte sich Warlon, genau wie seine Gefährten.

»Ich danke Euch vielmals, Herrin«, sagte er, während er sich insgeheim fragte, ob es wirklich nur um die fraglos gebotene Eile ging, oder ob er nicht gerade unter besonders geschickter Tarnung aus dem goldenen Tal der Elben hinausgeworfen wurde.

29
DIE SCHLACHT UM ZARKHADUL

»Die Belagerung aufgegeben?« Wütend schlug Nagaron mit der Faust auf den Tisch, dass mehrere zusammengerollte Karten und andere Dokumente, die darauf lagen, zu Boden fielen. »Wann ist das geschehen? Antwortet!«, blaffte der Vizegeneral Valutus an. Er war ein hochgewachsener Mann mir krausem, bereits ergrautem Haar, doch einem noch immer jugendlich wirkenden Gesicht.

»Vergangene Nacht«, berichtete der Obrist. »Es war dunkel, und da die Zwerge wie in den Vornächten keine Lagerfeuer angezündet hatten, bemerkten wir ihren Abzug erst in der Morgendämmerung.«

»Berichtet mir alles! Ich will jedes Detail hören«, verlangte Nagaron.

So sachlich wie möglich kam der Obrist dem Befehl nach, bemühte sich, sich nichts von dem anmerken zu lassen, was er empfand.

Gemeinsam mit Bürgermeister Sindilos war er dem heranrückenden Heer entgegengeritten, um den zuständigen Befehlshaber von den überraschenden Entwicklungen in Kenntnis zu setzen und über ihr weiteres Vorgehen zu beraten. Zu seinem Schrecken hatte er hier erfahren müssen, dass ein sich akut verschlimmerndes Herzleiden es General Morakow, dem Oberkommandierenden der gesamten lartronischen Streitkräfte, unmöglich gemacht hatte, das Heer weiterhin zu befehligen, weshalb er sich mit seinen Leibärzten in die Obhut des Statthalters von Gormtal begeben hatte. An seine Stelle war sein Stellvertreter,

Vizegeneral Nagaron, getreten, und seit er das wusste, zweifelte Valutus nicht daran, dass es Schwierigkeiten geben würde.

Morakow galt als klug und abgeklärt, ein Mann, der jedes Problem von allen Seiten beleuchtete und sich erst nach gründlicher Überlegung für die in seinen Augen bestmögliche Lösung entschied. Nagaron hingegen war ein Hitzkopf, der es nicht ertrug, schon seit Jahren im Schatten des Generals zu stehen, weshalb er mit aller Gewalt nach Gelegenheiten suchte, sich zu beweisen. Kein Wunder, dass er zornig über den Abbruch der Belagerung war. Die Schlacht gegen ein Zwergenheer, das eine lartronische Stadt bedrohte, wäre seine große Chance gewesen. Wahrscheinlich hatte er sich schon als gefeierter siegreicher Feldherr im Triumphzug nach Teneret zurückkehren sehen.

»Zweifellos haben sie vom Herannahen unserer Armee erfahren und deshalb die Flucht ergriffen«, polterte er, nachdem Valutus geendet hatte. »Sie wissen, dass sie es nicht mit unseren ruhmreichen Streitkräften aufnehmen können.«

»Der Bote, den Königin Tharlia zu uns gesandt hat, behauptet –«

»Unsinn!«, fegte Nagaron den Einwand beiseite. »Klingt es für Euch vielleicht überzeugend, dass diese merkwürdigen Wesen, die die Zwerge aus Elan-Dhor vertrieben haben, diese – wie hießen sie doch gleich? – *Dunkelelben* plötzlich hunderte Meilen entfernt im äußersten Norden des Schattengebirges ebenfalls auftauchen sollen? In einer anderen Zwergenmine, die seit mehr als einem Jahrtausend verschlossen war, und das gerade jetzt, da wir mit unserem Heer nur noch einen Tagesmarsch von Clairborn entfernt stehen?« Er schnaubte verächtlich. »Ein Ablenkungsmanöver, um Zeit zu gewinnen, mehr nicht!«

»Vielleicht steckt doch mehr dahinter«, ergriff Bürgermeister Sindilos das Wort. Ihm musste der Wechsel an der Spitze der lartronischen Armee wie ein Geschenk der Götter vorkommen. Nagaron dürfte ein Mann ganz nach seinem Geschmack sein. »Diese Zwerge sind aggressiv, das haben sie bewiesen. Sie stellen eine ständige Bedrohung dar. Nachdem man sie aus ihren Höhlen verjagt hat, haben sie sich lartronisches Land einfach angeeignet, und selbst damit geben sie sich nicht zufrieden. Sie wollen uns von hier vertreiben, von unserem eigenen Grund und Boden, und sie werden es wieder versuchen.«

»Das befürchte ich auch«, stimmte Nagaron ihm zu. »Sprecht weiter.«

»Sie müssen befürchten, dass Ihr die Belagerung einer lartronischen Stadt nicht so ohne Weiteres hinnehmt, sondern Strafaktionen plant. Deshalb haben sie sich nach Norden zurückgezogen, um unsere Aufmerksamkeit von Elan-Tart abzulenken.«

»Schlagt Ihr etwa vor, dass ich diese Siedlung dennoch angreifen und einen Krieg gegen Frauen und Kinder führen soll? Das wäre wenig ruhmreich.«

»Die Zwerge wissen nicht, dass Ihr ein Mann von so ehrenhafter und heldenmütiger Gesinnung seid, sie gehen davon aus, was sie selbst an Eurer Stelle tun würden. Deshalb wollen Sie euch von ihrer Siedlung weglocken. Zugleich wollen sie ihre Position verbessern. Wenn sie sich an den Berghängen verschanzen, können sie sich leichter verteidigen als auf offenem Feld.«

»Aber das ist doch verrückt«, protestierte Valutus. »Sie haben die Belagerung Clairborns aufgegeben. Warum jetzt noch kämpfen? Ich zweifle nicht daran, dass wir siegreich sein würden, aber eine Schlacht würde auf beiden Seiten schreckliche Opfer fordern. Diese Zwerge sind berüchtigte Krieger, die…« Er brach ab und biss sich auf die Lippen, als er begriff, dass er mit seinen Worten genau den gegenteiligen Effekt als den beabsichtigten erzielte. Gerade weil die Zwerge so berühmt für ihre Kampfkraft waren, würde ein Sieg über sie großen Ruhm bedeuten.

»Nichts garantiert uns, dass sie Clairborn oder auch andere Städte nicht erneut angreifen, sobald unsere Armee abzieht«, sagte Nagaron mit einer Stimme, der anzuhören war, dass er seine Entscheidung bereits getroffen hatte. »Wir können nicht einfach hinnehmen, was sie getan haben, und ich halte es für das

Beste, jede weitere Bedrohung im Keim zu ersticken, da wir jetzt die Möglichkeit dazu haben.«

Er griff nach einer Karte, rollte sie auf dem Tisch aus und beschwerte ihre Ecken.

»Wir stehen hier, einen Tagesmarsch nordwestlich von Clairborn«, sagte er und deutete auf einen Punkt auf der Karte. »Das Zwergenheer zieht in nordöstlicher Richtung. Wenn ihr Ziel die nördlichen Ausläufer des Gebirges sind, dann können wir etwa zeitgleich mit ihnen dort eintreffen, wenn wir unsere Marschrichtung ändern. So werden sie keine Zeit haben, dort Stellungen zu errichten und sich zu verschanzen.«

»Aber –«

»Ihr habt gehört, was ich gesagt habe, Obrist. Zieht Eure Reiterei von Clairborn ab, dort wird sie nicht länger gebraucht. Ihr werdet Euch meinem Heer anschließen und es in der bevorstehenden Schlacht unterstützen!«

»Das ist alles. Mehr können wir nicht tun«, sagte Schürfmeister Vilon und führte selbst den entscheidenden Hieb, der die von ihnen unterhöhlte Seitenwand in sich zusammenbrechen und damit auch die Decke des stollenartigen Risses, der in den Berg führte, einstürzen ließ. Hastig wich er zurück.

Mit lautem Getöse polterten Felsbrocken herab, zerbarsten teilweise in mehrere Stücke, wenn sie auf andere trafen, und blockierten den Weg.

Als sich der Staub wieder gelegt hatte, begutachtete Vilon im hellen Tageslicht, das durch die Öffnung in der Bergflanke hereinfiel, sein Werk und zuckte die Achseln. Lange würde auch das die Dunkelelben nicht aufhalten.

Dies war die letzte Stelle, an der sie einen Einsturz hatten herbeiführen können, denn sie befanden sich bereits wieder in der Höhle, durch die sie den Kalathun erstmals betreten hatten.

In den vergangenen Tagen hatten sie sich Stück für Stück weiter zurückgezogen und dabei den Stollen an immer neuen Stellen einstürzen lassen, aber das Gestein hatte sich als äußerst hart erwiesen, größtenteils Granit. Ohne Sprengpulver war die Arbeit mühsam gewesen und nur langsam vorangegangen, vor allem aber hatte sie bei weitem nicht so großen Erfolg gehabt, wie erhofft.

Zu Beginn hatten die Dunkelelben die Trümmer beinahe schneller wieder weggeräumt, als seine Arbeiter einen neuen Einsturz herbeiführen konnten, da sie dabei auch Magie eingesetzt hatten.

Auch mit den geringen Resten an Sprengpulver, die noch von Elan-Tart herbeigeschafft wurden, war es nicht möglich gewesen, den Stollen so stark in seiner gesamten Struktur zu erschüttern, dass man die Trümmer nicht mehr wegräumen konnte, ohne dass die darüber lastenden Tonnen von Felsgestein sofort nachrutschten.

Immerhin aber waren mit allen zur Verfügung stehenden Karren auch weitere Arbeiter hergebracht worden, die seine erschöpften Männer ablösten, und ihr naheliegendstes Ziel war erreicht worden. Sie hatten das Vordringen der Dunkelelben über Tage hinweg so lange verlangsamen können, bis das Kriegerheer am Kalathun eintraf. Vor einer Stunde hatten die ersten Einheiten den Fuß des Berges erreicht.

Noch einmal warf Vilon einen kurzen Blick auf die Einsturzstelle, dann verließ er als Letzter die Höhle. Die Seile, auf denen er den Abgrund überquerte, zerschnitt er hinter sich, aber auch das würde den Feind bestimmt nicht aufhalten. Ein paar Balken, die sich aus den Tiefen der Mine sicherlich rasch herbeischaffen ließen, würden genügen, um ihn sicher überqueren zu können.

Er hatte getan, was in seinen Kräften stand. Nun konnten nur noch die Krieger die Dunkelelben aufhalten.

»Diese Zwerge sind für ihre Größe ziemlich ausdauernd, sie können schnell und weit marschieren«, brummte General Nagaron, nachdem seine ausgesandten Späher ihm Bericht über die Manöver des feindlichen Heeres erstattet hatten. »Ich hätte nicht gedacht, dass sie vor uns hier eintreffen würden und wäre gerne früher als sie angelangt. Es hätte ihre Moral fraglos schwer untergraben, wenn sie erkannt hätten, dass wir sie bereits erwarten.«

»Immerhin sind sie auch erst vor wenigen Stunden eingetroffen und hatten noch keine Gelegenheit, feste Stellungen zu errichten«, warf einer seiner Offiziere ein.

»Ihr Heer lagert in der offenen Ebene am Fuße des Berges«, ergänzte ein anderer. Wahrscheinlich sind die Krieger nach dem Gewaltmarsch zu Tode erschöpft. Es bleibt noch mindestens zwei Stunden hell. Vielleicht sollten wir sie jetzt sofort angreifen, bevor sie sich erholen können.«

Nagaron dachte einen Moment über den Vorschlag nach. Auch er hatte schon mit dem Gedanken gespielt, dennoch schüttelte er nach einigen Sekunden den Kopf.

»So erschöpft sie auch sein mögen, die Zeit bis zum Einbruch der Nacht ist zu kurz, um sie vernichtend zu schlagen, und im Dunkeln können wir nicht kämpfen. Wir würden nur das Überraschungsmoment verlieren.« Er räusperte sich. »Es wird alles so gemacht wie geplant. Wir werden uns ihnen im Schutz der Dunkelheit nähern und greifen sie morgen früh im ersten Licht des Tages an. Noch bevor sie Gelegenheit haben, sich von dem Schock zu erholen, den der Anblick unserer schlachtbereiten Armee ihnen zweifellos bereiten dürfte, werden wir bereits über ihnen sein!«

Sehnsüchtig wünschte sich Tharlia den Sonnenaufgang herbei.

Bislang hatte sich ihre größte Furcht nicht erfüllt, dass die Dunkelelben schon im Lauf der Nacht die letzte Barriere überwinden und sich im Dunkel auf ihr Heer stürzen würden, wenn sie höchstwahrscheinlich deutlich im Vorteil waren. Das für sie ungewohnte grelle Sonnenlicht hingegen mochte sie behindern.

Lange würde es nun nicht mehr dauern, bis es hell wurde. Vielleicht würden die Kreaturen bei Tageslicht nicht einmal angreifen, weil die Sonne sie zu stark blendete und ihnen Schmerzen bereitete. In diesem Fall wären zumindest einige Stunden gewonnen.

»Keine Nachricht von den Menschen?«, erkundigte sich Loton.

Tharlia schüttelte den Kopf. Vor fünf Tagen war Thilus aus Clairborn zurückgekehrt und hatte ihr die Nachricht überbracht, dass der Befehlshaber der lartronischen Armee zunächst nicht beabsichtige, in einen eventuellen Kampf einzugreifen, dass er seine Truppen jedoch bereithalten würde, falls das Zwergenheer scheitern sollte.

»Und es wird auch keine kommen«, sagte sie bitter. »Warum auch? Diese Narren haben keine Vorstellung vom ganzen Ausmaß der Gefahr. Die denken, sie lassen uns die Drecksarbeit machen. Wenn wir siegen, sind wir anschließend so geschwächt, dass wir auf lange Zeit keine Bedrohung mehr für ihre Städte in der Nähe darstellen. Und wenn die Dunkelelben uns überrennen, dürfte ihre Zahl zumindest stark dezimiert sein, ehe sie auf die lartronische Armee treffen. Das ist ihr Plan.«

»Narren, fürwahr«, murmelte Sutis. »Vereint hätten wir wesentlich bessere Aussichten.«

»Vielleicht sollten wir noch einmal einen Boten losschicken«, schlug Loton vor, doch sie schüttelte erneut den Kopf.

»Das hätte keinen Sinn. Thilus hat ihnen alles berichtet, was zu sagen ist. Sie denken, das wäre allein unser Krieg, und solange ihre eigenen Städte nicht in Gefahr sind, werden sie nicht eingreifen. Es wird hell. Kommt, sehen wir uns den Sonnenaufgang an. Vielleicht wird es unser letzter.«

Zusammen mit den beiden Kriegsmeistern verließ sie das Zelt, das ihnen als Kommandostand diente. Noch war die Sonne nicht über die Kämme und Gipfel des Gebirges geklettert, aber der Himmel begann sich nun rasch hell zu färben.

Hörner wurden geblasen. Da auch während der Nacht jederzeit ein Angriff hätte stattfinden können, war es den Kriegern nicht möglich gewesen, in Zelten zu übernachten. Die Schlachtordnung musste unter allen Umständen eingehalten werden, damit sie sofort abwehrbereit waren, deshalb hatten sie nur auf ihren Posten einige Stunden schlafen können und wurden nun geweckt.

»Da!«, stieß Sutis aufgeregt hervor. Er blickte nicht zum Kalathun, sondern in die entgegengesetzte Richtung. »Das Menschenheer, es ist gekommen! Offenbar haben sie es sich doch anders überlegt!«

Verblüfft starrte auch Tharlia zu der nur mehr eine knappe Meile entfernten riesigen Armee hinüber, die sich in schnellem Marschtempo näherte. Eine große Anzahl Reiter, mehrere hundert, löste sich an der linken Flanke von der Hauptstreitmacht und kam auf sie zugaloppiert. Auf halber Strecke zogen die Reiter ihre Waffen und stießen lautes Kampfgeschrei aus.

»Was hat das zu bedeuten?«, fragte Tharlia.

»Das … das kann doch nicht sein«, stammelte Loton. »Sie greifen *uns* an!«

Nagaron lächelte grimmig. Hoch aufgerichtet saß er im Sattel seines Pferdes und beobachtete von einem Hügel aus den Beginn der Schlacht. Sein Plan schien aufzugehen. Völlig unbemerkt hatte seine Armee sich den Zwergen im Dunkeln nähern können, und selbst als die Gefahr im Licht des heraufdämmernden Morgens für sie sichtbar wurde, waren sie viel zu schockiert, um sofort zu reagieren und ihr Heer zu formieren.

Erst als seine durch den Verband von Obrist Valutus noch verstärkte Reiterei sie schon fast erreicht hatte, überwanden sie ihren Schock und zogen ihre Waffen, aber ihre Reihen waren chaotisch und ungeordnet.

In Keilformation brachen die Reiter in ihre Flanke ein, eine galoppierende Woge aus Stahl, die alles niederwalzte, das sich ihr in den Weg stellte. Tief drangen sie vor, eine breite Schneise der Verwüstung hinterlassend, doch begingen sie nicht den Fehler, in tollkühner Verwegenheit so weit vorzustoßen, dass der

Feind seine Reihen um sie schließen und sie zum Stehen bringen konnte, um sie in Einzelkämpfe zu verwickeln und niederzumachen.

Stattdessen drehten sie zur Seite ab, brachen an der seitlichen Flanke wieder aus dem Heer der Zwerge aus und erreichten freies Gebiet, viele erschlagene Zwerge und großes Durcheinander hinter sich zurücklassend. Ihre eigenen Verluste hingegen waren gering.

Sofort formierten sie sich zu einem neuerlichen Angriff. Auch die lartronischen Fußtruppen, die in den vorderen Reihen lange Lanzen trugen, hatten den Feind nun fast erreicht.

Völliges Chaos herrschte im Zwergenheer, alles war schon fast zu einfach. Das sollten die berüchtigten Zwergenkrieger sein, vor deren Kampfkraft einst jeder Gegner gezittert hatte?

»Seht nur, General, da!«, rief plötzlich einer seiner Adjutanten und deutete zum Kalathun hinauf. Nagaron erkannte sofort, was er meinte, auch wenn er sich im ersten Moment auf das Geschehen keinen Reim machen konnte. Es sah aus, als habe jemand mit einer großen, unsichtbaren Nadel ein Loch in den Berg gestochen, aus dem eine dunkle Flüssigkeit quoll und einen sich rasch vergrößernden Fleck bildete. Immer weiter breitete der Fleck sich aus, als die vermeintliche Flüssigkeit an den Berghängen herabzufließen begann.

Gut eine Minute lang starrte Vizegeneral Nagaron das merkwürdige Phänomen an, bis er endlich begriff, dass es sich um ganze Heerscharen schwarz gekleideter Gestalten handelte, die aus dem Berg hervorbrachen. Schon jetzt mussten es mehr als tausend sein, und mit jeder Sekunde wurden es mehr.

Und er erkannte, welch einen verhängnisvollen Fehler er begangen hatte.

Der Zwergenunterhändler hatte nicht gelogen. Die Dunkelelben, von denen er gesprochen hatte, und die sein Volk nicht einmal in der eigenen Mine hatte aufhalten können, befanden sich wirklich im Inneren des Kalathun und schickten sich nun an, über die Städte an der Oberfläche herzufallen. Deshalb hatte Nagaron die Zwerge auch so leicht überraschen können. Ihre Schlachtordnung war allein auf den Berg ausgerichtet – mit einem Feind, der sich ihnen von hinten nähern könnte, hatten sie nicht gerechnet. Bis zuletzt hatten sie seine Armee wahrscheinlich sogar als heraneilende Verbündete betrachtet.

»Rückzug!«, brüllte er, so laut er konnte. »Lasst sofort zum Rückzug blasen. Brecht den Angriff ab!« Hilflos blickte er sich um. »Und bringt mir eine weiße Fahne, schnell!«

Barlok wusste nicht, wie lange er schon dalag und in die Tiefe starrte. Er hatte versucht, die in Achterreihen marschierenden Dunkelelben wenigstens überschlägig zu zählen, die unter ihm vorbeizogen, aber schon bald wieder aufgegeben. Ihre Menge war einfach unvorstellbar, noch viel, viel mehr, als an der Schlacht am Tiefenmeer beteiligt gewesen waren. Zehntausende. Gegen eine solche Armee gab es keine Verteidigung.

Irgendwann konnte Barlok den Anblick nicht mehr ertragen. Vorsichtig kroch er in den Stollen zurück, lehnte sich gegen die Wand und versuchte, wieder etwas Ordnung in seine Gedanken zu bringen.

Noch immer war die ungeheure fremde Magie zu spüren. Es konnte kein Zufall sein, dass sie zeitgleich mit dem Aufmarsch der Thir-Ailith begonnen hatte.

Er versuchte den Gedanken zu verdrängen. Ein Teil von ihm war einfach nur noch müde. Es war vorbei, es gab nichts mehr, was er noch tun konnte.

Aber er war nicht umsonst Kriegsmeister geworden. Er besaß ein Kämpferherz und Aufgeben gehörte nicht einmal zu seinem Wortschatz. Dieser Teil von ihm war noch nicht bereit, sich mit der Niederlage abzufinden und einfach nur noch auf das Ende zu warten, selbst wenn dieses unausweichlich sein mochte.

Wenn er schon nichts mehr zu verlieren hatte, dann wollte er vor seinem Tod wenigstens noch herausfinden, was hier vorging.

Entschlossen stemmte er sich hoch und ging in den Stollen zurück.

Immer wieder blieb er kurz stehen und lauschte in sich hinein, versuchte herauszufinden, wo die Quelle der fremden Magie lag. Sie stammte unzweifelhaft aus dem Bereich, in dem die Dunkelelben hauptsächlich hausten, doch als er sich diesem näherte, wurde sie merkwürdig diffus. Sie schien von gleich zwei verschiedenen Orten zu stammen, wie eine Brücke unsichtbar tobender Gewalten, die sich zwischen diesen beiden Stellen spannte.

So vorsichtig wie möglich drang Barlok weiter vor. Er näherte sich dem Teil der Höhlen, in die die Zwerge gebracht wurden, um dort getötet zu werden. Normalerweise wimmelte es hier von Thir-Ailith, aber diesmal war keiner zu sehen. Er war der Quelle der mächtigen Magie nun bereits ziemlich nah, das spürte er. Sie war so stark, dass seine Haare bei jeder Bewegung leicht knisterten, und als er seinen Bart berührte, sprang ein Fünkchen auf seinen Finger über.

Der Stollen mündete in eine kleinere Halle, doch hier war das Ende seiner Erkundungen gekommen. Mehrere Dunkelelben hielten sich darin auf, es bestand keine Möglichkeit, unbemerkt an ihnen vorbeizugelangen.

Und er entdeckte noch etwas Schreckliches. Gleich zwei Grüppchen von jeweils sechs oder sieben Zwergen wurden in dichtem Abstand hintereinander von Thir-Ailith durch die Halle zu einem Stollen auf der gegenüberliegenden Seite geführt. Ohne die geringsten Zeichen von Gegenwehr folgten sie ihren Peinigern, wie die anderen zuvor, und wie es Lian auch beschrieben hatte. Die magischen Kräfte der Thir-Ailith zwangen sie dazu, so wie sie bei der Rückkehr aus Carem Thain auch augenblicklich Macht über Barloks Begleiter gewonnen hatten.

Warum aber nicht über ihn?, fragte er sich. Warum war er anscheinend als Einziger immun gegen ihre gedanklichen Befehle? Was unterschied ihn von den anderen Kriegern, dass er nicht nur der geistigen Beeinflussung zu trotzen vermochte, sondern außer Lian auch als Einziger die starke Magie spüren konnte, die hier am Werk war?

Plötzlich hatte er das Gefühl, dass die Antwort auf diese Fragen beinahe zum Greifen nah vor ihm lag, doch noch bevor er weiter darüber nachdenken konnte, musste er in ohnmächtiger Wut mit ansehen, wie schon wieder eine Zwergengruppe durch die Halle geführt wurde. Die Beschwörung, die die Thir-Ailith durchführten, war offenbar so anstrengend, dass ihr Verlangen nach neuen Opfern rapide gestiegen war.

Barlok musste herausfinden, was dort geschah. Er wich ein Stück tiefer in den Stollen zurück.

Also gut, dachte er grimmig. An den Thir-Ailith in der Halle konnte er nicht vorbei, aber wenn er hier nicht weiterkam, dann würde er eben versuchen, den zweiten Ort zu erreichen, an dem er die Magie spürte. Auch wenn er sie nicht sehen konnte – ein Fanal in der Dunkelheit hätte ihm nicht besser den Weg weisen können.

Entschlossen machte er sich auf den Weg. Noch vor wenigen Stunden wäre es für ihn unmöglich gewesen, sich in diesem Bereich so frei zu bewegen, doch die meisten Dunkelelben schienen sich entweder dem Heerzug angeschlossen oder sich an den Ort zurückgezogen zu haben, von dem die Magie entfacht wurde. Nur ganz vereinzelt stieß er auf Wachen, die er weiträumig umging.

Der dumpfe, trommelähnliche Marschschritt des Heeres war zwar die ganze Zeit über zu hören gewesen, schwoll nun aber wieder an. Offensichtlich näherte er sich dem Weg, den die zur Oberfläche vordringenden Horden entlangzogen. Möglicherweise nur ein Zufall, aber er glaubte nicht daran.

Noch vorsichtiger als bisher drang Barlok weiter vor. Die zweite Quelle der Magie lag nun bereits ganz dicht vor ihm, aber erst als er behutsam um eine Biegung des Korridors spähte, begann er mit jähem Schrecken zu begreifen, worum es sich handelte.

Thilus wurde völlig überrascht, als weit hinter ihm, an der Rückflanke des Heeres, plötzlich Schreie laut wurden und Waffengeklirr zu hören war. Wie war es den Dunkelelben gelungen, in den Rücken der Streitmacht zu gelangen?

Auf eigenen Wunsch hin hatte man ihm den Befehl über einen an vorderster Front im Zentrum des Heeres postierten Kampftrupp erteilt. Vermutlich wäre Tharlia damit nicht einverstanden gewesen, wenn sie davon erfahren hätte, da sie ihn offenbar eher für andere Aufgaben einsetzen wollte. Aber er war Krieger, und dies war der Platz, an den er seiner Meinung nach gehörte.

Diese Schlacht würde über das gesamte weitere Schicksal der Zwerge entscheiden, und dafür wollte er kämpfen, statt möglicherweise erneut als Unterhändler zwischen Tharlia und den Menschen eingesetzt zu werden. Wenn sie hier unterlagen, würde es keine Zukunft für sein Volk mehr geben, es würde ausgelöscht werden. Mit seinem Schwert und seiner Kampfkraft wollte er dazu beitragen, dass es nicht dazu kam.

Erst nach Minuten konnte er den entsetzt weitergegebenen Rufen entnehmen, dass es sich nicht um die Dunkelelben, sondern um einen Angriff der lartronischen Armee handelte, und konnte es kaum glauben. Wie war das nur möglich? Begriffen diese Narren denn nicht, wer der wahre Feind war, und dass auch sie in höchster Gefahr schwebten?

Und der Feind kam!

Erneut gellten Schreckensschreie heran, als die ersten Dunkelelben aus der Höhle an der Flanke des Kalathun hervorgestürmt kamen. Plötzlich war für Thilus alles nebensächlich, was sich hinter ihm abspielte und worauf er ohnehin keinen Einfluss hatte.

Mehr und mehr Dunkelelben quollen aus der Öffnung. Es war, als wälze sich eine gewaltige schwarze Woge aus Pech die Hänge hinab, alles unter sich begrabend, was ihr im Weg stand.

Ein wenig wunderte er sich, warum sie auf ihre schlimmste Waffe verzichteten, ihre Unsichtbarkeit. Vielleicht lag es am Sonnenlicht, vielleicht machte der helle Schein es ihnen unmöglich, ihre Magie voll zu entfalten. Die bereitstehenden Priesterinnen, die sie mit ihren eigenen Fähigkeiten zumindest schemenhaft sichtbar machen konnten, brauchten nicht tätig zu werden.

»Macht euch kampfbereit!«, brüllte Thilus. Die Krieger neben und hinter ihm packten ihre Streitäxte fester oder zogen ihre Schwerter, je nachdem, welche Waffe sie besser zu führen verstanden. Auch Thilus zog sein Schwert.

Voller Schrecken starrte er auf die feindlichen Horden, die den Berghang heruntergestürmt kamen. Jeder einzelne Dunkelelb war im Kampf ein furchtbarer Krieger, einem Zwerg völlig ebenbürtig, und hier standen sie einer jetzt schon gewaltigen Übermacht gegenüber, die mit jeder Sekunde noch weiter anwuchs. Der Anblick dieser schwarzen, auf sie zurasenden Flut musste sich verheerend auf den Mut und die Moral der Krieger auswirken.

»Haltet stand!«, rief er. »In diesem Kampf geht es nicht allein um Ruhm und Ehre. Selbst als wir Elan-Dhor aufgeben mussten, gab es noch etwas, wohin wir uns zurückziehen konnten. Hier ist das anders. Wenn wir scheitern, wenn es uns nicht gelingt, die Kreaturen hier aufzuhalten, dann werden sie schon in wenigen Tagen über Elan-Tart herfallen und alle töten, die wir lieben. Eure Kinder, eure Frauen, eure Eltern und Freunde, einfach alle. Denkt daran, wenn euer Mut und eure Kampfkraft schwinden. Haltet euch ihr Bild vor Augen, denn sie sind es, für die wir diese Schlacht schlagen!«

Die vordersten Dunkelelben hatten den Fuß des Berges erreicht, und nur Sekunden später waren sie heran. Rot glühende Augen starrten die Zwerge aus bleichen, hassverzerrten Gesichtern an. Thilus hörte auf, bewusst zu denken, ließ sich nur noch von seinen antrainierten Reflexen leiten. Kraftvoll schlug er ein Schwert zur Seite und tötete den Dunkelelb, der es führte, fuhr herum und schlitzte einem weiteren die Brust auf, dann duckte er sich unter einem Hieb durch und stach einen dritten Dunkelelb nieder, um noch in der Aufwärtsbewegung einen Schwerthieb abzublocken und auch diesen Dunkelelb zu töten.

Es war zu einfach.

Thilus hatte am Tiefenmeer gegen die Kreaturen gekämpft und kannte ihre Stärke. Hier jedoch war nichts davon zu spüren. Einige von ihnen benutzten ihre Schwerter, als verstünden sie diese nicht einmal richtig handzuhaben. Auch waren ihre Bewegungen längst nicht so ungeheuer schnell, sondern wirkten eher plump.

Für einen Moment war er so verblüfft, dass er fast die Gefahr vergessen hätte, in der er trotz allem schwebte. Mochten die Dunkelelben, mit denen sie es hier zu tun hatten, auch nicht annähernd so gut kämpfen wie die, die Elan-Dhor erobert hatten, so bildeten sie doch allein durch ihre Masse eine tödliche Bedrohung.

Nur mit knapper Not konnte Thilus einem Schwertstoß ausweichen, dann begann er selbst wieder wie ein Berserker um sich zu schlagen. Auch die Krieger um ihn herum schöpften neue Hoffnung, als sie erkannten, dass der für nahezu unbesiegbar gehaltene Feind an Macht verloren hatte. Reihenweise mähten sie die Dunkelelben nieder, doch für jeden Toten sprangen sofort zwei neue Feinde in die Bresche.

Und immer noch kamen weitere aus der Öffnung im Berg ins Freie gestürmt und stürzten sich in den Kampf.

Warlon bekam von der Schiffsreise fast nichts mit, wobei er nicht sicher war, ob es sich um einen Segen oder einen Fluch handelte.

Wie Illurien es bestimmt hatte, waren sie noch am selben Nachmittag an Bord der Schiffe gegangen. Er konnte es kaum glauben. Viele Wochen waren sie unterwegs gewesen, waren in Gefahren geraten, und bis auf Ailin und Lokin hatten alle, die mit ihm zusammen von Elan-Dhor aus aufgebrochen waren, ihr Leben verloren – und nun hatten sie nicht einmal einen einzigen Tag im goldenen Tal verbracht. In gewisser Weise waren sie wohl wirklich hinausgeworfen worden, auch wenn es sich nicht gegen sie persönlich gerichtet hatte. Die Elben, zumindest diejenigen unter ihnen, die noch bei klarem Verstand waren, brauchten Zeit, um das zu verarbeiten, was sie erfahren hatten, und mussten sich neu orientieren. Dabei konnten sie keine Fremden gebrauchen, deren bloße Anwesenheit sie immer wieder daran erinnerte, was ihre Vorfahren getan hatten.

Im Grunde aber kam die Eile, mit der sie sie loszuwerden wünschten, Warlon nur entgegen, und dass die beiden Elbenschiffe sie viel, viel schneller als eine erneute Reise über Land an ihr Ziel bringen sollten, gab ebenfalls Anlass zur Hoffnung. Sie waren lange von Elan-Dhor fort gewesen, viel mochte sich dort inzwischen zugetragen haben, und er wollte so schnell wie möglich dorthin zurückkehren.

Wenn es sich nur nicht ausgerechnet um *Schiffe* gehandelt hätte!

Schiffe, das bedeutete, dass sie auf dem Wasser unterwegs waren, die wohl schlimmste Fortbewegungsart, die es für einen Zwerg überhaupt geben konnte. Und sie würden nicht nur Flüsse befahren, sondern das nicht allzu weit entfernt liegende Ostmeer. Einen Ozean, noch tausendmal größer als das gewaltige Tiefenmeer!

Als die Zeit des Aufbruchs herangerückt war, hatte Warlon all seinen Mut aufbringen müssen, um zusammen mit seinen Gefährten an Bord eines der einmastigen Schiffe zu gehen. Mit aller Kraft hatte er sich an der Reling festgeklammert, als das große, weiße Segel gehisst wurde und das Schiff auf den Fluss hinausglitt, und gleich darauf hatte ihn eine tiefe Müdigkeit überfallen, sodass er eingeschlafen war.

Er musste lange geschlafen haben, denn als er erwachte, befanden sie sich bereits auf offener See. Er war sicher, dass der Schlaf auch diesmal nicht von selbst über ihn gekommen war, doch kam er nicht dazu, Lhiuvan oder einen der anderen Elben deswegen zur Rede zu stellen.

Der hölzerne Boden schwankte und wankte unter ihm, als das Schiff auf den Wellen tanzte, und jede Welle versetzte es aufs Neue in Bewegung. Er fühlte Übelkeit in sich aufsteigen, stemmte sich mühsam von seinem Lager hoch und taumelte eine Treppe hinauf an Deck. Wind blies ihm entgegen, und die Luft roch nach Salzwasser und anderen ihm unbekannten Gerüchen, doch er achtete kaum darauf, sondern taumelte weiter bis zur Reling, die das Deck wie ein Geländer umgab. Mit knapper Not erreichte er sie, und als er sich hinüberbeugte und das Wasser sah, das vom Bug zerteilt wurde und schäumend unter ihm am Rumpf des Schiffes vorbeifloss, überwältigte die Übelkeit ihn vollends, und er erbrach alles, was er im Magen hatte.

Auch danach fühlte er sich nicht viel besser, vor allem beim Anblick der schier endlosen Wasserfläche, die sich um sie herum erstreckte. Vereinzeltes Gelächter aus Elbenkehlen erscholl um ihn herum. Jemand trat zu ihm und legte ihm die Hand auf die Schulter. Als er aufblickte, sah er, dass es sich um Malcorion handelte.

»Was für ein schrecklicher Sturm«, stöhnte Warlon.

»Sturm?« Malcorion lachte. »Das bisschen Wind? Sieh doch, die See ist beinahe so glatt wie ein Spiegel. Wäre dies kein Elbenschiff, kämen wir kaum von der Stelle.«

»Mir reicht es schon«, presste Warlon hervor. Noch immer hatte er das Gefühl, sich übergeben zu müssen. »Zwerge und Wasser, das verträgt sich nun einmal nicht.«

»Mach dir nichts daraus«, entgegnete der Waldläufer. »Auch viele Menschen werden während einer Schiffsreise seekrank. Am besten, du legst dich wieder hin. So schnell wir auch unterwegs sind, ein paar Tage wird unsere Reise schon dauern.«

Es wurden die schlimmsten Tage in Warlons Leben. Noch nie zuvor hatte er sich so übel gefühlt, und es war ihm kein Trost, dass es Lokin und sogar Ailin nicht anders erging. Kein einziges Mal mehr stand er von seinem Lager auf. Er aß und trank kaum etwas, und selbst das Wenige konnte er nicht bei sich behalten, sondern gab es nach kurzer Zeit wieder in einer neben seinem Lager bereitstehenden Schüssel von sich.

Der einzige Vorteil, den er der Situation mit viel Galgenhumor abgewinnen konnte, war der, dass er sich viel zu elend fühlte, um Angst zu verspüren, was sonst bei all seiner Tapferkeit sicherlich der Fall gewesen wäre.

Warlon wusste nicht, wie viele Tage vergangen waren, als Malcorion ihm berichtete, dass sie nun bald die Küste erreichen würden. Der geplante Kurs sah vor, dass sie vom Meer aus den Oronin hinauffuhren, der wenige Meilen von den nördlichsten Ausläufern des Schattengebirges entfernt entlangfloss. Von dort aus konnten sie Elan-Dhor zu Fuß in einer knappen Woche erreichen.

Der Wellengang nahm erheblich ab, nachdem sie die Mündung des Flusses passiert hatten, aber noch immer schwankte das Schiff beständig, und es dauerte noch einmal mehr als einen Tag, bis Warlon sich wieder stark genug fühlte, um am Morgen aufzustehen und an Deck zu gehen.

Der Anblick, der sich ihm bot, war um ein Vielfaches angenehmer als beim letzten Mal. Natürlich befanden sie sich noch immer auf dem Wasser, aber der Oronin war kaum zehn Meter breit, und beiderseits des Ufers erstreckte sich festes, grünes Land. In der Ferne waren sogar schon undeutlich die Gipfel des Gebirges zu sehen, ein Anblick, der ihn mit neuer Kraft erfüllte und ihn nahezu vergessen ließ, was er in den letzten Tagen durchgemacht hatte. Ailin und Lokin, die genau wie er wieder auf den Beinen waren, ging es ebenso.

Obwohl nur ein leichter Wind wehte, war das große Segel prall gebläht, und das Schiff schoss mit solcher Geschwindigkeit vorwärts, dass die Landschaft am Ufer nur so an ihnen vorbeizufliegen schien. Die Berge am Horizont wuchsen rasch heran.

»Wenn wir in diesem Tempo weitersegeln, werden wir sie wohl in weniger als einer halben Stunde erreichen«, schätzte Lokin. »Ich kann es kaum noch erwarten, endlich die vertrauten Hallen von Elan-Dhor wiederzusehen. Wenn der Fluss doch nur bis direkt zum Tharakol fließen würde …«

Warlon konnte nur zustimmend nicken. Den mit Abstand allergrößten Teil der gewaltigen Strecke von der Eiswüste des Nordens bis zum Schattengebirge hatten sie innerhalb weniger Tage zurückgelegt, doch für das letzte kleine Stück Weges an den Flanken der Berge entlang stand ihnen nun eine Wanderung bevor, die noch einmal so viel Zeit in Anspruch nehmen würde.

»Da stimmt etwas nicht«, sagte Ailin plötzlich. »Diese dunklen Flecken am Fuß der Berge – was ist das?«

Eine Vermutung überkam Warlon, doch erst nach einigen Minuten, als sie sich dem Gebirge um weitere Meilen genähert hatten, sah er sie bestätigt.

»Das ist ein Heer!«, stieß er hervor. »Ein gewaltiges Heer. Und dort, auf den Hängen des Kalathun, ein weiteres. Dort tobt eine Schlacht!« Aufgeregt wandte er sich um. »Malcorion!«

Der Waldläufer sprach ein Stück entfernt mit Lhiuvan. Beide kamen zu ihnen herüber.

»Seht doch, dort.«

»Eine Schlacht!«, rief der Waldläufer erstaunt. »Zwei Heere, und sie müssen riesig sein.«

»Zwerge«, sagte Lhiuvan. »Ich sehe Zwerge und Menschen, die in der Ebene stehen, aber ich kann ihren Feind nicht erkennen, alles ist merkwürdig verschwommen. Etwas scheint … meinen Blick zu trüben.«

Zwerge? Warlon konnte es kaum glauben. Was tat das Heer der Krieger hier, an der Oberfläche am Nordrand des Gebirges, so weit von Elan-Dhor entfernt?

Und doch konnte er wenige Minuten später ebenfalls erkennen, dass dort vor ihnen Zwerge kämpften, gemeinsam mit Menschen, um sich eines Gegners zu erwehren, der direkt aus dem Kalathun hervorzubrechen schien, dessen Hänge er schwarz färbte. Die Zahl der Feinde schien so groß wie die der Sterne an einem klaren Nachthimmel zu sein.

Und im Gegensatz zu Lhiuvan – obwohl dieser anscheinend wesentlich schärfere Augen hatte – konnte Warlon auch erkennen, um wen es sich bei diesem Feind handelte.

»Dunkelelben!«, stieß er entsetzt hervor. »Das sind Dunkelelben!«

»Nein«, sagte eine Stimme hinter ihnen. Eine Elbenfrau, eine der Magierinnen, die Illurien zu ihrer Unterstützung ausgesandt hatte, war zu ihnen getreten. »Das sind keine Thir-Ailith, die ihr Dunkelelben nennt. Ich kann eine mächtige, verderbliche Magie bis hierher spüren, aber es ist nur ein Trugbild. Wir werden es niederreißen. Das wird unser erster Beistand für euch sein.«

Wie auf einen unhörbaren Befehl hin traten die anderen Magier und Magierinnen zu ihr und fassten sich an den Händen, den Blick auf das nun nur noch wenige Meilen entfernte Schlachtfeld gerichtet.

Etwas wie ein Beben schien durch die Wirklichkeit zu gehen, als sie ihre Kräfte entfesselten.

Der Verlauf der Schlacht entwickelte sich nicht gut, obwohl Zwerge und Menschen längst schon nicht mehr gegeneinander kämpften, sondern Seite an Seite, wie Tharlia es sich von Anfang an erhofft hatte.

Unmittelbar nachdem die Dunkelelben ins Freie zu strömen begonnen hatten, hatten die Menschen ihren Angriff abgebrochen, und bereits wenige Minuten später war der Befehlshaber der lartronischen Armee, Vizegeneral Nagaron, persönlich zu Verhandlungen herbeigeeilt, hatte sein tiefstes Bedauern ausgedrückt und erklärt, welchem schrecklichen Irrtum er erlegen war.

Natürlich war die Angelegenheit, die zahlreiche Zwergenkrieger das Leben gekostet hatte, damit nicht einfach aus der Welt geschafft, aber angesichts des gemeinsamen Feindes musste das erst einmal in den Hintergrund treten.

Nicht nur die lartronischen Schwert- und Lanzenkämpfer,

sondern vor allem ihre Bogenschützen und die gepanzerte Reiterei erwiesen sich als mächtige Verbündete.

Immer wieder führten die Reiter von den Flanken her Angriffe gegen die heranströmenden Feinde, durchbrachen ihre Linien und verhinderten, dass neue Feinde auf das Schlachtfeld gelangen konnten. So verschafften sie den Verteidigern kurze Atempausen und die Gelegenheit, ihre Reihen neu zu schließen. Auch die Bogenschützen töteten bereits aus der Ferne zahllose Dunkelelben, bevor diese überhaupt erst in den Kampf eingreifen konnten.

Darüber hinaus waren noch weitere Faktoren eingetreten, die zu ihren Gunsten wirkten und Anlass zur Hoffnung gaben. So blieben die Dunkelelben sichtbar, was den Kampf gegen sie erleichterte, denn wenn die Priesterinnen ihre Tarnung hätten aufheben müssen, wären sie trotzdem nur in schattenhaften Umrissen zu sehen gewesen.

Und sie kämpften mit nicht annähernd so großem Geschick, wie sie es in der Tiefenwelt getan hatten, so berichteten es Boten von allen Bereichen des Schlachtfelds.

»Ich kann mir nur vorstellen, dass es mit dem Tageslicht zu tun hat«, mutmaßte Tharlia. »Es scheint sie zu schwächen und zu verhindern, dass sie ihre Magie einsetzen.«

Zu Tausenden stürmten die Dunkelelben geradewegs in ihren Tod, wurden von Zwergenkriegern und menschlichen Soldaten niedergemäht, doch ihr Nachschub schien unerschöpflich. Weitere zwanzig-, wenn nicht dreißigtausend der finsteren Kreaturen brandeten von den Hängen des Kalathun herab, brachten durch ihre bloße zahlenmäßige Übermacht die sich langsam aber unerbittlich lichtenden Reihen der Verteidiger ins Wanken und drängten sie zurück.

Ohne die lartronischen Soldaten, das musste Tharlia sich eingestehen, wären sie vermutlich bereits überrannt worden. Selbst noch so verbissene Gegenwehr musste auf Dauer gegen einen Feind vergeblich sein, den seine Verluste nicht im Mindesten zu kümmern schienen.

Gerade schickte Nagaron einige frische Verbände, die er bislang zurückgehalten hatte, zu einem Entlastungsangriff an der linken Flanke vor, als etwas Unglaubliches geschah.

Etwas wie ein Flimmern legte sich über das Heer der Dunkelelben. Die Umrisse der finsteren Gestalten begannen sich zu verändern, schienen zu zerfließen und eine neue Gestalt anzunehmen.

Vieltausendstimmige Schreckensschreie erschollen aus den Mündern der Zwergenkrieger und Soldaten.

»Welch eine Teufelei ist das nun wieder?«, keuchte Nagaron entsetzt neben ihr, doch Tharlia war nicht in der Lage, etwas zu erwidern. Fassungslos starrte sie zu den Kreaturen hinüber, die plötzlich anstelle der Dunkelelben vom Kalathun herabgestürmt kamen.

»Die Toten aus der Leichengrube?«, stieß Heldon, einer der Krieger, ungläubig hervor, als Barlok seinen Bericht beendet hatte. »Aber das ... das ist doch unmöglich!«

»Und doch ist es so«, entgegnete der Kriegsmeister. »Das Heer, das hinauf zur Oberfläche zieht, stammt nicht aus den Tiefen der Unterwelt, wohin der Weg vermutlich nach wie vor versperrt ist, sondern geradewegs aus der Leichengrube. Die Kreaturen sehen aus wie Dunkelelben, aber sie sind es nicht. Irgendein ungeheuer mächtiger Zauber der Thir-Ailith erweckt die Toten wieder zum Leben und lässt sie ihre Gestalt annehmen. Das ist die Magie, die ich so deutlich spüren kann. Waffen finden sie in den Lagern dort genug, wahrscheinlich haben die Dunkelelben sie sogar nur für einen Tag wie diesen dort gehortet. Sie selbst sind viel zu wenige, als dass sie sich einem Zwergenheer zum Kampf stellen könnten. Stattdessen schicken sie die Toten unseres eigenen Volkes in die Schlacht.«

»Aber in Zarkhadul haben einst mehr als hunderttausend Zwerge gelebt, ehe sie von den Dunkelelben abgeschlachtet wurden«, keuchte einer der Krieger. »Wenn sie alle nun neu zum Leben erwachen ...«

»Ein Heer, so groß, wie wir es uns nicht einmal vorstellen können«, führte Barlok den Gedanken zu Ende. »Und das niemand aufhalten kann, außer vielleicht uns.«

»Und wie sollen wir das schaffen? Wir sind nur wenige, und –«

»Aber wir sind hier, wo alles seinen Anfang nimmt, ganz in der Nähe der Thir-Ailith, der echten Thir-Ailith, deren Magie die Toten auferstehen lässt«, fiel Barlok ihm ins Wort. »Ich habe euch erzählt, dass ich zwei Zentren der Magie spüren kann – Orte, an denen sie besonders stark ist. Einer davon ist die Leichengrube, wo die Magie ihre Wirkung entfaltet. Und der andere liegt dort, wohin die Thir-Ailith ihre Opfer bringen, um sie zu töten, und das im Augenblick in großer Zahl. Dort befindet sich die Quelle der Macht. Ich bin sicher, dass sie dort so etwas wie eine Beschwörung durchführen, um ihren finsteren Zauber zu weben. Dort haben sie sich versammelt, und dort werde ich sie töten.«

»Ihr?«

Barlok lächelte grimmig.

»Ja, ich. Ich weiß, wie verrückt das klingt, aber wahrscheinlich bin nur ich allein dazu in der Lage. Ich denke, ich weiß jetzt, wieso ich gegen ihre Beeinflussung immun bin. Bei meinem ersten Kampf gegen einen Thir-Ailith in der Tiefenwelt wurde ich durch seine Klinge verletzt. Die ihr innewohnende Magie hätte mich fast getötet, wenn es den Priesterinnen nicht gelungen wäre, sie zu bezwingen und mich zu heilen. Ich denke, dass mir dies die Kraft verliehen hat, den gedanklichen Befehlen zu trotzen, und darauf beruht mein Plan. Er mag verzweifelt sein und nur eine geringe Aussicht auf Erfolg bieten, aber es ist die einzige Chance, die wir haben. Hört zu.«

In aller Eile schilderte Barlok, was er sich ausgedacht hatte.

»Das ist nicht nur verrückt, das ist blanker Selbstmord«, stieß Heldon hervor, als er geendet hatte. »Ich beschwöre Euch, Kriegsmeister, werft Euer Leben nicht so einfach fort! Nicht auf diese Weise.«

»Falls ich dabei sterben sollte, dann bei dem Versuch, unser

Volk zu retten. Was könnte es Ehrenvolleres geben, selbst wenn vielleicht niemand mehr da sein wird, um darüber zu berichten, wenn ich sterbe? Mein Entschluss steht fest.«

Heldon nickte widerstrebend.

»Und wir? Was sollen wir tun?«

»Es patrouillieren nur noch wenige Thir-Ailith in den Gängen und Hallen, und wenn ich Erfolg haben sollte, werden sie sich vermutlich nicht einmal um euch kümmern. Seht zu, ob ihr bis zu den Gefangenen vordringen und sie befreien könnt.«

Erneut nickte Heldon.

»Wir werden alles tun, was in unserer Kraft steht.«

Nachdem er einige letzte Vorkehrungen getroffen hatte, verabschiedete sich Barlok von den Kriegern, die überzeugt schienen, dass sie ihn nie mehr wiedersehen würden. Auch er selbst glaubte kaum daran, als er sich auf den Weg machte.

Unbemerkt gelangte er wieder bis zu der Halle, wo er zuvor hatte umkehren müssen. Diesmal atmete er noch einmal tief durch und stürmte dann vor, direkt auf zwei Thir-Ailith zu, die gerade eine neue Gruppe von sechs Zwergen zur Opferbank führten. Einen Moment lang starrten sie ihm verblüfft entgegen, dann streckte einer von ihnen seine Hand in Barloks Richtung aus.

Halt!

Barlok erstarrte, als er ihren gedanklichen Befehl in seinem Kopf vernahm, obwohl es leicht für ihn gewesen wäre, ihn zu ignorieren. Alles hing nun davon ab, wie sie weiter mit ihm verfahren würden, ob sie ihn direkt zu töten versuchten, oder ihn als ein unverhofftes weiteres Opfer betrachten würden. Einen Moment lang schienen sie unschlüssig, dann erhielt er auf magischem Weg den Befehl, sich zu den anderen zu gesellen.

Aufatmend reihte sich Barlok in ihren Zug ein und bemühte sich, mit den gleichen schleppenden Schritten vorwärtszutrotten wie die anderen. Da sie es wohl noch nie erlebt hatten, dass jemand der Macht ihres Geistes widerstehen konnte, fühlten die

Thir-Ailith sich so sicher, dass sie ihm nicht einmal befahlen, seine Waffen niederzulegen.

Mit den anderen wurde Barlok aus der Halle und durch mehrere von Glühmoos oder Fackeln erleuchtete Stollen geführt, weiter hinein ins Gebiet des Feindes, als er in den vergangenen Tagen jemals hatte vordringen können. Sich gefangen nehmen zu lassen war der einzige Weg, bis hierher zu gelangen, wie ihm klar geworden war. Darauf beruhte sein Plan – der Feind selbst sollte ihn ahnungslos bis ins Zentrum seiner Macht führen. Ihre eigene Überheblichkeit sollte ihnen zum Verhängnis werden.

Ihr Weg endete in einer weiteren großen Halle. Sie war das Zentrum der dunklen Magie, die hier so deutlich zu spüren war, dass sie fast schmerzte. Mehr als zweihundert Dunkelelben hielten sich hier auf, standen reglos und mit geschlossenen Augen da. Und zwischen ihnen …

Die Kreatur war das Widerlichste, was Barlok jemals gesehen hatte. Sie war groß wie ein Zarkhan, mit einem gigantischen, aufgeblähten Leib, aber das Schlimmste an ihr war, dass sie noch immer eine vage Ähnlichkeit mit den Thir-Ailith besaß, aus denen sie hervorgegangen war. Ihr Kopf war um gut das Zehnfache größer, aber geradezu winzig im Vergleich zu den titanischen Fettmassen ihres übrigen Körpers, und ihr Gesicht wies noch immer elbische Züge auf, obwohl es auf groteske Weise deformiert und verzerrt war. Nur spärlich hing strähniges Haar von ihrem Schädel herab.

Mehrere tote, mumifizierte Zwerge lagen neben dem Monstrum auf dem Boden, zwei weitere standen noch regungslos da, Angehörige einer Gruppe, die schon zuvor hergeführt worden war. Mit einem seiner im Verglich zum Leib ebenfalls viel zu kurzen und dünnen Arme griff das Ungeheuer gerade nach einem von ihnen und bohrte dem Unglücklichen ein blitzendes Schwert in die Brust.

Barlok wartete nicht länger ab, was weiter geschah. Er wusste nicht, was das alles zu bedeuten hatte, aber das war im Moment unwichtig. Was immer diese Kreatur war, wenn es ihm gelingen sollte, sie und möglichst noch einen Großteil der hier versammelten Dunkelelben zu töten, würde auch die verderbliche Magie erlöschen.

Unauffällig und unbemerkt von den Thir-Ailith hatte er eine Hand in die Tasche geschoben und umklammerte das Beutelchen, das er darin verborgen trug. Es enthielt den Inhalt der zusammengeschütteten letzten beiden Säckchen Sprengpulver, über die sein Trupp noch verfügt hatte. Auch eine extrem kurze Zündschnur steckte bereits darin.

In einer anderen Tasche trug er seine Feuersteine. Sie bildeten die größte Unsicherheit in seinem Plan. Da er nur zwei Hände hatte, würde er das Säckchen auf den Boden legen müssen, um die Steine aneinanderzureiben und die Schnur zu entzünden. Das würde ihn nicht nur wertvolle Sekunden kosten, sein Tun würde auch von den Dunkelelben sofort bemerkt werden und entlarven, dass er nicht unter ihrem Bann stand. Wenn sie schnell genug reagierten, würde das seinen Plan zum Scheitern bringen.

Aber das Glück war ausnahmsweise einmal auf seiner Seite. Er würde die Feuersteine nicht einmal benötigen, denn unmittelbar neben dem Torbogen, durch den die Zwergengruppe in die Halle geführt wurde, steckte eine brennende Fackel in einer Halterung an der Wand.

Als er sich auf der Höhe der Fackel befand, sprang Barlok darauf zu, entzündete die Zündschnur an der Flamme und schleuderte das Säckchen so schwungvoll er nur konnte direkt auf die monströse Kreatur zu, während ein so schriller, von Schrecken und Wut erfüllter Schrei durch die Halle gellte, dass er glaubte, seine Ohren würden zerspringen.

Trotzdem fuhr er sofort herum, packte den in seinem Gürtel steckenden Dolch und rammte seine Klinge dem Thir-Ailith in die Brust, der den Abschluss ihrer Gruppe bildete. Er kam kaum ein Dutzend Schritte weit, als hinter ihm die Welt in einem Inferno aus Feuer und Donner unterzugehen schien.

Für einen Moment drohte Panik Thilus zu überwältigen, als er in das nur noch von bräunlicher, mumifizierter Haut bedeckte Skelettgesicht der Kreatur blickte, in die sich der Dunkelelb verwandelte, gegen den er gerade noch gekämpft hatte. Aus leeren Augenhöhlen starrte sie ihn an. Auch der restliche Körper war mumifiziert, und dennoch lebte der Zwergenleichnam, schwang weiterhin das Schwert, das er in der Hand hielt, und drang mit ungebrochener Kampfeswut auf Thilus ein. Blitzartig blockte er den auf seinen Hals gezielten Hieb ab, schlug dem monströsen Wesen seinerseits den Kopf ab und warf einen raschen Blick in die Runde.

Nirgendwo befanden sich mehr Dunkelelben, sie alle hatten sich in mumifizierte Zwergenleichname verwandelt, die nach vielleicht hunderten von Jahren zu neuem, dämonischem Leben erwacht waren und sich auf die Heere der Zwerge und Menschen stürzten.

Überall erklangen Schreckensschreie. Dass sie nicht gegen Dunkelelben, sondern in Wahrheit gegen längst tote Angehörige ihres eigenen Volkes kämpften, stellte für die Krieger einen Schock dar. Mancher wurde von den lebenden Toten niedergestreckt, weil er seinen Schrecken erst zu spät überwand, aber dann brach der Kampf mit noch größerer Verbitterung auf Seiten der Verteidiger erneut los.

Mit dem Mut der Verzweiflung setzten sich die Verteidiger zur Wehr, bereits fast durchbrochene Reihen schlossen sich enger zusammen, und für eine Weile gelang es sogar, den Feind zurückzudrängen.

Wie besessen schlug und hieb Thilus mit seinem Schwert um sich, streckte einen Gegner nach dem anderen nieder und tötete ihn zum zweiten Mal. Längst schon blutete er aus zahllosen kleinen Wunden, doch spürte er weder Schmerz noch Schwäche.

Eine weitere halbe Stunde wogte der Kampf hin und her, dann erschollen plötzlich erneut laute Rufe, doch diesmal waren sie jubelnd und hoffnungsfroh.

»Die Elben! Die Elben kommen!«

An der linken Flanke des Heeres, kaum mehr als hundert Schritte von seiner Position entfernt, sah er goldenes Haar und helle Gewänder funkeln. Wahrhaftig handelte es sich um Elben, um Hochelben, keine Dunkelelben!

Es war nur eine kleine Gruppe, nicht mehr als vier oder fünf Dutzend, aber sie stürzten sich mit unvergleichlicher Wut ins Kampfgetümmel und streckten die wiedererweckten Toten nieder.

Warlon!, dachte Thilus. Seine Mission hatte Erfolg gehabt. Er war bis zu den Elben gelangt und mit einem Heer zurückgekehrt, das ihnen helfen würde, diesen Feind zu bezwingen und Elan-Dhor zurückzuerobern.

Aber vergeblich wartete er auf das Erscheinen des restlichen Elbenheeres. Auch die übrigen Jubelrufe waren verstummt. Offenbar hatten sie es nur mit einer kleinen Vorhut zu tun, und die Ankunft der Hauptstreitmacht verzögerte sich noch, obwohl dies die Stunde der höchsten Not war.

Viele Zwerge und Menschen lagen bereits erschlagen in ihrem Blut, und die Kräfte derer, die noch kämpften, begannen zu erlahmen. Wieder wurden sie zurückgedrängt, ihre Reihen gerieten immer mehr in Unordnung und wurden an mehreren Stellen durchbrochen.

Auch Thilus sah sich von zahlreichen Feinden umgeben und wurde vom Rest seines Trupps getrennt. Verzweifelt hieb er weiter um sich, wusste, dass er sich gegen diese Übermacht nur noch Sekunden würde halten können.

Und dann war es plötzlich vorbei.

Von einem Augenblick zum anderen erstarrten die Mumienkrieger, dann brachen sie in sich zusammen und blieben reglos auf dem Boden liegen.

Es dauerte Sekunden, bis Thilus begriff, dass der Kampf wirklich geendet hatte. Es kamen keine weiteren Feinde mehr aus dem Kalathun, auch die, die noch dabei gewesen waren, die

Hänge herunterzusteigen, waren leblos in sich zusammengebrochen.

Schwindel überfiel ihn, und mit einem Mal fühlte er sich unendlich müde und erschöpft. Das Schwert entglitt seiner Hand, und er ließ sich zu Boden sinken.

Sie hatten gesiegt.

Noch immer konnte er es kaum glauben.

»Eine große Macht ist erloschen. Ich spüre einen Schatten von gewaltiger Finsternis, der dahingegangen ist«, hatte einer der Elbenmagier gesagt, und Warlon hatte begriffen, dass das Ende des Totenheeres nicht ihr Werk gewesen war. Aber es gab so vieles, was für ihn noch im Dunkeln lag, dass es wahrscheinlich Tage dauern würde, bis er alle Zusammenhänge erfahren hatte.

Seit gut drei Stunden saß er bereits mit seinen Gefährten, Lhiuvan, den Elbenmagiern, Malcorion und Königin Tharlia, sowie Loton und Sutis zusammen. Ehrerbietig hatte die Königin die Abgesandten aus dem goldenen Tal begrüßt und ihnen für ihre Hilfe gedankt, hatte viele höfliche Worte mit ihnen gewechselt.

Anschließend hatte Warlon von seiner Reise berichten müssen, und schließlich hatte Tharlia begonnen, vom Fall Elan-Dhors zu erzählen. Das waren schreckliche Nachrichten für ihn und seine Gefährten, doch noch schlimmer war, als sie von den weiteren Ereignissen berichtete, vor allem von der unseligen Expedition seines Freundes Barlok nach Zarkhadul.

Barlok tot?

Seit seiner frühen Jugend schon kannte Warlon ihn. Barlok war es gewesen, der seine Fähigkeiten als Krieger frühzeitig erkannt und gefördert hatte, der ihn selbst ausgebildet und dem er zumindest teilweise seinen Aufstieg bis zum Kampfführer zu verdanken hatte. Schon seit vielen Jahren war Barlok für ihn weit mehr als ein Vorgesetzter gewesen, eher ein väterlicher Freund, der beste Freund, den er je gehabt hatte. Auf das Wiedersehen mit ihm hatte er sich mehr als auf alles andere gefreut.

Und nun sollte Barlok tot sein? Der vermutlich größte Krieger, den sein Volk seit Jahrhunderten hervorgebracht hatte?

»Verzeiht, aber ich … ich muss …«, stammelte er, dann sprang er auf und stürmte blindlings davon. Er musste allein sein, nahm kaum noch etwas wahr, was um ihn herum geschah.

Irgendwann erklangen erschrockene Rufe, und Aufregung breitete sich aus. Als er aufblickte, sah er, dass erneut Gestalten aus dem Inneren des Kalathun traten und den Hang herabstiegen, hunderte von Zwergen, schließlich mehrere tausend. Die meisten von ihnen waren nur dürftig bekleidet und noch sehr jung; viele Kinder befanden sich unter ihnen, aber sie wurden angeführt von einem knappen Dutzend Krieger.

Ungläubig riss Warlon die Augen auf, als er erkannte, wer an ihrer Spitze marschierte, und glaubte für einen Moment zu träumen, nur einem Trugbild zu erliegen. Aber das Bild blieb, und er begriff, dass es wirklich war.

»Barlok!«, krächzte er mit sich überschlagender Stimme, dann begann er auf den Berg zuzurennen, so schnell ihn seine Füße trugen.

INHALTSVERZEICHNIS

Willenlos 5
Schatten in der Nacht 16
Finsterwald 39
Clairborn 53
Ein alter Traum 76
Elem-Tenit 92
Der Kalathun 109
Der Überfall 130
Shaali 145
Im Inneren des Berges 159
Lavinion 172
Die Nymphen 188
In die Tiefe 207
Radon 222
Die Feuersbrunst 238
Zarkhadul 255
Das tote Land 269
Marsch auf Clairborn 278
Die Leichengrube 287
Die Weißberge 307
Die Belagerung 329
Lian 340
Vildana 350
Torg 358
Die Thir-Ailith 382
Likat 391
Udan 402
Carem Thain 412
Der Rat der Elben 425
Die Schlacht um Zarkhadul 450